中华经典名著

全本全注全译丛书

林宪亮◎译注

玄怪录
续玄怪录

中華書局

图书在版编目(CIP)数据

玄怪录;续玄怪录/林宪亮译注. —北京:中华书局,2019.10
(2021.11重印)
(中华经典名著全本全注全译丛书)
ISBN 978-7-101-14148-1

Ⅰ.玄… Ⅱ.林… Ⅲ.①笔记小说-小说集-中国-唐代②《玄怪录》-译文③《续玄怪录》-译文 Ⅳ.I242.1

中国版本图书馆 CIP 数据核字(2019)第 209922 号

书　　名　玄怪录　续玄怪录
译 注 者　林宪亮
丛 书 名　中华经典名著全本全注全译丛书
责任编辑　刘树林
出版发行　中华书局
　　　　　(北京市丰台区太平桥西里 38 号　100073)
　　　　　http://www.zhbc.com.cn
　　　　　E-mail:zhbc@ zhbc.com.cn
印　　刷　北京市白帆印务有限公司
版　　次　2019 年 10 月北京第 1 版
　　　　　2021 年 11 月北京第 3 次印刷
规　　格　开本/880×1230 毫米　1/32
　　　　　印张 16　字数 400 千字
印　　数　14001-19000 册
国际书号　ISBN 978-7-101-14148-1
定　　价　39.00 元

目录

前言

牛僧孺(780—848)，字思黯，安定鹑觚(今甘肃灵台)人。隋仆射奇章公牛弘的后裔。祖父牛绍，父亲牛幼简，官职均卑微。牛僧孺于贞元二十一年(805)中进士，元和三年(808)贤良方正科对策第一。长庆年间官至户部侍郎、同中书门下平章事，开成三年(838)拜左仆射，会昌二年(842)贬至循州员外长史。大中元年(847)召还，任太子少师。卒于大中二年(848)，追赠太子太师，谥文贞。

牛僧孺是中唐"牛李党争"的牛党领袖。两党政治争夺战始于唐宪宗，持续长达四十年之久，以至唐文宗感叹道："去河北贼易，去朝中朋党难。"(《旧唐书·李宗闵传》)在"牛李党争"过程中，牛僧孺虽然受到李党的政治攻击，但因其为人正直，还是受到了人们的敬仰，僧孺"贞方有素，人望式瞻"(《旧唐书·牛僧孺传》)。

牛僧孺好学博闻，爱好文学，工于文笔，青年时代就有文名，可惜文集未传于世。《全唐文》辑其文一卷，共十九篇；《全唐诗》辑其遗诗四首。在文学创作方面，牛僧孺最突出的成就是撰写了一部志怪小说集——《玄怪录》。

在唐代小说中，有许多名篇，例如蒋防《霍小玉传》、元稹《莺莺传》、陈鸿《长恨歌传》、白行简《李娃传》、沈既济《枕中记》、李公佐《南柯记》、李朝威《柳毅传》、袁郊《红线传》、裴铏《聂隐娘传》等。这些小说比《玄怪录》的影响都要大，但《玄怪录》与它们相比，不同之处在于，它是作为一部小说集的形式出现的，并且还是唐代最重要的小说集。“造传奇之文，荟萃于一集者，唐代多有，而煊赫者莫如牛僧孺之《玄怪录》”（鲁迅《中国小说史略·唐之传奇集及杂俎》）。《玄怪录》中的一些单篇故事，对后世也产生了较大影响。

学界一般认为《玄怪录》是牛僧孺早年的作品，但《玄怪录》中也有极少数小说，例如《党氏女》，至少创作于唐文宗太和三年（829）以后，此时牛僧孺年事已高。《玄怪录》最有可能的是大部分创作于牛僧孺的青年时期，少数作品创作于他的晚年时期。

牛僧孺的《玄怪录》在当时就产生了一定的社会影响，模仿之作甚多。“僧孺既有才名，又历高位，其所著作，世遂盛传。而摹拟者亦不鲜。”（鲁迅《中国小说史略·唐之传奇集及杂俎》）《续玄怪录》就是一部直接受《玄怪录》影响而创作的小说集。关于它的作者李复言，生平不详。中唐时期，有一个与白居易同时期的李复言，钱大昕《十驾斋养新录》卷二十“李谅”条载：“唐长庆四年，李谅为苏州刺史……谅字复言，尝官中丞。”这个李谅，字复言，贞元十六年（800）进士及第，官至岭南节度使，卒于太和七年（833）。此人究竟是不是《续玄怪录》的作者李复言，没有更多的资料可证实。

《续玄怪录》中的故事发生年代大多数在元和年间（806—820），也有晚至太和年间（827—835）的，其思想内容和表现手法也与《玄怪录》大体相当。

《玄怪录》《续玄怪录》是两部很有特色的文言小说集，它们深刻地反映了佛、道二教思想对那个时代的人们所产生的巨大影响。

道教在唐初被立为国教，道教思想在唐代社会自然影响很大，但事实上，当时佛教也很兴盛，甚至在多数时期佛教的影响超过了道教。佛、道二教的思想潜移默化地对当时的人们产生了深刻影响，反映到文学方面也是如此，唐代诗歌、小说中有许多作品反映了人们对佛、道二教的尊崇，还有许多反映佛、道二教思想的故事。“宗教与文学常常会不由自主地联姻，前者刺激后者的想象，并提供大量神奇瑰丽的意象，因此，尽管文学家未必都是宗教的信徒，但仍然会受到宗教的影响，而一旦文学家受到了宗教的影响，便又往往会出现宗教式的思维、情感、意象不断渗入文学领域的现象，使文学作品极为浓重地表现出这种与宗教有千丝万缕联系的感情色彩、意象群落”（葛兆光《道教与中国文化》，上海人民出版社，1987 年版，第 376 页）。佛教建构的阴间地狱、审判机构、残酷刑罚以及它所倡导的因果报应、六道轮回等观念，给予了小说家丰富的想象；同样道教建构的仙境以及长生不老等理念，也给小说家以奇异仙境的遐想。

一、道教思想对《玄怪录》《续玄怪录》的影响

（一）凡人入仙境

《玄怪录》《续玄怪录》中反映道教思想的故事多为凡人偶入仙界或者被仙人引入仙境。例如《杨敬真》中的杨敬真在某一天晚上被仙界的使者迎到蓬莱，“倏然间，已到蓬莱。其宫阙皆金银，花木楼殿，皆非人世之制作”。再如《张老》中的韦义方在张老的指引下进入仙界，领略仙境的神奇世界，“景色渐异，不与人间同”。

（二）人仙相遇及相恋

《玄怪录》《续玄怪录》中还有人仙相遇、人仙相恋的故事。例如《崔书生》中的书生与王母的第三个女儿玉卮娘子短暂相恋、结婚。《张老》中的张老在最初出现时的相貌、身份皆极为平凡，只是一个种菜的老者，但他其实本为神仙中人，娶了凡界的妻子，后来离开凡间，共住仙界，他的相貌也变得年轻、英俊，“仪状伟然，容色芳嫩”。

（三）道教的法术

《玄怪录》《续玄怪录》中的故事还涉及道教思想的意象，如长生不老、乘云驾鹤、上天入地、凤凰麒麟、神奇法术、奇异仙境等等。《杜巫》中的杜巫服食了一位道士给的一粒丹药，从此就没了食欲，“容色悦怿，

轻健无疾”。但杜巫当上刺史后，却设法清除了体内的丹药，后来他又想炼制这种丹药，最终没有成功。《开元明皇幸广陵》中叶仙师施展法术，使身在长安城的唐玄宗与杨贵妃等人瞬间乘云到达了广陵的上空，观赏了广陵上元节的夜景，“俄而虹桥起于殿前，板阁架虚，阑楯若画……于是帝步而上之，太真及侍臣高力士、黄幡绰、乐官数十人从行，步步渐高，若造云中。俄顷之间，已到广陵矣”。

二、佛教思想对《玄怪录》《续玄怪录》的影响

(一)佛教的因果报应

《玄怪录》《续玄怪录》中有许多故事重点反映了佛教中的因果报应思想，其他诸如六道轮回、戒律等也有体现。《崔绍》写崔绍因枉杀三只猫，被捉拿至阴间受审，由于崔绍家两代人长期供奉一字天王，一字天王在阴间助他开脱罪行，崔绍也答应抄写佛经回向给受害者，从而得以返回阳间。《薛伟》讲述了薛伟在病重时，魂魄变成了一条鱼，他以鱼的视角讲述了它被渔夫钓住，后又被厨子杀死的过程。这则故事宣扬了佛教倡导的慈悲与戒杀。《驴言》讲述了驴与张高、王胡子之间前生今世存在的债务关系，最后都得到准确无误的偿还，宣扬了佛教的六道轮回以及欠债必还、丝毫不爽的因果报应思想。

(二)地狱中的酷刑

《玄怪录》《续玄怪录》中还展示了佛教观念中存在的地狱中的各种酷刑。这酷刑既是对受罚者的一种惩罚，同时也是对做坏事者的一种威慑。《崔环》中的崔环在阴间“人矿院”见证了各种酷刑，令人毛骨悚然，“其中有付硙狱者，付火狱者，付汤狱者”。崔环还亲身经历了其中的一种酷刑，他“被拽扑卧石上，大椎椎之，痛苦之极，实不可忍。须臾，骨肉皆碎，仅欲成泥”。由此可见，这种震撼力和威慑力不言自明。再如《王国良》讲述了一个名叫王国良的官吏常常以言辞羞辱他人为能事，后来因此在阴间受到了杖刑，返回阳间后背部仍有杖痕，“袒而视之，满背黯黑，若将溃烂然，四际微紫，欲从外散”。王国良“从此见戒，

不敢复怒矣”。

（三）阴间中的种种不公

阴间本应是公平、公正的，但实际上《玄怪录》《续玄怪录》中所描写的阴间存在着种种弊端，诸如请托盛行、公然索贿、徇私枉法等丑恶现象。例如《吴全素》中吴全素在阴间时，两个小吏公然向他索贿，“我皆贫，各惠钱五十万，即无虑矣”。再如《卢项表姨》写了一只小花狗死后在阴间成了一位漂亮的女子，并嫁给了阴间的李判官，她为了报答主人的养育之恩，向李判官求情，使主人返回阳间，并大大延长了她的阳寿。尽管这个故事宣扬了因果报应的佛教观念，但更重要的是揭示了本来应该公平的阴间，也存在徇私舞弊，竟然可以徇私延长他人的寿命。“某今为李判官别室。昨所嘱夫人者，即某也。冥司不俞其请，只加一纪，某潜以改十二年为二十，以报存育之恩”。《董慎》讲述了兖州佐史董慎，因秉性公正率直，精通法律，被邀请赴阴间帮助他们处理上级施加影响的棘手案件。“藉君公正，故有是请。今有闽州司马令狐寔等六人，置无间狱。承天曹符，以寔是太元夫人三等亲，准令递减三等。昨罪人程翥一百二十人引例，喧讼纷纭，不可止遏”。这些所谓阴间存在的种种徇私舞弊的现象，实际上影射了人世间的种种不公。

《玄怪录》《续玄怪录》是作者精心撰写的小说集，其内容丰富多彩、情节引人入胜、语言质朴。特别是在叙事手法上有着自己独特的地方，也擅于学习模仿前人的叙事技巧。

一、安插“见证人”或“叙述者”

学界常常拿《玄怪录》中的《元无有》作例子，以兹证明《玄怪录》的虚构性。此故事讲述故杵、烛台、水桶、破铛变化成人的形象，各具衣冠，吟咏自述，见证者为“元无有”，暗示故事原本子虚乌有，是出于作者的虚构。“僧孺性坚僻，而颇嗜志怪……其文虽与他传奇无甚异，而时时示人以出于造作，不求见信；李朝威李公佐辈，仅在显扬笔妙，故尚不肯言事状之虚，至僧孺乃并欲以构想之幻自见，因故示其诡设之迹矣”

(鲁迅《中国小说史略·唐之传奇集及杂俎》)。其实,《元无有》在《玄怪录》中并不具有代表性,《玄怪录》的叙事特点总体上是作者主观追求故事的真实性。作者为追求所谓的真实性,其故事的主人公多是隋唐时期的历史人物,涉及的年号、地名、官职等都是真实、准确的。除此之外,一般还会在故事中安插一个"见证人"或"叙述者",其目的是为了让读者相信这则故事是真实发生过的。"《幽怪录》十一卷,唐陇西牛僧孺撰。载隋唐神奇鬼异之事,各据闻见出处,起信于人"(高儒《百川书志》卷八)。例如《卢公涣》讲述了一群盗墓贼在一处古墓中发现许多奇异的现象,包括墓穴中先后出来两个人对盗墓贼进行警告,盗墓贼不听,最后墓中忽然暴发洪水,淹死了盗墓贼。如果这个故事就这样结束,那么就会因为没有"见证者"而会被认为是虚构的,不真实的,因此,作者安排了其中一个盗墓贼因会游泳而得以逃生,并到官府自首,交代了盗墓的始末,作者也就得知了这个故事。"两扇欻辟,大水漂荡,盗皆溺死。一盗解泅而出,自缚诣官,具说本末"。再如《萧志忠》讲述了一群深山里的动物在某一个夜晚,被玄冥使者告知它们将会死于萧志忠的狩猎,于是它们便行动起来请严四先生出谋划策,最终通过刮大风、下暴雪的方式,使萧志忠取消了打猎,动物们躲过一劫。这个故事的"见证者"是一个因得病而滞留在山上的樵夫,"先一日,有薪者樵于霍山,暴疟不能归,因止岩穴之中,呻吟不寐。夜将艾,似闻谷峚有人声。初以为盗贼将至,则匍匐于枯木中"。他目睹了这里发生的一切,所以才有了作者能够记述这则故事发生的经过。在安插见证人这一点上,《续玄怪录》比《玄怪录》更为常见和直接。例如《梁革》写一个医术高超的郎中梁革将一个"死去"的歌姬成功医活的故事,这则故事是由作者的一个朋友转述的,而这个朋友的大舅与梁革又相熟,所以作者才得知此事,并记录了下来,"其年秋,友人高损之,以其元舅为天官郎,日与相闻,故熟其事而言之,命余纂录耳"。再如《钱方义》讲述了钱方义偶然遇到厕神郭登,并通过抄经的方式,帮助郭登在阴间获得了越级升职,李复言之所以能够知道，是因为钱方义的堂兄告诉了他此事的详情。“（李）复言顷亦闻之，未详其实。大和二年秋，与方义从兄及河南兄不旬求岐州之荐，道途授馆，旦夕同之，宵话奇言，故及斯事，故得以备书焉”。

二、“游冥必返”的叙事原则

《玄怪录》《续玄怪录》中有许多赴阴间游历的故事，或者称之为游冥故事，这些故事有一个共同之处——游冥必返。这种叙事模式一般是主人公因病重或其他原因进入阴间，数天后又返回阳间，得以复活。因为如果不复活就没有了“叙述者”或“见证人”，那么，故事的真实性或说服力将会受到质疑。换言之，故事是由“见证人”“叙述者”亲身经历或耳闻，而绝非作者的杜撰。例如《崔环》中的崔环，《王国良》中的王国良，《董慎》中的董慎，《南缵》中的崔督邮，《吴全素》中的吴全素，《马仆射总》中的马总，等等，都是如此。

三、通过“梦境”进行预示

《玄怪录》《续玄怪录》中还有一种使用较多的叙事方法，就是通过“梦境”预示将要发生的事。例如《韦氏》中韦氏女通过梦境预知了自己的一生，包括她的丈夫人选及其仕途、祸患等，后来都一一应验了；《薛中丞存诚》中的门吏梦到御史中丞薛存诚被一群僧人“迎走”，僧人说他原是须弥山东峰静居院罗汉大德，因说错话而被贬至凡间五十年。过了数日，薛存诚果然死了，死时五十岁。通过“梦境”进行叙事，后来也逐渐成为中国古代小说家常用的叙事手段。

四、对前人叙事方式的模仿与借鉴

凡人游览过仙境，或深山，或密林，然而他们再回去寻觅时，却无迹可寻。这种叙事方法，应该是受到了陶渊明的《桃花源记》的影响。《杜子春》中杜子春修仙未成，回家后又返回修炼之处，“行至云台峰，无人迹，叹恨而归”。《张老》中的韦义方再去寻找张老深山中的住处，“到即千山万水，不复有路”。《柳归舜》中的柳归舜偶然漂至洞庭湖的君山，他进入深处发现一处“世外桃源”，离开后，“后却至此，泊舟寻访，不复见也”。

《玄怪录》《续玄怪录》作为志怪小说集，述异尚奇是其主要特征，几乎所有篇章都运用浪漫主义手法，但拨开其玄虚的面纱，其实也是对唐代世情民风的真实描绘，具有相当的民间性和社会影响力，对当时和后世的影响都比较大。其中最具代表性的是《定婚店》。这篇小说讲述杜陵的年轻人韦固，想早点成亲，多方求婚而终无所成，韦固偶然见一位老人向着月光翻阅书籍，但不识其字，十分疑惑，后来得知老人是阴间主管天下婚姻的冥神，只要他将男女双方用红绳子系住他们的脚，“虽仇敌之家，贵贱悬隔，天涯从宦，吴楚异乡，此绳一系，终不可逭”。后来韦固的曲折婚姻，验证了这位老人所言非虚。“千里姻缘一线牵”即来源于此，“月下老人”或“月老”也逐渐成为媒人的代称。这种婚姻由上天所注定的思想，在中国古代社会影响颇大。凌濛初在《初刻拍案惊奇》卷五《感神媒张德容遇虎凑吉日裴越客乘龙》中说：“话说婚姻事皆系前定，从来说月下老赤绳系足，虽千里之外，到底相合。若不是因缘，眼面前也强求不得的。就是因缘了，时辰未到，要早一日，也不能勾。时辰已到，要迟一日，也不能勾。多是氤氲大使暗中主张，非人力可以安排也。”《红楼梦》第五十七回“慧紫鹃情辞试莽玉，慈姨妈爱语慰痴颦”，薛姨妈对黛玉、宝钗说：“我的儿，你们女孩家那里知道，自古道‘千里姻缘一线牵’。管姻缘的有一位月下老人，预先注定，暗里只用一根红丝把这两个人的脚绊住，凭你两家隔着海，隔着国，有世仇的，也终久有机会作了夫妇。这一件事都是出人意料之外，凭父母本人都愿意了，或是年年在一处的，以为是定了的亲事，若月下老人不用红线拴的，再不能到一处。”这些都反映了由《定婚店》所形成的“月下老人”的典故以及所包含的婚姻思想，得到了中国古代社会的普遍认同。

《玄怪录》最早著录于北宋庆历元年(1041)官修书目《崇文总目》小说类，其后《新唐书·艺文志》小说家类、《郡斋读书志》小说类、《宋史·艺文志》小说类皆著录。南宋尤袤《遂初堂书目》、曾慥《类说》著录为

《幽怪录》，盖为宋人避赵玄朗（大中祥符五年，宋真宗追尊赵玄朗为“上灵高道九天司命保生天尊大帝”，庙号圣祖，玄、朗二字均需避讳）的名讳而改，后来许多书目沿袭了这一书名，例如《百川书志》《红雨楼书目》《四库全书总目》等。李复言《续玄怪录》，最早著录于《新唐书·艺文志》：“李复言《续玄怪录》五卷，李复言撰。”南宋晁公武《郡斋读书志》亦有著录。牛僧孺《玄怪录》、李复言《续玄怪录》原书已经亡佚，它们的单篇故事散见于宋代以来的各种类书或小说集中，其中《太平广记》最多，有三十余篇，《类说》有二十余篇，《说郛》《五朝小说》《唐人说荟》等书里也收录了数篇。现存最早的《玄怪录》刻本是两种明刻本——陈应翔刻本与高承埏稽古堂刻本，它们分卷不同，但都是四十四篇故事。陈应翔刻本《幽怪录》四卷，附《续玄怪录》一卷；高承埏稽古堂刻本《玄怪录》十一卷，附《续玄怪录》二卷。现存最早的《续玄怪录》刻本是南宋临安府太庙前尹家书籍铺刻本《续幽怪录》，此本不分卷，共二十三篇故事。

我们此次出版《玄怪录　续玄怪录》，以高承埏稽古堂刻本为底本，参校陈应翔刻本及《太平广记》等书，并吸收了程毅中先生2006年在中华书局出版的《玄怪录　续玄怪录》的点校成果。

由于本人学识有限，难免会有这样或那样的问题，敬请读者批评指正！

林宪亮

2018年冬于长春

玄怪录

卷一

【题解】

本卷共三篇。《杜子春》讲述了富家浪荡子弟杜子春，荡尽家产，备受歧视，有一个老者屡次满足他对金钱的需求，他又屡次败光家业，最后看破物欲，跟随着这位老者前往昆仑山上炼丹修仙。老人告诉他，在此过程中，不管遇到任何事，都不得开口说话，因为他所看到和经历的都是虚幻的。杜子春成功经受住了神将威胁、鬼怪作祟、天地异变、妻子受难等考验，最后却不能忍受他变成女人后，其孩子被摔死的惨景，不禁失声。此时老人现身，一切恢复原来的状态。杜子春学仙未成，遗憾终生。《张老》讲述了一个名叫张老的老头儿，靠种菜为生，地位卑微，然而他却坚持向仕宦之家的女儿求婚，最后竟成功了。因受到世俗偏见的歧视，他与妻子便搬到深山中居住。后妻子的哥哥去山中探望他们，发现张老乃神仙中人，居处也如仙境，见到许多神奇景象。岳父家还得到了张老的多次接济。《裴谌》讲述了裴谌、王敬伯、梁芳相约为道友，入山修道。梁芳早死，王敬伯不堪修炼之艰辛，中途放弃，进入仕途。最后只有裴谌坚持了下来。做官后的王敬伯汲汲于富贵，不可一世。王敬伯一次偶遇裴谌，裴谌邀请王敬伯到他家做客，并向他展示了神奇之术，将他的妻子瞬间从千里之外邀至宴会现场演奏乐曲。后来证实此事并非虚幻，令王敬伯夫妇大为震惊。故事旨在说明做事贵在坚持，任何事都不是一朝一夕就能做成的，同时也告诫那些做官的人，不要颐指气使。

杜子春

杜子春者，周、隋间人。少落魄[①]，不事家产，然以心气闲纵，嗜酒邪游[②]，资产荡尽，投于亲故[③]，皆以不事事故见弃[④]。方冬，衣破腹空，徒行长安中，日晚未食，彷徨不知所往，于东市西门，饥寒之色可掬[⑤]，仰天长吁。有一老人策杖于前[⑥]，问曰："君子何叹？"子春言其心，且愤其亲戚疏薄也[⑦]，感激之气发于颜色[⑧]。老人曰："几缗则丰用[⑨]？"子春曰："三五万则可以活矣。"老人曰："未也，更言之。""十万。"曰："未也。"乃言："百万。"亦曰："未也。"曰："三百万。"乃曰："可矣。"于是袖出一缗，曰："给子今夕[⑩]，明日午时俟子于西市波斯邸[⑪]，慎无后期。"及时，子春往，老人果与钱三百万，不告姓名而去。

【注释】

①落魄：放荡不羁。《魏书·尒朱仲远传》："大得财货，以资酒色，落魄无行。"

②邪游：不正当的游乐。

③亲故：亲戚和老朋友。《后汉书·冯衍传》："西归故郡，闭门自保，不敢复与亲故通。"

④事事：做事。《韩非子·内储说上》："吾知吏之不事事也，求簪三日不得之；吾令人求之，不移日而得之。"见弃：被抛弃。汉东方朔《七谏·初放》："王不察其长利兮，卒见弃乎原野。"

⑤掬（jū）：用两手捧。置于"可"后，指可以用手捧住。多用来描写

景色鲜明或情绪充溢,例如笑容可掬、娇憨可掬。

⑥策杖:扶杖。三国魏曹植《苦思行》:“策杖从吾游,教我要忘言。”

⑦疏薄:疏远淡薄。《晋书·荀豫章君传》:“自以位卑,每怀怨望,为帝所谴,渐见疏薄。”

⑧颜色:面容,脸色。《论语·泰伯》:“正颜色,斯近信矣。”

⑨缗(mín):穿钱的绳索。借指成串的铜钱,每串一千文。

⑩给(jǐ):供给。《史记·高祖本纪》:“镇国家,抚百姓,给馈饷。”

⑪午时:旧称上午十一点到下午一点为午时。俟(sì):等待。《诗经·邶风·静女》:“静女其姝,俟我于城隅。”波斯:今伊朗的旧称。邸(dǐ):旅舍。

【译文】

杜子春生活在北周、隋朝年间。他年轻的时候率性豪放,不打理家产,但性放纵,嗜饮酒,喜游乐,荡尽家产,只得投靠亲友,然而都因其不务正业而被拒。时值冬季,杜子春饥寒交迫,徒步行走在长安街道上,到了晚上还没有吃东西,徘徊着不知要到哪里去,在东市西门,面露饥寒之色,不禁仰天长叹。这时,有一位老人拄着拐杖出现在他面前,问:“你为什么叹气呢?”杜子春便袒露了自己的心迹,对亲戚的疏远感到气愤,愤慨之情溢于言表。老人问:“多少钱可以供你过富足的生活?”杜子春说:“三五万就可以生存了。”老人说:“不够,再说个数。”子春说:“十万。”老人说:“不够。”子春说:“一百万。”老人还说:“不够。”子春说:“三百万。”老人说:“可以了。”于是老人从袖子里拿出一缗钱,说:“这些供你今天晚上使用,明天午时我在西市波斯旅店等你,小心别超过约定的时间。”到了约定的时间,子春去了,老人果然给了他三百万钱,不告姓名便离开了。

子春既富,荡心复炽,自以为终身不复羁旅也[①],乘肥衣轻[②],会酒徒,征丝竹歌舞于倡楼,不复以治生为意[③]。一二年间，稍稍而尽。衣服车马，易贵从贱，去马而驴，去驴而徒，倏忽如初。既而复无计[4]，自叹于市门，发声而老人到，握其手曰："君复如此奇作！吾将复济子，几缗方可？"子春惭不对。老人因逼之，子春愧谢而已。老人曰："明日午时，来前期处。"子春忍愧而往，得钱一千万。未受之初，发愤以为从此谋生，石季伦、猗顿小竖耳[5]。钱既入手，心又翻然，纵适之情又却如故。不三四年间，贫过旧日。复遇老人于故处，子春不胜其愧，掩面而走，老人牵裾止之，曰："嗟乎！拙谋也[6]。"因与三千万，曰："此而不痊，则子贫在膏肓矣[7]。"子春曰："吾落魄邪游，生涯罄尽[8]。亲戚豪族无相顾者，独此叟三给我，我何以当之？"因谓老人曰："吾得此，人间之事可以立，孤孀可以足衣食[9]，于名教复圆矣[10]。感叟深惠，立事之后，唯叟所使。"老人曰："吾心也。子治生毕，来岁中元[11]，见我于老君双桧下。"子春以孤孀多寓淮南，遂转资扬州，买良田百顷，郭中起甲第[12]，要路置邸百余间，悉召孤孀分居第中，婚嫁甥侄，迁祔旅榇[13]，恩者煦之，仇者复之。既毕事，及期而往。

【注释】

①羁旅：寄居他乡。《左传·庄公二十二年》："齐侯使敬仲为卿，辞曰：'羁旅之臣……敢辱高位以速官谤？'"晋杜预注："羁，寄；旅，客也。"

②乘肥衣轻：乘着肥壮的骏马，穿着轻暖的皮裘。形容生活的奢侈豪华。《三国志·魏书·王粲传》南朝宋裴松之注引《魏氏春秋》："会，名公子，以才能贵幸，乘肥衣轻，宾从如云。"

③治生：自营生计。《史记·淮阴侯列传》："又不能治生商贾，常从人寄食饮。"

④既而：时间连词。用在全句或下半句的句头，表示上文所发生的情况或动作后不久。《论语·宪问》："既而曰：'鄙哉，硁硁乎，莫己知也，斯已而已矣。'"

⑤石季伦：即石崇，西晋人，曾与晋武帝的舅舅王恺比富。猗顿：春秋鲁国人，他向陶朱公学致富之术，积累了很多财物。汉贾谊《过秦论》："非有仲尼、墨翟之贤，陶朱、猗顿之富。"小竖：小子。骂男子的话。《后汉书·朱儁传》："且傕、汜小竖，樊稠庸儿，无他远略，又势力相敌，变难必作。"

⑥拙：不善于。

⑦膏肓：古代医学以心尖脂肪为膏，心脏与膈膜之间的部分为肓。旧说以为是药效无法达到的地方，故引申为病症已达难治的阶段。

⑧生涯：赖以维持生活的产业、财物。

⑨孤孀(shuāng)：孤儿寡妇。《淮南子·修务训》："吊死问疾，以养孤孀。"汉高诱注："幼无父曰孤；孀，寡妇也。"

⑩名教：名分与教化，指以儒家所定的名分与伦常道德为准则的礼法。

⑪中元：指农历七月十五日。旧时道观于此日作斋醮，僧寺作盂兰盆会，民俗亦有祭祀亡故亲人等活动。

⑫郭：外城叫郭，内城叫城。《孟子·公孙丑》："三里之城，七里之郭，环而攻之而不胜。"甲第：豪门贵族的宅第。《文选·张衡〈西京赋〉》："北阙甲第，当道直启。"三国吴薛综注："第，馆也；甲，言第一也。"

⑬迁祔(fù)：迁柩合葬。旅榇(chèn)：客死者的灵柩。《旧唐书·女道士李玄真传》："哀妾三代旅榇暴露，各在一方，特与发遣，归就

大茔合祔。”

【译文】

杜子春有了钱，放荡之心又复发了，觉得此后再也不会流落他乡，于是乘肥马，穿裘衣，与酒色之徒流连于妓院歌舞之中，不再关注经营生计。一两年间，这些钱逐渐减少。穿的衣服和乘坐的车马，从贵到贱，由马换成驴，后来驴也卖掉，改为徒步行走，不久他又与原来一样了。杜子春又没有生计了，在市门叹气。正叹气时那个老人又到了这里，他握住子春的手问：“你又成了这种情形，好不奇怪！我将再资助你，多少钱才可以？”子春心生惭愧，默不作声。老人于是逼问他，子春只是惭愧地道歉而已。老人说：“明天午时，来上次见面的地方。”子春忍住羞愧前往，得到老人给的一千万钱。在未接受钱的时候，他下定决心从此就要好好谋生，觉得石季伦、猗顿都不值一提。钱到了手中，他的心又变了，放纵之情又和以前一样了。不到三四年的时间，比以前还要穷。子春又与老人在原来的地方相遇了，他不胜惭愧，捂着脸要逃跑，老人牵着他的衣服制止他，说：“唉！你真是不善于谋生啊。”又给了他三千万，说：“如果这些钱不能治好你的穷病，那你的致贫之病已经无药可救了。”子春心想：“我肆意妄为，荡尽家产。富贵亲戚没有帮助我的，唯有这位老人三次帮助我，我何以承受这些呢？”于是对老人说：“我得到这些钱，世间的事可以做了，可以使孤儿寡妇衣食无忧，可以帮助名分与教化恢复到原来的状态。感谢您给了我这么多财物，等我做成了这些事，任凭您老人家驱遣。”老人说：“这符合我的心意。你自营生计之后，明年中元节，在老君庙两棵桧树下见我。”子春因为孤儿寡妇多住在淮南，于是把钱转到了扬州，买良田一百顷，在城中盖起了大宅院，在交通要道建造旅舍百余间，把孤儿寡妇悉数安排在大宅中，给外甥完婚，让侄女出嫁，把分开的夫妻合葬在一起，把客死他乡的人的棺材运回他们的家乡安葬，让施恩的人得到温暖，使仇人冰释前嫌。把这些事办完后，子春按照约定的时间去找老人了。

老人者方啸于二桧之阴，遂与登华山云台峰，入四十里余，见一居处，室屋严洁，非常人居。彩云遥覆，鸾鹤飞翔[①]，其上有正堂，中有药炉，高九尺余，紫焰光发，灼焕窗户。玉女数人环炉而立。青龙、白虎分据前后[②]。时日将暮，老人者不复俗衣，乃黄冠绛帔士也[③]。持白石三丸、酒一卮遗子春[④]，令速食之讫[⑤]。取一虎皮铺于内西壁，东向而坐，戒曰："慎勿语，虽尊神、恶鬼、夜叉、猛兽、地狱[⑥]，及君之亲属为所囚缚，万苦皆非真实，但当不动不语耳，安心莫惧，终无所苦。当一心念吾所言。"言讫而去。子春视庭，唯一巨瓮[⑦]，满中贮水而已。

【注释】

①鸾（luán）：传说凤凰一类的鸟。

②青龙、白虎：与朱雀、玄武为中国古代神话中的四方之神，分别代表东西南北四个方向，后为道教所信奉。

③绛：深红色。帔（pèi）：一种类似僧人袈裟的衣服。

④白石：传说中神仙的粮食。唐韦应物《寄全椒山中道士》："涧底束荆薪，归来煮白石。"卮（zhī）：古代盛酒的器皿。《礼记·内则》："敦、牟、卮、匜，非馂莫敢用。"汉郑玄注："卮、匜，酒浆器。"遗（wèi）：给予，馈赠。《史记·魏公子列传》："公子闻之，往请，欲厚遗之。"

⑤讫（qì）：完结，终了。

⑥夜叉：梵语的译音。佛经中一种形象丑恶的鬼，勇健暴恶，能食人，后受佛之教化而成为护法之神，列为天龙八部众之一。

⑦瓮：陶制盛器，小口大腹。《宋史·司马光传》："群儿戏于庭，一儿登瓮，足跌没水中。"

【译文】

老人正在两棵桧树下的树阴里吟啸，子春遂与他一起攀登华山云台峰，走了四十余里，见到一处居所，室内整洁，不是常人居住的。彩云远远地覆盖其上，飞翔着凤凰与仙鹤，上面有一座正堂，里边有药炉，高九尺余，发出紫色的火焰，照耀着门窗。几个玉女环绕药炉站立。青龙和白虎分别居于前后。这时到了傍晚，老人不再穿俗世衣，原来是一位头戴黄色的帽子、身穿大红衣服的道士。他手持三丸白石、一杯酒送给子春，命令他快速吃掉。道士取了一张虎皮铺在屋内的西壁下，面朝东而坐，告诫说："不要说话，纵然是尊神、恶鬼、夜叉、猛兽、地狱，以及你的亲人受到囚缚，出现各种困苦都不是真实的，只要不动，也不说话，安心不害怕，最终都不会有任何痛苦。你应当专心致志地想着我所说的话。"说完就走了。子春看庭院中，只有一个大水缸，里面盛满了水。

道士适去，而旌旗戈甲，千乘万骑，遍满崖谷来，呵叱之声动天。有一人称大将军，身长丈余，人马皆着金甲①，光芒射人。亲卫数百人，拔剑张弓，直入堂前，呵曰："汝是何人？敢不避大将军！"左右竦剑而前②，逼问姓名，又问作何物，皆不对。问者大怒，催斩，争射之，声如雷，竟不应。将军者拗怒而去③。俄而猛虎、毒龙、狻猊、狮子、腹蛇万计，哮吼拿攫而前，争欲搏噬④，或跳过其上。子春神色不动。有顷而散。既而大雨滂澍⑤，雷电晦暝⑥，火轮走其左右⑦，电光掣其前后⑧，目不得开。须臾，庭际水深丈余⑨，流电吼雷，势若山川开破，不可制止。瞬息之间，波及坐下。子春端坐不顾。未顷而散。

【注释】

①金甲:金饰的铠甲。汉蔡琰《悲愤诗》:“卓众来东下,金甲耀日光。”

②竦(sǒng):握,执。战国屈原《九歌·少司命》:“竦长剑兮拥幼艾,荪独宜兮为民正。”

③拗(ào)怒:愤怒不平。《旧唐书·郑畋传》:“殊不知五侯拗怒,期分项羽之尸;四家既成,待葬蚩尤之骨。”

④搏噬:搏击吞噬。亦以喻打击陷害或侵略吞并。《列子·黄帝》:“异类杂居,不相搏噬也。”

⑤滂澍(pāng shù):形容雨大。《魏书·王肃传》:“昨四郊之外已蒙滂澍,唯京城之内微为少泽。”

⑥晦暝:光线昏暗。《汉书·五行志》:“震者雷也,晦暝,雷击其庙,明当绝去僭差之类也。”

⑦火轮:神话传说中形似车轮的团火,亦指燃烧着火的轮子。

⑧掣:疾行,疾飞。

⑨际:靠边缘的地方。

【译文】

道士刚走,只见旌旗飘飘,戈矛闪闪,千乘万骑,满山满谷都是,呵斥之声震天动地。有一个人自称大将军,身高一丈多,他和他的马都披着金色的铠甲,光芒射人。保护他的卫士有几百人,都拔出剑,拉开弓,直接来到屋前,呵斥道:“你是什么人?怎敢不回避大将军!”卫士持剑到杜子春面前,逼问他的姓名,又问他在做什么,他皆不回答。问他的卫士十分恼怒,催着要斩了他,争着要射死他,这种声音犹如雷声,子春自始至终不出声。那个大将军盛怒而去。过了片刻,又来了猛虎、毒龙、狻猊、狮子、蝮蛇,不计其数,咆哮着张牙舞爪地向他扑来,争着要扑倒、吞噬他,有的还从他头上跳过去。子春神色不动。过了一会儿,这些毒蛇猛兽都散去了。不久大雨滂沱,电闪雷鸣,天昏地暗,火轮燃烧着在他左右转动，电光在他前后闪耀，照得眼睛都睁不开。片刻之间，庭院里的水已经有一丈多深，电光闪闪，雷声隆隆，那声势就像山崩裂，川决口，水倾泻，不可制止。一眨眼的工夫，波涛都涌到了杜子春的座位前。子春端正地坐着不理会。不久这些也都散去了。

将军者复来，引牛头狱卒，奇貌鬼神，将大镬汤而置子春前[①]，长枪刃叉，四面周匝[②]，传命曰："肯言姓名即放，不肯言，即当心叉取置之镬中。"又不应。因执其妻来，捽于阶下[③]，指曰："言姓名免之。"又不应。乃鞭捶流血，或射或斫[④]，或煮或烧，苦不可忍。其妻号哭曰："诚为陋拙，有辱君子。然幸得执巾栉[⑤]，奉事十余年矣，今为尊鬼所执，不胜其苦。不敢望君匍匐拜乞，但得公言，即全性命矣。人谁无情，君乃忍惜一言。"雨泪庭中，且咒且骂，子春终不顾。将军且曰："吾不能毒汝妻耶?"令取锉碓[⑥]，从脚寸寸锉之。妻叫哭愈急，竟不顾之。将军曰："此贼妖术已成，不可使久在世间。"敕左右斩之。斩讫，魂魄被领见阎罗王。王曰："此乃云台峰妖民乎?"促付狱中。于是熔铜、铁杖、碓捣、硙磨、火坑、镬汤、刀山、剑林之苦[⑦]，无不备尝。然心念道士之言，亦似可忍，竟不呻吟。

【注释】

①镬(huò)汤：滚开的水锅或油锅。《史记·廉颇蔺相如列传》："臣请就汤镬。"镬，古代的大锅，常作为烹人的刑具。

②周匝(zā)：围绕一周。汉班固《西都赋》："列卒周匝，星罗云布。"

③捽(zuó)：揪持头发。亦泛指抓、揪。

④斫(zhuó):用刀斧等砍或削。

⑤执巾栉(zhì):古时为人妻妾的谦辞。《左传·僖公二十二年》:“寡君之使婢子侍执巾栉,以固子也。”

⑥锉碓(duì):斩断肢体的刑具。

⑦硙(wèi)磨:放在磨子里研磨。传说阴间的一种酷刑。

【译文】

那位大将军又来了,带领着牛头狱卒和奇形怪状的鬼怪,将一口装满滚烫开水的大锅放在杜子春面前,鬼怪手执长枪刃叉,围着大铁锅,传达命令说:“肯说出姓名就放了你,如果不说,就当心叉住你放在热锅里。”杜子春仍不说话。又把他的妻子抓来,揪在台阶下,指着他的妻子说:“说出姓名,就放了她。”杜子春还是不作声。于是便鞭打他的妻子,使她遍体流血,有时用箭射她,有时用刀砍她,有时煮,有时烧,痛苦到不能忍受。他的妻子哭号说:“我确实又丑又笨,使您受辱。然而我有幸成为您的妻子,伺候您十余年了,今天被鬼抓来,不能承受这种痛苦。不敢承望您跪伏求情,只要得到您的一句话,即能保全性命了。人谁能无情,您竟能忍心不说一句话。”她在庭院中泪如雨下,又诅咒又辱骂,子春始终不理不睬。那位大将军说:“我难道不能毒害你的妻子吗?”命令抬来了锉碓,从脚上开始一寸寸地锉他的妻子。妻子的叫声哭声越来越急,子春还是连看也不看。将军说:“此贼妖术已经练成,不能让他在世上久留。”于是命令左右把子春斩了。子春被斩杀后,他的魂魄被带去见阎王。阎王说:“这不是云台峰的那个妖民吗?”催促着把他打入地狱。于是子春受尽了熔铜、铁杖、碓捣、硙磨、火坑、镬汤、刀山、剑林等酷刑之苦。然而由于他心里牢记着道士之言,也好像可以忍受,连呻吟声都没有发出过。

狱卒告受罪毕,王曰:“此人阴贼[①],不合得作男,宜令作女人。”配生宋州单父县丞王勤家,生而多病,针灸医药之苦,略无停日[②]。亦尝坠火堕床,痛苦不济,终不失声。俄而长大,容色绝代,而口无声,其家目为哑女。亲戚相狎[③],侮之万端[④],终不能对。同乡有进士卢珪者,闻其容而慕之,因媒氏求焉。其家以哑辞之,卢曰:"苟为妻而贤,何用言矣,亦足以戒长舌之妇[⑤]。"乃许之。卢生备礼亲迎为妻[⑥],数年,恩情甚笃,生一男,仅二岁,聪慧无敌。卢抱儿与之言,不应。多方引之,终无辞。卢大怒曰:"昔贾大夫之妻鄙其夫,才不笑尔。然观其射雉,尚释其憾[⑦]。今吾陋不及贾,而文艺非徒射雉也,而竟不言。大丈夫为妻所鄙,安用其子!"乃持两足,以头扑于石上,应手而碎,血溅数步。子春爱生于心,忽忘其约,不觉失声云:"噫!"

【注释】

①阴贼:阴险残忍。《史记·游侠列传》:"少时阴贼,慨不快意,身所杀甚众。"

②略无:全无,毫无。《三国志·蜀书·赵云传》南朝宋裴松之注引《赵云别传》:"云身自断后,军资什物,略无所弃。"

③狎:亲近而不庄重,戏弄。

④万端:形容方法、头绪、形态等极多而纷繁。《史记·魏公子列传》:"公子患之,数请魏王,及宾客辩士说王万端。"

⑤长舌:比喻好扯闲话,搬弄是非。《诗经·大雅·瞻卬》:"妇有长舌,维厉之阶。"

⑥亲迎:古代婚礼"六礼"(纳采、问名、纳吉、纳征、请期、亲迎)之一,夫婿亲至女家迎新娘入室,行交拜合卺之礼。《诗经·大雅·大明》:"大邦有子,伣天之妹。文定厥祥,亲迎于渭。"

⑦"昔贾大夫之妻鄙其夫"四句:典出《左传·昭公二十六年》:"昔

贾大夫恶，取妻而美，三年不言不笑。御以如皋，射雉，获之，其妻始笑而言。”贾大夫貌丑，妻子貌美，妻子看不上丈夫，婚后三年不言不笑。有一年周王来贾国，在贾城西田猎。这时芦苇丛中飞起一群雉鸟，周王让贾大夫射雉助兴。贾大夫随即射中，跟随贾大夫乘车观猎的妻子不禁脸上露出笑容，开始说话。

【译文】

狱卒向阎王报告说刑罚都用完了，阎王说："此人阴险残忍，不该让他当男人，应该让他做女人。"于是让子春投胎转世到宋州单父县丞王勤家，一生下来就体弱多病，针灸吃药之苦，一天没间断过。也掉进过火堆里，从床上摔下过，苦不堪言，但子春始终不作声。转眼间她长大了，漂亮极了，然而就是不说话，家里人认为她是一个哑巴。亲戚对她百般调戏，极尽侮辱，她始终不说话。县丞的同乡有个名叫卢珪的进士，听说县丞的女儿貌美，很倾慕，就托媒人去县丞家提亲。县丞家以女儿是哑巴而推辞，卢生说："如果妻子贤惠，还用她说话干什么？也正好给那些长舌妇做个榜样。"县丞便答应了婚事。卢生备了彩礼亲自迎娶她作妻子。两人过了几年，非常恩爱，生了一个男孩，仅有两岁，就已经十分聪明。卢生抱着孩子和她说话，她不作声。他想尽一切办法引导她，她终究还是不说话。卢生大怒说："古时贾大夫的妻子瞧不起丈夫，才不肯笑。但后来她看见贾大夫射死了山鸡，尚且能消除对丈夫的怨恨。我并不比贾大夫粗陋，我的才学也非射山鸡的可比，而你竟然不与我说话。大丈夫被妻子瞧不起，还要儿子干什么！"说着就抓起男孩的两脚，把他的头摔在石头上，顿时头骨破碎，鲜血溅出好几步远。子春的怜爱之情从心中生起，一时间忘了道士的嘱托，不觉失声喊道："噫！"

噫声未息，身坐故处，道士者亦在其前，初五更矣[①]。其紫焰穿屋上天，火起四合，屋室俱焚。道士叹曰："措大误余乃如是[2]！”因提其髻投水瓮中[3]。未顷火息[4]。道士前曰：“出。吾子之心[5]，喜怒哀惧恶欲，皆能忘也。所未臻者[6]，爱而已。向使子无噫声[7]，吾之药成，子亦上仙矣。嗟乎，仙才之难得也！吾药可重炼，而子之身犹为世界所容矣[8]。勉之哉！”遥指路使归。子春强登台观焉，其炉已坏，中有铁柱大如臂，长数尺。道士脱衣，以刀子削之。子春既归，愧其恩，誓复自效，以谢其过，行至云台峰，无人迹，叹恨而归[9]。

【注释】

①五更：旧时以漏刻计时，从傍晚到次日清晨，分为五个时段，称为五更。相当于自午后七时起算，每一时段为两小时。北齐颜之推《颜氏家训·书证》：“或问：‘一夜何故五更？更何所训？’答曰：‘汉魏以来，谓为甲夜、乙夜、丙夜、丁夜、戊夜；又云鼓，一鼓、二鼓、三鼓、四鼓、五鼓；亦云一更、二更、三更、四更、五更；皆以五为节……更，历也，经也，故曰五更尔。’”或作“五夜”。此处指第五更，即天将亮时。

②措大：贬称贫寒的读书人。唐李匡乂《资暇集》：“代称士流为醋大，言其峭醋而冠四人之首；一说衣冠俨然，黎庶望之，有不可犯之色，犯必有验，比于醋而更验，故谓之焉。或云：往有士人，贫居新郑之郊，以驴负醋，巡邑而卖，复落魄不调。邑人指其醋驮而号之。新郑多衣冠所居，因总被斯号。亦云：郑有醋沟，士流多居其州。沟之东尤多甲族，以甲乙叙之，故曰醋大。愚以为四说皆非也。醋，宜作‘措’，止言其能举措大事而已。”

③髻（jì）：盘在头顶或脑后的发结。

④未顷：没多长时间。

⑤吾子：古时对人的尊称。《仪礼·士冠礼》：“某有子某，将加布于

其首，愿吾子之教之也。”

⑥臻：达到。

⑦向使：假使。《史记·李斯列传》：“向使四君却客而不内，疏士而不用，是使国无富利之实而秦无强大之名也。”

⑧世界：世上，人间。北齐颜之推《颜氏家训·归心》：“以世界外事及神化无方为迂诞也。”

⑨叹恨：嗟叹怨恨。《三国志·蜀书·魏延传》：“延常谓亮为怯，叹恨己才用之不尽。”

【译文】

噫声未落，子春已经坐回到原来的地方，道士也在他的面前，正是五更天开始的时候。紫色的火焰穿过屋顶冲上天空，四周也都起火了，房屋都烧毁了。道士叹息说：“你这个穷酸书生如此耽误我的事！”他提着杜子春的发结将他扔进大水缸里。不一会儿，火灭了。道士走到水缸前说：“出来吧。在您的心里，喜怒哀惧恶欲都忘掉了。不能忘记的，只是爱了。假使您不发出噫声，我的药就能炼成，您也就能成为上仙了。唉，仙才真是太难得了！我的药可以再炼，而您的身体还要继续留在这个世上。加油吧！”道士远远指着可以回家的路让他回去。子春用力登上道观的墙基，炼丹炉已经毁坏，里面有个铁柱子，有手臂那么粗，好几尺长。道士脱去衣服，用刀子削那根铁柱子。杜子春回到家后，感到愧对道士的恩惠，发誓要回去为其效劳，以补偿自己的过失。他来到云台峰，已经没有人的踪迹，只好怀着惋惜悔恨的心情回去了。

张老

张老者，扬州六合县园叟也。其邻有韦恕者，梁天监中自扬州曹掾秩满而来[①]。长女既笄[②]，召里中媒媪[③]，令访良才。张老闻之，喜而候媒于韦门。媪出，张老固延入，且备酒食。酒阑[④]，谓媪曰："闻韦氏有女将适人，求良才于媪，有之乎？"曰："然。"曰："某诚衰迈，灌园之业，亦可衣食，幸为求之。事成厚谢。"媪大骂而去。他日又邀媪，媪曰："叟何不自度，岂有衣冠子女肯嫁园叟耶？此家诚贫，士大夫家之敌者不少[⑤]。顾叟非匹，吾安能为叟一杯酒，乃取辱于韦氏！"叟固曰："强为吾一言之。言不从，即吾命也。"媪不得已，冒责而入言之。韦氏大怒曰："媪以我贫，轻我乃如是！且韦家焉有此事，况园叟何人，敢发此议！叟固不足责，媪何无别之甚耶[⑥]？"媪曰："诚非所宜言，为叟所逼，不得不达其意。"韦怒曰："为吾报之，今日内得五百缗则可。"媪出，以告张老，乃曰："诺。"未几，车载纳于韦氏[⑦]。诸韦大惊曰："前言戏之耳。且此翁为园，何以致此？吾度其必无而言之[⑧]。今不移时而钱到[⑨]，当如之何？"乃使人潜候其女，女亦不恨。乃曰："此固命乎！"遂许焉。

【注释】

①天监：梁武帝萧衍的年号（502—519）。掾（yuàn）：原为佐助的意思，后为副官佐或官署属员的通称。秩满：旧制官员任职届满。唐薛调《无双传》："秩满，闲居于县。"

②既笄（jī）：古代特指女子十五岁可以盘发插笄的年龄，表示已到出嫁的年龄。《礼记·内则》："女子……十有五年而笄。"笄，簪子。

③里：古代一种居民组织，先秦以二十五家为里。后泛指街坊。

④酒阑（lán）：饮宴过半，即将结束之时。阑，残，将尽。宋陆游《十一月四日风雨大作》："夜阑卧听风吹雨，铁马冰河入梦来。"

⑤敌：匹敌，对等。

⑥别：辨别，区分。《荀子·君道》："知国之安危臧否，若别白黑。"

⑦纳：缴纳，贡献。《周礼·地官·泉府》："岁终，则会其出入而纳其余。"

⑧度（duó）：估计，推测。《史记·项羽本纪》："度我至军中，公乃入。"

⑨移时：一会儿。唐杜甫《上牛头寺》："何处莺啼切，移时独未休。"

【译文】

张老是扬州六合县种菜的老头儿。他的邻居有个名叫韦恕的人，梁朝天监年间在扬州做官，任满后住在这里。韦恕的大女儿已经到了出嫁的年龄，于是召唤乡里的媒婆来家，让她给撮合一个优秀的男子。张老听说后，非常高兴地在韦家门口等候媒婆。媒婆出来，张老硬把她邀请到家里，预备了酒菜。快要吃完的时候，他对媒婆说："听说韦家有个女儿要找婆家，托您寻找一个好男儿，有这事吗？"媒婆说："有。"张老说："我确实体衰年迈了，但是种菜倒也可以衣食无忧，希望您替我去求亲。事成之后，定重重谢您。"媒婆把他大骂一顿走了。后来，他又去邀请媒婆，媒婆说："你这老头儿怎么这样自不量力，岂有书香人家的女儿肯嫁种菜的老头儿呢？他家的确很穷，士大夫家与之匹配的也不少。看你这老头儿根本不匹配，我怎能因为喝了你一杯酒，而到韦家自取其辱呢！"张老再三请求道："您就勉强替我去说一下。假使您说了而他家不答应，这就是我的命了。"媒婆没办法，便冒着挨一顿骂的风险到韦家去说亲。韦恕大怒说："你因为我家里穷，就这样看不起我吗！我韦家怎能做这等事，种菜的老头儿是何等人，怎敢说出这种话来！那老头儿不值得去责骂，你这老婆子怎么如此没有辨别的能力？"媒婆说："这话实在是不应当讲的，可是我被那老头儿逼得没有办法，不得不把他的意思转达一下。"韦恕怒气冲冲地说："你替我去告诉他，今天能送五百缗钱来，我就答应他。"媒婆出去，告诉了张老，张老道："好。"不多一会儿，他用车装了五百缗钱，送到韦家。韦家人大惊，说："刚才的话，不过是同他开玩笑罢了。况且这老头儿是个种菜的，怎能拿得出这么多钱来？我料他一定没有钱，所以才这样讲。现在没一会儿，他就把钱送到了，这该怎么办呢？"于是私下叫人去试探他女儿的意思，谁知他女儿并不懊恼。韦恕说："这大概是命中注定的了。"便答应了亲事。

张老既娶韦氏，园业不废，负秽锄地，鬻蔬不辍。其妻躬执爨濯①，了无怍色②，亲戚恶之，亦不能止。数年，中外之有识者责恕曰③："居家诚贫，乡里岂无贫子弟，奈何以女妻园叟？既弃之，何不令远去也！"他日，恕致酒召女及张老，酒酣，微露其意。张老起曰："所以不即去者，恐有留恋，今既相厌，去亦何难。某王屋山下有一小庄④，明旦且归耳。"天将晓，来别韦氏："他岁相思，可令大兄往天坛山南相访⑤。"遂令妻骑驴戴笠，张老策杖相随而去，绝无消息。

【注释】

①爨濯(cuàn zhuó)：做饭洗刷。亦泛指家务。

②了无怍(zuò)色：完全没有羞惭的神色。晋葛洪《抱朴子・释滞》："空有疲困之劳，了无锱铢之益也。"南朝宋刘义庆《世说新语・言语》："边文礼见袁奉高，失次序。奉高曰：'昔尧聘许由面无怍色，先生何为颠倒衣裳？'"

③中外：泛指亲戚。古代称父系血统的亲戚为"内"，亦称"中"；称父系血统之外的亲戚为"外"。

④王屋山：位于河南济源，中国古代九大名山之一，道教十大洞天之首。

⑤天坛山：位于河南济源西北，为王屋山主峰。

【译文】

张老娶了韦氏，还是继续种菜，挑粪锄地，不断地把蔬菜卖出去。他的妻子亲自做饭、洗衣，一点也没有畏难情绪，亲戚都很讨厌，但也不能阻止。过了几年，亲戚中有见识的人埋怨韦恕说："你家里虽然穷，乡里难道没有穷人家子弟可以成亲，怎么把女儿嫁给种菜的老头儿？既然你不要这个女儿了，为什么不叫她到远远的地方去呢？"有一天，韦恕备了酒菜，把女儿和张老邀来吃饭，酒喝得差不多了，他便微微露出了要女儿离开的意思。张老站起来说道："我们之所以没有立即离开这里，是怕您有所留恋，如今既然厌恶我们了，我们离开这里有什么难的。我在王屋山下有一座小庄子，明天一早就动身回去。"天将要亮的时候，张老来向韦家告别，说："以后倘若想念我们，可以叫大哥往天坛山南边去找我们。"于是叫妻子骑上一头驴，戴上笠帽，自己拄着拐杖，跟在后面一起走了，从此以后，再无消息。

后数年，恕念其女，以为蓬头垢面，不可识也。令长男义方访之。到天坛山南，适遇一昆仑奴[①]，驾黄牛耕田。问曰："此有张老庄否？"昆仑投杖拜曰："大郎子何久不来？庄去此甚近，某当前引。"遂与俱东去。初上一山，山下有水，过水延绵凡十余处，景色渐异，不与人间同。忽下一山，见水北朱户甲第，楼阁参差，花木繁荣，烟云鲜媚，鸾鹤孔雀，徊翔其间，歌管嘹亮耳目。昆仑指曰："此张家庄也。"韦惊骇不测。俄而及门，门有紫衣人吏，拜引入厅中。铺陈之物，目所未睹。异香氛氲[②]，遍满崖谷。忽闻环佩之声渐近，二青衣出曰[③]："阿郎来[④]。"次见十数青衣，容色绝代，相对而行，若有所引。俄见一人，戴远游冠，衣朱绡[⑤]，曳朱履[⑥]，徐出门。一青衣引韦前拜，仪状伟然，容色芳嫩，细视之，乃张老也，言曰："人世劳苦，若在火中。身未清凉，愁焰又炽，固无斯须泰时[7]。兄久客寄，何以自娱？贤妹略梳头，即当奉见。"因揖令坐。未几，一青衣来曰："娘子已梳头毕。"遂引入，见妹于堂前。其堂沉香为梁[8]，玳瑁帖门[9]，碧玉窗，真珠箔[10]，阶砌皆冷滑碧色，不辨其物。其妹服饰之盛，世间未见。略序寒暄[11]，问尊长而已，意甚卤莽。有顷，进馔，精美芳馨，不可名状[12]。食讫，馆韦于内厅。明日方晓，张老与韦氏坐，忽有一青衣附耳而语，张老笑曰："宅中有客，安得暮归。"因曰："小妹暂欲游蓬莱山[13]，贤妹亦当去，然未暮即归。兄但憩此。"张老揖而入。俄而五云起于中庭[14]，鸾凤飞翔，丝竹并作。张老及妹各乘一凤，余从乘鹤者数十人，渐上空中，正东而去，望之已没，犹隐隐有音乐之声。韦君在馆，小青衣供侍甚谨。迨暮[15]，稍闻笙簧之音，倏忽复到，乃下于庭。张老与妻见韦曰："独居大寂寞。然此地神仙之府，非俗人得游，以兄宿命合得到此。然亦不可久居，明日当奉别耳。"及时，妹复出别兄，殷勤传语父母而已[16]。张老曰："人世遐远，不及作书。"奉金二十镒[17]，并与一故席帽[18]，曰："兄若无钱，可于扬州北邸卖药王老家取一千万，持此为信。"遂别。复令昆仑奴送出，却到天坛[19]，昆仑奴拜别而去。

【注释】

①昆仑奴：古代豪门富家以南海国人为奴，称"昆仑奴"。

②氛氲（yūn）：香气浓郁。

③青衣：婢女。青色的衣服为古代婢女之常服，因以代称婢女。

④阿郎：主人。《太平广记·方士》："使还曰：'报汝阿郎，勿深

忧也。'"

⑤绡(xiāo):生丝或以生丝织成的薄绸子。

⑥曳(yè):穿着。《新唐书·李博义传》:"骄侈不循法度,伎妾数百,曳罗纨,甘粱肉,放于声乐以自娱。"

⑦斯须:片刻,短暂的时间。《礼记·祭义》:"礼乐不可斯须去身。"

⑧沉香:植物名。瑞香科沉香属。叶呈披针或倒卵形,互生,花白色。其木质坚色黑,为著名香料。因置于水中会下沉,所以称为沉香。

⑨玳瑁:动物名。龟鳖目海龟科,其背甲呈黄褐色,光润美丽,前宽后尖,中国古代珍贵的装饰品。

⑩箔(bó):帘子。唐白居易《长恨歌》:"揽衣推枕起徘徊,珠箔银屏迤逦开。"

⑪序:叙述,叙说。南朝梁萧统《文选·序》:"论则析理精微,铭则序事清润。"

⑫不可名状:不可用言语来形容。宋洪迈《夷坚志·夷坚丙志·锦香囊》:"至明,视所遗囊,文锦烂然,非世间物。中贮一合如玳瑁,以香实之,芳气酷烈,不可名状。"名,说出。

⑬小:用于谦称。如对人称自己的儿子为小儿,自己的女儿为小女。

⑭中庭:住宅等建筑物中央的露天庭院。南朝宋鲍照《梅花落》:"中庭杂树多,偏为梅咨嗟。"

⑮迨(dài):等到,达到。

⑯殷勤:情意深厚。《资治通鉴·汉献帝建安十三年》:"肃宣权旨,论天下事势,致殷勤之意。"

⑰奉:给予,赠予。镒(yì):古代重量单位,合二十两(一说二十四两)。

⑱席帽:用苇子编成的帽子。

⑲却：回转，返回。天坛：即天坛山，位于河南济源西北，为王屋山主峰。

【译文】

几年之后，韦恕想念女儿，以为她一定蓬头垢面，不能认识了。他叫大儿子义方去探访。义方到了天坛山南面，恰好遇见一个昆仑奴，牵着一头黄牛正在耕田。义方上前问："这里是否有张老家的庄子？"昆仑奴把棍子一丢，行礼道："大公子怎么好久不来？庄子离这里很近，待我在前边引路。"义方跟随昆仑奴往东走。先上了一座山，山下有一条河，过了河，接连经过十几处地方，景色渐异，与人世间不同了。忽然走下一个山头，看到河的北面有一座朱红漆门的大宅院，楼阁高低不一，花木茂盛，烟云缭绕，风景明媚，鸾凤、白鹤、孔雀在那里飞来飞去，唱歌奏乐的声音清亮悦耳。昆仑奴指着说："这里就是张家庄。"韦义方十分诧异，完全出乎意料。一会儿到了门口，门前有个穿紫色衣服的小吏，打躬作揖，把韦义方引进厅堂。厅中的陈设，都是从未见过的。空气中异香芬芳，弥漫山谷。忽然听得环佩之声渐近，里边走出两个丫鬟，通报说："主人来了。"随后看见十几个丫鬟，美貌绝伦，两队排列着走出来，似乎在前边引道。不久看见一个人，头戴远行的帽子，身穿红色绸缎，足蹬红色鞋子，慢慢地从门里出来。一个丫鬟带韦义方上前行礼，那人身材魁伟，面白肤嫩，仔细一看，原来是张老。张老说："人世间非常劳累辛苦，如同在火中。身子还没有凉爽，忧愁又像火焰一样使你的身体发热，没有片刻的安定平和。大哥一向在外，做何消遣？令妹稍作梳妆，一会儿就要出来见你了。"于是作了个揖，请韦义方坐下。不多一会儿，有一个丫鬟出来说："娘子已经梳完头了。"便带领义方进去，到堂前见他的妹妹。那堂室的栋梁是沉香木做成的，门上镶嵌着玳瑁，碧玉窗棂，珍珠帘子，阶石很凉，碧绿滑溜，不知道用什么东西做成的。他妹妹的衣服装饰，雍容华贵，世上从来未曾见过。她与义方略叙寒暄，仅仅是问问尊长怎么样，情谊看起来很是淡薄。过了一会儿，传饭进餐，菜看很精致，气味芳香，不能用语言描述。吃完之后，让义方住宿在内厅。第二天天刚亮，张老和韦义方一同坐着，忽然有个丫鬟走进来，凑在张老耳朵边低语，张老笑着说："家里有客人，怎么可以到晚上才回来。"于是对义方说："我的妹妹要去游蓬莱山，令妹也当同去，但不到天黑就会回来的。大哥只管在此休息。"说完之后作了一个揖，就进去了。不一会儿，有五色云从庭院里升起来，鸾凤飞翔，丝竹之声悠扬。张老和义方的妹妹各骑一只凤凰，几十个骑鹤的人跟随在后面，渐渐地飞到了空中，向正东方向飞去，抬头一望已经看不见了，耳朵里还隐隐听到音乐之声。韦义方留在房间，小丫鬟伺候得非常周到。到了傍晚，隐隐听得笙簧声，一霎时已经到了上空，在庭院里落下来。张老夫妇见了韦义方说："你一个人留在这里太寂寞了。这里是神仙的府第，不是凡人所能到的，因大哥宿命的原因才可以到这里。但也不可以久留，明天就应该分别了。"到了分别的时候，义方的妹妹又出来送别哥哥，只是殷勤地托哥哥带个口信给父母罢了。张老说："这里离世间很远，我来不及写信了。"便赠送他金子二十镒，并且给他一顶旧苇帽，说："大哥日后若没有了钱，可到扬州北邸卖药的王老家中拿一千万钱，用这顶帽子作为凭据。"说完就告别了。还是命昆仑奴送义方回去，到了天坛山，昆仑奴拜别回去。

韦自荷金而归[①]，其家惊讶，问之，或以为神仙，或以为妖妄，不知所谓。五六年间，金尽，欲取王老钱，复疑其妄。或曰："取尔许钱，不持一字，此帽安足信。"既而困极，其家强逼之，曰："必不得钱，庸何伤。"乃往扬州，入北邸，而王老者方当肆陈药[②]。韦前曰："叟何姓？"曰："姓王。"韦曰："张老令取钱千万，持此席帽为信。"王老曰："钱即实有，帽是乎？"韦前曰："叟可验之，岂不识耶？"王老未语，有小女自青布帏中出，曰："张老尝过，令缝帽顶，其时无皂线[3]，以红线缝之。线色手踪皆可自验。"因取看之，果是也。遂得钱，载而归，乃信真神仙也。

【注释】

①荷(hè)：用肩扛或担，背负。《列子·汤问》："遂率子孙荷担者三夫。"

②肆：店铺。《庄子·外物》："吾得斗升之水然活耳，君乃言此，曾不知早索我于枯鱼之肆。"

③皂：黑色。皂本是皂斗的略称，指栎实、柞实等，其壳斗煮汁，可以作为黑色染料。

【译文】

韦义方自己背着金子回家，家人都很惊奇，问明了此番发生的经过，有人认为是神仙，有人认为是妖怪，究竟是什么也无法判断。五六年间，韦家把金子用光了，想到王老那里去取钱，又疑心不是真的。有人说："去拿这么多钱，没有一个字据，这顶旧帽子怎能为凭？"后来家里实在贫困极了，家里人硬逼韦义方去，说："即使拿不到钱，去一趟也没有什么坏处。"于是韦义方到扬州去，走进北邸，王老正在店铺排列中药材。韦义方上前问道："老人家何姓？"老头儿道："姓王。"韦义方说："张老叫我来取一千万钱，以这顶帽子为凭。"王老说："钱确实是有的，但不知这帽子是不是真的？"韦义方上前说："老人家可以拿去验一下，难道您不能辨别吗？"王老没说话，有个小姑娘从青布帘里走出来，说："张老曾经从这里经过，叫我缝帽顶，当时因为没有黑线，是用红线缝的。线的颜色和我亲手所缝的手法，都可以验得出来。"于是拿着帽子去看，果然是张老的帽子。韦义方得到钱，用车拉回家，家人这才相信张老是真神仙。

其家又思女，复遣义方往天坛山南寻之，到即千山万水，不复有路。时逢樵人，亦无知张老庄者，悲思浩然而归[①]。举家以为仙俗路殊，无相见期。又寻王老，亦去矣。复数年，义方偶游扬州，闲行北邸前，忽见张老昆仑奴前拜曰："大郎家中何如？娘子虽不得归，如日侍左右，家中事无巨细，莫不知之。"因出怀中金十斤以奉，曰："娘子令送与大郎君。阿郎与王老会饮于此酒家。大郎且坐，昆仑当入报。"义方坐于酒旗下，日暮不见出，乃入观之。饮者满坐，坐上并无二老，亦无昆仑。取金视之，乃真金也。惊叹而归，又以供数年之食。后不复知张老所在。

【注释】

①悲思：悲伤的情思。浩然：不可阻遏、无所留恋的样子。《孟子·公孙丑》："夫出昼，而王不予追也，予然后浩然有归志。"宋朱熹《集注》："浩然，如水之流不可止也。"

【译文】

后来他家又想念女儿，再派义方往天坛山南寻访，到了那里，只见千山万水，不再有路可走。有时遇见樵夫，上前去询问，也没人知道张老的庄子在哪里，韦义方只能怀着满腹悲思回家了。家人都认为神仙、凡人路途隔绝，不会再有相见的日期了。又去寻王老，他也走了。又过了几年，韦义方偶然到扬州去，闲逛至北邸前，忽然看见张老的昆仑奴，上前向他行礼说："大郎家中怎样？女主人虽然不能回家，她却像天天在你们身边一样，家中事不论大小，她没有一件不知道的。"他从怀中捧出十斤金子交与义方，说："女主人命我送与大郎君。我主人与王老在这家酒店里喝酒。大郎暂且坐一会儿，待我进去禀报。"韦义方坐在酒旗下等候，直到天色渐黑，还不见他们出来，便进去查看。见喝酒的人满座了，但座中并没有二老,也没有昆仑奴。把金子拿出来一看,倒是真金子。义方很诧异地叹息了一会儿就回家了,又用这些金子供给家人几年的饮食。从此以后,便不再知道张老在什么地方了。

贞元进士李公者[1],知盐铁院[2],闻从事韩准太和初与甥侄语怪[3],命余纂而录之。

【注释】

①贞元:唐德宗李适的年号(785—805)。

②知:主持,执掌。盐铁院:指盐铁转运使下属分布各地的巡院。

③从事:官名。州郡的佐吏。太和:唐文宗李昂的年号(827—835)。

【译文】

贞元年间进士李公,在盐铁院做官,太和初年,听到从事韩准与外甥、侄辈谈论怪异之事,便命我把这件事记载下来。

裴谌

裴谌、王敬伯、梁芳,约为方外之友[1]。隋大业中[2],相与入白鹿山学道,谓黄白可成[3],不死之药可致,云飞羽化,无非积学,辛勤采炼,手足胼胝[4],十数年间。无何,梁芳死,敬伯谓谌曰:"吾所以去国忘家、耳绝丝竹、口厌肥豢、目弃奇色、去华屋而乐茅斋、贱欢娱而贵寂寞者,岂非觊乘云驾鹤、游戏蓬壶[5]?纵其不成,亦望长生,寿毕天地耳。今仙海无涯,长生未致,辛勤于云山之外,不免就死。敬伯所乐,将下山乘肥衣轻,听歌玩色,游于京洛,意足然后求达,垂功立事，以荣耀人寰。纵不能憩三山，饮瑶池，骖龙衣霞，歌鸾飞凤，与仙翁为侣，且腰金拖紫[⑥]，图影凌烟[⑦]，厕卿大夫之间[⑧]，何如哉！子盍归乎[⑨]？无空死深山。"谌曰："吾乃梦醒者，不复低迷。"敬伯遂归，谌留之不得。时唐贞观初[⑩]，以旧籍调授左武卫骑曹参军[⑪]，大将军赵朏妻之以女。

【注释】

①方外：世外。指仙境或僧道的生活环境。唐权德舆《卧病喜惠上人李炼师茅处士见访》："方外三贤人，惠然来相亲。"

②大业：隋炀帝杨广的年号(605—618)。

③黄白：指术士所谓炼丹化成金银的法术。汉应劭《风俗通·正失·淮南王安神仙》："招募方伎怪迂之人，述神仙黄白之事，财殚力屈，无能成获。"

④胼胝(pián zhī)：手掌脚底因长期劳动摩擦而生的茧子。《荀子·子道》："夙兴夜寐，耕耘树艺，手足胼胝，以养其亲。"

⑤蓬壶：即蓬莱，古代传说中的海中仙山。晋王嘉《拾遗记·高辛》："三壶则海中三山也。一曰方壶，则方丈也；二曰蓬壶，则蓬莱也；三曰瀛壶，则瀛洲也。形如壶器。"

⑥腰金拖紫：喻身居高官。《宋书·沈攸之传》："沈攸之少长庸贱，擢自阎伍，邀百战之运，乘一捷之功，镌山裂地，腰金拖紫，穷贵于国，极富于家。"金，金印。紫，紫绶。

⑦凌烟：凌烟阁的省称。为表彰功臣而建筑的绘有功臣图像的高阁。北周庾信《周柱国大将军纥干弘神道碑》："天子画凌烟之阁，言念旧臣；出平乐之宫，实思贤傅。"

⑧厕：杂置，参与。《史记·乐毅列传》："先王过举，厕之宾客之中，立之群臣之上。"

⑨盍:何不。

⑩贞观:唐太宗李世民的年号(627—649)。

⑪左武卫骑曹参军:武卫是古代军制名,唐时分左、右武卫,各置大将军一人。骑曹参军是其属官。

【译文】

裴谌、王敬伯、梁芳三个人相约为求仙学道的朋友。隋朝大业年间,三人一起到白鹿山修行。他们原以为可以练成点丹化成金银的法术,得到长生不老之药,乘云飞行、羽化登仙,只要不断地积累都可以学会,于是辛苦修练了十几年,手脚都生出茧子来了。不久,梁芳死去,王敬伯对裴谌说:“我之所以离开都城、忘记家庭,不听音乐,不吃肥甘厚味,不看美色,离开豪华的府第而住进茅屋,轻欢娱而重清修,难道不是为了希望能乘云驾鹤、畅游于蓬莱仙山吗?即使不能如此,也希望能长生不老,与天地同寿。现在,仙海无边,长生不老办不到,在荒山里辛辛苦苦地修练,还免不了一死。敬伯我所愿做的,是下山骑着肥壮的骏马,穿着轻暖的皮袍,听音乐伴美女,游遍长安和洛阳,玩够了之后再追求仕途,建功立业,以求得人世间的荣耀。纵使不能游赏仙山、饮酒瑶池,不能用龙驾车、以云霞为衣裳、让鸾凤歌舞,不能和仙人为伴,但是我可以身居高官,在凌烟阁留下画像,置身于朝廷大臣之列,怎么样?您为什么不回去呢?不要白白地死在深山。”裴谌说:“我是个梦醒之人,不再迷恋。”于是王敬伯一人走了,裴谌挽留不住。当时是唐贞观初年,王敬伯因为从前的官职和家世被任命为左武卫骑曹参军,大将军赵朏把女儿嫁给了他。

数年间,迁大理廷评①,衣绯,奉使淮南②,舟行过高邮。制使之行③,呵叱风生④,行船不敢动。时天微雨,忽有一渔舟突过,中有老人,衣蓑戴笠,鼓棹而去⑤,其疾如风。敬伯以为吾乃制使,威振远近,此渔父敢突过我。试视之,乃谌也。遽令追之，因请维舟[⑥]，延之坐内，握手慰之曰："兄久居深山，抛掷名宦而无成，到此极也。夫风不可系，影不可捕，古人倦夜长，尚秉烛游，况少年白昼而掷之乎？敬伯粤自出山数年[⑦]，今廷尉评事矣。昨日推狱平允，乃天锡命服[⑧]。淮南疑狱，今谳于有司[⑨]，上择详明吏覆讯之，敬伯预其选，故有是行。虽未可言官达，比之山叟，自谓差胜[⑩]。兄甘劳苦，竟如曩日[⑪]，奇哉！奇哉！今何所须，当以奉给。"谌曰："吾侪野人[⑫]，心近云鹤，未可以腐鼠吓也[⑬]。吾沉子浮，鱼鸟各适，何必矜炫也[⑭]。夫人世之所须者，吾当给尔，子何以赠我？吾山中之友，或市药于广陵[⑮]，亦有息肩之地[⑯]。青园桥东，有数里樱桃园，园北车门[⑰]，即吾宅也。子公事少隙，当寻我于此。"遂翛然而去[⑱]。

【注释】

①迁：晋升或调动。《后汉书·张衡列传》："安帝雅闻衡善术学，公车特征拜郎中，再迁为太史令。"大理廷评：唐代设置大理寺，掌管审判、刑狱等事务，是中央一级的审判机构。廷评，即评事，大理寺的属官。

②奉使：奉命出使。《史记·平津侯主父列传》："奉使则张骞、苏武。"淮南：指淮河以南、长江以北的地区。宋张孝祥《水调歌头》："长忆淮南岸，耕钓混樵渔。"

③制使：皇帝派遣的使者。唐韩愈《王公神道碑铭》："制使出巡，人填道迎，显公德。"

④呵斥：大声斥责。风生：起风。晋潘岳《为诸妇祭庾新妇文》："室虚风生，床尘帷举。"

⑤鼓棹(zhào)：划桨。《晋书·陶称传》："鼓棹渡江二十余里。"

⑥维舟：系船停泊。南朝梁何逊《与胡兴安夜别》："居人行转轼，客子暂维舟。"

⑦粤：助词，用于句首或句中。

⑧天锡：上天赐予。《宋史·韩世忠传》："世忠先得贼军号，随声应之，周览以出，喜曰：'此天锡也。'"命服：原指周代天子赐予元士至上公九种不同命爵的衣服，后泛指官员及其配偶按等级所穿的制服。唐权德舆《奉送孔十兄宾客承恩致政归东都旧居》："角巾华发忽自遂，命服金龟君更与。"

⑨谳（yàn）：议罪，判定。《汉书·景帝纪》："诸狱疑，若虽文致于法而于人心不厌者，辄谳之。"唐颜师古注："谳，平议也。"有司：官员。职有专司，故称为有司。三国蜀诸葛亮《出师表》："若有作奸犯科，及为忠善者，宜付有司，论其刑赏。"

⑩差：略微。宋张实《流红记》："祐临流浣手，久之，有一脱叶，差大于他叶。"

⑪曩（nǎng）日：往日，以前。

⑫吾侪（chái）：我辈。《左传·宣公十一年》："吾侪小人，所谓取诸其怀而与之也。"

⑬腐鼠：腐烂的死鼠。典出《庄子·秋水》："惠子相梁，庄子往见之。或谓惠子曰：'庄子来，欲代子相。'于是惠子恐，搜于国中三日三夜。庄子往见之，曰：'南方有鸟，其名为鹓鸰，子知之乎？夫鹓鸰发于南海而飞于北海，非梧桐不止，非练实不食，非醴泉不饮。于是鸱得腐鼠，鹓鸰过之，仰而视之曰：吓！今子欲以子之梁国而吓我邪？'"

⑭矜炫：夸耀，炫耀。唐罗隐《残花》："繁阴莫矜炫，终是共尘埃。"

⑮广陵：古县名。秦置，治今江苏扬州。

⑯息肩：卸去负担。《左传·襄公二年》："郑成公疾，子驷请息肩于晋。"晋杜预注："欲辟楚役，以负担喻。"泛指栖止休息、停止。唐

玄奘《大唐西域记·摩揭陀国》:"于诸印度建一伽蓝,使客游乞士,息肩有所。"

⑰车门:大门旁专供车马出入的门。《汉书·灌夫传》:"蚡已罢朝,出止车门。"

⑱脩(xiāo)然:无拘无束,超脱貌。《庄子·大宗师》:"脩然而往,脩然而来而已矣。"

【译文】

数年间,王敬伯升为大理寺廷评,穿大红色官服,出使淮南,坐船经过高邮。他是奉皇帝之命出行,威风凛凛,一吆喝就能起一阵风,别的船都不敢行驶。这时天空下着细雨,忽有一条渔舟从官船前头驶过,舟中坐着个老人,穿着蓑衣,戴着斗笠,划桨前进,快如疾风。王敬伯心想我是奉命使者,威震远近,这个渔夫怎敢抢过我船头?注目一看是裴谌。王敬伯于是赶紧命令追上,请裴谌系舟停泊,邀请他到船舱中坐下,握着裴谌的手慰问道:"兄久居深山,抛弃了成名与当官的机会,修仙至今,竟无所成到这个地步。风不可系住,影不可抓住,古人嫌昼短夜长,尚且点着灯烛去游玩,更何况年轻人怎能虚度白天呢?我出山好几年了,现在已是廷尉评事了。前些日子因为审案公平允当,天子赐予制服。淮南有疑难案件,报请有司议罪,皇上找明察的官吏再审讯一次,我被选中,所以有这次出行。虽然不能说是官运亨通,比那山中老翁,自认为要强一些。兄甘心劳苦,竟和从前一样,真是奇怪,奇怪!现在你有什么需要的,我一定赠送给你。"裴谌说:"我辈山野之人,心如云中之鹤,用不着拿如同腐鼠一样的官职来吓唬我。我沉您浮,就像鸟飞鱼沉那样各得其所,何必矜夸炫耀。人世间所需的东西,我可以送给您,您拿什么赠送给我呢?我山中的朋友,有在广陵卖药的,在那里也有我的栖息之所。在青园桥东,有个几里地大的樱桃园,园北有个车马出入的门,就是我的住宅。您公事之余,可以到那里找我。"说完就潇洒而去了。

敬伯到广陵十余日，事少闲，思谌言，因出寻之。果有车门，试问之，乃裴宅也。人引以入，初尚荒凉，移步愈佳。行数百步，方及大门，楼阁重复，花木鲜秀，似非人境。烟翠葱笼[①]，景色妍媚，不可形状。香风飒来，神清气爽，飘飘然有凌云之意[②]，不复以使车为重，视其身若腐鼠，视其徒若蝼蚁[③]。既而稍闻剑佩之声，二青衣出曰："阿郎来。"俄有一人，衣冠伟然，仪貌奇丽，敬伯前拜，视之乃谌也。裴慰之曰："尘界仕宦，久食腥膻，愁欲之火焰于心中，负之而行，固甚劳困。"遂揖以入，坐于中堂，窗户栋梁，饰以异宝，屏帐皆画云鹤。有顷，四青衣捧碧玉台盘而至，器物珍异，皆非人世所有，香醪嘉馔[④]，目所未窥。既而日将暮，命其仆促席[⑤]，燃九光之灯，光华满座。女乐二十人，皆绝代之色，列坐其前。裴顾小黄头曰[⑥]："王评事昔吾山中之友，道情不固，弃吾下山，别近十年，才为廷尉属。今俗心已就，须俗妓以乐之。顾伶家女无足召者，当召士大夫之女已适人者。如近无姝丽，五千里内皆可择之。"小黄头唯唯而去。诸妓调碧玉筝，调未谐而黄头已复命，引一妓自西阶登，拜裴席前。裴指曰："参评事。"敬伯答拜，细视之，乃敬伯妻赵氏也。敬怕惊讶不敢言，妻亦甚骇，目之不已。遂令坐玉阶下，一青衣捧玳瑁筝授之，赵素所善也，因令与妓合曲以送酒。敬伯坐间取一般色朱李投之[⑦]，赵顾敬伯，潜系于衣带。妓作之曲，赵皆不能逐。裴乃令随赵所奏，时时停之，以呈其曲。其歌舞虽非云韶九奏之乐[⑧]，而清亮宛转，酬献极欢[⑨]。

【注释】

①烟翠：指杨柳。唐高蟾《长门怨》："烟翠薄情攀不得，星芒浮艳采无因。"

②凌云：直上云霄。多形容志向崇高或意气高超。《史记·司马相如列传》："相如既奏《大人之颂》，天子大说，飘飘有凌云之气，似游天地之间意。"

③蝼蚁：蝼蛄和蚂蚁，泛指微小的生物。《庄子·列御寇》："在上为乌鸢食，在下为蝼蚁食。"

④醪(láo)：酒的总称。

⑤促席：座席互相靠近。西晋左思《蜀都赋》："合樽促席，引满相罚。乐饮今夕，一醉累月。"

⑥黄头：童仆。唐戎昱《赠别张驸马》："华堂金屋别赐人，细眼黄头总何在？"

⑦朱李：李子的一种。

⑧云韶：黄帝《云门》乐和虞舜《大韶》乐的并称。后泛指宫廷音乐。晋曹毗《江左宗庙歌·歌哀皇帝》："愔愔云韶，尽美尽善。"九奏：指古代行礼奏乐九曲。

⑨酬献：相互劝酒。宋秦观《会稽唱和诗序》："山川览瞩之美，酬献之娱，一皆寓之于诗。"

【译文】

王敬伯到广陵十多天，一日稍有闲空，想起裴谌说的话，于是出门寻他。樱桃园果然有座供车马出入的门，试着询问，果然是裴谌的住宅。王敬伯被人引入，景物开始时还有些荒凉，愈走愈佳。走了几百步才到了宅院的大门。门内楼阁重叠，花草树木鲜艳秀丽，好像不是人间。杨柳青翠茂盛，景色妩媚妍丽，难以形容。香风轻轻飘来，令人神清气爽，飘飘然有凌云之意，令王敬伯不再看重自己皇上使者的身份，觉得自己就像腐烂的老鼠一样，看自己的从官仆役也不过是蝼蛄和蚂蚁。不一会儿，渐渐听到宝剑与垂佩撞击的声音，两个婢女走出来，说道："主人来了。"片刻，出来一个人，衣冠卓异超群，仪表容貌不凡。王敬伯向前拜见，一看正是裴谌。裴谌慰问说："凡间仕宦之人，久食腥膻，再加上忧愁和欲念之火不断在胸中燃烧，承担着这些压力，也够令人疲劳困苦的了。"随后向敬伯拱手行礼请入屋内，坐在中堂说话。屋子的窗户和栋梁，都用珍奇的宝物装饰，屏风帐幕上都画有云彩和白鹤。一会儿，四个婢女捧着碧玉做的托盘来到，上面摆的杯盏等器物珍贵奇异，都是人间没有的东西。还有美酒佳肴，也都是从来没有见过的。天色接近黄昏，裴谌让童仆把大家的座位摆得靠近些，点上有九个灯头的灯，光亮照耀满座。有二十个女乐师，都是世间绝色，整齐地坐在席前。裴谌回头对童仆说："王评事原来是我山中的朋友，由于修道之心不坚，弃我下山，相别已近十年，如今才当了个廷尉的属官。现在他俗心已成，需要俗世间的乐妓给他奏乐娱乐。但是歌妓没有值得召来的，应当召士大夫家已经嫁了人的女子。如果附近没有漂亮的女子，五千里以内的都可以挑选。"小童仆连连答应而去。歌妓开始调整碧玉筝，还没来得及把音调好，小童仆已经回来复命，带着一个乐妓从西边台阶登上，在裴谌席前拜见。裴谌指着王敬伯说："参见评事。"王敬伯答礼，细看这个女人，原来正是自己的妻子赵氏。王敬伯惊讶得不敢说话，他妻子也是非常惊骇，不停地看着丈夫。裴谌叫赵氏坐在玉阶下面，一个婢女捧着玳瑁筝交给赵氏，这是赵氏平时最擅长的乐器，于是叫赵氏与歌妓合奏以助酒兴。王敬伯在座位旁边拿了一个黑红色的李子扔给赵氏，赵氏看着丈夫，暗暗把李子系在衣带上。歌妓们所奏的曲子，赵氏都不能跟上。于是裴谌叫众乐师配合赵氏所奏的曲子，不时停下来，以突出赵氏的演奏。所奏的乐曲虽然不是像《云门》《大韶》这样的古乐，但清亮悠扬，宾主把酒言欢，非常快乐。

天将晓，裴召前黄头曰："送赵氏夫人。"且谓曰："此堂乃九天画堂[①],常人不到。吾昔与王为方外之交,怜其为俗所迷,自投汤火[②],以智自烧,以明自贼[③],将浮沉于生死海中,求岸不得,故命于此,一以醒之。今日之会,诚难再得,亦夫人宿命,乃得暂游,云山万重,往复劳苦,无辞也。”赵拜而去。裴谓敬伯曰:“评公使车留此一宿,得无惊郡将乎[④]?宜且就馆,未赴阙闲时[⑤],访我可也。尘路遐远,万愁攻人,努力自爱。”敬伯拜谢而去。

【注释】

①画堂:古代宫中有彩绘的殿堂。亦泛指华丽的堂舍。南朝梁简文帝《饯庐陵内史王修应令》:“回池泻飞栋,浓云垂画堂。”

②汤火:滚水与烈火。比喻极端危险的事物或处境。

③贼:残害,伤害。

④郡将:郡守。郡守兼领武事,故称。《后汉书·皇甫规传》:“臣穷居孤危之中,坐观郡将,已数十年矣。”

⑤赴阙:入朝。指陛见皇帝。《晋书·鲁芝传》:“老幼赴阙献书,乞留芝。魏明帝许焉。”

【译文】

天将要亮时,裴谌将先前那个童仆召来说:“送赵夫人。”又对赵氏说:“这屋子是九天上的画堂,凡人是来不了的。过去我与王敬伯为修道的朋友,怜惜他被俗念所迷,自投危险处境,用自己的智谋烧毁自己,以自己的睿智残害自己,将在生死海中浮沉,找不到岸,所以安排他到这里来,借此唤醒他。今天的聚会,确实很难再有了,也是夫人的宿命,才有这次远游。云山万重,来来去去很是辛苦,请不必推辞。”赵氏拜别后返回故里。裴谌对王敬伯说:“您在这里待了一夜,大概会惊动郡守吧?还是回到馆驿中去住,没有回京城前,如果有闲空时可以找我。您的尘世生活的道路漫长,还有很多烦恼缠绕着您,尽力自己保重吧。”王敬伯拜谢归去。

后五日,将还,潜诣取别,其门不复有宅,乃荒凉之地,烟草极目[①],惆怅而反[②]。及京奏事毕,得归私第,诸赵竞怒曰:“女子诚陋拙,不足以奉事君子。然已辱厚礼,亦宜敬之。夫上以承先祖,下以继后嗣,岂苟而已哉。奈何以妖术致之万里而娱人之视听乎?朱李尚在,其言足征,何讳乎?”敬伯尽言之,且曰:“当此之时,敬伯亦自不测。此盖裴之道成矣,以此相炫也。”其妻亦记得裴言,遂不复责。

【注释】

①烟草:烟雾笼罩的草丛。亦泛指蔓草。唐黄滔《景阳井赋》:“台城破兮烟草春,旧井湛兮苔藓新。”

②反:后多作“返”。《尚书·五子之歌》:“畋于有洛之表,十旬弗反。”

【译文】

过了五天,王敬伯准备回京城,悄悄地去与裴谌辞行,但见车门内不再有住宅,而是一片荒凉之地,满眼都是荒烟蔓草,只好满怀惆怅返回。王敬伯回到京城禀报公事后,回到自己的住宅,赵家人争相愤怒地说:“我家姑娘确实笨拙,不配嫁给你。然而既然蒙你厚礼娶了过来,就应该懂得尊敬她。她对上祭祀你的祖先,对下为你生儿育女,难道是可以随便戏弄的吗?为什么你要用妖术把她弄到万里之外,让她弹筝供人娱乐?那颗李子尚在,她说的话是可信的,你还有什么可隐瞒?”王敬伯把事情的始末全说了,又说道:“当时我自己也没料到。这一定是裴谌修道成功了,用这种方法向我炫耀。”王敬伯的妻子也记得裴谌说过的话，也就不再责备他。

吁！神仙之变化，诚如此乎？将幻者鬻术以致惑乎？固非常智之所及。且夫雀为蛤，雉为蜃[①]，人为虎，腐草为萤，蜣螂为蝉[②]，鲲为鹏，万物之变化，书传之记者，不可以智达，况耳目之外乎！

【注释】

①蜃（shèn）：大蛤。《国语·晋语》："雀入于海为蛤，雉入于淮为蜃。"三国吴韦昭注："小曰蛤，大曰蜃，皆介物，蚌类。"

②蜣螂（qiāng láng）：俗称屎壳郎。全体黑色，背有坚甲，胸部和脚有黑褐色的长毛，会飞，吃粪屎和动物的尸体，常把粪滚成球形，产卵其中。

【译文】

唉！神仙的变化真的是这样神奇吗？还是会幻术的人卖弄他的幻术使人迷惑呢？这些都不是平常人的智力所能理解的。再说雀变为小蛤，野鸡变为大蛤，人变为虎，腐草变为萤火虫，蜣螂变为蝉，鲲变为鹏，万物之间的变化，书上所记载的都不能用常人的智力去理解，何况那些闻所未闻、见所未见的事情呢？

卷二

【题解】

本卷共二篇。《韦氏》讲述了京师一家姓韦的女儿，在结婚之前就梦到了自己的丈夫应该是谁，还梦到了丈夫的仕途以及她丈夫被杀后家庭的没落，她自己及儿媳妇被发配宫中服役以及最后的人生归宿，后来现实的发展一一验证了她的梦境。《郭代公》讲述了郭元振在开元年间下第返乡途中，夜行迷路，夜晚投宿到一处院落，发现有一位少女被关在笼子里，后来得知是当地人被迫将她嫁给乌将军，不然就会降临灾难。郭元振救出少女，智杀乌将军，为民除害，原来所谓的乌将军是一头成精的黑猪。少女感激郭元振的救命之恩，嫁给了他。这则故事歌颂了郭元振勇于担当、机智果敢的品行。后人还常常将此篇故事与《西游记》中的猪八戒的故事进行比较，甚至有人认为这里的所谓乌将军就是猪八戒的原型。

韦氏

京兆韦氏女者[①]，既笄二年，母告之曰："有秀才裴爽者[②]，欲聘汝[③]。"女笑曰："非吾夫也。"母记之。虽媒媪日来，盛陈裴之才，其家甚慕之，然终不谐[④]。又一年，母曰："有王悟者，前参京兆军事[⑤]，其府之司录张审约者[⑥]，汝之老舅也[⑦]，为王媒之，将聘汝矣。”女亦曰：“非也。”母又曰：“张既熟我，又为王之媒介也，其辞不虚矣。”亦终不谐。又二年，进士张楚金求之。母以告之，女笑曰：“吾之夫乃此人也。”母许之。遂择吉焉[⑧]。

【注释】

①京兆：指京师所在地区。

②秀才：科举时代科目之称。始于汉，后避光武讳改称茂才，唐与明经、进士并设科目，宋则凡应举者皆称秀才，明清专称入县学的生员。

③聘：旧时称订婚、迎娶之礼。《礼记·内则》：“聘则为妻。”

④不谐：不成功。

⑤参……军事：东汉末始有“参某某军事”的名义，谓参谋军事，简称参军。晋以后军府和王国始置为官员，沿至隋唐，兼为郡官。

⑥司录：晋时置录事参军，为公府官，非州郡职，掌总录众曹文簿，举弹善恶。北周称司录参军，属相府；同时州之刺史有军而开府者亦置之。唐开元初改为京尹属官，掌府事。

⑦老：排行在最后的。

⑧择吉：选定吉日。旧时，凡婚、嫁、安葬等都要选个吉利日子。

【译文】

京师一家姓韦的女儿，十七岁的时候，母亲告诉她说：“有个叫裴爽的秀才，想要娶你。”她笑着说：“他不是我的丈夫。”母亲记住了。虽然媒婆天天来求婚，盛赞裴爽的才华，家人也非常欣赏裴爽，然而终究没有成功。又过了一年，母亲对她说：“有一个叫王悟的人，是前任京兆参军，他府邸的司录张审约，是你小舅，为王悟做媒，想要娶你。”韦氏女还是说：“不是我的丈夫。”母亲又说：“张审约与我很熟悉，又为王悟做媒人，他说的话不会虚假。”最后也没有成功。又过了两年，进士张楚金求婚。母亲把这件事告诉了女儿，女儿笑着说："我的丈夫就是这个人了。"母亲同意了。然后选择吉时成亲。

既成礼讫，因其母徐问之，对曰："吾此乃梦征矣①。然此生之事皆见矣，岂独适楚金之先知乎②。某既笄，梦年二十适清河楚金，以尚书节制广陵③，在镇七年④。而楚金伏法，阖门皆死，惟某与新妇一人，生入掖庭⑤，蔬食而役者十八年⑥，蒙诏放出。自午承命，日暮方出宫阙，与新妇渡水，迨暗及滩，四顾将昏然，不知所往，因与新妇相抱于滩上，掩泣相勉曰：'此不可久立，宜速渡。'遂南行。及岸数百步，有坏坊焉⑦。自入西门，随垣而北，其东大门屋，因造焉，又无人而大开，遂入。及坏戟门⑧，亦开，又入。逾屏回廊四合，有堂既扃⑨，阶前有四大樱桃树林，花发正茂，及月色满庭，似无人居，不知所告。因与新妇对卧阶下。未几，有老人来诟逐，告以前情，遂去。又闻西廊步履之声，有一少年郎来诟，且呼老人令逐之。苦告之，少年郎低首而走，徐乃白衫素履⑩，哭拜阶下曰：'某尚书之侄也。'乃恸哭曰：'无处问耗⑪，不知阿母与阿嫂至，乃自天降也。此即旧宅，堂中所锁，无非旧物。'恸哭开户，宛如故居之地。居之九年，前后从化。"

【注释】

①征：预兆，迹象。例如吉征、凶征。《史记·周本纪》："夫国必依山川，山崩川竭，亡国之征也。"

②适：女子出嫁。

③节制：指挥管辖。

④镇：古代在边境驻兵戍守称为镇。镇将管理军务，有的也兼理民政，宋初废。《新唐书·兵志》："唐初，兵之戍边者，大曰军，小曰守捉，曰城，曰镇，而总之者曰道。"

⑤掖庭：宫殿中的旁舍，妃嫔的住所。《后汉书·窦武传》："长女选入掖庭，桓帝以为贵人。"

⑥蔬食：粗食。《论语·乡党》："虽蔬食菜羹瓜祭，必齐如也。"

⑦坊：别室，专用的房舍。

⑧戟门：于门前立戟，泛指显贵之家。唐元稹《暮秋》："看着墙西日又沉，步廊回合戟门深。"

⑨扃(jiōng)：上闩，关门。

⑩白衫：唐、宋士大夫的便服。后仅用作凶服，为居丧者的孝服。《旧唐书·唐临传》："尝欲吊丧，令家童自归家取白衫。"素履：居丧时所穿的白色鞋子。

⑪耗：消息，音信。唐李商隐《即日》："赤岭久无耗，鸿门犹合围。"

【译文】

婚礼结束之后，她的母亲慢慢地问这件事，女儿回答说："我的婚事已经在梦中有了预兆。我一生之事都看到了，不仅仅是预知嫁给张楚金。我十五岁时，梦到二十岁嫁给清河的张楚金，他以尚书的身份管辖广陵，在那里管理了七年。而张楚金犯法被处死，满门皆判死刑，唯有我与刚进门的儿媳妇，被送入宫中，吃着粗茶淡饭，劳作了十八年，承蒙皇帝下诏把我们放出去。中午接到诏书，到了傍晚才走出宫殿，我与儿媳妇渡河，到了天很黑的时候才到达河滩，四顾茫然，不知道要到哪里去，我与儿媳妇相抱于河滩上，掩面而哭，相互勉励说：'这里不可以久待，必须快速渡河。'于是往南走。到达对岸后再走数百步，有一座破旧的房舍。从西门进入，顺着墙向北走，东边是有大门的屋子，因此到那里去看一看，门开着，但没有人，于是就进去了。到了已经残破的戟门，门也开着，我们又进去了。穿过屏障、回廊、四合，有一间堂屋是上闩的，台阶前有四棵大樱桃树，鲜花盛开，此时月光普照庭院，院子里似乎无人居住，不知跟谁打招呼。我与儿媳面对面卧倒在台阶之下。没多久，有一个老人来辱骂驱赶我们，然后我们把之前发生的事告诉了他，他就走了。后来又听到西廊下有脚步声，有一个少年过来辱骂，并且呼叫那个老人，让他驱赶我们两个。我们苦苦哀求，并把自己的身世告诉了他，那个少年低着头就跑了，不一会儿穿着白衫白鞋回来了，在台阶下哭着行礼说：'我是尚书的侄子。'他痛哭着说：'我没有地方问你们的消息，不知道伯母与嫂子回来了，真是如同天降一般。这里就是当时的宅院，堂屋中锁着的东西，都是以前的旧物。'他们哭泣着打开锁，这里确实像原来居住的地方。在这里居住了九年，我与儿媳妇先后去世。"

其母大奇之。且人之荣悴①，无非前定，素闻之矣，岂梦中之信，又如此乎？乃心记之。俄而楚金授钺广陵②，神龙中以徐敬业有兴复之谋③，连坐伏法，惟妻与妇免死，配役掖庭十八年，则天因降诞日④，大纵籍没者⑤，得随例焉。午后受诏，及行，总监绯阉走留食候之⑥。食毕，实将暮矣。其褰裳涉水而哭⑦，及宅所在，无差梦焉。噫！梦信足征也，则前所叙扶风公之见⑧，又何以偕焉。

【注释】

①荣悴(cuì)：比喻人的穷通。晋潘岳《秋兴赋》："虽末士之荣悴兮，伊人情之美恶。"

②授钺：古代大将出征，君主授以斧钺，表示授以兵权。《文选·张衡〈东京赋〉》："授钺四七，共工是除。"三国吴薛综注引《六韬》：

“凡国有难,君召将以授斧钺。”

③神龙:周武则天的年号(705),唐中宗沿用不改(705—707)。徐敬业(?—684):即李敬业,曹州离狐(今山东菏泽)人。李绩的孙子。历任太仆少卿、眉州刺史。光宅元年(684)坐赃贬柳州司马,与唐之奇、杜求仁、骆宾王等在扬州起兵,反对武则天临朝,求得状貌类似太子贤者奉以为主,自称匡复府上将、领扬州大都督。有众十余万人,一面屯淮阴等地,一面渡江攻下润州。后为武后大将李孝逸击败,至海陵(今江苏泰州)界,被部下杀死。兴复:犹恢复。

④降诞日:生日。

⑤籍没:指登录财产或家口,以没收充公。《三国志·魏书·东夷传》:“季父牛加有二心,位居杀季父父子,籍没财物,遣使簿敛送官。”

⑥总监:官名。隋唐有宫苑总监、九成宫总监、盐池总监等。绯阉:唐代太监服饰的颜色规定:凡三品以上一律用紫色,五品以上用绯色,六品、七品用绿色,八品、九品用青色。走:仆人,有时含蔑称意。

⑦褰裳(qiān cháng):撩起下裳。《诗经·郑风·褰裳》:“子惠思我,褰裳涉溱。”

⑧扶风公:即本书卷七《张左》中之扶风人申宗,其前身梦入耳中之国,因得长寿。

【译文】

她的母亲听后,感到非常惊异。人的穷困与显达,都是命中注定的,这是常常听说的事,难道梦中的征兆,又如此准确?于是她的母亲就暗暗记住了。不久张楚金被朝廷任命管辖广陵,武则天神龙年间,因为徐敬业有恢复李唐皇室之阴谋,张楚金连坐被处死,唯有他的妻子与儿媳免于一死,被发配到宫廷,做了十八年劳役,武则天因其生日,大赦抄家之人,她们因此豁免。午后接到诏书,正要走,总监官官的仆从让她们留下来等候吃饭。吃完饭，已经到了傍晚。她们撩起下衣蹚水过河而哭泣的情形，以及那所宅院所在，与韦氏女做的梦没有差异。噫！梦的征兆足够让人信服，本书前面所叙述的扶风公申宗在梦中所看到的，也是一样的准确。

郭代公

代国公郭元振[1]，开元中下第[2]，自晋之汾，夜行阴晦失道，久而绝远有灯火之光，以为人居也，径往投之。八九里有宅，门宇甚峻。既入门，廊下及堂下灯烛辉煌，牢馔罗列[3]，若嫁女之家，而悄无人。公系马西廊前，历阶而升，徘徊堂上，不知其何处也。俄闻堂中东阁有女子哭声，呜咽不已。公问曰："堂中泣者，人耶，鬼耶？何陈设如此，无人而独泣？"曰："妾此乡之祠，有乌将军者，能祸福人，每岁求偶于乡人，乡人必择处女之美者而嫁焉。妾虽陋拙，父利乡人之五百缗[4]，潜以应选。今夕，乡人之女并为游宴者，到是，醉妾此室，共锁而去，以适于将军者也。今父母弃之，就死而已，惴惴哀惧，君诚人耶，能相救免，毕身为除扫之妇[5]，以奉指使。"公大愤曰："其来当何时？"曰："二更。"公曰："吾忝为大丈夫也[6]，必力救之。如不得，当杀身以徇汝[7]，终不使汝枉死于淫鬼之手也。"女泣少止。于是坐于西阶上，移其马于堂北，令一仆侍立于前，若为宾而待之[8]。未几，火光照耀，车马骈阗[9]，二紫衣吏入而复走出，曰："相公在此[10]。"逡巡[11]，二黄衣吏入而出，亦曰："相公在此。"公私心独喜，吾当为宰相，必胜此鬼矣。

【注释】

①郭元振(656—713):名震,字元振,以字行,魏州贵乡(今河北邯郸大名)人。开元元年(713)拜相,并辅助唐玄宗诛杀太平公主,兼任御史大夫,进封代国公。不久,唐玄宗骊山讲武,郭元振因军容不整,被流放新州,后在赴任饶州司马途中,抑郁病逝。

②开元:唐玄宗李隆基的年号(713—741)。下第:科举时代考试不中者曰下第,又称落第。唐韦应物《送槐广落第归扬州》:"下第常称屈,少年心独轻。"

③牢馔:酒食。

④利:贪。

⑤除扫之妇:打扫卫生的妇女,侍妾的委婉语。

⑥忝(tiǎn):表示愧于进行某事,用作谦辞。宋司马光《训俭示康》:"二十忝科名。"

⑦徇:通"殉",为某种目的而牺牲生命。

⑧宾:通"傧",接引宾客。

⑨骈阗(pián tián):车马连结,并行而进。

⑩相公:古时对宰相的尊称。汉王粲《从军诗》:"相公征关右,赫怒震天威。一举灭獯虏,再举服羌夷。"

⑪逡巡:顷刻之间。唐韩湘《言志》:"解造逡巡酒,能开顷刻花。"

【译文】

代国公郭元振,开元年间科举没中,从晋州去汾州,夜里天黑迷路,过了很久才看到远处有灯火,以为是人家,就前往投宿。走了八九里地才看到住宅,大门非常高大。进门后,廊下及堂屋中灯火辉煌,酒食排列,像是嫁女儿的人家,但寂静无人。郭元振把马系在西边的廊前,顺着台阶走上去,在堂屋里走来走去,不知是什么地方。不一会儿,听到堂屋中东边阁子里有女子的哭声,不停地呜咽哭泣。郭元振问道:"堂中哭的,是人,还是鬼?为何如此摆设,没有其他人而你独自哭泣呢?"

女子回答道："我们乡里祠庙供奉的，有个乌将军，能给人带来祸福，每年强横地向乡里人求婚，乡里人必须选一个漂亮的少女嫁给他。我虽丑陋笨拙，但我父亲收了乡里人的五百缗钱，私下里让我去应选。今晚，乡里人的女儿们都到这里参加游乐宴饮，她们来到这里后，把我灌醉在这间屋子里，锁上门就一起离开了，让我嫁给乌将军。现在被父母抛弃，在此等死，令我恐惧哀伤，您如果是人，能救我免除危难，我愿一生做您的侍妾，供您使唤。"郭元振愤怒地说："它什么时候来？"回答道："二更天。"郭元振说："我忝为个大丈夫，一定尽力相救。如果不行，就自杀陪你一起死，一定不会让你枉死在淫鬼之手。"那女子的哭声稍稍停止了。郭元振于是坐在西边的台阶上，把马拴到堂屋的北面，让一仆人站着屋前，像接引宾客的傧相等候着。不久，火光照耀，车马聚集，有两个穿紫衣的小吏进来又出去了，说："宰相在这里。"很快，又有两个穿黄色衣服的小吏进来又出去，也说："宰相在这里。"郭元振暗自高兴，我以后应能当上宰相，必定能战胜此鬼。

既而将军渐下，导吏复告之[①]。将军曰："入。"有戈剑弓矢翼引以入[②]，即东阶下，公使仆前曰："郭秀才见。"遂行揖。将军曰："秀才安得到此？"曰："闻将军今夕嘉礼[③]，愿为小相耳[④]。"将军者喜而延坐，与对食，言笑极欢。公囊中有利刀，思取刺之，乃问曰："将军曾食鹿腊乎[⑤]？"曰："此地难遇。"公曰："某有少许珍者[⑥]，得自御厨，愿削以献。"将军者大悦。公乃起，取鹿腊并小刀，因削之，置一小器，令自取。将军喜，引手取之，不疑其他。公伺其无机[⑦]，乃投其脯[⑧]，捉其腕而断之。将军失声而走，导从之吏一时惊散。公执其手，脱衣缠之，令仆夫出望之，寂无所见，乃启门谓泣者曰："将军之腕已在于此矣，寻其血踪，死亦不久。汝既获免，可出就食。"泣者乃出，年可十七八[9]，而甚佳丽，拜于公前，曰："誓为仆妾。"公勉谕焉[10]。天方曙，开视其手，则猪蹄也。

【注释】

①导吏：担任前导的小吏。

②翼：一个队形（如战线、散兵线、行进纵队）的左侧或右侧。《韩非子·十过》："韩、魏翼而击之。"

③嘉礼：本指饮食、冠昏、宾射、飨燕、贺庆等礼节。《周礼·春官·大宗伯》："以嘉礼亲万民，以饮食之礼亲宗族兄弟。"后专指婚礼。

④小相：引导宾客的司礼官。《论语·先进》："宗庙之事，如会同，端章甫，愿为小相焉。"

⑤腊：干肉。汉应劭《风俗通·祀典·司命》："汝南余郡亦多有，皆祠以腊，率以春秋之月。"

⑥珍：精美的食品。《古诗为焦仲卿妻作》："杂彩三百匹，交广市鲑珍。"

⑦无机：任其自然，没有心计。唐陆希声《清辉堂》："野人心地本无机，为爱茅檐倚翠微。"

⑧脯：肉干。《左传·僖公三十三年》："吾子淹久于敝邑，惟是脯资饩牵竭矣。"

⑨可：大概。唐柳宗元《至小丘西小石潭记》："潭中鱼可百许头，皆若空游无所依。"

⑩勉谕：亦作"勉喻"。晓喻，劝说。《宋史·李祚传》："亲丧，庐墓侧凡二十七年，家人百计勉谕，不听。"

【译文】

不久将军渐渐走近了，引导官又宣告一遍。将军说："进去。"有兵士手拿戈、剑、弓、矢在一旁引导进入，到东边台阶下，郭元振派仆人上前说："郭秀才求见。"郭元振行礼作揖。将军说："秀才为什么在这里？"郭元振回答："听说将军今晚举行婚礼，愿做司仪。"将军高兴地请郭元振入坐，与他共同进餐，交谈非常愉快。郭元振的布袋中有把利刃，想拿出刺杀将军，就问道："将军可曾吃过鹿腊肉？"将军说："此地难遇此物。"郭元振说："我珍藏有一些，是从御厨那里得到的，愿切了献给您。"将军很高兴。郭元振起来，取来鹿腊肉和小刀，切开鹿腊肉，放在一个小容器里，让将军自取。将军很高兴，伸手去拿，没怀疑其他的。郭元振趁他不备，就把鹿脯投向将军，抓住他的一只手腕将其砍断。将军痛苦失声而逃，引导随从的小吏一时惊慌四散。郭元振拿着那只被砍下来的手腕，脱下衣服包裹上，让仆人出门观望，外边一片寂静，什么都看不见，于是开门对那个哭泣的女子说："将军的手腕已在这里，循着血迹追踪，他离死也不远了。你已经没事，可以出来吃饭了。"那个哭泣的女子才出来，她大约十七八岁，非常美丽，拜在郭元振面前，说："我发誓做您的侍妾。"郭元振劝勉开导她。天刚亮，他们便打开衣服看包裹里的手，发现竟是一只猪蹄。

俄闻哭泣之声渐近，乃女之父母兄弟及乡中耆老[①]，相与舁榇而来[②]，将收其尸以备殡殓。见公及女，乃生人也。咸惊以问之，公具告焉。乡老共怒残其神，曰："乌将军，此乡镇神，乡人奉之久矣，岁配以女，才无他虞。此礼少迟，即风雨雷雹为虐。奈何失路之客[③]，而伤我明神，致暴于人，此乡何负！当杀公以祭乌将军，不尔，亦缚送本县。"挥少年将令执公，公谕之曰："尔徒老于年，未老于事。我天下之达理者，尔众听吾言。夫神，承天而为镇也[④]，不若诸侯受命于天子而疆理天下乎？"曰："然。"公曰："使诸侯渔色于中国[⑤]，天子不怒乎？残虐于人，天子不伐乎？诚使尔呼将军者，真神明也，神固无猪蹄，天岂使淫妖之兽乎？且淫妖之兽，天地之罪畜也，吾执正以诛之，岂不可乎！尔曹无正人[⑥]，使尔少女年年横死于妖畜，积罪动天。安知天不使吾雪焉？从吾言，当为尔除之，永无聘礼之患[⑦]，如何？"乡人悟而喜曰："愿从命。"公乃令数百人，执弓矢刀枪锹镢之属，环而自随，寻血而行。才二十里，血入大冢穴中，因围而斸之[⑧]，应手渐大如瓮口[⑨]，公令束薪燃火投入照之[⑩]。其中若大室，见一大猪，无前左蹄，血卧其地，突烟走出，毙于围中。

【注释】

①耆(qí)老：老人，多指德高望重者。《三国志·吴书·吕蒙传》："蒙旦暮使亲近存恤耆老，问所不足，疾病者给医药，饥寒者赐衣粮。"

②舁榇(yú chèn)：抬着棺材。

③失路：迷途。《后汉书·窦融列传》："计若失路不反，闻道犹迷。"

④镇：镇服。《国语·鲁语》："子以君命镇抚敝邑。"

⑤渔色：贪逐女色，犹如以网捕鱼。《礼记·坊记》："诸侯不下渔色。"中国：中原地区。

⑥尔曹：你们。《后汉书·赵憙传》："顾谓仇曰：'尔曹若健，远相避也。'"

⑦聘礼：订婚之礼。南朝梁沈约《奏弹王源》："璋之下钱五万，以为聘礼。"

⑧斸(zhú)：挖。北魏贾思勰《齐民要术·种竹》："正月二月中，斸取西南引根并茎，芟去叶，于园内东北角种之。"

⑨应手:随手而就。《南史·齐长沙威王晃传》:“乃令晃复驰马拔之,应手便去。”

⑩束薪:扎捆柴木。《汉书·朱买臣传》:“(买臣)常艾薪樵,卖以给食。担束薪,行且诵书。”

【译文】

不一会儿,听到有哭声渐近,原来是女子的父母兄弟和同乡中的老士绅,共同抬着棺材走来,要收尸以准备入殓出殡。他们看见郭元振和女子还活着,都惊讶地询问,郭元振详细地说了经过。乡老们认为郭元振残害神灵,很是愤怒,说:“乌将军是镇守这乡的神,我们供奉很久了,每年许配它一个女子,这才没有别的祸患。这个礼稍稍送迟了,就会风雨冰雹肆虐。为什么你这迷路的客人,要伤我神灵,使我们遭受灾难,我们有什么对不起你的!该杀你以祭奠乌将军,不然,也要绑送本县官府。”他们指挥年轻人让把郭元振抓起来,郭元振告诉他们说:“你们虽然年纪很大,但并不明白事理。我是天下通晓事理的人,你们听我说。神承受天命而治理天下,难道不像诸侯受命于天子而管理天下吗?”他们说:“对。”郭元振说:“假使诸侯在中原渔色,天子能不愤怒吗?残暴狠毒地对待百姓,天子能不讨伐吗?假使你们称为将军的人真是神灵,神肯定没猪蹄,苍天怎能用淫荡邪恶的兽类呢?而且淫荡邪恶的兽类,是天地间有罪的畜生,我主持公道把它杀掉,怎么不可以!你们没有正直的人,使那些少女年年都有横死在妖畜之手的,累积的罪恶都惊动了苍天。怎么就知道不是老天爷让我为她们雪耻呢?听我的话,一定为你们除掉它,永无被迫嫁女之祸,怎么样?”乡人醒悟后高兴地说:“愿服从您的命令。”郭元振就令几百人,手持弓箭刀枪锹镐等东西,跟着郭元振,循着血迹而走。才走了二十里,血迹进入一个大墓的洞穴中,他们围起来挖掘,渐渐挖成个像瓮口的洞,郭元振让人用捆好的木柴点燃后投进去照。里面犹如一间大屋子,只见一头大猪,没有前左蹄,流着血,趴在地上,冲出烟火逃出来，被大家围起来打死了。

乡人翻共相庆，会饯以酬公。公不受，曰："吾为人除害，非鬻猎者[①]。"得免之女辞其父母亲族曰："多幸为人，托质血属[②]，闺闱未出，固无可杀之罪。今者贪钱五十万，以嫁妖兽，忍锁而去，岂人所宜！若非郭公之仁勇，宁有今日？是妾死于父母而生于郭公也。请从郭公，不复以旧乡为念矣[③]。"泣拜而从公，公多歧援谕止之[④]，不获，遂纳为侧室，生子数人。

【注释】

①鬻（yù）猎：卖猎物谋生。

②托质：托身。血属：有血缘关系的亲属。

③旧乡：故乡。战国屈原《离骚》："陟升皇之赫戏兮，忽临睨夫旧乡。"

④歧：指正式或正当途径以外的其他途径。谕：告诉，使人知道。

【译文】

乡人转而相互庆贺，聚餐酬谢郭元振。郭元振不接受，说："我为民除害，不是卖猎物谋生的人。"获救女子辞别父母亲戚说："侥幸为人，托身于父母，足不出户，本来没有被杀的罪行。你们贪钱五十万，把我嫁给妖兽，忍心锁门而去，岂是亲人应该做的吗？如不是郭公的仁义勇敢，哪能有我的今天？这是我死于父母而生于郭公。我请求跟从郭公，不再以故乡为念。"哭着向父母拜别后跟从了郭元振，郭元振多方让人设法劝阻她，都没有成功，于是把她纳为侧室，生了几个儿子。

公之贵也，皆任大官之位。事已前定，虽生远地而弃焉，鬼神终不能害，明矣。

【译文】

郭元振显贵以来，担任的都是大官之位。人生前世已定，虽然生在遥远的地方而被抛弃，鬼神始终不能加害，这是明确的。

卷三

【题解】

本卷共三篇。《尼妙寂》讲述了一个年轻女子叶氏为父及夫复仇的故事。叶氏的父亲及丈夫被杀，托梦以隐语的方式告知叶氏凶手为何人，叶氏遍求高人破解，后来终于知道了凶手的姓名。叶氏到凶手家做佣人，潜伏数年，复仇成功。本篇极力赞扬了作为弱小女子的叶氏，克服万难，为父为夫报仇的坚韧精神。这则故事与李公佐的《谢小娥传》内容基本相似，盖《尼妙寂》改编自《谢小娥传》。《党氏女》讲述了一个叫兰如宾的人，秘密杀害了在其家居住的茶叶商人王兰，并侵吞了他的财产，以此暴富。同年兰如宾的儿子出生，这个孩子聪明漂亮，兰如宾夫妻视为至宝，然而此子花钱甚多，几年后又忽然夭折。其家境又恢复到原来的状况。多年后，一个党氏家的女儿还原了真相，那个夭折的儿子，即为党氏女的前身，也是王兰的转世，投胎做兰如宾的儿子，是为了报王兰杀身、夺财之仇，他专门挥霍家中的不义之财，财产耗尽，便夭折而去，使兰如宾痛不欲生。本故事意在说明做坏事终遭报应，丝毫不爽。《崔环》讲述了崔环在病重期间，游历冥间并返回阳间的故事，根据他的所见所闻以及亲身经历，描述了阴间刑法的残酷，尤其是在“人矿院”中，人被大铁椎椎得“骨肉皆碎，仅欲成泥”，令人痛苦到了极点。故事中的阴间亦同人世间，存在着人情关系及徇私舞弊，这当然是对人世间的一种影射。

尼妙寂

尼妙寂[①]姓叶氏，是江州浔阳女也[②]。初嫁任华[③]，浔阳之大贾也[④]。父升与华往复长沙广陵间[⑤]。贞元十一年春，之潭州[⑥]，不复。过期数月，妙寂忽梦父披发裸形，流血满身，泣曰："吾与汝夫湖中遇盗，皆已死矣。以汝心似有志者[⑦]，天许复仇，但幽冥之意，不欲显言，故吾隐语报汝，诚能思而复之，吾亦何恨[⑧]。"妙寂曰："隐语云何？"升曰："杀我者，车中猴，门东草。"俄而见其夫，形状若父，泣曰："杀我者，禾中走，一日夫。"妙寂抚膺而哭[⑨]，遂为女弟所呼觉[⑩]，泣告其母，阖门大骇。念其隐语，杳不可知。访于邻叟及乡闾之有知者，皆不能解。乃曰："上元县[⑪]，舟楫之所交者，四方士大夫多憩焉，而邑有瓦棺寺，寺上有阁，倚山瞰江，万里在目，亦江湖之极境，游人弭棹[⑫]，莫不登眺。吾将缁服其间[⑬]，伺可问者，必有省吾惑矣。"于是褐衣之上元[⑭]，舍力瓦棺寺，日持箕帚，洒扫阁下。闲则徙倚栏槛[⑮]，以伺识者。见高冠博带吟啸而来者[⑯]，必拜而问。居数年，无能辩者。

【注释】

①尼：尼姑，佛教中出家修行的女子。

②江州浔阳：今江西九江的古称，因古时流经此处的长江一段被称为浔阳江，而县治在长江之北，即浔水之阳而得名。

③初：当初。

④贾：商人。古时特指囤积营利的坐商。古时候称行商为商，坐商为贾。后泛指商人。《孟子·梁惠王》："耕者皆欲耕于王之野，

商贾皆欲藏于王之市。”

⑤广陵：县名。秦置，治今江苏扬州。

⑥之：往，朝某方向走，到……去。《史记·项羽本纪》：“项伯乃夜驰之沛公军。”

⑦似：用于比较，表示程度更甚。宋刘克庄《浪淘沙》：“岁晚客天涯，短发苍华。今年衰似去年些。”

⑧恨：遗憾，不满意。

⑨抚膺：抚胸，表示悲恨。西晋潘岳《哀永逝文》：“闻鸣鸡兮戒朝，咸惊号兮抚膺。”

⑩女弟：妹妹。

⑪上元县：南京自唐朝起下辖的一个县，上元也是唐朝时期南京的称呼之一。上元县与江宁县同城而治，同为南京的母县，于1912年撤废上元县，并入江宁县。

⑫弭棹（mǐ zhào）：停止摇桨。南朝谢灵运《九日从宋公戏马台集送孔令》：“弭棹薄枉渚，指景待乐阕。”

⑬缁服：僧尼之服。南朝梁慧皎《高僧传·释道恒》：“恒等才质暗短，染法未深；缁服之下，誓毕身命。”

⑭褐衣：粗布衣服，古代贫贱者所穿。《史记·平原君虞卿列传》：“邯郸之民，炊骨易子而食，可谓急矣，而君之后宫以百数，婢妾被绮縠，余粱肉，而民褐衣不完，糟糠不厌。”

⑮徙倚：徘徊，流连不去。汉庄忌《哀时命》：“独徙倚以彷徉。”

⑯高冠博带：高大的帽子，宽大的衣带，为旧时儒生的装束。后亦指穿着礼服。《墨子·公孟》：“昔者齐桓公高冠博带，金剑木盾，以治其国。”

【译文】

尼姑妙寂姓叶，是江州浔阳人。当初嫁给了任华，他是浔阳的大商人。她的父亲叶升和任华常常往返于长沙与广陵之间做生意。贞元十一年的春天,他们到潭州去,再没回来。过了好几个月,有一天妙寂突然梦到父亲披散着头发,光着身子,满身是血,哭着说:“我与你丈夫在湖中遇到强盗,都已经死了。你是一个意志比较坚强的人,老天同意你来报仇,但按照阴间的意思,不能说得很明白,所以我用隐语告诉你,你如果真能明白并且报了仇,我也没什么遗憾的了。”妙寂问:“隐语说什么?”叶升说:“杀我的人,车中猴,门东草。”一会儿又看见她的丈夫,形象和父亲一样,哭着说:“杀我的人,禾中走,一日夫。”妙寂抚胸痛哭,被她的妹妹唤醒,她哭着告知母亲,全家人大惊。对隐语所包含的意思,妙寂想了很久,依然深不可知。拜访邻居中的老人和乡亲中的智者,都解释不了。于是她说:“上元县城是行船交汇的地方,四面八方的士大夫多在这里休息,城内有一座瓦棺寺,寺里有阁楼,靠山而建,可以俯视长江,一览无余,也是此地最美的景点,游人停船,无不登楼远眺。我要去瓦棺寺出家,等候可问的人,必定有能解答我的疑惑的。”她于是穿上粗布衣服去了上元县,在瓦棺寺做苦工,天天拿着簸箕和扫帚,打扫阁楼。闲暇时就在栏槛处走来走去,探察能解谜的人。看见儒生装束,吟咏歌唱的人过来,必然礼拜而问。过了几年,没人能解开谜团。

十七年,岁在辛巳,有李公佐者,罢岭南从事而来[①],揽衣登阁[②],神采俊逸,颇异常伦。妙寂前拜泣,且以前事问之。公佐曰:“吾平生好为人解疑,况子之冤恳,而神告如此,当为汝思之。”默行数步,喜招妙寂曰:“吾得之矣,杀汝父者申兰,杀汝夫者申春耳。”妙寂悲喜呜咽,拜问其说。公佐曰:“夫‘猴’申生也,‘车’去两头而言猴,故‘申’字耳[③]。‘草’而‘门’,‘门’而‘东’,非‘兰’字耶[④]?‘禾中走’者,穿田过也,此亦‘申’字也。‘一日’又加‘夫’,盖‘春’字耳。鬼神欲惑人,故交错其言。”妙寂悲喜若不自胜,久而掩涕拜谢曰:“贼名既彰[5],雪冤有路。苟获释憾,誓报深恩。妇人无他,唯洁诚奉佛[6],祈增福海耳[7]。”乃再拜而去。

【注释】

①从事:职官名。汉刺史佐吏,如别驾、治中等皆称为从事史,通称为州从事,历代因其制,宋废。

②揽衣:披着衣服。唐白居易《长恨歌》:“揽衣推枕起徘徊,珠箔银屏逦迤开。”

③“‘车’去两头而言猴”二句:“车”的繁体字为“車”,去上、下两横,故为“申”。

④“‘草’而‘门’”三句:“兰”的繁体字为“蘭”。

⑤彰:揭示,表露。三国诸葛亮《出师表》:“责攸之、祎、允等之慢,以彰其咎。”

⑥洁诚:态度真诚。南朝宋鲍照《代白纻舞歌词》:“思君厚德委如山,洁诚洗志期暮年。”

⑦福海:犹厚福,谓福深广如海。唐周远志《造阿弥陀像记》:“用斯功德,保祚皇基,兼被幽明,同归福海。”

【译文】

贞元十七年,是辛巳年,有个叫李公佐的人,被免去岭南从事的官职来到此地,披着衣服登上阁楼,神采俊秀飘逸,和一般人不一样。妙寂上前哭着拜见,拿梦中的隐语询问他。公佐说:“我平生喜欢给人解疑,何况你含冤又恳切,并且神灵告知了这些,我应当为你好好思考思考。”他默默地走了几步,高兴地招呼妙寂说:“我猜出来了,杀你父亲的叫申兰,杀你丈夫的叫申春。”妙寂悲喜交加,哭了起来,一面拜谢一面询问他这样说的理由。公佐说:“申年生的人属猴,‘车’(車)字去两头而说猴,所以是个‘申’字。‘草’而‘门’(門),‘门’而‘东’(東),不是‘兰’(蘭)字吗?‘禾中走’,就是穿田而过,这也是‘申’字。‘一日’又加

'夫',就是'春'字啊。鬼神想要迷惑人,所以交织错杂地这样说。"妙寂听后悲伤喜悦之情不能自已,过了好久才擦干眼泪拜谢道:"贼人的名字已知道,雪冤有望了。假如能够消除我心中的怨恨,我一定报答您的大恩。我一介弱女子没有其他本事,只有真心念佛,为您祈祷增加海量福报。"于是向李公佐拜了两拜离去了。

元和初[①],泗州普光王寺有梵氏戒坛[②],人之为僧者必由之。四方辐辏[③],僧尼繁会,观者如市焉[④]。公佐自楚之秦,维舟而往观之[⑤]。有一尼,眉目朗秀,若旧识者,每过必凝视公佐,若有意而未言者久之。公佐将去,其尼遽呼曰:"侍御贞元中不为南海从事乎[⑥]?"公佐曰:"然。""然则记小师乎[⑦]?"公佐曰:"不记也。"妙寂曰:"昔瓦棺寺阁求解'车中猴'者也。"公佐悟曰:"竟获贼否?"对曰:"自悟梦言,乃男服,易名士寂,泛佣于江湖之间。数年,闻蕲、黄之间有申村,因往焉。流转周星[⑧],乃闻其村西北隅有申兰者,默往求佣,辄贱其价。兰喜召之。俄又闻其从弟有名春者[⑨]。于是勤恭执事,昼夜不离,凡其可为者,不顾轻重而为之,未尝待命,兰家器之。昼与群佣共作,夜寝他席,无知其非丈夫者[⑩]。逾年[⑪],益自勤干,兰愈敬念,视士寂即自视其子不若也。兰或农或商,或畜货于武昌,关锁启闭悉委焉。因验其柜中,半是己物,亦见其父及夫常所服者,垂涕而记之。而兰、春叔出季处[⑫],未尝偕在。虑其擒一而惊逸也,衔之数年[⑬]。永贞年重阳[⑭],二盗饮既醉,士寂奔告于州,乘醉而获,一问而辞伏就法。得其所丧以归,尽奉母而请从释教[⑮]。师洪州之天宫寺尼洞微,即昔时授教者也。妙寂,一女子也,血诚复仇[16],天亦不夺,遂以梦寐之言,获悟于君子,与其仇者得不同天。碎此微躯,岂酬明哲[17]。梵宇无他[18],唯虔诚法像以报效耳[19]。"公佐大异之,遂为作传。

【注释】

①元和:唐宪宗李纯的年号(806—820)。

②泗州:古地名。北周以安州改名,治所在今江苏宿迁。开元年间徙治今江苏盱眙。梵氏:佛门。戒坛:僧徒传戒之坛。

③辐辏:形容人或物聚集像车辐集中于车毂一样。也作"辐凑"。《史记·货殖列传序》:"于是太公劝其女功……则人物归之,繦至而辐凑。"

④市:指城市中划定的贸易之所或商业区。汉班固《西都赋》:"九市开场,货别隧分。"唐李善注引《汉宫阙疏》:"长安立九市,其六市在道西,三市在道东。"

⑤维:系,连结。《诗经·小雅·白驹》:"絷之维之,以永今朝。"

⑥侍御:唐代称殿中侍御史、监察御史为侍御,后世因沿袭此称。南海:秦始皇三十三年(前214)置,治番禺(今广东广州)。秦、汉之际地入南越,西汉元鼎六年(前111)灭南越后复置。辖今广东滃江、大罗山以南,珠江三角洲及绥江流域以东。隋大业及唐天宝、至德时又曾分别改番州、广州为南海郡。

⑦小师:僧人的谦称。

⑧周星:木星每年经过黄道十二宫(即十二次)的一宫,约十二年运行一周天,故称周星。也指一周年。《淮南子·时则训》:"是月也,日穷于次,月穷于纪,星周于天,岁将更始。"

⑨从弟:堂弟。为同祖叔伯之子而年纪小于己的人。

⑩丈夫:指成年男子。《穀梁传·文公十二年》:"男子二十而冠,冠而列丈夫。"

⑪逾年：一年以后，第二年。逾，超越，越过。

⑫叔出季处：指申兰、申春不同时在家。叔、季，兄弟排行中的第三和第四位。出，外出。处，在家。

⑬衔：怀，存在心里。

⑭永贞：唐顺宗刘诵的年号(805)。重阳：农历九月九日。

⑮释教：即释迦牟尼创立的佛教。《梁书·庾诜传》："晚年以后，尤遵释教，宅内立道场，环绕礼忏，六时不辍。"

⑯血诚：赤诚，至诚。唐白居易《论制科人状》："所以密缄手疏，潜吐血诚。"

⑰明哲：明智，深明事理。《三国志·魏书·李通传》："曹公明哲，必定天下。"

⑱梵宇：佛寺。唐宋之问《登禅定寺阁》："梵宇出三天，登临望八川。"亦称为"梵刹"。

⑲法像：佛、菩萨等圣像。《宋书·天竺迦毗黎国传》："顷遇昏虐，法像残毁。"

【译文】

元和初年，泗州的普光王寺设有僧尼戒坛，作为僧尼必须要去。四面八方的人都聚集在那里，僧尼众多，观看的人多得像赶集一样。李公佐从楚地到秦地去，停泊系船前往观看。有一位尼姑，眉目清秀，仿佛是以前认识的人，每次经过李公佐的身旁她都目不转睛地看着李公佐，久久地像是有话要讲的样子。李公佐要走了，那尼姑急忙打招呼，问："侍御是贞元年间的南海从事吗？"公佐说："是。"她说："那么您还记得我吗？"公佐说："不记得了。"妙寂说："我是当年在瓦棺寺阁楼上请求您解释'车中猴'的那个人。"公佐恍然大悟地说："最终俘获贼人了吗？"妙寂回答："自从知晓了梦中话的意思，我就穿上了男人的衣服，改名士寂，在江湖之间到处给人做工。几年后，听说蕲州、黄州一带有个申村，就去了那边。过了一年，才听说这村西北角有个叫申兰的，就不声不响地前去要给他做佣人，并且把工钱降得很低。申兰开心地雇佣了我。不久又听说他有个堂弟叫申春。于是我就勤勤恳恳地干活，白天黑夜也不离开，凡是可以干的，不管活是轻是重都去干，也不曾等候雇主的指令，申兰家很器重我。白天和佣人们一块儿劳作，夜晚睡在其他地方，没人知晓我不是男子。一年后，我越发勤快地干活，申兰也更敬重我，对待我比他的儿子都好。申兰有时候务农，有时候经商，有时到武昌储藏货物，家里的钥匙都委托给我。我查验他柜子里的东西，一半是我们家的，也看见了我父亲和丈夫常穿的衣服，我流着眼泪记了下来。但是申兰和申春一个在家一个在外，未曾一起在家过。我考虑到抓到一个，另一个会受惊而逃逸，就藏在心里好几年。到了永贞年重阳节，两个盗贼相会，喝醉了酒，我就跑到州府告发，乘着两人醉酒抓获了他们，一审问就招供了，被处以死刑。我获得了丧失的财物，都带回家交给了母亲，并请求皈依佛门。师从洪州天宫寺的尼姑洞微，她就是过去曾教导过我的人。我是一个女子，赤诚复仇，上天也不剥夺我的志向，通过托梦之语，又得到您的指点，才能报了不共戴天之仇。我现在即便是粉身碎骨，也不能报答您的大恩大德。我在佛寺里没有其他本事，唯有虔诚地供奉佛像来报答您。”李公佐非常惊异，就为她作了传。

大和庚戌岁[①]，陇西李复言游巴南[②]，与进士沈田会于蓬州[③]。田因话奇事，持以相示，一览而复之。录怪之日，遂纂于此焉。

【注释】

①大和庚戌岁：唐文宗大和四年(830)。

②陇西：秦昭襄王二十八年(前279)置，因在陇山之西得名，治狄道(今甘肃临洮南)。巴南：今属重庆。

③蓬州：北周天和四年(569)割巴、隆等州地置，因蓬山为名。治安

固(今四川营山东北),其后屡有迁移。唐开元中徙治大寅(后改蓬池,今仪陇南),辖境相当今四川林溪流域及遨东一带。

【译文】

大和庚戌年,陇西李复言游历巴南,与进士沈田在蓬州相会。沈田谈到奇闻怪事,就把李公佐写的传记给我看,我看了一遍就还给他了。我记录怪异故事的时候,就把它编纂在这部书中了。

党氏女

党氏女,同州韩城县芝川南村人也①。先是,有兰如宾者,舍于芝川。元和初,客有王兰者,以钱数百万鬻茗,止其家积数年,无亲友之来者,一旦卧疾,如宾以其无后患也,杀之。服馔车舆仆使之盛,拟于公侯。其年生一男,美而慧,虽孔融、卫玠之为奇②,犹未可为比。其家念之,谓骊珠、赵璧未敌③,名曰玉童。衣食之用,日可数金。其或不豫④,舞神拜佛之费,一日而罄,不顾也。既而渐大,轻裘肥马,恣其出入。于是交游少年,歌楼酒肆,悦音恣博,日不暂息,虽狂徒皆伏其豪。然而孳产稍衰⑤,稼或不登⑥,即乞贷望岁⑦。元和十年⑧,玉童暴卒,父母之哀,哭玠之不若也⑨。号哭之声,感动行路,恨不得自身代之。如宾极困成瘵⑩。其所饰终之具,洎舍财梵侣、佛画莲宫、致席命乐之费⑪,若不以家为者。虽丧毕,每忌日,饭僧施财而追泣焉。自是稍稍致贫,如旧日矣。

【注释】

①同州:西魏废帝三年(554)改华州置州,治武乡(隋改名冯翊,今陕西大荔)。唐辖境相当今陕西大荔、合阳、韩城、澄城、白水等

地。韩城县:隋开皇十八年(598)置,属同州。治所在今陕西韩城东南二里城古村。芝川:即今陕西韩城南芝川镇。

②孔融(153－208):字文举,孔子二十世孙。性好学,有异才。自负才气,对曹操多侮慢之辞,曾被免官,终与操积怨,构陷成罪,为操所杀。卫玠(286－312):字叔宝,河东安邑(今山西夏县)人。西晋玄学家。美姿容,见者誉为"玉人"。时大乱移家建邺(今江苏南京),人们听闻其姿容绝佳,观者如堵。卫玠本多病体弱,遂劳疾卒,时人说卫玠是被人看杀的。

③骊珠:出于骊龙颔下的宝珠,也比喻珍贵的人或物。语出《庄子·列御寇》:"千金之珠,必在九重之渊,而骊龙颔下。"赵璧:和氏璧的别称。春秋时,楚人卞和自山中所得宝玉。战国时为赵惠文王所得。秦昭王闻之,使之送信给赵王,愿以十五城请易璧。蔺相如奉璧出使,终于完璧归赵。

④不豫:身体不舒服。引申为有病。《史记·鲁周公世家》:"武王有疾,不豫,群臣惧。"

⑤孳产:增长的财产。孳,滋生,增益。南朝宋鲍照《芜城赋》:"孳货盐田,铲利铜山。"

⑥不登:歉收。《礼记·曲礼》:"岁凶,年谷不登。"

⑦乞贷:向人借贷。《史记·孔子世家》:"游说乞贷,不可以为国。"望岁:盼望年谷的丰收。《左传·哀公十六年》:"国人望君,如望岁焉。"

⑧元和:唐宪宗李纯的年号(806—820)。

⑨哭玠:指卫玠死后,谢鲲前去吊丧,恸哭甚哀,感动路人。

⑩瘵(zhài):病。

⑪洎(jì):及,到达。唐骆宾王《为徐敬业讨武氏檄》:"洎乎晚节,秽乱春宫。"梵侣:指色界初禅天的天众。此处指和尚。佛画:古代一种绘画艺术,内容为宣扬佛教教理及佛教史上的事迹。莲宫:

指寺庙。唐皇甫冉《望南山雪怀山寺普上人》:“夜夜梦莲宫,无由见远公。”

【译文】

党氏女是同州韩城县芝川南村人。先前,有一个叫兰如宾的人,在芝川居住。元和初年,有个叫王兰的客商,做价值百万的茶叶生意,一连在如宾家住了几年,没有一个亲友来看望过王兰,有一天王兰卧病不起,因为他没有亲友,没有后患,如宾就把他杀死了。从此如宾家的衣服饮食奢华,车马仆从众多,生活不比王公大臣差。同一年,如宾的妻子生了一个男孩,相貌漂亮,而且很聪明,连孔融、卫玠也不能与他相比。他们家人觉得,哪怕骊龙颔下的宝珠与和氏璧也都比他逊色,于是取名玉童。玉童衣食用度,一天能花几两金子。有时他得了病,求神拜佛,无论一天花掉多少钱,也不在乎。渐渐玉童长大了,穿华美衣服,骑高头大马,出入比以前更加放纵。玉童交了很多少年朋友,整日歌舞、喝酒、赌博,没有一日停息,就是那些狂妄的人也佩服他的奢靡。然而家产一天比一天少,地里庄稼有时收成不好,还要向人借贷以支撑到来年庄稼丰收时。元和十年,玉童突然死了,父母的悲痛比当年卫玠死后谢鲲的恸哭还厉害。哭声感动得路人恨不得以己代之。如宾悲痛过度还得了病。玉童办丧事所用的一切东西,以及施舍僧众、绘画寺庙、摆席奏乐的花费,都靠家产。丧事办完以后,每到玉童的忌日,还要斋僧施舍以追念。从此家中逐渐变穷,又像当年一样了。

太和三年秋,有僧玄照,求食于党氏家。有女子年十三四,映门曰[①]:“母兄皆出,不得具馔。此北数里芝川店,有兰氏者,亡子忌日,方当饭僧。师到必喜,盍往焉[②]?”僧曰:“女非出入村市之人[③],何以知此而给我也[④]?”女笑曰:“其亡子即我之前身耳。”照大异之,问其所以,不对而入。照于是造兰氏门[5]，入巷而见其广幕崇筵，及门，人皆喜照之来，揖之而入。既卒食，如宾哀不自胜。照曰："丈人念亡子若此[6]，要见其今身乎？"如宾大惊，乃问之，照具以告。如宾遽适党氏，请见之。父母以告，女不肯出。如宾益耸跃[7]，独念不以其母来，且无藉手[8]，此所以不出也。遂归。

【注释】

①映门：隐藏在门后。映，遮蔽。南朝宋颜延之《应诏观北湖田收》："楼观眺丰颖，金驾映松山。"

②盍：何不。

③村市：犹村镇。唐白居易《望亭驿酬别周判官》："灯火穿村市，笙歌上驿楼。"

④绐（dài）：欺诈，哄骗。《史记·项羽本纪》："项王至阴陵，迷失道，问一田父，田父绐曰：'左。'"

⑤造：到，往某地去。

⑥丈人：古时对老年男子的尊称。《易·师》："贞，丈人，吉。"唐孔颖达疏："丈人，谓严庄尊重之人。"

⑦耸跃：踊跃。《宋书·晋熙王昶传》："臣闻鹳鸣阜垤，则降阴吐雨，腾蛇耸跃，而沉云郁冥。"

⑧藉手：犹藉助，藉人之手以为己助。《左传·襄公十一年》："凡我同盟，小国有罪，大国致讨，苟有以藉手，鲜不赦宥。"

【译文】

太和三年秋天，有一个法号玄照的僧人，向党氏家乞食。党氏家一个十三四岁的女孩藏在门后说："母亲、哥哥都出去了，不能准备饭菜。从这里向北几里地的芝川店，有一家姓兰的，因其儿子的忌日，正在施舍粥饭。大师要到那儿去，他们肯定会很高兴，何不到那儿去呢？"玄照说:“你不是一个出入村镇的女子,怎么知道这些事,是不是骗我呢?”女孩笑着说:“他死去的儿子就是我的前身。”玄照大为惊讶,问她到底是怎么回事,女孩没有回答他就进屋去了。玄照于是去了兰家,刚走进胡同就看见了高大的帐篷,豪华的宴席,到了门口,人们都非常高兴他能来到这里,作揖让他进去。吃完饭后,如宾悲不自胜。玄照说:“您如此想念儿子,想见见他的今身吗?”如宾大惊,问是怎么回事,玄照详细告诉了他。如宾立刻找到党家,请求见见女孩。女孩父母进去告诉女儿,女孩不肯出来。如宾更加想见,心想准是因为他妻子没来,且空着手,所以不出来相见。于是就回去了。

明日,与其妻偕,携蜀红二十四为请见之资[①]。女纳红,复不肯出。如宾求其父母万辞,父母以如宾之恳也,入谓女曰:“汝既不欲见,不当言之。既言而兰叟若此之请,安得不强见?”女不复语。父母曰:“必不见,则何辞?”女曰:“第告之[②],何必相见。但云:‘其子身存及没,多歧所费,王兰之财尽未?’闻此,必不求矣。”父母出,以告,如宾顾其妻,无言而退。既出,父母问其故,女曰:“儿前身茗客王兰也,有钱数百万,客其家。元和初,头眩而卧,遂为如宾所杀而取其财,因而巨富。某既死而诉于上帝,上帝召问欲何以报,兰言愿为子以耗之,故委蜕焉[③]。耗之且尽而死。近与之计,唯十镮未足[④],故有蜀红之赠。而今而后,如宾不复念其子而斋亦罢尔。韩城有赵子良者,尝贳茗五束[⑤],未酬而兰死。今当以其直求为妇,币足而某去耳,亦不为妇也。”俄而媒氏言,子良之子纳币焉[⑥]。亲迎之期,约在岁首[⑦]。既毕纳而失女,父母惧子良之责也,伪哭而徙葬焉。其夕,遇女曰:“天帝以天下人愚，率皆欺暗枉道，诈心万端，谓人可以言排，神可以诈惑。以诈惑人者，人亦诈焉；以妄欺人者，人亦妄焉；以嫉诬人者，人亦诬焉。虽虚矫之俗[8]，交报或阙[9]，而冥寞间良不可罔[10]。知己之所为而不咎人者鲜矣，故遣某托身近地，而警群妄耳。顷者未言，得侍昏旦[11]；此心既启，难复淹留[12]。抚育之恩，亦偿旧德，乍辞顾盼，能不怅怀。各勉令图[13]，无惑多恨。”言讫而去。此非天之劝戒耶？

【注释】

①蜀红：四川以红花为染料，漂染制成的红色丝绸。

②第：但，只。《明史·海瑞传》：“此人可方比干，第朕非纣耳。”

③委蜕：虫类脱掉的外壳。此处指投胎。

④镮(huán)：铜钱，多用作币量词。

⑤贳(shì)：赊欠。

⑥纳币：古代婚礼“六礼”之一。纳吉之后，择日具书，送聘礼至女家，女家受物复书，婚姻乃定。亦称“文定”，俗称“过定”。

⑦岁首：一年的第一天。《东观汉记·吴良传》：“今日岁首，诚上雅寿。”

⑧虚矫：虚伪做作。《南史·梁元帝纪》：“性好矫饰，多猜忌……及武帝崩，秘丧逾年，乃发凶问，方刻檀为像，置于百福殿内，事之甚谨。朝夕进蔬食，动静必启闻，迹其虚矫如此。”

⑨交报：泛指报应。北魏杨衒之《洛阳伽蓝记·宣忠寺》：“(尒朱兆)乃发怒，捉祖仁，悬首高树，大石坠足，鞭捶之以及于死。时人以为交报。”

⑩冥寞：阴间。《旧唐书·刘邺传》：“(李德裕)倾以微累，窜于遐荒，既迫衰残，竟归冥寞。”

⑪侍昏旦：旧时子女侍奉父母，需朝夕问安，故称侍奉父母为侍昏旦。昏旦，日暮及早晨。

⑫淹留：羁留，逗留。战国屈原《离骚》："时缤纷其变易兮，又何可以淹留？"

⑬令图：善谋，远大的谋略。《左传·昭公元年》："臣闻君子能知其过，必有令图。令图，天所赞也。"

【译文】

第二天，如宾与妻子一同来到党家，并带蜀红锦二十四作见面礼。女孩收下丝绸，还是不肯出来。如宾千恳万求女孩的父母，女孩的父母见如宾如此诚恳，进去对女孩说："你既然不想与他们相见，那你就不应该说那些话。既然说了，人家又这样恳求，即使勉强，见一面也好。"女孩不再说话。父母说："一定不见，怎么推辞呢？"女孩说："只是告诉他们，何必相见。就说：'他们的儿子从生到死，耗费了大量家财，王兰的财物耗尽了没有？'听到这些话，他们就必然不再请求见面了。"父母出来，把女儿的话说给如宾夫妇，如宾看看妻子，两人就无言退去。他们走后，父母问女儿是怎么回事，女孩说："我前身就是那个卖茶叶的王兰，有几百万钱，在兰家居住。元和初，我头晕卧床，被如宾杀害而取财，他因此巨富。我死后到天帝那里告状，天帝问我想怎么报复他，我说愿做他的儿子耗费他的家产，所以投胎到他家。家财快要耗尽时就死去。最近计算，还有十镪未耗尽，所以让他们送来蜀红。从今以后，如宾不会再想念儿子，斋僧也会取消。韩城有个赵子良，曾赊了五捆茶叶，还没还钱王兰就死了。现在他要拿价值五捆茶叶的钱作聘礼向我求婚，钱够了我就走了，不会做他家的媳妇。"不久，媒人前来说媒，赵子良的儿子来送聘礼。迎娶的日子，定在大年初一。接受了聘礼，女孩就没了，她父母害怕子良的责难，假装哭泣并在其他地方办了葬礼。那天晚上，遇到女儿对他们说："天帝认为天下之人愚昧，人们都昧心欺骗，奸诈万端，认为人可以用言语戏弄，神可以用欺骗而迷惑。以欺骗迷惑人的，人也欺骗他；以不法手段欺骗人的，人也以不法手段欺骗他；以嫉妒而诬陷他人的，人也诬陷他。虽然说虚伪做作，不一定都得到报应，但在阴间是欺骗不了的。知道自己的所为而不怪罪别人的人太少了，所以让我托生附近，来警戒那些胡作非为的人。之前没说出来，还可以侍奉父母，既然已坦陈了我的心迹，就不能再逗留此地了。养育之恩，也已报答，现在就告辞而去，怎能不怅惘。各自谋划自己的美好生活，不要猜忌和遗憾。”说完就不见了。这难道不是上天对人们的劝诫吗？

太和壬子岁①，通王府功曹赵遵约言之，故录之耳。

【注释】

①太和：唐文宗李昂的年号（827—835）。壬子岁：即832年。

【译文】

太和壬子年，通王府功曹赵遵约说了这件事，所以我把它记载了下来。

崔环

安平崔环者①，司戎郎宣之子。元和五年夏五月②，遇疾于荥阳别业③。忽见黄衫吏二人④，执帖来追。遂行数百步，入城。城中街两畔，官林相对，绝无人家，直北数里到门，题曰“判官院”。见二吏迤逦向北⑤，亦有林木，裤靴秣头、佩刀头、执弓矢者⑥，散立者，各数百人。同到之人数千，或杻⑦，或系，或缚，或囊盛耳头，或连其项，或衣服俨然⑧，或簪裙济济⑨，各有惧色，或泣或叹。其黄衫人一留伴环，一人告。俄闻决人四下声⑩，既而告者出曰：“判官传语：‘何故不抚幼小，不务成家[11]，广破庄园，但恣酒色！又虑尔小累无掌[12]，且为宽恕，轻杖放归，宜即洗心[13]，勿复贰过[14]。若踵前非[15]，固无容舍[16]。'"乃敕伴者令送同归。环曰："判官谓谁？"曰："司戎郎也。"环泣曰："弃背多年[17]，号天莫及[18]。幸蒙追到，慈颜不遥[19]，乞一拜见，死且无恨。"二吏曰："明晦各殊[20]，去留有隔，不合见也。"环曰："向者传语云已见责。此身不入，何以受刑？"吏曰："入则不得归矣。凡人有三魂，一魂在家，一魂受杖耳。不信，看郎胫合有杖痕。"遂褰衣自视[21]，其两胫各有杖痕四，痛苦不济，匍匐而行，举足甚艰。同到之人，叹羡之声，喧于歧路[22]。

【注释】

①安平：古县名。南朝宋改东安平县置。治今山东青州西北。北齐废入临淄县。唐武德四年(621)复置，不久又废。

②元和：唐宪宗李纯的年号(806—820)。

③遇疾：患病。《左传·昭公四年》："(穆子)田于丘莸，遂遇疾焉。"荥(xíng)阳：今属河南。别业：别墅，通常指本宅之外，在风景优美的地方建造的、供游憩的园林房舍。

④黄衫吏：唐时吏役的衣衫黄色，故称。也称黄衣使者。唐白居易《卖炭翁》："翩翩两骑来是谁？黄衣使者白衫儿。"

⑤迤逦(yǐ lǐ)：行走迟缓的样子。

⑥裤靴秣头：不明何意。

⑦杻(chǒu)：刑具手铐。这里指戴着手铐。

⑧俨然：整齐有序的样子。晋陶潜《桃花源记》："土地平旷，屋舍俨然。"

⑨簪裾济济：衣饰齐整漂亮。簪，古人用来绾定发髻或冠的长针。

后来专指妇女绾髻的首饰。济济,整齐美好的样子。

⑩决:责打。《北齐书·封隆之传》:"帝遂决马鞭百余。放出,又遣高阿那肱重决五十,几致于死。"

⑪成家:持家,兴家。

⑫小累:微小的过失,些微的牵累。《新唐书·李夷简传》:"坐小累,下迁虔州司户参军。"

⑬洗心:比喻改过自新。《后汉书·隗嚣传》:"今臣之事,在于本朝,赐死则死,加刑则刑。如遂蒙恩,更得洗心,死骨不朽。"

⑭贰过:再次犯同样的过失。《论语·雍也》:"有颜回者好学,不迁怒,不贰过。"宋邢昺疏:"不贰过者,有不善,未尝复行。"

⑮踵:继续,跟随。《汉书·武帝纪》:"步兵踵军后数十万人。"

⑯容舍:优容宽恕,不予追究。《隋书·赵仲卿传》:"(赵仲卿)法令严猛,纤微之失,无所容舍,鞭笞长吏,辄至二百。"

⑰弃背:死的婉辞,多用于父母尊亲。东晋王羲之《杂帖一》:"周嫂弃背,再周忌日,大服终此晦,感摧伤悼。"

⑱号天:(因悲痛至极而)对天号泣。《庄子·则阳》:"至齐,见辜人焉,推而强之,解朝服而幕之,号天而哭之,曰:'子乎!子乎!天下有大灾,子独先离之。'"

⑲慈颜:慈祥和蔼的容颜。称尊上的音容,多指母亲而言,此处指父亲。

⑳明晦:光明与晦暗。代指人间与阴间。

㉑褰(qiān):用手撩起。《礼记·曲礼》:"冠毋免,劳毋袒,暑毋褰裳。"

㉒喧:喧闹,吵嚷。歧路:从大道上分出来的小路、岔路。唐王勃《杜少府之任蜀州》:"无为在歧路,儿女共沾巾。"

【译文】

安平人崔环,是司戎郎崔宣的儿子。元和五年的五月,正值盛夏,崔环住在荥阳的别墅里生了重病。他忽然看见两个身穿黄衫的衙吏，手持公文追捕自己。两个衙吏押着崔环走了几百步，进入一座城里。那座城的街道两边，官林相对，没有一家老百姓的住宅。崔环沿着街道径直往北走了好几里地，走到一座大门前，匾额上题着“判官院”。崔环看见两个衙吏缓步向北走去，也有林木，有裤靴秣头、佩刀的首领、手握弓箭的，随意站着的，各有几百人。与崔环一同到那里的还有几千人，有的戴着手铐，有的被拴住，有的被捆绑，有的被布袋套住头，有的脖子上锁着链条，有的衣服穿得整整齐齐，有的衣饰齐整华美。所有人脸上都露出恐惧的表情，有抽泣的，有叹息的。一个衙吏留下陪着崔环，另一个进去报告。不一会儿，听到四声用板子打人的声音，又过了一会儿刚才进去的那个衙吏出来宣布说：“判官有令：‘你为什么不抚育家里幼小的孩子，不好好经营家业，毁坏家园财产，只一味地贪恋酒色！顾念你系初犯，又无大错，暂且宽大处理，打几板子，放回家去，今后要洗心革面，不能再犯同样的错误。若继续以前的错误，绝对不会宽恕你了。’”于是安排陪着崔环的那个衙吏送他回家。崔环问：“判官是哪位？”衙吏回答：“就是司戎郎啊。”崔环哭说：“慈父离开人世已经有好多年了，我就是向天哭泣，他也听不到。我承蒙被追到这里，先父既然就在近处，恳请您允许我去见先父一面，我死也无憾了。”两个衙吏说：“人间、地府两个世界，活人、死人阴阳相隔，你们是不能相见的。”崔环道：“刚才传令说已经打了我板子。我本人的身子不进去，怎么受刑？”衙役说：“你的身体要是进去了，就回不来了。凡人都有三个魂，你的一个魂在家里，一个魂刚才进去接受杖刑了。你要不信，看看你腿上应该有受刑后留下的伤痕。”崔环于是就撩开衣服查看，果然见到两条腿上各有四条杖痕。崔环一下子就觉得疼得难以忍受，只能匍匐在地上爬行，每动一下，都极为艰难。那些同来的人，听说崔环只是被打了板子就给放回去了，个个都不无羡慕地叹息，闹哄哄的声音在小路上响成一团。

南行百余步，街东有大林。二吏前曰："某等日夜事判官[①]，为日虽久，幽冥小吏，例不免贫。各有许惠资财[②]，竟无暇取，不因送郎阴路，无因得往求之。请郎暂止林下，某等偕去，俄顷即来。诸处皆是恶鬼曹司[③]，不合往，乞郎不移足相待。"言讫各去，久而不来。环闷，试诣街西行，一署门题曰"人矿院"，门亦甚净。环素有胆，且恃其父为判官，身又蒙放，遂入其中。过屏障，见一大石，周回数里[④]。有一军将坐于石北厅上，据案而坐，铺人各绕石及石上，有数千大鬼，形貌不同，以大铁椎椎人为矿石。东有杻械枷锁者数千人，悲啼恐惧，不可名状[⑤]。点名拽来，投来石上，遂椎之，既碎，唱其名[⑥]。军将判之，一吏于案后读之云："付某狱讫。"鬼卒捧去。其中有付硙狱者[⑦]，付火狱者[⑧]，付汤狱者[⑨]。环直逼石前看之，军将指之云："曹司法严，不合妄入，彼是何人，敢来闲看！"人吏竞来传问，环恃不对。军将怒曰："看既无端[⑩]，问又不对，傍观岂如身试之审乎[⑪]？"敕一吏拽来锻之[⑫]。环一魂尚立，见其石上别有一身，被拽扑卧石上，大椎椎之，痛苦之极，实不可忍。须臾，骨肉皆碎，仅欲成泥[⑬]。二吏者走来，槌胸曰[⑭]："郎君[⑮]，再三乞不闲行，何故来此？"遂告军将曰："此是判官郎君，阳禄未终[⑯]，追来却放，暂来入看。无间地狱[⑰]，入不须臾，遂道如斯。何计得令复旧？"军将者亦惧曰："初问不言，忿而处置，如何？"因问诸鬼曰："何计得令复旧？"皆曰："唯濮阳霞一人耳。"曰："远近？"曰："去此万里。昨者北海王子化形出游[⑱]，为海人所惯[⑲]。其王请出，今亦未回。"乃令一鬼召之。

【注释】

①某等：我等，我们。事：侍奉，服侍。唐李白《梦游天姥吟留别》："安能摧眉折腰事权贵，使我不得开心颜！"

②许：许多，一些。惠：惠赠，给予好处。《韩非子·外储说右上》："君必惠民而已。"

③曹司：官府，官署。是诸曹郎中职司所在，故称。唐白居易《喜张十八博士除水部员外郎》："无复篇章传道路，空留风月在曹司。"

④周回：周围。《汉书·刘向传》："秦始皇帝葬于骊山之阿，下锢三泉，上崇山坟，其高五十余丈，周回五里有余。"

⑤不可名状：不能用语言形容。宋洪迈《夷坚志·夷坚丙志·锦香囊》："至明，视所遗囊，文锦烂然，非世间物。中贮一合如玳瑁，以香实之，芳气酷烈，不可名状。"

⑥唱：高声呼喊。《北史·孙脩义传》："居大言不逊，脩义命左右牵曳之，居对大众呼天唱贼。"

⑦硙(wèi)狱：石磨地狱。民间传说中十八层地狱的第十七层。佛家认为，凡糟蹋五谷、贼人小偷、贪官污吏、欺压百姓者，死后都将被打入石磨地狱磨成肉酱，后重塑人身再行碾磨。道士和尚食荤亦受此报。罪鬼堕入其中，刑期漫漫，痛苦无可言状。硙，石磨。

⑧火狱：烈火炽盛的地狱。

⑨汤狱：即镬汤地狱。把罪人放进装满烧煮沸腾铁水的鼎镬中，以惩其生前罪行的地狱。佛家认为，众生凡毁佛戒法、杀生祠祀、为肉食焚烧山野而伤害众生、烧煮生类等，将获此果报。

⑩无端：无缘无故。战国宋玉《九辩》："蹇充倔而无端兮，泊莽莽而无垠。"汉王逸注："媒理断绝，无因缘也。"

⑪审：知道，知悉。

⑫锻：锤击。《庄子·列御寇》："其父谓其子曰：'取石来锻之。'"

⑬仅(jìn)：几乎，接近于。言数量之大、程度之深。唐白居易《草堂

记》:“夹涧有古松、老杉,大仅十人围,高不知几百尺。”

⑭槌(chuí)胸:槌打胸膛。一般用来表示悲伤或悲愤之情,亦常说成捶胸顿足。

⑮郎君:古时通称显贵家的子弟为郎君。唐杜甫《题柏大兄弟山居》:“叔父朱门贵,郎君玉树高。”

⑯阳禄:人在阳世间的寿命。

⑰无间地狱:佛家语,即阿鼻地狱,是地狱的最底层。据佛典《俱舍论》,造“十不善业”的重罪者堕入无间地狱,“受苦无间”。

⑱化形:变换形态。梁释慧皎《高僧传·释法显传》:“每至夏坐讫,龙辄化作一小蛇。”

⑲海人:海上的渔民。三国魏嵇康《答张辽叔〈释难宅无吉凶摄生论〉》:“若守药则弃宅,见交则非赊,是海人所以终身无山木,山客白首无大鱼也。”愪(yún):动。这里指杀死。

【译文】

崔环他们朝南走了有百余步,发现街道东边有片很大的树林子。两个衙吏走向前来对崔环说道:“我俩一天到晚侍奉判官,虽然当差很久了,作为幽冥小吏,仍免不了缺钱花。现在我俩各有些受赏的银钱,一直没空取,不是因为今天送您回阳间,还真没有机会去取呢。请您暂且在林子里歇歇脚,我俩一起去取钱,得了立马就回来。这里到处都是恶鬼官衙,不要到那里去,希望您不要乱跑,就在这里等我俩。”二位衙吏说完就都走了,过了很久也不见回来。崔环觉得有些烦闷,就试着沿街往西走去,只见一处官署门楣上题写着“人矿院”,门上倒也干净。崔环一向胆子就大,又仗着父亲是判官,况且自己又被判放回阳间了,于是就走进了这个官署。绕过屏障,看见一块巨大的石头,周长足足有好几里。有一位军将在石头北面的厅堂中,身体靠着桌案坐着,那些犯人都平铺在石头周围及石头上,有几千大鬼,形状样貌各不相同,他们把人用大铁椎敲成矿石。巨石的东边,戴着手铐枷锁等各色刑具的人足有好几千，他们痛苦号哭、惊恐万状，凄惨的样子难以形容。那军将点一个名，就有恶鬼把那人给拖出来，扔到大石头上，被那些大鬼敲成矿石。那人一旦被敲碎了，有个恶鬼就高声地再叫一次他的名字。军将进行判决，由一名站在桌案后的小吏读文书："投到某某地狱去。完毕。"然后，恶鬼再捧着被敲成矿石的"犯人"送到相应的地狱去。其中有投到硙狱的，有投到火狱的，有投到汤狱的。崔环径直逼近石头跟前看着这一切，军将指着他说："我们这里法度森严，不得随意进入，他是什么人，竟然敢来这里闲看！"小吏争着来质问崔环，崔环自恃其父，就是不回答。军将发怒道："无缘无故地进来观看，问话又不回答。你在一旁观看，哪有亲身尝试下这刑罚来得印象深刻啊！"说着就下令让一名鬼吏把崔环拖到石头上敲打他。崔环的一个魂儿还在原地站立，看到大石头上另有一个崔环的肉身，被拖拉俯卧在石头上，鬼卒正用大铁椎捶打它，崔环感觉痛苦到了极点，实在是无法忍受了。不一会儿，他的骨头皮肉都呈粉碎状，差不多成了一团肉泥了。去取财物的两个衙吏这时才回来，见到这样的情景，捶胸顿足地喊道："公子啊，我俩再三地请您不要乱跑，您干嘛要闯到这里来？"他们二人于是就告诉军将说："这是判官的儿子，阳寿还没有尽，捉拿来受了些刑是要放回去的，暂且进到这里来观看。他到这无间地狱里，时间也不长啊，就弄成这个样子了。有什么办法能让他复原吗？"那个军将也有些害怕了，他说："一开始我问他话，他偏不言语，我一生气就下令把他处置了，怎么办才好呢？"军将就问身边的那群鬼："有什么办法可以让他复原吗？"众鬼都说："只有濮阳霞一个人有这本事了。"军将又问："他那个地方离这里有多远？"众鬼说："离这里足有一万里。昨天北海王子变幻形体出宫游玩，被海上的渔民给捕杀了。北海王把濮阳霞请去了，到现在还没回来呢。"于是，那位军将就命令一个鬼卒去把濮阳霞请来。

有顷而到，乃一鬅眇目翁也[①]。应急而来，喘犹未定。

军将指环曰："何计？"霞曰："易耳。"遂解衣缠腰，取怀中药末，糁于矿上团扑[2]，一翻一糁，糁扁槎其矿为头项及身手足[3]，剜刻五脏[4]，通为肠胃，雕为九窍[5]，逡巡成形[6]，以手承其项曰："起！"遂起来，与立合为一，遂能行。大为二吏所责。相与复南行。将去，濮阳霞抚肩曰："措大！人矿中搜得活，然而去不许一钱。"环许钱三十万。霞笑曰："老吏身忙，当使小鬼枭儿往取，见即分付[7]。"遂行。

【注释】

①眇（miǎo）目：一眼失明，后亦指两眼俱失明。宋苏轼《日喻》："生而眇者不识日。"

②糁（sǎn）：混杂，混合。宋苏轼《格物粗谈·瓜蓏》："冬瓜切碎者，以石灰糁之则不烂。"

③扁：通"遍"，全部地。槎（zhà）：击，打。

④剜（wān）：以刀子等除去。五脏：指人的心肝脾肺肾五种器官。

⑤九窍：指人的耳目口鼻以及尿道和肛门九个孔道。《周礼·天官·疾医》："两之以九窍之变，参之以九藏之动。"汉郑玄注："阳窍七，阴窍二。"

⑥逡（qūn）巡：顷刻间，极短的时间。

⑦分付：交给。

【译文】

不一会儿的工夫濮阳霞就到了，原来是一个独眼老头，胡须又多又长。因为急忙忙地往这里赶，喘着粗气，还没有平静下来。军将就指着崔环问他："有什么办法吗？"濮阳霞说："容易。"他于是解开外衣和腰带，从怀里取出一些药粉，与崔环被敲成的那团人矿混合在一起，用力地揉搓滚动，翻一下再混合一下，把那矿石搓弄了一个遍，只见头项和躯干手脚就都抟成了形，心肝脾肺肾等器官也刻画好了，肠胃贯通了，耳目口鼻等人身上的九个孔道也刻成了，不大一会儿，那团人矿就变成了人形。濮阳霞用手托着复原人的脖颈，说声："起！"崔环于是立起来，跟站立着的那个魂儿合成一体，行走如常了。两个衙吏狠狠地埋怨了崔环一通。然后，他们继续往南走。他们要走的时候，濮阳霞抚着崔环的肩膀说道："穷酸文人！我从人矿里把你捞出来救活，可是你临走了连一文钱也不许诺给我吗？"崔环答应给濮阳霞三十万钱。濮阳霞笑着说："老吏我自己是很忙的，我会派小鬼枭儿到你家里拿钱，你见了它，把钱给它就是了。"说完就走了。

行及城门，见一吏南走，曰："黄河欲分一枝[①]，前者天令三丁取一[②]，计功不集[③]，今请二丁取一。"二吏以私行有矿环之过，恐宣之怒环而召也，谓环曰："彼见若问，但言欲观地狱之法，以为儆戒[④]，故在此耳。"吏见果问，环答之如言。遂别去复行。须臾，至荥阳，二吏曰："还生必矣。某将有所取，能一观乎？"环曰："固所愿也。"共入县郭[⑤]，到一人家中堂，一吏以怀中绳系床上女人头，尽力拽之，一吏以豹皮囊徐收其气，气尽乃拽下，皆缚之。同送环家，入门，二吏大呼曰："崔环！"误筑门扇，遂寤[⑥]。其家泣候之，已七日矣。后数日，有枭鸣于庭，环曰："濮阳翁之子来矣。"遂令家人刻纸钱焚之，乃去。疾平[⑦]，潜寻所见妇人家，乃县纠郭霈妻也[⑧]。其时尚未有分河之议[⑨]，后数日，河中节度使司徒薛公平议奏分河一枝[⑩]，冀减冲城之势。初奏三丁取一，既虑不足，复奏二丁役一，竟如环阴司所见也[⑪]。

【注释】

①枝:分支的,由主体所派生出来的。

②三丁取一:这里指每三个壮丁取一人服劳役。

③计功:计算用工数、工程量。不集:无成就,不成功。《左传·襄公二十六年》:"今日之事,幸而集,晋国赖之。不集,三军暴骨。"

④儆戒:警戒,戒备,戒惧。《尚书·大禹谟》:"儆戒无虞,罔失法度,罔游于逸,罔淫于乐。"

⑤郭:外城。古代在内城外围加筑的一道城墙。

⑥寤(wù):醒过来,苏醒。

⑦平:平复,康复。

⑧县纠:古时县衙里从事缉捕的差役。

⑨分河:等于说开挖出一条新河,分流黄河水。

⑩河中节度使:唐至德二载(757)设立,是唐中央政府在今山西西南部的节度使。治所在蒲州(今山西永济蒲州镇)。759年升蒲州为河中府,管辖河中府、晋州、绛州、慈州、隰州。节度使,唐初沿北周及隋旧制,于重要地区设总管,后改称都督,总揽数州军事。唐睿宗景云二年(711),贺拔延嗣为凉州都督,充河西节度使,自此始有节度使之号。其初,仅于边地有之,安史之乱后遍设于国内,统管一道或数州,总揽军、民、财政。薛公平:即薛平(753—832),字坦涂,绛州龙门(今山西河津)人。元和七年(812),唐宪宗特升薛平为滑州(今河南滑县)刺史,任职六年。滑州城临河,经常遭受水害。薛平任职刺史期间,曾主持加宽黄河河道二十里,以减缓水势,滑州很长时间没有再发生水患。

⑪阴司:阴间,阴曹地府。唐吕岩《七言》:"仙府记名丹已熟,阴司籍除命应远。"

【译文】

崔环他们走到城门口,看到一名小吏向南走去,边走边说:"要把黄河引出一条支流来,先前天令三个壮丁取一个服劳役,一算才发现人手不够,现在又奏请二取一了。”两个衙吏考虑到是因为自己去办私事才导致崔环受到“人矿”之祸,怕崔环的父亲生崔环的气又召唤他们,就嘱咐崔环:“要是他过来问你,你就只说想参观地狱之法,以为警戒,所以会在这里。”那小吏看见了崔环果然来问,崔环按照衙吏交待的话做了回答。于是告别后继续往前走。不久,他们来到了荥阳。两个衙吏说:“你还阳是没问题的。但我们还要去做一件事,你能跟着瞧瞧吗?”崔环说:“当然愿意了。”于是他们一起来到城里,进到一户人家的中堂,一个衙吏从怀里掏出一根绳子,拴住床上女人的头,用力扯拽;另一个衙吏手拿一个豹皮袋放在女人的嘴边,慢慢地吸那个女人呼出的气,直到这个女人一点气也没有了,才把她拉出来捆缚住。他们一同送崔环回家。进了崔环的家门,两个衙吏大喊一声:“崔环!”崔环误撞在门扇上,于是苏醒过来,回到了阳间。他家里的人都已经在他床前哭着候着有七天了。几天后,一只猫头鹰在他家院子里鸣叫。崔环说:“这是濮阳霞派取钱的来了。”于是让家人刻纸钱来焚烧,等纸钱烧完了,猫头鹰就飞走了。崔环病愈后,偷偷地寻找之前所见那个妇人,原来是县衙里捕快郭霈的妻子。这时候还没有给黄河分流的动议,过了几天,河中节度使司徒薛平奏议分河道以舒缓水势,希望能减轻水势对滑州城的威胁。一开始奏请朝廷说要在三名壮丁中取一人服劳役,后来又考虑到人手不够,又奏请二取一,这竟和崔环在阴间的所见所闻完全一样。

卷四

【题解】

本卷共四篇。《柳归舜》讲述了柳归舜坐船过洞庭湖时，被大风吹至湖中的君山，他独自一人走入君山深处，发现一处世外桃源，有数千只鹦鹉在一棵大树下，它们会说人话，历经多个朝代。它们述说自己的奇特经历，朗诵自己所作的诗篇，并对当时的诗歌创作进行了点评。柳归舜回去后，再回到君山就再也找不到这个地方了。这则故事的叙事手法与陶渊明的《桃花源记》有异曲同工之妙。《崔书生》讲述了一个书生偶然遇到在门前行走的一个女子，经过执着的追求，最终与这个女子成亲。还家后，崔生的母亲因其美丽异常而怀疑是狐狸精之类，令崔生将其休弃，后来得知这个女子是王母的第三个女儿玉卮娘子，如果能与其同住一年，全家都能成仙。崔生追悔莫及。《来君绰》讲述了来君绰为了躲避隋炀帝的诛杀，与几个同伴结伙逃往海州，途中在一处院落投宿，得到主人的热情招待，并与主人吟诗唱和。第二天早晨离开这里，后又返回发现主人为大蚯蚓所变化，仆人为蜗牛、田螺、蛤蟆所变化，他们马上想起昨晚所吃的食物，令他们呕吐不止，吐出污泥数升。《曹惠》讲述了曹惠家中的佛堂里有了两个木偶——轻红、轻素，她们会说话，并有人的需求，后来得知她们是南朝沈约送给谢朓的陪葬品，因为墓穴被盗，这两个木偶传至多家，最终流入曹惠家中。曹惠了解了她们的经历以及欲求之后，将她们重新涂了颜色，使之焕然一新，她们最终嫁给了庐山山神。

柳归舜

吴兴柳归舜[①]，隋开皇九年[②]，泛舟抵巴陵[③]，遇风吹至君山[④]。因维舟登岸[⑤]，寻小径，不觉行三四五里，兴酣，逾越溪涧，不由径路。忽道旁有一大石，表里洞澈，圆而坦平，周匝六七亩[⑥]。其外尽生翠竹，圆大如盎[⑦]，高百余尺，叶曳白云，森罗映天，清风徐吹，戛戛为丝竹音[⑧]。石中央又生一树，高百余尺，条干偃阴为五色[⑨]，翠叶如盘，花径尺余，色深碧，蕊深红，异香成烟，着物霏霏。

【注释】

①吴兴：郡名。三国吴宝鼎元年(266)置。治乌程(今浙江湖州南，晋义熙初移今湖州)。隋开皇九年(589)废。唐天宝、至德又曾改湖州为吴兴郡。

②开皇：隋文帝杨坚的年号(581—600)。开皇九年即589年。

③泛舟：行船，坐船游玩。汉班固《西都赋》："泛舟山东，控引淮、湖，与海通波。"巴陵：郡名。南朝宋元嘉十六年(439)置。治所在巴陵(今湖南岳阳)。隋开皇九年(589)废。唐天宝元年(742)复置。乾元元年(758)改称岳州。

④君山：山名。在湖南洞庭湖口，又名湘山。北魏郦道元《水经注·湘水》："湖中有君山……湘君之所游处，故曰君山矣。"

⑤维舟：系船停泊。南朝梁何逊《与胡兴安夜别》："居人行转轼，客子暂维舟。"

⑥周匝(zā)：围绕一周。汉班固《西都赋》："列卒周匝，星罗云布。"

⑦盎(àng):古代的一种盆,腹大口小。

⑧戛戛(jiá):象声词。宋洪迈《夷坚志·夷坚丙志·鱼肉道人》:“夜闻林莽戛戛声,大蚺蛇入穴,继之者源源不已。”

⑨条干:枝干。《晋书·石崇传》:“(石崇)乃命左右悉取珊瑚树,有高三四尺者六七株,条干绝俗,光彩曜日,如恺比者甚众。”

【译文】

吴兴的柳归舜,在隋文帝开皇九年,在洞庭湖坐船去巴陵,遇到大风被吹到君山。他停船登岸,找到一条小路,不知不觉走了四五里,兴致酣畅,穿过山间的水流,不按道路随意行走。忽见道旁有一大石,里外澄澈,圆形而表面平坦,周长六七亩。石头外围长了很多绿竹,竹子粗如圆盆,高百余尺,竹叶仿佛牵引着白云,繁密杂陈照映天际,清风徐吹,传来丝竹之音。石头中央又生长了一棵大树,高百余尺,枝干五色交映,绿叶如盘子大,花朵直径一尺余,颜色深绿,花蕊深红,异香汇成烟雾,遇物四散飘扬。

有鹦鹉数千,丹嘴翠衣,尾长二三尺,翱翔其间,相呼姓字,音旨清越。有名武游郎者,有名阿苏儿者,有名武仙郎者,有名自在先生者,有名踏莲露者,有名凤花台者,有名戴蝉儿者,有名多花子者。或有唱歌者曰:“吾此曲是汉武钩弋夫人常所唱[①],词曰:‘戴蝉儿,分明传与君王语,建章殿里未得归,朱箔金缸双凤舞。’”名阿苏儿者曰:“我忆阿娇深宫下泪时[②],唱曰:‘昔请司马郎[③],为作《长门赋》,徒使费百金,君王终不顾。’”又有诵司马相如《大人赋》者曰:“吾初学赋时,为赵昭仪抽七宝钗横鞭[④],余痛实不彻[⑤],今日诵得,还是终身一艺。”名武游郎者言:“余昔见汉武帝,乘郁金楫[⑥],泛积翠池,自吹缥玉笛[⑦],音韵朗畅,帝意欢适。李夫人歌以随[8]，歌曰：‘顾鄙贱，奉恩私；愿吾君，万岁期。’”

【注释】

①钩弋夫人：汉武帝刘彻晚年宠妃赵氏的称号。《史记·外戚世家》：“钩弋夫人姓赵氏，河间人也。得幸武帝，生子一人，昭帝是也。”

②阿娇：汉武帝陈皇后。《史记·外戚世家》：“初，上为太子时，娶长公主女为妃。立为帝，妃立为皇后，姓陈氏，无子。上之得为嗣，大长公主有力焉，以故陈皇后骄贵。”

③司马郎：即司马相如（约前179—前118），字长卿，蜀郡成都（今属四川）人。西汉辞赋家。景帝时为武骑常侍，因病免。去梁，从枚乘等游。所作《子虚赋》为武帝所赏识，因得召见，又作《上林赋》，武帝用为郎。曾为陈皇后作《长门赋》，赋写陈皇后失宠，细腻地刻画了宫廷女子的心理及其孤独悲哀的境遇，抒情委婉曲折。

④赵昭仪：即赵合德，汉成帝的妃子赵飞燕之妹。入宫后，封为昭仪。

⑤不彻：不尽，极言程度之甚。

⑥郁金：多年生草本植物，姜科。有块茎及纺锤状肉质块根，黄色，有香气。中医以块根入药，古人亦用作香料，泡制郁鬯，或浸水作染料。晋左芬《郁金颂》：“伊此奇草，名曰郁金。越自殊域，厥珍来寻。芬香酷烈，悦目欣心。”这里指用郁金染出的黄色。楫：船桨。本文指船。唐温庭筠《兰塘词》：“塘水汪汪凫唼喋，忆上江南木兰楫。”

⑦缥（piǎo）玉：浅青色的玉。汉枚乘《柳赋》：“于是樽盈缥玉之酒，爵献金浆之醪。”

⑧李夫人：汉李延年妹。妙丽善舞，得幸于汉武帝。早卒，武帝图其形，挂于甘泉宫，思念不已。方士少翁作法，在夜里张灯设帏，让武帝坐在其他帐中遥望，看见一个妙龄女子很像李夫人。

【译文】

有数千只鹦鹉，红嘴绿羽，尾长二三尺，翱翔其间，互相呼叫姓名，声音清脆悠扬。有名叫武游郎的，有名叫阿苏儿的，有名叫武仙郎的，有名叫自在先生的，有名叫踏莲露的，有名叫凤花台的，有名叫戴蝉儿的，有名叫多花子的。有个唱歌的说："我这首曲子是汉武帝的钩弋夫人常常唱的，词为：'戴蝉儿，分明传与君王语，建章殿里未得归，朱箔金缸双凤舞。'"名叫阿苏儿的说："我忆阿娇深宫下泪时，唱道：'昔请司马郎，为作《长门赋》，徒使费百金，君王终不顾。'"又有诵读司马相如《大人赋》的说："我开始学赋时，被赵昭仪拿七宝钗凶暴地鞭打，至今犹痛，今日能够成诵，却是终身的一项技能。"名叫武游郎的说："我昔时见汉武帝，乘着黄色的船，行舟于积翠池，自己吹着青玉笛，音韵响亮流畅，汉武帝十分高兴。李夫人随着笛声歌唱，歌为：'顾鄙贱，奉恩私；愿吾君，万岁期。'"

又名武仙郎者问归舜曰："君何姓氏行第？"归舜曰："姓柳，第十二。"曰："柳十二自何许来？"归舜曰："吾将至巴陵，遭风泊舟，兴酣至此耳。"武仙郎曰："柳十二官人①，偶因遭风，得臻异境②，此所谓因病致妍耳③。然下官禽鸟④，不能致力生人，为足下转达桂家三十娘子。"因遥呼曰："阿春，此间有客。"即有紫云数片，自西南飞来。去地丈余，云气渐散，遂见珠楼翠幕，重槛飞楹⑤，周匝石际。一青衣自户出，年始十三四，身衣珠翠，颜甚姝美，谓归舜曰："三十娘子使阿春传语郎君，贫居僻远，劳此检校⑥，不知朝来食否？请垂略坐，以具蔬馔。"即有捧水晶床出者⑦，归舜再让而坐。阿春因呼："凤花台鸟，何不看客？三十娘子以黄郎不在，不敢接对郎君⑧。汝若等闲⑨，似前度受捶。"有一鹦鹉即飞至，曰："吾乃凤花台也。近有一篇，君能听乎？"归舜曰："平生所好，实契所愿。"凤花台乃曰："吾昨过蓬莱玉楼，因有一章诗曰：露接朝阳生，海波翻水晶。玉楼瞰寥廓，天地相照明。此时下栖止，投迹依旧楹。顾余复何忝，日侍群仙行。"归舜曰："丽则丽矣，足下师乃谁人？"凤花台曰："仆在王母左右千余岁[⑩]，杜兰香教我真箓[⑪]，东方朔授我秘诀[⑫]。汉武帝求太中大夫[⑬]，遂在石渠署见扬雄、王褒等赋颂[⑭]，始晓箴论[⑮]。王莽之乱[⑯]，方得还吴[⑰]。后为朱然所得[⑱]，转遗陆逊[⑲]，复见机、云制作[⑳]，方学缀篇什[㉑]。机、云被戮，便至于此。殊不知近日谁为宗师？"归舜曰："薛道衡、江总也[㉒]。"因诵数篇示之。凤花台曰："近代非不靡丽，殊少骨气[㉓]。"俄而阿春捧赤玉盘，珍馐万品[㉔]，目所不识，甘香裂鼻[㉕]。

【注释】

①官人：对男子的敬称。据清赵翼《陔余丛考》，唐以前唯有官者方称官人，至宋已为时俗通称，明代以后遍及士庶，奴仆称主及尊长呼幼，皆可称某官人。

②臻：到，到达。

③因病致妍：因为病而变得美丽。喻因祸得福。

④下官：泛用于自称。

⑤重槛飞楹：重重的栏杆和高大的柱子。喻建筑精致。

⑥检校：查看，探视。晋葛洪《抱朴子·祛惑》："仓卒闻之，不能清澄检校之者，鲜觉其伪也。"

⑦床：古代坐具。《礼记·内则》："父母舅姑将坐，奉席请何乡；将衽，长者奉席请何趾。少者执床与坐。"

⑧接对：接待应对。晋葛洪《抱朴子·讥惑》："趋步升降之节，瞻视接对之容，至于三千。"

⑨等闲：轻易，随便。唐白居易《新昌新居》："等闲栽树木，随分占

风烟。”

⑩仆:古时男子谦称自己。《战国策·燕策》:“今提一匕首入不测之强秦,仆所以留者,待吾客与俱。”

⑪杜兰香:神话传说中的仙女。东晋干宝《搜神记》:“汉时有杜兰香者……数诣张传……可十六七,说事邈然久远……作诗曰:‘阿母处灵岳,时游云霄际。众女侍羽仪,不出墉宫外。飘轮送我来,岂复耻尘秽。从我与福俱,嫌我与祸会。’”

⑫东方朔:字曼倩,平原厌次(今山东惠民)人。西汉文学家。武帝时为太中大夫。性格诙谐滑稽,善辞赋,名篇有《答客难》。

⑬太中大夫:官名。秦官,掌论议,汉以后各代多沿置。

⑭扬雄:字子云,蜀郡成都(今属四川)人。西汉文学家。汉成帝时为给事黄门郎。王莽称帝后,任太中大夫。早年以辞赋闻名,有《甘泉赋》《长杨赋》等名篇。王褒:字子渊,蜀资中(今四川资阳)人。西汉辞赋家。宣帝时为谏议大夫。以辞赋著称,其《洞箫赋》为最早的专门描写乐器与音乐之作。

⑮箴:文体的一种,以规诫为表达的主题。晋陆机《文赋》:“箴顿挫而清壮。”

⑯王莽之乱:王莽为汉元帝皇后王政君之侄。西汉末掌握朝政。后毒死汉平帝,自立为帝,改国号为新。不久托古改制,引发农民起义。绿林军攻入长安,被杀,新朝灭亡。

⑰吴:周代诸侯国名。在今江苏南部和浙江北部,后扩展至淮河下游一带。

⑱朱然:字义封,丹阳故鄣(今浙江安吉西北)人。三国吴将领。朱治嗣子,以勇烈闻名。

⑲遗(wèi):给予,馈赠。《史记·魏公子列传》:“公子闻之,往请,欲厚遗之。” 陆逊:字伯言,吴郡华亭(今上海松江)人。三国吴大将。孙策女婿,出身江南士族。善谋略,曾与吕蒙定计袭取关羽。

⑳机、云:指晋陆机、陆云兄弟。陆机,字士衡,吴郡华亭(今上海松江)人。西晋文学家。曾任平原内史,后为成都王司马颖将军,兵败被谗杀。陆云,字士龙。官至清河内史,与陆机同时遇害。其作品风格清新,与陆机不尽相同。制作:指作品。唐杜甫《留别公安太易沙门》:"数问舟航留制作,长开箧笥拟心神。"

㉑篇什:《诗经》的"雅"和"颂"以十篇为一什,所以诗章又称"篇什"。《晋书·乐志》:"三祖纷纶,咸工篇什。"

㉒薛道衡(540—609):字玄卿,河东汾阴(今山西万荣)人。专精好学,诗文为时所重。历仕北齐、北周,入隋,为内史侍郎,颇有才名。后因论时政,为炀帝所忌杀,天下称冤。著有《文集》七十卷。江总(519—594):字总持,济阳考城(今河南兰考)人。梁时,官至太常卿。入陈,官至尚书令,虽居执政之位,而不理政务,专与陈后主游宴宫中,时人称为狎客。陈亡后一度仕隋,后回江南。诗长于七言,为宫体诗代表作家之一。

㉓骨气:犹气势、气韵。《宋书·王微传》:"兄文骨气,可推英丽以自许。"

㉔珍馐:亦作"珍羞"。珍美的肴馔。汉张衡《南都赋》:"珍羞琅玕,充溢圆方。"

㉕裂鼻:使鼻欲裂。形容气味浓烈。

【译文】

又有名叫武仙郎的问柳归舜说:"请问贵姓?排行第几?"归舜说:"姓柳,排第十二。"又问:"柳十二从哪里来?"归舜说:"我将要到巴陵去,遭遇大风停舟于此,一时兴起走到了这里。"武仙郎说:"柳十二官人,偶然遭遇大风,得以到此异境,这就是所谓的因祸得福。然而我仅是一只禽鸟,不能够全力伏侍陌生人,我为您转告桂家三十娘子。"于是对着远处呼喊道:"阿春,这里有客人。"立即有数片紫色云朵,自西南方向飞来。距地一丈余,云气渐渐散去,遂见点缀着绿色帷幕的华丽楼阁，富丽精工，环绕石头边缘。一个婢女自门户中出来，年龄刚刚十三四岁，身穿缀满珍珠翡翠的衣服，容颜甚为美丽，她对柳归舜说："三十娘子使阿春告知您，贫居僻远，劳驾您前来探望，不知早上至今已吃饭没有？请略坐一会儿，以准备饭菜。"随即有人抬出水晶坐榻，柳归舜一再谦让才坐下。阿春于是喊道："凤花台鸟，为何不来照顾客人？三十娘子因为黄郎不在家，不敢亲自接待柳郎君。你若偷懒，会像上次一样被捶打。"有一只鹦鹉立即飞到他身边，说："我就是凤花台。最近写了一篇诗作，您能听一听吗？"柳归舜说："我平生喜欢诗，正合所愿。"凤花台于是说："我昨天经过蓬莱玉楼，因而写了一首诗：露接朝阳生，海波翻水晶。玉楼瞰寥廓，天地相照明。此时下栖止，投迹依旧楹。顾余复何忝，日侍群仙行。"柳归舜说："艳丽倒是很艳丽，您的老师是哪位？"凤花台说："我在王母左右一千余年了，杜兰香教我道家符箓，东方朔授我修真秘诀。汉武帝访求太中大夫，于是在石渠署召见扬雄、王褒等作赋颂，我才懂得箴论的作法。赶上王莽之乱，方得返回吴地。后为朱然所得，转送给陆逊，于是有机会看到陆机、陆云的文章，才开始学习作诗。陆机、陆云被杀，便来到此处。竟不知最近谁是文章宗师？"柳归舜说："是薛道衡和江总。"于是柳归舜念了几篇给凤花台。凤花台说："如今的文章不是不靡丽，只是少了风骨。"不一会儿，阿春捧着红玉盘来，山珍海味，向所未见，芳香扑鼻。

饮食讫，忽有二道士自空飞下，顾见归舜曰："大难得！与鹦鹉相对。君非柳十二乎？君船以风便[①]，索君甚急，何不促回？"因投尺绮曰[②]："以此掩眼，即去矣。"归舜从之，忽如身飞却坠，以达舟所。舟人欲发，问之，失归舜已三日矣。后却至此，泊舟寻访，不复见也。

【注释】

①风便：犹顺风。唐罗隐《秋日有寄姑苏曹使君》："水寒不见双鱼信，风便唯闻五袴讴。"

②绮（qǐ）：有素地花纹的丝织品。

【译文】

饭后，忽然有两个道士自空中飞下来，看见归舜说："太难得了！与鹦鹉相对。您是柳十二吧？您的船因为有顺风，找您甚急，何不马上回去？"于是投给他一尺绮布，说："以此掩眼，就可以离开了。"归舜跟随两个道士，忽然身子飞腾，一会儿就坠落，到达停船的地方。船夫正打算开船，询问后，才知道自己已经失踪三天了。后来再来到这里，停船寻访，却再也找不到了。

崔书生

开元、天宝中①，有崔书生者，居东州逻谷口，好植花竹，乃于户外别莳名花②。春暮之时，英蕊芬郁，远闻百步。书生每晨必盥漱独看。忽见一女郎自西乘马东行，青衣老少数人随后。女郎有殊色，所乘马骏。崔生未及细视，而女郎已过矣。明日又过，崔生于花下先致酒茗樽杓③，铺陈茵席，乃迎马首曰："某以性好花木，此园无非手植。今香茂似堪流盼④。伏见女郎频日过此，计仆驭当疲，敢具箪醪⑤，希垂憩息⑥。"女郎不顾而过。其后青衣曰："但具酒馔，何忧不至。"女郎顾叱曰："何故轻与人言！"言讫遂去。崔生明日又于山下别致醪酒，候女郎至，崔生乃鞭马随之，到别墅之前，又下马拜请。良久，一老青衣谓女郎曰："车马甚疲，暂歇无伤⑦。"因自控女郎马至堂寝下，老青衣谓崔生曰："君既未婚，予为聘可乎？”崔生大悦，再拜跪，请不相忘。老青衣曰：“事即必定，后十五日大吉辰，君于此时，但具婚礼所要，并于此备酒馔。小娘子阿姊在逻谷中，有微疾，故小娘子日往看省。某去，便当咨启⑧，至期则皆至此矣。”于是促行。崔生在后，即依言营备吉席所要。至期，女郎及姊皆到。其姊亦仪质极丽。遂以女郎归于崔生。母在旧居，殊不知崔生纳室。以不告而娶，但启聘媵⑨。母见女郎，新妇之礼甚具。经月余日，忽有一人送食于女郎，甘香特异。后崔生觉母慈颜衰瘁，因伏问几下，母曰：“吾有汝一子，冀得永寿。今汝所纳新妇，妖美无双。吾于土塑图画之中，未尝识此，必恐是狐媚之辈，伤害于汝，遂致吾忧。”崔生入室见女郎，女郎涕泪交下，曰：“本侍箕帚⑩，仗望终天⑪，不知尊夫人待以狐媚辈，明晨即便请行，相爱今宵耳。”崔生掩泪不能言。

【注释】

①开元：唐玄宗李隆基的年号（713—741）。天宝：唐玄宗李隆基的年号（742—755）。

②莳（shì）：移植（植物）。

③樽（zūn）：古代盛酒的器具。杓（sháo）：同“勺”。

④流盼：流转目光观看。唐白行简《望夫化为石赋》：“凭高流盼，心摇摇而有待，目眇眇而不见。”

⑤箪（dān）：古代盛饭的圆竹器。《孟子·告子》：“一箪食，一豆羹，得之则生，弗得则死。”

⑥垂：敬辞。用于别人（多是长辈或上级）对自己的行动。

⑦无伤：没有什么关系，不妨。《孟子·梁惠王》：“（孟子）曰：‘无伤也，是乃仁术也，见牛未见羊也。’”

⑧咨启：犹禀报。《三国志·魏书·明元郭皇后传》："宰辅统政，与夺大事，皆先咨启于太后而后施行。"

⑨媵(yìng)：古代嫁女时随嫁或陪嫁的人。《韩非子·外储说左上》："从文衣之媵七十人。"

⑩侍箕帚：用以比喻妇人之职或妻子的代称。

⑪终天：久远。谓如天之久远无穷。晋潘岳《哀永逝文》："今奈何兮一举，邈终天兮不反。"

【译文】

开元、天宝年间，有个姓崔的书生，在东州逻谷口居住，他喜欢种植花卉和竹子，就在户外另外栽种了名花。每到暮春的季节，鲜艳的花朵香气浓郁，远在百步之外就可以闻到。崔书生每天早晨都是先洗漱，然后独自观赏花草。有一天，忽然见一年轻女子从西边骑马东行，有几个年老年少的婢女跟随在后。女子长得非常漂亮，她骑的也是一匹骏马。崔生还没来得及细看，年轻女子就已经过去了。第二天这位女子又从这里经过，崔生就在花丛中先摆上酒茶器皿，铺上褥垫，迎着年轻女子所骑的马头说："我喜好花草树木，这个园子里的花没有不是我亲自种植的。现在花香浓郁，颇值得您观赏观赏。我见您这几天频繁从这里经过，估计仆人和马匹都会疲倦，我斗胆准备了酒食，希望您能在这里休息一会儿。"年轻女子没看一眼就过去了。她身后的婢女说："只管准备酒席，何愁不来！"年轻女子回头呵叱婢女："为什么轻易与人说话！"说完就走了。第二天崔生又在山下新置办了一桌酒菜，等年轻女子到后，他便扬鞭策马跟随在她的后边，到了别墅的前面，崔生又下了马拜请。很久，一年老婢女对年轻女子说："车夫、马匹都很疲乏了，暂且歇一歇也不妨。"她亲手拉着年轻女子的马来到厅堂阶下，并对崔生说："您既然未婚，我可以给您做媒吗？"崔生高兴极了，两次跪拜答谢，请她不要忘记此事。老婢女说："这婚事必定成功，十五天后是个大吉之日，您在这时，只管置办婚礼需要的东西，并在这里备办酒席。现在小娘子的姐姐在逻谷中，有点小病，所以小娘子天天去看视。我到那里，就会禀报，婚期到了我们都会到这里的。”于是催促着要走。在以后的日子里，崔生就依照老婢女所说的置备婚礼所需的物品。到了约定的日子，年轻女子和她的姐姐都到了。她姐姐的仪表气质也极佳。于是就把年轻女子嫁给了崔生。崔生的母亲在旧居，不知道崔生娶妻。崔生因为没有禀告母亲而私下娶妻，就向母亲谎称娶了一位侍奉自己的婢妾。他母亲见到了这位年轻的女子，年轻女子作为新妇十分懂得礼仪。过了一个多月，忽然有人给年轻女子送来食物，食物甜香无比。后来崔生觉得母亲衰弱憔悴，于是跪在几案之下，问是怎么了。母亲说：“我只有你这一个儿子，希望能够长寿。如今你所娶的新媳妇，妖艳美丽无双。我在塑像图画上，也不曾见到过这样美貌的，一定是狐狸精一类，恐怕对你有伤害，所以使我很是忧虑。”崔生回到内室，见妻子涕泪交下，她说：“我本来希望作为您的妻子，永远伺候您，没想到老夫人把我看成狐狸精，我明早就告别，相爱只有今天晚上了。”崔生也泪流满面，说不出话来。

明日，女郎车骑至[1]。女郎乘马，崔生从送之，入逻谷三十余里，山间有川，川中异香珍果，不可胜纪[2]。馆宇屋室，侈于王者。青衣百许，迎拜女郎曰：“小娘子，无行崔生[3]，何必将来！”于是捧入[4]，留崔生于门外。未几，一青衣传女郎姊言曰：“崔生遗行[5]，使太夫人疑阻[6]，事宜便绝，不合相见。然小妹曾奉周旋，亦当奉屈[7]。”俄而召崔生入，责诮再三，辞辩清婉，崔生但拜伏受谴而已。遂坐于中寝对食[8]，食讫，命酒，召女乐洽饮[9]，铿锵万变[10]。乐阕[11]，其姊谓女郎曰：“须令崔郎却回，汝有何物赠送？”女郎遂出白玉合子遗崔生[12]，崔生亦自留别，于是各呜咽而出。行至逻谷口，回望千岩万壑[13]，无径路，自恸哭归家。常持玉合子，郁郁不乐。忽有胡僧扣门求食，崔生出见，胡僧曰："君有至宝，乞相示也。"崔生曰："某贫士，何有见请？"僧曰："君岂不有异人奉赠乎？贫道望气知之。"崔生因出合子示胡僧，僧起拜请曰："请以百万市之[14]。"遂将去。崔生问僧曰："女郎是谁？"曰："君所纳妻，王母第三女玉卮娘子也。姊亦负美名在仙都[15]，况复人间。所惜君娶之不得久远，倘住一年，君举家必仙矣。"崔生叹怨迨卒[16]。

【注释】

①车骑：成队的车马。《史记·魏公子列传》："臣有客在市屠中，愿枉车骑过之。"

②不可胜纪：不能逐一记述，极言其多。《汉书·公孙弘卜式兒宽传》："汉之得人，于兹为盛，儒雅则公孙弘、董仲舒、兒宽……受遗则霍光、金日磾，其余不可胜纪。"

③无行：没有善行，品性恶劣。《汉书·韩信传》："家贫无行，不得推择为吏。"

④捧：簇拥。

⑤遗行：行为有所缺失。战国宋玉《对楚王问》："楚襄王问于宋玉曰：'先生其有遗行与？何士民众庶不誉之甚也？'"

⑥疑阻：疑惑隔阂。《晋书·文帝纪》："孙壹构隙，自相疑阻。"

⑦奉屈：犹言屈驾。唐李玫《纂异记·刘景复》："（刘景复）方寝，见紫衣冠者言曰：'让王奉屈。'刘生随而至庙。"

⑧中寝：古代天子、诸侯常居治事的正室。亦泛指居屋的正室。

⑨女乐：歌舞伎。《后汉书·马融列传》："常坐高堂，施绛纱帐，前授生徒，后列女乐。"

⑩铿锵:形容金玉或乐器等声洪亮。《汉书·张禹传》:“优人管弦铿锵极乐,昏夜乃罢。”

⑪乐阕(yuè què):乐终。《礼记·文王世子》:“有司告以乐阕。”汉郑玄注:“阕,终也。告君以歌舞之乐终。”

⑫合:盛物之器。即盒子。北魏贾思勰《齐民要术·种槐柳楸梓梧柞》:“(梓)十年后……车、板、盘、合、乐器,所在任用。”石声汉注:“‘合’,即现在的‘盒’字。”

⑬千岩万壑:形容高山深谷交迭成群。南朝宋刘义庆《世说新语·言语》:“顾长康从会稽还,人问山川之美。顾云:‘千岩竞秀,万壑争流,草木蒙笼其上,若云兴霞蔚。’”

⑭市:购买。《木兰诗》:“愿为市鞍马,从此替爷征。”

⑮仙都:神话中仙人居住的地方。

⑯迨(dài):等到,达到。

【译文】

第二天,年轻女子的车马来了。年轻女子骑马,崔生跟着相送,进入逻谷三十多里,山间有一条溪流,溪两岸有特别芳香珍贵的果子,不能逐一记述。馆宇屋室,比王府还奢华。婢女有上百人,都向女郎迎拜,说:“小娘子,这个没有善行的崔生,何必带来!”于是簇拥着年轻女子进入,把崔生留在门外。没多长时间,一个婢女传达年轻女子姐姐的话说:“崔生的行为有缺失,使太夫人对这桩婚事有看法,既然如此,就应该断绝关系了,不该相见。但小妹曾服侍过你,也应当屈驾至此。”不久,就叫崔生进去,再三责备,语音清亮,说得婉转,崔生只是拜伏在地接受谴责而已。后来就坐在正房中相对吃饭,饭后命人摆酒,召歌姬演奏,为饮酒助兴,乐声响亮,节奏变化多端。曲终,姐姐对年轻女子说:“该让崔郎回去了,你有什么物品赠送给他?”年轻女子就拿出一个白玉盒子赠给崔生,崔生也赠送了礼物,于是各自呜咽着告别了。崔生行至逻谷口,回头一望,山峦连绵,没有路,痛哭着回到家里。崔生经常拿着玉盒子，闷闷不乐。忽然有个胡僧敲门化缘乞食，崔生出来见他，胡僧说："您有个宝贝，请让我看一看。"崔生说："我是个贫士，你为什么会有这样的想法？"胡僧说："您难道没有异人赠送的东西吗？贫道通过望气知道了。"崔生拿出玉盒子给胡僧看，胡僧起身行礼，说："请让我用一百万钱购买它。"买后就要离去。崔生问胡僧："那年轻女子是谁呀？"胡僧说："您所娶的妻子，是王母的第三个女儿玉卮娘子。她的姐姐在仙界也负有美名，何况在人间呢。只可惜您娶了她时间不长，如果能同住上一年，您全家就都可以成仙了。"崔生一生都为之叹息懊悔。

来君绰

隋炀帝征辽，十二军尽没，总管来护坐法受戮[①]，炀帝尽欲诛其子。君绰忧惧连诛，因与与秀才罗巡、罗逖、李万进结为奔走之友[②]，共亡命至海州[③]。

【注释】

①来护(？—618)：即来护儿，字崇善，江都(今江苏扬州)人。慷慨有大志。隋初，常为间谍入陈境。炀帝初，积军功为右骁卫大将军。得帝信任。大业八年(612)，率水军破平壤外城。纵军掳掠，被击退。次年击杨玄感有功，封荣国公。随帝至江都，迁左翊卫大将军，宠信异常。被宇文化及所杀。本文中的来护与史实不符。坐法：犯法获罪。《史记·田叔列传》："后数岁，叔坐法失官。"

②奔走：逃走。《北史·叔孙建传》："斩首万余级，余众奔走，投沁水死，水为不流。"

③海州：东魏武定七年(549)改青、冀二州置，治龙沮城(今江苏灌云西北)。唐辖境相当今江苏连云港、东海、沭阳、赣榆、灌云、灌

南及新沂、滨海部分地区。

【译文】

隋炀帝征伐辽东，十二支军队全被消灭，总管来护儿因此获罪被处死，隋炀帝还要诛杀来护儿的儿子。来君绰害怕被杀，于是与秀才罗巡、罗逖、李万进结为同伴，一起向海州逃去。

夜黑迷路，路旁有灯火，因与共投之。扣门数下，有一苍头迎拜君绰①。君绰因问："此是谁家？"答曰："科斗郎君，姓威，即当府秀才也。"遂启门，又自闭。敲中门，曰："蜗儿，外有四五个客。"蜗儿即又一苍头也。遂开门，秉烛引客就馆客位，床榻茵褥甚备。俄有二小童持烛自中门出，曰："大郎子出来。"君绰等降阶见主人②。主人辞采朗然，文辩纷错，自通姓名曰"威污蠖"。叙寒温讫，揖客由阼阶③，坐曰："污蠖忝以本州乡赋④，得与足下同声，清宵良会⑤，殊是所愿。"即命酒合坐。渐至酣畅，谈谑交至，众所不能对。君绰颇不能平，欲以理挫之，无计，因举觞曰："君绰请起一令⑥，以坐中姓名双声者，犯罚如律。"君绰曰："威污蠖。"实讥其姓。众皆抚手大笑，以为得言。及至污蠖，改令曰："以坐中人姓为歌声，自二字至五字。"令曰："罗李，罗来李，罗李罗来，罗李罗李来。"众皆惭其辩捷。罗巡又问："君风雅之士，足得自比云龙⑦，何玉名之自贬耶⑧？"污蠖曰："仆久从宾贡⑨，多为主司见屈，以仆后于群士，何异尺蠖于污池乎？"巡又问："公华宗⑩，氏族何为不载？"污蠖曰："我本田氏，出于齐威王⑪，亦犹桓丁之类⑫，何足下之不学耶？"既而蜗儿举方丈盘至⑬，珍羞水陆⑭，充溢其间。君绰及仆者无不饱饫。夜阑彻烛，连榻而寝。迟明叙别，恨恨俱不自胜。

【注释】

①苍头：指奴仆。《汉书·鲍宣传》："使奴从宾客浆酒霍肉，苍头庐儿皆用致富。"

②降阶：古代宾主相见，以西为尊，主人迎客在东阶，客人登从西阶。客如表示谦逊，则登主人之阶，称为"降阶"。《孔丛子·记义》："孔子适齐，齐景公让登，夫子降一等，景公三辞然后登。既坐，曰：'夫子降德，辱临寡人，寡人以为荣也。而降阶以远，自绝于寡人，寡人未知所以为罪？'"

③阼(zuò)阶：东阶。《仪礼·士冠礼》："主人玄端爵韠，立于阼阶下，直东序西面。"汉郑玄注："阼，犹酢也，东阶所以答酢宾客也。"

④忝(tiǎn)：辱，有愧于。常用作谦辞。乡赋：犹乡贡。唐代不经学馆考试而由州县推荐应科举的士子。《新唐书·选举志》："唐制，取士之科，多因隋旧，然其大要有三：由学馆者曰生徒，由州县者曰乡贡，皆升于有司而进退之……其天子自诏者曰制举。"

⑤清宵：清静的夜晚。南朝梁萧统《钟山讲解》："清宵出望园，诘晨届钟岭。"

⑥令：即酒令。古代宴会中，佐饮助兴的游戏，推一人为令官，其余的人听其号令，轮流说诗词或做其他游戏，违令或输的人饮酒。《南史·王昙首传》："湘东王绎时为丹阳尹，与朝士宴集，属规为酒令。"

⑦云龙：喻豪杰。唐白居易《与元九书》："大丈夫所守者道，所待者时。时之来也，为云龙，为风鹏，勃然突然，陈力以出。"

⑧玉：敬辞。多用以尊称对方的身体言行等。

⑨宾贡：古代地方向朝廷推举人才时，待以宾礼，贡于京师。

⑩华：敬辞。用于跟对方有关的事物。

⑪齐威王：战国时齐国君。田氏，名因齐。前356—前320年在位，

任用邹忌为相，田忌、孙膑为将和军师，改革政治，国力渐强。

⑫桓：即齐桓公，姜姓，名小白。春秋时齐国君。前685—前643年在位。襄公被杀后，从莒（今山东莒县）回国取得政权，任用管仲进行改革，国力富强，多次大会诸侯，订立盟约，成为春秋时第一个霸主。

⑬方丈：指方丈之食，极言肴馔之丰盛。《孟子·尽心》："食前方丈，侍妾数百人，我得志，弗为也。"汉赵岐注："极五味之馔食，列于前方一丈。"

⑭珍羞：珍美的肴馔。东汉张衡《南都赋》："珍羞琅玕，充溢圆方。"水陆：指水中和陆地所产的食物。《晋书·石崇传》："丝竹尽当时之选，庖膳穷水陆之珍。"

【译文】

有一天在夜里迷了路，发现路旁有灯光，于是一起投奔那里。敲了几下门，有一个仆人出来迎接。来君绰便问道："这是谁家？"那仆人回答说："科斗郎君，姓威，是本府的秀才。"于是开门，他们进去后，门又自动关闭。那仆人又敲中门叫道："蜗儿，外边来了四五个客人。"蜗儿是又一个仆人。于是蜗儿打开门，拿着蜡烛给客人领路，送他们到客房住下，床上的被褥都很齐全。不一会儿有两个小童仆拿着蜡烛从中门出来，说："大郎子来了。"来君绰等降阶与之相见。主人谈吐爽朗，机敏善辩，自报姓名叫"威污蠖"。相互寒暄后，便站在东阶上拱手让客人进屋。大家入座后，主人说："污蠖忝为本州乡贡，因而能够与足下志趣相投，清静的夜晚，正是聚会的好时辰，也是我非常欣喜期盼的。"于是就上酒围坐共饮。渐渐地喝到酣畅淋漓的状态，谈笑风生，其他人谁也不能对答。来君绰很不服气，想在道理上挫败他，可又没什么好办法，于是举起酒杯说："君绰请求说一个酒令，令中的字必须是座中人的姓名，而且有两个字的声母必须相同，违犯了就要受罚。"他出令道："威污蠖。"这其实是在讥讽他的姓。众人都拍手大笑，以为他说得很巧妙。

等轮到威污蠖时，他改酒令说："酒令中必须以座中人的姓为歌词，并且由两个字渐增至五个字。"威污蠖出令道："罗李，罗来李，罗李罗来，罗李罗李来。"大家都因为他的敏捷善辩而自愧不如。罗巡又问："君乃风雅之士，完全可以自比豪杰，为什么要自贬尊名呢？"威污蠖说："我很早就参加科举考试，然而多次被主考官压制，把我排列在众人之后，这与尺蠖被压在污池中有什么区别呢？"罗巡又问："您家既是华族，可是书上为什么没有记载呢？"威污蠖道："我本来姓田，是齐威王的后代，也就像齐桓公的后人姓桓一样，您怎么不知道呢？"接着蜗儿端上了极其丰盛的菜肴，山珍海味，摆得满满的。来君绰和仆人们无不酒足饭饱。夜深撤去蜡烛，他们床连着床而睡去。第二天很晚才起来道别，惆怅不已。

君绰等行数里，犹念污蠖，复来，见向所宿处，了无人居①，唯污池。池边有大螾②，长数尺，又有蜗、螺、丁子③，皆大常者数倍，方知污蠖及二竖皆此物也④。遂共恶昨宵所食，各吐出青泥及污水数升。

【注释】

①了无：全无，毫无。晋葛洪《抱朴子·释滞》："空有疲困之劳，了无锱铢之益也。"

②螾(yǐn)：蚯蚓。《荀子·劝学》："螾无爪牙之利，筋骨之强，上食埃土，下饮黄泉，用心一也。"唐杨倞注："螾与蚓同，蚯蚓也。"

③丁子：古楚地称虾蟆为丁子。《庄子·天下》："郢有天下，犬可以为羊，马有卵，丁子有尾。"唐成玄英疏："楚人呼虾蟆为丁子。"

④竖：童仆。《列子·说符》："杨子之邻人亡羊，既率其党，又请杨子之竖追之。"

【译文】

来君绰等人已经走出去几里路了，还在思念威污蠖，于是又返回来看他，只见昨日所宿之处，根本无人居住，只有污水池。池边有一条大蚯蚓，有几尺长，还有些蜗牛、田螺、虾蟆，也都比一般的大几倍，这才知道原来威污蠖和两个仆人，全是这些东西。于是大家都恶心起昨夜吃的东西，每个人都吐出好多泥浆和污水。

曹惠

国初[①]，有曹惠者，制授江州参军[②]。官舍有佛堂[③]，堂中有二木偶人，长尺余，雕饰甚巧，丹青剥落[④]。惠因持归与稚儿[⑤]，方食饼，木偶即引手请之。儿惊报惠，惠笑曰："取木偶来。"即言曰："轻红、轻素自有名，何呼木偶！"于是转盼驰走[⑥]，悉无异人。

【注释】

①国初：指唐朝建国之初。

②制授：唐任官制度，三品以上为册授，五品以上为制授，以下分别为敕授、旨授。

③官舍：官吏办事的场所。《后汉书·王良传》："在位恭俭，妻子不入官舍，布被瓦器。"佛堂：供奉佛像以供诵经膜拜的厅堂。

④丹青：丹砂和青雘，古代绘画时所常用的颜料。

⑤稚：幼小。《史记·屈原贾生列传》："怀王稚子子兰劝王行：'奈何绝秦欢！'怀王卒行。"

⑥转盼：一转眼。比喻极短的时间。宋陆游《九月十六日夜梦驻军河外遣使招降诸城觉而有作》："朔风卷地吹急雪，转盼玉花深一丈。"

【译文】

唐初,有一个叫曹惠的,任江州参军。官府有一座佛堂,堂里有两个木偶人,一尺多长,雕刻装饰巧妙精致,但涂料已经剥落。曹惠就拿回家给小孩玩儿,小孩正要吃饼,木偶也伸手要吃饼。小孩惊讶地告诉了曹惠,曹惠笑着说:“拿木偶来。”木偶立即说:“轻红、轻素是自有名字的,为什么叫我们木偶!”于是它们转眼间就跑走了,与人没有什么两样。

惠问曰:“汝何时物,颇能作怪?”轻素曰:“某与轻红是宣城太守谢家俑偶[①],当时天下工巧,总不及沈隐侯家老苍头孝忠也[②]。轻素、轻红,即孝忠所造。隐侯哀宣城无常[③],葬日故有此赠。时轻素圹中[④],方持汤与乐家娘子濯足[⑤],闻外有持兵称敕声[⑥],娘子畏惧,跣足化为白蝼[⑦]。少顷,二贼执炬至,尽掠财物,谢郎时颔瑟瑟环[⑧],亦为贼敲颐脱之[⑨]。贼人照见轻红等,曰:‘二冥器不恶,可与小儿为戏具。’遂持出,时天正二年也[⑩]。自尔流落数家,陈末麦铁杖犹子咬头将至此[⑪],以到今日。”惠又问曰:“曾闻谢宣城婚王敬则女[⑫],尔何遽云乐家娘子?”轻素曰:“王氏乃生前之妻,乐家乃冥婚耳。王氏本屠酤种[⑬],性粗率多力,至冥中犹与宣城琴瑟不睦。伺宣城颜严[⑭],则礫石抵关以为威胁[⑮]。宣城自密启于天帝[⑯],帝许逐之。二女一男,悉随母归矣。遂再娶乐彦辅第八娘子[⑰],美姿质,善书,好弹琴,尤与殷东阳仲文、谢荆州晦夫人相得[⑱],日恣追寻。宣城尝云:“我才方古人,唯不及东阿耳[⑲]。其余文士,皆吾机中之肉[⑳],可以宰割矣。”见为南曹典铨郎[㉑],与潘黄门同列[㉒],乘肥衣轻,贵于生前百倍。

然十日一朝晋、宋、齐、梁，可以为劳，近闻亦已停矣。”

【注释】

①某：自称，代替“我”或名字。宣城太守：指谢朓(464—499)，字玄晖。著名山水诗人，出身高门望族，曾出任宣城太守，因有“谢宣城”之称。太守，本为战国时郡守的尊称。汉景帝时，改郡守为太守，为一郡行政的最高长官。南北朝时设州渐多，郡的辖境日益缩小，州郡区别无多，至隋初遂废州存郡，而州刺史即代郡守之任。惟隋炀帝及唐玄宗时均曾又改州为郡，郡置太守，旋仍复旧。

②沈隐侯：即沈约(441—513)，字休文，谥隐。南朝著名文学家、史学家，出身于门阀士族。

③无常：婉辞。指人死。晋法显《佛国记》：“共诸同志游历诸国，而或有还者，或有无常者。”

④圹(kuàng)：墓穴。

⑤汤：热水。濯(zhuó)足：洗脚。

⑥敕：告诫，嘱咐。

⑦跣(xiǎn)：光着脚，不穿鞋袜。

⑧颔：口含。

⑨颐：指口腔的下部，俗称下巴。

⑩天正：南朝梁豫章王萧栋的年号(551—552)。

⑪麦铁杖(574—612)：陈、隋时人，年轻时勇敢，有臂力，步行如风，性开朗、喜饮酒、好交游、重信义。陈朝太建年间，铁杖曾结伙为盗，被广州刺史捕获，罚为官府奴隶，后为隋朝大将军，随杨素征突厥立功，后战死在征讨高句丽的战役中。赠光禄大夫、宿国公，谥号武烈。犹子：侄子。《礼记·檀弓》：“丧服，兄弟之子犹子也。”

⑫王敬则(435—498)：南朝宋、齐时人，幼好刀剑，业屠狗，以武艺被宋前废帝选入官，为细铠将。宋明帝任为直阁将军，宋末成为

萧道成心腹，后参与杀宋后废帝。萧道成代宋，任侍中，位至司空，明帝时遭疑忌，惧祸，举兵反，被杀。

⑬屠酤：宰牲和卖酒，亦泛指职业微贱的人。《墨子·迎敌祠》："举屠酤者置厨给事，弟之。"《后汉书·郭太传》："召公子、许伟康并出屠酤。"种：种子。引申为后嗣。《晋书·刘颂传》："及赵王伦之害张华也，颂哭之甚恸。闻华子得逃，喜曰：'茂先，卿尚有种也！'"

⑭伺（sì）：观察，侦候。颜：脸色。

⑮磔（zhé）：投掷，砸。抵：扔，掷。关：门闩。

⑯天帝：神话传说中天上的主神。

⑰乐彦辅：即乐广（？—304），字彦辅。西晋时名士。因曾任尚书令，被后人称为"乐令"。

⑱殷仲文（？—407）：字仲文。东晋人，曾任东阳太守，故称之为"殷东阳仲文"。谢晦（390—426）：字宣明，陈郡阳夏（今河南太康）人。东晋东阳太守谢朗之孙，入宋追随刘裕，曾任荆州刺史，故称之为"谢荆州晦"。

⑲东阿：指曹植（192—232），字子建。曹操子，著名诗人，富有文学才华，曾分封东阿，并葬于东阿。南朝著名诗人谢灵运曾言："天下才共一石（一石等于十斗），曹子建独得八斗，我得一斗，自古及今共享一斗。"

⑳机：通"几"，几案，小桌子。

㉑南曹：唐吏部掌判选院的员外郎。此指员外郎所在官署。典铨郎：职掌官吏任命等事的员外郎。

㉒潘黄门：即潘岳（247—300），字安仁。西晋文学家，曾任给事黄门侍郎，因此被称为"潘黄门"。

【译文】

曹惠问她们说："你们是什么时代的木偶，能如此作怪？"轻素说："我与轻红是宣城太守谢朓陪葬的木偶，当时天下的能工巧匠，都比不上沈约家的老奴仆孝忠。轻素、轻红就是孝忠制作的。沈约哀伤谢朓早逝,所以埋葬谢朓时就赠送了木偶。一天轻素在墓穴中,正拿热水给乐娘子洗脚,忽然听到外面有人手持武器,发出告诫的声音,乐娘子很害怕,光着脚就变成了白色的蝼蛄。不久,两个盗贼拿着火把进来,把墓中财物全部盗走,谢朓口含的瑟瑟环,也被盗贼敲碎下巴拿走了。盗贼用火把照着轻素和轻红说:'这两个冥器挺好,可以给小孩当玩具。'于是拿了出去,当时是梁朝天正二年。从那以后流落了几家,到陈朝末年,麦铁杖的侄子咬头又把我们带到这里,一直到今天。"曹惠又问:"听说谢朓娶的是王敬则的女儿,你为什么说是乐娘子呢?"轻素说:"王氏是生前的妻子,乐氏是阴间的婚配。王氏本是低贱人的后代,性情粗鲁、莽撞,到了阴曹地府还是与谢朓不睦。她窥伺到谢朓的脸色不好,便投掷石头和门闩威胁他。谢朓秘密地报告了天帝,天帝准许驱逐她。他们的两个女儿和一个儿子,都随母亲回娘家了。于是谢朓又娶了乐彦辅的第八个女儿,她貌美优雅,善书法,好弹琴,尤其是与东阳太守殷仲文、荆州刺史谢晦的夫人相处融洽,每天形影不离。谢朓曾经说:'我的才华同古人相比,只是不如曹植。其他的文人,都是我几案上的肉,可以任意宰割。'现在谢朓任南曹典铨郎,与潘岳是一样的,骑骏马,穿裘衣,比生前富贵百倍。然而十天朝拜一次晋、宋、齐、梁,他可能非常辛苦,听说近来已经停止了。"

惠又问曰:"汝二人灵异若此,吾欲舍汝,何如?"即皆喜曰:"以轻素等变化,虽无不可,君意如不放,终不能逃。庐山山神欲娶轻素作舞姬久矣,今此奉辞,便当受彼荣富。然君能终恩,请命画工,便赐粉黛①。"即令工人为图之②,使被锦绣。轻素喜笑曰:"此度非论舞姬,亦当彼夫人。无以奉酬,请以微言留别③。百代之中④,但有他人会者,无不为忠臣居大位矣。言曰：'鸡角入骨，紫鹤吃黄鼠，甲不害，五通泉室，为六代吉昌。'"言讫而灭。

【注释】

①粉黛：泛指妇女涂饰的颜料。《后汉书·陈蕃传》："而采女数千，食肉衣绮，脂油粉黛，不可赀计。"粉，脂粉。黛，妇女用以画眉的青黑色颜料。

②工人：指从事各种技艺的劳动者。《荀子·儒效》："设规矩，陈绳墨，便备用，君子不如工人。"

③微言：隐微不显的言辞。留别：离开者给留下的朋友赠送礼品或诗词。

④百代：百世。比喻年代时间久远。《晋书·阮种传》："德逮群生，泽被区宇，声施无穷，而典垂百代。"

【译文】

曹惠又问："你二人如此灵异，我想放了你们，如何？"轻素和轻红立即高兴地回答说："虽然凭着我们的变化，没有什么做不到的，但如果您不想放，我们终究无法逃脱。庐山山神很久前就想娶轻素作为舞姬，如今领命告辞，就应当可以享受那里的荣华富贵了。如果您真的愿意成全我们，请您找个画工，给我们化妆涂色。"曹惠立刻命令画工为她俩涂漆，使她们色彩鲜艳。轻素笑着说："这回不要说舞姬，都可以做他的夫人了。没有什么可以报答您的，就留几句隐语作为临别的话。百世之中，但有能够明白这几句话的，无不是忠臣和高官。这句话是：'鸡角入骨，紫鹤吃黄鼠，甲不害，五通泉室，为六代吉昌。'"说完她们就不见了。

后有人祷庐山神，女巫云："神君新纳一夫人，要翠花钗簪，汝宜求之，当降大福。"祷者求荐之[①]，遂如愿焉。惠亦不能知其微言，访之时贤皆不识[2]，或云：中书令岑文本识其三句[3]，亦不为人说云。

【注释】

①荐：进，进献。《梁书·袁昂传》："非惟物议不可，亦恐明公鄙之，所以踌躇，未遑荐璧。"

②时贤：当时有德才的人。《后汉书·韦彪传》："(曹节)欲借宠时贤以为名，白帝就家拜著东海相。"

③中书令：唐朝初年，唐太宗以中书省、门下省、尚书省三省综理政务，共议国政。中书令、侍中、尚书仆射分别为三省长官，并为宰相。岑文本(595—645)：字景仁。聪慧敏捷，博通经史。十四岁为父申冤，辞情激切，由是知名。贞观元年(627)，以为秘书郎，迁中书舍人，官至中书令，封为江陵子，参与政事。贞观十九年(645)，从征辽东，卒于途中，谥号宪，陪葬昭陵。

【译文】

后来有人祭祀庐山神时，女巫说："山神新娶了一位夫人，要翠钗花簪，你应该为他找来，山神会降洪福给你的。"祈祷的人进献了翠钗花簪，最后这个人的心愿果然得到实现。曹惠不能理解那几句隐语的意思，求教于当时有道德有学问的人，都解释不了，有人说：中书令岑文本理解其中三句话，但他不给别人解释。

卷五

【题解】

本卷共四篇。《滕庭俊》讲述了滕庭俊到洛阳调选，途中投宿在一户庄户人家，得到两位老者的热情招待，并与老者一起饮酒赋诗。后来庄户的主人呼喊他，两个老者就忽然消失了，自己却坐在厕所里，旁边只有一只大苍蝇和一把秃扫帚，原来这两个老者是苍蝇和扫帚变化的，他们所作的诗也暗合了这些东西。不过，滕庭俊原先患的痼疾——发热病，从此却痊愈了。《元无有》讲述了一个名叫元无有的人，在一处荒凉的院落，夜晚听到四人吟诗唱和，后来证实这四人分别是故杵、烛台、水桶、破铛所变化。本篇的奇妙之处是作者将无生命的东西拟人化，叙述过程中处处暗合物体的本来特征，又在故事结尾处点明事物的本来面目，最后使人恍然大悟。《玄怪录》中的故事，作者一般会说明故事的来源，以佐证故事的真实性，而本篇的主人公名曰元无有，作者意在说明这个故事出于虚构。《元无有》常被研究者拿来说明唐代小说家开始有意识地进行虚构了。《顾总》讲述了小吏顾总愚鲁而刚直，屡屡遭到县令的鞭打，他逃至荒郊野外的坟墓处，有两个人自称是他的前生好友王粲、徐幹，而顾总是刘桢的转世，他们还帮助他回忆起前世的一些旧事。后来顾总把这件事告诉了县令，得到了优待。本篇宣扬了佛教投胎转世的观念。《周静帝》讲述了十几个伶人数次到居延部落主勃都骨低府邸乞求食物，并表演了“大小相成、终始相生”。这种神奇之术令人震撼。勃都骨低开始非常敬畏他们，后来派人跟踪并调查他们的来历，结果发现他们是古墓中的粮食袋子所变，于是将他们全部烧毁，当时哭喊声撕心裂肺，不绝于耳。不久，骨低全家都相继死亡。

滕庭俊

文明元年[①]，毗陵掾滕庭俊[②]，患热病积年，每发身如烧，热数日方定。召医，医不能治。后之洛调选[③]，行至荥阳西十四五里[④]，天向暮，未达前所。遂投一道旁庄家，主人暂出未至，庭俊心无聊赖，自叹吟曰：“为客多苦辛，日暮无主人。”即有老父[⑤]，须发甚秃，衣服亦弊，自堂西出而曰：“老父虽无所解，然性好文章，适不知郎君来[⑥]，正与和且耶联句次[⑦]，闻郎君吟‘为客多苦辛，日暮无主人’，虽曹丕‘客子常畏人’不能过也！老父与和且耶同作浑家门客[⑧]，门客虽贫，亦有斗酒接郎君清话耳[⑨]。”庭俊甚异之，问：“老父居止何所？”老父曰：“仆忝浑家扫门之客，姓麻，名束禾，第大[⑩]，君何不呼为麻大？”庭俊即谢不敏[⑪]，与之偕行，绕堂西隅，遂见一门，门启，华堂复阁甚绮秀，馆中有樽酒盘杓。麻大揖庭俊同坐。良久，门中一客出，麻大曰：“和至矣。”庭俊即降阶揖让，还坐[⑫]，且耶谓麻大曰：“适与君联句，诗题成未？”麻大自书题目曰：“《同在浑平原门》联句一首。予已为四句矣。”麻大诗曰：“自与浑家邻，馨香遂满身。无关好清净，又用去灰尘。”且耶良久乃曰：“仆是七言，韵又不同，如何？”麻大曰：“但自为一章，亦不恶。”于是且耶即吟曰：“冬日每去依烟火，春至还归养子孙。曾向苻王笔端坐，迩来求食浑家门。"庭俊犹未悟，见其馆华盛，因有淹留歇马之计[13]，乃书四言云："田文称好客[14]，凡养几多人？如使冯驩在[15]，今希厕下宾[16]。"且耶、麻大皆笑曰："何得相讥！向使君得在浑家[17]，一日自当足矣。"治饮引满十巡[18]，主人至，觅庭俊不见，家人叫呼之，庭俊应曰："唯[19]。"而馆宇并麻大二人一时不见，身在厕屋下，傍有大苍蝇、秃帚而已。庭俊先有热疾，自此后顿愈，不复更发矣。

【注释】

①文明：唐睿宗李旦的年号（684年2月27日—684年10月18日），使用时间不到八个月。

②毗陵：古地名。西汉置县，治所在今江苏常州。三国吴时，为毗陵典农校尉治所。晋太康二年（281）始置郡，治所移丹徒。历代废置无常，后世多称今江苏常州一带。

③调选：选官调职。《史记·袁盎晁错列传》："然袁盎亦以数直谏，不得久居中，调为陇西都尉。"南朝宋裴骃《集解》引三国魏如淳曰："调选。"

④荥阳：郡名。魏正始三年（242）分河南郡置，治荥阳，辖今河南黄河以南，东至朱仙镇，西至荥阳，南至新密、尉氏及黄河以北的原阳地。不久废；西晋复置。北魏辖境略缩。北齐改名成皋郡，隋大业初复改郑州为荥阳郡，唐改为郑州。

⑤老父：老翁，老人。宋范成大《后催租行》："老父田荒秋雨里，旧时高岸今江水。"

⑥郎君：通称贵家子弟为郎君。《古诗为焦仲卿妻作》："阿母白媒人：'贫贱有此女，始适还家门。不堪吏人妇，岂合令郎君。'"

⑦联句：诗人各作一句诗，轮流分吟，联合而成的集体创作形式。

⑧浑:大的,盛大的。门客:官僚贵族家中豢养的帮闲或帮忙的人。

⑨清话:闲聊,闲谈。

⑩第:次第,次序。有时也用于数字前表示次序。

⑪不敏:自谦之辞。《论语·颜渊》:"雍虽不敏,请事斯语矣!"

⑫还(huán)坐:环绕而坐。

⑬淹留:久留,逗留。战国屈原《离骚》:"时缤纷其变易兮,又何可以淹留。"歇马:休息。

⑭田文:战国时齐贵族,袭其父田婴的封邑薛(今山东滕州南),称薛公,号孟尝君。齐愍王任为相国,门下有食客数千。

⑮冯驩(xuān):战国齐国游士,家贫,为孟尝君门下食客。曾为孟尝君到封邑薛收债,他当众焚毁债券,使孟尝君获得称誉。

⑯厕:杂置,参与。《史记·乐毅列传》:"先王过举,厕之宾客之中,立之群臣之上。"

⑰向使:假使,假设。

⑱引满:斟酒满杯饮尽。《晋书·王羲之传》:"虽不能兴言高咏,衔杯引满,语田里所行,故以为抚掌之资,其为得意,可胜言邪!"

⑲唯:急声回答声。《史记·范雎蔡泽列传》:"秦王复跽而请曰:'先生何以幸教寡人?'范雎曰:'唯,唯。'"

【译文】

唐睿宗文明元年,毗陵掾滕庭俊,患有热病很多年,每次发病身如火烧,烧几天之后才能好。找了医生,医生也治不好。后来去洛阳听候调迁,行至荥阳西面十四五里的地方时,天色渐晚,可是还没走到前面的投宿地。他于是就去路旁的一户庄户人家投宿,主人暂时出去还没回来,滕庭俊无所事事,便吟诗道:"为客多苦辛,日暮无主人。"随即有一老翁,鬓发稀疏,破履烂衫,从堂屋的西侧走出来说:"虽然我对您的诗句不理解,但我向来喜欢文章,刚才不知您来,正与和且耶轮流联句,听到您吟咏'为客多苦辛,日暮无主人',即使是曹丕'客子常畏人'这样的诗句,也比不上您的诗啊!我与和且耶,同为豪门家的门客,门客虽然很穷,但也有些酒招待您去聊一聊。"滕庭俊觉得很奇怪,便问道:"老人家住在何处?"老翁说:"我忝为豪门家的扫门之客,姓麻,名束禾,排行第一,您何不呼我为麻大呢?"滕庭俊立即向老者道歉,自称愚钝,与老翁同行,绕过堂屋西角,看见一扇门,打开门,里面是华丽的堂屋、回廊,屋内备有杯盘酒菜。麻大向滕庭俊作揖,请他一起坐下。过了一会儿,从门里又走来一个客人,麻大说:"和且耶来了。"滕庭俊立即降阶作揖,回来坐下,和且耶对麻大说:"刚才和你联句,你的诗作出来没有?"麻大自己书写题目,说:"《同在浑平原门》联句一首。我已成四句了。"麻大的诗为:"自与浑家邻,馨香遂满身。无关好清静,又用去灰尘。"和且耶过了一会儿才说:"我是七言,韵也不同,你看行不行?"麻大道:"只要能自成一章,也不差。"于是和且耶马上吟诗道:"冬日每去依烟火,春至还归养子孙。曾向苻王笔端坐,迩来求食浑家门。"滕庭俊听不明白他们的诗,他见馆舍华丽宽敞,便有留下歇息之意,于是吟诗道:"田文称好客,凡养几多人?如使冯驩在,今希厕下宾。"和且耶、麻大都笑了起来说:"干什么讥笑我们!假如您能在豪门,一整天都会让您吃饱喝足的。"于是斟满酒,喝过十巡,主人回来了,找不见滕庭俊,派家人去呼叫他,他急忙答应一声:"唯。"然而馆舍和麻、和二人,此时都不见了,自己却坐在厕所里,旁边只有一只大苍蝇和一把秃扫帚。滕庭俊原先患的热病,从此之后忽然就痊愈了,再也没有复发。

元无有

宝应中[①],有元无有,尝以仲春末独行维扬郊野[②]。值日晚,风雨大至。时兵荒后,人户逃窜,入路旁空庄。须臾霁止[③],斜月自出。无有憩北轩,忽闻西廊有人行声。未几至堂中,有四人,衣冠皆异,相与谈谐,吟咏甚畅,乃云:"今夕如秋，风月若此，吾党岂不为文[4]，以展平生之事？”其文即曰口号联句也。吟咏既朗，无有听之甚悉。其一衣冠长人曰：“齐纨鲁缟如霜雪[5]，寥亮高声为予发。”其二黑衣冠短陋人曰：“嘉宾长夜清会时，辉煌灯烛我能持。”其三故弊黄衣冠人，亦短陋，诗曰：“清泠之泉俟朝汲[6]，桑绠相牵常出入[7]。”其四黑衣冠，身亦短陋，诗曰：“爨薪贮水常煎熬[8]，充他口腹我为劳。”无有亦不以四人为异，四人亦不虞无有之在堂隍也[9]，递相褒赏，虽阮嗣宗《咏怀》亦不能加耳[10]。四人迟明方归旧所[11]，无有就寻之，堂中惟有故杵、烛台、水桶、破铛[12]，乃知四人即此物所为也。

【注释】

①宝应：唐肃宗李亨的年号(762—763)。

②仲春：春季的第二个月，即农历二月。因处春季之中，故称。《尚书·尧典》：“日中，星鸟，以殷仲春。”维扬：扬州的别称。《尚书·禹贡》：“淮海惟扬州。”惟，《夏本纪》作“维”。后因截取二字以为名。北周庾信《哀江南赋》：“淮海维扬，三千余里。”

③霁止：雨止天晴。

④党：朋辈，意气相投的人。唐韩愈《山石》：“嗟哉吾党二三子，安得至老不更归。”

⑤齐纨鲁缟(gǎo)：齐国和鲁国盛产白色的绢。后泛指名贵的丝织品。

⑥泠(líng)：清凉。唐李白《登太白峰》：“愿乘泠风去，直出浮云间。”汲(jí)：从井里打水。

⑦绠(gěng)：汲水用的绳子。

⑧爨(cuàn)：烧火做饭。北魏郦道元《水经注》：“常若微雷发响，以

草爨之，则烟腾火发。”薪：柴火。《管子·轻重甲》：“农夫得居装而卖其薪荛。”

⑨不虞：意料不到。堂隍（huáng）：大的殿堂。《西京杂记》：“文帝为太子立思贤苑，以招宾客，苑中有堂隍六所。”

⑩阮嗣宗：即阮籍（210—263），字嗣宗。魏晋时期著名诗人，“竹林七贤”之一，著有《咏怀》诗八十二篇。加：超过。

⑪迟明：天将亮的时候。《汉书·高帝纪》：“于是沛公乃夜引军从他道还，偃旗帜，迟明，围宛城三匝。”

⑫杵（chǔ）：舂米或捶衣的木棒。铛（chēng）：烙饼或做菜用的平底浅锅。

【译文】

唐肃宗宝应年间，有个叫元无有的人，曾经在二月末，独自行走在扬州的郊外。正赶上天晚了，狂风暴雨忽至。当时是兵荒马乱之后，住户都逃跑了，于是进入道旁空旷的村庄。不久天就晴了，明月渐渐升起。元无有坐在北窗下休息，忽然听到西廊有人的脚步声。不一会儿，走到了堂中，有四个人，衣服帽子都很奇特，他们交谈很和谐，吟咏很欢畅，于是说：“今天晚上像秋天一样，清风明月，我们这些朋友怎么能不作诗，以展示平生之事呢？”他们作诗的形式就叫作口号联句。他们吟诗的声音很响亮，元无有听得很清楚。第一个人穿衣戴帽，身材修长，吟诗道：“齐纨鲁缟如霜雪，寥亮高声为予发。”第二个人穿着黑色衣服戴着黑色帽子，矮小貌丑，吟诗道：“嘉宾长夜清会时，辉煌灯烛我能持。”第三个人穿着破旧的黄色衣服，戴着黄色的帽子，也是矮小丑陋，吟诗道：“清泠之泉俟朝汲，桑绠相牵常出入。”第四个人穿着黑色衣服，戴着黑色的帽子，也是矮小丑陋，吟诗道：“爨薪贮水常煎熬，充他口腹我为劳。”元无有也没认为四个人为奇异之人，四个人也没有想到元无有就在堂下，他们四人轮流相互褒扬，即使是阮籍的《咏怀》诗，也不能超过他们的诗。四人到天亮后才回去，元无有去寻找他们，堂屋中只有旧杵、灯台、水桶、破铛，这时才知道那四个人就是它们变化的。

顾总

梁天监元年[①]，顾总为县吏[②]，数被鞭捶[③]。尝郁郁怀愤，因逃墟墓之间，彷徨惆怅，不知所适。忽有二黄衣见顾总曰："刘君，颇忆畴昔周旋否[④]？"顾惊曰："敝宗顾氏，先未曾面清颜[⑤]，何有周旋之问？"二人曰："仆二人，王粲、徐幹也[⑥]。足下生前是刘桢[⑦]，为坤明侍中[⑧]，以纳赂金谪为小吏，公今当不知矣。然公言辞历历[⑨]，犹有记室音旨[⑩]。"因出袖中五轴书示总曰："此君集也，当谛视之[⑪]。"总试省览[⑫]，乃了然明悟，便觉藻思泉涌。其集人多有本，惟卒后数篇，记得一章诗，题目曰《从驾游幽丽宫，却忆平生西园文会，因寄修文府正郎蔡伯喈》，诗曰："在汉绝纲纪，溟渎多腾湍。煌煌魏英祖，拯溺静波澜。天纪已垂定，邦人亦保完。大开相公府，掇拾尽幽兰。始从众君子，日侍真主欢。文皇在春宫，蒸孝逾问安。监抚多余闲，园囿恣游观。末臣戴簪笔，翊圣从和鸾。月出行殿凉，珍木清露涔。天文信辉丽，铿锵振琅玕。被命仰为和，顾己试所难。弱质不自持，危脆朽萎残。岂意十余年，陵寝梧楸寒。今朝坤明国，再顾簪蝉冠。侍游于离宫，高蹑浮云端。却忆西园时，生死暂悲酸。君昔汉公卿，未央冠群贤。倘若念平生，览此同怆然。"其余七篇，传者失本。

【注释】

①天监：南朝梁武帝萧衍的年号(502—519)。

②县吏：县之吏役。唐韩愈《赠崔复州序》："幽远之小民，其足迹未

尝至城邑，苟有不得其所，能自直于乡里之吏者鲜矣；况能自辩于县吏乎？”

③鞭捶(chuí)：鞭打。唐张读《宣室记·李徵》：“忽被疾发狂，鞭捶仆者。仆者不胜其苦。”

④颇：略微，稍。《史记·屈原贾生列传》：“廷尉乃言贾生年少，颇通诸子百家之书。”畴昔：昔日，从前。晋左思《咏史》：“虽非甲胄士，畴昔览穰苴。”周旋：交往，交际应酬。汉末曹操《与荀彧书追伤郭嘉》：“郭奉孝年不满四十，相与周旋十一年，险阻艰难，皆共罹之。”

⑤清颜：敬称人的容颜。多用于男性朋友。南朝谢朓《答王世子》：“有酒招亲朋，思与清颜会。”

⑥王粲(177—217)：字仲宣，山阳高平(今山东邹城西南)人。东汉末年著名文学家，“建安七子”之一。徐幹(171—218)：字伟长，北海(今山东寿光)人。博学能文，恬淡不仕，“建安七子”之一。

⑦刘桢(？—217)：字公幹，东平宁阳(今山东宁阳)人。为曹操丞相掾属，性亢直，其五言诗在当时负有重名，为“建安七子”之一。

⑧侍中：官职名。秦始置，两汉沿置，为正规官职外的加官之一。因侍从皇帝左右，出入宫廷，与闻朝政，逐渐变为亲信贵重之职。唐为门下省长官，乃宰相之职。

⑨历历：犹历录。

⑩记室：官名。东汉置，诸王、三公及大将军都设记室令史，掌章表书记文檄。音旨：言辞旨意。

⑪谛视：仔细察看。《三国志·魏书·明帝纪》：“宣王顿首流涕。”南朝宋裴松之注引三国魏鱼豢《魏略》：“此是也，君谛视之，勿误也！”

⑫省览：审阅，观览。《汉书·盖宽饶传》：“狂夫之言，圣人择焉，唯裁省览。”

【译文】

梁武帝天监元年，顾总作为县吏，多次被鞭打。有一次心情抑郁，满怀愤怒，因而逃避到坟墓之地，彷徨惆怅，不知要到哪里去。忽然有两个穿黄衣服的人拜见顾总，说："刘君，是否还记得我们昔日的交往？"顾总惊讶地说："我姓顾，我们以前从未见过面，怎么会问起交往之事呢？"二人说："我们是王粲、徐幹。您前生是刘桢，是坤明的侍中，因收受赂金而贬为小吏，您如今应该不知道了。但您的言辞都有记录，犹有记室的言辞旨意。"于是从袖中拿出五轴书给他看，说："这是您的文集，仔细看看吧。"顾总审阅之后，了然明悟，便感觉文思如泉涌一般。那本集子人们多有传本，只佚失了最后几篇，他记得有一首诗，题目是《从驾游幽丽宫，却忆平生西园文会，因寄修文府正郎蔡伯喈》，诗曰："在汉绝纲纪，溟渎多腾湍。煌煌魏英祖，拯溺静波澜。天纪已垂定，邦人亦保完。大开相公府，掇拾尽幽兰。始从众君子，日侍真主欢。文皇在春宫，蒸孝逾问安。监抚多余闲，园囿恣游观。末臣戴簪笔，翊圣从和鸾。月出行殿凉，珍木清露涔。天文信辉丽，铿锵振琅玕。被命仰为和，顾己试所难。弱质不自持，危脆朽萎残。岂意十余年，陵寝梧楸寒。今朝坤明国，再顾簪蝉冠。侍游于离宫，高蹑浮云端。却忆西园时，生死暂悲酸。君昔汉公卿，未央冠群贤。倘若念平生，览此同怆然。"剩余的七篇，就失传了。

王粲谓总曰："吾本短小，无何娶乐进女[①]，似其父，短小尤甚。自别君后，改娶刘荆州女[②]。寻生一子，荆州与名似翁奴，今年十八，长七尺三寸，所恨未得参丈人也。当渠年十一，与余同览镜，余谓之曰：'汝首魁梧于余。'渠立应余曰[③]：'防风骨节专车[④]，当不如白起头小而锐[⑤]。'余又谓曰：'汝长大当为将。'又应余曰：'仲尼三尺童子，羞言霸道。况某承大人严训，敢措意于相斫刺乎[⑥]？'余知其了了过人矣[⑦]。不知足下生来有郎娘否？"良久沉思，稍如相识，因曰："二君子既是总友人，何计可脱小吏之厄？"徐幹曰："君但执前集诉于县宰，则脱矣。"总又问："坤明是何国？"幹曰："魏开国邺地也。公昔为开国侍中，何遽忘也？公在坤明国家累悉无恙[⑧]。贤小娘子娇羞娘[⑨]，有一篇《奉忆》，昨者已诵似丈人矣[⑩]。诗曰：'忆爷抛女不归家[⑪]，不作侍中为小吏，就他辛苦弃荣华。愿爷相念早相见，与儿买李市甘瓜。'"诵讫，总不觉涕泗交下[⑫]，为一章《寄娇羞娘》云："忆儿貌，念儿心，望儿不见泪沾襟。时殊世异难相见，弃谢此生当访寻。"既而王粲、徐幹与总殷勤叙别。乃携刘桢集五卷，并具陈见王粲、徐幹之状，仍说前生是刘桢，县宰因见桢卒后诗，大惊曰："不可使刘公幹为小吏。"即解遣以宾礼待之。后不知总所在，集亦寻失矣[⑬]。时人勖子弟[⑭]，皆曰："死刘桢犹庇得生顾总，可不进修哉[⑮]。"

【注释】

①无何：不多时，不久。《史记·越王勾践世家》："居无何，则致赀累巨万。"乐进（？—218）：字文谦，阳平卫国（今河南清丰）人。东汉末年名将。以胆识英烈而从曹操，随军多年，南征北讨，颇立战功。

②刘荆州：即刘表（142—208），字景升。汉朝远支皇族。初平元年（190）任荆州刺史，取得豪族蒯良、蒯越等人的支持，后为荆州牧。病死后，子刘琮降于曹操。

③渠：他。

④防风：古代传说中部落酋长，后被大禹杀死，其骨节极大，其骨头可以装满一整车。《国语·鲁语》："丘闻之，昔禹致群神于会稽之山，防风后至，禹杀而戮之。其骨节专车。"

⑤白起(？—前257)：战国秦之名将，事昭王，因功封为武安君。长平之战，坑杀赵降卒四十万，后与应侯范雎有嫌隙，被免官赐死。汉严尤《三将军论》："臣察武安君小头而面锐，瞳子白黑分明，视瞻不转。小头而面锐者，断敢决也。瞳子白黑分明者，见事明也。视瞻不转者，执志强也。可与持久，难与争锋。"

⑥措意：留意，在意。斫刺：砍击刺杀。《后汉书·臧洪传》："吕奉先讨卓来奔，请兵不获，告去何罪，复见斫刺？"

⑦了了：聪慧，通晓事理。晋袁宏《后汉纪·献帝纪》："小时了了者，至大亦未能奇也。"

⑧家累：家属，家眷，家中人口。《晋书·戴洋传》："初，混欲迎其家累，洋曰：'此地当败，得腊不得正，岂可移家于贼中乎！'混便止。"

⑨贤：敬辞。多指行辈较低的。小娘子：少女的通称。用以称他人之女，亦以称己女。唐韩愈《祭女拿女文》："阿爹阿八使汝奶以清酒时果庶羞之奠，祭于第四小娘子拿女之灵。"

⑩昨者：昔日。唐韩愈《归彭城》："昨者到京城，屡陪高车驰。"丈人：丈夫。《乐府诗集·相和歌辞十三·妇病行》："妇病连年累岁，传呼丈人前一言……属累君两三孤子，莫我儿饥且寒。"

⑪爷：父亲。《木兰辞》："军书十二卷，卷卷有爷名。"

⑫涕泗：眼泪和鼻涕。三国魏阮籍《咏怀》："齐景升丘山，涕泗纷交流。"

⑬寻：顷刻，不久。晋陶渊明《桃花源记》："未果，寻病终。"

⑭勖(xù)：勉励。

⑮进修：进德修业。《魏书·高允传》："又诏允曰：'……朕既纂统

大业，八表晏宁，稽之旧典，欲置学官于郡国，使进修之业，有所津寄。'"

【译文】

王粲对顾总说："我生来就身材矮小，没多久就娶了乐进的女儿，她像她的父亲，身材尤其矮小。自与您分别以后，我改娶了刘荆州的女儿，不久就生了一个儿子，刘荆州为他起名叫翁奴，今年十八岁，身高七尺三寸，遗憾的是未能拜访过您。当他十一岁的时候，和我一起照镜子，我对他说：'你的头比我大。'他立刻回答我说：'防风氏骨节满车，不如白起的头小而勇往直前。'我又对他说：'你长大应该当将军。'他又回答我说：'仲尼是三尺孩童的时候，就耻于谈及霸道。况且我承蒙长辈的严训，怎敢留意于砍击刺杀之道呢？'我知道他聪明过人。不知您有生以来有没有郎娘？"顾总思索很久，感觉对他俩稍微熟悉了一些，因此问道："二位先生既然是顾总的朋友，有什么办法可以解脱我当小吏的厄运呢？"徐幹说："您只要拿着以前的文集向县宰说明，就可以解脱了。"顾总又问："坤明是什么国家？"徐幹说："是魏武帝开国时的邺地。您以前是开国侍中，怎么就忘了呢？您在坤明的家眷都安然无恙。您的小女儿娇羞娘，有一篇《奉忆》之作，曾经吟诵得如同您一样。诗曰：'忆爷抛女不归家，不作侍中为小吏，就他辛苦弃荣华。愿爷相念早相见，与儿买李市甘瓜。'"朗诵完毕，顾总不觉涕泗交下，就写了一首《寄娇羞娘》诗，诗云："忆儿貌，念儿心，望儿不见泪沾襟。时殊世异难相见，弃谢此生当访寻。"接着王粲、徐幹与顾总殷勤话别。顾总于是带着刘桢文集五卷，并把与王粲、徐幹见面的情况告诉了县宰，说自己是刘桢转世，县宰见到刘桢死后的诗，十分惊讶，说："不能再让刘公幹做小吏了。"马上免去了他的差使，以宾客的礼节对待他。后来不知道顾总去了什么地方，其文集不久也不知所踪了。当时人们勉励年轻后辈都说："死去的刘桢还能庇护活着的顾总，你们还能够不追求上进吗？"

周静帝

周静帝初[①],居延部落主勃都骨低[②],富虐陵暴,奢逸好乐,居处甚盛。忽有人数十至门,一人先投刺曰[③]:“省名部落主成多受。”因趋入。骨低问曰:“何为省名部落?”多受曰:“某等数人各殊,名字皆不别造。有姓马者,姓皮者,姓鹿者,姓熊者,姓獐者,姓卫者,姓斑者,然皆名受,唯某帅名多受耳。”骨低曰:“君等悉似伶官[④],不知有何所解?”多受曰:“晓弄碗珠[⑤],性不爱俗,言皆经义[⑥]。”骨低大喜曰:“目所未睹者。”有一优即前曰[⑦]:“某等肚饥,臈臈恰恰,皮漫绕身三匝,主人食若不充,开口终当不合。”骨低甚惊,命加食。一人曰:“某请弄‘大小相成、终始相生’[⑧]。”于是长人吞短人,肥人吞瘦人,相吞残两人,其一人。长者又曰:“请作‘终始相生’耳。”遂吐下一人,吐者又吐一人,递相吐出,人数复足。骨低甚惊,因重锡赍遣之[⑨]。明日又至,戏弄如初。

【注释】

①周静帝:即宇文阐(573—581)。原名宇文衍,鲜卑族,周宣帝宇文赟长子,母天大皇后朱满月。北周最后一位皇帝,579—581在位。

②居延:本汉初匈奴地名,指居延泽附近一带,为当时河西地区与漠北往来要道所经。

③投刺:投递名帖以求见。《北齐书·杨愔传》:“既潜窜累载,属神武至信都,遂投刺辕门。”刺,名帖。

④伶官:乐官。《诗经·邶风·简兮》毛序:“卫之贤者,仕于伶官。”

汉郑玄笺曰:“伶官,乐官也。伶氏世掌乐官而善焉,故后世多号乐官为伶官。”

⑤碗珠:古杂技,犹今舞碟弄碗之戏。《旧唐书·音乐志》:“又有弄碗珠伎、丹珠伎。”

⑥经义:经书的义理。《后汉书·锺兴传》:“光武召见,问以经义,应对甚明。”

⑦优:古代表演乐舞、杂戏的艺人。宋元以后,亦泛称戏曲艺人、演员。《国语·越语》:“信谗喜优。”

⑧弄:古代百戏乐舞中指扮演角色或表演节目。如唐代有“弄参军”“弄兰获陵王”,宋代有“弄悬丝傀儡”。又金元时别称院本为“五花爨弄”,“爨弄”即表演之意。亦用为剧目名。如福建莆仙戏有《四九弄》《搭渡弄》等。

⑨锡:通“赐”,给予,赐给。《庄子·列御寇》:“人有见宋王者,锡车十乘。”赍(jī):把东西送给别人。

【译文】

周静帝初年,居延部落主勃都骨低,高傲残暴,奢侈放逸,喜好玩乐,居住的地方非常华丽。一日,忽然有几十人来到他的大门前,一个人向前递上名帖说:“我是省名部落主成多受。”于是就快步走进门。骨低问:“省名部落是什么部落?”成多受说:“我们几十人各不一样,名字都不另起。有姓马的、姓皮的、姓鹿的、姓熊的、姓獐的、姓卫的、姓斑的,但是名字都叫受,只有我这个当帅的叫多受。”骨低说:“你们都像乐官,不知有什么擅长的?”成多受说:“我们通晓舞碟弄碗之戏,生性不喜欢粗俗的东西,说的话都符合经书中的义理。”骨低很高兴,说:“我从没见过这样的人。”有一个优伶立即上前说:“我们肚子饥饿,咕咕噜噜地响,肚皮都可以绕身体三圈儿了,主人的饭食如果不充足,我们开口说笑终究也不会符合您的要求。”骨低很惊讶,命人增加饭菜。一个人说:“请允许我为您表演一个‘大小相成、终始相生’。”于是,一个高个子吞了一个矮个子,一个胖子吞了一个瘦子,高个子和胖子互相吞了,成了一个人。高个子又说:“请让我表演‘终始相生’吧。”于是他吐出一个人,吐出来的人又吐出一个人,相递吐出来,人数又够了。骨低非常吃惊,就重重地赏赐了他们打发他们走了。第二天他们又来了,表演的把戏和原来一样。

连翩半月[①],骨低颇烦,不能设食。诸伶皆怒曰:“主人当以某等为幻术,请借郎君娘子试之。”于是持骨低儿女弟妹甥侄妻妾等,吞之于腹中,皆啼呼请命,骨低惶怖,降阶顿首[②],哀乞亲属。伶者皆笑曰:“此无伤,不足忧。”即吐出之,亲属完全如初。骨低深怒,欲伺隙杀之。因令密访诸伶,果于一厅宅基而灭。骨低闻而令掘之,深数尺,得瓦砾,瓦砾之下得一大木槛,槛中有皮袋数十。槛旁有谷麦,触即为灰。槛中得竹简书[③],文字磨灭不可识,惟隐隐似有三数字,若是“陵”字。骨低知诸袋为怪,欲举出焚之,诸袋因号呼槛中曰:“某等无命[④],寻合化灭[⑤]。缘李都尉李少卿留水银在此,故得且存。某等即李都尉李少卿般粮袋[⑥],屋崩平压,因至时绵历岁月,今已有命,见为居延山神收作伶人[⑦]。伏乞存情于神[⑧],不相残毁。自尔不敢更扰高居矣[⑨]。”骨低利其水银,尽焚诸袋,无不为冤楚声,血流漂洒。焚讫,骨低房廊户牖悉为冤痛之音,如焚袋时,经旬月余日不止。其年骨低举家病死,死者相继,周岁,无复孑遗[⑩]。其水银后亦失所在也。

【注释】

①连翩:鸟连续飞行。比喻连续不断。三国魏曹植《名都赋》:“鸣

俦啸匹旅，列坐竟长筵。连翩击鞠壤，巧捷惟万端。”

②顿首：磕头。旧时礼节之一。以头叩地即举而不停留。《汉书·东方朔传》：“居有顷，闻上过，朱儒皆号泣顿首。”

③竹简：用以书写、记事的竹片。《后汉书·蔡伦传》：“自古书契多编以竹简，其用缣帛者谓之为纸。”

④无命：谓没有好的命运。唐杜甫《狄明府》：“大贤之后竟陵迟，浩荡古今同一体。比看伯叔四十人，有才无命百寮底。”

⑤合：会集，聚合。《国语·楚语》：“于是乎合其州乡朋友婚姻，比尔兄弟亲戚。”三国吴韦昭注：“合，会也。”

⑥般：后多作“搬”。唐白居易《官牛》：“官牛官牛驾官车，浐水岸边般载沙。”

⑦见：“现”的古字。

⑧伏乞：向尊者恳求。伏，敬辞。

⑨高居：对他人居处的敬称。唐韩愈《与大颠师书》：“至此一二日却归高居，亦无不可。”

⑩孑遗：遗留，残存。《诗经·大雅·云汉》：“周余黎民，靡有孑遗。”

【译文】

如此连续表演了半个月，骨低变得很烦躁，就不再为他们准备饭食了。伶人们气愤地说：“主人把我们的表演当成幻术，请借郎君的孩子、妻子给我们试一试。”于是把骨低的儿女、弟妹、甥侄、妻妾等，吞到肚子里去，他们都在肚子里大呼救命，骨低异常害怕，到阶下来磕头，哀求把亲属吐出来。伶人们都笑着说：“这无妨，不用担心。”于是就把他们吐出来，都完好如初。骨低非常生气，想找机会杀死他们。他便派人秘密地查访，见他们走到一座宅院的墙基处就消失了。骨低听说后让人挖那墙基，挖了几尺，找到一些瓦砾，在瓦砾下挖到一个大木笼，笼中有数十个皮袋。木笼子旁边有谷物，用手一碰就变成了灰。从笼中得到一份竹简，文字已经磨灭不能辨识了，只隐隐约约有几个字像是“陵”字。骨低知道就是这些皮袋作怪，想要提出来烧了它，皮袋们就在笼子里哀号哭喊道：“我们没有好的命运，本来不久就要消失了。由于都尉李少卿在这里留有水银，所以得以暂时存活。我们是都尉李少卿的搬粮袋，屋子倒了，平压下来，经过很长的岁月，现在我们已经有了生命，被居延山神收为伶人。请求您看在山神的情分上，不要杀了我们。从此之后我们再也不敢骚扰您的府邸了。”骨低拿走了水银，把那些皮袋全烧了，他们无不发出冤痛之声，血流满地。烧完之后，骨低家的房廊、门窗都发出冤痛的声音，与烧皮袋时的情况一样，经过一个多月，这种声音也没有停止。那一年，骨低全家都相继病死了，一年以后，他家什么东西都没有保存下来。水银也不知到哪里去了。

卷六

【题解】

本卷共三篇。《刘讽》讲述了刘讽投宿一处闲置的馆舍，晚上月光普照，院子里忽然来了一些女子，她们饮酒行令，作曲唱歌，互相戏谑，谈论婚嫁，但其婚嫁的对象都不是世间人物，而是阴间官员。后来刘讽果断驱赶了她们，她们一哄而散，留下几个翠钗，亦不是人间饰品。《董慎》讲述了兖州佐史董慎，秉性公正率直，精通法律，因此被邀请赴阴间帮助他们处理棘手案件。文中的阴间与人世间一样，同样存在人情世故和徇私舞弊。从中我们可以看出，司法公平可以平息各种不平和愤恨，是社会稳定的基石。《袁洪儿夸郎》讲述了袁洪儿夸郎偶然捉住一只翠翠鸟，这只鸟原是一大户人家的陪嫁丫鬟。经她介绍，夸郎结识了封郎，前往其住处，府邸极其豪华。经封郎做媒，夸郎娶了封郎的妻妹。夸郎在此流连忘返，乐在其中。后来夸郎得知他们是阴间中人，岳父本为交州牧，要改任并州刺史，就要举家搬迁。夸郎从此便与他们失去了联系。

刘讽

文明年[①]，竟陵掾刘讽[②]，夜投夷陵空馆[③]，月明下憩。忽有四女郎西轩至，仪质温丽，缓歌闲步，徐徐至中轩，回命青衣曰："紫绥，取西堂花茵来[4]，兼屈刘家六姨姨、十四舅母、南邻翘翘小娘子[5]，并将溢奴来[6]，传语道此间好风月[7]，足得游乐，弹琴咏诗，大是好事。虽有竟陵判司[8]，此人已睡明月下，不足回避也。"未几而三女郎至，一孩儿，色皆绝国。于是紫绥铺花茵于庭中，揖让班坐[9]。坐中设犀角酒樽，象牙杓[10]，绿罽花觯[11]，白琉璃盏，醪醴馨香，远闻空际[12]。女郎谈谑歌咏，音词清婉。一女郎为明府[13]，一女郎为录事[14]，明府女郎举觞浇酒曰："愿三姨婆寿等祇果山，六姨姨与三姨婆寿等，刘姨夫得太山府君纠判官，翘翘小娘子嫁得诸余国太子，溢奴便作诸余国宰相，某三四女伴总嫁得地府司文舍人，不然，嫁得平等王郎君六郎子、七郎子，则平生素望足矣。"一时皆笑曰："须与蔡家娘子赏口。"翘翘录事独下一筹，罚蔡家娘子曰："刘姨夫才貌温茂，何故不与他五道主使，空称纠判官，怕六姨姨不欢，深吃一盏。"蔡家娘子即持杯曰："诚知被罚，直缘刘姨夫年老眼暗，恐看五道黄纸文书不得[15]，误大神伯公事。饮亦何伤。"于是众女郎皆笑倒。又一女郎起，传口令，仍抽一翠簪，急说，须传翠簪，翠簪过令不通即罚。令曰："鸾老，头脑好，好头脑鸾老。"传说数巡，因令紫绥下坐[16]，使说令，紫绥素吃讷[17]，令至，但称"鸾鸾"。女郎皆笑，曰："昔贺若弼弄长孙鸾侍郎[18]，以其年老口吃，又无发，故造此令。"

【注释】

①文明：唐睿宗李旦的年号(684 年 2 月 27 日—684 年 10 月 18 日)，使用时间不到八个月。

②掾(yuàn):原为佐助的意思,后为副官佐或官署属员的通称。

③夷陵:古县名。西汉置,治今湖北宜昌东南。

④茵:铺垫的东西,垫子、褥子、毯子的通称。

⑤屈:邀请。

⑥将:带领,携带。

⑦风月:清风明月,指眼前景色闲适。《南史·徐勉传》:"今夕止可谈风月,不宜及公事。"

⑧判司:职官名。唐朝节度使、州郡的僚属,属专司批判文牍的小官。

⑨揖让:作揖谦让,为古代宾主相见的礼节。《周礼·秋官·司仪》:"司仪掌九仪之宾客摈相之礼,以诏仪容、辞令、揖让之节。"班坐:依次而坐。《后汉书·来歙传》:"于是置酒高会,劳赐歙,班坐绝席,在诸将之右。"

⑩杓(sháo):同"勺"。

⑪罽(jì):用毛做成的毡子一类的东西。觯(zhì):古代酒器,青铜制,形似尊而小,或有盖。

⑫空际:天空,天边,空中。宋张先《木兰花·和孙公素别安陆》:"怨歌留待醉时听,远目不堪空际送。"

⑬明府:犹言证明人。唐皇甫松《醉乡日月·明府》:"明府之职,前辈极为重难,盖二十人为饮而一人为明府,所以观其斟酌之道。每一明府管骰子一双,酒杓一只。"

⑭录事:指宴饮时执掌酒令的人。

⑮五道:佛教谓天、人、畜生、饿鬼、地狱五处轮回之所。见《菩萨处胎经》。道教亦承袭此说。见《云笈七签》卷十。黄纸:指古代铨选、考绩官吏,登记姓名,上报朝廷使用的黄色纸张。《隋书·百官志上》:"若敕可,则付选,更色别,量贵贱,内外分之,随才补用。以黄纸录名,八座通署,奏可,即出付典名。"

⑯下坐：坐在末座、末席。北齐颜之推《颜氏家训·杂艺》：“今世曲解，虽变于古，犹足以畅神情也。唯不可令有称誉，见役勋贵，处之下坐，以取残杯冷炙之辱。”

⑰吃讷(nè)：说话迟钝且结结巴巴。《北史·齐纪·孝昭帝》：“废帝吃讷，兼仓卒，不知所言。”

⑱贺若弼(544—607)：字辅伯，洛阳(今属河南)人。博涉书史，善骑射。北周时，任寿州刺史，封襄邑县公。入隋任吴州总管，献取陈十策。开皇九年(589)，为行军总管，大破陈军于蒋山(南京钟山)，以灭陈功进爵宋国公，官至右武候大将军。旋以不得为宰相，多怨言，免官。炀帝时，与高颎等议论朝政得失，为人所奏，被杀。

【译文】

唐睿宗文明年间，竟陵掾刘讽，晚上投宿在夷陵一处闲置的馆舍，当时月光普照，他正在院子里休息。忽然有四个年轻女子从西轩走过来，她们仪态温和、美丽大方，唱着歌闲逛着慢慢地走到中轩，回头对婢女说：“紫绥，取西堂花垫子来，再邀请刘家六姨姨、十四舅母、南邻居翘翘小娘子，并把溢奴也带过来，告诉她们这里风清月明，是个能游玩的地方，弹琴咏诗，大是好事。虽然这里有竟陵的判司，但此人已在明月下睡着了，不用回避。”不一会儿，三个年轻女子来了，还有一个小孩儿，都容貌倾国。于是紫绥在院子里铺好花垫子，大家谦让着依次坐好。座中设有犀角酒杯，象牙勺，绿色毡子，雕花酒杯，白琉璃盏，酒香浓郁，弥漫空中。女子们谈笑歌咏，声音清脆、温润。一个女子为明府，一个女子为录事，明府女郎举杯祝酒说：“祝愿三姨婆寿比祇果山，六姨姨和三姨婆齐寿，刘姨夫得到太山府君纠判官，翘翘小娘子嫁给诸余国太子，溢奴便做诸余国的宰相，我们三四个女伴嫁给地府司文舍人，不然，嫁给平等王的六郎子、七郎子，那平生的心愿就满足了。”一时大家都笑着说：“要罚蔡家娘子喝酒。”翘翘录事自己先喝了一杯，罚蔡娘子喝酒，说："刘姨夫有才有貌，性格温和，为什么不让他做五道主使，而空说是纠判官，怕六姨姨不高兴，请喝一大杯。"蔡家娘子立刻拿着酒杯说："知道被罚，只是因为刘姨夫年老眼花，恐怕看不了五道黄纸文书，误了大神伯的公事。我喝酒又有什么损失呢！"于是众女子都笑倒了。又一个女子站起来，行酒令，仍抽出一个翠簪，立即说，传翠簪，翠簪传过去，酒令不通者就罚。令说："鸾老，头脑好，好头脑鸾老。"酒令行过数巡，就让紫绥坐在末座，让她行令，紫绥向来不善言辞，酒令到了，只是说"鸾鸾"。众女子都大笑着说："从前贺若弼作弄侍郎长孙鸾，因其年老口吃，又没有头发，所以制作了这个酒令。"

三更后，皆弹琴击筑[①]，齐唱迭和[②]。歌曰："明月清风，良宵会同。星河易翻，欢娱不终。绿樽翠杓，为君斟酌。今夕不饮，何时欢乐？"又歌曰："杨柳杨柳，袅袅随风急。西楼美人春梦中，翠帘斜卷千条入。"又歌曰："玉户金釭[③]，愿陪君王。邯郸宫中，金石丝簧。卫女秦娥[④]，左右成行。纨缟缤纷，翠眉红妆。王欢转盼，为王歌舞。愿得君欢，常无灾苦。"

【注释】

①筑：古击弦乐器。已失传，大体形似筝，颈细而肩圆。演奏时，以左手握持，右手以竹尺击弦发音。

②迭和：互相唱和。战国楚宋玉《高唐赋》："更唱迭和，赴曲随流。"

③玉户：用玉装饰的门，为门户的美称。汉司马相如《长门赋》："挤玉户以撼金铺兮，声噌吰而似钟音。"釭（gāng）：古代宫室壁带上的环状金属装饰物。

④秦娥：古代歌女。晋陆机《拟今日良宴会》："齐僮《梁甫吟》，秦娥

《张女弹》。"李周翰注:"齐僮、秦娥,皆古善歌者。"

【译文】

三更后,都弹琴击筑,互相唱和,唱道:"明月清风,良宵会同。星河易翻,欢娱不终。绿樽翠杓,为君斟酌。今夕不饮,何时欢乐?"又唱道:"杨柳杨柳,袅袅随风急。西楼美人春梦中,翠帘斜卷千条入。"又唱道:"玉户金缸,愿陪君王。邯郸宫中,金石丝簧。卫女秦娥,左右成行。纨缟缤纷,翠眉红妆。王欢转盼,为王歌舞。愿得君欢,常无灾苦。"

歌竟,已是四更。即有一黄衫人,头有角,仪貌甚伟,走入拜曰:"婆提王屈娘子,使请娘子速来。"女郎等皆起而受命,却传曰:"不知王见召,适相与望月至此①。既蒙王呼唤,敢不奔赴。"因命青衣收拾盘筵。讽因大声嚏咳,视庭中无复一物。明旦,谛视之②,拾得翠钗数个,将出示人,更不知是何物也。

【注释】

①适:刚才,方才。相与:共同,一道。东晋陶潜《移居》之一:"奇文共欣赏,疑义相与析。"

②谛视:仔细察看。唐韩愈《落齿》:"人言齿之豁,左右惊谛视。"

【译文】

唱完歌,已经是四更天了。这时有一个穿黄衫的人,头上有角,相貌很是雄伟,走进来行礼说:"婆提王邀请娘子,让娘子快速来。"女子们都起来听从命令,回复说:"不知王召见,刚才我们一起赏月来到这里。既然承蒙婆提王召见,怎敢不去。"于是就让婢女收拾筵席。刘讽大声咳嗽起来,再看院中就什么也没有了。第二天早晨,刘讽仔细察看,拣到几个翠钗,把它拿给别人看,谁也不知道是什么东西。

董慎

隋大业元年[①]，兖州佐史董慎[②]，性公直，明法理，自都督以下，用法有不直，必起犯颜而谏之[③]。虽加诮责[④]，亦不惧，必俟刑正而后退。尝因事暇偶归家，出州门，逢一黄衣使者曰："太山府君呼君为录事[⑤]，知之乎？"因出怀中牒示慎[⑥]。牒曰："董慎名称茂实[⑦]，案牍精练，将平疑狱[⑧]，必俟良能[⑨]，权差知右曹录事者[⑩]。"印处分明，及后署曰倨。慎谓使者曰："府君呼我，岂有不行，然不识府君名谓何？"使者曰："录事勿言，到府即知矣。"因持大布囊，内慎于中[⑪]，负之趋出兖州郭，致囊于路左，汲水调泥，封慎两目，慎目既无所睹，都不知经过远近，忽闻大唱曰[⑫]："范慎追董慎到。"使者曰："诺。"趋入。府君曰："所追录事，今复何在？"使者曰："冥司幽秘，恐或漏泄，向请左曹匿影布囊盛之[⑬]。"府君大笑曰："使一范慎追一董慎，取左曹布囊盛一右曹录事，可谓能防慎矣。"便令写出[⑭]，抉去目泥，便赐青缣衫、鱼须笏、豹皮靴，文甚斑驳[⑮]，邀登副阶[⑯]，命左右取榻令坐[⑰]，曰："藉君公正，故有是请。今有闽州司马令狐寔等六人，置无间狱。承天曹符[⑱]，以寔是太元夫人三等亲，准令递减三等。昨罪人程翥一百二十人引例[⑲]，喧讼纷纭[⑳]，不可止遏。已具名申天曹[㉑]。天曹以为罚疑唯轻，亦令量减二等，余恐后人引例多矣，君谓宜如何？"慎曰："夫水照妍蚩而人不怒者[㉒]，以其至清无情，况于天地刑法，岂宜恩贷奸慝[㉓]。然慎一胥吏尔[㉔]，素无文字[㉕]，虽知不可，终语无条贯。常州府秀才张审通，辞彩隽拔，足得备君管记[26]。”府君令帖召之。

【注释】

①大业：隋炀帝杨广的年号(605—618)。

②佐史：是“佐”与“史”的合称，州县吏员的名号。唐时，州县各曹司中设有佐与史各数人，负责公文起草、财政会计、档案保管及一般案件的处理工作。

③犯颜：谓敢于冒犯君王或尊长的威严。《韩非子·外储说左下》：“犯颜极谏，臣不如东郭牙，请立以为谏臣。”

④诮责：责备。

⑤太山府君：即泰山府君。俗称东岳大帝，即泰山神。

⑥牒：通常由官方颁发的证明某事的文件。

⑦茂实：原意是茂盛而多实，引申为盛美的德业。

⑧疑狱：疑难案件。《礼记·王制》：“疑狱，泛与众共之，众疑赦之。”唐孔颖达疏：“疑狱，谓事可疑难断者也。”

⑨良能：贤能。指贤良而有才能之人。《后汉书·循吏列传序》：“又王涣、任峻之为洛阳令，明发奸伏，吏端禁止……亦一时之良能也。”

⑩权：姑且，暂且。《汉书·王莽传》：“臣闻周成王幼少，周道未成，成王不能共事天地，修文武之烈。周公权而居摄，则周道成，王室安；不居摄，则恐周队失天命。”差：派遣。唐韩愈《袁州刺史谢上表》：“谨差军事副将郝泰奉表陈谢以闻。”知：主持，执掌。《国语·越语》：“有能助寡人谋而退吴者，吾与之共知越国之政。”

⑪内：“纳”的古字，使进入，放入。汉王符《潜夫论·德化》：“是故凡立法者，非以司民短而诛过误，乃以防奸恶而救祸败，检淫邪而内正道尔。”清汪继培笺：“内，读为纳。”

⑫唱：叫喊，高呼。《北史·孙修义传》：“居大言不逊，修义命左右

牵曳之,居对大众呼天唱贼。”

⑬向:刚才。《庄子·庚桑楚》:“向吾见若眉睫之间,吾因以得汝矣,今汝又言而信之。”

⑭写:通“卸”,把东西解取或搬运下来。

⑮斑驳:指一种颜色中杂有别的颜色。

⑯副阶:指在建筑主体以外另加的一圈回廊。

⑰榻:狭长而较矮的床形坐具。《后汉书·徐稚传》:“蕃在郡不接宾客,唯稚来特设一榻,去则悬之。”

⑱天曹:天上的官署。《南齐书·顾欢传》:“今道家称长生不死,名补天曹,大乖老、庄立言本理。”

⑲引例:引用判例。《宋史·刑法志》:“凡律、令、敕、式或不尽载,则有司引例以决。”

⑳喧讼:喧闹聚讼。唐封演《封氏闻见记·贡举》:“其不第者,率多喧讼,考功不能御。”

㉑具名:在文件、文本上签署姓名。申:旧时官府下级向上级行文称申。唐韩愈《复仇状》:“凡有复父仇者,事发,具其事申尚书省,尚书省集议奏闻。”

㉒蚩(chī):通“媸”,丑陋。《后汉书·张壹传》:“孰知辨其蚩妍。”

㉓恩贷:施恩宽宥,多用于帝王。《汉书·王䜣传》:“今复斩一䜣,不足以增威,不如时有所宽,以明恩贷,令尽死力。”奸慝(tè):指奸恶的人。《尚书·周官》:“司寇掌邦禁,诘奸慝,刑暴乱。”

㉔胥吏:职官名。古代掌理案卷、文书的小吏。《新唐书·车服志》:“胥吏、商贾之妻老者乘苇軬车,兜笼舁以二人。”

㉕文字:公文,案卷。宋范仲淹《耀州谢上表》:“今后贼界差人赍到文字,如依前僭伪,立便发遣出界,不得收接。”

㉖管记:古代对书记、记室参军等文翰职官的通称。《陈书·陆玠传》:“后主在东宫,闻其(陆玠)名,征为管记。”

【译文】

隋朝大业元年，兖州佐史董慎，公正率直，精通法律，从都督以下的官员，凡有执法不公正的，他都要不顾情面前去规劝。即使遭到责骂也无所畏惧，一定要等到刑罚公正后方才罢休。他曾经因公务清闲，偶尔回家去，走出州城的大门，遇见一位黄衣使者对他说："泰山府君召您为录事，您知道吗？"于是从怀中掏出一纸文书让董慎过目。文书写道："董慎名声好业绩丰，文书写得精练，想要平冤狱、解疑案，必须依靠他的良知和才能，暂且任命他为右曹录事。"印章盖得十分清晰，最后署名倨。董慎对使者说："府君召我，怎么能不去，但是府君叫什么名字啊？"使者说："录事不用问了，到了官府之后就知道了。"于是拿出一个大布袋，让董慎进去，然后背着快步走出了兖州城，把布袋放在路旁，取水和泥，用泥糊住董慎的两只眼睛，董慎啥都看不见，不知道究竟走出多远，忽然听见有人大声喊道："范慎征召董慎到。"使者说："是。"然后便快步走了进去。府君说："你所征召的录事，现在哪里？"使者说："阴间官署幽深神秘，我怕泄露，刚才用左曹录事的匿影布袋把他盛着带来了。"府君大笑说："范慎征召董慎，拿左曹录事的布袋装右曹录事，可称是防范慎重。"说完，便让人把董慎倒出来，抉去董慎眼睛上的泥巴，赐给他青缣衫、鱼须笏、豹皮靴，上面有斑驳的花纹。府君请他登上回廊，让身边的人搬来坐榻请他坐下，说道："由于您办事公正，所以才把您请过来。现在有闽州司马令狐寔等六人，被关押在无间狱中。接到天曹的旨意，因令狐寔是太元夫人三等亲戚的缘故，准许在量刑时罪减三等。昨天，犯人程翥等一百二十人，用此事做案例，喧闹聚讼，无法制止。他们已经联名向天曹申诉。天曹认为对有疑问的案件要从轻处罚，也令减轻刑罚二等。我担心后人多以此事为例，您认为该怎么办？"董慎说："水可以照出人们美丑，可人不会发怒，是因为照得很清楚，不讲私情，况且天地间的刑法大事，怎么能随意施恩宽宥那些有罪的人。我董慎只是一个办理文书的小吏，向来不善文辞，虽然知道不可以这么做，但我无法有条理地说清楚。常州府有位叫张审通的秀才,辞彩隽永超群,给府君管理文书绰绰有余。”府君让人执帖召他来。

俄顷审通至,曰:“此易耳,君当判以状申。”府君曰:“君善为辞。”即补充左曹录事,仍赐衣服如董慎,各给一玄狐[①],每出即乘之。审通判曰:“天本无私,法宜画一[②],苟从恩贷[③],是恣奸行。令狐寔前命减刑,已同私请[④];程翥后申簿诉,且异罪疑。倘开递减之科,实失公家之论[⑤]。请依前付无间狱,仍录状申天曹者。”即有黄衫人持状而往。少顷,复持天符曰:“所申文状,多起异端。奉主之宜,但合遵守。《周礼》八议[⑥],一曰‘议亲’,又《元化匮》中《释冲符》,亦曰‘无不亲’。是则典章昭然,有何不可。岂可使太元功德,不能庇三等之亲。仍敢愆违,须有惩谪。府君可罚不紫衣六十甲子[⑦],余依前处分者。”府君大怒审通曰:“君为判辞,使我受谴[⑧]。”即命左右取方寸肉塞却一耳,遂无闻。审通诉曰:“乞更为判申,不允,则甘罪再罚。”府君曰:“君为我去罪,即更与君一耳。”审通又判曰:“天大地大,本以无亲。若使奉主,何由得一?苟欲因情变法,实将生伪丧真。太古以前[⑨],人犹至朴;中古之降[⑩],方闻各亲。岂可合太古育物之心,生仲尼观蜡之叹[⑪]。无不亲,是非公也,何必引之。请宽逆耳之辜,敢荐沃心之药[⑫]。庶其阅实[⑬],用得平均。令狐寔等并请依正法。仍录申天曹者。”黄衣人又持往,须臾又有天符来曰:“再省所申[⑭],甚为允当。府君可加六天副正使[⑮]。令狐寔、程翥等并正法处置者[⑯]。”府君悦,即谓审通曰:“非君不可以正此狱。”因命左右割下耳中肉,令一小儿擘之为一耳[17]，安于审通额上，曰："塞君一耳，与君三耳，何如？"又谓慎曰："甚赖君荐贤以成我美，然不可久留君，当寿一周年相报耳。君兼本寿，得二十一年矣。"即促送归家。

【注释】

①玄狐：狐狸的一种，毛色深黑，长毛的尖端白色，皮可为裘，甚珍贵。

②画一：一致，一律。《旧唐书·裴度传》："军法严肃，号令画一，以是出战皆捷。"

③苟从：盲从，无原则地顺从。《汉书·元帝纪》："偷合苟从，未肯极言，朕甚闵焉。"

④私请：为私事有所干求而请见。《荀子·成相》："君教出，行有律，吏谨将之无铍滑，下不私请，各以宜，舍巧拙。"唐杨倞注："请，谒。群下不私谒。"

⑤公家：指朝廷、国家或官府。《三国志·魏书·毛玠传》："公家无经岁之储，百姓无安固之志，难以持久。"

⑥八议：为确定等级身份和调整内部关系所定减轻刑罚的八种条件，包括议亲、议故、议贤、议能、议功、议贵、议勤、议宾。

⑦不紫衣：不穿紫色官服，即免职之意。紫衣，古代公服。春秋战国时国君服用紫。南北朝以后，紫衣为贵官公服，故有朱紫、金紫之称。甲子：甲为天干的首位，子为地支的首位。古代以天干和地支递次相配，如甲子、乙丑、丙寅之类，统称甲子。从甲子起至癸亥止，共六十，故又称为六十甲子。古人用以纪日或纪年。

⑧谴：官吏被贬或谪戍。唐刘禹锡《上杜司徒书》："又不得已而谴，则为之择地以居。"

⑨太古：远古，上古时代。我国史学界在中国历史分期上，多称商、周、秦、汉时代为上古。有时亦兼指尧舜禹时代。

⑩中古：上古之后，近代之前的时代。其说不一，多指自秦汉至唐宋。

⑪仲尼观蜡：孔子观腊一事见《礼记·礼运》，记述孔子参加蜡祭时，感叹大同、小康的时代已经过去，自己没有亲眼看到。

⑫沃心：谓使内心受启发，旧多指以治国之道开导帝王。语出《尚书·说命》："启乃心，沃朕心。"唐孔颖达疏："当开汝心所有，以灌沃我心，欲令以彼所见教己未知故也。"

⑬阅实：审查核实。《尚书·吕刑》："阅实其罪。"唐孔颖达疏："检阅核实其所犯之罪，使与罚名相当。"

⑭省：检查。《论语·学而》："吾日三省吾身。"

⑮加：使居其位，担任。《孟子·公孙丑》："夫子加齐之卿相，得行其道焉。"汉赵岐注："加，犹居也。"

⑯正法：公正的法度。《管子·版法》："正法直度，罪杀不赦，杀僇必信，民畏而惧。"

⑰擘（bò）：分开，剖裂。《史记·刺客列传》："既至王前，专诸擘鱼，因以匕首刺王僚，王僚立死。"

【译文】

不久张审通就到了，说："这很容易，我为您重新呈状申述。"府君说："您好好写。"就补任他为左曹录事，所赐衣物与董慎一样，各给他们一只黑狐狸，每次外出可以骑着。张审通写道："上天本来是无私的，法律应该整齐划一，假如宽宥罪犯，这是在纵容恶人的罪行。上次命令给令狐寔减刑，已经等同私下求情了；程翥后来联名申诉，实在与'罪疑唯轻'不同。倘若开了递减罪行的先例，实际上等于失去了国家法律的公正。请依照原判把他们投入无间地狱，仍旧写诉状申报天曹。"即刻有一个穿黄衫的使者拿着状子去了。不一会儿，那使者又拿着天符回来了，天符上写道："所申报上来的文状，大多不合正道。奉事上级，应该遵守其旨意。《周礼》中有八议，第一就是'议亲'，又《元化匮》中《释冲符》上也说‘无不亲’。这些典章中写得清清楚楚，有什么不可以。怎么能让太元夫人的功德，不能庇护她的三等亲人。还敢拖延违抗，必须得惩罚贬谪。府君免职六十年，其余的还是依据上次的处置。”府君大怒，对张审通说：“您写的文状，使我受到了贬谪。”便立即让手下人取来一小块肉，塞住他的一只耳朵，那只耳朵便听不到了。张审通诉说道：“请允许再作一次判词，如果还不允，就甘心认罪，再受处罚。”府君说：“您为我减去惩罚，我便再给您一只耳朵。”张审通又作判词说：“天地之所以广大，是因为没有什么亲疏。如果使它有了亲疏，怎么能够同一呢？假使为了私情而改变法律，那将使奸伪滋生而丧失公正。远古以前，人们还很淳朴；到了中古，才听到关于亲疏的差别。怎么能够使远古时代哺育万物的博爱之心失去，从而生出孔老夫子观蜡之叹呢！人人都讲亲疏，这话是不公正的，何必去引用它。请您宽恕我忠言逆耳之罪，冒昧向您举荐公正处置之方。希望您检查核实，执行法律没有轻重之别。对令狐寔等人都依法惩治。仍旧写文状申报天曹。”黄衣使者又拿着文状前往，很快，使者又拿着天符返回，天符上写道：“再次审查了申报来的文状，十分公正恰当。府君可加六天副正使的官衔。令狐寔、程翥等人一起正法处置。”府君非常高兴，当即对张审通说：“如果没有您不可能纠正此案。”于是让手下人割下耳朵里的肉，让一个小孩儿把那肉掰成耳朵状，安在张审通的额角上，说：“塞住了您的一只耳朵，给您三只耳朵，怎么样？”又对董慎说：“全靠您举荐贤能，才成全了我的美事，但是不能让您在此久留，我会增加您一整年的阳寿来作为酬谢。加上您本来享有的寿命，您还能活二十一年。”随即催促送他们回家。

使者复以泥封二人，布囊各送至宅，欻如写出[①]，而顾问妻子，妻子云：“君亡精魂已十余日矣[②]。”慎自此果二十一年而卒。审通数日额角痒，遂踊出一耳[③]，通前二耳，而踊出者尤聪。时人笑曰：“天有九头鸟，地有三耳秀才。”亦呼为鸡冠秀才者。慎初见府君称邻,后方知倨乃邻字也。

【注释】

①欻(xū):忽然,迅速。

②精魂:魂灵。汉王充《论衡·书虚》:"生任筋力,死用精魂……筋力消绝,精魂飞散。"

③踊:引申为向上升起,冒出。晋赵至《与嵇茂齐书》:"若乃顾影中原,愤气云踊,哀物悼世,激情风烈。"

【译文】

使者再次用泥巴糊住他们二人的眼睛,用布袋把他们分别送回家中,并迅速把他们从布袋中卸出。董慎向妻子询问,妻子说:"您失去魂魄已经十多天了。"董慎从此之后,果然又活了二十一年。张审通过了几天便觉得额角发痒,随即冒出一只耳朵,与原来那两只耳朵相通,而冒出的那只格外灵敏。时人与他开玩笑说:"天有九头鸟,地上有三耳秀才。"也有人称他为鸡冠秀才。董慎想起当初府君自称为邻,后来才知道倨是邻的字。

袁洪儿夸郎

陈朱崖太守袁洪儿,小名夸郎,年二十,生来性好书乐静,别处一院,颇能玄言[①]。尝野见翠翠鸟,命罗得之。袁甚好玩,清夜月明,彻烛长吟[②]:"露湿寒塘草,月映清淮流。"忽失翠翠鸟所在,见一双鬟婢子立在其左,曰:"袁郎此篇甚为佳妙,然未知我二十七郎封郎,能押剧韵[③],又为三言四言句诗,一句开口,一句合口。《咏春》诗曰:'花落也,蛱蝶舞,人何多疾,吁足忧苦。'如剧韵押法之诗,有一二百首,不能尽记得。"夸郎甚异之,曰:"汝是谁家青衣,乃得至此?且汝封郎，吾可屈致之乎[④]？”婢子曰：“某王家二十七郎子从嫁[⑤]，本名翡翠，偶因化身游行，使为袁郎子罗得。封郎去此不远，但具主人之礼，少顷封郎即至。”夸郎乃命酒具茶器，未移时[⑥]，翡翠至，曰：“封郎在门外。”出见一少年，可二十余，言辞温雅，风流爽迈，揖让登席，博论子史[⑦]，自晡竟夕[⑧]，宾主相得。夸郎曰：“足下高居[⑨]，当垂见喻[⑩]。”封郎曰：“平仲来日当有蔬馔奉邀，然非仆本居，赘于琅琊耳[⑪]。”再三殷勤而别。

【注释】

①玄言：魏晋间崇尚老庄玄理的言论或言谈。

②长吟：音调缓而长的吟咏。三国魏嵇康《幽愤诗》：“永啸长吟，颐性养寿。”

③剧韵：险韵。诗句用艰僻字押韵，人觉其险而能化艰僻为平妥，无凑韵之弊。诗人中有故意为之以炫奇的。

④屈致：委屈招致。《三国志·蜀书·诸葛亮传》：“庶曰：‘此人可就见，不可屈致也。’”

⑤郎子：古代对青年才俊的称呼。《北史·暴显传》：“此郎子好相表，大必为良将，贵极人臣。”从嫁：指随嫁的婢妾。

⑥未移时：不多时，一会儿。

⑦子史：泛指古代典籍。子，先秦百家著作。史，史书，即正史。

⑧晡（bū）：申时，即午后三时至五时。《资治通鉴·唐宪宗元和十二年》：“晡时，门坏。元济于城上请罪，进诚梯而下之。”

⑨高居：对他人居处的敬称。唐韩愈《与大颠师书》之二：“至此一二日却归高居，亦无不可。”

⑩垂：敬辞。用于别人（多是长辈或上级）对自己的行动。喻：告知，把情况通知某人。

⑪赘:就婚于女家与改为女家姓的男子称为赘婿。对男家来说,出去当赘婿称为出赘。对女家来说,招女婿称为招赘。男子到女家当赘婿称为入赘。

【译文】

陈朝朱崖太守袁洪儿,他的小名叫夸郎,二十岁时,好读书,喜安静,他在家外的一处院子里居住,很擅长谈玄说理。他曾经在野外见到一只翠翠鸟,让仆人用网捕到了它。袁洪儿非常有兴致,在晴朗的月明之夜,点烛吟诗曰:“露湿寒塘草,月映清淮流。”忽然这只翠翠鸟不知跑哪里去了,此时见一个头上有双鬟的婢女站在他的左侧,说:“袁郎这首诗非常妙,然而您不知道我家的二十七郎——封郎,他作诗能押险韵,又能作三言四言诗,一句开口,一句合口。他的《咏春》诗:‘花落也,蛱蝶舞,人何多疾,吁足忧苦。’如此押险韵的诗,有一二百首,我不能一一记得了。”夸郎感到非常惊异,说:“你是谁家的婢女,怎么到这里来了?你说的封郎,可以请他到这里来吗?”婢女说:“我是王家的二十七郎的陪嫁,本名翡翠,偶然因化身游玩而被袁郎网罗住了。封郎离这里不远,只要您能够做东道主,封郎很快就能到这里。”于是夸郎让仆人准备好酒器茶具,没多长时间,翡翠回来了,说:“封郎在大门外。”夸郎出门见一少年,大约二十余岁,言辞文雅,爽朗豪迈。二人作揖谦让入座,对古代典籍侃侃而谈,从午后至晚上,宾主相谈甚欢。夸郎问:“您住在什么地方,敬请告知。”封郎说:“我明日准备饭菜邀请,但并不是我自己的家,我本是琅琊入赘的女婿。”最后封郎深情告别了。

及明日辰后①,有小童前拜曰:“封郎使归儿送书,令从二郎引路。”启书读曰:“佳辰气茂,思得良会,驻足层台,企俟光仪②,唯足下但东驰耳。”夸郎即策马从之,可行十里③,忽见泉石莹彻,异花骈植④,宾馆宏敞,穷极瑰宝。门悬青绡幕⑤,下宛一尺余[⑥],皆爇兽炭[⑦]。夸郎与封郎相见,方顾异之,平仲回叱一小童曰:“捧笔奴,早令汝煎火浣幕,何故客至犹未毕。”但令去火,而幕色尤鲜。坐未几,又有四人出宅,皆风雅士也。封生曰:“主人王二兄、三兄、四兄、六郎子,其名曰准、曰推、曰惟、曰淮。”夸郎相见坐讫,即有六青衣,皆有殊色,悉衣珠翠,捧方丈盘至,珍羞万品,中有珍异,无不殚尽。王淮曰:“有少家乐[⑧],请此奉娱。”即有女娃十余人并出,别有胡优[⑨],咬指翘足,一时拜员外,次即为给舍[⑩]。淮指一妓曰:“石崇妾仙娥娘也,名称亚于绿珠[⑪]。”于是丝竹并作,铿锵清亮。日晚[⑫],王氏兄弟醉寝,封生谓夸郎曰:“此亦足为富贵,然丈人为太守[⑬],当不以此盛[⑭]。”夸郎曰:“不以鄙贱,愿陪行末,不审何以致之?”封生曰:“君诚能结同心,仆便请为行人[⑮]。拙室有姨[⑯],美淑善音,请袁君思之。”夸郎曰:“但恐龙门下难为鱼耳。”封生因入白王氏尊长,即出曰:“允矣!明日吉,便为迎日。”夸郎大悦,许之。

【注释】

①辰:用以纪时,辰时即上午七时至九时。

②光仪:光彩的仪容。称人容貌的敬辞。犹言尊颜。

③可:大约。唐柳宗元《至小丘西小石潭记》:“潭中鱼可百许头,皆若空游无所依。”

④骈(pián)植:并立。唐柳宗元《游黄溪记》:“祠之上,两山墙立,丹碧之华叶骈植,与山升降。”

⑤绡(xiāo)幕:薄纱帘帐。唐沈佺期《凤箫曲》:“八月凉风动高阁,千金丽人卷绡幕。”

⑥宛:凹入,低洼。《诗经·陈风·宛丘》:“子之汤兮,宛丘之上兮。”毛传:“四方高中央下曰宛丘。”

⑦爇(ruò):烧。兽炭:用兽骨烧成的炭或用炭屑和水制成的兽形炭。北周庾信《谢赵王赉丝布启》:“覆鸟毛而不暖,然兽炭而逾寒。”

⑧家乐:家中所蓄养的歌妓。元乔吉《扬州梦》第一折:“老夫有一家乐女子,颇善歌舞。”

⑨优:古代表演乐舞、杂戏的艺人。宋元以后,亦泛称戏曲艺人、演员。

⑩给舍:给事中及中书舍人的并称。按,此句疑有脱讹。

⑪绿珠:晋代歌舞伎,善舞《明君》,又善吹笛,石崇以珠三斛购为妾。后赵王伦专权,伦党孙秀欲夺之,绿珠跳楼而死。

⑫日晚:犹傍晚。《韩非子·外储说左上》:“夫婴儿相与戏也,以尘为饭,以涂为羹,以木为胾,然至日晚必归饷者,尘饭涂羹可以戏而不可食也。”

⑬丈人:称妻子的父亲,即岳父。

⑭当不以此盛:“盛”字前疑脱一“为”字。

⑮行人:媒人。

⑯拙室:称自己妻子的谦辞。姨:妻子的姐妹。

【译文】

到了第二天早晨,有个小童向前行礼说:“封郎让归儿送一封书信,让我给二郎引路。”夸郎打开书信,读道:“良辰美景,精神旺盛,思量聚会,站在楼台,期待光临,请您只管骑马向东奔跑就行。”夸郎就骑马跟着小童走,大约走了十里,忽然见到一处泉水,泉水里的石头晶莹剔透,异花繁茂,招待宾客的屋子宽敞明亮,里面瑰宝应有尽有。门口悬着青色薄纱,下面凹入一尺多,燃烧的都是炭兽。夸郎与封郎相见,对此感到奇怪。封平仲回头训斥一个小童说:“捧笔奴,早就让你烧水洗一洗帘幕，为什么客人都来了，还没弄完。”封郎让人把火撤去，帘幕的颜色还很鲜亮。入座没多长时间，又有四个人从屋子里出来，都是儒雅之士。封生说：“主人家有王二兄、三兄、四兄、六郎子，他们的名字分别叫王准、王推、王惟、王淮。”夸郎与他们一一见面后入座，有六个丫鬟，长得都很漂亮，都穿戴着珠翠衣饰，她们捧来丰盛的食物，美味珍馐应有尽有。王准说：“家里有一些歌妓，让她们来娱乐助兴吧。”于是有十多个女子一起出来，还有一个胡人艺人，咬指翘足，很快拜见员外，依次是给事中和中书舍人。王淮指着一个艺妓说：“石崇的妾仙娥娘，名声不如绿珠。”接着音乐响起，铿锵嘹亮。傍晚，王氏兄弟喝醉睡下，封郎对夸郎说：“这里也足够富贵了，然而丈人是太守，当不以此为盛。”夸郎说：“如不嫌弃我卑微，我愿意在这里排行末尾，不知如何才能做到?”封郎说：“您如果真能与我们志同道合，我愿意做媒人。我妻子有个妹妹，漂亮贤惠，善解人意，请袁君考虑一下。”夸郎说：“我担心在豪门之中做一个普通人很难。”封郎到府中告诉了王家的长辈，很快出来对夸郎说：“他们同意了！明天就是吉日，可以成婚。”夸郎非常高兴，答应明天迎娶。

明日，王氏昆弟方陈设于堂下[1]，茵榻帷帐，赫然炫目。及夸郎入，帘下有女郎曰：“袁郎行动趋跄[2]，犹似把书入学时。”又老青衣过，夸郎拜谢讫，目之，即又笑曰：“禽霏无乳久矣，袁郎何用目之。”将暮，傧乐皆至[3]，有青衣持笺催妆诗[4]，夸郎下笔赋诗曰：“好花本自有春晖，不偶红妆乱玉姿。若用何郎面上粉，任将多少借光仪。”其余吉礼[5]，无不毕备。篇咏甚多，而不悉记得。唯忆得《咏花扇》诗曰：“圆扇画方新，金花照锦茵。那言灯下见，更值月中人。”夸郎妻殊丽绝国，举止闲雅，小名曰从从，正名携。第二十七仪质亦得类娣娣[6]，辩捷善戏谑，赠袁郎诗曰："人家女美大须愁，往往丑郎门外求。昨日金刚脚下见，今朝何得此间游？"及后班坐桐阴，封平仲鼓琴，顾谓夸郎曰："姨夫岂无一言相赠？"夸郎即赋诗曰："宾匣开玉琴，高梧追烦暑。商弦一以发，白云飘然举。何必苍梧东，激琴怀怨浦。"夸郎日恣饮嗛[7]，遂无归思。忽觉妻皆惨然，又饰行装。夸郎问封生，封生曰："丈人晋侍中王济也，久为阴道交州牧[8]，近改并州刺史[9]。若足下以贤尊在此[10]，不能俱往，则当从此有终天之别[11]。"其妻呜咽流涕曰："君本自殊途，不期与会，致今日之别，亦封郎二兄之过。"遂闻外人呼声，走出，回顾已苍然不复见一物。太守求不得已近一年。及至数月，犹惝恍[12]，往往奔至前所，别无所见，复涕泣而退，终岁乃如故。

【注释】

①昆弟：兄弟。《论语·先进》："孝哉！闵子骞！人不间于其父母昆弟之言。"

②行动：举止。趋跄(qiāng)：形容步趋中节。《诗经·齐风·猗嗟》："巧趋跄兮，射则臧兮。"

③傧(bīn)：接引宾客的人。乐：乐工，精于音乐的人。

④催妆诗：旧时婚俗，往往于新婚之夕，赋诗催促新妇梳妆，所赋诗即为催妆诗。

⑤吉礼：指婚礼。亦指举办婚礼时所需之物。

⑥仪质：姿容，风度。娣(dì)：姐姐对妹妹的称呼。

⑦嗛(xián)：用嘴含。

⑧交州：东汉建安八年(203)改交趾刺史部为交州，治广信(今广西梧州)，旋移番禺(今广东广州)，辖今广东、广西的大部和越南平

治天以北诸省。牧:古代州的长官。《礼记·曲礼》:“九州之长,入天子之国,曰牧。”

⑨并州:古州名。相传禹治洪水,划分域内为九州,并州即为其中之一。据《周礼》,其地相当今河北保定和山西太原、大同一带。

⑩贤尊:对别人父亲的尊称。唐李公佐《南柯太守传》:“前奉贤尊命,不弃小国,许令次女瑶芳,奉事君子。”

⑪终天:如天的永久无穷,为永诀之辞。西晋潘岳《哀永逝文》:“今奈何兮一举,邈终天兮不反。”

⑫惝恍(chǎng huǎng):精神若有所失的样子。战国屈原《远游》:“步徙倚而遥思兮,怊惝恍而乖怀。”

【译文】

第二天,王氏兄弟在堂下布置,床榻帷帐,明亮炫目。等夸郎进入房间,帘下有一女子说:“袁郎走路有板有眼,像拿着书进入学堂时一样。”又有一个老女仆过来,夸郎向她行礼之后,就盯着她看,女子就又笑着说:“禽霏无乳已经很久了,袁郎不用总看她。”傍晚,傧相、乐工都来了,有一个丫鬟拿着纸笺请夸郎写催妆诗,夸郎于是赋诗道:“好花本自有春晖,不偶红妆乱玉姿。若用何郎面上粉,任将多少借光仪。”其他婚礼所需要的物品,都非常齐全。他们所咏诗歌很多,不能一一记得。唯一记得的是《咏花扇》诗:“圆扇画方新,金花照锦茵。那言灯下见,更值月中人。”夸郎的妻子美貌倾国,举止娴雅,她的小名叫从从,大名叫王携。封郎的妻子仪态很像她的妹妹,她能言善辩、诙谐有趣,她赠给袁郎的诗是:“人家女美大须愁,往往丑郎门外求。昨日金刚脚下见,今朝何得此间游?”后来依次坐在桐树荫下,封平仲弹琴,回头对夸郎说:“妹夫难道没有相赠的诗吗?”夸郎于是赋诗道:“宾匣开玉琴,高梧追烦暑。商弦一以发,白云飘然举。何必苍梧东,激琴怀怨浦。”夸郎此后每天纵情饮酒作乐,就没有了回家的想法。忽然有一天,他觉得妻子他们都非常难过,并且在收拾行装。夸郎问封生,封生说:“岳父是晋侍中王济，担任阴间的交州牧很久了，最近改任并州刺史。假若您因为您的父亲在本地，不能一起前往，则从此之后就要永别了。”他的妻子呜咽哭泣着说：“我们本来就是分属阴阳两界，没想到会与您相会，致使有今天的永别，也是封郎二哥的过错。”夸郎听到屋外有呼叫声，便跑出去，回头一看时已经不复再见一物。夸郎设法寻找他们将近一年的时间。分别几个月后，依然恍惚似有幻觉，常常跑到以前那个地方，结果到了却什么也看不见，又哭泣而返，一年后才恢复正常。

卷七

【题解】

本卷共四篇。《张左》写一个名叫张左的进士讲述了他的一件见闻:他偶然结识了一位奇怪的老人,自称是北朝时人,当时一个占卜人告诉了老人他的前世以及他的奇特经历,还告诉他能够长寿。到了唐代贞元年间,这位老人已经二百多岁。后来这位老人不知所终,但可以肯定的是,他还会继续逍遥自在地活下去。《萧志忠》讲述了萧志忠准备在腊月初八去山中狩猎,此前一日晚上,一个樵夫深夜在山中看到玄冥使者告知众多动物,它们中有许多会死于萧志忠的狩猎。动物们非常害怕,便请东谷严四先生出谋划策。在严四先生的指点下,动物们躲过了一场劫难。这则故事也影射了现实世界中的徇私舞弊、行贿受贿。《李汭》讲述了一个巴蜀武官的遗孀,因其长得非常漂亮,章仇兼琼欲纳为妾,不料被卢舅捷足先登。兼琼的士兵包围了卢舅的居所,那个遗孀穿着华丽的衣服出席了兼琼举办的宴会,震惊四座,令人不敢直视。后来证实卢舅是太元夫人守卫官库的人,私自偷盗太元夫人的衣服给她穿,武官的遗孀以及卢舅都受到了严厉惩罚。《南缵》讲述了一个姓崔的官员,马上要到同州任职督邮,在路途中遇到一个人,也是到同州任督邮,他大为诧异,以为出现了错误。原来这个人是任阴间的同州督邮,阴间的督邮便邀请人世间的崔督邮到阴间看一看,结果发现他的妻子正在阴间受审，经过崔督邮的哀求，阴间的督邮便把他的妻子放回了阳间。此篇构思奇特，也以故事中阴间的徇情枉法影射阳间。

张左

前进士张左，尝为叔父言：少年南次鄠杜①，郊行，见有老父乘青驴②，四足白，腰背鹿革囊，颜甚悦怿，旨趣非凡。叟自斜径合路，左甚异之，试问所从来，叟但笑而不答。至于再三，叟忽怒叱曰："年少子，乃敢相逼！吾岂盗贼椎埋者耶③？何必问所从来。"左逊谢曰④："向慕先生高躅⑤，愿从事左右耳，何赐深责？"叟曰："吾无术教子，但寿永者。子当嗤我潦倒，欲噱吾释志耳⑥。"遂鞭乘促走，左亦扑马趋，俱至逆旅。叟枕鹿囊，寝未熟，左方疲倦，贳取酒将饮⑦，试就请曰："单醪期先生共之⑧。"叟跳起曰："此正吾所好，何子解吾意？"饮讫，左觇其色悦，徐请曰："小生寡昧⑨，愿先生赐言以广闻见，然非所敢望。"叟曰："吾所见梁陈隋唐耳，贤愚治乱，国史已具。然请以身所异者语子：

【注释】

①次：临时驻扎和住宿。《左传·襄公十八年》："楚师伐郑，次于鱼陵。"鄠(hù)杜：鄠县(现陕西西安)与杜陵。杜陵，汉宣帝陵墓，靠近长安，为胜地。

②老父：老翁，老人。宋范成大《后催租行》："老父田荒秋雨里，旧时高岸今江水。"

③椎埋：击杀人而加以掩埋，泛指杀人。《汉书·王温舒传》："少时椎埋为奸，已而试县亭长。"

④逊谢：自责而请罪。《南史·留异传》："异与恪战，败，乃表启逊谢。"

⑤高躅（zhú）：高尚的行为。《晋书·隐逸传》："养粹岩阿，销声林曲。激贪止竞，永垂高躅。"

⑥噱（jué）：大笑。

⑦贳（shì）：买。

⑧单醪：樽酒。晋张协《七命》："单醪投川，可使三军告捷。"

⑨寡昧：谓知识浅陋，不明事理。北魏杨衒之《洛阳伽蓝记·平等寺》："臣既寡昧，识无光远，景命虽降，不敢仰承，乞收成旨，以允愚衷。"

【译文】

前科进士张左，曾经对叔父说过一件事：他年少时旅居南方的鄠县和杜陵，一次在郊外，看到一个老人骑着一头黑驴，驴的四只蹄子是白色的。老人背着鹿皮包，和颜悦色，气质非凡。老人从小道走上大路，张左对他颇为好奇，试探着问他是从什么地方来的，老人听了只是笑而不答。张左再三询问，老人突然愤怒地呵叱道："年轻人，竟敢如此相逼！我难道是盗贼和杀人犯吗？何必知道我是从哪里来的。"张左道歉说："我只是仰慕先生的高风亮节，甘愿服侍在您的左右，何必如此严厉地责备我呢？"老人说："老朽并无什么法术可以教给你，只是长寿罢了。恐怕你是在嘲笑我年迈潦倒，想要消遣我，使我抛弃志向吧。"说完鞭打驴子催促着奔去，张左驱马追赶，两人一起到了客店。老人枕着鹿皮包还没睡熟，张左因疲劳买了一些酒要喝，便试探着邀请老人说："有一壶酒请先生与我共饮。"老人跳起来说："这正是我的最爱，你怎么如此了解我的心思呢！"喝完酒后，张左偷偷地看到老人满脸喜悦，慢慢地对他说："小生愚昧寡闻，愿听先生赐言以广见闻，但不敢奢望。"老人说："我所见到的不外是梁陈隋唐几代的事情罢了，其中的贤愚和治乱，在国史书上都已记载。我只把与史书不同的亲身经历讲给你听听吧：

“吾宇文周时居岐[①]，扶风人也[②]，姓申名宗，慕齐神武[③]，因改为欢。十八，从燕公于谨征梁元帝于荆州，州陷，大军将旋，梦青衣二人谓余曰：‘吕走天年，人向主寿。’既觉，吾乃诣占梦者于江陵市[④]，占梦者谓余曰：‘吕走，回字也。人向主，住字也。岂子住乃寿也。’时留兵于江陵，吾遂陈情于校尉托跋烈[⑤]，许之。因却诣占梦者曰：‘住即合矣，寿有术乎？’

【注释】

①岐：古邑名。在今陕西岐山东北。周族古公亶父自豳迁于岐山下周原，作邑以居四方来归之民。

②扶风：唐贞观八年(634)，以沣川县改名，治所即今陕西扶风。

③齐神武：即高欢(496—547)。曾参加葛荣起义军，后叛降魏。依靠鲜卑武力，联络山东士族，掌魏大权，执东魏朝政十六年，挟天子以令诸侯。死后，其子高洋代东魏称齐帝，他被追尊为神武帝。

④江陵：府、路名。唐上元元年(760)升荆州为江陵府。治江陵(今湖北荆州)。辖境相当今湖北枝江以东，潜江以西，荆门、当阳以南地区。市：市场。也指城市中划定的贸易之所或商业区。汉班固《西都赋》：“九市开场，货别隧分。”唐李善注引《汉宫阙疏》：“长安立九市，其六市在道西，三市在道东。”

⑤陈情：陈诉衷情。《楚辞·九章·惜往日》：“愿陈情以白行兮，得罪过之不意。”汉王逸注：“列已忠心，所趋务也。”校尉：军职名。据《史记》，秦末起义军中已有此职。汉代始建为常职，其地位略次于将军，并各随其职务冠以各种名号。掌管少数民族地区事务的长官，亦有称校尉者。隋唐以后迄清，为武散官之号，地位逐渐降低。

【译文】

"我在宇文周时居住于岐山,是扶风人,姓申名宗,因仰慕神武帝而改名申欢。十八岁时,跟从燕公于谨到荆州去征伐梁元帝,攻陷荆州,大军将要凯旋时,我梦见两个穿黑色衣服的人对我说:'吕走天年,人向主寿。'睡醒之后,我便到江陵的街市上去找占梦的人,占梦的人对我说:'吕走,就是回字。人向主,就是住字。岂不是说你住在这里,便能长寿吗?'当时士兵驻扎在江陵,我便向校尉托跋烈诉说了自己想留下来的想法,结果被允许了。我又到占梦人那里说:'住下就符合梦中所言了,要想长寿还有什么方法吗?'

"占者曰:'汝生前梓潼薛君胄也[①],好服木蕊散,多寻异书,日诵黄老一百纸[②],徙居鹤鸣山下,草堂三间,户外骈植花竹,泉石萦绕。八月十五日,长啸独饮,因酒酣畅,大言曰:"薛君胄疏澹若此,何无异人降止?"忽觉两耳中有车马声,因颓然思寝,才至席,遂有小车,朱轮青盖[③],驾赤犊出耳中,各高二三寸,亦不知出耳之难。车有二童,绿帻青帔[④],亦长二三寸,凭轼呼御者[⑤],踏轮扶下,而谓君胄曰:"吾自兜玄国来,向闻长啸月下,韵甚清激,私心奉慕,愿接清论[⑥]。"君胄大骇曰:"君适出吾耳,何谓兜玄国来?"二童子曰:"兜玄国在吾耳中,君耳安能处我?"君胄曰:"君长二三寸,岂复耳有国土!倘若有之,国人当尽焦螟耳[⑦]。"二童曰:"胡为其然[⑧]!吾国与汝国无异,不信,盍从吾游?或能便留,则君亡生死苦矣。"一童因倾耳示君胄,君胄觇之,乃别有天地,花卉繁茂,甍栋连接[⑨],清泉翠竹,萦绕香甸[⑩]。因扪耳投之[⑪],已至一都会,城池楼堞[⑫],穷极瑰丽。君胄彷徨,未知所之,顾见向之二童已在侧，谓君胄曰："此国大小于君国[13]，既至此，盍从吾谒蒙玄真伯。"蒙玄真伯居大殿，墙垣阶陛[14]，尽饰以金碧，垂翡翠帘帷帐，中间独坐真伯，身衣云霞日月衣，冠通天冠，垂旒皆与身等[15]。玉童四人，立侍左右，一执白拂，一执犀如意。二人皆拱手拜伏，不敢仰视。有高冠长鬣绛纱衣人[16]，宣青纸制曰："肇分太素[17]，国既百亿，尔沦下土，贱卑万品，聿臻于此[18]，实由冥合。况尔清乃躬诚，叶于真宰[19]，大官厚爵，俾宜享之[20]。右可主箓大夫[21]。"君胄拜舞出门[22]，即有黄帔三四人[23]，引至一曹署[24]。其中文簿[25]，多所不识，每月亦无请受[26]，但意有所念，左右必先知，当便供给。因暇登楼远望，忽有归思，赋诗曰："风软景和丽，异花馥林塘。登高一怅望，信美非吾乡。"因以诗示二童子，童子怒曰："吾以君质性冲寂[27]，引至吾国，鄙俗余态，果乃未去，卿有何忆耶！"遂疾逐君胄，如陷落地，仰视乃自童子耳中落，已在旧居处，随视童子亦不见，因问诸邻人，邻人云："失君已七八年矣。"君胄在彼如数月。未几而君胄卒，遂生于申家，即今身也。'

【注释】

①梓潼：郡名。东汉建安二十二年(217)置。治梓潼(今属四川)。辖境相当今四川江油、安州以东，绵阳、盐亭以北，广元、剑阁以西，陕西宁强、四川青川以南地区。西晋永嘉后与巴西郡同治涪县(今四川绵阳)，合称巴西梓潼二郡。隋开皇初废。

②黄老：黄帝与老子的合称。道家推为宗祖。《史记·老子韩非列传》："申子之学，本于黄老而主刑名。"纸：文件的张、件。《颜氏

家训·勉学》："邺下谚云：'博士买驴，书券三纸，未有驴字。'"

③朱轮：古代王侯显贵所乘的车子。因用朱红漆轮，故称。青盖：青色的车盖。汉制用于皇太子、皇子所乘之车。《后汉书·舆服志》："皇太子、皇子皆安车，朱班轮，青盖。"

④帻(zé)：头巾。汉蔡邕《独断》："元帝额有壮发，不欲使人见，始进帻服之。"

⑤轼：古代设在车厢前供立乘者凭扶的横木。《左传·庄公十年》："下视其辙，登轼而望之。"

⑥清论：清雅的言谈。

⑦焦螟：传说中一种极小的虫，亦作"焦冥"。《晏子春秋·外篇不合经术者》："东海有虫，巢于蚊睫，再乳再飞，而蚊不为惊……东海渔者命曰焦冥。"

⑧胡为：为什么。《诗经·邶风·式微》："微君之故，胡为乎中露？"

⑨甍(méng)栋：屋梁。南朝梁刘孝绰《酬陆长史倕》："朝猿响甍栋，夜水声帷薄。"

⑩甸：田野。

⑪扪(mén)：按，摸。

⑫堞(dié)：城上如齿状的矮墙。

⑬此国大小于君国：此句疑有脱误。

⑭阶陛：宫中建筑的台阶。《史记·刺客列传》："王僚使兵陈自宫至光之家，门户、阶陛左右，皆王僚之亲戚也。"

⑮旒(liú)：古代帝王礼帽前后悬垂的玉串。《礼记·玉藻》："天子玉藻，十有二旒。"

⑯鬣(liè)：某些哺乳动物颈上生长的又长又密的毛。

⑰肇：开始，最初。晋张华《正旦大会行礼诗》："肇建帝业，开国有晋。"太素：物质的起始。《列子·天瑞》："太素者，质之始也。"

⑱聿：古汉语助词，用在句首或句中。《诗经·大雅·文王》："无念

尔祖,聿修厥德。”

⑲叶(xié):和洽。《新唐书·李逢吉传》:“逢吉与李程同执政,不叶。”真宰:天为万物的主宰,故称天为真宰。《庄子·齐物论》:“若有真宰,而特不得其眹。”

⑳俾(bǐ):使。《诗经·邶风·绿衣》:“我思古人,俾无訧兮。”毛传:“俾,使。”

㉑主箓:道教职称之一,主掌符箓图籍。

㉒拜舞:跪拜与舞蹈。古代朝拜的礼节。

㉓帔(pèi):一种类似僧人袈裟的衣服。北周甄鸾《笑道论·观音侍老》:“其服黄帔,乃是古贤之衣。”

㉔曹署:犹官署。

㉕文簿:文册簿籍。《后汉书·秦彭传》:“每于农月,亲度顷亩,分别肥埆,差为三品,各立文簿,藏之乡县。”

㉖请受:官俸,薪饷。宋范仲淹《奏乞陕西主帅带押蕃部使》:“内只蕃官一千余人,各自请受。”

㉗冲寂:淡泊清静。《魏书·阳固传》:“除纷竞而靖默兮,守冲寂以无为。”

【译文】

“占梦人说:‘你的前身是梓潼的薛君胄,喜好服用木蕊散,多方寻找奇异之书,日诵黄帝、老子之书一百页,迁居于鹤鸣山下,有草堂三间,门外种植奇花、竹子,有泉水与山石萦绕其中。有一年的八月十五日,你一个人坐在那里长啸独饮,喝到酣畅时高声喊道:“薛君胄疏澹若此,难道就没有异人降临到我的面前吗?”忽然觉得两只耳朵里有车马声,便萎靡不振地想睡觉,才刚刚到席子上,就看到眼前出现了小车,红色车轮青色车盖,拉车的是红色的牛犊,小车从自己的耳朵里出来,各高两三寸,也不觉得从耳朵里出来时怎么困难。车上有两个小童,绿头巾青披肩,也是高两三寸,靠着车厢前面的栏杆呼唤车夫,踏着车轮扶着车子下来,对君胄说:“我们从兜玄国来,刚才听到您长啸于月下,声韵十分清澈激越,内心深为敬慕,很愿听一听您的清雅的言谈。”君胄大惊道:“你们刚才从我的耳朵里出来,怎么说是从兜玄国来呢?”两个童子说:“兜玄国在我们的耳朵里面,您的耳朵里哪能住下我们?”君胄说:“你们的身高只有二三寸,哪能在耳朵里还有国土!就算有的话,那么国人也该都是些微不足道的小虫子罢了。”两个童子说:“为什么不能那样?我们国家与你们的国家并无不同,不相信的话,为何不跟着我们去看看?假如有可能留在那里,那您就脱离了生死之苦了。”一个小童便侧过耳朵来让君胄观看,君胄往里面一瞧,果然别有天地,花卉繁密茂盛,房屋一栋接着一栋,清泉、翠竹萦绕郊外。于是摸着耳朵跳了进去,便来到一座城市,只见城池楼阁,无比壮观华丽。君胄正彷徨于街头,不知道该往哪里走,回头看到原先见过的那两个小童已经站在自己身边,小童对君胄说:“这个国家与你们的国家大小相似,既然到了这里,何不跟着我们去拜见蒙玄真伯。”蒙玄真伯居住在一座大宫殿里,墙壁与台阶都装饰得金碧辉煌,室内挂着翠帘帷帐,中间独坐真伯,他身穿绣满云霞日月的衣服,头上戴着通天冠,冠上下垂的玉串与身体等长。四个仙童侍立在真伯左右,一个手执白拂尘,一个手执犀角如意。他们二人拱手行礼,不敢抬头仰视。有一个头顶高帽身穿长毛绛纱衣的人走上前来,高声宣读青纸文书道:“自有天地以来,国家出现了几百亿个,你们沦落到下流国家,非常卑贱,现在到了这里,实是由造化而成。况且你高洁而诚实,和谐于上天,高官厚爵,你能够享受。可以做主箓大夫。”君胄拜谢后走出门,门外有三四个身穿黄帔的人给他引路,领到一处官署。这里有文册簿籍,上面的字大都不能认识,每月也没有官俸,但只要他心里想的东西,没等自己开口吩咐,身边的侍从便预先知道,当即奉献上来,满足他的需求。一日闲暇无事,他便登楼远望,忽然产生了思乡的念头,提笔赋诗道:“风软景和丽,异花馥林塘。登高一怅望,信美非吾乡。”写成后送给两个童子传阅,童子看后愤怒地说："原以为你性情冲淡平静，所以把你引荐到我们国家，没想到你的鄙俗状态，至今仍未去除，故乡有什么值得怀念的呢？"说完急忙驱逐君胄，君胄觉得好似从什么地方落到了地上，抬头一看，原来是从童子的耳朵里掉落下来，依然回到了原来的地方。回头再看童子时，已经踪影全无。询问邻居，邻居说："您已失踪七八年了。"而君胄在那边仅仅住了几个月。没过多久君胄便去世了，后来又投胎在申家，也就是现在的你。'

"占者又云：'吾前生乃出耳中童子。以汝前生好道，已得至兜玄国，然俗想未尽，不可长生。然汝由此寿千岁矣。吾授汝符，即归。'因吐朱绢尺余，令吞之。占者遂复童子形而灭。自是不复有疾，周行天下名山，迨兹向二百余岁[①]。然吾所见异事甚多，并记鹿革中。"因启囊，出二轴书甚大，字颇细。左不能读，请叟自宣，略述十余事，其半昭然可纪[②]。此卷八事，无非叟之所说。其夕将明，左略寝，及觉已失叟。后数日，有人于炭谷湫见之[③]，叟曰："为我致意于张君。"左遽寻之，已复不见。时贞元中[④]。

【注释】

①迨（dài）：及，到。兹：现在，此时。《尚书·盘庚》："兹予大享于先王，尔祖其从与享之。"

②昭然：明显的样子。汉孔安国《尚书序》："序所以为作者之意，昭然义见，宜相附近。"

③湫（qiū）：洞穴。《吕氏春秋·审分》："神通乎六合，德耀乎海外，意观乎无穷，誉流乎无止，此之谓定性于大湫。"汉高诱注："大湫犹大窦。"

④贞元：唐德宗李适的年号(785—805)。

【译文】

“占梦人又说：‘我的前身就是从耳朵里出来的那个童子。因为你的前身爱好道术，所以能到兜玄国去，但因你俗念尚未脱尽，不可长生不老。然而自此以后你可寿命达一千岁。我交给你符箓之后，立即回去。’说完从嘴里吐出一尺多长的红绢子，令我吞下。占梦人随即恢复为童子，接着又消失了。从此之后我再不生病，周游了天下的名山，至今已经活了二百多岁。我见到的奇异事情非常多，都记载在鹿皮包里呢。”说着，老头儿就去打开鹿皮包，取出特别大的两轴书，字极细小。张左不能认读，便请老人自己说，老人约略讲述了十余件事，其中一半还能清楚地记着。这卷书记载的八件事，都是老人所说的。那天晚上就要天亮时分，张左略有睡意，醒来的时候，老人已经不知所踪。过了几天，有人在炭谷山洞看见过他，老人对他们说：“替我向张左致意。”张左听说后，急忙去找他，但已再也找不到他了。当时是唐德宗贞元年间。

萧志忠

中书令萧志忠①，景云元年为晋州刺史②，将以腊日畋游③，大事罝罗④。先一日，有薪者樵于霍山⑤，暴疟不能归⑥，因止岩穴之中，呻吟不寐。夜将艾⑦，似闻谷崒有人声⑧。初以为盗贼将至，则匍匐于枯木中。时山月甚明，有一人身长丈余，鼻有三角，体被豹鞟⑨，目闪闪如电，向谷长啸。俄有虎、兕、鹿、豕、狐、兔、雉、雁骈匝百许步⑩，长人即唱言曰⑪：“余玄冥使者⑫，奉北帝之命。明晨腊日，萧使君当顺时畋猎⑬。尔等若干合鹰死，若干合箭死。”言讫，群兽皆俯伏战惧，若请命者。有老虎洎老麋皆屈膝白长人言曰⑭：

“以某之命，死亦以分。然萧公仁者，非意欲害物，以行时令耳，若有少故则止。使者岂无术救余？”使者曰：“非余欲杀汝辈，但以帝命宣示汝等刑名[15]，即余使乎之事毕矣。自此任尔自为计。然余闻东谷严四善谋[16]，尔等可就彼祈求。”群兽皆轮转欢叫。使者即东行，群兽毕从[17]。

【注释】

①中书令：唐朝初年，唐太宗以中书省、门下省、尚书省三省综理政务，共议国政。中书令、侍中、尚书仆射分别为三省长官，并为宰相。

②景云：唐睿宗李旦的年号(710—711)。晋州：北魏建义元年(528)改唐州置，治平阳(隋改名临汾)。唐辖境相当今山西临汾、霍州、汾西、洪洞、浮山、安泽等地。

③腊日：古时腊祭之日，农历十二月初八。畋(tián)游：打猎游乐。南朝梁何逊《七召》：“此武材之矫猛，岂能从我而畋游。”

④大事：大力从事，大规模从事。罝(jū)罗：泛指捕捉鸟兽的网。《国语·鲁语》：“兽虞于是乎禁罝罗。”三国吴韦昭注：“罝，兔罟；罗，鸟罟也。”

⑤薪者：打柴的人。樵：打柴。

⑥暴疟：疟疾之一，指疟邪盛发于三阳经者。

⑦艾：终止，断绝。《诗经·小雅·庭燎》：“夜如何其？夜未艾。”

⑧崒(zú)：山峰高耸险峻。

⑨鞟(kuò)：去毛的兽皮。《论语·颜渊》：“虎豹之鞟，犹犬羊之鞟。”

⑩兕(sì)：雌性犀牛。骈匝：聚拢围绕。

⑪唱言：高呼。《资治通鉴·唐太宗贞观十四年》：“君集命填堑攻

之，飞石雨下，城中人皆室处。又为巢车，高十丈，俯瞰城中。有行人及飞石所中，皆唱言之。”

⑫玄冥：北方之神。一说为水神。《后汉书·祭祀志》：“立冬之日，迎冬于北郊，祭黑帝玄冥。”

⑬顺时：顺乎时宜，不悖时势。《晋书·武帝纪》：“应天顺时，受兹明命。”

⑭洎（jì）：通“暨”，和，与。《尚书·无逸》：“其在高宗，时旧劳于外，爰暨小人。”

⑮刑名：刑罚的名称，如主刑、从刑、拘役、罚金等。

⑯严四：即严含质。唐朝诗人，著有《题壁》《述怀》，被收录在《全唐诗》。

⑰毕：全部，都，统统。

【译文】

中书令萧志忠，唐睿宗景云元年任晋州刺史，他将要在腊月初八去打猎游乐，为此大规模地布下了网罗。此前一日，有个樵夫在霍山打柴，因得了暴虐病不能下山，于是留在了山洞中，因病痛呻吟着睡不着觉。夜将尽了，似乎听到山峰上有人走动的声音。开始他以为是盗贼来了，于是在枯林中匍匐着藏起来。当时山中月色皎洁，有一个人身高一丈多，鼻子有三个角，穿着豹皮，目光炯炯如闪电，向着山谷长啸。不久，老虎、犀牛、鹿、野猪、狐狸、兔子、野鸡、大雁都聚拢过来，在一百来步的范围内密密麻麻地围拢在一起，那个人大声说：“我是玄冥使者，奉北帝之命而来。明天是腊日，萧使君会顺应天时而打猎。你们中的一些会被老鹰啄死，有一些会被箭射死。”说完，动物们皆跪倒，甚为恐惧，像是请求保命。有一只老虎和一只老麋鹿跪着向那人说：“以我们的命，本该如此。然而萧公是个有仁爱之心的人，并不是想加害生灵，腊日行时令而捕猎，假若稍有意外的事发生，打猎就会停止。您难道就没有什么办法救我们吗？”使者说：“并不是我想杀你们，我只是奉北帝之命，而宣布你们该受的刑罚，我的使命已经完成了。现在你们可以想办法了。但我听说东谷严四先生长于谋略，你们可以到他那里去祈求。”动物们都环绕着他欢呼。使者向东行走，动物们统统在后边跟随。

时薪者疾亦少间①，随往觇之②。既至东谷，有茅堂数间，黄冠一人③，架悬虎皮，身熟寝，惊起见使者曰：“阔别既久，每多思望。今日至此，得无配群生腊日刑名乎④？”使者曰：“正如高明所问。然彼皆求生于四兄，四兄当为谋之。”老虎、老麋即屈膝哀请。黄冠曰：“萧使君役人⑤，必恤其饥寒。若祈滕六降雪⑥，巽二起风⑦，即不复游猎矣。余昨得滕六书，知已丧偶。又闻索泉家第五娘子为歌姬，以妒忌黜⑧。若汝求得美女纳之，雪立降矣。又巽二好饮，汝若求得醇醪以赂之，则风立生。”有二狐自称：“多媚，能取之。河东县尉崔知之第三妹，美淑娇艳。绛州卢思由善酿醪⑨，妻产，必有美酒。”言讫而去。诸兽皆有欢声。

【注释】

①少间：谓病好了一些。汉枚乘《七发》：“伏闻太子玉体不安，亦少间乎？”

②觇（chān）：暗中察看。

③黄冠：道士所戴束发之冠。用金属或木类制成，其色尚黄，故曰黄冠。因以为道士的别称。一说起于隋代李播，据《新唐书·方技传》：“李淳风……父播，仕隋高唐尉，弃官为道士，号‘黄冠子’。”后世遂用以指道士。

④得无：能不，莫非。表测度语气的语气词。《论语·颜渊》：“为之难，言之得无讱乎。”配：分给，配给。群生：众生物，万物。《庄

子·马蹄》:"万物群生,连属其乡。禽兽成群,草木遂长。"

⑤役人:役使人。

⑥滕六:传说中雪神名。宋范成大《正月六日风雪大作》:"滕六无端巽二痴,翻天作恶破春迟。"

⑦巽(xùn)二:古时传说中的风神名。《易·说卦》有"巽为本,为风"之说,故借巽为名。

⑧黜:放逐。《春秋公羊传·襄公二十七年》:"黜公者,非吾意也。"汉何休注:"黜,犹出逐。"

⑨善:善于,擅长。

【译文】

当时樵夫的病稍好一些了,于是便跟在后边偷看。到了东谷,有茅草屋数间,道士一人,屋内架上悬挂着一张虎皮,那个人正在床上熟睡,忽然受惊而起,见到使者说:"我们已经阔别很久了,常常想念您。今天到这里,莫非是来分配腊月初八给动物的刑罚的?"使者说:"正如您所问的。然而它们都想向四兄您求条活路,四兄为他们想想办法吧。"老虎、老麋鹿立即跪下哀求。道士说:"萧使君役使人,一定会体恤他们的饥寒。假若祈求滕六下大雪,巽二刮大风,打猎就会停止。我昨天收到滕六的信,得知他的妻子死了。我又听说他索取泉家第五娘子作歌姬,因为妻子妒忌被赶出家门。假若你们能求得美人送给他,雪就能立刻下起来。巽二喜欢饮酒,你们能求得美酒贿赂他,风就能马上刮起来。"有两个狐狸自称:"我们善于迷惑人,能够弄到这些。河东县尉崔知之的三妹,长得美淑娇艳。绛州卢思由擅长酿酒,他的妻子生了孩子,家里必然有美酒。"说完就走了。这些动物都高兴地叫了起来。

黄冠乃谓使者曰:"忆含质在仙都,岂意千年为兽身,悒悒不得志[①],聊为《述怀》一章。"乃吟曰:"昔为仙子今为虎,流落阴涯足风雨。更将斑毳被余身[②],千载空山万般苦。"

“然含质谴谪已满[③]，唯有十一日即归紫府矣[④]。久居于此，将别不无怅怅[⑤]。因题数行于壁，使后人知仆曾居于此矣。”乃书北壁曰：“下玄八千亿甲子，丹飞先生严含质，谪下中天被斑革。六十甲子血食涧饮，厕猿狖[⑥]，下浊界，景云元祀升太一[⑦]。”时薪者素晓书诵，因密记得之。少顷，老狐负美女至，才及笄岁，红袂拭目[⑧]，残妆妖媚。又有一狐负美酒二瓶，香气芳烈。严四兄即以美女洎美酒瓶，各内一囊中，以朱书二符，取水噀之[⑨]，二囊即飞去。薪者惧其为所见，即寻路却回。未明，风雪暴至，竟日乃罢，而萧使君不复猎矣。

【注释】

①悒悒（yì）：忧愁郁闷的样子。《三国志·吴书·虞翻传》：“然时有所思，端坐悒悒。”

②毳（cuì）：鸟兽的细毛。

③谴谪（zhé）：贬降。《周书·李贤传》：“武成二年，除江州刺史。既被谴谪，常忧惧不得志。”

④紫府：道教称仙人所居。晋葛洪《抱朴子·祛惑》：“及到天上，先过紫府，金床玉几，晃晃昱昱，真贵处也。”

⑤怅怅：抱恨不已。《古诗为焦仲卿妻作》：“生人作死别，恨恨那可论。”

⑥狖（yòu）：古书上说的一种长尾猿。《楚辞·九章·涉江》：“深林杳以冥冥兮，乃猿狖之所居。”

⑦元祀：元年。《尚书·伊训》：“惟元祀，十有二月，乙丑。”唐陆德明《释文》：“祀，年也。夏曰岁，商曰祀，周曰年。”太一：即道家所称的“道”，宇宙万物的本原、本体。《庄子·天下》：“建之以常无有，主之以太一。”

⑧红袂(mèi):红袖。拭目:擦拭眼睛。比喻有所期待。《后汉书·黄琼传》:“陛下初从藩国,爰升帝位,天下拭目,谓见太平。”

⑨噀(xùn):含在口中而喷出。

【译文】

道士对使者说:“回想起我严含质在仙都的时候,哪里会想到我会成为野兽,而且已经有一千年了,因此郁郁不得志,姑且作《述怀》一首。”于是吟曰:“昔为仙子今为虎,流落阴涯足风雨。更将斑毳被余身,千载空山万般苦。”他又说:“我严含质被贬谪期限已满,再有十一天就要回到紫府了。久居于此,就要离别了,很是伤感。所以要在墙壁上写几行诗,让后人知道我在这里居住过。”于是在北壁上写道:“下玄八千亿甲子,丹飞先生严含质,谪下中天被斑革。六千甲子血食涧饮,厕猿狖,下浊界,景云元祀升太一。”那个樵夫是识字的,所以能够默默地背下来。不久,一只老狐狸背着一个美女回来了,这个美女才刚刚十五岁,用红色袖子遮住眼睛,残妆犹存,别有一番妩媚。又有一只狐狸背着美酒两瓶,酒香浓郁。严四先生把美女和美酒,各放入一个布袋中,用红笔写了两道符,取来水喷在上面,两个布袋就飞去了。樵夫害怕被他们发现,就寻找道路回去了。第二天还没天亮,狂风暴雪忽至,整整一天才停止,萧使君就没有去打猎。

李汭

汉中从事李汭言[①]:天宝中有士人[②],尉于巴蜀[③],才至成都而卒。时连帅章仇兼琼哀其妻少而无投止[④],因与青城山下置一别墅。又以其色美,欲聘纳之,计无所出,谓其夫人曰:“贵为诸侯妻,何不盛为盘筵,邀召女客,五百里内,尽可迎致。”夫人甚悦。兼琼因命衙官遍报五百里内女郎[⑤],即日会成都,意欲因会便留亡尉妻。时已为卢舅纳之。卢舅密知兼琼意，令尉妻辞疾不行，兼琼大怒，促左右百骑往收捕。卢舅时方食，兵骑绕宅四合，卢谈笑自若，殊不苦怀[6]，食讫，谓尉妻曰："兼琼之意可知矣，夫人不可不行。少顷即当送素色衣来，便可服之而往。"言讫，乘驴出门，兵骑前揽不得，徐徐而去，追不及矣。俄使一小童捧箱，内有故青裙、白衫子、绿帔子、绯罗、縠、绢、素[7]，皆非世人之所有。尉妻服之至成都，诸女郎皆先期而至，兼琼觇于帷下。

【注释】

①汉中：郡名。治所在南郑(今陕西汉中东)，辖境相当于今陕西秦岭以南，留坝、勉县以东，乾祐河流域以西及湖北部分地区。从事：官名。即从事史。汉以后州刺史自辟僚属，多以从事为称，如别驾从事史、治中从事史之类，隋代将州从事改为参军。

②天宝：唐玄宗李隆基的年号(742—756)。

③尉：指担任尉官。

④连帅：泛称地方高级长官。唐代多指观察使、按察使。唐崔立言《醉中谑浙江廉使》："山夫留意向丹梯，连帅邀来出药畦。"章仇(chóu)：复姓。投止：到别人家求宿。《后汉书·张俭传》："俭得亡命，困迫遁走，望门投止，莫不重其名行，破家相容。"

⑤女郎：指年轻女子。《木兰诗》："不知木兰是女郎。"

⑥苦怀：犹苦衷，苦思。

⑦绯罗：红色轻软的丝织品。縠(hú)：有皱纹的纱。素：没有染色的丝绸。

【译文】

汉中从事李汭说的一个故事：天宝年间有一个士人，在巴蜀做武官，刚到成都就死了。当时的连帅章仇兼琼怜惜他的妻子年轻，没有地方住,于是在青城山下为她建了一处别墅。又因为她长得很漂亮,想纳她为妾,但没有办法实施,便告诉他的夫人说:“你作为地方大官员的妻子,为什么不置办宴会,邀请女性宾客,方圆五百里之内的,尽可邀请过来。”他的夫人很高兴地同意了。于是兼琼命令衙官告诉方圆五百里之内的年轻女子,让她们当天就来成都,想乘着这次机会把那个已逝武官的妻子留下。当时她已经被卢舅纳为妾了。卢舅密知兼琼的意图,让她以病推辞没有去,兼琼非常生气,命令手下百余人骑马到那里抓他们。卢舅当时正吃饭,骑马的士兵包围了住宅,卢舅谈笑自若,一点也不苦恼,吃完饭,告诉那个武官的妻子说:“兼琼的意思很明显,夫人不能不去。稍等就送白色衣服过来,换上衣服就可以去了。”说完,卢舅骑着驴就走,骑马的士兵没有拦住,让他慢慢地走远了,追也追不上。不一会儿,一个小童捧来一个箱子,里面有旧青裙、白衫子、绿帔子、绯罗、縠、绢、素,都不是人世间有的。那个武官的妻子穿上那些衣服就跟着去了成都,其他年轻女子都比她早来,兼琼在帐幕下偷看。

及尉妻入,光彩绕身,美色旁射,不可正视,坐皆慑气[①],不觉起拜。会讫归,三日而卒,红坏立尽[②]。兼琼大骇,具状录奏闻。帝问张果[③],果云:“知之,不敢言。请问青城王老。”帝即诏兼琼求访王老进之。兼琼搜索青城山前后,并无此人。惟草市药肆云:“常有二人日来买山药,称王老所使。”二人至,兼琼即令衙官随访。入山数里,至一草堂,王老皤然鬓发[④],隐几危坐[⑤]。衙官随入,遂宣诏,兼致兼琼意。王老曰:“此必多言小子张果也。”因与兼琼克期至京师[⑥],令先发表[⑦],不肯乘传[⑧],兼琼从之。使才至银台[⑨],王老亦到。帝召问,张果犹在席侧,见王老,惶恐再拜。王老叱果曰:“小子何不言之[⑩]!又遣远取吾来。”果言:“小仙不敢,专俟仙伯言耳[11]。"因奏曰："卢二舅即太元夫人库子[12]，因假下游，以亡尉妻微有仙骨，故纳为媵。无何，盗太元夫人衣服与着，已受谪至重[13]，为郁单天子矣。亡尉妻以衣太元夫人衣服，堕无间狱矣。"奏讫，苦不愿留，帝命放还，出后不知所在也。

【注释】

①慑气：因恐惧而屏息。唐赵璘《因话录·商部》："旬朔内，坊市奸偷宿猾，慑气屏迹。"

②红：通"工"，指纺织、缝纫、刺绣等手工劳动。

③张果：唐代方士，隐居于中条山，玄宗曾迎至京。相传为八仙之一，由白蝙蝠精化身而成，倒骑白驴，日行数万里，世称"张果老"。

④皤(pó)然：头发斑白的样子。

⑤隐几：倚靠几案。《孟子·公孙丑》："坐而言，不应，隐几而卧。"危坐：挺直身躯端坐。唐元稹《莺莺传》："张生拭目危坐久之，犹疑梦寐；然而修谨以俟。"

⑥克期：约期。《后汉书·锺离意传》："意遂于道解徒桎梏，恣所欲过，与克期俱至，无或违者。"

⑦发表：呈奏章表。《三国志·魏书·崔琰传》："后太祖为魏王，训发表称赞功伐，褒述盛德。"

⑧乘传(zhuàn)：乘坐传车驿马。《汉书·高帝纪》："横惧，乘传诣洛阳，未至三十里，自杀。"

⑨银台：宫门名。

⑩小子：对人轻慢或戏谑的称呼。南朝宋刘义庆《世说新语·方正》："王爽与司马太傅饮酒。太傅醉，呼王为'小子'。王曰：'亡祖长史，与简文皇帝为布衣之交。亡姑、亡姊，伉俪二宫。何小子之有？'"

⑪仙伯：仙人之长，亦泛称仙人。《太平广记》引《神仙传》："(淮南

王)安,未得上天,遇诸仙伯。安少习尊贵,稀为卑下之礼,坐起不恭,语声高亮,或误称寡人。于是,仙伯主者奏安云不敬。”

⑫库子:掌管、守卫官库的人。

⑬谪(zhé):责备,惩罚。

【译文】

等到那个武官的妻子进来,只见她身上光彩环绕,美色耀人眼目,令人不能直视,在座的人都屏住呼吸,不自觉地站起来迎拜。聚会结束她就回去了,三天后就死了,那些衣物也都很快坏掉了。兼琼非常害怕,就把这件事写了一本折子上奏给了皇帝。皇帝问张果是怎么回事,张果说:“我知道,但不敢说。去请教青城的王老吧。”皇帝下诏,令兼琼寻找王老,召之觐见。兼琼搜遍了青城山的各个角落,没有发现有这个人。唯有一家草药市场药铺里的人说:“曾有两个人天天来买山药,说是王老使用的。”那两个人来的时候,兼琼就令衙官跟在他们后边探访。进山数里后,到了一座草堂,王老在里面,鬓发斑白,倚靠几案端坐。衙官跟着进去,宣布了圣旨,并转达了兼琼的意思。王老说:“这一定是张果那家伙多嘴。”于是王老与兼琼约定时间到京师,并让兼琼先呈章表,王老也不肯乘坐驿站的车马,兼琼都听从了他的意见。兼琼刚到京师的银台,王老也到了。皇帝召见问话,张果也在旁边,见到王老,惶恐地一再施礼。王老斥责张果说:“你这家伙为什么不说呢!又让人把我这么远叫来。”张果说:“我不敢,专等着仙伯来说。”王老告诉皇帝说:“卢二舅就是太元夫人守卫官库的人,乘着下凡的机会,看到武官的妻子略有仙骨,所以纳她为妾。不久,偷盗太元夫人的衣服给她穿,他已经受到重罚,现在是郁单天子了。那个武官的妻子因为穿了太元夫人的衣服,已经堕到无间地狱。”上奏完毕,皇帝竭力想留下他,他坚持不留,皇帝便把他放回,走了之后就不知到哪里去了。

南缵

广汉守南缵①,尝为人言:至德中有调选得同州督邮者[2]，姓崔，忘名字，轻骑赴任[3]，出春明门，见一青袍人乘马出，亦不知其姓字，因相揖偕行。徐问何官，青袍人云："新授同州督邮。"崔云："某新授此官，岂不错误乎？"青袍人笑而不答。又相与行，悉云赴任，去同州数十里，于斜路中，有官吏拜迎。青袍人谓崔君曰："君为阳道录事，某为阴道录事。路从此别，岂不相送耶？"崔生异之，即与连辔入斜路[4]，遂至一城郭，街衢局署，亦甚壮丽。青袍人至厅，与崔生同坐，伍伯通胥徒僧道等讫[5]，次通辞讼狱囚[6]，崔之妻与焉。崔生大惊，谓青袍人曰："不知拙室何得至此[7]？"青袍人即避大案后，令崔生自与妻言。妻云："被追至此已是数日，君宜哀请录事耳。"崔生即祈求青袍人，青袍人因令胥吏促放崔生妻令回。崔生试问妻犯何罪至此，青袍人曰："君寄家同州，应同州亡人皆听勘过[8]。盖君管阳道，某管阴道。"崔生淹留半日[9]，即请却回。青袍人令胥吏拜送，曰："虽阴阳有殊，然俱是同州也，可不拜送督邮哉！"青袍人亦偕饯送，再三勤款，挥袂[10]，又令斜路口而去。崔生至同州，问妻子，妻子病七八日，冥然无知[11]，神不识生[12]，愈才得一日。崔生计之，恰放回日也。妻不记阴道见崔生时，崔生言之，妻始悟如梦，亦不审记也[13]。

【注释】

①广汉：古县名。汉高帝置。治今四川射洪南。

②至德：唐肃宗李亨的年号(756—758)。同州：西魏废帝三年(554)改华州置州，治武乡(今陕西大荔)。唐辖境相当今陕西大荔、合阳、韩城、澄城、白水等地。督邮：督邮书掾、督邮曹掾等的简称。

汉代各郡的重要属吏，代表太守督察县乡，宣达教令，兼司狱讼捕亡等事。每郡有分两部、四部和五部的，每部各有一督邮，唐以后废。

③轻骑：装备轻便、行动迅速的骑兵。《史记·刘敬叔孙通列传》："去长安近者七百里，轻骑一日一夜可以至秦中。"

④连辔：骑马同行。唐张说《赠崔公》："一朝驱驷马，连辔入龙楼。"

⑤伍伯：衙门中行刑的役卒。唐韩愈《寄卢仝》："立召贼曹呼伍伯，尽取鼠辈尸诸市。"通：传到。胥徒：《周礼·天官·冢宰》："胥十有二人，徒百有二十人。"唐贾公彦疏："胥，有才智，为什长。徒，给使役，故一胥十徒也。"后泛指官府中供役使的人。

⑥辞讼：亦作"词讼"。争讼，诉讼。《周礼·地官·小司徒》："听其辞讼，施其赏罚。"

⑦拙室：称自己妻子的谦辞。

⑧听勘：听候勘问、审讯。元无名氏《鸳鸯被》楔子："我如今有罪赴京听勘。"

⑨淹留：羁留，逗留。战国屈原《离骚》："时缤纷其变易兮，又何可以淹留？"

⑩挥袂(mèi)：犹挥手，表示告别。西晋陆机《于承明作与弟士龙》："分涂长林侧，挥袂万始亭。"

⑪冥然：昏迷的样子。唐薛用弱《集异记补编·凌华》："命酒与华对酌，别饮数杯，冥然无所知。"

⑫神：神志，精神意识。生：活着的人。

⑬审：详尽，仔细。

【译文】

广汉太守南缵曾经对人说过一件事：唐肃宗至德年间，有一个通过选调得到同州督邮官职的人，姓崔，忘了他的名字，轻装骑马去赴任，出了春明门，见到一个穿青袍的人骑马也出来了，不知道他的姓氏和名字。

二人互相作揖，一同赶路。崔生慢慢问青袍人现居何官，青袍人说："刚刚被任命为同州督邮。"崔生说："我刚刚得授此职，岂不是出现错误了吗？"青袍人笑而不答。他们又一起行走，都说赴任，在距离同州数十里的地方，在一条斜路上，有官吏拜迎。青袍人对崔生说："您为阳世的录事，我是阴间的录事。在这里就得分开了，您难道不送我一送吗？"崔生很好奇，就与他骑马同行进入斜路，到了一座城市，看到街道公署，也非常壮丽。青袍人到了办公地点，与崔生一块坐下，役卒通知众多衙役、僧道等候，再通知告状的人和狱囚，崔生的妻子也在里面。崔生非常惊讶，问青袍人说："不知为什么我的妻子也在这里？"青袍人便躲避到公案的后边，让崔生自己与他的妻子说话。他的妻子说："我被追捕到这个地方已经好几天了，您应该哀求录事把我放回去。"崔生就祈求青袍人，于是青袍人命令衙役赶快把崔生的妻子放回去。崔生试着问了问妻子犯了什么罪到了这里，青袍人说："您寄居同州，我凡是同州的亡人都应该审讯过。只不过您是管理阳间的，我是管理阴间的。"崔生在这里逗留到了半日，请求回去。青袍人令衙役恭送崔生，说："虽然阴阳两道不同，然而都是同州这个地方，怎么能不恭送督邮呢！"青袍人也为崔生饯行，一再殷勤款待，最后挥手告别，又让他在斜路口处离去。崔生赶到同州，问他的妻子的情况，妻子病了七八日，昏迷不醒，丧失了知觉，病才好了一天。崔生计算了一下，正好是妻子被放回的那个时间。妻子已经不记得阴间见崔生的情况，崔生告诉了她，她才如梦方醒地想了起来，但也记得不详细了。

卷八

【题解】

本卷共六篇。《侯遹》讲述了一个叫侯遹的人，偶然发现四块黄色的石头，他便装入自己的箱子里，结果这些石头变成了黄金，他一下子得钱百万，从此过上奢侈的生活，妻妾成群。后来有一天有个老人将他的侍妾全部用竹筐收去，说是让他偿还所占有的那些金子。老人背起筐，奔跑起来像只飞鸟，最后不知所终，侯遹又回到了原来的贫穷生活状态。《巴邛人》讲述了四川一处橘园中，橘子收获后，最后剩下两个极大的橘子，人们将其剖开，里面分别有两个老人在下象棋，身长仅尺余，他们的赌资都是人间所没有的稀奇之物。后来一个老人用草根化为一条龙，他们共乘之飞向空中，最后不知所终。《刘法师》讲述了华州的云台观有一个姓刘的法师，跟着一个人到了深山中的一处崖壁，崖壁有一扇门，门内又是一番天地，有天地日月星辰，还有其他一些奇异的景象。后来刘法师离开了那里，但是再想回去，就再也找不到了，悔恨不已。《刁俊朝》讲述了一个巴蜀女子的脖子上长了一个瘤子，数年间，越来越大，而且里面还时常有音乐之声。后来决定要剖开这个瘤子时，瘤子忽然裂开，跳出一只猿猴，跳跃着跑走了。原来这是一只老猕猴精，为了躲避天神的诛杀而躲藏在此。《古元之》借古元之的所见所闻，勾画出一个无比美好的理想社会——和神国。在这个国家，无论是自然与人，动物与人，还是百姓与官宦的关系，都到了一个极为和谐的程度。当然，这也是人们的一种理想，并不现实。这则故事是《玄怪录》中的名篇，人们常常将之与陶渊明的《桃花源记》进行比较。《卢公涣》讲述了一伙盗墓贼在盗挖一处古墓时发现里面有铜人、铜马数百个，全都手持兵器，制作非常精良。墓中先后出来一个穿黄衣服的人和婢女对盗墓贼进行警告，盗墓贼不听，最后被墓中忽然暴发的洪水淹死，一切又恢复了平静。

侯遹

隋开皇初①，广都孝廉侯遹入城②，至剑门外③，忽见四黄石，皆大如斗。遹爱之，收藏于笼，负之以驴，因歇鞍取看，皆化为金。遹至城货之，得钱百万，市美妾十余人④，大开第宅，近甸良田别墅⑤，货买甚多。后乘春景出游，尽载妓妾随从。下车陈设酒肴。忽有一老翁，负大笈至⑥，厕下坐。遹怒诟之，命苍头杖之，皆不嗔恚⑦，但引满啖炙而笑云⑧："吾此来求君偿债耳。君昔将我金去，不忆记乎?"尽取遹妓妾十余人，投之于笈，亦不觉笈中之窄，负之而趋⑨，走若飞鸟⑩。遹令苍头驰马逐之，斯须已失所在⑪。自后遹家日贫，却复昔日生计。十余年，却归蜀，到剑门，又见前者老翁，携所将妓妾游行，嫔御极多，见遹皆大笑。问之不言，逼之又失所在。访剑门前后，并无此人，竟不能测也。

【注释】

①开皇：隋文帝杨坚的年号(581—600)。

②广都：亦称都广，在今四川成都天府新区。孝廉：孝指孝悌者，

廉指清廉之士。分别为统治阶级选拔人才的科目，始于汉代，在东汉尤为求仕者必由之途，后往往合为一科。亦指被推选的士人。

③剑门：古县名。武则天圣历二年(699)置，治今四川剑阁东北，因境内有剑门山得名。

④市：购买。《木兰诗》："愿为市鞍马，从此替爷征。"

⑤甸：指郊外的地方。古时都城的郭外称郊，郊外称甸。

⑥笈(jí)：盛器。多竹、藤编织，常用以放置书籍、衣巾、药物等。

⑦嗔恚(chēn huì)：恼怒。

⑧引满：斟酒满杯饮尽。《晋书·王羲之传》："虽不能兴言高咏，衔杯引满，语田里所行，故以为抚掌之资，其为得意，可胜言邪！"啖炙(dàn zhì)：吃烤肉。

⑨趋：快走。

⑩走：跑。

⑪斯须：片刻，短暂的时间。《礼记·祭义》："礼乐不可斯须去身。"

【译文】

隋朝开皇初年，广都孝廉侯遹进城，到剑门外的时候，忽然看见四块黄色的石头，全都像斗一样大。侯遹很喜爱这几块石头，收起放在笼子里，驮在驴背上。趁着驴歇着的时候拿出来观看，此时四块石头全都变成了金子。侯遹到城里把金子卖了，得钱百万，便从市场上买了十几个美丽的侍妾，回家后扩建宅院，又在城郊购置了良田和别墅，购置了很多东西。有一次侯遹出城游春，所有的侍妾都乘车跟随他出去游玩。下车后，一一摆上酒食。忽然有一个老头儿，身上背着一个大筐子来到这里，在席子的最后边坐下。侯遹很生气并辱骂他，命奴仆用木杖打他，老头儿也不愤怒，只是喝着斟满的酒，吃着烤肉，笑着说："我到这里来，是求您偿还债务的。您以前把我的金子拿去，您忘记了吗？"说完，将侯遹的十几个侍妾全都抓住，放到筐子里，也不觉得筐子狭窄，背起筐子快步走去，奔跑起来像只飞鸟。侯遹令奴仆骑马去追，可很快就看不见老头儿在哪里了。自此以后侯遹家中日渐贫困，又回到了原来的生活状态。十几年后，侯遹回归蜀地，来到剑门，又看见以前那个老头儿，带领那些被他背走的侍妾在悠闲地行走，姬妾很多，看见侯遹都大笑。侯遹问他们话，他们却不回答；接近他们，又消失得无影无踪。侯遹访遍了剑门的前后左右，也没有查访到这个老头，最终也推测不出是怎么回事。

巴邛人

有巴邛人[①]，不知姓名，家有橘园。因霜后，诸橘尽收，余有两大橘，如三四斗盎[②]。巴人异之，即令攀摘，轻重亦如常橘。剖开，每橘有二老叟，鬓眉皤然，肌体红润，皆相对象戏[③]，身仅尺余。谈笑自若，剖开后亦不惊怖[④]，但相与决赌[⑤]。赌讫，一叟曰："君输我海龙神第七女发十两，智琼额黄十二枚，紫绢帔一副，绛台山霞宝散二庾[⑥]，瀛洲玉尘九斛[⑦]，阿母疗髓凝酒四钟，阿母女态盈娘子跻虚龙缟袜八緉[⑧]，后日于王先生青城草堂还我耳。"又有一叟曰："王先生许来，竟待不得，橘中之乐，不减商山[⑨]，但不得深根固蒂，为愚人摘下耳。"又一叟曰："仆饥矣，当取龙根脯食之。"即于袖中抽出一草根，方圆径寸，形状宛转如龙，毫厘罔不周悉[⑩]，因削食之，随削随满。食讫，以水噀之，化为一龙，四叟共乘之，足下泄泄云起[⑪]。须臾，风雨晦冥[⑫]，不知所在。巴人相传云：百五十年来如此，似在陈、隋之间，但不知的年号耳。

【注释】

①巴：四川东部。邛(qióng)：汉置临邛县，南朝梁改置邛州，初治所在今邛崃东南的依政，显庆中移治临邛(今四川邛崃)。

②斗盎(àng)：大盎。盎，一种大腹敛口的盆。唐谷神子《博异志·许汉阳》："有红花满树未吐，大如斗盎，正对饮所。"

③象戏：象棋。北周庾信《进象经赋表》："臣伏读圣制《象经》，并观象戏，私心踊跃，不胜抃舞。"

④惊怖：惊慌害怕。

⑤决：较量，决定胜负。唐高迈《济河焚舟赋》："冀桑榆之未晚，得雌雄之一决。"

⑥庾(yǔ)：古代容量单位，一庾等于十六斗。

⑦斛(hú)：容量单位，一斛本为十斗，后来改为五斗。

⑧緉(liǎng)：古代计算鞋的单位，相当于"双"。

⑨商山：山名。在今陕西商洛，地形险阻，景色幽胜。秦末汉初四皓东园公唐秉、夏黄公崔广、绮里季吴实、甪(lù)里先生周术，曾在此隐居。

⑩罔：没有。周悉：周到详尽。《北齐书·昭帝纪》："诚如卿言。朕初临万机，虑不周悉，故致尔耳。"

⑪泄泄(yì)：从容自在的样子。《诗经·邶风·雄雉》："雄雉于飞，泄泄其羽。"

⑫晦冥：昏暗，阴沉。《史记·高祖本纪》："是时雷电晦冥，太公往视，则见蛟龙于其上。"

【译文】

有一个巴邛人，不知道他的姓名，他家里有一座橘园。下霜之后，其他橘子都被收下来了，只剩下两个很大的橘子没收，如同三四个斗盎那么大。巴人觉得这两个橘子很奇怪，便让人爬上树把它们摘下来，它们的重量倒也与平常的橘子一样。把橘子剖开，每个橘子里都有两个老头儿，胡须眉毛都是白色的，全身肌肤红润，正面对面下象棋，身高只有一尺多。他们谈笑自若，橘子剖开之后也不惊慌害怕，依然要与对方决出胜负。赌完之后，一个老头儿说："您输给我海龙神第七女的头发十两，智琼额黄十二枚，紫色绢披肩一副，绛台山的霞宝散二庾，瀛洲的玉尘九斛，阿母疗髓凝酒四钟，阿母女态盈娘子跻虚龙白袜八双。后天在王先生的青城草堂给我。"又有一个老头儿说："王先生答应来的，竟然没等来，在橘子中的快乐，与商山相比并不逊色，只是橘子不能根基牢固，还是被愚人给摘下来了。"又一个老头儿说："我饿了，需要吃龙根脯了。"说完就从衣袖中抽出一个草根，粗细一寸左右，形状宛转像条龙，丝毫不差，老头儿就削着它吃，边削边长，完整如初。吃完，口含清水喷在它上面，就变成一条龙，四个老头儿一起骑上，这条龙便从容不迫地飞了起来。片刻之间，风雨交加，天昏地暗，他们就不知到哪里去了。在巴人中相传：一百五十年来一直这样流传，此事好像发生在陈隋之间，但不知道具体年号。

刘法师

贞元中，华州云台观有刘法师者[①]，炼气绝粒，迨二十年。每三元设斋[②]，则见一人，衣缝掖[③]，面黧瘦，来居末座，斋毕而去，如此者十余年，而衣服颜色不改。法师异而问之，对曰："余姓张名公弼，住莲花峰东隅。"法师意此处无人之境，请同往。公弼怡然许之，曰："此中甚乐，师能便往，亦当无闷。"法师遂随公弼行，三二十里，援萝攀葛[④]，才有鸟道[⑤]，经过崖谷险绝，虽猿狖不能过也，而公弼履之若夷途[⑥]，法师从行亦无难。遂至一石壁削成，高直千余仞，下临无底之谷，一迳阔数寸[⑦]，法师与公弼侧足而立。公弼乃以指扣石壁，中有人问曰："为谁？"曰："某。"遂划然开一门[⑧]，门中有天地日月。公弼将入，法师随公弼亦入，其人乃怒，谓公弼曰："何故引外人来？"其人因阖门[9]，则又成石壁矣。公弼曰："此非他人，乃云台刘法师也，余久交，故请来此，何见拒之深也！"又开门，内公弼及法师[10]，公弼曰："法师此来甚饥，君可丰食遗之。"其人遂问法师："便能住否？"法师请以后期。其人遂取一盂水，以肘后青囊中刀圭粉和之[11]，以饮法师，其味甚甘香，饮毕而饥渴之想顿除矣。公弼曰："余昨云山中甚乐，君盍为戏，令法师观之。"其人乃以水噀东谷中，俄有苍龙、白象各一[12]，对舞，舞甚妙。威凤彩鸾各一[13]，对歌，歌甚清。顷之，公弼送法师回，师却顾，惟见青崖丹壑，向之歌舞，一无所睹矣。及去观将近，公弼乃辞。法师至观，处置事毕，却寻公弼，则步步险阻，杳不可阶，痛恨前者不住，号天叫地，遂成腰疾。公弼更不复至矣。

兹昭应县尉薛公幹为僧孺叔父言也。

【注释】

①华州：西魏废帝三年(554)改东雍州置，治郑县(今陕西渭南华州区)。隋大业初废。唐武德初复置，治郑县。

②三元：农历正月、七月、十月的十五日为上元、中元、下元，合称"三元"。设斋：备办素食。向僧尼施食。

③缝掖：亦作"缝腋"。大袖单衣，古儒者所服，亦指儒者。《后汉书·王符传》："徒见二千石，不如一缝掖。"唐李贤注："《礼记·儒行》：'孔子曰："丘少居鲁，衣逢掖之衣。"'郑玄注曰：'逢犹大也。大掖之衣，大袂单衣也。'"

④萝：通常指某些能爬蔓的植物。葛：豆科多年生草本植物，茎长

二三丈，缠绕他物上，花紫红色。茎可编篮做绳，纤维可织葛布。

⑤鸟道：险峻狭窄的山路。唐李白《蜀道难》："西当太白有鸟道，可以横绝峨眉巅。"

⑥夷途：平坦的道路。夷，平坦。《老子》："大道甚夷，而人好径。"

⑦迳（jìng）：步道，小路。《庄子·徐无鬼》："夫逃虚空者，藜藋柱乎鼪鼬之迳。"

⑧划然：象声形容词。唐谷神子《博异志·阴隐客》："至一大门……门有数人俯伏而候。门人示金印、读玉简，划然开门。"

⑨阖门：关闭门户。《左传·定公八年》："林楚怒马，及衢而骋。阳越射之，不中。筑者阖门。"

⑩内（nà）："纳"的古字，使进入，放入。《孟子·万章》："思天下之民，匹夫匹妇，有不被尧舜之泽者，若己推而内之沟中。"

⑪肘后：谓随身携带的。唐杜甫《寄张十二山人彪》："肘后符应验，囊中药未陈。"青囊：古代医家存放医书的布袋。唐刘禹锡《闲坐忆乐天以诗问酒熟未》："案头开缥帙，肘后检青囊。唯有达生理，应无治老方。"刀圭：中药的量器名。晋葛洪《抱朴子·金丹》："服之三刀圭，三尸九虫皆即消坏，百病皆愈也。"王明校释："刀圭，量药具。武威汉墓出土医药木简中有刀圭之称。"

⑫苍龙：传说中的青龙。古传青龙为祥瑞之物。《楚辞·九辩》："左朱雀之茇茇兮，右苍龙之躣躣。"白象：白色的象，古代以为瑞物。汉张衡《西京赋》："白象行孕，垂鼻辚囷。"

⑬威凤：瑞鸟，旧说凤有威仪，故称。《宋书·符瑞志》："元康四年，南郡获威凤。"彩鸾：鸾鸟，传说中的神鸟。唐李商隐《寓怀》："彩鸾餐颢气，威凤入卿云。"

【译文】

贞元年间，华州的云台观有一个姓刘的法师，他练气辟谷，长达二十年。他每年在正月、七月、十月的十五这三天设素斋，都会有一个穿宽袖单衣、面黑消瘦的人,来到他这里,坐在末座位置上,吃完了斋就走。十多年间这个人总是如此,衣服和容貌也没有变化。刘法师很奇怪,就问那个人的来历,那个人回答说:"我叫张公弼,住在莲花峰东边的角落里。"刘法师心想那是个人迹罕至的地方,就请张公弼带他去看看。张公弼很高兴地答应了,说:"那里很好玩儿,法师能去看看,一定不会觉得烦闷。"刘法师就随着张公弼走,走了二三十里,就没有路了,只好拉萝攀葛,才勉强寻出一条狭窄的山路,悬崖绝壁十分陡峭,就是猿猴恐怕也难以越过,而张公弼像走在平坦的大道上一样,刘法师跟在后边竟然也没有困难。两个人来到一面石壁前,石壁像刀削的一样陡峭,高达一千多仞,下面是无底深谷。石壁前只有一条几寸宽的小路,刘法师与张公弼踮着脚才能站得下。这时张公弼用手指敲了敲石壁,只听石壁里有人问:"是谁?"回答说:"我。"然后壁上划然一声开了一扇门,门里有天地日月。张公弼要进去,刘法师也要跟进去,里面的人怒气冲冲地问张公弼:"你怎么领外人来了?"那个人说着就把门关上了,又成了一面石壁。张公弼说:"他不是外人,是云台观的刘法师,我跟他交往很久了,所以才请他来,何必把他严拒门外呢?"于是石门才又开了,让他俩进去。张公弼说:"刘法师已经很饿了,请给他准备一顿丰盛的饭菜吧。"那人就问刘法师:"要住下吗?"刘法师说以后再来住。那人就端来一盂水,从随身携带的一个布袋里用匙舀出一些药末,用水融解了,让刘法师喝下去,刘法师觉得特别香甜,喝下去后,再没有饥渴的感觉了。张公弼对那个人说:"我昨天对刘法师说山里很好玩儿,您何不给他变个戏法让他看看呢?"那个人把含着的一口水喷到东面山谷里,片刻间就出现一条青龙和一头白象,它们面对着舞蹈,舞姿非常美妙。接着又出现一只凤凰和一只鸾鸟,对着唱歌,歌声很是纯净。过了一会儿,张公弼就送刘法师出了石壁,送他回去。刘法师回头再看,只能看见青崖丹壑,刚才所看到的歌舞场面,一切都荡然无存了。到了离云台观不远的地方,张公弼就告辞了。刘法师回到云台观后,把一些事情处理完，又去寻找张公弼，然而山高路险，再也找不到通向那面石壁的山路了。刘法师万分悔恨当初没有留在石壁中，一想起来就呼天号地，为此得了腰痛病。张公弼从此再也没到云台观来过。

昭应县尉薛公幹把这件事告诉了僧孺的叔叔。

刁俊朝

安康伶人刁俊朝[①]，其妻巴妪，项瘿者[②]，初微若鸡卵[③]，渐巨如三四升瓶盎，积四五年，大如数斛之囊，重不能行。其中有琴、瑟、笙、磬、埙、篪之响[④]，细而听之，若合音律，泠泠可乐[⑤]。积数年，瘿外生小穴如针芒者不知几亿。每天欲雨则穴中吐白云，霏霏如丝缕，渐高布散，结为屯云，雨则立降。其家少长惧之，咸请远送岩穴。俊朝恋恋不能已，因谓妻曰："吾以迫众议，将不能庇于伉俪[⑥]，送汝于无人之境，如何？"妻曰："此疾诚可憎恶，送之亦死，拆之亦死，君当为我决拆之，看有何物。"俊朝即磨淬利刃[⑦]，挥挑将及妻前，瘿中轩然有声，遂四分拆裂，有一大猱跳走腾踏而去[⑧]。即以帛絮裹之，虽瘿疾顿愈，而冥然大渐矣[⑨]。

【注释】

①安康：今属陕西。伶人：古代乐人之称。《国语·周语》："二十四年钟成，伶人告和。"三国吴韦昭注："伶人，乐人也。"

②瘿（yǐng）：囊状肿瘤。

③鸡卵：鸡蛋。

④埙（xūn）、篪（chí）：皆乐器，二者合奏时声音相应和。

⑤泠泠（líng）：形容声音清越、悠扬。晋陆机《招隐诗》之二："山溜

何泠泠，飞泉漱鸣玉。”

⑥伉俪(kàng lì)：妻子，配偶。《左传·昭公二年》：“晋少姜卒。公如晋，及河。晋侯使士文伯来辞曰：‘非伉俪也，请君无辱。’”唐孔颖达疏：“言少姜是妾，非敌身对耦之人也。”

⑦淬(cuì)：把烧红了的铸件往水或油或其他液体里一浸立刻取出来，用以提高合金的硬度和强度。

⑧猱(náo)：猿属，身体便捷，善攀援。

⑨大渐：谓病危。《尚书·顾命》：“王曰：呜呼！疾大渐，惟几。”

【译文】

安康有位艺人叫刁俊朝，他的妻子是巴地的一位年老女人，脖子上长了个肉瘤子，开始只有鸡蛋大，渐渐长到如能装三四升东西的瓶盎那么大，过了四五年，大如能装下几十斗东西的囊，重得不能走路。肉瘤里面有琴、瑟、笙、磬、埙、篪等诸多乐器的演奏声，仔细听，很合音律，清越动人。又过了好几年，肉瘤子外面生出像针芒一样的小洞，不知有几亿个。每到天要下雨时，孔穴中就吹出白云，霏霏如丝如缕，渐渐向高处飘散开去，集结成云，雨就立刻降了下来。一家老小都惧怕这个大瘤子，都请求把她送到远处山洞里。刁俊朝恋恋不舍，就对妻子说：“我迫于家人的意见，不能再保护你了，我送你到没有人的地方去，怎么样？”妻子说：“我的病确实令人憎恶，送我走是死，折开它也是死，您就给我折开它吧，看里面有什么东西。”刁俊朝便磨刀，挥刀到妻子面前欲挑肉瘤，肉瘤子里轰然作响，突然破裂四散分开，一只大猿猴跳跃着腾空而去。刁俊朝便用帛絮把伤口包扎好，虽然大瘤子立刻好了，可是他的妻子也昏迷不醒，病情危重。

明日，有黄冠扣门曰：“吾乃昨日瘿中走出之猱也。本是老猕猴精，解致风雨，无何与汉江鬼愁潭老蛟还往[①]，常与觇船舫将至，俾他覆之，以求舟中糇粮[②]，以养孙息[③]，昨者太一诛蛟[4]，搜索党与[5]，故借君夫人蝤蛴之领[6]，以匿性命，虽外不相干，然为累亦甚矣。今于凤凰山神处求得少许灵膏，请君涂之，幸当立愈。”俊朝如其言涂之，随手疮合。俊朝因留黄冠，烹鸡设食，食讫，贳酒欲饮。黄冠因啭喉高歌[7]，又为丝匏琼玉之音[8]，罔不铿锵可爱[9]。既而辞去，莫知所诣。时大定中也[10]。

【注释】

①无何：不多时，不久。《史记·越王勾践世家》：“居无何，则致赀累巨万。”

②糇(hóu)粮：食粮，干粮。三国魏曹植《应诏》：“虽有糇粮，饥不遑食。”

③孙息：子孙。《后汉书·折像传》：“君三男两女，孙息盈前，当增益产业，何为坐自殚竭乎？”

④太一：天神名。《史记·封禅书》：“天神贵者太一。”唐司马贞《索隐》引汉宋均云：“天一、太一，北极神之别名。”

⑤党与：同党之人。《春秋公羊传·宣公十一年》：“此皆大夫也，其言纳何？纳公党与也。”

⑥蝤蛴(qiú qí)：蝎虫。天牛的幼虫，色白身长。多比喻美女的脖子。《诗经·卫风·硕人》：“领如蝤蛴。”毛传：“蝤蛴，蝎虫也。”

⑦啭(zhuàn)喉：谓婉转动听地歌唱。

⑧丝匏(páo)：我国古代乐器通常为金、石、丝、竹、匏、土、革、木八种不同质材所制，丝、匏为其中两种。

⑨铿锵：形容金玉或乐器等声洪亮。

⑩大定：南朝后梁宣帝萧詧的年号(555—562)；北周静帝年号(581)。本文无法确定是哪个朝代哪个皇帝的年号。

【译文】

第二天，有一位道士前来叩门，说："我就是昨天从肉瘤子里跑出来的猿猴。我本是老猕猴精，能够掌控刮风下雨，曾与汉江鬼愁潭的老蛟交往，常和他一起窥视江中过往船只，把船弄翻，弄得船中的粮食，来供养子孙。前些年太一天神诛杀鬼愁潭的老蛟，搜捕他的同党，我无处躲藏，所以就借您夫人的脖子，以藏性命。虽然我的事与你们毫不相干，但是拖累了你们这么多年。今天我在凤凰山神那里要了一点灵膏，请您把它涂在伤口上，应该能立刻就好。"刁俊朝按照他说的给妻子涂上了灵膏，药刚涂上，疮口就愈合了。刁俊朝挽留道士，杀鸡招待他，吃完后，买酒欲饮。道士转动歌喉，放声高唱，接着又弹奏笙、竽、丝弦，无不铿锵悦耳。不多时，道士就辞别而去，不知他到什么地方去了。这是大定年间的事。

古元之

古元之，不知何许人也，尝暴疾，尸卧数日，家以为死，已而醒，却生矣。

【译文】

古元之不知是哪里人，曾经得了暴病，卧在床上好几天，家里人以为他死了，后来又醒过来复生了。

元之云：尝昏醉时，忽如有人沃冷水于体中[①]。仰见一衣冠[②]，绛裳霓帔[③]，仪容甚伟。顾元之曰："吾乃古弼也，是汝远祖，适欲至和神国中，无人担囊侍从，故来取汝。"即令负一大囊，可重一钧[④]。又与一竹杖，长丈二余，令元之乘骑随后，飞举甚速，常在半天。西南行，不知里数，山河愈远，欻然下地[⑤]，已至和神国。其国无大山，山皆积碧珉[⑥]，石际生青彩簵篠[⑦]，异花珍果，软草香媚，好禽嘲哳[⑧]。山顶皆正平如砥，清泉迸下者二三百道。原野无凡树，悉生百果及相思、楠榴之辈。每果树花卉俱发，实色鲜红，映翠叶于香丛之下，纷错满树，四时不改。唯一岁一度，暗换花实叶等，更生新嫩，人不知觉。田畴尽长大瓠[⑨]，瓠中实以五谷，甘香珍美，非中国稻粱所拟[⑩]。人得足食，不假耕种[⑪]。原隰滋茂[⑫]，荒秽不生[⑬]。一年一度，出彩丝树，枝干悉缠绕五色丝纩[⑭]，人得随色织纴，不假蚕杼。四时之气，常熙熙和淑，如中国二三月。无蚊虻蟆蚇虱蜂蝎蛇虺守宫蜈蚣蛛蚁之虫[⑮]，又无鸱枭鸦鹞鸲鹆蝙蝠之禽[⑯]，又无虎狼豺豹狐狸蓦驳之兽[⑰]，又无猫鼠猪犬扰害之类。其人长短妍媸皆等，无有嗜欲爱憎之志。人生二男二女，为邻则世世为婚姻，笄年而嫁，二十而娶，人寿百二十，中无夭折疾病喑聋跛躄之患[⑱]。百岁已下，皆自记忆；百岁已外，皆不知其寿几何。至寿尽则欻然失其所在，虽亲戚子孙，皆忘其人，故常无忧戚[⑲]。每日午时一食，中间惟食酒浆果实耳。餐亦不知所化，不置溷所[⑳]。人无私积囷仓[㉑]，余粮栖亩[㉒]，要者取之。无灌园鬻蔬，野菜皆足人食。十亩有一酒泉，味甘而香。国人日相携游览歌咏，陶陶然，暮夜而散，未尝昏醉。人人有婢仆，皆自然谨慎，知人所要，不烦役使。随意屋室，靡不壮丽。其国六畜唯有马[㉓]，驯扰而骏[㉔]，不用刍秣[㉕]，自食野草，不近积聚。人要乘则乘，乘讫而却放，亦无主守。其国千官皆足[㉖]，而仕官不自知其身之在仕，杂于下人，以无职事操断也。虽有君主,而君不自知为君,杂于千官,以无职事升贬也。又无迅雷风雨,其风常微轻如煦,袭万物不至木有鸣条[27]。其雨十日一降,降必以夜,津润调畅,不至地有淹流。一国之人,皆自相亲,有如戚属,人各相惠多与,无市易商贩之辈[28],以不求利故也。

【注释】

①沃:把水从上浇下。《论衡·偶会》:"使火燃,以水沃之,可谓水贼火。"

②衣冠:衣和冠。古代士以上戴冠,因用以指士以上所穿的服装,亦代称缙绅、士大夫。

③霓帔(ní pèi):五彩斑斓的披肩。

④钧:古代重量单位,合三十斤。

⑤欻(xū)然:忽然。下:落。

⑥珉(mín):像玉样的美石。

⑦青彩簵篠(lù xiǎo):青色深浅不同的细竹。簵篠,细竹。

⑧啁哳(zhāo zhā):形容鸟鸣声嘈杂。宋梅尧臣《依韵和禁烟近事之什》:"小苑芳菲花斗蕊,华堂啁哳燕争窠。"

⑨田畴:泛指田地。《礼记·月令》:"(季夏之月)可以粪田畴,可以美土疆。"瓠(hù):瓠瓜。蔬类名,即瓠瓜。《诗经·小雅·南有嘉鱼》:"南有樛木,甘瓠累之。"

⑩中国:本文指人世间。

⑪假:凭藉,依靠。《荀子·劝学》:"假舆马者,非利足也,而致千里;假舟楫者,非能水也,而绝江河。"

⑫原隰(xí)滋茂:土地湿润肥沃。

⑬莸(yóu)秽:指臭草和杂草。

⑭丝纩(kuàng):丝和絮衣服的丝绵。

⑮虮(jǐ):虱子的卵。虺(huǐ):古书上说的一种毒蛇。守宫:壁虎。

⑯鸱枭(chī xiāo):猫头鹰。鹞(yào):一种凶猛的鸟,样子像鹰,比鹰小,捕食小鸟,通常称“鹞鹰”“鹞子”。鸲鹆(qú yù):八哥。

⑰蓦驳(mò bó):一种跑得极快的野兽。

⑱喑(yīn):哑,不能说话。躄(bì):跛脚。

⑲忧戚:忧愁烦恼。

⑳溷(hùn)所:茅厕。

㉑囷(qūn)仓:粮仓。《礼记·月令》:“(孟秋之月)筑城郭,建都邑,穿窦窖,修囷仓。”

㉒栖亩:将余粮存积田亩之中。《初学记》引《子思子》:“东户季子之时,道上雁行而不拾遗,耕耨余粮宿诸亩首。”

㉓六畜:指马、牛、羊、鸡、狗、猪。

㉔驯扰:顺服,驯伏。

㉕刍秣(chú mò):刍为喂牛羊的草饲料,秣为喂马的谷饲料。这里指用草料喂马。

㉖千官:众多的官员。

㉗鸣条:风吹树枝发声。

㉘市易:交易,贸易。

【译文】

古元之说:有一次喝醉酒,昏睡了过去,忽然像有人将冷水浇到他身上。抬头看见一个人儒生打扮,穿着深红的上衣和霓光闪闪的披巾,仪态容貌高大威武。这人看着古元之说:“我是古弼,是你的远祖,正好想要到和神国去,没有人为我挑行李侍候我,所以来找你。”随即让古元之背起一个大包袱,重大约三十斤。又给了他一根竹杖,长二丈余,让古元之骑着跟在后面,飞行的速度特别快,处在半空中。他们向西南飞去,不知飞了多少里,跨过高山大河,忽然就落到地上,已经到了和神国。这个国家没有高大的山，山上都堆积着碧绿色的美石，石缝里长着颜色深浅不一的细竹，到处都有奇异的花朵和稀有的果实，细草散发香气，各种珍禽都在鸣叫。山顶像磨刀石一般平整，有二三百条清泉从山石缝中喷涌而飞溅到山下。田野上没有普通的树，全都长着各种各样的果实以及相思子、楠榴之类。每株树上的花一齐开放，结着鲜红的果子，掩映在一丛丛葱茏的树叶中，纷繁交错结满树枝，一年四季都不凋谢。只是一年一次，悄无声息地新陈代谢，重新生出嫩的来，人们都没觉察到。田地里到处都生长着瓠瓜，瓠瓜里装满了五谷粮食，这些粮食特别甜美，不是人世间的粮食所能比拟的。人们都能丰衣足食，而且不必耕田。土地湿润肥沃，一点杂草不生。每年一次，长出彩丝树，枝干上会长出各种颜色的丝线和丝绵，人们根据彩丝的颜色织布，不需要自己养蚕纺织。四季的气候，总是温和而美好，如同人世间二三月的天气。这里没有蚊、虻、蟆、虮、虱、马蜂、蝎子、毒蛇、壁虎、蜈蚣、蜘蛛、蚂蚁之类的害虫，没有猫头鹰、乌鸦、鹞子、八哥、蝙蝠之类的飞禽，没有虎、狼、豺、豹、狐狸、蓦驳等凶猛的野兽，也没有猫、鼠、猪、狗之类的侵扰危害性动物。这里的人高矮美丑都是一样的，没有贪婪、欲望、喜爱、憎恨。每一对夫妻都生有二男二女，邻居之间世世代代都结为婚姻，女子十五岁就出嫁，男子二十岁就娶妻，人们的寿命都是一百二十岁，也不会有夭折、疾病、不能说话、耳聋、目盲、跛腿之类的祸患。一百岁以下的人都能记得自己的年龄，只要超过一百岁，便都不记得了。寿命将尽就会突然消失不知道去了哪里，即便是他的亲戚子孙也很快就把他忘记，所以人们从来没有忧愁悲伤。这里的人每天中午才吃一次饭，其他时间就仅仅喝点酒吃些果子而已。吃下去的东西也不知道如何消化掉的，不设置茅厕。人们都不私存粮食，多余的粮食就放在田地里，谁需要谁就去田里取。也不灌溉园地和卖菜，野菜足够人们吃了。每隔十亩地有一口酒泉，酒的味道十分香醇。和神国的人每天都扶老携幼地到处玩耍、唱歌吟诗，十分快乐，到了晚上就各自散去，从来没有人会喝醉。每个人都有自己的奴婢,他们天性谨慎,知道主人的需要,不需要使唤。随意一座房屋舍院,都奢华无比。这个国家六畜之中只有马,马都很温顺,并且高大,不用喂饲料,它们自己吃野草,不走近积聚粮食的田地。有人要骑马就牵来骑,骑完了就放掉,也没有人看管。这个国家官员很齐备,但做官的人感觉不到自己在做官,与普通百姓混杂在一起,因为从来没有什么公务需要他们去处理。虽然有皇帝,皇帝也不认为自己是高高在上的皇帝,也混杂在官员们中间,因为从来没有官员的升职、降职和处分需要皇帝来裁决。也从没有雷电风雨,风总是轻柔和煦,吹拂万物却不至于使树枝发出声音。雨每十天下一次,而且一定是在夜晚下,雨水使土地滋润,河道畅通,但绝不会泛滥淹没土地。在这个国家,人与人之间相亲相爱,好像是亲戚一般,人都互施恩惠,也没有什么做买卖经商小贩之类的人,是因为人们不追求利益的缘故。

古弼既到其国,顾谓元之曰:“此和神国也。虽非神仙,风俗不恶。汝回当为世人言之。吾既至此,回即别求人负囊,不用汝矣。”因以酒饮元之。元之引满数巡,不觉沉醉冥然。既而复醒,身已活矣。自是元之疏逸,无宦情之意①,游行山水②,自号知和子,竟不知其终也。

【注释】

①宦情:做官的志趣、意愿。《晋书·阮籍传》:“吾少无宦情,兼拙于人间。”

②游行:出游,游逛。

【译文】

古弼到了这个国家后,对古元之说:“这就是和神国。虽然不是神仙住的地方,但风俗很好。你回到人间向世人说说这里的情形。我既然已经到了这里，回去时再找别人给我背行囊，不用你背了。”说完就拿出酒来请古元之喝。元之满满地喝了几杯后，不知不觉间便大醉昏睡。等醒来时，他又复生了。自从这次游历之后，古元之变得淡薄超逸，对做官没了兴趣，到处游山玩水，自号知和子，最终谁也不知道他去了哪里。

卢公涣

黄门侍郎卢公涣[①]，为明州刺史[②]，属邑象山县□□，溪谷迥无人处，有盗发墓者云：初见车辙中有花砖，因揭之，知是古冢墓。乃结十人于县投状[③]，请路旁居止，县尹允之[④]。遂种麻，令外人无所见，即悉力发掘，入其隧路[⑤]，渐至圹中[⑥]，有三石门，皆以铁封之。其盗先能诵咒，因斋戒禁之[⑦]。翌日[⑧]，两门开，每门中各有铜人、铜马数百，持执干戈，其制精巧。盗又斋戒三日，中门一扇开，有黄衣人出，传语曰：“汉征南将军刘忘名使来相闻，某生有征伐大勋，及死，敕令护葬及铸铜人马等[⑨]，以象存日仪卫[⑩]。奉计来此，必要财货，西门所居之室，实无他物，且官葬不瘞货宝[⑪]，何必苦以神咒相侵，若更不已，当不免两损。”言讫却入，门复合如初。盗又诵咒数日不已，门开，一青衣又出传语，盗弗允。两扇欻辟，大水漂荡，盗皆溺死。一盗解泅而出[⑫]，自缚诣官，具说本末。黄门令覆视其墓，其中门内有一石床，骷髅枕之，水漂已半垂于床下，因却为封两门，窒其隧路矣。

【注释】

①黄门侍郎：散骑之官，因隶属门下省，称为黄门侍郎。

②明州：唐开元二十六年(738)置州，以境内有四明山得名，辖境相当今浙江甬江流域及慈溪、舟山群岛等地。

③投状：呈递文状。《梁书·武帝纪》："必须画刺投状，然后弹冠。"

④县尹：职官名。一县的首长。《左传·襄公二十六年》："此子为穿封戌，方城外之县尹也。"

⑤隧路：在地下凿成的通路，墓道。南朝宋谢庄《宋孝武宣贵妃诔》："山庭寝日，隧路抽阴。"

⑥圹(kuàng)：墓穴。唐曹邺《始皇陵下作》："垒垒圹中物，多于养生具。"

⑦斋戒：古人祭祀之前，必沐浴更衣，不喝酒，不吃荤，不与妻妾同寝，以示虔诚庄敬，称为斋戒。

⑧翌日：明日，次日。

⑨护葬：护送棺柩入葬。《宋史·杨砺传》："废朝，赠兵部尚书，中使护葬。"

⑩仪卫：仪仗与卫士的统称。

⑪瘗(yì)：埋葬。晋潘岳《西征赋》："夭赤子于新安，坎路侧而瘗之。"

⑫泅(qiú)：游泳。

【译文】

黄门侍郎卢公涣，任明州刺史，其属地象山县□□，有一处河谷的荒僻处，无人居住。有个盗墓的人说：当初走过那里，看见车辙中有花砖，因而揭开看，知道是古墓。于是聚集了十个人给县令写一封呈文，请求在河谷路旁居住，县令批准了。他们在那里种上麻，使外人看不见里面，随后就全力挖掘。打开墓道，渐渐进入墓穴，墓穴有三个石门，都用铁封住。盗贼能诵咒法，于是斋戒施禁咒术。第二天，两门打开，每个门内各有铜人、铜马数百个，全都手持兵器，制作非常精巧。盗墓贼又斋戒三日，中门的一扇门打开，有一个穿黄衣服的人出来，传话说：

"汉征南将军刘忘记了名字让我来告诉你们,他生前多征战,立有大功,死后皇帝下令护送棺柩入葬,又铸了铜人、铜马等,以保持生前那样的仪仗卫队。你们千方百计来到这里,必然是想盗取陪葬的财物,但他所居住的墓室,其实没有什么其他东西,况且官葬不埋财宝,何必苦苦用咒语相侵扰,假如再不停止挖掘,就避免不了双方都受到损害。"说完就进去了,门又像先前那样关闭了。盗墓贼又诵咒多日不停,门又开了,一个婢女出来传话,盗墓贼还是不听。两扇门忽然打开,大水漂荡起来,盗墓贼都被淹死了。有一个会游泳的盗墓贼游了出来,自缚见官自首,把盗墓的前前后后讲了一遍。黄门侍郎卢公涣派人再去查看那个古墓,看到中门内有一张石头床,有个骷髅躺在上面,水把它漂起来半垂于床下了,于是封了两门,堵上了墓道。

卷九

【题解】

本卷共三篇。《齐饶州》讲述了一个女子生孩子时，被一个恶鬼打死，这个女子向自己的丈夫告知缘由，让他求助于田先生。田先生是一个乡间的教书先生，亦是阴间的大王，经他出面，秉持正义，铲除了恶鬼，并用粘合法使女子转世人间，夫妻团聚。这篇故事与《齐推女》十分相似，只是在某些细节上略有些差异。《吴全素》讲述了一个屡次落第的士子，正在准备下一次的科考，却被押送至阴间，目睹了阴间受刑者的惨状。吴全素认为自己遵纪守法，要求查验冥簿，果然他还有三年阳寿，还能考中明经科，判官说三年非常短暂，何必再回去，但吴全素坚持要回去。判官于是派了两个小吏护送吴全素回去，途中两个小吏向他索贿，并邀请他见证人的死亡以及投胎、出生的过程。故事以奇特的想象解答了人在死亡和出生时为什么痛苦的原因。《掠剩使》讲述了韦元方偶遇他死去多年的表兄裴璞，裴璞自言他正在阴间任职掠剩使，他说人的财富都是命中注定的，并且有定数，超过定数将被阴司所掠，掠夺的方式有很多，例如遭受横祸、生意赔钱等等。这个故事告诫人们不要贪图或窃取他人的财富，不然终究也会以不同的方式失去的。《掠剩使》是《玄怪录》中的名篇，"掠剩使"也在后世形成了一个较为著名的典故。

齐饶州

饶州刺史齐推女[①]，适湖州参军韦会[②]。长庆三年[③]，韦以妻方娠，将赴调也[④]，送归鄱阳[⑤]，遂登上国[⑥]。十一月，妻方诞之夕，齐氏忽见一人长丈余，金甲仗钺，怒曰："我梁朝陈将军也，久居此室。汝是何人，敢此秽触！"举钺将杀之。齐氏叫乞曰："俗眼有限，不知将军在此。比来承教[⑦]，乞容移去。"将军曰："不移当死。"左右悉闻齐氏哀诉之声，惊起来视，见齐氏汗流洽背，精神恍然，绕而问之，徐言所见。及明，侍婢白于使君[⑧]，请居他室。使君素正直，执无鬼之论，不听。至其夜三更，将军又到，大怒曰："前者不知，理当相恕，知而不避，岂可复容！"复将用钺。齐氏哀乞曰："使君性强，不从所请。我一女子，敢拒神明？容至天明，不待命而移去。此更不移，甘于万死。"将军者拗怒而去[⑨]。未曙，令侍婢洒扫他室，移榻其中。方将辇运[⑩]，使君公退，问其故，侍者以告，使君大怒，杖之数十，曰："产蓐虚羸[⑪]，正气不足，妖由之兴，岂足遽信。"女泣以请，终亦不许。入夜，自寝其前，以身为援，堂中添人加烛以安之。夜分闻齐氏惊痛之声，开门入视，则头破死矣。使君哀恨之极，倍百常情，以为引刀自残不足以谢其女，乃殡于异室[⑫]，遣健步者报韦会。

【注释】

①饶州：隋开皇九年(589)置州，治鄱阳(今属江西)。唐辖今江西鄱江、信江两流域(婺源、玉山除外)。

②适：女子出嫁。

③长庆：唐穆宗李恒的年号(821—824)。

④赴调：前往吏部听候迁调。《金史·宣宗纪》："吏部秋冬置选南京，春夏置选中都，赴调者不便，请并选于南京。"

⑤归：出嫁女儿返回娘家。《诗经·邶风·燕燕》："之子于归，远送于野。"毛传："归，归宗也。"

⑥上国：京师。《资治通鉴·唐德宗建中二年》："今海内无事，自上国来者，皆言天子聪明英武，志欲致太平。"

⑦比来：近来。《三国志·魏书·徐邈传》："比来天下奢靡，转相仿效。"承教：接受教诲。《孟子·梁惠王》："梁惠王曰：'寡人愿安承教。'"

⑧使君：对官吏、长官的尊称。《三国志·蜀书·先主传》："曹公从容谓先主曰：'今天下英雄，唯使君与操耳。'"

⑨拗怒：愤怒不平。《旧唐书·郑畋传》："殊不知五侯拗怒，期分项羽之尸；四冢既成，待葬蚩尤之骨。"

⑩辇(niǎn)：古时用人拉或推的车。

⑪产蓐(rù)：产妇。

⑫殡：停放灵柩等葬。

【译文】

饶州刺史齐推的女儿，嫁给了湖州参军韦会。长庆三年，韦会因为即将赴任，而又恰逢妻子怀孕，便将妻子齐氏送回娘家鄱阳，自己前往京城。到了十一月，齐氏即将生产的那天晚上，突然看到一个身高一丈有余，身穿黄色盔甲，拿着钺的人，很生气地冲她说："我是梁朝的陈将军，住在这屋里很久了。你是谁？竟然弄脏我的地方！"举起钺要杀死她。齐氏叫着乞求道："我是俗人，眼力有限，不知道将军在此。我接受您的教训，请容我从这里搬走。"将军说："你不搬走就要死。"齐氏侍女都听到齐氏哀告的声音，惊讶地起床前来探视，只见齐氏汗流浃背，精神恍惚，大家围绕着问她发生了什么事，她才慢慢地说出了自己的所见所闻。等到天亮，侍女将这件事报告给齐氏的父亲——齐使君，请求住到别的屋子里。齐使君向来正直，秉持无鬼神之论，并不同意这个请求。到了那天三更天，将军又来了，大为震怒，说："之前是你不知道，我理当宽恕你，现在你知道了还不回避，我怎可继续容忍？"于是又要用钺来杀她。齐氏苦苦哀求道："我父亲个性倔强，不听从我的请求。我只是一个弱女子，哪里敢抗拒神明。请允许我待到天亮，不需要您的命令我也自当离去。如果这次我再不走，就甘愿受死。"将军愤怒而去。天还未亮，齐氏就让侍婢打扫其他的房间，将床搬过去。正要将齐氏用车运走时，齐使君处理完公事回来，询问其中的缘故，侍从告诉了他原因，齐使君大怒，将侍从杖打数十下，然后说："产妇身体虚弱，正气不足，妖异之气才由此而生，哪里就能够相信？"齐氏哭着请求父亲，但她的父亲始终不同意。到了晚上，齐使君自己睡在女儿房前，以自己作为后援，同时在房中添加人手和灯烛，以使女儿安心。半夜时分，齐使君听到齐氏发出惊恐痛苦之声，开门进房去看，齐氏已经头颅破裂而死。齐使君此时悲恨到了极点，痛惜万分，认为就算是用刀自残也不足以向女儿谢罪，便将女儿暂时装殓后停尸于另外的房间，派走路快的人去向韦会报信。

韦以文籍小差为天官所黜[①]，异道来复，凶讣不逢[②]。去饶州百余里，忽见一女人，仪容行步酷似齐氏，乃援其仆而指之曰[③]："汝见彼人乎？何以似吾妻也？"仆曰："夫人刺史爱女，何以行此，乃人有相类耳。"韦审观之，愈是，跃马而近焉[④]。女人乃入门，斜掩其扇。又意其他人也，乃不下马，过而回视之，齐氏自门出，呼曰："韦君忍不相顾？"遽下马视之，真其妻也。惊问其故，具云陈将军之事，因泣曰："妾诚愚陋，幸奉巾栉[5]，言词情礼，未尝获罪于君子。方欲竭节闺门[6]，终于白首，而枉为狂鬼所杀。自检命籍，当有二十八年。今有一事，可以相救，君能相哀乎?”悲恨之深，言不尽意。韦曰:“夫妻之情，事均一体，鹣鹣翼坠[7]，比目半无[8]，单然此身，更将何往？苟有歧路[9]，汤火能入。但生死异路，幽晦难知。如可竭诚，愿闻其计。”齐曰:“此村东数里，有草堂中田先生者，领村童教授[10]，此人奇怪，不可遽言。君能去马步行，及门趋谒，若拜上官然，垂泣诉冤。彼必大怒，乃至诟骂，屈辱捶击，拖拽秽唾，必尽数受之，事穷然后见哀[11]，即妾必还矣。先生之貌，固不称焉。晦冥之事[12]，幸无忽也。”

【注释】

①天官：职官名。周代官制，以天官冢宰居首，总理治国大事，统御众官。唐代曾改吏部为天官，故亦用来称呼吏部尚书。

②凶讣：死讯。

③援：拉。

④跃马：策马奔跃前进。《史记·范雎蔡泽列传》:“吾持粱刺齿肥，跃马疾驱。”

⑤奉巾栉(zhì)：伺候梳洗。谓充当妻室。宋张师正《括异志·高舜臣》:“我以君积善之家，故愿奉巾栉于子。”

⑥竭节：尽忠，坚持操守。汉末曹操《陈损益表》:“顾恩念责，亦臣竭节投命之秋也。”

⑦鹣鹣(jiān)：比翼鸟。常用来比喻夫妻恩爱。

⑧比目：指比目鱼，因两目比连于头部的一侧，故用以比喻恩爱夫妻。汉班固《西都赋》:“招白鹇，下双鹄，揄文竿，出比目。”

⑨歧路：从大路上分出来的小路，岔路。

⑩教授:对私塾老师的敬称。

⑪见哀:受到哀怜。《汉书·万章传》:“吾以布衣见哀于石君,石君家破,不能有以安也。”

⑫晦冥:阴间。

【译文】

韦会此时因为文书上出了点小差错被吏部尚书贬黜,正从另外的一条路赶回饶州,与报凶信的人错过了。就在离饶州还有百余里的地方,韦会忽然看到一个女人,仪表和走路的姿势都像极了齐氏,他就拉着仆人,指着那个女人说:“你看到那个人了吗?她怎么那么像我的妻子呢?”仆人说:“夫人是刺史的爱女,怎么会到这里来,是有长得很像的人。”韦会仔细打量那个女人,越看就越觉得像,就策马近前。那个女人走进门中,把门斜斜地虚掩上。韦会又觉得可能真的是其他人,就没下马,走过门口,回过头来看,只见齐氏从门里走出来,叫他:“韦君就这样忍心不来看望我吗?”韦会立刻从马上下来仔细看她,果然是他的妻子。他吃惊地问其中缘故,齐氏把陈将军之事全部告诉了他,并且哭着说:“我诚然愚蠢鄙陋,但有幸成为您的妻子,说话做事从未得罪过您。正打算守节闺门,与您白头到老,却没想到被狂鬼冤杀。我去检视自己的寿命簿,还有二十八年。现在有一个办法,可以救我,夫君能怜悯我吗?”齐氏悲恨之深,无法用语言表达。韦会说:“夫妻之情,事事都应一起承担,如鹣鸟失去一翅,比目鱼失去一目,剩下我孑然一身,又要往哪里去呢?只要有办法,就算是赴汤蹈火我也在所不辞。但生与死是两个世界,阴间事无法知晓。如果可以竭诚尽力,就尽管告诉我方法吧。”齐氏说:“这座村子往东走几里,有处草屋子,住着田先生,是村里孩子们的授课老师,这是个奇人,您不能急切地说出自己的请求。夫君要下马步行,到他门口去诚心拜谒,就像拜谒上级那样,对他哭着诉说我的冤屈。他一定会非常生气,甚至辱骂您,侮辱殴打您,拖拽您,向您吐口水,必须全部忍受下来,事后若是他流露出怜悯之情,那我就一定能够返回阳间。田先生的面貌，实在与其身份不相称。但阴间之事，希望您千万不要怠慢。”

于是同行，韦牵马授之，齐氏哭曰：“今妾此身，故非旧日，君虽乘马，亦难相及。事甚迫切，君无推辞。”韦鞭马随之，往往不及。行数里，遥见道北草堂，齐氏指曰：“先生居也。救心诚坚，万苦莫退。渠有凌辱[1]，妾必得还。无忽忿容，遂令永隔。勉之，从此辞矣。”挥涕而去。数步间，忽不见。韦收泪诣草堂，未到数百步，去马公服，使仆人执谒前引[2]。到堂前，学徒曰：“先生转食未归[3]。”韦端笏以候。良久，一人戴破帽、曳木屐而来，形状丑秽之极，问其门人，曰：“先生也。”命仆呈谒，韦趋走迎拜，先生答拜曰：“某村翁，求食于牧竖[4]，官人何忽如此，甚令人惊。”韦拱诉曰：“妻齐氏，享年未半，枉为梁朝陈将军所杀，伏乞放归[5]，终其残禄。”因扣地哭拜。先生曰：“某乃村野鄙愚，门人相竞[6]，尚不能断，况冥晦间事乎！官人莫风狂否[7]？火急须去，勿恣妖言。”不顾而入。韦随入，拜于床前曰：“实诉深冤，幸垂哀宥[8]。”先生顾其徒曰：“此人风疾[9]，来此相喧，众可拽出。又复入，汝共唾之。”村童数十，竞来唾面，其秽可知。韦亦不敢拭，唾歇复拜，言诚恳切。先生曰：“吾闻风狂之人，打亦不痛，诸生为吾击之，无折支败面耳[10]。”村童复来群击，痛不可堪。韦执笏拱立，任其挥击。击罢，又前哀乞，又敕其徒推倒，把脚拽出，放而复入者三。先生谓其徒曰：“此人乃实知吾有术，故此相访。汝今归，吾当救之耳。”

【注释】

①渠:他。

②谒(yè):拜见,进见地位或辈分高的人。

③转食:外出求食,即吃饭。

④牧竖:牧牛羊的童子,即牧童。

⑤伏乞:向尊者恳求。伏,敬辞。

⑥相竞:互相竞争。《汉书·贾谊传》:"今世以侈靡相竞,而上亡制度,弃礼谊,捐廉耻,日甚,可谓月异而岁不同矣。"

⑦官人:唐朝称当官的人,宋以后对有一定地位的男子的敬称。风狂:疯狂,发疯。唐段成式《酉阳杂俎·贝编》:"苏州贞元中,有义师状如风狂。"

⑧哀宥:怜悯宽容。《周书·孝闵帝纪》:"帝听讼于右寝,多所哀宥。"

⑨风疾:疯病。汉应劭《风俗通·过誉》:"位过招殃,灵督其舋,风疾恍忽,有加无瘳。"

⑩折支:折断四肢。支,"肢"的古字。败面:毁伤面容。

【译文】

于是两人同行,韦会牵马让齐氏骑,齐氏哭道:"如今我这身体,已经跟旧日不一样了,夫君就算骑马,也很难赶上我。现在事情非常紧急,夫君就不用再推辞了。"韦会策马跟着齐氏走,常常赶不上她。走了几里,远远看到路北有一座草堂,齐氏指着说:"那是先生的住所。救我的心一定要虔诚,即使遭受万般苦楚也别后退。只要他羞辱了您,我必定能够生还。不要流露出愤怒的表情,从而使我们再也不能相见了。务必谨记,我在这里告辞了。"齐氏流着泪与韦会告别。她走了几步,就不见踪影了。韦会擦去泪水,前去草堂拜访,等到了离草堂数百步开外的地方,就下马脱去官服,让仆人拿着名片在前面引路。到了草堂前,有学生说:"先生出去吃饭还没回来。"韦会持着笏板等候。等了很久,一个人戴着破草帽、穿着木屐走过来，相貌丑恶到了极点，韦会问他的学生，回答说："是我们的先生。"韦会便命令仆人奉上名片，自己则恭敬地快步上前迎接拜见，先生一边回礼一边回答说："我是个村中老朽，向放牛娃们讨口饭吃而已，官人怎么忽然这样对待我，真是令人惊讶。"韦会拱手作辑诉说道："我的妻子齐氏，还没活到寿命的一半，就被梁朝陈将军枉杀，请您放她回来，使她能够活满她剩余的岁数。"韦会遂磕头大哭，请求先生。先生说："我是个村野蠢人，自己的学生发生争执，我还不能决断，何况阴间里的事呢！官人不会是疯了吧？快点走开，不要胡乱说些鬼话。"先生看也不看他就进了草堂。韦会跟着先生走进屋里，又在他的坐榻前下拜说："我实在是来向您诉说深冤的，希望能得到您的哀怜宽宥。"先生看着他的学生们说："这人有疯病，在这里吵吵闹闹，你们可以他拉出去。如果他还跑回来，你们一起吐他口水。"几十个村童都争先恐后地向韦会的脸上吐口水，所受的污秽可想而知。韦会却也不敢擦拭，等他们吐完，继续下拜，言语真诚恳切。先生说："我听说有疯病的人，打也不觉得疼，学生们快给我打他，但不要打断了胳膊、腿，也别破人面相。"于是，那群学生又跑来殴打韦会，让他痛苦得几乎忍受不了。韦会一直保持恭敬的姿势站立着，任凭他们痛殴。打完了，韦会再度向前苦苦哀求，先生又叫学生把他推倒，抓着脚拽出草堂，放开后韦会再次跑入草堂，如此反反复复好几次。先生就对他的学生说："看来这人是真的知道我有法术，才会来拜访我。你们现在回去吧，我得救他的妻子。"

众童既散，谓韦曰："官人真有心丈夫也，为妻之冤，甘心屈辱，感君诚恳，试为检寻。"因命入房[1]，房中铺一净席，席上有案，置香一炉，炉前又铺席。坐定，令韦跪于案前，俄见黄衫人引向北行数百里，入城郭，廛里闹喧[2]，一如会府[3]。

又如北[4]，有小城，城中楼殿，峨若皇居，卫士执兵立者坐者各数百人。及门，门吏通曰："前湖州参军韦某。"乘通而入，直北正殿九间[5]，堂中一间卷帘设床案，有紫衣人南面坐者。韦入，向坐而拜，起视之，乃田先生也。韦复诉冤，左右曰："近西通状[6]。"韦乃趋近西廊，又有授笔砚者，乃为诉词。韦问当衙者曰："何官？"曰："王也。"吏收状上殿，王判曰："追陈将军，仍检状过。"状出，瞬息间，通曰[7]："提陈将军。"仍检状过，有如齐氏言。王责曰："何故枉杀平人？"将军曰："自居此室已数百岁，而齐氏擅秽[8]，再宥不移，忿而杀之，罪当万死。"王判曰："明晦异路[9]，理不相干。久幽之鬼，横占人室，不相自省，仍杀无辜，可决一百[10]，配流东海之南[11]。"

【注释】

①房：古代堂中间叫正室，两旁的叫房。

②廛(chán)里：古代城市居民住宅的通称，亦泛指市肆区域。《周礼·地官·载师》："以廛里任国中之地。"

③一如：完全一样。会府：都市。

④如：往，去。《左传·隐公六年》："郑伯如周，始朝桓王也。"

⑤直北：正北。《史记·封禅书》："文帝出长门，若见五人于道北，遂因其直北立五帝坛，祠以五牢具。"

⑥通状：状纸，亦指下级呈送上级的一种公文。

⑦通：通报，传达。《穀梁传·僖公二十八年》："曹伯襄复归于曹……其曰复，通王命也。"

⑧擅秽：擅自弄脏。封建迷信认为生孩子会弄脏屋子，对房主不利。

⑨明晦：人间与阴间。

⑩决：判决。

⑪配流：将罪犯发配流放到偏远地方，亦作“流配”。《旧唐书·则天皇后纪》：“元轨配流黔州。”

【译文】

众学生散去，先生对韦会说：“官人是一个有真心的大丈夫，为了给妻子申冤，甘受屈辱，我感动于您的诚恳，就试着为您查看查看。”便叫韦会进到偏房，房中铺有一方干净的席子，席上有个几案，放着一只燃着香的香炉，香炉前又铺了一方席子。先生在其上坐定，让韦会跪在几案前，没多久，就有黄衣人来引着他向北前行了数百里，进入一座城中，城中非常热闹，与都会完全一样。又向北行，有一座小城，城中有楼阁殿宇，仿佛是帝王居所，手执兵器的卫士或坐或立，各有数百人。到了门前，看门的差吏通报说：“前湖州参军韦某拜见。”韦会乘人通报时进到里面，正北有九间正殿，其中一间帘子卷起，内中设有坐榻和几案，有穿着紫色衣服的人面向南方而坐。韦会走进去，向紫衣人施礼，站起来再看时，发现那就是田先生。韦会再次陈述冤屈，田先生左右的人说：“到西廊附近写个状子吧。”于是，韦会快速走到西廊附近，有人给他拿了笔墨纸砚，他便写好状词。韦会问衙门里当值的差吏：“那位是什么官？”差吏回答说：“是我们的王。”差吏收走状子呈到殿中，王判状说：“追查陈将军，照着状子核查他是否有罪过。”状子一拿出去，顷刻间，就有人来报告说：“陈将军押来了。”查看状子上控诉的事情，一如齐氏所言。王责问道：“你为什么要枉杀平民？”陈将军说：“我住在那间房子里已经有几百年了，而齐氏擅自弄脏我的地方，我宽恕过她两次她都不搬走，激愤之下就杀了她，我有罪过，理当万死。”王裁决说：“阳世与阴间不是同一世界，理应互不干涉。你这死去已久的鬼魂，却强占活人住所，自己不反省，反而杀害无辜，现在判决杖一百，发配流放到东海之南。”

案吏过状曰①：“齐氏禄命，实有二十八年。”王命呼阿齐问:"阳禄未尽,理合却回,今将放归,意欲愿否?"齐氏曰:"诚愿却回。"王判曰:"付案勒回。"案吏咨曰:"齐氏宅舍破坏[2],回无所归。"王曰:"差人修补。"吏曰:"事事皆隳[3],修补不及。"王曰:"必须放归。"出门商量状过,顷复入,曰:"唯有放生魂去[4],此外无计。"王曰:"魂与生人,事有何异?"曰:"所以有异者,唯年满当死之日,病笃而无尸耳,其他并同。"王召韦曰:"生魂只有此异。"韦拜请之,遂令齐氏同归,各拜而出。黄衫人复引南行。既出其城,若行崖谷,足跌而坠,开目即复跪在案前,先生者亦据案而坐。先生曰:"此事甚秘,非君诚恳,不可致也。然贤夫人未葬,尚瘗旧房[5],宜飞书葬之,到即无苦也。慎勿言于郡下,微露于人,将不利于使君尔。贤阁只在门前[6],便可同去。"韦拜谢而出,其妻已在马前矣。此时却为生人,不复轻健。韦掷其衣驮,令妻乘马,自跨卫从之[7],且飞书于郡,请葬其柩。使君始闻韦之将到也,设馆,施繐帐以待之[8]。及得书,惊骇殊不信,然强葬之,而命其子以肩舆迓焉[9]。见之,益闷,多方以问,不言其实。其夏,醉韦以酒,迫问之,不觉具述,使君闻而恶焉。俄而得疾,数月而卒。韦潜使人觇田先生,亦不知所在矣。齐氏饮食生育,无异于常,但肩舆之夫不觉其有人也。

【注释】

①过状:递交文状、诉状。宋欧阳修《乞再定夺减放应役人数》:"近累据减放公人等过状,却乞收叙。"

②宅舍:借指人的躯体。唐张鷟《朝野佥载》卷二:"余杭人陆彦夏月死十余日,见王,云:'命未尽,放归。'左右曰:'宅舍亡坏不

堪。'时沧州人李谈新来,其人合死。王曰:'取谈宅舍与之。'"

③隳(huī):毁坏。

④生魂:人的灵魂。

⑤瘗(yì):隐藏。

⑥贤阁(gé):对人妻子的尊称。此指齐氏。

⑦卫:驴的别称。

⑧繐(suì)帐:死者灵前的帏帐。晋陆机《吊魏武帝文》:"悼繐帐之冥漠,怨西陵之茫茫。"

⑨肩舆:轿子。迓:迎接。《左传·成公十三年》:"迓晋侯于新楚。"

【译文】

差吏递交诉状,说:"齐氏的寿命,确实还有二十八年。"王命人叫来齐氏,问她:"你阳寿未尽,理应放你回去,现在让你走,你愿意吗?"齐氏说:"我非常愿意被放回。"王判定说:"交付差吏,将她放回。"差吏又来咨问:"齐氏的尸体已经腐坏了,回去魂魄无所归依。"王说:"叫人修补一下。"差吏说:"什么都坏了,无法修补了。"王说:"必须放回去。"差吏们出门商量如何结案,很快又回来,说:"现在只有放她的灵魂回去了,除此之外别无他法。"王问:"灵魂和活人,有什么区别?"差吏回答:"区别只在于到了她该死的时候,虽然身患重病最后却没有尸体,其他没啥不同。"王叫韦会过来,对他说:"灵魂和活人就只有这个区别。"韦会拜谢并请求这么做,王便让齐氏与他一同回去,夫妻二人分别拜谢而出。黄衣人又来引他们向南走。出了城门,仿佛行走在悬崖边,失足跌落,一睁眼,韦会发现自己仍旧跪在几案前,先生也仍旧凭靠几案而坐。先生说:"这件事非常隐秘,若不是您这样诚恳,不可能成功的。然而您夫人的遗体还没有安葬,尚在旧房间中停放,您最好写信快快告诉他们,让他们马上安葬了她,你们到了家里也就没有什么痛苦了。千万不要将这事在你们那个地方说,要是有一点泄露此事,将不利于齐使君。您夫人就在门前,你们一起回去吧。"韦会拜谢出门,他的妻子齐氏果然已经在马的旁边了。此时她已经重新为阳间的人，不再像以前那样轻盈矫健。韦会扔下马上的衣服行李，让妻子坐在马上，自己骑驴跟随，并且发了一封快信给家里，请求尽快埋葬齐氏的遗体。齐使君一开始听到韦会即将到来，专门设了住处，布置了灵堂等待他。接到飞书后，齐使君感到惊骇且无法相信信中所言，然而还是勉强将齐氏安葬了，还令儿子抬着轿子去迎接。见了面，齐使君越发纳闷，便用尽千方百计来探问，韦会也不肯说出真相。那年夏天，齐使君将韦会灌醉，追问这件事，韦会才和盘托出，齐使君听说之后，心里感觉很不好。齐使君没过多久就得了病，过了几个月便去世了。韦会派人去偷偷探听田先生，却再也找不到他的踪迹。齐氏饮食生育，都与常人一样，只是她出门坐轿子时，抬轿的人都感觉不到轿子上有人。

余闻之已久，或未深信。太和二年秋[①]，富平尉宋坚，因坐中言及奇事，客有鄜王府参军张奇者，即韦之外弟[②]，具言斯事，无差旧闻，且曰："齐嫂见在[③]，自归复已来，精神容饰，殊胜旧日。"冥吏之理于幽晦也[④]，岂虚言哉！

【注释】

①太和：唐文宗李昂的年号(827—835)。

②外弟：表弟。亦通谓姑舅兄弟。

③见在：尚存，现今存在。《史记·齐悼惠王世家》："且代王又亲高帝子，于今见在，且最为长。"

④冥吏：阴间的官吏。理：申诉，辩白。

【译文】

我听说这件事已经很久了，有时候也并不深信。太和二年的秋天，富平县县尉宋坚在与朋友聚会谈及奇事时，宾客中有位鄜王府参军叫张奇的，就是韦会的表弟，将这件事的本末细致地说了一遍，与旧闻没有差别，并且说："齐氏嫂子至今健在，从她回来之后，精神状态、仪容装饰比之前还要好。"阴间官吏治理阴间，这难道是虚假的吗？

齐推女 附

元和中，饶州刺史齐推女，适陇西李某。李举进士，妻方娠，留至州宅。至临月[①]，迁至后东阁中。其夕，女梦丈夫[②]，衣冠甚伟，瞋目按剑叱之曰[③]："此屋岂是汝腥秽之所乎！亟移去[④]。不然，且及祸。"明日告推，推素刚烈，曰："吾忝土地主，是何妖孽能侵耶！"数日，女诞育，忽见所梦者，即其床帐乱殴之。有顷，耳目鼻皆流血而卒。父母伤痛女冤横，追悔不及，遣遽告其夫，俟至而归葬于李族，遂于郡之西北十数里官道权瘗之[⑤]。

【注释】

①临月：谓怀孕足月，已达产期。《宋书·始安王休仁传》："时廷尉刘曚妾孕，临月，迎入后宫，冀其生男，欲立为太子。"

②丈夫：指成年男子。《穀梁传·文公十二年》："男子二十而冠，冠而列丈夫。"

③瞋（chēn）目：睁大眼睛，瞪着眼睛。《战国策·燕策》："士皆瞋目，发尽上指冠。"

④亟（jí）：快速，迅速（含有急迫之意）。

⑤官道：公家修筑的道路，大路。

【译文】

元和年间，饶州刺史齐推的女儿，嫁给了陇西的李生。李生去考进士时，他的妻子正怀着孕，就留在了家里。将要临产时，移到了后院的东阁里居住。这天夜里，妻子忽然梦见一个男子，穿着很奇异，怒目圆睁，手按着宝剑，怒斥道："这间屋子是你生孩子的地方吗？快搬走。不然就会大祸临头。"第二天，齐推的女儿就把梦中之事告诉了父亲，齐推性情刚烈，说："我是这宅子的主人，没有妖孽能跑到这里侵扰！"过了几天，齐推的女儿要分娩了，忽然看见曾经梦见过的那个男子，扑到她床上就殴打起来。不久，她耳朵、眼睛、鼻子都流血不止，死在了床上。齐推夫妇伤心女儿遭冤横死，追悔莫及，马上派人去告诉女儿的丈夫，等她的丈夫回来再归葬到李家的墓地，而现在只能暂时葬在饶州城西北十几里的官道旁。

李生在京师下第将归，闻丧而往。比至饶州，妻卒已半年矣。李亦粗知其死不得其终，悼恨既深，思为冥雪[①]。至近郭，日晚，忽于旷野见一女，形状服饰，似非村妇，李即心动，驻马谛视之[②]，乃映草树而没[③]。李下马，就之[④]，至则真其妻也。相见悲泣，妻曰："且无涕泣，幸可复生。俟君之来，亦已久矣。大人刚正[⑤]，不信鬼神，身是妇女，不能自诉。今日相见，事机校迟[⑥]。"李曰："为之奈何？"女曰："从此直西五里鄱亭村，有一老人姓田，方教授村儿，此九华洞中仙官也，人莫之知。君能至心往来[⑦]，或异谐遂[⑧]。"李乃径访田先生，见之，乃膝行而前，再拜称曰："下界凡贱，敢谒大仙。"时老人方与村童授经，见李，惊避曰："衰朽穷骨，旦暮溘然[⑨]，郎君安有此说？"李再拜，扣头不已，老人益难之。自日宴至于夜分，终不敢就坐，拱立于前。老人俯首良久曰："足下诚恳如是，吾亦何所隐焉。"李生即顿首流涕，具云妻枉状。老人曰："吾知之久矣，但不蚤申诉[⑩]，今屋宅已败[⑪]，理之不及。吾向拒公，盖未有计耳。然试为足下作一处置。"乃起从北出。

【注释】

①冥雪:谓在阴间昭雪冤屈。

②谛视:仔细察看。唐韩愈《落齿》:“人言齿之豁,左右惊谛视。”

③映:遮,隐藏。

④就:靠近,走近,趋向。

⑤大人:对父母或尊长的称呼。《史记·高祖本纪》:“高祖奉玉卮,起为太上皇寿曰:‘始大人常以臣无赖,不能治产业。’”

⑥事机:行事的时机。《三国志·魏书·田畴传》:“虞自出祖而遣之。”南朝宋裴松之注引《先贤行状》曰:“畴因说虞曰:‘今帝主幼弱,奸臣擅命,表上须报,惧失事机。’”校(jiào):比较,相比。

⑦至心:极为诚恳的心意。《晋书·王嘉传》:“人候之者,至心则见之,不至心则隐形不见。”

⑧谐遂:顺心遂意,事可成功。

⑨溘(kè)然:突然。

⑩蚤:通“早”。《史记·平原君虞卿列传》:“使遂蚤得处囊中,乃颖脱而出。”

⑪屋宅:指人的躯体。败:腐烂,变质。

【译文】

李生在京城落了榜,正要回去,听到妻子的死讯就急忙回家奔丧。到了饶州家中,妻子死了半年了。李生也大略知道了他的妻子没有得到善终,又痛又恨,想着要为妻子昭雪冤屈。他走至饶州城外时,天色已晚,忽然在旷野上看见一个女子,服饰打扮不像是乡下女子,内心有所触动,停下马来仔细观看,那个女子隐藏到树丛里就不见了。李生下马,靠过去,走到跟前发现果真是他的妻子。两人相见痛哭流涕,妻子说:“先不要哭,我还能够复活。我等您回来,已等了很久。我父亲为人刚烈正直,不信鬼神,我身为女子,也不能自己申诉。今日相见了,事不宜迟。”李生说:“我该做些什么呢?”妻子说:“从这里一直往西走五里地有个鄱亭村,村里有个姓田的老人，正在村里教小孩读书，他是九华洞里的仙官，人们都不知道。如果夫君能向他极为诚心地恳求，也许他能帮助我们实现心愿。”于是李生就直接造访田先生，见到了他，便跪着爬到他的面前，拜了两拜说：“我是人世间的凡夫俗子，斗胆拜见仙官。”当时田先生正在教村童读书，见李生这样，立刻惊慌地躲在一边说：“我一介老朽，朝不保夕，郎君怎么会有这样的说法？”李生又拜了两拜，不断地叩头，老人越发难为李生。从午饭时直到半夜，李生始终不敢就座，一直拱手站在田先生的面前。后来，老人低头沉思了很久说：“你这样诚恳，我也就不向你隐瞒身份了。”李生立刻哭着跪下叩头，向他诉说了妻子枉死之状。老人说：“我早就知道了，你为什么不早来申诉，现在你妻子的身体已经腐烂，处理已经来不及了。刚才我拒绝你，也是因为我一时想不出办法来。现在我试着给你处理一下吧。”说罢就起身出屋往北走。

可行百步余，止于桑林，长啸。倏忽见一大府署，殿宇环合，仪卫森然，拟于王者。田先生衣紫帔，据案而坐，左右解官等列侍[①]。俄传教呼地界。须臾，十数部各拥百余骑，前后奔驰而至。其帅皆长丈余，眉目魁岸，罗列于门屏之外，整衣冠，意绪苍惶，相问今有何事。须臾，谒者通地界庐山神、江渎神、彭蠡神等皆趣入[②]。田先生曰：“比者此州刺史女[③]，因产为暴鬼所杀，事甚冤滥[④]，尔等知否？”皆俯伏应曰：“然。”又问：“何故不为申理？”又皆对曰：“狱讼须有其主。此不见人诉，无以发摘[⑤]。”又问：“知贼姓名否？”有一人对曰：“是西汉鄱县王吴芮。今刺史宅，是芮昔时所居。至今犹恃雄豪，侵占土地，往往肆其暴虐，人无奈何。”田先生曰：“即追来！”俄顷，缚吴芮至。先生诘之，不伏[⑥]。乃命追阿齐。良久，见李妻与吴芮庭辩。食顷，吴芮理屈，乃曰：“当是产后虚弱，见某惊怖自绝，非故杀。”田先生曰:“杀人以梃与刃,有以异乎?”遂令执送天曹,回谓速检李氏寿命几何。顷之,吏云:“本算更合寿三十二年,生四男三女。”先生谓群官曰:“李氏寿算长,若不再生,议无厌伏⑦。公等所见何如?”有一老吏前启曰:“东晋邺下有一人横死,正与此事相当。前使葛真君,断以具魂作本身,却归生路。饮食言语,嗜欲追游,一切无异。但至寿终,不见形质耳。”田先生曰:“何谓具魂?”吏曰:“生人三魂七魄⑧,死则散离,本无所依。今收合为一体,以续弦胶涂之⑨。大王当衔发遣放回,则与本身同矣。”田先生曰:“善。”即顾谓李妻曰:“作此处置,可乎?”李妻曰:“幸甚!”俄见一吏,别领七八女人来,与李妻一类,即推而合之。有一人持一器药,状似稀饧⑩,即于李妻身涂之。李氏妻如空中坠地,初甚迷闷。天明尽失夜来所见,唯田先生及李氏夫妻三人共在桑林中。田先生顾谓李生曰:“相为极力,且喜事成,便可领归。见其亲族,但言再生,慎无他说⑪。吾亦从此逝矣。”

【注释】

①解官:押解税款、犯人的差官。

②趣:趋向,奔向。《诗经·大雅·棫朴》:“济济辟王,左右趣之。”

③比者:近来。《陈书·宣帝纪》:“古者反噬叛逆,尽族诛夷……比者所戮止在一身。”

④冤滥:谓断狱冤枉失实。《后汉书·霍谞传》:“谞与光骨肉,义有相隐,言其冤滥,未必可谅。”

⑤发摘:亦作“发擿(tī)”,举发罪案。《后汉书·法雄传》:“善政事,好发擿奸伏。”

⑥不伏：不服。

⑦厌伏：折服。

⑧三魂七魄：道家对魂魄的总称。认为人的魂有三，魄有七。晋葛洪《抱朴子·地真》："欲得通神，当金水分形，形分则自见其身中之三魂七魄。"

⑨续弦胶：古代传说西海之中有凤麟洲，仙家以凤喙及麟角合煎作胶，名之为续弦胶，又名"集弦胶""连金泥"。此胶能续弓弩已断之弦，以及刀剑断折之金，粘合之处，完好无损。

⑩饧（táng）："糖"的古字。

⑪无：通"毋"，表示劝阻或禁止。《尚书·洪范》："无偏无党，王道荡荡。"

【译文】

大约走了一百多步，在一片桑树林里停下，老人长长吟啸了一声。忽然出现了一座很大的官署，殿宇环绕，仪仗警卫十分森严，很像一座王府。只见田先生穿着紫袍坐在大殿的公案后面，左右站立着两排差官侍候。很快，田先生传令把地界中的诸位神召来。片刻间先后有十几队骑马的人前来，每队有一百多人。指挥官都身高一丈多，魁伟英武，他们站在门外，整理衣冠，看样子都很惊恐，互相打听把他们紧急召来有什么事。不久，拜见者各自报到，有庐山神、江渎神、彭蠡神等都奔入。田先生说："近来饶州刺史齐推的女儿，因为分娩被恶鬼所杀，那女子死得实在冤枉，你们知道吗？"地界神们都伏在地上回答说："知道。"田先生又问："既然知道，为什么不处理上报？"大家回答说："审理案件必须有人控告。此案一直无人申诉，所以我们没办法举发案件。"田先生又问："知道杀人犯的姓名吗？"有一个地界神回答说："杀人的是西汉年间的鄱县王吴芮。现在饶州刺史齐推的宅子，是当年吴芮居住的地方。现在吴芮犹仗着当年的势力，侵占土地，横行霸道，人们也无可奈何。"田先生说："马上把吴芮给我抓来！"不一会儿，吴芮就被绑来。田先生审问，吴芮不服。田先生又让把齐氏传来对质。过了很久，就见到李妻和吴芮在大堂上辩理。一顿饭工夫，吴芮理屈词穷，但仍狡辩说："李妻产后身子虚弱，看见我以后由于惊恐而吓死，不是我故意杀死的。"田先生说："用木棍与用刀杀人，又有什么区别？"遂命令把吴芮绑送天庭治罪，接着田先生又让人速查李妻的阳寿是多少。不一会儿，一个小吏报告说："李妻的寿数还有三十二年，应该生四男三女。"田先生对官员们说："李妻还有很长的寿命，如果不让她还阳，恐怕不能令人折服。你们看该怎么办？"这时一位老吏上前说："东晋邺下有一个人暴亡，正与此事类似。当时的审案官员是葛真君，他判决以具魂作本身返回阳间。饮食、说话、嗜欲、游玩，与普通人一样。但一直到他寿终正寝，都没有真正的躯体。"田先生问："什么叫具魂？"小吏说："阳间的人都有三魂七魄，死后则魂魄离人而散，无所依托。现在把人的魂魄再合在一起，用续弦胶粘好。大王当衔发送回阳世，那就是一个与本人一样的人了。"田先生说："很好。"转身对李妻说："我就用这办法让你还阳，你看可以吗？"李妻说："太好了！"不一会儿就见到一个小吏，另领了七八个女人过来，和李妻相似，把她们往一起推，就合成了一个。又有一个小吏拿着一罐药，状似糖稀，涂在李妻身上。李妻突然觉得像是从空中坠落到地上，起初还迷迷糊糊。天亮后，夜晚所看到的一切都没有了，只有田先生和李生夫妇三个人在桑树林中。田先生回头对李生说："我费了很大的力气，幸好事情办成了，你把妻子领回去吧。回去以后，只对亲戚说妻子死而复生就行了，别的事千万不要说。我今天也从这里消失了。"

李遂同归至州，一家惊疑，不为之信。久之，乃知实生人也。自尔生子数人。其亲表之中[①]，颇有知者，云："他无所异，但举止轻便，异于常人耳。"

【注释】

①亲表：泛指亲戚。北齐颜之推《颜氏家训·风操》："亲表聚集，致宴享焉。"

【译文】

李生领着妻子回到饶州家里，全家十分惊疑，不敢相信。时间长了，也就相信了李妻是活人。后来李妻又生了好几个孩子。他们的亲戚中有些知道实情，说："李妻还阳后跟过去没什么异常，只是举止行动十分轻快，这一点和常人不同。"

吴全素

吴全素是苏州人，举孝廉，五上不第[①]。元和十二年，寓居长安永兴里[②]。十二月十三日夜既卧，见二人白衣执简，若贡院引榜来召者[③]，全素曰："礼闱引试[④]，分甲有期[⑤]，何烦夜引？"使者固邀，不得已而下床随行，不觉过子城[⑥]，出开远门二百步，正北行，有路阔二尺已来[⑦]，此外尽是深泥。见丈夫妇人，捽之者，拽倒者，枷杻者，锁身者，连裾者，僧者，道者，囊盛其头者，面缚者，散驱行者，数百辈，皆行泥中，独全素行平路，约数里。入城郭见官府，同列者千余人，军吏佩刀者分部其人[⑧]，率五十人为一引，引过，全素在第三引中。其正衙有大殿，当中设床几，一人衣绯而坐，左右立吏数十人，衙吏点名，便判付司狱者，付硙狱者，付矿狱者[⑨]，付汤狱者，付火狱者，付案者。闻其付狱者，方悟身死。见四十九人皆点付讫，独全素在，因问其人曰："当衙者何官？"曰："判官也。"遂诉曰："全素忝履儒道，年禄未终，不合死。"判官曰："冥司案牍，一一分明。据籍帖追，岂合妄诉！"全素曰："审知年命未尽[10]，今请对验命籍。"乃命取吴郡户籍到[11]，检得吴全素，元和十三年明经出身[12]，其后三年卒，亦无官禄。判官曰："人世三年，才同瞬息，且无荣禄，何必却回！既去即来，徒烦案牍。"全素曰："辞亲五载，得归即荣，何况成名尚余三载，伏乞哀察。"判官曰："任归。"仍诫引者曰[13]："此人命薄，宜令速去。稍以延迟，即天明矣。"引者受命，即与同行。出门外，羡而泣者不可胜纪。

【注释】

①不第：犹落第。谓科举考试不中。

②里：古代一种居民组织。

③贡院：科举时代举行乡试或会试的场所。

④礼闱：古代科举考试之会试为礼部主办，故称"礼闱"。

⑤分甲：科举考试揭榜，分名次先后。

⑥子城：大城所属的小城，即内城及附郭的瓮城或月城。

⑦已来：多，余。表示约数。唐张鷟《游仙窟》："一时俱坐，即唤香儿取酒。俄尔中间，擎一大钵，可受三升已来。"

⑧分部：部署，分派。《史记·平准书》："数岁，假予产业，使者分部护之，冠盖相望。"

⑨矿狱：即把人当作矿石锻炼的阴司监狱。

⑩审知：由审察而明白，亦指清楚地知道，确知。《管子·君臣》："昔者，圣王本厚民生，审知祸福之所生，是故慎小事微。"

⑪吴郡：东汉永建四年(129)置，治吴县(今江苏苏州)，辖境相当今江苏、上海长江以南，大茅山以东，浙江长兴、湖州、天目山以东，与建德以下的钱塘江两岸；隋开皇九年(589)废。大业及唐天宝、至德时，又曾改苏州为吴郡。

⑫明经:汉代以明经射策取士。隋炀帝置明经、进士二科，以经义取者为明经，以诗赋取者为进士。宋改以经义论策试进士，明经始废。

⑬仍:一再,频繁。《汉书·元帝纪》:“百姓仍遭凶阨,无以相振。”唐颜师古注:“仍,频也。”

【译文】

吴全素是苏州人,被举荐为孝廉,科考五次都落榜了。元和十二年,寓居长安永兴里。十二月十三日夜里躺下之后,看见两个人穿着白色衣服,手里拿着简帖,如同贡院拿着榜单召领人的,吴全素说:“礼闱领考生入场,按甲分类,有固定的时间,怎么劳驾你晚上来领?”使者坚持邀请,吴全素不得已下床跟着他走,不知不觉就过了子城,出了开远门二百步,向正北行走,路有二尺余宽,两边全是很深的泥。只见男人、妇人,被揪着的,被拽倒在地上的,戴着手铐枷锁的,身子被锁住的,把两个人衣服的前后襟联结在一起的,有僧人,有道士,头被布袋装着的,双手被反绑在背后的,被分散驱赶着的,有几百人,都在泥中行走,只有吴全素在平路上走,走了几里。进入一座城,见到官府,一同来的有一千多人。佩刀的军吏把这些人分成很多部分,带领五十人为一引,一引过后,吴全素被安排在第三引中。那正衙有大殿,里面摆着坐具几案,一个穿着红色衣服的人坐在那里,左右站着几十个衙吏。衙吏点名,便宣判交给管监狱的人,有交给磨狱的,有交给矿狱的,有交给汤狱的,有交给火狱的,也有交付审理的。全素听到那些交付给各狱的,才醒悟到自己已经死了。只见四十九个人都被点名交付完了,只剩下吴全素一个人,吴全素就问那人说:“在官府里坐衙的是什么官?”回答说:“是判官。”吴全素就对判官上诉道:“全素谨慎地践行儒家之道,年寿未尽,还不应该死。”判官说:“阴司案牍文书,一一记得很分明。根据籍帖追捕,哪里能随意控诉?”吴全素说:“我确定我的年寿未尽,请求您验对一下阳寿簿。”判官就命令把吴郡的户籍拿来,查出吴全素,元和十三年考中明经，之后三年就会死，也无官禄。判官说："人世间的三年，只是极短暂的时间，而且没有官禄，何必再回去！去了不久就会再回来，白白地烦劳我们办文书。"吴全素说："离别父母五年了，能够回去就好，何况我中明经之后还余下三年的时间，恳求您体察我的苦衷。"判官说："任凭他回去吧。"一再告诫领人的使者说："这个人命很薄，应该让他赶快回去。稍微一拖延，天就亮了。"领人的接受了命令，就跟吴全素一起走。走到门外，因羡慕他能回去而哭泣的人不知有多少。

既出其城，不复见泥矣。复至开远门，二吏谓全素曰："君命甚薄，天明即归不得，不见判官之命乎？我皆贫，各惠钱五十万[①]，即无虑矣。"全素曰："远客又贫，如何可致？"吏曰："从母之夫[②]，居宣阳为户部吏者甚富[③]，一言可致也。"既同诣其家，二吏不肯上阶，令全素入告，其家方食煎饼，全素至灯前拱曰："阿姨万福[④]！"不应。又曰："姨夫安和[⑤]！"又不应。乃以手笼灯，满堂皆暗。姨夫曰："何不抛少物？夜食香物，鬼神便合恼人。"全素既憾其不应，又目为鬼神，意颇忿之。青衣有执食者，其面正当，因以手掌之，应手而倒，家人竞来拔发喷水，呼唤良久方悟。全素既言情不得，下阶问二吏，吏曰："固然，君未还生，非鬼而何！鬼语而人不闻，笼灯行掌，诚足以骇之。"曰："然则何以言事？"曰："以吾唾涂人大门，一家睡；涂人中门，门内人睡；涂堂门，满堂人睡。可以手承吾唾而涂之。"全素掬手，二吏交唾。逡巡掬手以涂堂门。才毕，满堂欠伸[⑥]，促去食器，遂入寝。二吏曰："君入，去床三尺立言之[⑦]，慎勿近床，以手摇动，则魇不寤矣[⑧]。"全素依其言言之，其姨惊起，泣谓夫曰："全素晚来归宿，何忽致死。今者见梦求钱，言有所遗，如何？”其夫曰：“忧念外甥，偶为热梦[9]，何足遽信！”又寝，又梦，惊起而泣，求纸于柜，适有二百幅，乃令遽剪焚之，火绝则千缗宛然在地矣。二吏曰：“钱数多，某固不能胜，而君之力，生人之力也。可以尽举，请负以致寄之。”全素初以为难，试以两手上承，自肩挑之，巍巍然极高，其实甚轻，乃引行寄介公庙[10]，主人者紫衣腰金，敕吏受之。

【注释】

①惠：指施予恩惠。

②从母：母亲的姐妹，即姨母。

③宣阳：长安坊名。在唐长安城朱雀门街东第三街之南，皇城东之第一街。南边是亲仁坊，北面是平康坊。东去则是东市。西以朱雀门东第三大街对着崇义坊。

④万福：多福。祝祷之词。《诗经·小雅·蓼萧》：“和鸾雍雍，万福攸同。”

⑤安和：平安，安好。

⑥欠伸：亦作“欠申”。打呵欠，伸懒腰。表示疲倦之意。《仪礼·士相见礼》：“凡侍坐于君子，君子欠伸，问日之早晏，以食具告。”汉郑玄注：“志倦则欠，体倦则伸。”

⑦去：距离，离开。《穀梁传·庄公三十二年》：“梁丘在曹邾之间，去齐八百里。”

⑧魇：做噩梦，发生梦魇。唐韩愈《陪杜侍御游湘西两寺独宿》：“犹疑在波涛，怵惕梦成魇。”不寤：不醒。《古诗十九首·驱车上东门》：“潜寐黄泉下，千载永不寤。”

⑨热：情意深厚。

⑩介公庙:即介之推庙。介之推从晋文公出亡,历经各国十九年。返国后,文公赐禄不及,而介之推亦不求功名,与母隐于绵山,文公屡次寻求不得,焚山以求之,竟不出而焚死。

【译文】

出了那座城后,没再看见路旁的泥浆。又到了开远门,两个衙吏对吴全素说:"您的命很薄,天明以后就回不去了,您没听见判官的命令吗?我们都很穷,您每人赠送给我们五十万钱,就不用担心了。"吴全素说:"我是远客,又很穷,怎么能弄到这些钱呢?"衙吏说:"您姨母的丈夫,现住在宣阳,做户部吏,家中很富有,您说一句话就可以弄到。"然后一起来到姨母家,二衙吏不肯上台阶,让吴全素一人进去求告,姨母家正在吃煎饼,吴全素来到灯前拱手说:"阿姨万福!"没有回应。吴全素又说:"姨父安和!"又没答应。吴全素就用手遮住了灯光,满屋子都黑了下来。姨夫说:"为什么不扔点吃的东西呢?夜里吃香的东西,鬼便会生气。"吴全素既为跟他们打招呼没有得到理睬而感到失望,又因他们把自己看作鬼而生气。有一个拿着食物的婢女,正和吴全素面对面,吴全素就用手掌打她,她就应手倒在地上,家里的人争着来拔她的头发,往她脸上喷水,呼唤了很久,她才醒过来。吴全素既然不能交流,就走下台阶问两个衙吏怎么办,衙吏说:"本来嘛,您还没有复生,不是鬼是什么!鬼说话人是听不到的,您把灯笼罩住,用手掌打人,足以让他们害怕。"吴全素说:"那怎么说事呢?"衙吏说:"用我们的唾沫涂在人家的大门上,全家都能睡觉;涂在人家的中门上,门内的人就能睡觉;涂堂门上,堂内的人都能睡觉。您可用手接着我们的唾沫去涂门。"吴全素就双手合捧,两个衙吏交替吐唾沫。一会儿吴全素就用双手捧着唾沫去涂堂屋的门。刚涂完,满屋的人就都打呵欠,催促着拿走饭碗,都去睡觉了。两个衙吏说:"您进去,距离床三尺,站着说话,千万不要靠近床,如果用手摇动他们,那就会被魇住醒不来了。"吴全素按照他们说的去说,他的姨母惊醒了,哭着对丈夫说:"全素晚上来投宿,他怎么忽然就死了。刚才托梦要钱，说要赠送给人，怎么办？”她的丈夫说：“你忧念外甥，偶然做了一个情深意笃的梦，哪里值得马上就相信呢！”姨母就又睡了，结果又做了同样的梦，惊起来直哭，到柜子里找纸，刚好有二百张，就让人赶快剪成纸钱烧了，火灭后，就有一千缗钱好像在地上了。两个衙吏说：“钱太多，我们当然拿不动，可是您的力量是活人的力量，可以全部拿起来，请背回去暂时寄存。”吴全素开始以为很难，试着用两只手往上举，放在肩膀子扛着，那纸钱极其高耸，其实很轻，于是就被领着寄存到介公庙。主人穿着紫色衣服，腰里系着金带，命手下的小吏接受了下来。

寄毕，二吏曰：“君之还生必矣，且思便归，为亦有所见耶？今欲取一人送之受生[①]，能略观否？”全素曰：“固所愿也。”乃相引入西市绢行南人家，灯火荧煌，呜呜而泣，数僧当门诵经，香烟满户。二吏不敢近，乃从堂后檐上，计当寝床，有抽瓦折椽，开一大穴。穴中下视，一老人气息奄然，相向而泣者周其床。一吏出怀中绳，大如指，长二丈余，令全素安坐执之，一头垂于穴中，诫全素曰：“吾寻取彼人，人来，当掣绳[②]。”全素遂出绳下之，而以右手捽老人，左手掣绳。全素遽掣出之，拽于堂前，以绳囚缚，二吏更荷而出[③]，相顾曰：“何处有屠案最大？”其一曰：“布政坊十字街南王家案最大。”乃相与往焉[④]。既到，投老人于案上，脱衣缠身，更上推扑[⑤]。老人曰：“苦！”其声感人，全素曰：“有罪当刑，此亦非法，若无罪责，何以苦之？”二吏曰：“讶君之问何迟也。凡人有善功清德，合生天堂者，仙乐、彩云、霓旌、鹤驾来迎也，某何以见之？若有重罪及秽恶，合堕地狱者，牛头、奇鬼、铁叉、枷杻来取，某又何以见之？此老人无生天堂之福，又无入地狱之罪，虽能修身，未离尘俗，但洁其身，净无瑕秽，既舍此身，只合更受男子之身。当其上计之时⑥，其母已孕，此命既尽，彼命合生，今若不团扑，令彼妇人，何以能产？”又尽力揉扑，实觉渐小，须臾，其形才如拳大，百骸九窍⑦，莫不依然。于是依依提行，逾子城大胜业坊西南下东回第二曲北壁，入第一家，其家复有灯火荧煌⑧，言语切切，沙门二人⑨，当窗诵《八阳经》。此因吉来，不敢逼僧，直上阶，见堂门斜掩，一吏执老人于堂中，才似到床，新子已啼矣。

【注释】

①受生：投生，投胎。唐慧能《坛经·定慧品》：“若百物不思，念尽除却，一念断即死，别处受生。”

②掣：牵曳，牵引。《吕氏春秋·具备》：“吏方将书，宓子贱从旁时掣摇其肘。吏书之不善，则宓子贱为之怒。”

③荷：肩负，扛。

④相与：共同，一道。《孟子·公孙丑》：“又有微子、微仲、王子比干、箕子、胶鬲，皆贤人也。相与辅相之，故久而后失之也。”

⑤更：轮流。

⑥计：计簿。古代计吏登记户口、赋税、人事的簿籍。《后汉书·光武帝纪》：“越嶲人任贵自称太守，遣使奉计。”

⑦百骸九窍：指整个躯体和所有器官。宋周辉《清波杂志》卷二：“抄掠之余，所存百骸九窍耳。”

⑧荧煌：闪耀辉煌。

⑨沙门：梵语音译。在印度泛指出家修苦行、禁欲，或因宗教的理由以乞食为生的人。在中国则专指佛教的出家人。

【译文】

寄存完毕，两个衙吏说："您还生是一定的了，您想马上回去，还是想有所见闻呢？现在我们想要去取一个人送他去投胎，愿意略微看一看吗？"吴全素说："十分愿意。"于是就一起进入西市绢行南边的一户人家。只见灯火辉煌，家里的人呜呜哭泣，几个和尚对着门诵经，香烟缭绕。两个衙吏不敢靠近，就从堂后屋檐上，估计正对着卧床的地方，抽开瓦，弄折椽子，开了一个大洞。从洞中往下看，只见一老人气息奄奄，对着老人哭泣的人围了床一周。一个衙吏从怀中取出一根绳子，如手指粗，长两丈余，让吴全素坐稳当了用手抓住绳子的一头，一头垂入洞中，并告诫吴全素说："我马上去取那个人，人来了，就拉绳子。"吴全素于是就把绳子放下去，衙吏用右手揪住老人，左手拉着绳子。吴全素赶忙拉绳子出来，拽到堂前，用绳子把老人捆了起来，两个衙吏替换着扛了出来，互相看着说："哪里的屠案最大？"其中一个说："布政坊十字街南王家的屠案最大。"便一起前往。到了那里，把老人投放到案子上，脱掉衣服缠住身体，轮流上去推打。老人说："苦啊！"凄惨之声令人同情，吴全素说："如果有罪，应当受刑，但在这里折磨人家也不合法；如果没有罪过，为什么要这样让人家痛苦呢？"两个衙吏说："你这么晚才提出这个问题，我们感到很惊讶。凡是人有善功清德，该升天堂的，有仙乐、彩云、霓旌、鹤驾前来迎接，我怎么会见到？若是有重罪及邪恶、秽行的，该堕到地狱的，有牛头、奇鬼、铁叉、枷锷来取，我又怎么会见到？这个老人没有升天堂的福分，又没有下地狱的罪过，虽然能修身，还未脱尘俗，只是能够洁身自好，没有秽行，既然死了，只应更换为男子的身体。当这人上了计簿，进行核算时，这人的母亲已经怀孕，这个生命既然结束了，那个生命就该出生了，如今若不搡搓，怎么能让那位妇人生产呢？"于是又用尽力气揉打，这个老人逐渐变小，一会儿，老人的形体只如一个拳头那样大，身体器官，仍然像原来的那样。于是慢慢地提着老人行走，到了子城大胜业坊西南下东回第二曲北边，进入第一家，家里也灯火辉煌，人们小声地说着话，两个和尚对着窗户诵读《八阳经》。他们因吉事而来，所以不能靠近和尚，径直走上台阶，只见堂屋的门斜掩着，一个衙吏把老人押解到堂屋中，似乎刚刚送到床上，新生儿就已经开始啼哭了。

二吏曰："事毕矣，送君去。"又偕入永兴里旅舍，到寝房，房内尚黑，略无所见。二吏随自后，乃推全素大呼曰："吴全素！"若失足而坠，既苏，头眩者良久方定。而街鼓方动，姨夫者自宣阳走马来[1]，则已苏矣，其仆不知觉也。乘肩舆憩于宣阳，数日复故，再由子城入胜业生男之家，历历在眼。自以明经中第，不足为荣，思速侍亲。卜得行日[2]，或头眩不果去，或驴来脚损，或雨雪连日[3]，或亲故往来，因循之间[4]，遂逼试日[5]，入场而过，不复似旧日之用意。俄而成名，笑别长安而去。

【注释】

①走马：骑马疾行，比喻迅速。《诗经·大雅·绵》："古公亶父，来朝走马。"

②卜：古人用火灼龟甲，根据裂纹来预测吉凶，叫卜。《左传·僖公四年》："初，晋献公欲以骊姬为夫人，卜之，不吉，筮之，吉。"

③雨：像下雨一样降落。《诗经·邶风·北风》："北风其凉，雨雪其雱。"

④因循：迟延拖拉。宋司马光《答胡寺丞书》："京师日困俗事，因循逾年，尚未报谢。"

⑤试日：考试之日。《金史·选举志》："若试日遇雨雪，则候晴日。"

【译文】

两个衙吏说："事情办完了，我们送您回去。"又一起来到永兴里旅舍,进了卧室,屋内还是很黑,几乎什么也看不见。两个衙吏跟在吴全素的后边,推着吴全素大声喊道:“吴全素!”吴全素觉得好像失足从空中掉下,接着就还生了,头昏目眩,过了好久才安定下来。此时街鼓刚刚敲起,他姨夫从宣阳骑着马赶来,吴全素已经清醒了,他的仆人一点也不知道。吴全素就坐着轿子来到宣阳休息,过了几天就恢复到原来的样子了,再由子城来到胜业生男孩的人家,当时的情形历历在目。吴全素觉得明经科中第,也不值得荣耀,只想赶快回去侍奉父母。选定了回去的日期,但到了那天,或者头昏不能走,或者驴子来了伤了脚,或者下雪连日不停,或者与亲旧往来,延迟拖拉之间,就到了考试的日期,进入考场考过,也不像以前那样用心了。不久吴全素考中成名了,笑别长安而去。

乃知命当有成,弃之不可;时苟未会,躁亦何为。举此一端[①],可以诫其知进而不知退者。

【注释】

①一端:指事情的一点或一个方面。汉王充《论衡·实知》:“夫术数直见一端,不能尽其实。”

【译文】

由此可知,命中该有的成就,放弃是不行的;时机若没有达到,急躁也没有用。举此一例,足够告诫那些只知道进取而不知道退让的人了。

掠剩使

杜陵韦元方外兄裴璞[①],任邠州新平县尉[②],元和五年卒于官。长庆初,元方下第,将客于陇右[③],出开远门数十里抵偏店,将憩,逢武吏跃马而来,骑从数十,而貌似璞,见元方若识，而急下马避之，入茶坊，垂帘于小室中，其徒御散坐帘外。元方疑之，亦造其邸。及褰帘入见[④]，实裴璞也，惊喜拜之，曰："兄去人间，复效武职，何从吏之赳赳焉[⑤]？"裴曰："吾为阴官，职辖武士，故武饰耳。"元方曰："何官？""陇右三川掠剩使耳[⑥]。"曰："何为典耶[⑦]？"曰："吾职司人剩财而掠之。"韦曰："何谓剩财？"裴曰："人之转货求丐也[⑧]，命当即叶[⑨]，忽遇物之简稀，或主人深顾所得，乃逾数外之财，即谓之剩，故掠之焉。"曰："安知其剩而掠之？"裴曰："生人一饮一啄，无非前定，况财宝乎！阴司所籍[⑩]，其获有限，获而逾籍，阴吏状来，乃掠之也。"

【注释】

①外兄：古代称父亲的姊妹（姑母）的儿子为外兄弟，称母亲的兄弟（舅父）姊妹（姨母）的儿子为内兄弟。外为表，内为中，故外兄弟与内兄弟合称"中表兄弟"，也称"表兄弟"。《后汉书·来歙传》："君叔虽单车远使，而陛下之外兄也。"唐李贤注："光武之姑子，故曰外兄也。"

②邠（bīn）州：位于陕西西部，濒泾水南岸。后汉置新平郡，西魏于邵置豳州，唐改为邠州。新平：古县名。隋开皇四年（584）改白土县置，治今陕西彬州。县尉：职官名。古时县长的佐贰官，掌捕贼盗、察奸宄。

③陇右：古地区名。泛指陇山以西地区。古代以西为右，故名。约当今甘肃六盘山以西、黄河以东一带。

④褰（qiān）：撩起衣服等。《后汉书·崔骃列传》："与其有事，则褰裳濡足，冠挂不顾。"

⑤赳赳：威武雄壮的样子。《诗经·周南·兔罝》："赳赳武夫，公侯

干城。”

⑥三川：指三川县。治今陕西富县。《新唐书·杜审言传》：“会禄山乱，天子入蜀，甫避走三川。”掠剩使：古人迷信，谓人之收入皆有前定，过此将被阴司所掠，阴司主其事者为掠剩使。

⑦典：主持，主管。《尚书·尧典》：“夔命汝典乐。”

⑧转货：谓做买卖。求丐：乞求，乞讨。《新唐书·南诏传》：“南诏尝与妻子谒都督，过云南，太守张虔陀私之，多所求丐。”

⑨叶（xié）：同“协”，和洽。

⑩籍：登记。

【译文】

杜陵韦元方的表兄裴璞，在邠州新平县当县尉，元和五年死于任上。唐穆宗长庆初年，韦元方在科举考试中落第，欲要客居陇右，走出开远门数十里，抵达偏远的一家客店，将要休息，遇到一个武官骑马而来，随从有几十人，这个武官长得很像裴璞，他见到韦元方好像认识他，就急忙下马回避，躲入茶坊，在一间小屋子里，垂下帘子，随从在帘子外边的凳子上散坐。韦元方感到很疑惑，也进了那个屋子里。掀开帘子进去，确实是裴璞，韦元方非常惊喜，行礼道：“表兄离开人间，又任武职，带着随从这样威武。”裴璞说：“我现在阴间做官，职责是管理军人，所以一身武官的装饰。”韦元方问：“做什么官？”裴璞说：“陇右三川的掠剩使。”韦元方说：“主管什么？”裴璞说：“我主管人有多余的财产就掠夺他。”韦元方说：“什么是多余的财产？”裴璞说：“人有做买卖的、乞讨的，命运的安排是恰好的，忽然遇到稀少缺乏的货物，或精于算计所得，这就是命中之外的财物，即所说的剩，所以要掠夺走。”韦元方说：“你怎么知道是多余的而掠夺呢？”裴璞说：“活着的人喝一口水吃一口饭，都是前生所注定的，更不用说是财宝了。阴司所登记的，人所获得的财物是有限定的，得到的超过了登记簿上的，阴司的官吏写一张状子，我们就去掠夺。”

韦曰："所谓掠者，夺之于囊耶，窃之于怀耶？"裴曰："非也。当数而得，一一有成，数外之财，为吾所运，或令虚耗[①]，或累横事[②]，或买卖不及常价，殊不关身尔。始吾之生也，常谓商勤得财，农勤得谷，士勤得禄，只叹其不勤而不得也。夫覆舟之商，旱岁之农，屡空之士，岂不勤乎？而今乃知勤者德之基，学者善之本。德之为善，乃理身之道耳，亦未足以邀财而求禄也。子之逢吾，亦是前定，合得白金二斤[③]，过此遗子，又当复掠，故不厚矣。子之是行也，岐甚厚而邠甚薄，于泾殊无所得[④]，诸镇平平耳。人生有命，时不参差[⑤]，以道静观，无复躁竞[⑥]，勉之哉！璞以公事，须入城中，阴冥限数，不可违越。"遂以白金二斤授之，揖而上马。元方固请曰："阔别多年，忽此集会，款言未几[⑦]，又隔晦明，何遽如此？"璞曰："本司廨署[⑧]，置在汧陇间[⑨]，吐蕃将来，虑其侵轶[⑩]，当与阴道京尹[⑪]，共议会盟。虽非远图，聊亦纾患[⑫]，亦粗安边之计也。戎马已驾，来期不遥，事非早谋，不可为备，且去！且去！"上马数里，遂不复见。顾其所遗，乃真白金也。怅然而西，所历之获，无差其说。彼乐天知命者，盖知事皆前定矣。俄而蕃浑骚动[⑬]，朝廷知之，又虑其叛，思援臣以为谋，宰相莅盟[⑭]，相国崔公不欲临境，遂为城下之盟[⑮]，卒如其说也。

【注释】

①虚耗：白白地消耗，浪费。

②横事：意外的事故或灾祸。宋秦观《与苏先生简》："薄田百亩，虽不能尽充饘粥丝麻，若无横事，亦可给十七。"

③白金：银的古称。

④泾：古州名。故地在今甘肃泾川。

⑤参差：不齐的样子。《诗经·周南·关雎》："参差荇菜，左右流之。"

⑥躁竞：性急而好与人争权势。《北史·王慧龙传》："议者惜其人才，而讥其躁竞。"

⑦款言：恳切的言辞。《南齐书·王俭传》："款言彰于侍接，丹诚布于朝野。"

⑧廨(xiè)署：官署。

⑨汧(qiān)陇：指汧水陇山一带。晋潘岳《西征赋》："邪界褒斜，右滨汧陇。"

⑩侵轶：亦作"侵佚"，侵犯袭击。《后汉书·南匈奴列传论》："自是匈奴得志，狼心复生，乘闲侵佚，害流傍境。"

⑪京尹：汉代管辖京兆地区的行政长官，职权相当于郡太守。后因以称京都地区的行政长官。

⑫纾：缓和，解除。

⑬蕃(bō)浑：吐蕃与吐谷浑。泛指我国西北部的少数民族。

⑭莅(lì)盟：两国修好，相约至某地会盟。《穀梁传·僖公三年》："公子季友如齐莅盟。"

⑮城下之盟：敌国军队兵临城下，抵挡不住，被迫与敌人签订和约。语出《左传·桓公十二年》："大败之，为城下之盟而还。"后用以比喻战败屈服。

【译文】

韦元方问道："所谓掠夺，是直接从他们的口袋里掠夺，还是从他们的腰包里去偷？"裴璞说："不是。如果是命中该有的，一个接一个地会得到；如果是命中之外所得到的财物，为我们所搬运，或让他虚耗，或让他遭受横祸，或买卖物品达不到正常价格，与这人本身没什么关系。从我出生时,就常听人说商人辛勤能得财,农民辛勤能得谷,士子辛勤能得禄,只是叹息那些不辛勤的人什么也得不到。翻船的商人,大旱之年的农民,屡屡落空的士子,难道是他们不辛勤吗?我现在知道辛勤是德行的基础,学习是善良的本源。德行就是善良,是自我完善之道,但也不足以能够发财做官。今天你遇到我,也是前生注定的,应该得到白银二斤,如果超过这个钱数送给你,还要掠夺走,所以不能多给你。你这次出行,在岐地收获比较丰厚,而在邠州收获很少,在泾地什么也得不到,在各方镇也很一般。人生都是命中注定的,时运不一样,静观其变,不要性急而与人争权夺利,努力吧!我还有公事,必须要到城里去,阴间的定数,不要违背逾越。"裴璞于是给他白银二斤,作揖后上马。韦元方一再恳求说:"我们阔别多年,忽然在这里相遇,还没有说几句贴心话,现又要阴阳相隔,为什么马上就要走呢?"裴璞说:"我们的官署设在汧水陇山一带,吐蕃要到这里来,担心他们的侵犯,要与阴间的京兆尹共同商议会盟。这虽然不是深谋远虑,暂时可以纾解战争的灾难,也可以大体上安定边疆。他们的战马已经准备好了,离要来的日期已经不远了,不及早谋划就来不及了,走了!走了!"他们骑马走了几里,就什么都看不见了。韦元方回头看他赠送的东西,确实是真的白银。韦元方怅然而向西走,其经历所获,与裴璞所说的没有半点差异。那些乐天知命的人,大概知道了一切都是命中注定的。不久,吐谷浑与吐蕃骚动,朝廷知道此事,又担心他们叛乱,想让大臣解决这件事,就让宰相去会盟,崔相国不想亲临边境,于是签订城下之盟。最后都如裴璞所言。

卷十

【题解】

本卷共七篇。《开元明皇幸广陵》讲述了正月十五之夜，叶仙师利用法术，使唐玄宗、杨玉环、高力士等人从长安乘云亲临广陵（今江苏扬州）上空，广陵人无不瞻仰，视如神仙一般。但有人怀疑这只是叶仙师所施的幻术而已。过了一段时间，广陵的官员向玄宗报告，说广陵人在正月十五的夜晚，看到了神仙乘云亲临广陵上空，证明了叶仙师所施的法术是真实而不是虚幻的。《叶天师》讲述了叶天师帮助一条龙摆脱了一场大灾，显示了叶天师的超凡法术。那条龙为了感谢叶天师，便拜叶天师为师，并受叶天师之嘱在道观旁开通了泉水，帮道观解决了饮水问题，成就一段佳话。《许元长》讲述了御史陆俊之与妻子感情深厚，非同一般，然而妻子忽然去世。术士许元长施展法术，将陆妻召回，与陆俊之共度良宵，天明前，陆妻依依不舍地离别而去。《王国良》讲述了一个名叫王国良的官吏，凭借宦官势力，欺压良善，以言辞羞辱他人为能事。武全益就是一个常常被他侮辱的人，畏之如蛇蝎。一日，王国良忽然变得极其温顺，他自己陈述说他因病危至阴间，因侮辱他人受了杖刑，返回阳间后背部仍有杖痕。从此他的性情大为改变，言行举止都十分谦卑。这则故事告诫人们要尊敬他人，即使是对比自己地位低的人也应如此，随便侮辱他人，即使死后到了阴间也终究会受到惩罚。《张宠奴》

讲述了王泰因镇阳战乱，夜行逃离此地，途中遇到一条会说话的黄狗，这条黄狗又变成了人，跟着王泰同行，路上还遇到长得阴森恐怖的怪物。后来二人到一户人家投宿，主人设宴招待他们，并邀请张宠奴过来唱歌助兴。子夜时分，王泰发现自己一个人身处一座墓中，后来得知这是东晋并州刺史刘琨的歌姬张宠奴的墓。《叶氏妇》中的叶氏妇具有透视阴间的能力。阴间的官吏看中了她家的一头牛，欲征走使用，这头牛非常害怕。叶氏的公公便把牛涂成了蓝色。阴间官吏来牵牛时发现原来的那头牛不见了，大怒，便找其公公问罪。叶氏的公公忽然暴病昏迷，叶氏知其缘由，便主动洗去牛身上的颜色，最后这头牛被阴间官吏带走，叶氏公公的病也好了。《马仆射总》讲述了马总午睡时，梦中被邀请至阴间，原来是在阴间担任六押大都统的杜佑，推荐他继任这个职务。马总婉言拒绝了，但睡醒后还清晰地记得此事。第二年夏天，马总死了，最终还是担任了阴间的六押大都统一职。

开元明皇幸广陵

开元十八年正月望夕[①]，帝谓叶仙师曰："四方之盛，陈于此夕，师知何处极丽？"对曰："灯烛华丽，百戏陈设[②]，士女争妍，粉黛相染，天下无逾于广陵矣[③]。"帝曰："何术可使吾一观之？"师曰："侍御皆可[④]，何独陛下乎。"俄而虹桥起于殿前[⑤]，板阁架虚，阑楯若画[⑥]。师奏："桥成，请行，但无回顾而已。"于是帝步而上之，太真及侍臣高力士、黄幡绰、乐官数十人从行[⑦]，步步渐高，若造云中[⑧]。俄顷之间，已到广陵矣。月色如昼，街陌绳直，寺观陈设之盛，灯火之光，照灼台殿。士女华丽[⑨]，若行化焉[⑩]，而皆仰望曰："仙人现于五色云中。"乃蹈舞而拜[⑪]，阗溢里巷[⑫]。帝大悦焉，乃曰："此真广陵也？"师曰："请敕乐官奏《霓裳羽衣》一曲[⑬]，后可验矣。"于是作乐云中，瞻听之人，纷纭相蹈。曲终，帝意将回，有顷之间，已到阙矣。帝极喜。人或谓仙师幻术造微[14]，暂炫耳目。久之未决。后数旬，广陵奏云："正月十五日三更[15]，有仙人乘彩云自西来，临孝感寺道场上，高数十丈。久之，又奏《霓裳羽衣》一曲，曲终西去。官僚士女，无不具瞻[16]。斯盖陛下孝诚感通，玄德昭著[17]，名应仙箓，道冠帝图[18]。不然，何以初元朝礼之晨而庆云现[19]，小臣贱修之地而仙乐陈[20]。则垂衣裳者徒闻帝德[21]，歌《南风》者才洽人心[22]，岂与盛朝同日而语哉！"上览表，大悦，方信师之不妄也。

【注释】

①望夕：通常指旧历十五日的晚上。《续资治通鉴·宋真宗咸平五年》："上自毕谅阴，以启圣院太宗降诞之地，圣容在焉……故前期往拜，至望夕，乃幸他寺，遂为定制。"

②百戏：古代对各种戏、乐的概称，泛指各种杂技表演。唐刘晏《咏王大娘戴竿》："楼前百戏竞争新，唯有长竿妙入神。"

③广陵：古县名。秦置，治今江苏扬州。

④侍御：侍奉君王的人。《尚书·冏命》："昔在文武，聪明齐圣。小大之臣，咸怀忠良，其侍御仆从，罔匪正人。"

⑤虹桥：弯曲如虹的长桥。唐杜牧《怀钟陵旧游》四首之三："斜辉更落西山影，千步虹桥气象兼。"

⑥阑楯（shǔn）：栏杆。唐温庭筠《雍台歌》："盘纡阑楯临高台，帐殿临流鸾扇开。"

⑦太真：唐杨贵妃号。《旧唐书·后妃传》："时妃衣道士服，号曰'太真'。"高力士（684—762）：唐代的宦官，个性谨慎细心而聪敏，深受玄宗宠信，累官至骠骑大将军、进开府仪同三司，擅权弄

政。肃宗时,被弹劾流放至巫州,宝应时被赦还,病死途中。黄幡绰:凉州(今甘肃武威)人。宫廷乐师,入宫三十多年,侍奉唐玄宗,深得玄宗的赏识和信任。当时人说玄宗一日不见黄幡绰,龙颜为之不悦。

⑧造:往某地去。

⑨士女:古代指已成年而未婚的男女,后泛指成年男女。《诗经·小雅·甫田》:“以介我稷黍,以谷我士女。”

⑩行化:饭后的散步,可帮助消化。

⑪蹈舞:犹舞蹈。臣下朝贺时对皇帝表示敬意的一种仪节。南朝陈徐陵《司空徐州刺史侯安都德政碑》:“蹈舞难逾,歌谣靡宣。”

⑫阗(tián)溢:充满。《韩诗外传》卷一:“贤者不然。精气阗溢而后伤,时不可过也。”

⑬《霓裳羽衣》:乐曲名。是唐代著名的宫廷舞曲。唐王建《霓裳辞》:“仙女数百,皆素练霓衣,舞于广庭。问其曲,曰:《霓裳羽衣》。”

⑭造微:达到精妙的程度。宋曾巩《使相制》:“某精虑造微,翘材绝众。宗论闳议,富于文辞。强识博闻,饱于术学。”

⑮三更:指半夜十一时至翌晨一时。

⑯具瞻:谓为众人所瞻望。语出《诗经·小雅·节南山》:“赫赫师尹,民具尔瞻。”毛传:“具,俱;瞻,视。”汉郑玄笺:“此言尹氏,汝居三公之位,天下之民俱视汝之所为。”

⑰玄德:天德。《汉书·礼乐志》:“礼乐成,灵将归,托玄德,长无衰。”唐颜师古注:“言托恃天德,冀获长生,无衰竭也。”昭著:明显,显著。

⑱帝图:帝王应天命的图箓。此指帝业。

⑲朝礼:参拜,朝拜。《国语·越语》:“王命工以良金写范蠡之状,而朝礼之。”庆云:五色云。古人以为喜庆、吉祥之气。《汉书·礼乐志》:“甘露降,庆云集。”

⑳小：自称的谦辞。贱：谦辞。旧称与自己有关的。

㉑垂衣裳：谓定衣服之制，示天下以礼。后用以称颂帝王无为而治。

㉒《南风》：古代乐曲名。相传为虞舜所作。《礼记·乐记》："昔者舜作五弦之琴，以歌《南风》。"

【译文】

开元十八年正月十五的晚上，玄宗问叶仙师说："全国各地的庆祝活动，都在今天晚上，大师知道哪个地方最漂亮吗？"叶仙师回答说："灯烛的华美，杂技的表演，男女的仪态，化妆的讲究，天下没有能超过广陵的。"玄宗说："你有什么道术可以让我看一看？"叶仙师说："侍候皇上的人都可以，更何况是陛下呢？"不久一座弯曲如虹的长桥在大殿前出现，楼阁建筑在虚空中，栏杆像一幅画。叶仙师奏道："桥已经建成了，请上桥吧，但是不要回头看。"于是玄宗一步步走上去，杨玉环以及侍臣高力士、黄幡绰、乐官几十人随行，越走越高，好像在云中一样。不一会儿，已经到了广陵。这里在月光的照耀下像白天一样，街道笔直，寺庙、道观陈设繁盛，灯火之光照耀着楼阁。街道上的男女穿着华丽，像是在散步，都仰望着天空说："神仙出现在五色云中了。"于是蹈舞而拜，街道上挤满了人。玄宗非常高兴，说："这确实是广陵吗？"叶仙师说："请您命令乐官演奏《霓裳羽衣》一曲，以后可以验证真伪。"于是在云中奏乐，仰视倾听之人纷纷手舞足蹈。一曲结束，玄宗就想回去，顷刻之间，已经到了皇宫。玄宗高兴极了。有人对玄宗说，叶仙师的道术达到了精妙的程度，但只是暂时蒙蔽人的耳目。玄宗很久没有进行裁断。过了几十天，广陵的地方官报告说："正月十五日的三更时分，有神仙乘彩云从西边来，驾临孝感寺道场上，高数十丈。过了很久，他们又演奏《霓裳羽衣》曲，演奏完之后，就回西边去了。广陵的官员士女，无不瞻仰。这是陛下的孝诚得到了神仙的回应，天德显著，陛下应该名登仙箓，并在帝业中名列首位。不然，怎么能够在正月十五朝拜的早晨出现五彩云，微臣的辖地出现神仙的奏乐之声呢。无为而治的帝王只听闻他们的德行,歌唱《南风》的人仅仅符合人们的愿望,这与盛朝怎可同日而语!”玄宗看了表奏,非常高兴,才相信了叶仙师的道术并不虚假。

叶天师

开元中,道士叶静能讲于明州奉化县兴唐观。自升座也,有老父白衣而髯者[①],每先来而后去,必迟迟然,若有意欲言而未能者。讲将罢去,愈更淹留[②]。听徒毕去,师乃召问。泣拜而言,自称鳞位,曰:“有意求哀,不敢自陈,既蒙下问,敢不尽其诚恳。位实非人,乃实藏之守龙也[③]。职在观南小海中,千秋无失[④],乃获稍迁,苟或失之,即受炎沙之罚。今九百余年矣,胡僧所禁且三十春[⑤],其僧虔心,有大咒力,今忧午日午时[⑥],其术即成,来喝水干,宝无所隐。弟子当死,不敢望荣迁,然千载之炎海,诚不可忍。惟仙师哀之,必免斯难,不敢忘德。”师许之,乃泣谢而去。

【注释】

①老父:对老年男子的尊称。南宋范成大《后催租行》:“老父田荒秋雨里,旧时高岸今江水。”髯(rán):两腮的胡子,亦泛指胡子。

②淹留:缓慢。《魏书·郭祚传》:“虽断决淹留,号为烦缓,然士女怀其德泽,于今思之。”

③藏(zàng):收藏财物的府库。《左传·僖公二十四年》:“晋侯之竖头须,守藏者也。”

④千秋:千年,比喻长久的时间。《文选·李陵〈与苏武诗〉》:“嘉会难再遇,三载为千秋。”

⑤禁:施禁咒术。亦指禁咒术。《北史·张文诩传》:“文诩常有腰

疾，会医者自言善禁，文诩令禁之，遂为刀所伤，至于顿伏床枕。”且：将近，几乎。《列子·汤问》：“年且九十。”春：泛指一年。唐高适《人日寄杜二拾遗》：“一卧东山三十春，岂知书剑老风尘。”

⑥午日：端午，即农历五月初五日。午时：旧称上午十一点到下午一点的时段为午时，后指中午十二时左右。唐白居易《昼寝》：“不作午时眠，日长安可度？”

【译文】

唐玄宗开元年间，道士叶静能在明州奉化县兴唐观升堂讲座。自开讲座以来，有一位老人，身穿白色衣服，胡须满腮，每次都是最先到又最后离开，临走时总是依依不舍，好像有什么话想说而没有说。叶静能的讲座就要结束，并要离开这个地方，那个人更是表现得恋恋不舍。听众都走了，叶天师把他叫过来询问他。他哭泣着行礼，自称叫鳞位，说：“我想求您哀怜，但不敢直说，既然蒙您询问，不敢不实话实说。鳞位不属于人类，实是守卫宝藏的龙。在观南小海巡守，如果一千年没有过失，就获得一点升迁，如果宝藏丢失，就要受到热沙的惩罚。现在已经九百年了，有一位胡僧修炼禁咒术将近三十年了，这个僧人十分虔诚，有大咒力，我担心他在端午节的午时，其术即可炼成，然后把我那里的水喝干，喝干之后，宝藏就无处隐藏了。弟子该死，不敢奢望有所升迁，然而千年的火海，确实无法忍受。恳求仙师可怜我，一定帮我免除这次灾难，不敢忘记您的大德。”叶天师答应了，老人哭着拜谢而去。

师恐遗忘，乃大书其柱曰：“午日午时救龙。”其日赴食于邑人①，既回，方憩，门人忽读其柱曰：“午日午时救龙，今方欲午，吾师正憩，岂忘之乎？”将入，师已闻，遽问曰：“今何时？”对曰：“顷刻正午耳。”仙师遽使青衣门人执墨书符，急往海一里余，见黑云惨空，毒风四起，有婆罗门仗剑乘黑云[②]，持咒于海上连喝，海水寻减半矣。青衣使亦随声堕焉。又使黄衣门人执朱符奔马以往，去海一百余步，又喝，寻堕，海水十涸七八矣。有白龙跳跃浅波中，喘喘焉。又使朱衣使执黄符以往，僧又喝之，连喝，不堕。及岸，则海水才一二尺，白龙者奋鬣张口于沙中[③]。朱衣使投符于海，随手水复。婆罗门抚剑而叹曰："三十年精勤，一旦术尽，何道士之多能哉！"拗怒而去。既空海恬然，波停风息，前堕二使，亦渐能起，相与偕归，具白于师。未毕，老父者已到，泣拜曰："向者几死于胡术，非仙师之力，不能免矣。位兽也，惧不克报，然终天依附，愿同门人，可指使也。若承师命，虽秦越地阻[④]，江山路殊，一念召之，即立左右矣。"自是朝夕定省[⑤]，若门人焉。

【注释】

①邑人：同邑的人。晋陶渊明《桃花源记》："率妻子邑人，来此绝境。"

②婆罗门：印度早期社会，凡分四种阶级，婆罗门是最高阶级。婆罗门自称是梵天的后裔，世袭祭司，事奉大梵天，专修净行，掌握神权。后引申泛指出家的修行人。

③鬣（liè）：某些动物颈上生长的又长又密的毛。

④秦越：春秋时，秦国位于西北，越国居于东南，两国相距遥远。借以比喻关系疏远，互不关心。《宋史·食货志》："愿陛下课官吏，使之任牛羊刍牧之责；劝富民，使之无秦越肥瘠之视。"

⑤定省：子女早晚向父母请安问好的礼节。晋夏侯湛《东方朔画赞》："仆自京都，言归定省，睹先生之县邑，想先生之高风，徘徊路寝。"

【译文】

天师恐怕忘记此事,在柱子上写了几个大字:“午日午时救龙。”那天叶天师到同乡家吃饭,回来后,正要休息,他的门人忽然读了柱子上的文字,说:“午日午时救龙,现在马上就到午时了,师傅正在休息,是不是忘记此事了?”正要进入师傅的房间,师傅已经听到了,马上问:“现在是什么时间?”回答说:“马上就要到正午了。”叶天师马上让青衣门人手执黑色书符,急忙进入海上一里多,他看到黑云密布,毒风四起,有一个婆罗门手执剑,乘着黑云,持咒在海上连续喝水,海水不久就减少了一半。青衣门人亦随声摔了下来。天师又使黄衣门人手执朱符骑马过去,离海一百余步,婆罗门又喝海水,不久门人又摔下来,海里的水十分之七八都被喝没了。有一条白龙在浅海上跳跃,大口喘气。天师又使朱衣门人手执黄符过去,胡僧又开始喝海水,并且连续喝,朱衣门人没有摔倒。到了岸边,海水只有一二尺深,白龙在沙滩上张着长着胡须的大嘴。朱衣门人把符扔到海里,海水马上就恢复到了原来的状态。婆罗门按剑感叹说:“我三十年的辛苦修炼,一天之间法术就耗尽了,为什么这个道士如此厉害!”婆罗门愤怒而去。这时海上风平浪静,之前摔倒的两个门人,渐渐能够站立起来,相互扶着回来了,并向师傅报告情况。他们还没报告完,老人就到了,哭着行礼说:“刚才差点没死在胡僧的法术之下,要不是仙师的法力,我就不能免于一死。位兽,是惧怕有恩不能报答的,我情愿终身依靠您,作为您的门人,根据您的指使做事。若得到师傅的指令,虽然路途遥远,江河大山相隔,只要您的一念之召,我立即就到您的身边。”从此之后,老人就每天早晚向师傅问安,像一个门人一样。

师以其观在原上,不可穿井,童稚汲水,必于十里之外,阖观患之。他日,师谓髯父曰:“吾居此多日,怜其汲远,思绕观有泉以济之,子可致乎?”曰:“泉水之流,天界所有,非力可致。然师能见活，又脱千年之苦，岂可辞乎！夫非可致而致之，界神将拒，俟战胜然后可。令诸人皆他徙。其日晦明三复[①]，然后归，庶几有从命之功[②]。”合观从之。过期而还，则石甃绕观[③]，清流潺潺，既周而南，入于海，黄冠赖焉。乃题渠曰“仙师渠”。师所以妙术广大天下，盖龙之所助焉。

【注释】

①晦明：黑夜与白昼，昏暗与晴朗。《国语·楚语》：“地有高下，天有晦明，民有君臣，国有都鄙，古之制也。”

②庶几：希望，但愿。《诗经·小雅·车辖》：“虽无旨酒，式饮庶几。虽无嘉殽，式食庶几。”袁梅注：“庶几，幸。此表希望之词。”

③甃（zhòu）：以砖瓦砌的井壁。

【译文】

天师因为道观在高原上，不能打井，孩童提水，必须要到十里之外的地方，全道观的人都认为很麻烦。一天，天师对胡须满腮的老人说：“我居住在这个地方已经有一段时间了，怜惜他们打水如此之远，考虑到道观四周如果有泉水，就可以帮助他们解决这个问题，你可以做到吗？”老人说：“泉水的流向，是天界所决定的，不是人的力量可以改变的。然而师傅让我活了下来，又解脱了千年火海之苦，怎么能推辞呢！不可行而行之，天神一定会拒绝的，等战胜了他就可以了。让道观的人都到其他地方躲避。那天的天色会明暗往复三次，然后你们再回来，希望能够有遵从您的意愿之功。”全道观的人都听从了他的安排。过了约定的时期回来，发现石头铺的小渠围绕道观，清泉潺潺地流动，围绕道观一周后向南流去，最后注入大海，道士们有赖于这口泉水生活。于是把这条渠题名曰“仙师渠”。天师之所以能够妙术通天下，恐怕是得到了龙的帮助。

许元长

许元长者，江陵术士，为客淮南[1]。御史陆俊之从事广陵也[2]，有贤妻，待之情分倍愈于常。俄而妻亡，俊之伤悼，情又过之。每至春风动处，秋月明时，众乐声悲，征鸿韵咽[3]，或展转忘寐，思苦长叹；或伫立无憀[4]，心伤永日。如此者逾年矣，全失壮容，骤或雪鬓。

【注释】

①淮南：指淮河以南、长江以北的地区。今特指安徽的中部。宋张孝祥《水调歌头》："长忆淮南岸，耕钓混樵渔。"

②从事：指任职。唐韩愈《张中丞传后序》："愈尝从事于汴徐二府，屡道于两州间。"

③征鸿：迁徙的雁，多指秋天南飞的雁。南朝梁江淹《赤亭渚》："远心何所类，云边有征鸿。"

④伫立：久立。《诗经·邶风·燕燕》："瞻望弗及，伫立以泣。"憀（liáo）：依赖，寄托。《淮南子·兵略训》："上下不相宁，吏民不相憀。"

【译文】

许元长是江陵术士，客居淮南。御史陆俊之在广陵做官，他有一位贤惠的妻子，对妻子的感情非同一般。不久他的妻子去世了，陆俊之悲痛欲绝。每当春风吹拂，秋月当空，音乐声悲，秋雁鸣叫，他有时辗转难眠，忧思长叹；有时久站发呆，伤感终日。就这样过了一年，完全没有以前的雄伟仪态，两鬓忽然雪白。

他日元长来，陆生知有奇术也，试以汉武帝李夫人之事诱之，元长曰："此甚易耳。"曰："然则能为我致亡妻之神乎？"曰："彼所致者，但致其魂，瞥见而已。元长又异焉。"陆曰："然则子能致者何？"曰："可致其身若生人，有以从容尽平生之意。"陆喜极拜曰："先生诚能致之，顾某骨肉，手足无所措矣。"曰："亡夫人周身之衣，亦仿佛能记乎？"曰："然。"于是择癸丑日，艮宫直音，空其室，陈设焚香之外，悉无外物。乃备美食，夜分，使陆生公服以俟焉。老青衣一人侍立。元长曰："夫人之来，非元长在此不可。元长若去，夫人隐矣。侍御夫人久丧，枕席单然[①]，魂劳晦明，恨入肌骨，精诚上达，恳意天从。良会难逢，已是逾年之思，必不可以元长在此，遂阻佳期。阳台一归[②]，楚君望绝[③]，纵使高唐积恨[④]，宋玉兴辞[⑤]，终无及也。"陆深感之。既而坐久，绝无来响，陆益倦，屡顾元长问焉。元长因出北望，入曰："至矣，虔诚待之。"俄而悉窣若有人行阶下者[⑥]。元长揖曰："请入。"其妻遂入，二青衣不识，徐而思之，乃明器女子也[⑦]。陆拜哭，妻亦拜哭，因同席而坐，共话离间之思，且悲且欢。食毕，饮酒数巡。饮罢，元长觉其意洽，因回视仙海图。久之，忽闻其妻长吁整衣之声，正坐，复明灯，又饮数巡。其妻起曰："生死路殊，交欢望绝，非许山人之力[⑧]，何以及此！此之一别，又是终天，幽暗之中，泪目成血。冥晦有隔，不可久淹[⑨]，请从此辞。"陆又抱之而哭。哭竟，又曰："绝望之悲，无身乃已[⑩]。虽以许山人之命暂得此来，若更淹留，为上司所责。"乃拜泣而去，下阶失之，泣拜未息。陆号恸若初丧焉。乃信元长有奇异之术，且厚谢焉，元长固辞，终请不他言而已。今见在江陵。

【注释】

①单然:孤单的样子。

②阳台:战国楚宋玉《高唐赋》:"昔者先王尝游高唐,怠而昼寝,梦见一妇人,曰:'妾巫山之女也,为高唐之客,闻君游高唐,愿荐枕席。'王因幸之。去而辞曰:'妾在巫山之阳,高丘之阻,旦为朝云,暮为行雨,朝朝暮暮,阳台之下。'"后遂以"阳台"指男女欢会之所。一归:归来或往来一次。《吕氏春秋·报更》:"寡人之国小,不足以留客,虽游,然岂必遇哉?客或不遇,请为寡人而一归也。"

③望绝:犹绝望。

④高唐:战国楚国的台观名。在云梦泽中。传说楚襄王游高唐,梦见巫山神女,幸之而去。后借指男女幽会之所。

⑤宋玉:战国时楚人。因曾任兰台令,故亦称为"兰台公子"。善辞赋,作《九辩》《招魂》,与屈原并称为"屈宋"。

⑥悉窣(sū):也作"窸窣"。形容细碎而断续的声音。唐孟郊《连州吟》:"仿佛惊魍魉,悉窣闻枫林。"

⑦明器:古代陪葬的物品。古代有陪葬的习惯,每以器皿用具葬于墓室,以为死者来生之用。《仪礼·既夕礼》:"陈明器于乘车之西。"汉郑玄注:"明器,藏器也。"

⑧山人:指仙家、道士之流。北周庾信《道士步虚词》之五:"移黎付苑吏,种杏乞山人。"

⑨久淹:长久滞留。唐孟浩然《口号赠王九》:"日暮田家远,山中勿久淹。"

⑩无身:道家语,谓没有自我烦恼的存在。《老子》:"吾所以有大患者,为吾有身;及吾无身,吾有何患?"河上公注:"使吾无有身体,

得道自然，轻举升云，出入无间，与道通神，当有何患？”

【译文】

有一天，许元长来到他家，陆俊之知道他有奇异之术，试着以汉武帝与李夫人之事诱导他，元长说：“这很容易。”陆俊之说：“那么能为我招来亡妻的灵魂吗？”许元长说：“他们所能实现的，仅仅能够招来灵魂，只是看一看而已。我元长与他们又不一样。”陆俊之说：“那么您能达到什么程度？”许元长说：“可以达到她的身体与活着的人一样，可以悠闲舒缓以尽往常之情。”陆俊之高兴极了，向他行礼说：“先生真的能把我的妻子招来，让我见她一面，真令我不知如何感谢了。”许元长说：“您夫人全身的衣服，您是否依稀还能记得？”陆俊之说：“当然记得。”于是选择了一个癸丑日，艮宫直音，空置一室，点上香，其他都不要。还准备了精美的食物，半夜时分，让陆俊之穿上公服等候。一个老婢女在旁边伺候。元长说：“夫人能够来，非得我在这里不可。我若走了，夫人也就隐去了。侍御夫人已经去世很长时间了，现在孑然一身，日思夜想，恨入肌骨，真诚祈求，恳求上天能够满足愿望。机会难得，你们互相思念已有一年了，一定不要因为我在这里，阻碍了相会。阳台一会，楚王再想见而不得，纵使高唐神女怅恨不已，宋玉作赋，也难以再见。”陆俊之为他所说的话深深感动。就这样坐了很久，完全没有人来的声音，陆俊之越来越疲倦，屡次回头问许元长来了没有。许元长就出去向北望了望，进屋说：“来了，你必须恭敬真诚地对待她。”不一会儿，台阶下好像有人走路发出的细碎声。许元长作揖道：“请进。”陆俊之的妻子就进了屋内，陆俊之不认识跟来的两个婢女，慢慢想来，原来是随葬的冥器。陆俊之向其妻拜着哭泣，其妻亦向他拜着哭泣，接着他们同席坐下，互相诉说分别之思，且悲且喜。吃完饭，饮酒数巡。饮完酒，许元长感觉他们情深意切，于是回头看仙海图。过了很久，许元长忽然听到陆妻长声叹息，又有整理衣服的声音，正身而坐，再次点上灯，又饮酒数巡。陆妻站起来说：“生死两路，男女无望合欢，如果没有许山人的法力，怎么能到这里！我们从此一别，又是永诀，我在阴曹地府，眼睛哭出了血。阴阳两隔，不可久留，我们就在这里告别吧。”陆俊之又抱着他的妻子痛哭。哭完，他的妻子又说：“绝望的痛苦，没有了这个身体才能停止。虽然因许山人的指派暂时来到这里，但如果再停留，就会被阴间的官吏责备。”于是拜泣而别，走下台阶就不见了，哭泣之声还没有停息。陆俊之号啕大哭，犹如妻子刚刚去世的时候。这时陆俊之终于相信了许元长有奇异之术，于是重重地酬谢了他，许元长再三推辞，最后请求他不要把这件事告诉别人。许元长现在居住在江陵。

太和壬子岁得知其事于武宁曹侍郎弘真处[①]，因备录之。

【注释】

①太和：唐文宗李昂的年号（829—835）。壬子岁：指太和六年，即832年。

【译文】

唐文宗太和壬子年，我从武宁侍郎曹弘真那里得知此事，便把它完整地记录了下来。

王国良

庄宅使巡官王国良[①]，下吏之凶暴者也[②]，凭恃宦官，常以凌辱人为事。李复言再从妹夫武全益[③]，罢献陵台令[④]，假城中之宅[⑤]，在其所管。武氏贫，往往纳佣违约束，即言词惨秽，不可和解。宾客到者，莫不先以国良告之，虑其谤及，畏如毒蛇。

【注释】

①庄宅使:唐官名。唐玄宗时置,主管两京地区朝廷所有庄田及碾硙、邸店、菜园、车坊等。

②下吏:低级官吏,属吏。《史记·循吏列传》:"官有贵贱,罚有轻重。下吏有过,非子之罪也。"

③再从:次于至亲而同祖的亲属关系叫从。又次一层,同曾祖的亲属关系叫再从。

④献陵:唐高祖李渊和太穆皇后窦氏合葬的陵寝。台令:即陵台令,唐代掌陵寝之官。

⑤假:租赁。

【译文】

庄宅使的巡官王国良,是低级官吏中非常凶暴的,凭借宦官的势力,常常以凌辱人为能事。李复言的远房妹夫武全益,被罢免了献陵台令,租赁了城中的一处宅子,正在王国良的管辖范围内。武全益很贫穷,常常不能按期交纳租金,于是就遭到王国良的言辞羞辱,不可宽缓。武家有客人来,无不先告诉他王国良的情况,担心他们也被王国良言辞羞辱,武全益畏惧王国良如同畏惧毒蛇。

元和十二年冬,复言馆于武氏,国良五日一来,其言愈秽,未尝不掩耳而走。忽不来二十日,俄闻缓和之声,遣人问之,徐曰:"国良也。"一家畏其恶辞,出而祈之,乃讶其羸瘠[①]。曰:"国良前者奉辞[②],遂染重病,卧七日而死,死亦七日而苏。冥官以无礼见谴,杖疮见在,久不得来。"复言呼坐,请言其实。国良曰:"疾势既困,忽有壮士数人,揎拳露肘[③],就床拽起,以布囊笼头,拽行不知里数,亦不知到城郭,忽去其头囊,乃官府门也,署曰'太山府君院[④]'。喘亦未定,捽入厅前，一人绯衣当衙坐[⑤]，谓案吏曰：'此人罪重，合沉地狱，一日未尽，亦不可追。可速检过。'其人走入西廊，逡巡曰[⑥]：'国良从今日已后，有命十年。'判官令拽出放归，既出门，复怒曰：'拽来！此人言语惨秽，抵忤平人[⑦]。若不痛惩，无以为诫。'遂拗坐决杖二十[⑧]，拽起，不苏者久之。判官又赐厅前池水一杯，曰：'饮之不忘，为吾转语世间人，慎其口过。口之招非，动挂网罗，一言以失，驷马不追。'国良匍匐来归，数宿方到，入门蹶倒[⑨]，从此忽悟。家人泣伺将殓，问其时日，家人曰：'身冷已七日矣，唯心头似暖，不忍即殓。'今起五六日矣，疮痛犹在。"袒而视之，满背黯黑，若将溃烂然，四际微紫，欲从外散，且曰："自小凶顽，不识善恶，言词狂悖，罪累积多，从此见戒，不敢复怒矣。凡若有钱，幸副期约[⑩]，勿使获罪于上也。"乃去。

【注释】

①羸（léi）瘠：瘦弱疲病。《史记·刘敬叔孙通列传》："今臣往，徒见羸瘠老弱，此必欲见短，伏奇兵以争利。"

②奉辞：奉持谴责的言语。三国魏钟会《檄蜀文》："奉辞衔命，摄统戎重。"

③揎（xuān）拳：捋起袖子伸出拳头。

④太山府君：即泰山神，是道教的山神、阴间的统治神，也是汉传佛教奉祀的二十四天护法神之一。作为泰山的化身，被认为是上天与人间沟通的神圣使者，是历代帝王受命于天、治理天下的保护神。

⑤绯衣：深红色的衣服。

⑥逡巡：一刹那。

⑦抵忤：亦作“抵牾”。牛角相抵触，引申为相互冲突。

⑧拗（ào）：撬，扳。前蜀贯休《偶作》：“口如暴死人，铁尺拗不开。”决杖：处以杖刑。用大荆条或棍棒抽击人的背、臀或腿部。

⑨蹶（jué）倒：跌倒。北魏杨衒之《洛阳伽蓝记》：“唯融与陈留侯李崇负绢过任，蹶倒伤踝。”

⑩幸：希望。副：相称，符合。《后汉书·黄琼传》：“阳春之曲，和者必寡；盛名之下，其实难副。”期约：约定共同信守的事项。

【译文】

元和十二年冬天，李复言住在武全益家中，王国良每五天来一次，言辞侮辱越来越严重，每一次武全益都是捂着耳朵跑走。忽然王国良二十天没有来，一天听到门口有很缓慢、柔和的说话声，派人去问一问是谁，那人慢慢地说：“是国良。”全家人都很害怕他恶毒的言语，就出来哀求他，但很惊讶地看到他身体十分羸弱。王国良说：“国良以前说话甚为尖刻，因此得了重病，卧床七日而死，死了七日又复生。因我没有礼貌受到冥官的惩戒，被打的杖疮还在，所以很久没有过来。”李复言招呼他坐下，请他详细说说这件事的经过。国良说：“当时病情很严重，忽然有几个壮士，捋起袖子伸出拳头，从床上把我拽起来，用布袋子罩住我的头，拽着我走了不知多少里地，也不知道到了城市，忽然把布袋拿掉，已经在官府的门里了，官府题曰‘太山府君院’。我大口喘息还没有停住，就被拽到大厅的前面，一个穿深红衣服的人，在衙门里坐着，他对处理公事的小吏说：‘这个人有重罪，应该下地狱，他的阳寿还有一天没有结束，也是不可追捕的。可以快速查一查。’小吏走到西廊，很快说：‘王国良从今天开始，还有十年的阳寿。’判官令人把我拽出放回去，刚出门，他又十分生气地说：‘再拽回来！这个人的言辞污秽不堪，对平民百姓多有语言侮辱。如果不进行严厉惩罚，无以为戒。’于是勒令扳住我身体，杖二十下，打完之后，又把我拉起来，很长时间没有苏醒过来。判官又让我饮了一杯厅前池子中的水，说：‘喝了它就不会忘记今日之事，替我向世间人转达，小心你们的言辞之过。说话招惹的是非，一旦犯了就会被抓住，一句过失，驷马难追。’我爬着回来，过了好几个黑夜才到家，到了家门口就跌倒了，忽然就醒过来了。家人正哭泣着要入殓，我问家人我死了多长时间了，家人说：‘身体冷了已经七天了，唯有心头还有些温暖，所以不忍心立即入殓。’我现在苏醒已经五六天了，疮伤还在。”王国良袒露衣服，让他们看，整个背部都是黑黢黢的，好像将要溃烂了一样，四边有些发紫，好像要向外发散，王国良还说：“我从小顽劣，不能辨别善恶，说话狂妄不羁，积累了很多罪恶，从此以后要引以为戒，不敢再发怒了。如果你们有了钱，希望能够按期交纳，不要让我获罪于上天。”说完王国良就走了。

自是每到，必有仁爱。明年九月，忽闻其死。计其得杖，仅满十月，岂非阴司之事，十年为十月乎？

【译文】

从此之后，王国良每到一处，必施仁爱。第二年九月，忽然听说他死了。从他被执行杖刑，仅满十个月，难道阴间的计算方法，十年为十个月吗？

张宠奴

长庆元年，田令公弘正之失律镇阳也①，进士王泰客焉。闻兵起，乃出城南走。时兵交于野，乃昼伏宵行。入信都五六里②，忽有一犬黄色随来。俄而犬顾泰曰③：“此路绝险，何故夜行？”泰默然久之，以诚告之曰：“镇阳之难矣。”犬曰：“然得逢捷飞，亦郎之福也。许捷飞为仆，乃可无患。”泰私谓：“夫人行爽于显明之中者④，有人责；行爽于幽冥之中者，有鬼诛。今吾行无爽，于吾何诛？神祇尚不惧[⑤]，况妖犬乎！固可以正制之耳。”乃许焉。犬忽化为人，拜曰：“幸得奉事，然捷飞钝于行，请元从暂为驴，借捷飞乘之，乃可从行。”泰惊不对，乃驱其仆下路，未数步，不觉已为驴矣。犬乃乘之。泰甚惧，然无计御之，但仗正心而已。

【注释】

①田弘正(764—821)：字安道，田承嗣侄。元和七年(812)，魏博节度使田季安死，他为众拥立，听命于朝，继任节度使。十年(815)，出兵帮助朝廷讨伐吴元济的反叛。后又逼使成德节度使王承宗归唐，并出兵讨平平卢淄青节度使李师道的叛乱。十五年(820)转任成德军节度使。次年，为原成德军都知兵马使王廷凑所杀。令公：对中书令的尊称。中唐以后，节度使多加中书令，使用渐滥。失律：军行无纪律。《易·师》：“师出以律，失律，凶也。”后以指战事失利。

②信都：古县名。汉置，治今河北冀州。隋大业初并入长乐，唐初复改信都，唐末曾改尧都，不久复旧。

③俄而：突然间。《春秋公羊传·桓公二年》：“俄而可以为其有矣。”

④行爽：行为过错。《韩诗外传》卷一：“世不已知而行之不已者，是爽行也。上不已用而干之不止者，是毁廉也。行爽廉毁，然且弗舍，惑于利者也。”

⑤神祇(qí)：指天神和地神，泛指神明。唐李朝威《柳毅传》：“吾不知子之牧羊，何所用哉？神祇岂宰杀乎？”

【译文】

长庆元年，中书令田弘正在镇阳兵败时，进士王泰正在城中。听到战事开打，就出城南逃。这时候两军正在城外交战，王泰就白天藏起来，夜里再赶路。来到信都地界五六里，忽然有一条黄狗跟上来。不久这条狗对王泰说：“这条路十分危险，为什么你要赶夜路呢？”王泰沉默了好大一会儿，才据实回答道：“因为镇阳已经开战了。”黄狗说：“不过遇到我捷飞，也是公子的福气。公子答应让我做您的仆从，就没什么祸患了。”王泰心想：“人要是在阳间办错事，就会有人责罚；要是在阴间办错事，就会有鬼神责难。我王泰行事正直，没有被杀的理由。我连鬼神都不怕，何况一条妖狗呢！我当然可以用我的正气制服它啊！”王泰于是就答应了黄狗。黄狗忽然就变成了人，向王泰施礼道：“能服侍公子是我的荣幸，可是我捷飞走不快，请允许我将您的侍从变成一头驴，让我骑着它，那样才可以跟着您赶路。”王泰吃惊得说不出话来，就让自己的仆从下到地上，没走几步，不知不觉已经变作了一头驴子。黄狗便骑上它。王泰害怕极了，可是却也拿这条狗没办法，只是仗着自己有一颗正直之心罢了。

偕行十里，道左有物[①]，身长数尺，头面倍之，赤目而髯者，扬眉而笑曰：“捷飞安得事人[②]？”犬曰：“吾乃委质于人[③]。”乃曰：“郎幸无怖。”大头者低面而走。又数里，逢大面多眼者，赤光闪闪，呼曰：“捷飞安得事人？”又对如前。多眼者亦遁去。捷飞喜曰：“此二物者，以人为上味，得人则戏投而争食之，困然后食。今既去矣，余不足畏。更三五里有居人刘老者，其家不贫，可以小憩。”

【注释】

①道左：道路左侧。泛指路旁。唐李朝威《柳毅传》：“至六七里，鸟起马惊，疾逸道左。”

②事:侍奉,服侍。唐李白《梦游天姥吟留别》:"安能摧眉折腰事权贵,使我不得开心颜!"

③委质:弃身,置身。唐骆宾王《上司刑太常伯启》:"侧闻鲁泽祥麟,希委质于宣父。"

【译文】

一起走了十里路,看到路旁有一个怪物,身子有数尺长,头却有身子的二倍大,红眼睛,长胡须,扬眉笑着问黄狗:"捷飞怎么服侍起人来了?"黄狗说:"我本来就是供人驱使的啊!"黄狗又对王泰说:"公子不要害怕。"大头怪物低着头就跑走了。又走了几里路,遇到一个脸上长着很多眼睛的怪物,眼睛放射出的红光,闪闪发亮。怪物朝黄狗喊道:"捷飞怎么服侍起人来了?"黄狗又重复了刚才回复大头怪物的话。多眼怪物也逃走了。捷飞高兴地说道:"这俩怪物最爱吃人,它们捉到人后总要把人戏弄到筋疲力尽后才吃掉。现在它们都已经走了,剩下的就更不用怕了。再往前走三五里,有一位姓刘的老人,他家不穷,我们可以到他家稍微休息一下。"

俄而到焉,乃华居大第也[①]。犬扣其门,有应而出者,则七十余老人,行步甚健,启门,喜曰:"捷飞安得与上客来[②]?"犬曰:"吾游冀州不遇,回次山口[③],偶事王郎,郎以违镇阳之难,不敢昼行,故夜至。今极困,愿得稍休。"老人曰:"何事不可!"因揖以入,馆泰于厅中[④],盘馔品味[⑤],果栗之属,有顷而至。又有草粟筐贮饲马,化驴亦饱焉。当食而捷飞预坐,曰:"倦行之人,夜蒙嘉馔,若更有酒,主人之分尽矣。"老人曰:"不待启言,已令涤器。"俄有小童陈酒器,亦甚精洁。老人令捷飞酌焉,遂与同饮。数巡[⑥],捷飞曰:"酒非默饮之物,大凡人之家乐[⑦],有上客而不见,复谁见乎?"老人曰:"但以山中妓女不足恃为惧[8]，安敢惜焉！”遽召宠奴。有顷，闻宠奴至，乃美妓也，貌称三十余，拜泰而坐其南，辞色颇不平。泰请歌，即唱；老人请，即必辞拒。犬曰：“宠奴之不肯歌者，当以无侣为恨耳。侧近有花眼者，亦善歌，盍召乎？”主人遽令邀之。少顷，呼入，乃十七八女子也，其服半故，不甚鲜华，坐宠奴之下。巡及老人[9]，请花眼即唱，请宠奴即不唱。其意愈不平，似有所诉。巡又至老人，执杯固请不得，老人颇愧，乃笑曰：“常日请歌，宠奴未省相拒[10]，今有少客，遂弃老夫耶？然以旧情当未全替，终请一曲。”宠奴拂衣起曰：“刘琨被段匹磾杀却[11]，张宠奴乃与老野狐唱歌来！”灯火俱灭，满厅暗然。徐窥户外似明，遂匍匐而出。

【注释】

①第：官邸，大的住宅。《史记·孟子荀卿列传》：“齐王嘉之，自如淳于髡以下，皆命曰列大夫，为开第康庄之衢，高门大屋，尊宠之。”

②上客：上宾，尊贵的客人。《战国策·秦策》：“秦兵下赵，上客从赵来，赵事何如？”宋姚宏注：“上客，尊客。”

③次：旅行所居止的处所。《易·旅》：“旅即次，怀其资，得童仆，贞。”三国魏王弼注：“次者，可以安行旅之地也。”

④馆：寓居，留宿。《孟子·尽心》：“孟子之滕，馆于上宫。”汉赵岐注：“馆，舍也。上宫，楼也。孟子舍止宾客所馆之楼上也。”

⑤盘馔（zhuàn）：盘盛肴馔的统称。品味：各种肴馔。《礼记·少仪》：“问品味。曰：‘子亟食于某乎？’”

⑥巡：酒席上给全座依次斟酒一遍叫一巡。

⑦家乐：豪富之家蓄养的歌妓。

⑧妓女：女歌舞艺人。《后汉书·济南安王康传》："错为太子时，爱康鼓吹妓女宋闰，使医张尊招之，不得。"

⑨巡：也叫巡杯，酒宴上主人依次向客人劝酒。

⑩未省：未曾，没有。唐白居易《寻春题诸家园林》："平生身得所，未省似而今。"

⑪刘琨(271—318)：字越石，中山魏昌(今河北无极)人。晋怀帝时任并州刺史，愍帝建兴二年(314)，都督幽州、并州、冀州三州军事，多次与刘聪、石勒相对抗。后与幽州刺史段匹磾结盟，为段所忌，被绞杀。段匹磾(？—321)：辽西鲜卑段部的部族大人，晋朝官员，官至幽州刺史、假抚军大将军。

【译文】

很快就到了那里，是一座非常豪华的大宅院。黄狗叩动宅门，有人应答着出来，是一位年过七旬的老人，行走都还很利落，打开大门，高兴地说道："捷飞怎么能跟贵客一起来这里？"黄狗回答："我到冀州游玩，朋友却不在家，回来的路上路过山口，偶然间得以事奉王公子。王公子为了躲避镇阳的战乱，白天不敢赶路，所以夜里才到这里。现在困乏极了，想在这里稍做休息。"老人说："这有什么不行的！"老人向王泰施礼，请王泰进门，并在厅堂里设宴款待他们，美味佳肴、瓜果之类，很快就端了上来。又拿草料喂了王泰的马，仆人变的毛驴也吃得饱饱的。要开饭了，捷飞准备入座时又说："我们这疲于赶路的人，半夜里承蒙您美味佳肴招待，要是再有酒喝，您这东道主的情谊真就完美了。"老人说："不用您开口讨酒喝，我已经命人在洗酒具了。"过了不久就有小童把酒器摆上饭桌，酒器也都十分精美、洁净。老人让捷飞斟酒，于是大家一起喝起酒来。酒过数巡，捷飞说："酒不是闷头饮用的东西，凡是豪富之家蓄养的歌妓，有尊贵的客人来都不出来相见助兴，那她们想见谁、为谁助兴呢？"老人说："只是担心她们这些山野歌妓没资格侍奉贵客，我又怎么会舍不得让她们出来演出助兴呢！"于是赶紧命人把宠奴召来。过了不久，就听到宠奴到了，实在是一位貌美的歌妓，看模样有三十多岁，向王泰施礼后就坐在他的南面，言辞和神色都很有些不满的意思。王泰请她唱一曲，她就唱；老人请她唱，她就一定严词拒绝。黄狗捷飞说："宠奴之所以不肯唱歌，应该是遗憾没有伴唱的人吧。不远处有个叫花眼的人，也非常擅长唱歌，为什么不去叫来呢?"主人马上命人去请花眼。很快，就把花眼叫进房间，是个十七八岁的姑娘，穿着半新不旧，不怎么艳丽华美，就在宠奴下首处坐下。轮到老人敬酒时，老人请花眼唱歌花眼就唱，请宠奴却不唱。宠奴更生气了，好像有什么要说的。又轮到老人敬酒时，老人端着酒杯怎么请她唱都不肯，老人感到非常羞愧，于是笑着说："平时请你唱歌，宠奴从未拒绝过我，今天有年轻客人临门，就把老夫我放一边了吗？可是往日的情分应该没有全部丢弃，还是想请你唱一曲。"宠奴愤激地撩动衣裙站起身子，说道："刘琨被段匹磾杀死了，我张宠奴才给你这老野狐唱歌的！"这时候，厅堂里的灯火都灭掉了，整个厅堂漆黑一片。王泰慢慢往窗外看去，好像有点亮光，于是就匍匐着身子爬出来了。

顾其厅，即大墓也。马系长松下，旧仆立于门前，月轮正午[①]。泰问其仆曰："汝向者何为?"曰："梦化为驴，为人所乘，而与马偕食草焉。"泰乃寻前路而去。行十余里，天曙，逢耕人，问之曰："近有何墓?"对曰："此十里内，有晋朝并州刺史刘琨歌姬张宠奴墓。"乃知是昨夜所止也。又三数里，路隅有朽骷髅[②]，傍有穿穴，草生其中，近视之，若四眼，盖所召花眼也。而思大头、多眼者，杳不可知也。

【注释】

①月轮正午：指正当午夜。

②路隅：路边。

【译文】

回过头去再看那厅堂，却是一座大墓。自己的马在大松树下拴着，原先那仆从在墓门前站着，天上一轮满月，正是子夜时分。王泰就问他的仆从："刚才你干什么了？"仆从回答说："我梦见自己变成了驴，被人骑着，而且和马一起在这里吃草。"王泰于是沿着先前的路继续走。走了十多里，天就亮了，遇到种地的人，就问道："这附近有什么墓地吗？"种地的人说："离这里不足十里，有晋朝并州刺史刘琨的歌姬张宠奴的墓地。"王泰这才意识到昨晚就是到了宠奴的坟墓里。又前行了三里多路，王泰看到路边有一具腐烂的骷髅，骷髅近旁有一处被扒开的墓穴，洞口野草丛生，走近看这具骷髅，好像有四只眼睛，王泰觉得可能就是昨晚召来的花眼。而那大头怪、多眼怪，就完全不知道是什么东西了。

吾尝以儒视世界，人死固有鬼；以释观之[①]，轮回之义[②]，理亦昭然。奈何此妓华落千载[③]，犹歌于冥冥之中[④]。则信乎视听之表，圣贤有不言者也[⑤]。

【注释】

①释：指释迦牟尼创立的佛教。

②轮回：佛教用语。梵语的意译，原义为流转。佛教认为众生各依善恶业因，在"天道、人道、阿修罗道、地狱道、饿鬼道、畜生道"等六道中生死交替，有如车轮般旋转不停，故称。也叫"六道轮回"或"轮回六道"。

③华落：这里喻指死去。华，花。

④冥冥：阴间。《汉书·孝武李夫人传》："去彼昭昭，就冥冥兮；既下新宫，不复故庭兮。"

⑤圣贤有不言者：指孔子不言鬼怪之事。《论语·述而》："子不语怪力乱神。"

【译文】

我曾以儒家的眼光看这世界，人死之后自然是有鬼神的；以佛家的眼光看这世界，生死轮回，也是显而易见的。那位千年前死去的歌妓，奈何在千年之后还要在阴间歌唱。通过这件事，我才相信在耳闻目见之外，真有孔圣人不愿言说的神怪啊。

叶氏妇

叶诚者，中牟县梁城乡染人也[①]。妇耿氏，有洞晦之目[②]，常言曰："天下之居者、行者、耕者、桑者、交货者、歌舞者之中，人鬼各半。鬼则自知非人，而人则不识也。"其家有牛骍而角者[③]，夫妇念之可知矣。元和二年秋，忽有二鬼，一若州使，一若地界[④]，入圈视牛，曰："引重致远，毛角筋骨可爱者[⑤]，吾州无如此牛也。"若地界者曰："何远役追牛？"曰："王之季女适南海君次子[⑥]，从车五百两[⑦]，两一牛，皆天下之美俊者。河南道配供十牛，当州唯一，只此牛耳，盍报使乎？"遂去。其妇视牛，则惴惴然喘[⑧]，汗流若沃水矣[⑨]。其翁染人也，遽取蓝花涂之。才毕，有军吏紫衣乘马，导从数十骑，笑而入视牛，则异前所报矣。军吏大怒，执地界，将决之[⑩]，责曰："贵主远嫁[⑪]，一州择牛，既此牛中，奈何虚妄！"对曰："适与衙官对定，所以驰报。及回失牛，乃本牛主隐匿也。请收牛主问之，牛不远矣。"乃令捉主人来。遂数人登阶，捽其翁以出，其家只见中恶[⑫]，呼不应矣。长幼绕而呼之，妇独不哭，乃汲水浇牛，蓝色尽，见界吏牵去而翁复来，上阶，乃承呼而起曰："吾为军吏责以隐牛，方欲洗涤，赖新妇自洗，遂得放归。"使视其牛，已死矣。杨曙方宰中牟，闻此说，乃召而问之，一无谬矣。

【注释】

①中牟县：在河南郑州东部、黄河南岸。汉置中牟县，隋初改名圃田县，唐武德初复改中牟县。染人：泛指从事染布帛的工匠。唐白居易《醉后狂言酬赠萧殷二协律》："因命染人与针女，先制两裘赠二君。"

②洞：洞悉，通晓，看穿。《晋书·郭璞传》："由是遂洞五行、天文、卜筮之术。"

③骍（xīng）：赤色的牲口。《尚书·洛诰》："文王骍牛一，武王骍牛一。"

④地界：土地神，掌管某一地区的神。

⑤可爱：讨人喜爱。《尚书·大禹谟》："可爱非君？可畏非民？"

⑥季女：小女儿。唐韩愈《朝散大夫商州刺史除名徙封州董府君墓志铭》："长女嫁吴郡陆畅，其季女，后夫人之子。"

⑦两：量词。用于车辆。《尚书·牧誓序》："武王戎车三百两。"

⑧惴惴：恐惧的样子。《诗经·小雅·小宛》："惴惴小心，如临于谷。"

⑨沃：把水从上浇下。《论衡·偶会》："使火燃，以水沃之，可谓水贼火。"

⑩决：处死犯人。

⑪贵主：尊称对方的主人。《晋书·李雄载记》："雄大悦，谓淳曰：'贵主英名盖世，土险兵强，何不自称帝一方？'"

⑫中恶：得暴病。《三国志·吴书·吴主权潘夫人传》："诸宫人伺其昏卧，共缢杀之，托言中恶。"

【译文】

叶诚是中牟县梁城乡的染匠。他的妻子耿氏，有透视冥界的能力，她常常说："天下的定居的人、行路的人、耕田的人、种桑的人、运输的人、唱歌跳舞的人之中，人鬼各占一半。鬼知道自己不是人，但人却不知道他们是鬼。"她家里有一头红色的长角的牛，夫妻之间的念叨，它都能听明白。元和二年秋天，忽然有两个鬼，一个像是州里的官吏，一个像是土地神，进入牛圈看牛，说："这头牛能负重行远，它的毛、角、筋骨，都令人非常喜欢，我们州里再没有像这头牛的了。"那个像土地神的说："有什么远役要征牛？"那个像州吏的说："大王的小女儿要嫁给南海君的次子，随嫁的有五百辆车，一辆车一头牛，都是天下非常俊美的牛。要求河南道贡十头牛，本州当贡一头，就这头牛了，何不报告使者？"于是就走了。叶氏妇看着这头牛，这头牛惴惴不安、气喘吁吁，身上的汗如同水浇的一般。她的公公是一个染匠，马上用蓝色颜料涂抹在牛身上。刚刚涂抹完，有一个穿着紫色衣服的军吏骑着马过来，跟着数十个骑着马的随从，笑着进来看牛，发现与之前报告的不一样。军吏大怒，抓住土地神，要处决他，责备他说："你主子的女儿远嫁，在这一州里找一头牛，既然选中了这头牛，为什么又弄虚作假？"土地神说："刚才与衙官已经核对过，所以赶快回去报告。等回来的时候，牛就没了，一定是牛的主人藏匿了牛。请把牛的主人抓来询问，那就离找到牛不远了。"军吏就命令捉拿牛的主人。接着几个人登上台阶，揪住叶氏妇的公公就出去了，他的家人见他忽然得了暴病，呼叫他也没有反应。家里的老少都围绕着他呼天抢地，只有叶氏妇不哭，她打来水，浇在牛身上，牛身上的蓝色颜料洗去了，看到阴间的官吏把牛牵去而公公就苏醒过来了，她公公上到台阶上，随着大家的呼喊声起来说："我因为隐藏牛而受到阴间军吏的责罚，正要给牛洗去颜色，因为儿媳妇洗了，所以被放了回来。"他让家人去看那头牛，牛已经死了。杨曙正在中牟县做县宰，听说了这件事，于是把叶氏妇召来询问，结果确实是如此。

马仆射总

检校右仆射马总[①]，元和末节制东平[②]。长庆二年六月十日午时，寝熟，梦二军吏乘马入中门，及阶而下，一人握刀拱手而前，曰："都统屈公[③]。"公惊曰："都统谁耶？"曰："见则知矣。"公欲不去，使者曰："都统之命，仆射不合辞。"不觉衣服上马。一吏引，一吏从，遂出郓州北郭门数百里[④]，入城又数十里，见城门题曰"六押大都统府"。门吏武饰，威容甚严。入一二百步，有大衙门，正北百余步，有殿九间，垂帘下有大声曰："屈上阶。"阴知其声，乃杜司徒佑也[⑤]，遂趋而升，二阍竖出卷帘[⑥]。既而见之，果杜司徒也。公素承知友，交契甚深[⑦]，相见极喜，慰劳如平生。遂揖坐，都统曰："莫怪奉邀否？佑任此官，年劳将转[⑧]，上司许自择替。中朝之堪付重权者[⑨]，今揣量无逾于阁下者，将欲奉托耳。此官名六押大都统，阴官不是过也，且以大庇亲族知友耳。人之生世，白驹过隙，谁能不死。而又福不再遇，良时易失，苟非深分[⑩]，岂荐自代。权位既到，幸勿因循[⑪]。"

【注释】

①检校：勾稽查核之意，加于官名之前。南北朝时以他官派办某事，加"检校"，非正式官名。隋唐时入衔，凡带此字样者均系诏除的加官，仅表示官品高下。宋时多加授文武大臣。元明清三代检校皆低级官员，与唐宋检校官不同。右仆射：官名。秦始置，汉以后因之。汉成帝建始四年（前29），初置尚书五人，一人为仆射，位仅次尚书令，职权渐重。汉献帝建安四年（199），置左右仆射。唐宋左右仆射为宰相之职，宋以后废。马总（？—823）：字会元，扶风（今属陕西）人。历任方镇，终于户部尚书，卒赠右仆射，谥懿。著有《意林》。

②节制:指挥管辖。东平:地名。在今山东省中西部。

③屈:邀请。宋王谠《唐语林》:"卫公不悦,遣马屈白员外至。"

④郓州:隋开皇十年(590)置,治万安(今山东郓城)。唐贞观中移治须昌(今山东东平西北),辖境相当今山东菏泽地区东北部。宋移治须城(今山东东平),辖境缩小,宣和元年(1119)升为东平府。

⑤杜佑(735—812):字君卿,京兆万年(今陕西西安)人。初以父荫补参军,后官司徒,封岐国公。佑性嗜学,该涉古今,撰《通典》二百卷,传于世。司徒:职官名。《周礼》地官有大司徒,为六卿之一,掌理教化。汉哀帝时改丞相为大司徒,东汉时改为司徒,主管教化,与大司马、大司空并为三公。魏沿用,但三公仅为虚衔,不涉朝政。隋唐以后三公参议政事。

⑥阉竖:对宦官的蔑称。《新唐书·魏元忠传》:"阉竖者,给宫掖扫除事,古以奴隶畜之。"

⑦交契:交情。唐王勃《与契苾将军书》:"仆与此公早投交契,夷险之际,始终如一。"

⑧年劳:官吏任职的年资与劳绩。《北齐书·文襄帝纪》:"魏自崔亮以后,选人常以年劳为制。"

⑨中朝:朝中。《三国志·魏书·杜畿传》:"中朝苟乏人,兼才者势不独多。"

⑩深分:深厚的契分、交情。《资治通鉴·汉献帝初平三年》:"曹今虽弱,然实天下之英雄也,当故结之。况今有缘,宜通其上事,并表荐之,若事有成,永为深分。"

⑪因循:犹豫。《旧唐书·高骈传》:"既知历数犹在,讴谣未移,则怀拗怒之臣,贮救难除奸之志,便须果决,安可因循!"

【译文】

检校右仆射马总,在元和末年管辖东平。长庆二年六月十日中午,午觉睡得很熟，梦到两个军吏乘马进入中门，到了台阶才下马，一个人握着刀拱手走到马总的前边，说："都统请您。"马总十分惊讶地说："都统是谁？"军吏回答说："见了就知道了。"马总想不去，军吏说："都统的命令，仆射不应该推辞。"马总不自觉地就穿上衣服骑上了马。一个军吏在前面引路，一个军吏在后边跟随，于是从郓州城北门出来，走了数百里，进入一座城，又行了数十里，见到城门上题写着"六押大都统府"。门吏都是武人的装束，十分威严。进入后步行一二百步，有一座大衙门，正北方百余步处，有一座共九间的殿，里面垂帘的下边有人大声说："请上台阶来。"马总根据声音判断出这是司徒杜佑，于是跑上去，两个宦官出来卷起了帘子。见面后，果然是杜司徒。马总与他向来是好朋友，交情很深，相见之后很高兴，互相慰问像平时一样。于是作揖入座，都统说："不要怪罪我邀请您过来，杜佑任职此官，按资历该转走了，上司允许我自己寻找接替者。朝中能堪大任者，我仔细考虑了一下，没有能够超过您的，因此，我想把这个官职托付给您。此官名六押大都统，在阴间这是很大的官职，而且还可以庇佑亲友。人生在世，如白驹过隙，谁能不死。而且福气又不能再次遇到，好机会很容易错过，如果不是我们有深厚的交情，怎么会推荐您代替我呢。官位已经在眼前，希望您不要犹豫。"

公曰："生为节制，死岂为民，阳禄方崇，阴位谁顾。直使为王且不愿[①]，况都统哉？"杜曰："上请授公，天命难拒。文符即下，何能违天！"公曰："天听甚卑[②]，亦从人欲，奈何自取求替，诬其天命乎？"杜曰："终与公，公岂能免。"公曰："终不受，都统安能与？必若以鬼相逼，岂无天乎？"杜乃顾谓群吏曰："公既拒，事不谐矣！"公曰："渴，请一两盂茶[③]。"杜乃促煎茶。从吏曰[④]："仆射既不住，不合饮此茶。况时热，不可久住，宜速命驾。”俄而牵马立于故处，公辞将去，都统步步送之。既下阶，执手曰：“勉修令图[5]，此位终奉。”遂乘马南行，旧吏引从如初，乃却从故道而归，入北郭，从吏忽大叫。公惊，回视，应声坠马，忽寤，乃申候也[6]。姬仆之辈，但见熟寐，不知其他。明年，罢镇还京，及夏而薨，斯乃果从所请乎？公之将薨也，有兖人逢甲兵万骑拥公东去者[7]，得非赴是职欤[8]？

【注释】

①直使：犹即使。宋辛弃疾《新居上梁文》：“直使便为江海客，也应忧国愿年丰。”

②天听：上天的听闻。《尚书·泰誓》：“天视自我民视，天听自我民听。”

③盂：盛饮食或其他液体的圆口器皿。

④从吏：泛指属员。《史记·曹相国世家》：“相舍后园近吏舍，吏舍日饮歌呼。从吏恶之，无如之何。”

⑤令图：善谋，远大的谋略。《左传·昭公元年》：“臣闻君子能知其过，必有令图。令图，天所赞也。”

⑥申候：犹申时，下午三点至五点。

⑦兖：即兖州。唐辖今山东济宁、泰安、莱芜、泗水、邹城、金乡等地。

⑧得非：犹得无，莫非是。《魏书·郭祚传》：“祚曰：‘高山仰止。’高祖曰：‘得非景行之谓？’”

【译文】

马总说：“我生时为官，死了也不会成为普通百姓，我在阳间拥有高官厚禄，哪会关注阴间的官位。即使做王我都不愿意，况且是都统呢？”

杜佑说:“上天的旨意要把官职授予你,天命难以抗拒。文书已经下来了,怎么能违背上天呢!”马总说:“上天的听闻很是谦恭,也听从人的意愿,为什么是自己请求被代替,然后诬陷说是上天的旨意呢?”杜佑说:“最终要授予您,您怎么可能推掉。”马总说:“我肯定不会接受,都统怎么能授予?一定要以鬼神相逼,这还有天理吗?”杜佑回头看着众多小吏说:“马总既然拒绝接受,事情就办不成了!”马总说:“我渴了,请给我一两杯茶水。”杜佑催促属下快去煎茶。属下说:“马仆射既然不住在这里,就不应该喝这里的茶。况且天气很热,不应在这里久留,应该让他快点回去。”不久牵来一匹马,站在原来下马的地方,马总告辞而去,都统一步步地相送。下了台阶,都统牵着马总的手说:“努力培育您的远大谋略,这个位置终究会给您留着。”于是骑马往南走,原来那两个军吏还像来时一样,引导着马总从原来的那条道路回去了,进入北城,跟随的军吏忽然大叫。马总大惊,不觉回头一看,便应声坠马,忽然就梦醒了,此时已是申时了。妻妾奴仆,只见马总熟睡,并不知道梦中之事。第二年,马总罢官回到京城,到了夏天就死了,这果然是接受都统的邀请了吗?马总将要死的时候,有一个兖州人遇到一万多穿着盔甲的骑兵簇拥着马总向东而去,这莫非是马总赴任六押大都统了吗?

卷十一

【题解】

本卷共五篇。《华山客》写在华山隐居的党超元，晚上有一个美貌女子来访，她自称是修仙的狐女，要真正成仙，还要死于猎人之手一次，这是宿命。狐女请求他能够救她一命，使之能够最后成仙。党超元按照她的要求，将她的尸体从猎人的手中要来，并将她送回巢穴，狐女最后得以成仙。狐女送给他价值不菲的金子作为报酬。这则故事明确地写到了狐女修仙及其劫数，这在中国古代文学史上是比较早的案例。《尹纵之》写尹纵之在山上学习时，有一个漂亮的农家女子偷听他弹琴，尹纵之发现后将她邀至家中，并与之共度良宵。第二天天明时，尹纵之执意留下这个女子的一只鞋作为信物，但后来发现她原来是一头母猪，尹纵之让人射死了这头母猪，自己因此遭到报应，一生无所成就。《王煌》写一个叫王煌的人，途中遇到一个漂亮的寡妇，便娶其为妻。后来被一道士识破，王煌所娶的这个女子是一个鬼，如果不及早远离她将必死无疑。王煌不听，果然死于非命，死状惨不忍睹。《岑曦》写客居在相国岑曦家的郑知古，深夜听到哭泣求饶之声，并看到一个高大的鬼前来捉拿岑曦，还砍掉了他的头颅。第二天一早，岑曦上早朝，感觉自己的脖子疼，本来想请假休息，但最终还是上早朝去了，不久传来岑曦被朝廷斩首的消息，验证了郑知古深夜所看到的并非虚假。《李沈》写李沈按照好友李擢的指示，帮助其投胎转世，并在他还是一个婴孩时，助其想起了前世。故事曲折，引人入胜。

华山客

党超元者，同州郃阳县人[①]。元和二年，隐居华山罗敷水南。明年冬十二月十六日，夜近二更，天清月朗，风景甚好，忽闻扣门之声。令童候之[②]，云："一女子，年可十七八，容色绝代，异香满路。"超元邀之而入，与坐，言词清辩，风韵甚高，固非人世之材。良久，曰："君识妾何人也[③]？"超元曰："夫人非神仙耶，必非寻常人也。"女曰："非也。"又曰："君知妾此来何欲？"超元曰："不以陋愚，特垂枕席之欢耳[④]。"女笑曰："殊不然也。妾非神仙，乃南冢之妖狐也。学道多年，遂成仙业。今者业满愿足[⑤]，须从凡例，祈君活之耳。枕席之娱，笑言之会，不置心中有年矣，乞不以此怀疑，若徇微情，愿以命托。"超元唯唯[⑥]。又曰："妾命后日当死于五坊箭下[⑦]。来晚猎徒有过者，宜备酒食以待之。彼必问其所须，即曰：'亲爱有疾[⑧]，要一腊狐，能遂私诚，必有殊赠。'以此恳请，其人必从。赠礼所须，今便留献。"因出束素与党[⑨]，曰："得妾之尸，请夜送旧穴。道成之后，奉报不轻。"乃拜泣而去。

【注释】

①同州：西魏废帝三年(554)改华州置州。治武乡（隋改名冯翊，今陕西大荔）。唐辖境相当今陕西大荔、合阳、韩城、澄城、白水等地。

②候：看望，问候。《汉书·李广苏建传》："朝夕遣人候问武。"

③妾:旧时妇女自称的谦辞。《古诗为焦仲卿妻作》:“妾不堪驱使,徒留无所施。”

④垂:施与,赐予。汉桓宽《盐铁论·本议》:“陛下垂大惠,哀元元之未赡,不忍暴士大夫于原野。”枕席:指男女媾欢。三国魏曹植《种葛篇》:“与君初婚时,结发恩义深。欢爱在枕席,宿昔同衣衾。”

⑤业满:谓因果业报已经完结。

⑥唯唯:恭敬的应答声。《汉书·司马相如传》:“齐王曰:‘虽然,略以子之所闻见言之。’仆对曰:“唯唯。”’”唐颜师古注:“唯唯,恭应之辞也。”

⑦五坊:唐代为皇帝饲养猎鹰猎犬的官署。至宋初始废。

⑧亲爱:至亲好友。三国魏曹植《赠白马王彪》:“郁纡将难进,亲爱在离居。”

⑨束素:一束绢帛,用作礼品。《旧五代史·晋书·郑阮传》:“有属邑令,因科醵拒命,密以束素募人阴求其过,后竟停其职。人甚非之。”

【译文】

党超元是同州郃阳县人。元和二年,隐居华山罗敷河南边。第二年冬天十二月十六日,晚上接近二更,天晴月朗,风景很好,忽然听到有敲门的声音。党超元令书童去看一看,书童说:“一个女子,年龄大约十七八岁,无比美丽,来的路上充满异香。”党超元邀请她进来,请她坐下,她说话清晰明辩,气质优雅,必定不是人世间的女子。过了很长时间,她说:“您认为我是什么人?”超元说:“夫人即使不是神仙,也必定是非同寻常的人。”女子说:“不是。”她又说:“您知道我来这里的目的吗?”超元说:“您不嫌弃我浅薄,是专门来寻求男女之欢的吧。”女子笑着说:“根本不是。我不是神仙,是南边坟墓里的妖狐。学道很多年,有了修成神仙的根基。今天我的仙业已经修满,心愿也实现了,需要依从惯例死一次，祈求您能够让我活下去。男女之欢，聚会谈笑，不想这些事已经有很多年了，请您不要在这方面怀疑我，如果能得到您的些许同情，情愿以命相托。”超元恭敬地答应了。女子又说：“后天我当死于五坊人的弓箭之下。明天晚上有猎人路过这里，宜准备好酒食热情招待他们。他们一定会问您有什么需要的，您就说：‘亲友有病，要一只腊狐，如果能够得到，一定以厚礼相赠。’您这样恳请他们，那些人一定会答应的。赠送所需要的礼物，我现在就留在这里。”于是把一束绢帛交给党超元，女子说：“得到我的尸体，请在晚上送回到我的洞穴。学道成功之后，不会少报答您的。”说完女子向他施礼，哭着离去了。

至明，乃鬻束素以市酒肉，为待宾之具。其夕，果有五坊猎骑十人来求宿，遂厚遇之。十人相谓曰：“我猎徒也，宜为衣冠所恶。今党郎倾盖如此[①]，何以报之？”因问所须，超元曰：“亲戚有疾，医藉腊狐，其疾见困，非此不愈。”乃祈于诸人：“幸得而见惠[②]，愿奉五素为酒楼费。”十人许诺而去。南行百余步，有狐突走绕大冢者，作围围之，一箭而毙。其徒喜曰：“昨夜党郎固求，今日果获。”乃持来与超元，奉之五素。既去，超元洗其血，卧于寝床，覆以衣衾。至夜分人寂，潜送穴中，以土封之。后七日夜半，复有扣门者，超元出视，乃前女子也，又延入。泣谢曰：“道业虽成，准例当死，为人所食，无计复生。今蒙深恩，特全毙质，修理得活，以证此身。磨顶至踵[③]，无以奉报。人尘已去，云驾有期，仙路遥遥，难期会面。请从此辞。药金五十斤[④]，聊充赠谢。此金每两值四十缗，非胡客勿示。”乃出其金，再拜而去，且曰：“金乌乍分[⑤]，有青云出于冢上者，妾去之候也。火宅之中[⑥]，愁焰方炽，能思静理，少涤俗心[⑦]，亦可一念之间，暂臻凉地。勉之！勉之！"言讫而去。明晨往视，果有青云出于冢上，良久方散。及验其金，真奇宝也。即日携入市，市人只酬常价。后数年，忽有胡客来请，曰："知君有异金，愿一观之。"超元出示，胡笑曰："此乃九天液金，君何以致之？"于是每两酬四十缗，收之而去。后不知其所在耳。

【注释】

①倾盖：车上的伞盖靠在一起。常用来形容朋友相遇，亲切谈话的情况。《孔子家语·致思》："孔子之郯，遭程子于途，倾盖而语终日，甚相亲。"

②见惠：谢人贶赠的谦辞。

③磨顶至踵：即摩顶至踵，形容不辞劳苦，不顾身体。

④药金：用药物炼制成的假金。《旧唐书·孟诜传》："诜少好方术，尝于凤阁侍郎刘祎之家，见其敕赐金，谓祎之曰：'此药金也。若烧火其上，当有五色气。'试之果然。"

⑤金乌：相传日中有三足乌，世因称太阳为金乌。唐韩愈《李花赠张十一署》："金乌海底初飞来，朱辉散射青霞开。"

⑥火宅：佛教语，多用以比喻充满众苦的尘世。

⑦少：稍，略。《庄子·徐无鬼》："今予病少痊，予又且复游于六合之外。"

【译文】

第二天早晨，他就卖掉绢帛，买了酒肉，作为招待宾客的食物。到了晚上，果然有五坊的十个猎人，骑马来求宿，党超元便好好招待了他们。十个人互相交谈说："我们只是猎人，为士大夫所恶。今天党先生如此招待我们，我们拿什么报答他呢？"因此便问他有什么需要，超元说:“有个亲戚得了重病,需要用一只腊狐来治疗,他的病越来越严重,没有这个东西治不好。”党超元向他们祈求说:“如果能得到你们的恩惠,愿送五束绢帛作为你们以后的酒钱。”十个人许诺而去。他们南行百余步,有一只狐狸突然围绕着大坟墓跑,他们便把它包围起来,一支箭便把它射死了。他们高兴地说:“昨天晚上党先生非常想要的狐狸,今日果然获得了。”于是拿着狐狸给了超元,超元送给他们五束绢帛。他们离开之后,超元洗干净狐狸身上的血迹,让它卧在床上,盖上被子。到了夜深人静的时候,偷偷地把它送到狐狸的洞穴里,用土把洞口封上。过了七天,半夜时分,又有人来敲门,超元出去看视,原来是之前那个女子,再次请她进来。女子哭泣着感谢说:“我的道业虽然成功了,但是按照规定应该要死一次,并且为人所食,那么再也没有机会复生了。我非常感谢您的大德,保全了我的尸体,还帮助我复活,使我能够修行得道。您不辞辛苦,无以为报。我已经脱离凡尘,升仙在望,仙路遥远,很难再见面了。我就此告别了。这里有药金五十斤,权且作为感谢的礼物。此金每两价值四十缗,不是胡人不要拿出来示人。”女子把金子拿出来给他,再次拜谢而去,她还说:“明天太阳初升之时,有青云从大墓里升起,正是我离开的征兆。人世间,人的忧愁如同火焰,能够静下心来思考道术,稍微洗涤俗心,也可以在一念之间,暂时达到安静清凉之境地。努力!努力!”说完就走了。第二天早晨超元到大墓去看视,果然有青云从坟墓升起,很长时间才散去。等到验视她赠给的药金,真是珍奇的宝物。这一天便拿到市场上去卖,市场上的人只给一般的价格。过了几年,忽然有个胡人来访,说:“我知道您有奇异的金子,希望能够看一看。”超元拿给他看,胡人笑着说:“这个乃是九天液金,您是怎么得到的?”于是胡人以每两四十缗的价格把药金买走了。后来就不知道这些金子到哪里去了。

尹纵之

尹纵之,元和四年八月肄业中条山西峰[1],月朗风清,必吟啸鼓琴以怡衷[②]。一夕，闻檐外履步之声，若女子行者。纵之遥谓曰："行者何人?"曰："妾山下王氏女，所居不远，每闻郎君吟咏鼓琴之声，未尝不倾耳向风[③]，凝思于蓬户[④]。以父母训严，不敢来听。今夕因亲有适人者，父母俱往，妾乃独止。复闻久慕之声，故来潜听。不期郎之闻也。"纵之曰："居止接近[⑤]，相见是常。既来听琴，何不入坐?"纵之出迎，女子乃拜。纵之略复之，引以入户，设榻命坐。仪貌风态，绰约异常，但耳稍黑。纵之以为真村女之尤者也[⑥]。山居闲寂，颇积愁思，得此甚惬心也。命仆夫具果煮茗，弹琴以怡之。山深景静，琴思清远，女意欢极。因留宿，女辞曰："父母如何?"纵之曰："喜会是赴，固不夜归。五更潜复闭户为独宿者，父母曙到，亦何觉之?"女笑而止。相得之欢，誓将白首，绸缪之意[⑦]，无不备尽。

【注释】

①肄业：谓修习其业。《左传·文公四年》："臣以为肄业及之也。"晋杜预注："肄，习也。"中条山：在山西西南部，黄河和涑水河、沁河间。

②衷：内心。

③向风：景仰，仰慕。南朝梁陆倕《石阙铭》："于是天下学士，靡然向风。"

④蓬户：用蓬草编成的门户，指穷人居住的陋室，亦为谦辞。

⑤居止：居住。魏晋向秀《思旧赋·序》："余与嵇康、吕安，居止接近。"

⑥尤：最优异。

⑦绸缪：亲密缠绵。

【译文】

尹纵之，唐宪宗元和四年八月在中条山西峰修习学业，只要是月光皎洁、风轻云淡的夜晚，一定会吟诗弹琴以怡情悦性。一天晚上，尹纵之听到屋檐下有脚步声，好像是有女子在走路。尹纵之远远地问："走路的是什么人？"回答说："我是山下王姓家的女儿，住的地方离这里不远，每次听到您吟诗弹琴，无不恭听仰慕，令我在陋室中苦思冥想。因为父母管教严格，不敢过来聆听。今天晚上因为亲戚家有嫁人的，父母都去了，就剩下我一个人。再次听到久慕的吟诗弹琴之声，所以过来偷听。没有想到被您听到了。"尹纵之说："我们住得很近，以后相见是经常的事。既然来听琴，为何不进来坐一坐呢？"尹纵之出去迎接她，女子向她施礼。尹纵之略微回礼，并把她请入屋中，设座请她坐下。女子风姿貌美，体态柔和，只是耳朵稍稍有些黑。尹纵之认为她确实是村姑中最美丽的女子。尹纵之山中闲居寂寞无聊，颇为烦恼，能有一位姑娘到这里来自然感到非常高兴。便让仆人摆上水果，煮上茶，自己弹琴以取悦这位女子。山深景静，琴思清远，女子极为惬意。尹纵之请她住在这里，女子推辞说："与父母怎么说呢？"尹纵之说："结婚赴会，不会晚上回来的。五更天的时候偷偷回去，关上门，依然看上去是独自一人在家里，父母天亮时回来，怎么能觉察到呢？"女子笑着同意了。二人极尽男女之欢，发誓要白头偕老，缠绵之情，无不尽情感受。

天欲曙，衣服将归[①]，纵之深念，虑其得归而难召也，思留质以系之[②]。顾床前有青花毡履[③]，遽起取一只锁于柜中。女泣曰："妾贫，无他履，所以承足止此耳。郎若留之，当跣足而去[④]。父母召问，以何说告焉？杖固不辞[⑤]，绝将来之望也。"纵之不听，女泣曰："妾父母严，闻此恶声，不复存命。岂以承欢一宵，遂令死谢[⑥]？缱绻之言[⑦]，声未绝耳，不忘陋拙，许再侍枕席，每夕尊长寝后，犹可潜来。若终留之，终将杀妾，非深念之道也。绸缪之欢，弃不旋踵耳[8]，且信誓安在？”又拜乞曰：“但请与之，一夕不至，任言于邻里。”自五更至晓，泣拜床前，言辞万端。纵之以其辞恳，益疑，坚留之。将明，又不敢住，又泣曰：“是妾前生负郎君，送命于此。然郎之用心，神理所殛[9]，修文求名，终无成矣！”收泪而去。纵之以通宵之倦，忽寝熟，日及窗方觉，闻床前腥气，起而视之，则一方凝血在地，点点而去。开柜验毡履，乃猪蹄壳也。遽策杖寻血而行，至山下王朝猪圈，血踪入焉。乃视之，一大母猪，无后右蹄壳，血卧墙下，见纵之怒目而走。纵之告王朝，朝执弓矢逐之，一矢而毙。其年纵之下山求贡[10]，虽声华籍甚[11]，然终无成，岂负豕之罪欤[12]？

【注释】

①衣(yì)：穿衣。《韩非子·五蠹》：“妇人不织，禽兽之皮足衣也。”

②质：抵押品，人质。《战国策·赵策》：“必以长安君为质，兵乃出。”

③履：鞋子。《庄子·让王》：“原宪华冠縰履，杖藜而应门。”

④跣(xiǎn)足：光着脚，没穿鞋袜。

⑤杖：用棍子打，拷打。

⑥谢：道歉。《史记·项羽本纪》：“旦日不可不蚤自来谢项王。”

⑦缱绻(qiǎn quǎn)：情意缠绵不忍分离的样子。唐元稹《会真诗三十韵》：“留连时有限，缱绻意难终。”

⑧旋踵：一转脚，形容极短的时间。《汉书·陈汤传》：“令威名折冲之臣旋踵及身，复为郅支遗虏所笑，诚可悲也！”

⑨神理：犹神道。谓冥冥之中具有无上威力，能显示灵异、赐福降灾的神灵之道。南朝宋谢灵运《从游京口北固应诏诗》：“事为名

教用，道以神理超。”唐李善注：“《周易》曰：‘圣人以神道设教，而天下服。’”殛（jí）：诛，杀死。《左传·襄公十一年》：“明神殛之。”

⑩贡：推荐。唐白居易《与陈给事书》：“尝勤苦学文，迨今十年，始获一贡。”

⑪声华：美好的名声、声誉。唐白居易《晏坐闲吟》：“昔为京洛声华客，今作江湖潦倒翁。”籍甚：盛大，盛多。《汉书·陆贾传》：“贾以此游汉廷公卿间，名声籍甚。”

⑫豕（shǐ）：猪。

【译文】

天要亮了，女子穿上衣服要回去，尹纵之十分喜欢她，担心她回去之后就难以再回来了，就想留下一件抵押品以便拴住她。回头看到床前她的一双有青色花纹的毡鞋，立即拿起来一只锁在柜子里。女子哭泣着说：“我家很穷，再没有其他鞋可穿，只有这一双鞋。您若留下它，我就只能光着脚回去。父母问起来，如何回答？他们用木杖打我也在所不辞，但会阻绝我再次过来的可能。”尹纵之不听，女子哭着说：“我的父母管教很严格，知道我有这样的丑行，非打死我不可。难道我们一夜之欢，需要用我的一死来向父母道歉吗？我们当时的缠绵不舍之言，还在耳边回响，只要您不嫌弃我，我许诺会再次服侍您，每天晚上父母睡后，仍可以偷偷地过来。假若您坚持要留下鞋子，那么就会把我害死，这不是想念我的方法。恩爱之欢，瞬间就舍弃了，那些誓言去哪里了呢？”她再次施礼乞求说：“只要您还给我鞋子，如果我一晚上不来，您可以任意到四邻那里去讲我们之间的事。”从五更到天明，女子哭泣着在床前施礼，好话说尽。尹纵之以其言辞恳切，愈发怀疑，坚持把鞋子留下。将要天亮时，女子又不敢继续住，再次哭泣说：“是我前生辜负了郎君，送命到此。然而郎君的狠心，神明所不容，您以文章求名，终将不会成功！”女子擦干眼泪就走了。纵之因为通宵没睡觉，非常疲倦，忽然就睡熟了，日头照到窗户时才醒来，闻着床前有腥味，起来一看，是一些凝固的血液在地上，星星点点的血液一直洒向房间之外。打开柜子查看毡子鞋，原来是一个猪蹄子壳。于是拿着木棍循着血迹找去，一直寻到山下王朝家里的猪圈，血迹进入猪圈里面。他看了看，原来是一头大母猪，其后右蹄子壳没了，卧在墙角下的血泊里，看到尹纵之，怒目而视，然后就逃走了。尹纵之告诉王朝，王朝拿着弓箭追逐那头猪，一箭就把它射死了。那年尹纵之下山请求推荐做官，虽然他的声誉极佳，然而最终也没成功，这岂不是辜负猪的罪过吗？

王煌

太原王煌，元和三年五月初申时①，自洛之缑氏庄②，乃出建春门二十里，道左有新冢，前有白衣姬设祭而哭甚哀。煌微觇之，年适十八九，容色绝代。傍有二婢，无丈夫。侍婢曰："小娘子秦人③，既笄适河东裴直，未二年，裴郎乃游洛不复，小娘子讶焉，与某辈二人，偕来到洛，则裴已卒矣。其夫葬于此，故来祭哭耳。"煌曰："然则何归？"曰："小娘子少孤无家，何归？顷婚礼者外族④，其舅已亡。今且驻洛，必谋从人耳⑤。"煌喜曰："煌有正官，少而无妇。庄居缑氏，亦不甚贫，今愿倾微诚⑥，试为咨达。"婢笑，徐诣姬言之。姬闻而哭愈哀，婢牵衣止之，曰："今日将夕矣，野外无所止，归秦无生业。今此郎幸有正官而少年，行李且赡，固不急于衣食。必欲他行，舍此何适？若未能抑情从变，亦得归休⑦，奈何不听其言耶？"姬曰："吾结发事裴，今客死洛下，绸缪之情，已隔明晦。碎身粉骨，无谢裴恩。未展哀诚，岂忍他适。汝勿言，吾且当还洛。"其婢以告煌，煌又曰："归洛非有第宅，决为客，客于缑，何伤？"婢复以告。姬顾日将夕，回无所抵，乃敛哀拜煌，言礼欲申，哀咽良久。煌召左右饰骑，与煌同行十余里，偕宿彭婆店，礼设别榻。每闻煌言，必呜咽而泣，不敢不以礼待之。先曙而到芝田别业，于中堂泣而言曰："妾诚陋拙，不足辱君子之顾。身今无归，已沐深念。请备礼席，展相见之仪。"煌遽令陈设，对食毕，入成结缡之礼⑧，自是相欢之意，日愈殷勤。观其容止婉娩⑨，言词闲雅，工容之妙⑩，卓绝当时。信誓之诚，惟死而已。

【注释】

①申时：指下午三点至五点。

②洛：即洛阳。之：往，朝某方向走，到……去。《史记·项羽本纪》："项伯乃夜驰之沛公军。"

③娘子：古时奴婢对女主人的称呼。唐薛调《无双传》："有青衣告仙客曰：'娘子适以亲情事言于阿郎，阿郎云："向前亦未许也。"'"秦：指今陕西中部平原地区。因春秋战国时为秦国地，故名。

④顷：往昔，当时。外族：母亲或妻子的父母家的同族。唐卢纶《送内弟韦宗仁归信州觐省》："常嗟外族弟兄稀，转觉心孤是送归。"

⑤从人：指嫁人。唐吴兢《乐府古题要解·定情诗》："汉繁钦所作也。言妇人不能以礼从人，而自相悦媚。"

⑥微诚：微小的诚意。常用作谦辞。晋陆机《谢平原内史表》："臣之微诚，不负天地。"

⑦归休：回家休息。《汉书·孔光传》："沐日归休，兄弟妻子燕语，终不及朝省政事。"

⑧结缡(lí)：古代嫁女的一种仪式。女子临嫁，母为之系结佩巾，以示至男家后奉事舅姑，操持家务。《诗经·豳风·东山》："亲结

其缡，九十其仪。”毛传：“母戒女，施衿结帨。”

⑨婉娩：柔顺。《礼记·内则》：“姆教婉娩听从。”

⑩工容：女工和容貌。

【译文】

太原有一个叫王煌的人，在元和三年五月初的一个下午，从洛阳到缑氏庄去，走出建春门二十里左右，在道旁看到一座新坟，坟前有一个白衣女子正在拜祭，哭得十分哀切。王煌偷偷打量那个女子，见她不过十八九岁年纪，姿容绝代。身边只跟着两个婢女，没有男人。婢女对王煌说：“我家小娘子是秦地人，十五岁时嫁给了河东的裴直，结婚不到两年，裴郎去了洛阳就再没回来，小娘子觉得奇怪，与我俩一起到洛阳来寻找，却发现裴郎已经死了。他就葬在这里，因此我们来这儿哭祭。”王煌说：“那你们要回哪里呢？”婢女回答：“小娘子自幼父母去世，哪有家可回？当年的婚事也是由母亲家的同族决定的，现在舅舅已经去世了。眼下只好暂时居留在洛阳，设法找个郎君嫁了吧。”王煌高兴地说：“我是个有官职的人，年轻又没有娶亲。我在缑氏庄有个住处，生活也不贫困，十分愿意向小娘子求婚，请试着向她转达我的这个想法。”婢女笑了笑，慢慢走到白衣女子身边对她说此事。白衣女子听了婢女的话后，哭得更加悲伤了，婢女拉着白衣女子的衣服阻止她说：“眼看就要天黑了，野外没有落脚的地方，回到秦地又毫无谋生的办法。幸好眼前这位郎君有官职又年轻，家境不错，不愁衣食。你今后若要改嫁的话，错过当下这桩婚事又要嫁给谁呢？就算是你仍旧不能忘情，也需要找个地方休息一下，怎么不听别人一番好言相劝呢？”白衣女子说：“我和裴郎是结发夫妻，他客死在洛阳，我与他恩爱有加，现却阴阳相隔。就算粉身碎骨，都难以报答他对我的情义。我还没对他的死尽我的哀思，又怎忍心另嫁他人呢？你不要再说了，我们先回洛阳。”婢女把这些话告诉了王煌，王煌又说：“你们回到洛阳没有住处，一样是客居而已，不如客居于缑氏庄，也没什么坏处呀。”婢女又将王煌的建议转达给白衣女子。

白衣女子眼看太阳就要落山，回去也没有投宿之处，就擦掉眼泪向王煌施礼，但只要一提到婚事她就哭泣很久。王煌便命仆从收整好一匹马，与白衣女子同行十余里，到彭婆店里歇宿，为白衣女子另设了一间房间以礼相待。白衣女子每每听到王煌求婚之言，必定会呜咽哭泣，使得王煌不敢不以礼相待。第二天一早，王煌带着白衣女子一行来到他家在芝田的别墅，白衣女子在中堂上哭着对他说："我本来丑陋笨拙，不值得您这样看顾。我既已没有了归处，又蒙您的牵念，就请您准备酒宴，让我与您行成婚之礼吧。"王煌马上命令仆从布置婚礼用品，与白衣女子吃完饭，便举行了成婚之礼，自此恩爱甜蜜，一天胜过一天。再看那白衣女子，容颜举止娇婉可人，言谈温文尔雅，针织女工冠绝当时，对王煌诚心依赖，愿意与其生死相依。

后数月，煌有故入洛。洛中有道士任玄言者，奇术之士也，素与煌善，见煌颜色，大异之，曰："郎何所偶，致形神如此耶?"煌笑曰："纳一夫人耳。"玄言曰："所偶非夫人，乃威神之鬼也。今能速绝，尚可生全。更一二十日，生路即断矣，玄言亦无能奉救也。"煌心不悦，以所谋之事未果，白衣遣人请归，其意尤切。缠绵之思，不可形状[1]。更十余日，煌复入洛，遇玄言于南市，执其手而告曰："郎之容色决死矣，不信吾言，乃至如是。明日午时，其人当来，来即死矣。惜哉！惜哉!"因泣与煌别，煌愈惑之。玄言曰："郎不相信，请置符于怀中。明日午时，贤宠入门，请以符投之，当见本形矣。"煌乃取其符而怀之。既背去，玄言谓其仆曰："明日午时，芝田妖当来，汝郎必以符投之。汝可视其形状，非青面耐重鬼，即赤面者也。入反坐汝郎，郎必死。死时视之，坐死耶？卧死耶？”其仆潜记之。及时，煌坐堂中，芝田妖果来，及门，煌以怀中符投之，立变面为耐重鬼。鬼执煌，曰：“如此，奈何取妖道士言，令吾形见！”反捽煌，卧于床上，一踏而毙。日暮，玄言来候之，煌已死矣。问其仆曰：“何形？”仆乃告之。玄言曰：“此乃北天王右脚下耐重也，例三千年一替[2]，其鬼年满，自合择替，故化形成人而取之。煌得坐死，满三千年亦当求替。今既卧亡，终天不复得替矣。”前睹煌尸，脊骨已折。玄言泣之而去。

此传之仆人，故备书矣。

【注释】

①形状：形容，描述。明李贽《解经文》：“其为昏扰扰相，殆不容以言语形状之矣。”

②例：规定，规则，条例。

【译文】

过了几个月，王煌到洛阳办事。城中有位名叫任玄言的道士，是一位身怀奇术的高人，一向和王煌关系不错，这次看见王煌的面色后，大为惊异，说：“郎君和什么人结亲了，致使有这般神色？”王煌笑着说：“只是娶了一位夫人。”玄言说：“你娶的不是夫人，而是一个威神之鬼。如果你现在能尽快与她断绝关系，还可以保全性命。再过个一二十天，你就全无生还的机会了，玄言我也没办法救你。”王煌心里不高兴，正好所办之事因故没能办成，白衣女子又派人来请他回去，十分急切。王煌于是返回缑氏庄，继续与白衣女子缠绵，恩爱之深无法用语言描述。又过了十几天，王煌又到洛阳，在南市再遇到任玄言，玄言拉着他的手对他说：“你这脸色必死无疑了，都是因为你不信我的话，才落到这个地步。明天午时，她就会来，她一来你就会死。可惜！可惜！”玄言流着眼泪与王煌告别，王煌心中更加惶惑不安。玄言说："你若是不信，请把这张符放在怀里。明天午时，你宠爱之人进门后，请把符投向她，那时你应当就能看到她的本来面目了。"王煌就取了符放入怀中。等到他转过身去，玄言对他的仆人说："明天午时，芝田那个妖怪就会来了，你家主人必定会拿符投向她。你可以观察她的模样，如果不是青面耐重鬼，就一定是个红脸鬼。她进门后会反坐在你家主人身上，主人一定会死。主人死后你去看看，看他是坐着死的，还是躺着死的。"仆人暗暗记下。到了那个时候，王煌坐在堂上，芝田妖怪果然来了，她到门口时，王煌就拿怀中的符投向她，她立刻就变成了耐重鬼。耐重鬼上前抓住王煌，说："既然这样，为什么要听妖道之言，害我现原形！"她将王煌反绑双手，推倒在床上，然后一脚踩死了王煌。到了天黑时，玄言来打探情形，王煌已经死了。玄言问他的仆人："那鬼是什么模样？"仆人就把当时所见告诉了玄言。玄言说："这是北天王右脚下踩着的耐重鬼，按例每三千年就会找一个替身取代自己，现在那鬼的年数已满，正当自行选择替身，所以才化为人形四处寻觅。王煌要是坐着死的，满三千年后也能去寻找替身。但如今他是躺着死的，那么永远也不能再找替身了。"玄言上前查看王煌尸体，见王煌的脊骨已断。玄言哭着离开了。

这故事是由王煌的仆人述说的，所以能全部记载下来。

岑曦

进士郑知古，睿宗朝客于相国岑公门下有日矣[①]。一夕，因寝于内厅。夜分[②]，远闻众闹祈哀之声，倾耳听之，声声渐近。既而分明闻其祈救人曰："岑氏寒微，未达于天下，幸而生之。曦，谬掌朝政，其心畏惧，未尝敢危人。设使妇人而持权者，其心亦猛于曦也。即曦持衡御物[③]，生无怨人，死无怨鬼，何所触犯，而当此戮？唯使者恕之[④]。某等当使曦以阴缗百万奉谢。”泣告之声盈路。俄见大鬼丈余，蓬头朱衣，执长剑逾墙而入，有丈夫、妇女、老者、少者亦随之入，或自投于墙下遮拜，其辞恳切。大鬼不顾，又逾中门，众亦纷纭而入。食顷，闻阖门大哭之声，惊起听之，大鬼者执曦头而出，门内哭声极哀，若有大祸。衙鼓将动，稍稍似息。知古彷徨不知所为，行于廊下，以及鸣鼓[5]。鼓发，中门大开，厩吏乃饰马。导从之士[6]，俨立于门下矣。知古微觇之，闻曦起而□冠矣。有顷，朝天时至[7]，执炬者告之。曦簪笏而出[8]，抚马欲上，忽扪其颈曰：“吾夜半项痛，及此愈甚，如何！”急命书吏为简[9]，请展前假小憩之。遂复入，行数步，回曰：“今晨有事，须自对扬[10]。”强投简而登马。知古所见中夜之事小验，益忧。有顷，一骑奔归曰：“相国伏法矣[11]，家当籍没[12]。”知古逾垣而出，免为法司所诘[13]。前拜泣而求恕者，盖岑氏之先也。

【注释】

①睿宗：即唐睿宗李旦(662—716)。唐高宗子，684—690与710—712年在位。

②夜分：半夜时候。三国魏曹植《上责躬应诏诗表》：“昼分而食，夜分而寝。”

③持衡：以秤称物，比喻公允地评量人才。唐杜甫《上韦左相二十韵》：“持衡留藻鉴，听履上星辰。”御物：驾驭万物。东晋干宝《晋纪总论》：“行任数以御物，而知人善采拔。”

④使者：受命出使的人，泛指奉命办事的人。《史记·魏公子列传》：“平原君使者冠盖相属于魏。”

⑤以及：连词。表示在时间、范围上的延伸。犹言以至，以至于。《后汉书·仲长统传》："汉二百年而遭王莽之乱，计其残夷灭亡之数，又复倍乎秦、项矣；以及今日，名都空而不居，百里绝而无民者，不可胜数。"

⑥导从：古时帝王、贵族、官僚出行时，前驱者称导，后随者称从，因谓之导从。

⑦朝天：觐见天子、天帝。唐杜甫《逼仄行赠毕曜》："东家蹇驴许借我，泥滑不敢骑朝天。"

⑧簪笏：冠簪与手板，为古代仕宦者所用，故比喻为官贵显。唐王勃《滕王阁序》："舍簪笏于百龄，奉晨昏于万里。"

⑨简：书籍，信札。唐柳宗元《答贡士元公瑾论仕进书》："辱致来简，受赐无量。"

⑩对扬（yáng）：面君奏对。《魏书·儒林传序》："州举茂异，郡贡孝廉，对扬王庭，每年逾众。"

⑪伏法：犯罪受到制裁，处了死刑。《汉书·司马迁传》："假令仆伏法受诛，若九牛亡一毛，与蝼蚁何异？"

⑫籍没：旧时指登录财产或家口，以没收充公。《三国志·魏书·东夷传》："季父牛加有二心，位居杀季父父子，籍没财物，遣使簿敛送官。"

⑬诘：责备，查究，究办。

【译文】

进士郑知古，唐睿宗时在岑相国门下做了很长时间的门客。一天晚上，睡在了内厅。半夜时分，听到远处有众人喧闹并苦苦哀求之声，仔细倾听，声音越来越近。不久，能够分辨祈求人说的话，他说："岑氏出身寒微，并没有成名，幸而生了这个孩子。岑曦误掌朝政，他有畏惧之心，不曾去祸害人。即使是一个妇人掌握权力，她的心也一定比岑曦硬。岑曦公正地选拔人才，知人善任，生无埋怨他的人，死无埋怨他的鬼，他触犯到什么了，要被杀头？请求您宽恕他。我们一定让岑曦以阴间的缗钱百万酬谢您。”一路上都是哭泣哀告之声。不一会儿，见到了一个身高有一丈余的大鬼，头发蓬松，穿着红色衣服，拿着长剑穿墙而入，身后有男人、妇女、老人、小孩也跟着进来，有的在墙角下礼拜，哀求十分恳切。大鬼不理他们，又过了中门，跟随的人也进去了。一顿饭工夫，听到门里有大哭之声，郑知古大惊而起，仔细听，大鬼提着岑曦的头颅出来了，门里的哭声极其哀痛，好像发生了大的灾祸。这时衙门要开始敲鼓了，哭泣之声稍稍停歇。郑知古彷徨着不知道该怎么办，在廊下走来走去，一直到鼓声响起。鼓声发出，中门就打开了，马厩的小吏在备马。岑曦的随从，已经恭敬地在门口等候了。郑知古偷偷看了看，看到岑曦起来穿上官服。不久，早朝的时间到了，拿着火把的人告诉岑曦该走了。岑曦戴上簪，拿着笏出来了，扶着马就要骑上去，忽然摸着他的脖子说：“我半夜的时候脖子疼，这时更厉害了，怎么办呢！”急忙令书吏写信，请求告假休息。于是又回房内去了，走了几步，回头又说：“今天早晨有事，必须亲自面奏皇上。”硬是把书信扔了，骑上马。郑知古所看到的半夜时发生的事已经得到一些验证，于是更加担忧了。过了一会儿，一个骑马的人跑回来说：“相国被处斩了，还会来抄家。”郑知古翻墙跑了，没有受到法司的查办。之前半夜祈求哭泣的人，应当是岑曦的先人。

仆常闻人之荣辱，皆禀自阴灵[①]。惟此鬼吏，其何神速矣。乃知幽晦之内，其可忽之乎！

【注释】

①阴灵：旧时迷信谓人死后的魂灵、幽灵。唐白居易《昭德王皇后挽歌词》：“阴灵何处感，沙麓月无光。”

【译文】

我曾经听说人的荣辱，都承受自阴间的魂灵。唯有这个鬼吏，做事如此神速。由此可知，阴间的事，是不可以被忽视的！

李沈

陇西李沈者，其父尝受朱泚恩[①]，贼平伏法，沈乃逃而得免。既而逢赦，以家产童仆悉施洛北惠林寺而寓生焉。读书弹琴，聊以度日。今荆南相公清河崔公群[②]，群弟进士于，皆执门人礼[③]，即其所与游者，不待言矣。常以处士李擢为刎颈交[④]。

【注释】

①朱泚：幽州昌平（今北京昌平）人。初为幽州节度使朱希彩部将。大历七年（772），受军众推为留后，被任为卢龙节度使。九年，入朝，领兵守边。建中三年（782），因弟朱滔叛唐，罢兵权，留居长安。次年，被在京师哗变的泾原兵推为皇帝，国号秦，后改国号为汉，自号汉元天皇，与朱滔相呼应。不久被李晟击败，逃奔至彭原（今甘肃庆阳西峰），为部将所杀。

②荆南：唐方镇名。至德二载（757）置。治荆州（今属湖北）。辖境屡有变动，较长期领荆、澧、朗、峡、夔、忠、万、归八州，相当今湖北石首、荆州以西和重庆垫江、丰都以东的长江流域及湖南洞庭湖以西的澧、沅二水下游一带。相公：旧时对宰相的敬称。《文选·王粲〈从军诗〉之一》："相公征关右，赫怒震天威。"唐李善注："曹操为丞相，故曰相公也。"

③门人：生徒，弟子。《论语·先进》："颜渊死，门人欲厚葬之。"

④处士：古时称有才德而隐居不仕的人。《荀子·非十二子》："古之所谓处士者，德盛者也。"刎颈交：同生死的朋友。《史记·廉颇蔺相如列传》："卒相与欢，为刎颈之交。"唐司马贞《索隐》引北魏崔浩曰："言要齐生死而刎颈无悔也。"

【译文】

陇西的李沈，他的父亲曾受过朱泚的恩惠，朱泚叛乱被平后，被处决，李沈逃跑了才没受到惩处。不久得到赦免，他便把家产、奴仆全部施舍给洛北惠林寺，自己寄居于此。他在这里读书弹琴，姑且度日。现荆南相公清河县人崔群，崔群的弟弟进士崔于，都对他执门人礼，其他与其交游的自不必多说。李沈一直以处士李擢为刎颈之交。

元和十三年秋，擢因谓沈曰："吾有故将适宋，回期未卜，兄能泛舟相送乎？"沈闻其去，离思浩然[①]，遂登舟。初约一程，程尽则曰："兄之情，岂尽于此？"及又行，言似有感，竟不能别，直抵濉阳[②]。其暮，擢谢舟人而去，与沈乃下汴堤[③]，月中徐曰[④]："承念诚久，兄识擢何人也？"沈曰："辩博之士也[⑤]。"擢曰："非也。擢乃冥官，顷为洛州都督，故在洛多时。阴道公事，故不任昼，乃得与兄同游。今去阴迁阳，托孕于亲已五载矣。所以步步邀兄者，意有所托。"沈曰："何事？"曰："擢之此身，艺难为匹[⑥]，唯虑一舍此身，都醉前业[⑦]，祈兄与醒之耳。然擢孕五载，寓亲腹中，其家以为不祥，祈神祝佛之法，竭赀而为[⑧]。擢尚未往，神固何为。兄可往其家，朱书'产'字，令吞之，擢即生矣。必奉兄缉素[⑨]。兄得且去，候擢三岁，宜复来视之，且曰：'主人孙久不产者，某以朱字吞之，生儿奇慧，今三载矣，思宿以验之，故复来也。'可取儿抱卧，夜久伺掌人闭户，即抱于静处呼曰：'李擢记我否？'儿当啼，啼即掌之，再三问之，擢必微悟。兄宜与擢言洛中居处及游宴之地，擢当大悟，悟后此生之业无孑遗矣。此事必醒素以归[⑩]，擢乃后荣盛，兄必可复得从容矣。兄声名籍甚，不久当有大谏之拜⑪,慎勿赴也,赴当非寿。此郡北三十里有胡村,村前有车门,即擢新身之居也。”言讫,泣拜而去。

【注释】

①浩然:广阔盛大的样子。《晋书·刘寔传》:“悬车告老,二十余年,浩然之志,老而弥笃。”

②濉(suī)阳:即睢阳。古县名。秦置,以在睢水之阳得名,治今河南商丘南。

③汴堤:隋炀帝时沿通济渠、邗沟河岸修筑的御道。后人谓之隋堤。

④月中:月光之中,月光下。唐王建《霓裳辞》:“宫女月中更替立,黄金梯滑并难行。”

⑤辩博:博学,知识广博。《旧唐书·僧玄奘》:“玄奘既辩博出群,所在必为讲释论难,蕃人远近咸尊伏之。”

⑥艺:技能,才能。《论语·雍也》:“求也艺。”匹:匹敌,比得上。

⑦醉:昏愦,糊涂。前业:佛教用语。前世所作之业。

⑧赀(zī):通“资”,货物,钱财。《史记·司马相如列传》:“(司马相如)以赀为郎,事孝景帝,为武骑常侍,非其好也。”

⑨绢素:未曾染色的白绢。《新唐书·裴行俭传》:“行俭工草隶,名家。帝尝以绢素诏写《文选》。”

⑩醒素:犹清醒。唐元稹《酬乐天东南行诗一百韵》:“耽眠稀醒素,凭醉少嗟吁。”

⑪大谏:唐宋时谏议大夫之别称。

【译文】

元和十三年秋天,李擢对李沈说:“我有事要到宋地去,回来的日期无法确定,兄长能乘船送我吗?”李沈听说他要走,不忍离别之情油然而生,于是登船为他送行。开始时,约定送他一段路,这段路结束后,李擢说:"兄之情,难道就结束于这个地方吗?"李沈便继续送他,两人聊得投机,最后也没有分开,直送他到了濉阳。傍晚,李擢辞谢船夫下了船,与李沈一起走下汴堤,在月光之下,李擢慢慢地对李沈说:"承蒙您长久地对我这么好,兄长您觉得我是什么样的人?"李沈说:"你是博学之士。"李擢说:"不是。我是阴间的官,不久前是洛州的都督,所以在洛州住的时间长。阴间的公事,不在白天处理,所以才能与兄长一起游玩。我现在要离开阴间返回阳间,已经投胎五年了。之所以一步步邀请兄长过来,是有事相托。"李沈说:"什么事?"李擢说:"我这个人,在才能方面很少有人能匹敌,唯一要考虑的是一旦舍弃此身,因前生的业力会令我昏愦糊涂,请求兄长到时让我清醒。然而李擢已经投胎五年,在亲人腹中,这家以为我不祥,用祈求神佛的方法,要把我弄掉,竭尽全力做这件事。我还没有真正到她腹中去,神又有什么办法呢?兄长可以到他家里去,用红笔写一个'产'字,令她吞掉,我就出生了。他们必定送给您白绢作为礼物。兄长暂且离去,等我三岁的时候,再来看望我。您还要对他们说:'主人的孙子久久不能出生,您儿媳吞掉了我写的红字,生的孩子一定非常聪明,现在已三年了,想着要查验一下,所以又来了。'您可以抱着小孩睡觉,深夜乘着主人关上门,就抱着小孩到安静的地方,呼叫:'李擢还记得我吗?'我会啼哭,啼哭就用手扇,一再问,我会有一点醒悟。兄长宜与我说在洛阳的居住处以及当时游宴的情形,我当彻底明白,明白之后,此生之业力就没有残存了。我必须在清醒的情况下回归,以后可兴旺发达,兄长您也可以恢复到以前的闲适和宽裕。兄长的名声非常大,不久以后就会被任命为谏议大夫,千万不要去赴任,赴任则短寿。此郡北三十里有个胡村,村前有个专供车辆出入的门,这就是我投胎的新家。"说完,就挥泪拜谢而去。

迟明[①],沈策杖访之[②],果有胡村。叩门求憩,掌人翁年八十余,倚杖延入。既命坐,似有忧色,沈问之,翁曰:"新妇孕五载矣[3]，计穷术尽，略无少征[4]。"沈因曰："沈道门留心，颇善咒术，不产之由，见之即辨。"遽令左右召新妇来，沈诊其臂曰："男也，甚明慧，有非常之才，故不拘常月耳。"于是令速具产所帷帐床榻，毕，沈执笔若祝者[5]，朱书"产"字令吞之，入口，而男生焉。翁极喜，奉绢三十匹，沈乃受焉，曰："此儿不常也，三岁当复来为君相之。"言讫而去。及期再往，乃曰："前所生子，今三岁矣，愿得之一宿占相之[6]。"掌人喜而许之。沈夜伺人静，抱之远处，呼曰："李擢，今识我否？"儿惊啼，沈掌之，曰："李擢，何见我不记耶？"又掌之，儿愈啼。而问之者三四，儿忽曰："十六兄果能来此耶？"沈因语洛中事，遂大笑言若平生，曰："擢一一悟矣。"乃抱之归宿。及明朝[7]，告其掌人曰："此儿有重禄[8]，乃成家之贵人也，宜保持之。"胡氏喜，又赠绢五十匹，因取别。乃忆醒素之言，盖以三才五星隐其成数耳[9]。

【注释】

①迟明：天将亮的时候。《汉书·高帝纪》："于是沛公乃夜引军从他道还，偃旗帜，迟明，围宛城三匝。"

②策杖：扶杖。三国魏曹植《苦思行》："策杖从吾游，教我要忘言。"

③新妇：儿媳妇。《后汉书·周郁妻传》："郁父伟谓阿曰：'新妇贤者女，当以道匡夫。'"

④少：稍稍，稍微。《战国策·赵策》："少益嗜食。"征：征兆，迹象。

⑤祝：祭祀时司礼仪的人。

⑥占相：观察某些自然现象或人的面貌、气色等，以推断吉凶祸福。

⑦明朝（zhāo）：明天早晨。唐杜甫《春宿左省》："明朝有封事，数问

夜如何?”

⑧重禄:厚俸,高薪。《礼记·中庸》:“忠信重禄,所以劝士也。”宋朱熹《集注》:“谓待之诚而养之厚。”

⑨三才:天、地、人。《易·说卦》:“立天之道曰阴与阳,立地之道曰柔与刚,立人之道曰仁与义,兼三才而两之,故《易》六画而成卦。”五星:古代星命术士以人的生辰所值五星之位来推算禄命,因以指命运。

【译文】

天亮的时候,李沈拄着拐杖去找寻,果然有个胡村。他上前敲门请求休息,主人是一个八十多岁的老翁,拄着拐杖请他进来。入座后,老翁似有忧色,李沈就问他,他说:“儿媳妇怀孕五年了,用尽了一切办法,也没有要生孩子的征兆。”李沈就说:“我长期关注道门,很擅长咒术,不能生产的原因,看了就能明白。”老翁马上让家人把儿媳妇叫来,李沈在其手腕号脉说:“男孩,非常聪明,有不一般的才能,所以不拘正常的月份生产。”于是让他们快速准备好生产所需要的帷帐床铺,准备完毕后,李沈拿着笔,像一个巫师,用红笔写了一个“产”字,让孕妇吞下,刚入口,小孩就出生了。老翁非常高兴,送给他绢三十匹,李沈接受了,并说:“这个孩子不平凡,三岁的时候我再来为他看相。”说完就走了。过了三年,李沈如期而往,说:“那个孩子现在三岁了,希望能用一晚上的时间为他占相。”老翁非常高兴地同意了。李沈趁着夜深人静,把孩子抱到远处,呼喊道:“李擢,现在还认识我吗?”小孩大惊而啼哭,李沈便用手扇他,说:“李擢,见到我为什么不记得我了呢?”李沈又扇他,小孩哭得更厉害了。李沈再三询问,小孩忽然说:“十六兄果然能来?”李沈跟他说起在洛阳的事,小孩大笑,说话的口吻像李擢以前一样,说:“我都一一想起来了。”李沈就抱着他回去睡觉了。到了第二天早晨,告诉主人说:“这个小孩命中有高官厚禄,是这个家庭的贵人,应该好好爱护他。”胡氏非常高兴,又赠送他绢五十匹,李沈取了绢就告别了。李沈回忆起李擢当时所说的必须保持清醒的话，所以人的命运应该是由天、地、人以及生辰、星位所决定的。

以沈食禄而诛[1]，不食而免，其命乎？足以警贪禄位而不知其命者也。

【注释】

①食禄：享受俸禄。《史记·循吏列传》："使食禄者不得与下民争利。"

【译文】

如果李沈去享受俸禄就要被杀，不享受俸禄就免死，这难道不是命运吗？这个故事足以警示那些贪图富贵而不知自己命运的人。

补遗

【题解】

“补遗”部分共十二篇。《杜巫》写杜巫在年轻时，服用了一个道士给的一粒丹药，从此就没了食欲，但身轻体健。杜巫自从当上刺史之后，认为如果不吃饭会影响他作为刺史的形象，便设法清除了体内的丹药。后来他又想炼制这种丹药，终未成功。《崔尚》写一个叫崔尚的人，写了一部《无鬼论》，准备呈给皇帝。忽然有个道士自称鬼，拿到书就不见了。《郑望》写郑望在赴京途中，晚上投宿一户人家，结果这户人家的主人与其父是旧相识，在宴请他时还请一位叫蘧蒢三娘的女子前来助兴。郑望从京城回来时又来到此处，蘧蒢三娘却已经不见了。后来得知这里是王将军的墓，而蘧蒢三娘是一个伶人的妻子，其墓在王将军墓旁，她的丈夫将其迁葬到长安去了，所以他没有见到蘧蒢三娘。《元载》写元载任宰相时，一日上早朝，有一人送来一首诗，读完就不见了，诗意隐寓了元载的惨淡结局。《魏朋》写建州刺史魏朋，向来不会写诗。他在病重时，索笔写了一首诗，诗的口吻和内容却是亡妻写给魏朋的，不久魏朋就死了。《岑顺》写岑顺爱好军事，他在一处废宅内，晚上在灯下观金象军与天那军交战，国君还邀请他指挥作战。后来，岑顺的家人发现宅内的地基下有一古墓，墓内有一棋盘，岑顺所看到的两军打仗，原来是象棋的两军对局。《韦协律兄》写韦生十分勇敢，无所畏惧，他在一处凶宅内，半夜时看到一个体型极小、肤色黝黑的男孩爬到他的身上，其身体冰凉，后来发现这原来是一个古代的铁鼎，砸碎了这个铁鼎，铁鼎上微微染着血色。《苏履霜》写武官苏履霜在战场上救了刘明远一命，苏履霜去世后，在阴间遇到了刘明远，刘明远欲报当年苏履霜的救命之恩，为他指了一条生路，最后苏履霜被放还了阳间。《景生》写景生精通《周易》，曾经给当时的相国吕谭讲《周易》，但还没讲完，吕相国就去世了。景生有一天突然就死了，原来是吕谭把他召到阴间，让他继续讲《周易》。这遭到了阴间两位官员的极力反对，景生因此得以返回阳间。《崔绍》写崔绍因枉杀三只猫，被捉拿至阴间受审。由于崔绍家两代人长期供奉一字天王，一字天王在阴间助他开脱了杀猫的罪行，崔绍也答应抄写佛经回向给受害者，从而得以返回人间。《卢项表姨》写一只小花狗得到了主人——卢项表姨的精心呵护，小花狗死后在阴间成了一位漂亮的女子，并嫁给了李判官做他的侧室。卢项表姨死后，小花狗为了报答她的养育之恩，向李判官求情，使她返回阳间，并大大延长了卢项表姨的阳寿。此故事宣扬了佛教中的因果报应观念，同时以故事中的阴间存在的徇私舞弊来影射阳间。《狐诵通天经》写裴仲元因追逐野兔而进入一座墓穴，发现一只狐狸正靠着棺材看书，狐狸逃走后，留下一本书。第二天这只狐狸化为秀才索要这部书，裴仲元不给。接着他的已经去世了的妻兄前来借这部书一观，拿到书，就忽然不见了。裴仲元不久就死了，应是遭到了狐狸的报复。

杜巫

杜巫尚书年少未达时[①]，曾于长白山遇道士贻丹一丸[②]，即令服讫[③]，不欲食，容色悦怿[④]，轻健无疾。后任商州刺史，自以既登太守，班位已崇而不食[⑤]，恐惊于众，于是欲去其丹，遇客无不问其法。岁余，有道士至，甚年少。巫询之，道士教以食猪肉，仍吃血[⑥]。巫从之食吃，道士命挲罗，须臾，巫吐痰涎至多[⑦]，有一块物如栗。道士取之，甚坚固。道士剖之，若新胶之未干者，丹在中。道士取以洗之，置于手中，其色绿莹。巫曰："将来[⑧]，吾自收之，暮年服也。"道士不与，曰："长白吾师曰：'杜巫悔服吾丹，今愿出之。汝可教之，收药归也。'今我奉师之命，欲去其神物，今既去矣，而又拟留至耄年[⑨]，纵收得，亦不能用也。自宜息心[⑩]。"遂吞之而去。巫后五十余年，罄产烧药，竟不成。

【注释】

①尚书：秦置，隶属少府，掌殿内文书。汉成帝时设尚书员，掌群臣奏章。隋、唐设尚书省，以左右仆射分管六部。明洪武十三年(1380)废中书省，以六部尚书分掌政务。清末并六部，改尚书为大臣。达：显贵，显达。《孟子·尽心》："穷则独善其身，达则兼善天下。"

②贻(yí)：赠送。《诗经·邶风·静女》："贻我彤管。"

③讫(qì)：助词。用在动词后表示动作已经完成。相当于"了"。

④容色：容貌颜色。晋郭璞《游仙诗》："翡翠戏兰苕，容色更相鲜。"悦怿(yì)：喜悦，愉快。汉王充《论衡·验符》："皇帝悦怿，赐钱衣食。"

⑤班位：职官爵位，朝班位次。《左传·襄公三十一年》："公孙挥能知四国之为，而辨于其大夫之族姓、班位、贵贱、能否。"崇：崇高，高贵。

⑥仍：又，且，还。宋杨万里《和谢张功父》："老夫最爱嚼香雪，不但解酲仍涤热。"

⑦痰涎：痰与口水，偏指痰。至多：极多。宋苏轼《缴进陈绎词头状》："陈绎知广州日，私自取索，用市舶库乳香斤两至多，本犯极重，以

元勘不尽，至薄其罪。”

⑧将来：拿来，带来。

⑨耄(mào)年：老年。《后汉书·杨彪传》：“(彪)耄年被病，岂可赞惟新之朝？”

⑩息心：不再想望。《明史·贾三近传》：“人或裹足毁裳，息心仕进。”

【译文】

尚书杜巫在年轻没显贵的时候，曾经在长白山遇到一个道士，道士赠送他一丸丹药，让他立即吃下去，从此杜巫没有了食欲，但容貌安详，身体轻健，没有疾病。后来他担任商州刺史，觉得自己现在官至太守，爵位已高，不吃饭恐怕让人惊异，于是想要把丹药除去，遇到客人时，总是询问除丹之法。一年多以后，来了个道士，非常年轻。杜巫向他询问除丹之法，道士教他吃猪肉，还要吃猪血。杜巫照做了，道士让他揉搓，不一会儿，杜巫吐出很多痰，当中有一块像栗子似的东西。道士把那个东西取出来，很是坚固。道士把它剖开，好像是新粘的还没有干，丹药就在其中。道士把丹药拿出来洗净，放在手中，那丹药色绿而发光。杜巫说：“拿来吧，我自己收着它，等晚年时服用。”道士不给他，说：“我长白山上的师父说：‘杜巫后悔吃了我的丹药，现在想把它取出来。你可以教给他方法，把药收回来。’今天我是奉师父的指令，你想要除去那个神物，现在已经去掉了，却又打算留到晚年服用，即使你收得此药，也不能用了。自应打消这个念头。”于是把丹药吞下去就走了。此后五十多年，杜巫罄尽家产烧炼丹药，最终也没有炼成。

崔尚

开元时有崔尚者，著《无鬼论》，词甚有理。既成，将进之①。忽有道士诣门②，求见其论。读竟，谓尚曰：“词理甚工③，然天地之间若云无鬼，此谬矣。”尚谓：“何以言之？”道士曰:“我则鬼也,岂可谓无?君若进本,当为诸鬼神所杀,不如焚之。”因尔不见,竟失其本。

【注释】

①进:奉上,呈上,对象多为国君。《战国策·齐策》:“令初下,群臣进谏,门庭若市。”

②诣:前往,到。

③工:精致,严密。《战国策·魏策》:“此非兵力之精,非计之工也。”

【译文】

开元年间有个叫崔尚的人,著有《无鬼论》,论述很有道理。书已经写成,准备呈给皇帝。忽然有个道士来到他家,请求看那部书。道士读完,对崔尚说:“理论论述很严密,但是天地之间,如果说没有鬼,这是错误的。”崔尚对他说:“凭什么这么说?”道士说:“我就是鬼,怎么能说没有呢?如果您进献这部书,一定会被众鬼所杀,不如烧了它。”道士说完就不见了,书也不知所终了。

郑望

乾元中有郑望者①,自都入京②,夜投野狐泉店宿,未至五六里而昏黑。忽于道侧见人家,试问门者,云是王将军,与其亡父有旧。望甚喜,乃通名参承③。将军出,与望相见,叙悲泣,人事备之④。因尔留宿,为设馔饮。中夜酒酣,令呼蘧蒢三娘唱歌送酒⑤,少间三娘至⑥,容色甚丽,尤工唱《阿鹊监》。及晓别去,将军夫人传语,令买锦裈及头髻、花红、朱粉等⑦。后数月,东归,过,送所求物。将军相见欢洽,留宿如初。望问:“何以不见蘧蒢三娘?”将军云:“已随其夫还京。”以明日辞去,出门不复见宅,但余丘陇[⑧]。望怃然却回[⑨]。至野狐泉,问居人,曰:“是王将军冢[⑩]。冢边,伶人至店,其妻暴疾亡,以苇席裹尸,葬将军坟侧,故呼曰‘蘧蒢三娘’云。旬日前[⑪],伶官亦移其尸归葬长安讫。”

【注释】

①乾元:唐肃宗李亨的年号(758—760)。

②都:指洛阳。

③参承:参见侍候。晋王羲之《明府帖》:“前从洛至此,未及就彼参承,愿夫子勿悒悒矣。”

④人事:世间的事。晋陶渊明《归园田居》:“野外罕人事,穷巷寡轮鞅。”

⑤蘧蒢(qú chú):亦作“蘧篨”“蘧除”。指用苇或竹编成的粗席。《周书·韦敻传》:“昔士安以蘧蒢束体,王孙以布囊绕尸。”送酒:奉酒,敬酒。唐张鷟《游仙窟》:“十娘曰:‘遣绿竹取琵琶弹,儿与少府公送酒。’”

⑥少间:过一会儿,隔不多时。

⑦花红:指簪在帽上的金花和披在身上的红绸,用来表示喜庆。朱粉:胭脂和铅粉。妇女用的化妆品。唐白居易《题令狐家木兰花》:“腻如玉指涂朱粉,光似金刀剪紫霞。”

⑧丘陇:坟墓。《墨子·节葬》:“棺椁必重,葬埋必厚,衣衾必多,文绣必繁,丘陇必巨。”

⑨怃然:怅惘若失的样子。《论语·微子》:“夫子怃然曰:‘鸟兽不可与同群,吾非斯人之徒与而谁与?’”宋邢昺疏:“怃,失意貌。”

⑩冢:坟墓。

⑪旬日:十天,亦指较短的时日。《周礼·地官·泉府》:“凡赊者,祭祀无过旬日。”

【译文】

乾元年间有一个叫郑望的人，自洛阳入京城，晚上在野狐泉店投宿，还没有走五六里路，天就黑了。忽然在道旁看见一户人家，试探着问守门的人，守门的人说是王将军家，这个王将军和他死去的父亲是旧交。郑望非常高兴，就通报姓名拜见。将军出来与郑望相见，叙说离别的相思之情，讲了很多世间的事情。将军留他住宿，为他准备了酒菜。半夜喝得兴起，招呼蘧蒢三娘前来唱歌助酒兴。一会儿三娘到了，她长得非常漂亮，尤其擅长演唱《阿鹊监》。天快亮的时候方才告别而去，将军夫人传话说，让他帮忙买一些锦裤及头髻、花红、朱粉等东西。过了几个月，郑望从京城回来，又路过这里，来送夫人让购买的东西。将军见了非常高兴，和当初一样留住一宿。郑望问："怎么不见蘧蒢三娘?"将军说："她已经跟随她的丈夫回京城了。"第二天郑望告辞，出门后就看不到原来的房子了，只剩下一座坟墓。郑望怅然而归。走至野狐泉，问当地的居民，他们说："那是王将军的墓。墓的旁边，有一座客店，一个伶人住在客店，他的妻子忽然暴病而死，他便用苇席裹尸葬在了将军的墓旁，所以称她是'蘧蒢三娘'。十天前伶人已经把她的尸骨迁葬到长安去了。"

元载

大历九年春①，中书侍郎、平章事元载早入朝②，有献文章者，令左右收之。此人若欲载读，载云："俟至中书，当为看。"人言："若不能读，请自诵一首。"诵毕不见，方知非人耳。诗曰："城东城西旧居处，城里飞花乱如絮。海燕衔泥欲下来，屋里无人却飞去。"载后竟破家，妻子被杀云③。

【注释】

①大历：唐代宗李豫的年号(766—779)。

②中书："中书舍人"的省称。隋唐时为中书省的属官。侍郎：中书省的长官，副中书令，帮助中书令管理中书省的事务。平章事："同中书门下平章事"的简称。同平章事最早出现于唐太宗时期，自高宗永淳元年(682)始，实际担任宰相者，或加以同中书门下平章事的名义。元载(？—777)：字公辅，凤翔岐山(今属陕西)人。肃宗时，累官至度支使并诸道转运使，同中书门下平章事。追征江淮多年欠赋，民间大困。代宗时，仍任宰相。贿赂公行，奢侈荒淫，有庄田数十区。大历五年(770)，与代宗密谋诛杀宦官鱼朝恩。后以权势太盛，获罪被杀。

③妻子：妻子和孩子。《孟子·梁惠王》："必使仰足以事父母，俯足以畜妻子。"

【译文】

大历九年春天，中书侍郎、平章事元载早起上朝，有人前来呈献文章，元载让随从收下了。这人好像是想让元载马上读一读，元载说："等回到中书省，一定看。"那人说："你不能读，请让我读一首。"读完就不见了，这才知道不是阳间的人。诗曰："城东城西旧居处，城里飞花乱如絮。海燕衔泥欲下来，屋里无人却飞去。"元载后来家破人亡，妻子和孩子也都被杀了。

魏朋

建州刺史魏朋①，辞满后客居南昌②，素无诗思③。后遇病④，迷惑失心，如有人相引接⑤。忽索笔抄诗言："孤坟临清江，每睹白日晚。松影摇长风，蟾光落岩甸⑥。故乡千里余，亲戚罕相见。望望空云山，哀哀泪如霰⑦。恨为泉台客⑧，复此异乡县。愿言敦畴昔⑨，勿以弃疵贱⑩。"诗意如其亡妻以赠朋也。后十余日，朋卒。

【注释】

①建州:州名。唐武德四年(621)置,治建安(今福建建瓯),辖境相当今福建南平以上的闽江流域(沙溪中上游除外)。

②辞满:旧指官吏任期届满,自求解退。南朝宋谢灵运《还旧园作见颜范二中书》:"辞满岂多秩,谢病不待年。"

③诗思:作诗的思路、情致。唐韦应物《休暇日访王侍御不遇》:"怪来诗思清人骨,门对寒流雪满山。"

④病:重病。

⑤引接:引导,接引。

⑥蟾光:月色,月光。南朝梁萧统《锦带书十二月启·太簇正月》:"飘飘余雪,入箫管以成歌。皎洁轻冰,对蟾光而写镜。"

⑦霰(xiàn):在高空中的水蒸气遇到冷空气凝结成的小冰粒,多在下雪前或下雪时出现。

⑧泉台:坟墓,墓穴。唐骆宾王《乐大夫挽词》:"忽见泉台路,犹疑水镜悬。"

⑨畴昔:指往事或以往的情怀。《北史·郎茂传》:"及隋文为丞相,以书召之,言及畴昔,甚欢。"

⑩疵(cī)贱:卑贱的人。唐钱起《温泉宫礼见》:"沧溟不让水,疵贱也朝天。"

【译文】

建州刺史魏朋,任满后辞官,客居南昌。他向来没有作诗的思路和情致。后来得了重病,迷迷糊糊地失去了自我意识,好像有人来接引他。忽然,他要笔誊写了一首诗:"孤坟临清江,每睹白日晚。松影摇长风,蟾光落岩甸。故乡千里余,亲戚罕相见。望望空云山,哀哀泪如霰。恨为泉台客,复此异乡县。愿言敦畴昔,勿以弃疵贱。"从诗的意思来看,是魏朋的亡妻写给魏朋的。过了十多天,魏朋就死了。

岑顺

汝南岑顺[①],字孝伯,少好学有文,老大尤精武略[②]。旅于陕州[③],贫无第宅。其外族吕氏有山宅,将废之,顺请居焉。人有劝者,顺曰:"天命有常,何所惧耳!"卒居之。后岁余,顺常独坐书阁下,虽家人莫得入。夜中闻鼓鼙之声[④],不知所来。及出户则无闻,而独喜,自负之,以为石勒之祥也[⑤]。祝之曰[⑥]:"此必阴兵助我,若然,当示我以富贵期。"数夕后,梦一人被甲胄前报曰:"金象将军使我语岑君,军城夜警,有喧诤者[⑦],蒙君见嘉,敢不敬命。君甚有厚禄,幸自爱也。既负壮志,能猥顾小国乎[⑧]?今敌国犯垒,侧席委贤[⑨],钦味芳声,愿执旌钺[⑩]。"顺谢曰:"将军天质英明,师贞以律[⑪],猥烦德音,屈顾疵贱。然犬马之志,惟欲用之。"使者复命,顺忽然而寤,恍若自失,坐而思梦之征。

【注释】

①汝南:郡名。汉高祖四年(前203)置,治上蔡县(今属河南)。东汉仍治平舆,其后治所屡迁,辖境渐小。东晋移治悬瓠城(今河南汝南),隋开皇初废。大业及唐天宝、至德时又曾分别改蔡州、豫州为汝南郡。

②老大:年老。《乐府诗集·长歌行》:"少壮不努力,老大徒伤悲。"武略:指在行军打仗、指挥作战方面的才能。《旧唐书·王忠嗣传》:"雄毅寡言,严重有武略。"

③旅:寄居外地,旅居。《左传·庄公二十二年》:"羁旅之臣,幸若获宥……君之惠也。"陕州:北魏太和十一年(487)置,治陕县(今河南

三门峡陕州区），辖今河南三门峡、洛宁、渑池、灵宝及山西平陆、芮城、运城等地区。其后辖境缩小。隋唐时，江淮漕米北运长安，此为水陆转运站。

④鼓鼙：军中常用的乐器。《礼记·乐记》："君子听鼓鼙之声，则思将帅之臣。"

⑤石勒(274—333)：字世龙，上党武乡（今山西榆社）人。羯族，十六国时期后赵的建立者。

⑥祝：祷告，向鬼神求福。《战国策·赵策》："祭祀必祝之。"

⑦喧诤：喧嚷争吵。唐玄奘《大唐西域记·拘尸那揭罗国》："直性婆罗门曰：'勿喧诤也，宜共分之。'"

⑧猥：谦辞。等于说"辱"，指降低身份，用于他人对自己的行动。三国蜀诸葛亮《出师表》："先帝不以臣卑鄙，猥自枉屈，三顾臣于草庐之中。"

⑨侧席：空出上座，以等待贤良。《后汉书·逸民传》："光武侧席幽人，求之若不及。"

⑩旌钺：旌旗与斧钺，喻权柄。唐无名氏《仙传拾遗·唐若山》："(李绅)后果入相，连秉旌钺。"

⑪师贞：指军队。唐德宗《元日退朝观军仗归营》："端旒揖群后，回辇阅师贞。"

【译文】

汝南人岑顺，字孝伯，年轻时勤奋学习，作文有文采，年老之后尤其精通军事。他客居在陕州，穷得没有房子住。他的亲戚吕氏在山上有住宅，将要废弃，岑顺请求住在那里。有人劝阻他，岑顺说："什么都是命里注定的，有什么可怕的呢！"到底还是住进去了。过了一年多，岑顺经常独自坐在书阁里，即使家里人也不让进入。岑顺夜间听到击鼓的声音，不知从哪里发出的。等到出门就听不到了，岑顺因而暗暗高兴，自己认为很了不起，以为遇到了像十六国后赵石勒发迹的那种吉兆。他祷告说：

“这一定是阴间的军队帮助我，如果真是那样，应当把发迹的日期预先告诉我。”几个晚上之后，他梦见一个身披甲胄的人前来报告说：“金象将军派我来告诉岑先生，军队守城，夜里报警，有喧哗争吵声，得到您的赞许，怎敢不听您的命令。您一定是有高官厚禄的人，一定要珍惜自己的名声。您既然心怀壮志，能屈尊顾念我们小国吗？现在敌国侵犯我们的城池，我们正空着帅位等待贤能，您声名远播，愿您来统帅我们的军队。”岑顺致谢说：“金象将军天资聪明，军队纪律严明。他德高望重却屈尊来看顾我这微贱之人。那么我这效犬马之劳的志向，想来有实现的时候。”使者回去复命，岑顺忽然醒了，恍恍惚惚像丢了魂，坐在那里思考梦的征兆。

俄然鼓角四起[①]，声愈振厉。顺整巾下床，再拜祝之。须臾，户牖风生，帷帘飞扬，灯下忽有数百铁骑，飞驰左右，悉高数寸，而被坚执锐[②]，星散遍地。倏闪之间，云阵四合。顺惊骇，定神气以观之。须臾，有卒赍书云：“将军传檄。”顺受之，云：“地连獯虏[③]，戎马不息，向数十年。将老兵穷，姿霜卧甲[④]，天设劲敌，势不可止。明公养素畜德[⑤]，进业及时，屡承嘉音，愿托神契。然明公阳官，固当享大禄于圣世，今小国安敢望之。缘天那国北山贼合从[⑥]，克日会战[⑦]，事图子夜，否灭未期，良用惶骇。”顺谢之，室中益烛，坐观其变。夜半后，鼓角四发。先是东面壁下有鼠穴[⑧]，化为城门，垒堞崔嵬[⑨]，三奏金革[⑩]，四门出兵，连旗万计[⑪]，风驰云走，两皆列阵。其东壁下是天那军，西壁下金象军。部后各定。军师进曰：“天马斜飞度三止，上将横行系四方。辎车直入无回翔[⑫]，六甲次第不乖行[⑬]。”王曰：“善。”于是鼓之，两军俱有一马，斜去三尺止。又鼓之，各有一步卒，横行一尺。又鼓之，车进。如是鼓渐急而各出物包，矢石乱交。须臾之间，天那军大败奔溃，杀伤涂地。王单马南驰，数百人投西南隅，仅而免焉。先是西南有药臼[14]，王栖臼中，化为城堡。金象军大振，收其甲卒，舆尸横地[15]。顺俯伏观之，于时一骑至禁，颁曰："阴阳有厝[16]，得之者昌。亭亭天威，风驱电激，一阵而胜，明公以为何如？"顺曰："将军英贯白日，乘天用时，窃窥神化灵文[17]，不胜庆快。"如是数日会战，胜败不常。王神貌伟然，雄姿罕俦[18]。宴馔珍筵，与顺致宝贝明珠珠玑无限。顺遂荣于其中，所欲皆备焉。后遂与亲朋稍绝，闭门不出。

【注释】

①鼓角：战鼓和号角，两种乐器，军队亦用以报时、警众或发出号令。《后汉书·公孙瓒传》："袁氏之攻，状若鬼神，梯冲舞吾楼上，鼓角鸣于地中，日穷月急，不遑启处。"

②被坚执锐：穿坚固甲胄，握锐利武器。谓上阵战斗或做好战斗准备。《汉书·陈胜传》："将军身被坚执锐，伐无道，诛暴秦，复立楚之社稷，功宜为王。"唐颜师古注："坚，坚甲也；锐，利兵也。"

③獯(xūn)：中国夏代称北方民族为獯，周代称猃狁，汉代后称匈奴。

④卧甲：不解甲而卧，有枕戈待敌之意。

⑤明公：旧时对有名位者的尊称。《后汉书·杨震列传》："今天下缨绥搢绅，所以瞻仰明公者，以公聪明仁智。"养素：修养并保持其本性。三国曹魏嵇康《幽愤诗》："志在守朴，养素全真。"畜德：修积德行。语本《易·大畜》："君子以多识前言往行，以畜其德。"

⑥合从(zòng)：亦作"合纵"。战国时苏秦倡导联合楚、齐、燕、韩、赵、魏六国，共同抵抗秦国的政策，因六国地处南北，故名。

⑦克日：限定日期。《晋书·羊祜传》："每与吴人交兵，克日方战，不

为掩袭之计。”

⑧先是：在此之前，追溯前事时常用的发语词。《汉书·五行志》：“董仲舒以为先是四国共伐鲁，大破之于龙门。”

⑨堞(dié)：城墙上如齿状的矮墙。崔嵬：高峻、高大的样子。唐李白《蜀道难》：“剑阁峥嵘而崔嵬，一夫当关，万夫莫开。”

⑩金革：指战争。《礼记·曾子问》：“子夏问曰：‘三年之丧卒哭，金革之事无辟也者，礼与？’”唐孔颖达疏：“人遭父母三年之丧，卒哭之后，国有金革战伐之事，君使则行，无敢辞辟。”这里指战鼓。

⑪连旗：旗帜相连，多形容军容之壮。北周庾信《奉和赵王途中五韵》：“飘飘映车幕，出没望连旗。”

⑫回翔：往复回转飞翔。《南齐书·祥瑞志》：“见山侧有紫气如云，众鸟回翔其间。”

⑬六甲：道教指供天帝驱使的阳神。道士可用符咒召请以祈驱鬼。《宋史·律历志》：“以育六甲，六甲，天之使，行风雹，策鬼神。”

⑭药臼：捣药用的器具，多用金属、铜、铁、石头或木头制成。

⑮舆尸：指战败而以车载尸。语出《易·师》：“师或舆尸，凶。”《梁书·武帝本纪》：“行产盈路，舆尸竟道，母不及抱，子不遑哭。”

⑯厝(cuò)：安排，施行。这里指规则。

⑰灵文：指古代遗传下来的稀少而珍奇的书籍或文字。

⑱俦(chóu)：匹敌。

【译文】

不久战鼓声四起，声音越来越大。岑顺整理头巾下床，连连下拜进行祷告。不一会儿，门窗有风吹进，窗帘飞动，灯下忽然有几百名骑兵，飞奔左右两边，都只有几寸高，却披着坚硬的铠甲，拿着锐利的武器，像天上的星星那样散落在地上。刹那间，军队四面围攻。岑顺又惊又怕，定下神来观看。很快有个小卒送来书信，说：“将军发布了作战的檄文。”岑顺接了过来，檄文说：“国土连接匈奴，战争接连不断，已经持续几十年。将军年老，士兵穷困，枕戈待敌，上天设下强敌，势不可挡。您有修养有道德，文武学业进步迅速，屡次听到您的嘉音，愿意与您神交。然而您是阳间的官，本来应该在阳世享受高官厚禄，现在我们小国怎敢奢望用您。由于天那国北山贼联合起来，限定日期要开战，就在半夜子时，虽然胜负不能预知，也用不着惶恐害怕。"岑顺道谢，室中的烛光越发明亮，他坐在那里观看战事的进展。半夜以后，战鼓号角从四面八方响起。先是在东边的墙下有个老鼠洞，变成了城门，城墙高大森严。三次敲响战鼓，四门出兵，军旗相连，迅速行军，双方都排列成阵。东墙下是天那军，西墙下是金象军。部署之后各方稳住阵脚。军师进言说："天马斜飞度三止，上将横行系四方。辎车直入无回翔，六甲次第不乖行。"国君说："好。"于是击鼓，两军都有一匹战马，斜着前进三尺就停止了。又击鼓进军，各方都有一个徒步小卒，横行一尺。又击鼓进军，战车前进。像这样战鼓渐急，双方各抛出装东西的包，炮石箭矢混杂射出。不一会儿，天那军大败，逃奔溃散，横尸遍野。国君独自骑马往南逃跑，几百人奔向西南角，才获幸免。在此之前西南角有药臼，国君栖息在药臼中，变化成城堡。金象军气势大振，集合士兵，此时车辆、尸体满地都是。岑顺低身观看他们，一人骑着马跑到禁地，发布公文说："生杀都有规则，得之者昌。天威高耸，像风电一样迅速，一场战役就胜利了，您认为怎么样呢?"岑顺说："将军的英明能贯穿太阳，能够顺应天象，适应天时，识别神化灵文，我不胜愉快。"像这样会战了几天，互有胜负。国君相貌超群，雄姿无双。宴会则山珍海味，给岑顺宝贝、明珠、珠玑无数。岑顺就在他们中荣华富贵起来，想要的东西无不齐备。后来岑顺就和亲戚朋友渐渐地断绝来往，闭门不出。

家人异之，莫究其由。而顺颜色憔悴，为鬼气所中。亲戚共意有异，诘之不言。因饮以醇醪，醉而究泄之。其亲人潜备锹锸[①]，因顺如厕而隔之。荷锸乱作，以掘室内，八九尺，忽坎陷②，是古墓也。墓有砖堂，其盟器悉多③，甲胄数百，前有金床戏局，列马满枰④，皆以金铜成形，其干戈之事备矣。乃悟军师之词，乃象戏行马之势也⑤。既而焚之，遂平其地。多得宝贝，皆墓内所畜者。顺阅之，恍然而醒，乃大吐。自此充悦，宅亦不复凶矣。时宝应元年也⑥。

【注释】

①锸（chā）：铁锹，掘土的工具。

②坎：坑。《礼记·檀弓》："往而观其葬焉，其坎深不至于泉。"

③盟器：即冥器。古代随葬品的统称。

④枰（píng）：棋盘。

⑤象戏：象棋。

⑥宝应：唐肃宗李亨的年号（762），唐代宗李豫沿用不改（762—763）。

【译文】

家里人觉得奇怪，谁也不知道是什么原因。但是岑顺面色憔悴，像是被鬼气迷住了。亲戚都认为其中有异，质问他，他也不说。于是让他喝美酒，喝醉后盘问他，他终于泄露了这事。他的亲人偷偷地准备好铁锹，趁岑顺上厕所的时候阻隔了他一段时间。他们拿着铁锹，挖掘他房内的地面，挖到八九尺深的时候，忽然塌陷了，是一座古墓。墓穴里有砖砌的内堂，里面随葬的器物很多，有铠甲几百件，墓穴的前面有金床和象棋的棋盘，棋盘上满满地排列着马，都是金铜做成的，行军打仗的装备非常齐全。于是明白了军师说的词句，就是象棋走马的步骤。岑顺家人于是烧毁了它们，踏平了那块地方。得到了很多宝贝，都是坟墓内储藏的。岑顺看过这些，恍然而悟，忽然就大吐起来。从此之后精神焕发，房宅也不闹鬼了。当时是唐肃宗宝应元年。

韦协律兄

太常协律韦生[①]，有兄甚凶，自云平生无惧惮耳。闻有凶宅，必往独宿之。其弟话于同官[②]，同官有试之者，且闻延康东北角有马镇西宅，常多怪物，因领送其宅，具与酒肉，夜则皆去，独留之于大池之西孤亭中宿。韦生以饮酒且热，袒衣而寝[③]。夜半方寤，乃见一小儿，长可尺余，身短脚长，其色颇黑，自池中而出，冉冉前来，循阶而上，以至生前。生不为之动，乃言曰："卧者恶物[④]，直又顾我耶？"乃绕床而行。须臾，生回枕仰卧，乃觉其物上床，生亦不动。逡巡，觉有两个小脚缘于生脚上[⑤]，冷如冰铁，上彻于心，行步甚迟。生不动，候其渐行，上及于肚，生乃遽以手摸之，则一古铁鼎子，已欠一脚矣[⑥]。遂以衣带系之于床脚。明旦，众看之，具白其事。乃以杵碎其鼎，染染有血色。自是人皆信韦生之凶而能绝宅之妖也。

【注释】

①太常：秦置奉常，汉景帝六年（前151）改称太常，掌宗庙礼仪，兼掌选试博士。历代因之，为专掌祭祀礼乐之官。《隋书·百官志》："太常，掌陵庙群祀、礼乐仪制，天文术数衣冠之属。"协律：协律都尉、协律校尉、协律郎等乐官的省称。

②同官：在同一官署任职的人，同僚。《左传·文公七年》："同官为寮。"

③袒（tǎn）：脱去上衣，露出身体的一部分。

④恶物：怪物。《左传·文公十八年》："好行凶德，丑类恶物。"

⑤缘:沿,顺着。《孟子·梁惠王》:"以若所为,求若所欲,犹缘木而求鱼也。"

⑥欠:缺少。宋陆游《老学庵笔记》:"甚妙,但似欠四字。"

【译文】

太常寺协律韦生,他有个哥哥很凶猛,自己说平生没有惧怕的事。听说哪里有凶宅,就一定会独自住宿在那里。协律韦生把这事说给同僚,同僚中有一个人想试试他的哥哥,他听说延康东北角有马镇西宅,常有许多怪物出现,于是就把协律的哥哥送到那宅子里去,人们给他准备了酒肉,天黑就全都离开了,只留他自己在大池子西的孤亭中过夜。韦生因为喝了酒,身上发热,就脱下上衣,袒露着身子睡下了。半夜时分才醒,他看到一个小男孩,大约有一尺多高,身短腿长,肤色黝黑。小男孩从池中出来,慢慢地向前来,循着台阶而上,最后来到韦生的面前。韦生一点儿也没受到惊吓,小男孩说:"躺着的怪物,只是又来看我吗?"于是就绕着床走。不一会儿,韦生回过头来仰卧着,觉得那东西上了床,他也不动。不久,他感觉有一双小脚爬到了他脚上,像冰和铁那样凉,直凉到心底。那小男孩迈步很慢。韦生不动,等到小男孩渐渐爬到上边来,到了肚子上,他才急速用手一摸,原来是一个古代的铁鼎,已经缺了一只脚了。于是韦生用衣带把铁鼎系在床脚上。第二天早晨,众人来观看,他详细地讲了夜间的事。就用铁杵砸碎了铁鼎,铁鼎上微微染着血色。从此,人们都相信韦生很凶猛,能除掉宅子中的妖异。

苏履霜

太原节度马侍中燧小将苏履霜者[①],顷事前节度使鲍防,从行营日[②],并将伐回纥。时防临阵,指一旗刘明远,以不进锋,命履霜斩之。履霜受命,然数目明远遽进,得脱丧元之祸[③],后十余年卒。履霜亦游于冥间,见明远,乃谓履霜曰:“曩日蒙君以生成之故[④],无因酬德,今日当展素愿。”遂指一路,路多榛棘[⑤]。云:“但趋此途,必遇舍利王,王平生会为侍中之部将也。见而诉之,必获免。”告之命去,履霜遂行一二十里间,果逢舍利王弋猎[⑥]。舍利素识履霜,惊问曰:“何因至此?”答曰:“为冥司所召。”乃曰:“公不合来,宜速反。”遂命判官王凤翔令早放回,兼附信耳。谓履霜曰:“为余告侍中,自此二年当罢节。一年之内,先须去,入赴朝廷。郎君早弃人世,慎勿泄之。”凤翔检籍放归。至一关门,逢平生饮酒之友数人,谓履霜曰:“公独行归,余曹企慕,所不及也。”生五六日,遂造凤翔[⑦]。凤翔逆已知之[⑧],问曰:“舍利何词?”曰:“有之,不令告他人也。”凤翔曰:“余亦知之,汝且归,余候隙当白侍中。”旬日,遂与履霜白之。侍中召履霜讯之,履霜亦具所见。凤翔陈告,后所验一如履霜所言。盖凤翔生自司冥局[⑨],隐而莫有知之者,因履霜还生而泄也。

【注释】

①小将:职位低的武官。《史记·樊郦滕灌列传》:“婴身生得左司马一人,所将卒斩其小将十人,追北至淮上。”

②从行:随行。《汉书·司马迁传》:“今天子接千岁之统,封泰山,而予不得从行,是命也夫!”

③丧元:指被杀身亡。三国魏曹植《杂诗》:“国仇亮不塞,甘心思丧元。”元,头。

④生成:保全性命。唐谷神子《博异志·敬元颖》:“谢以生成之恩,照浊水泥之下。”

⑤榛棘:犹荆棘。汉王粲《从军诗》:“城郭生榛棘,蹊径无所由。”

⑥弋猎：射猎，狩猎。《国语·越语》："王其且驰骋弋猎，无至禽荒。"

⑦造：到某地去，拜访。

⑧逆：预先。《世说新语·方正》："周、王既入，始至阶头，帝逆遣传诏遏使就东厢。"

⑨司：职掌，主管。《韩非子·扬权》："使鸡司夜，令狸执鼠，皆用其能，上乃无事。"局：官署。北齐时，门下省统辖尚食局、尚药局等六局。

【译文】

太原节度使、侍中马燧的手下有一位职位很低的武官苏履霜，曾在前任节度使鲍防的手下短时间干过，跟随鲍防的日子里，曾跟鲍防一起率军讨伐回纥。当时鲍防亲临战场，指着一旗刘明远，以其不冲锋，命令苏履霜斩了他。苏履霜接受了命令，但几次使眼色示意刘明远赶快冲锋，刘明远就突然杀向敌阵了，逃脱了丢脑袋的大祸，过了十多年刘明远才去世。苏履霜也死了，进入阴间游荡，遇到刘明远，刘明远对苏履霜说："昔日蒙您好心救我一命，一直没机会报答您的恩德，今天正好了却我的心愿。"说罢指着前面一条长满了荆棘的路，说："您只要顺着这条路往前走，定会遇到舍利王，舍利王生前曾是马侍中的部将。您看见他后向他求诉，他一定能救您脱离阴间。"刘明远说完了就让苏履霜快去，苏履霜于是走了约一二十里的偏僻小道，果然遇见正在打猎的舍利王。舍利王认识苏履霜，惊奇地问他："怎么会来到这里？"苏履霜说："是被冥司召来的。"舍利王说："你不该来，最好快回去。"说完就命令身旁的判官王凤翔快放苏履霜返回阳间，并附上一封信。舍利王对苏履霜说："告诉马侍中，他两年之内会被免职。所以请他一年之内就自动辞职，到京城朝廷里去。他的儿子会比他先死，今天的事千万不要泄露出去。"判官王凤翔查阅登记册，放苏履霜返回阳间。苏履霜走到一个城关的门前，遇见了几个他在阳间时常在一起饮酒的朋友，他们对苏履霜说："你独自被放回人间，我们太羡慕你了，可真是比不了你啊。"苏履霜复活后，过了五六天，就去见王凤翔。其实王凤翔事先已经知道了，问他说："舍利王说了些什么？"苏履霜说："给我说了，但舍利王不让我告诉别人。"王凤翔说："我也知道，你先回去吧，我找机会告诉马侍中。"过了十天，就和苏履霜一同去见马侍中。马侍中召苏履霜讯问，苏履霜就说了他在阴间所经历的事。王凤翔向马侍中说的内容，后来都得到了验证，并与苏履霜说的完全一样。王凤翔在人世间时就在阴间任职，一直很隐秘没有人知道，由于苏履霜的复活，把他的事给泄露了。

景生

景生者，河中猗氏人也①。素精于经籍，授胄子数十人②。岁暮将归，途中偶逢故相吕谭，以旧相识，遂以后乘载之而去③。群胄子乃散报景生之家。而景生到家，身已卒讫，数日乃苏，云："冥中见黄门侍郎严武、朔方节度张或然④。"景生善《周易》，早岁兼与吕相讲授⑤，未终秩，遇吕相薨，乃命景生，请终余秩。时严、张俱为左右台郎⑥，顾吕而怒曰："景生未合来，固非冥间之所勾留⑦，奈何私欲而有所害？"共请放回，吕遂然之。张尚书乃引景生，属⑧："两男，一名曾子，一名夫子，闰正月三日⑨，当起北屋，妨曾子新妇，为报止之，令速罢，当脱大祸。"及景苏数日而后报其家，屋已立，其妻已亡矣。又说："曾子当终刺史，夫子亦为刺史，而不正拜⑩。"后果如其言。

【注释】

①河中：唐方镇之一。至德二载(757)置，治所在蒲州(不久升为河中府，今山西永济蒲州镇)。猗氏：古地名。在今山西临猗南。

②胄子：国子学生员。《隋书·高祖纪》："而国学胄子，垂将千数，州县诸生，咸亦不少。"

③后乘：从臣的车马，亦泛指随从在后面的车马。唐皮日休《陪江西裴公游襄州延庆寺》："不署前驱惊野鸟，唯将后乘载诗人。"

④严武（726—765）：字季鹰，华州华阴（今陕西华阴）人。初为拾遗，后任成都尹。两次镇蜀，以军功封郑国公。永泰元年（765）因暴病逝于成都，年四十。追赠尚书左仆射。严武虽是武夫，亦能诗。他与诗人杜甫友善，常以诗歌唱和。朔方：唐方镇，开元时置，治灵州（今宁夏灵武西南）。

⑤早岁：早年。宋陆游《书愤》："早岁那知世事艰，中原北望气如山。"

⑥台郎：官名。即尚书郎。东汉之制，取孝廉中之有才能者入尚书台，在皇帝左右处理政务，初入台称守尚书郎中，满一年称尚书郎，三年称侍郎。魏晋以后尚书各曹有侍郎、郎中等官，综理职务，通称为尚书郎。

⑦勾留：逗留，停留。唐白居易《春题湖上》："未能抛得杭州去，一半勾留是此湖。"

⑧属（zhǔ）：嘱咐，托付。

⑨闰：农历一年较回归年相差约十日二十一时，须置闰，即三年闰一个月，五年闰两个月，十九年闰七个月。每逢闰年所加的这个月称闰月。加在某月之后，称"闰某月"。

⑩正拜：正式拜官。宋朱弁《曲洧旧闻》："忠宣正拜后，尝留晁美叔同匕箸。"

【译文】

景生是河中猗氏人。他对儒家经典十分精通，教了几十个国子学生员。年末要回家时，在路上遇到了已去世的相国吕谭，因为吕谭和景生是旧相识，所以吕谭就让景生坐在随从的马车里，带他走了。景生的学生都纷纷到景生家去报信。景生已经在家里了，并且已经死了，过了几天，景生又复活了，他说："在阴间见到了已故的黄门侍郎严武和朔方节度使张或然。"景生精通《周易》，过去曾经给相国吕谭讲过，还没讲完，吕相国就去世了。这次吕相国把景生召到阴间，就是让他继续把剩余的讲完。当时，严武和张或然都任左右台郎，对吕谭生气地说："景生不应该来，阴间本来就不是景生逗留之地，怎么能够为了你个人的私欲而加害于他？"两人共同请求吕谭把景生放回，他同意了。张或然就拉着景生，嘱咐说："我有两个儿子，一个叫曾子，一个叫夫子，闰正月初三当盖北屋，但这座屋子会妨碍曾子新娶的妻子，替我告诉他，赶快停止建造，可免大患。"等到景生复活后，过了几天才去告诉曾子家不要建北屋的事，然而房子已盖起来了，曾子的妻子也死了。景生在阴间时还听张或然说："曾子最终能当上刺史，夫子也能当上刺史，但得不到正式授予官职。"后来果然都像他说的那样。

崔绍

崔绍者，博陵王玄晔曾孙。其大父武[①]，尝从事于桂林。其父直，元和初亦从事于南海[②]，常假郡符于端州[③]。直处官清苦，不蓄羡财[④]，给家之外，悉拯亲故。在郡岁余，因得风疾，退卧客舍，伏枕累年。居素贫，无何，寝疾复久[⑤]，身谢之日，家徒索然。繇是眷属辈不克北归[⑥]。绍遂孜孜履善，不堕素业[⑦]。南越会府[⑧]，有摄官承乏之利[⑨]，济沦落羁滞衣冠。绍迫于冻馁，常屈至于此。贾继宗，外表兄夏侯氏之子，则绍之子婿[⑩]，因缘还往，颇熟其家。

【注释】

①大父：祖父。《韩非子·五蠹》："今人有五子不为多，子又有五子，大父未死而有二十五孙。"

②南海：秦始皇三十三年（前214）置，治番禺（今广东广州）。秦汉之际地入南越，西汉元鼎六年（前111）灭南越后复置。辖今广东滃江、大罗山以南，珠江三角洲及绥江流域以东。其后渐小。隋开皇九年（589）废。大业及唐天宝、至德时又曾分别改番州、广州为南海郡。

③假：谓授以代理官职。《晋书·元帝纪》："东海王越之收兵下邳也，假帝辅国将军。"郡符：郡太守的符印，亦借指郡太守。唐韩愈《祭马仆射文》："于泉于虔，始执郡符，遂殿交州，抗节番禺。"端州：隋开皇九年（589）置。以境内端溪得名。唐辖境相当今广东肇庆、高要和佛山高明区。

④羡财：多余的钱财。唐元稹《授王播中书侍郎平章事兼盐铁使制》："国有羡财，而人不加赋。"

⑤寝疾：卧病。《左传·昭公七年》："寡君寝疾，于今三月矣。"

⑥繇是：于是。表示后一事承接前一事，后一事往往是前一事引起的。繇，通"由"。《汉书·游侠传序》："陵夷至于战国，合从连衡，力政争强。繇是列国公子，魏有信陵，赵有平原，齐有孟尝，楚有春申，皆藉王公之势，竞为游侠，鸡鸣狗盗，无不宾礼。"不克：不能。《诗经·齐风·南山》："析薪如之何，匪斧不克。"汉郑玄笺："克，能也。"

⑦素业：清白的操守。《三国志·魏书·徐胡二王传》："徐邈清尚弘通，胡质素业贞粹……可谓国之良臣，时之彦士矣。"

⑧南越：亦作"南粤"。今广东、广西一带。《通典·州郡·古南越》："自岭而南，当唐虞三代，为蛮夷之国，是百越之地，亦谓之南越。"会府：犹都会。宋文天祥《建康》："金陵古会府，南渡旧陪京。"

⑨摄官承乏：指官位空着无人出任，暂且由自己承担。《左传·成公二年》："敢告不敏，摄官承乏。"杨伯峻注："摄，代也。承乏亦

谦词,表示某事由于缺乏人手,只能由自己承当。此固当时辞令。”

⑩子婿:女儿的丈夫,女婿。《史记·张耳陈馀列传》:“高祖从平城过赵,赵王朝夕袒韝蔽,自上食,礼甚卑,有子婿礼。”

【译文】

崔绍是博陵王崔玄暐的曾孙。他的祖父崔武曾在桂林做官。父亲崔直,元和初年也在南海做官,曾代理端州太守。崔直为官清苦,从不聚敛余财,所得薪俸除了养家糊口,就都周济了亲戚故旧。他在郡里待了一年多,因为得了中风病,退居客舍,卧床不起好几年。本来就很穷,无奈卧病又久,身死之日,家里几乎什么都没有。由此家眷也不能回归北方故土。崔绍于是勤勉行善,没有丧失清白的操守。南越会府可以安排代理官职,以帮助漂泊、沦落、客居的士大夫。崔绍迫于冻饿之苦,常常被迫无奈到这里来。贾继宗的外表兄夏侯氏的儿子,是崔绍的女婿,因为这层关系,交往甚密,对他家的事很熟悉。

大和六年,贾继宗自琼州招讨使改换康州牧[①],因举请绍为掾属[②]。康之附郭县曰端溪[③],端溪假尉陇西李彧,则前大理评事景休之犹子。绍与彧锡类之情[④],素颇友洽。崔、李之居,复隅落相近。彧之家畜一女猫,常往来绍家捕鼠。南土风俗,恶他舍之猫产子其家,以为大不祥。彧之猫产二子于绍家,绍甚恶之,因命家童縶三猫于筐箧,加之以石,复以绳固筐口,投之于江。是后不累月,绍丁所出荥阳郑氏之丧[⑤],解职,居且苦贫。孤孀数辈,饘粥之费[⑥],晨暮不充,遂薄游羊城之郡,丐于亲故。大和八年五月八日,发康州官舍,历抵海隅诸郡。至其年九月十六日,达雷州。

【注释】

①康州:唐武德五年(622)设立南康州,兼置总管府,总管粤西一带六州军事。贞观十二年(638)改名康州。牧:即州牧。古代指一州之长。《尚书·周官》:"唐虞稽古,建官惟百,内有百揆四岳,外有州牧侯伯。"宋蔡沈《集传》:"州牧,各总其州者。"汉成帝时改刺史为州牧。后废置不常。东汉灵帝时,再设州牧,掌一州军政大权。魏晋后废。后世借用为对州最高长官的尊称。

②掾属:佐治的官吏。汉代自三公至郡县,都有掾属。人员由主官自选,不由朝廷任命。魏晋以后,改由吏部任免。

③附郭:属县。明沈德符《万历野获编·景泰从龙二俞》:"以审理正俞纲为太仆寺少卿,则嘉兴府之嘉兴县人也。以伴读俞山为鸿胪寺丞,则嘉兴府之秀水县人也。二邑俱吾郡附郭。"

④锡类:同僚,朋辈。语出《诗经·大雅·既醉》:"孝子不匮,永锡尔类。"汉郑玄笺:"孝子之行非有竭极之时,长以与女之族类,谓广之以教导天下也。"

⑤丁:当,遭逢。汉刘向《九叹·惜贤》:"丁时逢殃,可奈何兮。"

⑥饘(zhān)粥:稠的稀饭称为饘,稀的称为粥。后以饘粥作为稀饭的统称。《后汉书·樊宏传》:"儵字长鱼,谨约有父风。事后母至孝,及母卒,哀思过礼,毁病不自支,世祖常遣中黄门朝暮送饘粥。"

【译文】

大和六年,贾继宗由琼州招讨使改任康州的州牧,就荐举崔绍到州衙里任掾属。康州的属县有个端溪县,代理县尉陇西人李彧,是前任大理寺评事景休的侄子。崔绍与李彧有同僚的交情,处得很融洽。崔、李两家住得很近。李彧家里养了一只母猫,常常跑到崔绍家抓老鼠。南方有种民俗,厌恶别人家的猫在自己家里产崽,认为是很不吉利的事。李彧家的母猫在崔绍家生了两只小猫,崔绍十分厌恶,就让家童把三只猫拴在一个箩筐里,里面装上石头,又用绳子把筐口拴死,扔到了江里。

此后不到一个月，崔绍遭逢母亲荥阳郑氏去世，解职，生活更加贫苦了。家里有好几辈的孤儿寡母，喝粥的钱都供不上，天天吃不饱饭。崔绍实在没办法，于是就去了广州，向亲戚朋友们乞求。大和八年五月八日，崔绍从康州官舍出发，走遍了海边的几个郡。到这年的九月十六日，到达了雷州。

绍家常事一字天王，已两世矣。雷州舍于客馆中，其月二十四日，忽得热疾，一夕遂重，二日遂殛。将殛之际，忽见二人焉，一人衣黄，一人衣皂[①]，手执文帖，云："奉王命追公。"绍初拒之，云："平生履善，不省为恶，今有何事，被此追呼？"二使人大怒曰："公杀无辜三人，冤家上诉，奉天符下降，令按劾。公方当与冤家对命，奈何犹敢称屈，违拒王命？"遂展帖示。绍见文字分明，但不许细读耳。绍颇畏詟[②]，不知所裁。顷刻间，见一神人来，二使者俯伏礼敬。神谓绍曰："尔识我否？"绍曰："不识。"神曰："我一字天王也，常为尔家供养久矣，每思以报之。今知尔有难，故来相救。"绍拜伏求救。天王曰："尔但共我行，必无忧患。"王遂行，绍次之，二使者押绍之后。通衢广陌[③]，杳不可知际[④]。行五十许里，天王问绍："尔莫困否？"绍对曰："亦不甚困，犹可支持三二十里。"天王曰："欲到矣。"逡巡，遥见一城门，墙高数十仞[⑤]，门楼甚大，有二神守之。其神见天王，侧立敬惧。更行五里，又见一城门，四神守之。其神见天王之礼，亦如第一门。又行三里许，复有一城门，其门关闭。天王谓绍曰："尔且立于此，待我先入。"天王遂乘空而过[⑥]。食顷，闻摇锁之声，城门洞开，见十神人，天王亦在其间，神人色甚忧惧。

更行一里，又见一城门，有八街，街极广阔，街两边有杂树，不识其名目。有神人甚多，不知数，皆罗立于树下⑦。八街之中，有一街最大。街西而行，又有一城门，门两边各有数十间楼，并垂帘。街衢人物颇众⑧，车舆合杂⑨，朱紫缤纷⑩，亦有乘马者，亦有乘驴者，一似人间模样。此门无神看守。更一门，尽是高楼，不记间数，珠帘翠幕，眩惑人目。楼上悉是妇人，更无丈夫，衣服鲜明，装饰新异，穷极奢丽，非人寰所睹⑪。其门有朱旗，银泥画旗，旗数甚多，亦有着紫人数百。

【注释】

①皂：黑色。《史记·五宗世家》："是以每相、二千石至，彭祖衣皂布衣，自行迎，除二千石舍。"

②畏詟(zhé)：畏惧。

③通衢广陌：四通八达的宽广大路。

④杳：渺茫，深远，高远。

⑤仞：古代长度单位。周制八尺，汉制七尺。唐王之涣《凉州词》："黄河远上白云间，一片孤城万仞山。"

⑥乘空：腾空，凌空。《列子·黄帝》："乘空如履实，寝虚若处床。"

⑦罗：排列，广布。晋陶渊明《归园田居》："榆柳荫后檐，桃李罗堂前。"

⑧街衢：四通八达的街路。汉班固《西都赋》："内则街衢洞达，间阎且千。"唐李善注："《说文》曰：'街，四通也……'《尔雅》曰：'四达谓之衢。'"

⑨车舆：车辆，车轿。《管子·禁藏》："故圣人之制事也，能节宫室，适车舆以实藏，则国必富，位必尊。"

⑩朱紫：古代高级官员的服色或服饰。谓红色、紫色的官服。唐白居易《偶吟》："久寄形于朱紫内，渐抽身入蕙荷中。"

⑪人寰：人间，人世。南朝宋鲍照《舞鹤赋》："去帝乡之岑寂，归人寰之喧卑。"

【译文】

崔绍家长时间地供奉一字天王，已经供了两代。崔绍到雷州后住在旅店里，当月二十四日，突然得了热病，一个晚上就很严重了，第二天就死了。临死的时候，崔绍忽然看见两个人，一个穿黄衣服，一个穿黑衣服，手里拿着公文对崔绍说："我们奉王的命令捉拿你。"崔绍一开始抗拒，说："我一辈子都在做善事，从未做过恶，我犯了什么事，要被你们捉拿呢？"两个使者大怒，说："你杀害了三个无辜的人，被害人告了你，上天下了公文，让按律审问你。你要与被害人对质，怎么还敢称屈，抗拒王命呢？"说罢展开手中的公文。崔绍见上面的字写得很清楚，只是不许他细细地看。崔绍这时心里十分畏惧，不知道会如何裁决。顷刻间来了一个神人，两个使者赶快伏在地上叩拜。神人对崔绍说："你认识我吗？"崔绍说："不认识"。神人说："我就是一字天王，你家供奉我多年了，我常常想回报你。现在我知道你遭了难，所以特地来救你。"崔绍跪伏在地下求一字天王相救。一字天王说："你尽管跟着我走，我保你不会有灾难。"说完，一字天王就走了，崔绍紧随其后，那两个使者在崔绍身后押着。四通八达的宽广大路，不知其边际。走了五十多里，一字天王问崔绍："累不累？"崔绍说："不太累，还能支撑再走二三十里。"一字天王说："快到了。"一会儿，远远看见一个城门，城墙有几十丈高，门楼很高大，有两个神看守。神见一字天王来了，都敬畏地侧身站立。又走了五里，又看见一座城门，有四个神看守。这四个神见了一字天王后，表现得也像第一个城门前的神那样。再走三里多地，又有一座城门，但城门关着。一字天王对崔绍说："你先站在这儿等着，我先进城去。"说罢一字天王就腾空从城上飞去。过了一顿饭工夫，听见城门上的大锁有摇动声，城门大开，出现了十个神，一字天王也在中间，神们都很忧虑恐惧。又走了一里地，见一座城门。城里有八条街，街道十分宽阔，两边长满树木，叫不出树名。街上有很多的神，简直数不清有多少，都排列着站在树下。八条街中有一条街最大。顺这条街往西走，又有一座城门，门两侧各有几十间楼房，房门都挂着帘子。街上人很多，车轿混杂，高官繁多，有骑马的，也有骑驴的，与人世间的街市一模一样。这个城门没有神看守。又过了一道城门，尽是高楼，数不清有多少间，楼上的房门都挂着珠帘翠幕，看得人眼花缭乱。楼上全都是女人，没有一个男人。她们的衣服十分华丽，佩戴的首饰非常新奇，极尽高贵绚丽，非人间能见。每家门上都挂着红旗，用银粉绘制，数量很多，也有几百穿紫色衣服的人。

天王立绍于门外，便自入去。使者遂领绍到一厅，使者先领见王判官。既至厅前，见王判官着绿，降阶相见，情礼甚厚，而答绍拜，兼通寒暄，问第行①，延升阶与坐②，命煎茶。良久，顾绍曰："公尚未生。"绍初不晓其言，心甚疑惧。判官云："阴司讳死，所以唤死为生。"催茶，茶到，判官云："勿吃，此非人间茶。"逡巡，有着黄人提一瓶茶来，云："此是阳官茶③，绍可吃矣。"绍吃三碗讫。判官则领绍见大王，手中把一纸文书，亦不通人。大王正对一字天王坐，天王向大王云："只为此人来。"大王曰："有冤家上诉，手虽不杀，口中处分，令杀于江中。"天王令唤崔绍冤家，有紫衣十余人，齐唱喏走出④。顷刻间，有一人，着紫襕衫⑤，执牙笏⑥，下有一纸状，领一妇人来，兼领二子，皆人身而猫首。妇人着惨裙黄衫子⑦，一女子亦然，一男子亦然，着皂衫⑧。

三冤家号泣不已，称崔绍非理相害。天王向绍言："速开口与功德[9]。"绍忙惧之中，都忘人间经佛名目，唯记得《佛顶尊胜经》，遂发愿各与写经一卷。言讫，便不见妇人等。大王及一字天王遂令绍升阶与坐，绍拜谢大王，王答拜。绍谦让曰："凡夫小生，冤家陈诉，罪当不赦，敢望生回。大王尊重如是，答拜绍，实所不安。"

【注释】

①第行：犹行第，家族内同辈人的排行次第。

②延：邀请。晋陶渊明《桃花源记》："余人各复延至其家，皆出酒食。"

③官茶：由官府生产经销或向官府纳税后销售的茶均称官茶。

④唱喏（rě）：古代男子所行之礼，叉手行礼，同时出声致敬。

⑤襕（lán）衫：古代读书人的家常服饰。《宋史·舆服志》："襕衫，以白细布为之，圆领大袖，下施横襕为裳，腰间有辟积。进士及国子生、州县生服之。"

⑥牙笏：象牙手板，亦指朝笏。原为大臣朝见皇帝时所执用，其后道士在朝真或斋醮时也使用。

⑦幓：浅色。《宋史·礼志》："群臣及军校以上，皆本色幓服。"衫子：古代妇女穿的袖子宽大的上衣。五代马缟《中华古今注·衫子背子》："衫子，自黄帝垂衣裳，而女人有尊一之义，故衣裳相连。始皇元年，诏宫人及近侍宫人，皆服衫子，亦曰半衣，盖取便于侍奉。"

⑧皂衫：黑色短袖单衣。《宋史·舆服志》："进士则幞头、襕衫、带，处士则幞头、皂衫、带。"

⑨功德：泛指念佛、诵经、布施、放生等事。

【译文】

一字天王让崔绍在门外先站一会儿，自己先走进去了。那两个使者领崔绍来到一座大厅堂上，让他先见一见王判官。到了大堂前，穿绿袍的王判官谦逊地与崔绍相见，很热情地接待了他，并向崔绍回礼，嘘寒问暖，问兄弟间的排行。并请崔绍上座，还让人煎茶。过了半天，王判官才看着崔绍说："你还没有生。"崔绍不懂他这句话是什么意思，心里很惊慌。王判官解释说："阴间忌讳说死字，所以把死叫作生。"说完就催人快上茶，茶端上来以后，王判官说："这茶你不要喝，因为它不是人世间的茶。"很快，有一个穿黄衣服的人提了一壶茶来，判官说："这才是阳间官茶，你可以放心喝了。"崔绍喝了三碗茶。判官就带他去见大王，手里拿着一张公文，也不经通报就进了大殿。崔绍看见大王正和一字天王对面而坐，天王向大王说："我就是为这个人来向您求情的。"大王说："有受害人上诉，尽管崔绍没有亲手杀人，但是他亲口下了命令，让别人把受害人杀死在江里的。"天王命人传被崔绍杀害的人。有十几个穿紫衣的人，前来齐声叉手行礼。不一会儿，有一个人，穿着紫襕衫，手里拿着笏板，笏板下有一张状纸，领着一个女人上了堂，女人后面还跟着两个孩子，这三个人都是猫头人身。那女人穿着浅色裙子黄色上衣，一个女孩穿着同样的衣服，一个男孩穿着黑色短袖单衣。三个受害人在大堂上哭号不止，说崔绍无缘无故地杀害了他们母子。这时天王对崔绍说："你赶快答应为他们做功德。"崔绍由于又慌又怕，竟一时想不起人间常念的佛经都有什么名目，只记得有一部《佛顶尊胜经》，就向母子三人许愿说为他们各自抄写一卷经文。刚说完，那三个告状的母子就消失了。大王和一字天王让崔绍到台阶上来，并让他坐下，崔绍向大王拜谢，大王也施礼回拜。崔绍谦让说："我是一个凡夫俗子，被受害人控告，是不该得到宽恕的，怎还敢期待生还。大王如此尊重，向我还礼，使我感到十分不安。"

大王曰："公事已毕，即还生路。存殁殊途[①]，固不合受拜。"大王问绍："公是谁家子弟？"绍具以房族答之[②]。大王曰："此若然者，与公是亲家[③]，总是人间马仆射。"绍即起申叙，马仆射犹子磻夫[④]，则绍之妹夫。大王问磻夫安在，绍曰："阔别已久，知家寄杭州。"大王又曰："莫怪，此来奉天符令勘，今则却还人道。"便回顾王判官云："崔子停止何处[⑤]？"判官曰："便在某厅中安置。"天王云："甚好。"绍复咨启大王[⑥]："大王在生，名德至重，官位极崇，则合却归人天[⑦]，为贵人身，何得在阴司职？"大王笑曰："此官职至不易得。先是杜司徒任此职，总滥蒙司徒知爱[⑧]，举以自代，所以得处此位，岂容易致哉。"绍复问曰："司徒替何人？"曰："替李若初。若初性严寡恕，所以上帝不遣久处此，杜公替之。"绍又曰："无因得一至此，更欲咨问大王，绍闻冥司有世人生籍。绍不才[⑨]，兼本抱疾，不敢望人间官职，然顾有亲故，愿一知之，不知可否？"曰："他人则不可得见，缘与公是亲情，特为致之。"大王顾谓王判官曰："从许一见之[⑩]，切须诫约，不得令漏泄。漏泄之，则终身喑哑[⑪]。"又曰："不知绍先父在此，复以受生？"大王曰："见在此充职。"绍涕泣曰："愿一拜觐，不知可否？"王曰："亡殁多年，不得相见。"

【注释】

①存殁(mò)：生者和死者。唐杜光庭《户部张相公修迁拔明真斋词》："三箓定金明之典，功被人天；九幽悬玉匮之科，惠周存殁。"

②房族：同支宗亲的总称。

③亲(qìng)家:姻戚的通称。《荀子·非相》:“弃其亲家而欲奔之者,比肩并起。”

④犹子:侄子。《礼记·檀弓》:“丧服,兄弟之子犹子也。”

⑤子:古代对士大夫的通称。宋赵彦卫《云麓漫钞》:“诸侯之上大夫卿、下大夫、上士、中士、下士凡五等,亦称‘子’,若宣子、武子之类是也。”

⑥启:启奏,禀告。《古诗为焦仲卿妻作》:“府吏得闻之,堂上启阿母。”

⑦人天:佛教语。六道轮回中的人道和天道。亦泛指诸世间、众生。

⑧知爱:赏识喜爱。《宋书·谢灵运传》:“灵运少好学,博览群书,文章之美,江左莫逮。从叔琨特知爱之。”

⑨不才:不成材。自谦之辞。《左传·成公三年》:“二国治戎,臣不才,不胜其任,以为俘馘。”

⑩从许:依从允许。《古诗为焦仲卿妻作》:“吾已失恩义,会不相从许。”

⑪喑(yīn)哑:口不能言。《管子·入国》:“聋盲、喑哑、跛躄、偏枯、握递不耐自生者,上收而养之,疾。”

【译文】

大王说:“官司处理完,即可返回人间。生死两界不同,所以我不应该接受你的拜礼。”大王问崔绍:“您是谁家的子弟呢?”崔绍说出自己的族系。大王说:“您说的如果是真的,那么我和您还是姻戚呢,我就是马总,人世间的马仆射。”崔绍一听立刻站起来说,马仆射的侄子磻夫,就是崔绍的妹夫。大王问磻夫现在何处,崔绍说:“与磻夫分别很久了,只知道他寄居在杭州。”大王又说:“这次捕捉您不要责怪我,我是奉了上天的命令审案子,现在放您返回人间吧。”说着回头问王判官道:“崔公现在什么地方歇息?”王判官说:“就在我厅中安置。”天王说："很好。"崔绍又问大王："大王在人间时，德高望重，官位颇尊，现在应该归入天界，成为仙人，怎么竟在阴司做官呢？"大王笑着说："我这个官职也不是很容易得到的。我的前任是杜司徒，蒙他对我的错爱，才推荐我代替他，所以这个职位，不是随随便便就能得到的。"崔绍又问："那杜司徒又替换了谁的官职呢？"大王说："杜司徒替换的是李若初。因为李若初施政过于严酷而失于宽厚，所以上帝不派他长期担任此官，就让杜司徒替换了他。"崔绍又说："我偶然到此不容易，还想请问大王，我听说冥府有登记投生者的册子。我没有什么才能，又身患重病，不敢奢望升官了。然而我还有些亲友，我想知道一下他们的情况，不知可否？"大王说："别人是绝对不许看的，然而看在您与我是亲戚的情分上，特别照顾您一下吧。"大王回头对王判官说："允许他看一下，不过千万提醒他，不许让他有丝毫泄露。如果泄露，就会终身不能说话。"崔绍又问："不知道我已故的父亲是仍在阴间，还是已经转世了呢？"大王说："他现在此任职。"崔绍哭着请求说："我想和先父见上一面，不知允许不允许？"大王说："去世多年了，不能见面了。"

绍起辞大王，其一字天王送绍到王判官厅中，铺陈赡给[①]，一似人间。判官遂引绍到一瓦廊下，廊下又有一楼，便引绍入门。满壁悉是金榜银榜，备列人间贵人姓名。将相二色[②]，名列金榜。将相以下，悉列银榜。更有长铁榜，列州县府僚属姓名。所见三榜之人，悉是在世人。若谢世者，则随所落籍[③]。王判官谓绍曰："见之则可，慎勿向世间说榜上人官职。已在位者，犹可言之。未当位者，不可漏泄，当犯大王向来之诫。世人能行好心，必受善报。其阴司诛责恶心人颇甚。"绍在王判官厅中停止三日。旦暮严，打警鼓数百面，唯不吹角而已。绍问判官曰："冥司诸事，一切尽似人间，惟空鼓而无角，不知何谓？”判官曰：“夫角声者，象龙吟也[④]。龙者，金精也。金精者，阳之精也。阴府者，至阴之司。所以至阴之所，不欲闻至阳之声。”绍又问判官曰：“闻阴司有地狱，不知何在？”判官曰：“地狱名目不少，去此不远，罪人随业轻重而入之[⑤]。”又问：“此处城池人物，何盛如是？”判官曰：“此王城也，何得怪盛？”绍又问：“王城之人如海，岂得俱无罪乎，而不入地狱耶？”判官曰：“得处王城者，是业轻之人，不合入地狱。候有生关，则随分高下，各得受生[⑥]。”

【注释】

①赡给：周济救助。《后汉书·安帝纪》：“癸酉，调扬州五郡租米，赡给东郡、济阴、陈留、梁国、下邳、山阳。”

②色：种类。唐韩愈《国子监论新注学官牒》：“伏请非专通经传，博涉坟史，及进士五经诸色登科人，不以比拟。”

③落籍：除名，谓从簿籍中除去姓名。唐薛用弱《集异记·僵僧》：“司空薛公因令军卒之战伤疮重者，许其落籍。”

④象：类似，好像。龙吟：龙鸣，亦形容箫笛类管乐器声音响亮。南朝梁刘孝先《咏竹诗》：“谁能制长笛，当为吐龙吟。”

⑤业：佛教名词，指善行、恶行的报应。

⑥受生：转世投胎。宋洪迈《夷坚志·夷坚甲志·俞一郎放生》：“此人天年，尚余一纪，并有赎放物命已受生人身者三千余，合增寿二纪。”

【译文】

崔绍站起来向大王告辞，由一字天王送崔绍到王判官的厅堂，厅堂里铺陈摆设的物品都与人间一样。王判官领着崔绍来到一个瓦廊下，那里又有一座楼房，判官领他进了门。只见满墙都是金榜和银榜，写满了人间贵人的姓名。为将为相的名字都列在金榜上。将相以下的官员都列在银榜上。还有一块长铁榜，上面写着州、府、县的官员及部属的姓名。崔绍看到的这三块榜上的人都是在世的官员。如果去世了，名字就没有了。王判官对崔绍说："看看就可以了，回去后千万不要对人说榜上人的官职。已经在位的说了尚不要紧，还没任命的，千万不能泄漏，否则就犯了刚才大王对你的警告。世上的人如果心地善良，就必会得到善报。如果作恶，那阴司惩罚恶人的法度是非常严厉的。"崔绍在王判官厅里停留了三天。一早一晚警戒很严，敲击好几百面大鼓，但不吹号角。崔绍问判官说："阴间的各种事都与人间一样，唯有这只是敲鼓不吹号角，是什么原因呢?"判官说："这是因为号角声很像龙吟声，龙是金精。金精就是阳气的精华。而阴曹地府是最阴的地方。这最阴的地方，是不能听到最有阳气的声音的。"崔绍又问王判官："听说阴间有地狱，不知这地狱在哪里呢?"判官说："地狱的名目不少，离这里不远，罪人按他们罪过的大小分别进入不同地狱。"崔绍又问："这里的城市怎么那么繁华，城里人怎么那么多?"判官说："这里是阴间的王城，繁华热闹又有什么奇怪的。"崔绍又问："王城里人多似海，难道其中就没有犯罪的吗，他们怎么不入地狱呢?"判官说："能够在王城里居住的，都是罪很轻的，不该入地狱。他们在这里等待机会，一旦有转世的机会，就会随着他们业力高低，各自转世投胎。"

又康州流人宋州院官田洪评事[①]，流到州二年，与绍邻居。绍、洪复累世通旧，情爱颇洽。绍发康州之日，评事犹甚康宁[②]。去后半月，染疾而卒。绍未回，都不知之。及追到冥司，已见田生在彼。田崔相见，彼此涕泣。田谓绍曰："洪别公后来，未经旬日，身已谢世矣。不知公何事，忽然到此?”绍曰:“被大王追勘少事[3],事亦寻了[4],即得放回。”洪曰:“有少情事,切敢奉托[5]。洪本无子,养外孙郑氏之子为儿,已唤致得[6]。年六十,方自有一子。今被冥司责以夺他人之嗣,以异姓承家,既自有子,又不令外孙归本族,见为此事被勘劾颇甚[7]。令公却回,望为洪百计致一书与洪儿子[8],速令郑氏子归本宗。又与洪传语康州贾使君,洪垂尽之年,窜逐远地,主人情厚,每事相依。及身殁之后,又发遣小儿北归,使道体归葬本土[9],眷属免滞荒陬[10]。虽仁者用心,固合如是,在洪浅劣,何以当之。但荷恩于重泉,恨无力报。”言讫,二人恸哭而别。

【注释】

①流:古代五刑之一,把罪人放逐到远方。《新唐书·刘幽求传》:“帝密申右之,乃流幽求于封州。”宋州:隋开皇十六年(596)置,治睢阳(后改宋城,今河南商丘)。唐辖境相当今河南商丘、虞城、宁陵、睢县、柘城、夏邑,安徽砀山,山东曹县、单县等地。

②康宁:健康。《尚书·洪范》:“五福:一曰寿,二曰富,三曰康宁,四曰攸好德,五曰考终命。”

③追勘:追究查问。

④寻:顷刻,不久。晋陶渊明《桃花源记》:“未果,寻病终。”了:完毕,结束。南唐李煜《虞美人》:“春花秋月何时了,往事知多少?”

⑤奉托:犹拜托。唐锺辂《前定录·裴谞》:“少间有以奉托,幸一至逆旅。”

⑥致得:招到。

⑦勘劾:谓核实定罪。宋欧阳修《论内臣冯承用与外任事札子》:“窃以方今内外臣寮,若有罪犯,便须勘劾,依法行遣。”

⑧百计:谓想尽或用尽一切办法。

⑨道体:犹玉体、贵体。《北史·徐则传》:“霜风已冷,海气将寒,偃息茂林,道体休悆。”

⑩荒陬(zōu):荒远的角落。唐元稹《蛮子朝》:“西南六诏有遗种,僻在荒陬路寻壅。”

【译文】

另外,宋州的院官田洪,官职是评事,获罪被流放到康州两年,与崔绍是邻居。两家几辈均有交情,交往颇为融洽。崔绍离开康州之日,田洪还平安无事。崔绍离开康州半个月后,田洪就得病死了。因为崔绍还没回人间,所以根本不知道田洪的死讯。等到崔绍到阴间,已经看见田洪在那里了。两个人相见之后,都痛哭起来。田洪对崔绍说:“自和您分别以后,不到十天我就死了,不知您怎么也突然来到阴间了呢?”崔绍说:“我被大王传来查问我一件小事,事情已处理完了,即将放我回人间。”田洪说:“我有一件小事,急切地想托付给您。我本来没有儿子,收养了外孙郑氏的儿子为子,已经成为事实了。但我六十岁时,得了一个儿子。现在我被阴司怪罪夺取别人的儿子,以异姓人作为子嗣,既然已经有了儿子,又不让外孙归回自己的本族。现在我正为这件事被追查得很紧。您回到人世后,希望想方设法替我传个信给我的儿子,让他赶快让郑氏的儿子归回他的宗族。再给康州的贾使君传个话,我田洪在垂老之年,被流放到边远地区,贾使君对我情意深厚,给予我很多帮助。我死后,又让我的儿子能扶柩回故土把我安葬,我的家眷也不至于困留在荒凉的僻壤穷乡。虽然说仁者之心,应当如此,但我田洪这样一个鄙陋的俗人,实在是担当不起。我如今在九泉之下,也是愧恨无力报答贾使君。”说罢,田洪和崔绍痛哭着告别。

居三日,王判官曰:“归可矣,不可久处于此。”一字天王与绍欲回,大王出送。天王行李颇盛[1],道引骑从,填塞街衢。天王乘一小山自行，大王处分与绍马骑，尽诸城门。大王下马拜别天王，天王坐山不下，然从绍相别。绍跪拜，大王亦还拜讫，大王便回。绍与天王自归。行至半路，见四人皆人身而鱼首，着惨绿衫，把笏[②]，衫上微有血污，临一峻坑立[③]，泣拜请绍曰："性命危急，欲堕此坑，非公不能相活。"绍曰："仆何力以救公[④]？"四人曰："公但许诺则得。"绍曰："灼然得[⑤]。"四人拜谢，又云："性命已蒙君放讫，更欲启难发之口，有无厌之求，公莫怪否？"绍曰："但力及者，尽力而应之。"曰："四人共就公乞一部《金光明经》，则得度脱罪身矣。"绍复许，言毕，四人皆不见。却回至雷州客馆，见本身偃卧于床[⑥]，以被蒙复手足。天王曰："此则公身也，但徐徐入之，莫惧。"如天王言，入本身便活。及苏，问家人辈，死已七日矣，唯心及口鼻微暖。苏后一日许，犹依稀见天王在眼前。又见阶前有一木盆，盆中以水养四鲤鱼。绍问此是何鱼，家人曰："本买充厨膳，以郎君疾亟，不及修理。"绍曰："得非临坑四人乎？"遂命投之于陂池中[⑦]，兼发愿与写《金光明经》一部[⑧]。

【注释】

①行李：唐时称官府导从人员。《旧唐书·温造传》："臣闻元和、长庆中，中丞行李不过半坊，今乃远至两坊，谓之'笼街喝道'，但以崇高自大，不思僭拟之嫌，若不纠绳，实亏彝典。"

②把：握，执。《战国策·燕策》："臣左手把其袖，而右手揕其胸。"

③峻：高，陡峭。唐韩愈《送廖道士序》："衡之南八九百里，地益高，山益峻，水清而益驶。"

④仆：古时男子谦称自己。《战国策·燕策》："今提一匕首入不测之强秦，仆所以留者，待吾客与俱。"

⑤灼然：焦急的样子。宋蔡絛《铁围山丛谈》："于是章丞相作惭灼然而语公曰：'是必以衣服故得罪矣，然愿少留。'"

⑥偃卧：仰卧，睡卧。《孙子兵法·九地篇》："令发之日，士卒坐者涕沾襟。偃卧者涕交颐。投之无所往者，诸、刿之勇也。"

⑦陂（bēi）池：池沼，池塘。《尚书·泰誓》："惟宫室台榭陂池侈服，以残害于尔百姓。"

⑧发愿：佛教语，谓普度众生的广大愿心。后亦泛指许下愿心。

【译文】

崔绍住了三天，王判官说："你可以回家了，不可长时间停留在阴间。"一字天王要和崔绍一同回去，大王送了出来。天王的导从人员特别多，开道的和骑马的随从，把整条街都堵塞了。天王驾着一座小山自己走，大王吩咐给崔绍一匹马当坐骑，送到城门外。大王下马拜别天王，天王坐在山上没下来，只是和崔绍一同和大王告别。崔绍跪拜施礼，大王也还拜了，之后就回去了。崔绍和天王一起回去。半路上，遇见了四个人，都是人身鱼头，穿着浅绿衫，手里拿着笏板，衣衫上有点点血迹，站在一个大深坑边上，一边哭拜一边向崔绍说："我们的性命危在旦夕，马上就要掉进这个深坑里，只有您能救我们几个人的性命。"崔绍说："我有什么力量救你们呢？"那四个人说："您只要答应救我们就行了。"崔绍说："非常愿意。"四个人连忙拜谢，又说："我们的性命已蒙您救了，还想提一个说不口的请求，确实是贪得无厌之求，请您不要怪罪我们。"崔绍说："只要是我力所能及的，我一定尽力为你们办。"那四个人说："我们四个人一同向您请求为我们抄一部《金光明经》，我们的罪身就可以获得超度了。"崔绍又答应了，刚说完，那四个人就消失了。崔绍回到阳间，来到雷州的客舍，看见自己的身体还僵卧在床上，用被子盖着手脚。天王说："这就是你的肉身，你要慢慢进入你的身子，别害怕。”崔绍按照天王的话，慢慢进入自己的肉身，就活过来了。苏醒后，问家中的亲人，才知道自己死去七天了，只有心和嘴、鼻子尚有一丝暖气。复活后过了一天多，崔绍还恍恍惚惚觉得天王在眼前。又看见院子台阶前有一个木盆，盆里用水养着四条鲤鱼。崔绍就问鱼是怎么回事，家里人说：“原来是买了准备下厨做菜的，后来您突然得病死去，鱼就没来得及处理。”崔绍说：“这不就是在阴间要掉进深坑的那四个人吗？”就让家里人把鱼投进池塘里，并发愿为它们抄写一部《金光明经》。

卢顼表姨

洛州刺史卢顼表姨常畜一猧子[①]，名花子，每加念焉。一旦而失[②]，为人所毙。后数月，卢氏忽亡。冥间见判官姓李，乃谓曰：“夫人天命将尽，有人切论[③]，当得重生一十二年。”拜谢而出。行长衢中[④]，逢大宅，有丽人，侍婢十余人，将游门屏[⑤]，使人呼夫人入，谓曰：“夫人相识耶？”曰：“不省也。”丽人曰：“某即花子也。平生蒙不以兽畜之贱，常加育养。某今为李判官别室[⑥]。昨所嘱夫人者，即某也。冥司不俞其请[⑦]，只加一纪[⑧]，某潜以改十二年为二十，以报存育之恩。有顷李至，伏愿白之本名，无为夫人之号[⑨]，恳将力祈。”李逡巡而至，至别坐语笑。丽人首以图乙改年白李[⑩]。李将让之[⑪]，对曰：“妾平生受恩，以此申报，万不获一，料必无难之。”李欣然谓曰：“事则匪易[⑫]，感言请之切，遂许之。”临将别，谓夫人曰：“请收余骸，为瘗埋之。骸在履信坊街之北墙，委粪之中[⑬]。”夫人既苏，验而果在，遂以子礼葬之。后申谢于梦寐之间[⑭]。后二十年，夫人乃亡也。

【注释】

①常:通“尝”,曾经。猧(wō):小狗。

②一旦:一天之间。《战国策·燕策》:“伯乐乃还而视之,去而顾之,一旦而马价十倍。”

③切论:激切的议论。宋真德秀《跋二吴公帖》:“盖正肃参大政时,朝列多君子,虽危言切论,数与小人忤,坐是不果相,然始终宠遇不少衰。”

④长衢(qú):大道。《古诗十九首·青青陵上柏》:“长衢罗夹巷,王侯多第宅。”

⑤门屏:门与屏之间。

⑥别室:妾,侧室。《北史·彭城太妃传》:“彭城太妃尒朱氏,荣之女,魏孝庄后也,神武纳为别室。”

⑦冥司:阴间的长官。俞:答应,允许。《汉书·扬雄传》:“上犹谦让而未俞也。”

⑧一纪:岁星(木星)绕地球一周约需十二年,故古称十二年为一纪。《国语·晋语》:“文公在狄十二年,狐偃曰:‘蓄力一纪,可以远矣。’”三国吴韦昭注:“十二年,岁星一周为一纪。”

⑨无为:勿,不要,不必。南朝宋刘义庆《世说新语·雅量》:“王丞相主簿欲检校帐下。公语主簿:‘欲与主簿周旋,无为知人几案间事。’”

⑩图乙:涂抹钩止,是修改文章的行为。或作“涂乙”。

⑪让:责备,谴责。《史记·项羽本纪》:“二世使人让章邯。”

⑫匪:同“非”,不,不是。《诗经·卫风·氓》:“匪来贸丝,来即我谋。”

⑬委:抛弃,舍弃。《孟子·公孙丑》:“委而去之,是地利不如人和也。”

⑭申谢:表示谢意。

【译文】

洛州刺史卢顼的表姨，曾经养了一只小狗，名叫花子，一直十分疼爱它。有一天，花子忽然丢失，被人打死了。过了几个月，卢氏忽然就死了。她到了阴间，见到一个姓李的判官，李判官对她说："夫人的阳寿快到了，但有人激切地为你争取，还能再得阳寿十二年。"卢氏拜谢后走出来。她行走在阴间的大街上，看见一座高大的府第，里面有一个美人，被十几个婢女簇拥着，刚走到门与屏之间。美人叫人把卢氏请到家里，问卢氏说："夫人还认识我吗？"卢氏说："不认识。"美人说："我就是花子啊！承蒙您不以我是个畜生而轻视，长久地细心养育我。我现在是李判官的妾。昨天为您求情的，就是我。冥司没有答应我的请求，只给您加寿十二年，我偷偷地把十二年改为二十年，以报答您对我的养育之恩。过一会儿李判官就要来了，希望说出您的原名，而不是字号，我向他极力恳求。"李判官很快就来了，坐在一旁说笑。美人先把涂改的年数告诉了李判官。李判官正要责备她，美人说："我平生得到夫人的恩惠，以此报答，只不过是报答了万分之一罢了，这事想来不会使您为难的。"李判官高兴地答应说："这事虽然不好办，但念你如此诚心恳求，就答应你吧。"美人和卢氏告别时说："请您把我的尸骸收起来，把我埋葬了。我的尸骸在履信坊街的北墙下，被人丢弃在粪坑里了。"卢氏苏醒后，果然在所指的地方找到了花子的尸骸，就用埋葬子女的礼仪，把它埋葬了。后来，花子又给她托梦表示感谢。卢氏又活了二十年才去世。

狐诵通天经

裴仲元家鄠北，因逐兔入大冢，有狐凭棺读书[①]。仲元搏之不中[②]，取书以归，字不可认识。忽有胡秀才请见，曰行周，乃凭棺读书者。裴曰："何书也？"曰："《通天经》，非人间所习。足下诚无所用[③]，愿奉百金赎之[④]。”裴不应。又曰：“千镒[⑤]。”又不应。客怒，拂衣而起[⑥]。裴内兄韦端士[⑦]，已死，忽逢之，曰：“闻逐兔得书，吾识其字。”乃出示之。韦云：“为胡秀才取尔。”遂失不见。裴亦寻卒。

【注释】

①凭：靠着。南唐李煜《浪淘沙》：“独自莫凭栏，无限江山。”

②搏：拍，击。《史记·田叔列传》：“田叔取其渠率二十人，各笞五十，余各搏二十，怒之曰：‘王非若主邪？何自敢言若主！’”

③足下：对同辈、朋友的敬称，古时也用于对上。战国乐毅《报燕惠王书》：“恐伤先王之明，有害足下之义。”

④奉：恭敬地用手捧着。《史记·项羽本纪》：“项伯即入见沛公，沛公奉卮酒为寿，约为婚姻。”百金：形容钱多。亦指昂贵的价值。《春秋公羊传·隐公五年》：“百金之鱼公张之。”汉何休注：“百金，犹百万也，古者以金重一斤，若今万钱矣。”

⑤镒(yì)：古代的重量单位，二十两或二十四两为一镒。

⑥拂衣：挥动衣服。形容激动或愤激。汉杨恽《报孙会宗书》：“是日也，拂衣而喜，奋袖低昂，顿足起舞。”

⑦内兄：妻子的哥哥。《晋书·阮籍传》：“内兄潘岳每令鼓琴，终日达夜，无忤色。”

【译文】

裴仲元的家在鄠北，他因追逐一只兔子而进入一座大坟墓，发现有一只狐狸正在靠着棺材读书。裴仲元击之，没有命中，便拿着狐狸读的那本书就回家了，但书上的字不认识。忽然有一位胡秀才请求接见，他的名字叫行周，是靠着棺材读书的那只狐狸。裴仲元说：“是什么书？”回答说：“《通天经》，不是人世间所学习的。对您确实没有什么用处，我愿意送给您很多钱赎回来。”裴仲元不答应。胡秀才又说：“一千镒钱。”

裴仲元又没有答应。这位来客非常生气,挥动衣服就走了。裴仲元的妻兄韦端士,他已经死了,忽然来到这里,对裴仲元说:“我听说你追逐兔子时得了一本书,我认识上面的字。”于是裴仲元把书拿出来给他看。韦端士说:“我为胡秀才取书的。”说完就不见了。裴仲元不久也死了。

续玄怪录

卷一

【题解】

本卷共五篇。《杨敬真》讲述了一个农妇——杨敬真,性情淡泊好静,为人勤快,忽然在一天晚上进入了仙境。本来她可以留在仙境,但她又以公公无人赡养为由返回了世间,成为一名不食人间烟火的道姑。这一故事的特点在于没有任何修炼的妇女竟然成了神仙,这在文学作品中是极少见的。《辛公平》讲述了辛公平跟随阴吏王臻见证如何迎接皇帝驾崩的过程,故事涉及皇帝的死亡隐秘,内容敏感而又惊心动魄。著名史学家陈寅恪先生通过《顺宗实录》与《辛公平》"互相发明",证明宦官"胁迫顺宗以拥立宪宗"及"宪宗又为内官所弑"的事实,也就是《辛公平》影射了唐宪宗被宦官所杀的历史。《凉国武公李愬》讲述了凉国公李愬的属官石季武,梦到自己作为向导,引领李愬过天津桥,李愬被八位道士"迎走",成了上仙。三日后,他果然作为向导引领李愬过天津桥,过了一个月李愬也真的死了,石季武梦到的事成了现实。《薛中丞存诚》讲的是一个门吏通过梦境见证了御史中丞薛存诚死前被一群僧人"迎走",僧人说他原是须弥山东峰静居院罗汉大德,因言误而被贬至凡间五十年。过了数日,薛存诚果然死了,死时整好五十岁。《麒麟客》讲的是南阳张茂实通过灵魂脱壳,跟随曾经做过他的仆人的王夐(神仙)到深山中,游览了仙境的神奇景象,深受感化。七日后他还魂苏醒,从此看透人生，脱离宦海，遍访名山，后不知所终。

杨敬真

杨敬真，虢州阌乡县长寿乡天仙村田家女也[①]。年十八，适同村王清[②]。其夫家贫，力田[③]，杨氏奉箕帚[④]，供农妇之职甚谨，夫族目之曰勤力新妇。性沉静，不好戏笑，有暇必洒扫静室。闭门闲坐，虽邻妇狎之[⑤]，终不相往来。生三男一女，年二十四岁。元和十二年五月十二日夜[⑥]，告其夫曰："妾神识颇不安[⑦]，恶闻人语，当于静室宁之。请君与儿女暂居异室。"其夫以田作困，又保无他，因以许之，不问其故。杨氏遂沐浴着新衣，扫洒其室，焚香闭户而坐。及明，讶其起迟，开门视之，衣服委于床上，若蝉蜕然，身已去矣。但觉异香满屋，其夫惊以告其父母，共叹之次，邻人来曰："昨夜夜半，有天乐从西而来，似若云中下于君家，奏乐久之，稍稍上去。阖村皆听之[⑧]，君家闻否？"而异香酷烈，遍数十里。村吏以告县令李邯[⑨]，遣吏民远近寻逐，皆无踪迹。因令不动其衣，闭其户，以棘环之，冀其或来也。

【注释】

①虢(guó)州：州名。隋开皇三年(583)置，治卢氏(今属河南)，大业初废。唐武德元年(618)复置，贞观八年(634)移治弘农(今河南灵宝)。辖境相当今河南西部，灵宝、栾川以西、伏牛山以北地。阌(wén)乡县：旧县名。在今河南灵宝。

②适：女子出嫁。

③力田：致力于农事。《战国策·赵策》："缮甲厉兵，饰车骑，习驰

射,力田积粟。”

④箕帚:扫除尘土的器具,即畚箕与扫帚。泛指家中洒扫的事情。

⑤狎(xiá):亲近而态度不庄重。

⑥元和:唐宪宗李纯的年号(806—820)。

⑦神识:主导着有情众生轮回的心识。

⑧阖(hé):全,总。《汉书·武帝纪》:“今或至阖郡而不荐一人。”

⑨村吏:村正,村长。《旧唐书·职官志》:“百户为里,五里为乡。两京及州县之郭内,分为坊,郊外为村。里及坊村皆有正,以司督察。”

【译文】

杨敬真是虢州阌乡县长寿乡天仙村种田人家的女儿。十八岁那年,嫁给了同村的王清。她的丈夫家里很穷,致力于农业生产,杨氏也勤于家务,严守农妇之道,丈夫家族的人都把她看作是能够辛勤劳作的妇女。她性格沉静,不喜欢与人说笑、戏耍,闲暇时便洒扫一间安静的房间,在静室中闭门闲坐,即使邻妇亲近她,她始终不与她们往来。她一共生了三男一女,当时二十四岁。元和十二年五月十二日晚上,她告诉丈夫说:“我感觉神识不安,厌恶听到别人说话,宜在静室使自己平静一下。请您与儿女们暂时到别的屋里去住。”她的丈夫以为妻子干农活累了,又没有其他事情,便答应了她,没有问什么原因。杨氏就洗了澡,穿上新衣服,扫洒了这间屋子,烧上香关上门坐着。等到天亮的时候,家人因惊讶她起得很迟,就打开门去看,只见她的衣服铺在床上,像蝉蜕皮似的,人已经消失了。只觉得满室异香,她的丈夫惊慌地把这事告诉了她的父母,就在大家都为这事叹息时,邻居来说:“昨天半夜,天上有音乐声从西边过来,好像从云中下到您家里,奏乐之声持续了很久,才逐渐上去了。全村人都听到了,您家听到没有?”异香非常浓郁,方圆几十里都能闻到。村长就把这事报告给县令李邯,李邯派小吏及村民在远近各处去找寻,都没有发现踪迹。县令就下令不准动她的衣裳,把她的房门紧闭,用刺棘围上,希望她或许能回来。

至十八日夜五更,村人复闻云中仙乐之声,异香之芳从东来,复下王氏宅,作乐,久之而去。王氏亦无闻者。及明,来视其门,棘封如故,房中仿佛若有人声。遽走告县令李邯,亲率僧道官吏,共开其门,则新妇者宛在床矣[①]。但觉面目光芒,有非常之色[②]。邯问曰:“向何所去?今何所来?”对曰:“昨十五日夜初,有仙骑来,曰:‘夫人当上仙,云鹤即到[③],宜静室以俟之[④]。’遂求静室。至三更,有仙乐彩仗,霓旌绛节,鸾鹤纷纭,五云来降[⑤],入于房中。执节者前曰:‘夫人准籍合仙,仙师使使者来迎,将会于西岳[⑥]。’于是彩童二人,捧玉箱来献。箱中有奇服,非绮非罗,制若道人之衣,珍华香洁,不可名状[⑦],遂衣之。毕,乐作三阕[⑧],青衣引白鹤来[⑨],曰:‘宜乘此。’初尚惧其危,试乘之,稳不可言。飞起而五云捧出,彩仗霓旌,次第前引,至于华山云台峰。峰上有盘石,已有四女先在彼焉。一人云姓马,宋州人;一人姓徐,幽州人;一人姓郭,荆州人;一人姓夏,青州人。皆其夜成仙,同会于此。傍一小仙曰:‘并舍虚幻,得证真仙。今当定名,宜有“真”字。’于是马曰‘信真’,徐曰‘湛真’,郭曰‘修真’,夏曰‘守真’。其时五云参差,遍覆崖谷,妙乐罗列,间作于前。五人相庆曰:‘同生浊界,并是凡身。一旦翛然[⑩],遂与尘隔。今夕何夕[⑪],欢会于斯,宜各赋诗以导其意。’信真诗曰:‘几劫澄烦思[⑫],今身仅小成。誓将云外隐,不向世间行。’湛真诗曰:‘绰约离尘界,从容上太清。云衣无绽日,鹤驾没遥程。'修真诗曰:'华岳无三尺,东瀛仅一杯[13]。人云骑彩凤,歌舞上蓬莱。'守真诗曰:'共作云山侣,俱辞世界尘。静思前日事,抛却几年身。'敬真亦继诗曰:'人世徒纷扰,其生似蕣华[14]。谁言今夕里,俯首视云霞。'既而雕盘珍果,名不可知。妙乐铿锽[15],响动崖谷。俄而执节者请曰:'宜往蓬莱谒大仙伯[16]。'五真曰:'大仙伯为谁?'曰:'茅君也[17]。'妓乐鸾鹤复次第前引东去[18]。倏然间,已到蓬莱。其宫阙皆金银,花木楼殿,皆非人世之制作。大仙伯居金阙玉堂中,侍卫甚严,见五真,喜曰:'来何晚耶?'饮以玉杯,赐以金简[19],凤文之衣、玉华之冠[20],配居蓬莱华院。四人者出,敬真独前曰:'王清父年高,无人侍养,请回侍其残年[21]。王父去世,然后从命,诚不忍得乐而忘王父也。唯仙伯哀之[22]。'仙伯曰:'敬真,汝村一千年方出一仙人,汝当其会[23],无自坠其道。'因敕四真送至其家,故得还也。"邯问昔何修习,曰:"村妇何以知?但性本虚静[24],闲即凝神而坐,不复俗虑得入胸中耳。此性也,非学也。"又问要去可否,曰:"本无道术,何以能去。云鹤来迎即去;不来,亦无术可召。"于是遂谢绝其夫,服黄冠。

【注释】

①宛:好像,仿佛。

②非常:特别,异乎寻常。汉司马迁《报任少卿书》:"古者富贵而名磨灭,不可胜纪。唯倜傥非常之人称焉。"

③云鹤:即鹤。东晋陶潜《连雨独饮》:"云鹤有奇翼,八表须臾还。"

④俟(sì):等待。《诗经·邶风·静女》:"静女其姝,俟我于城隅。"

⑤五云：五色瑞云，多作吉祥的征兆。唐骆宾王《为齐州父老请陪封禅表》："瑞开三脊，祥洽五云。"

⑥西岳：即华山。

⑦不可名状：不可用言语来形容。名，说出。宋洪迈《夷坚志·夷坚丙志·锦香囊》："至明，视所遗囊，文锦烂然，非世间物。中贮一合如玳瑁，以香实之，芳气酷烈，不可名状。"

⑧阕：量词，歌曲或词，一首为一阕。

⑨青衣：汉以后卑贱者衣青衣，故称婢仆、差役等人为青衣。汉蔡邕《青衣赋》："停停沟侧，嗷嗷青衣。我思远逝，尔思来追。"

⑩翛（xiāo）然：无拘无束貌，超脱貌。《庄子·大宗师》："翛然而往，翛然而来而已矣。"

⑪今夕何夕：今夜是何夜。指今晚不同于寻常的夜晚。多用作惊喜庆幸之辞。《诗经·唐风·绸缪》："今夕何夕？见此良人。"

⑫劫：佛教名词，意为极久远的时节。古印度传说世界经历若干万年毁灭一次，重新再开始，这样一个周期叫做一劫。后人借指天灾人祸。

⑬东瀛：东海。南朝齐王融《回向佛道篇颂》："咄嗟失道尔回驾，沔彼流水趣东瀛。"

⑭蕣（shùn）：木槿，夏季开花，早开晚落，仅荣一瞬。晋郭璞《游仙诗》："蕣荣不终朝，蜉蝣岂见夕？"

⑮铿锽（kēng huáng）：象声词，形容乐声洪亮。唐崔日用《奉和人日重宴大明宫应制》："新年宴乐坐东朝，钟鼓铿锽大乐调。"

⑯蓬莱：相传渤海中仙人居住的山。

⑰茅君：指传说中在句容句曲山修道成仙的茅氏兄弟。唐李颀《题卢道士房》："秋砧响落木，共坐茅君家。"

⑱妓乐：妓人表演的音乐舞蹈。

⑲金简：金质的简册，常指道教仙简或帝王诏书。

⑳凤文：绘有凤凰的图饰。玉华：最精美的玉。北朝隋之际卢思道《劳生论》："艳姬美女，委如脱屣；金铣玉华，弃同遗迹。"

㉑残年：晚年，暮年。《列子·汤问》："以残年余力，曾不能毁山之一毛。"

㉒哀：同情，怜悯。唐柳宗元《捕蛇者说》："君将哀而生之乎？"

㉓会：时机，机遇。

㉔虚静：内心恬淡寂静。《庄子·天道》："夫虚静恬淡，寂漠无为者，天地之平，而道德之至，故帝王圣人休焉。"

【译文】

到十八日夜里五更天，村子里的人又听到云中仙乐之声，闻到异香从东边过来，又下到王氏宅院里，奏乐，很久才离去。王家还是没有人听到。等到天亮时，来看那房门，还像原来一样用刺棘围绕封闭着，而房中好像有人的声音。村民立刻跑去报告县令李邯，县令亲自率领和尚、道士和官吏，一起打开她的房门，发现杨氏已经在床上。只是觉得她的面貌神采，不同寻常。李邯问她说："先前到哪里去了？今天又从哪里来？"杨氏回答说："之前十五日刚到晚上，有仙人来，说：'夫人该成上仙，仙鹤立刻就到，最好在静室等候。'于是就求了一间静室。到了三更，有仙乐和色彩鲜明的仪仗，五色缤纷的旗子，绛色的符节，鸾鹤纷飞，五色祥云落下，进到房中。持符节的人上前说：'夫人按照仙籍簿册应当成仙，仙师派使者来迎接，将到西岳聚会。'于是两个彩衣童子捧着献来玉箱。箱子中有奇异的服装，不是丝织品，制作得像道人的衣服，珍贵华丽，既香又干净，不能用言语来形容，我便把衣服穿上。穿完之后，奏了三首仙乐，婢女牵来白鹤，说：'应该骑这只鹤。'刚开始害怕骑它有危险，试着骑了，稳当得无法形容。飞起来就有五色云涌出，彩仗旌旗，分别在前面引路，一直到华山云台峰。峰上有盘石，已经有四个女子先在那里了。一个人说姓马，是宋州人；一个人说姓徐，是幽州人；一个人说姓郭，是荆州人；一个人说姓夏，是青州人。都在那天夜里成仙，都来这里相聚。旁边有一位小仙说：‘你们都舍弃了虚幻世界，做了真仙。如今应当取名字，名中应有个“真”字。’于是姓马的叫‘信真’，姓徐的叫‘湛真’，姓郭的叫‘修真’，姓夏的叫‘守真’。那时五色彩云飘动，遮蔽了整个山崖和沟谷，奇妙的乐器排列开来，在我们的面前一一演奏。五个人互相祝贺说：‘我们同生在污浊的下界，都是凡夫俗子。一旦自由自在地成了仙，就与尘世隔绝了。在这个不同寻常的夜晚，我们欢会在此，应该各自赋诗，用以表达此刻的心情。’信真的诗为：‘几劫澄烦思，今身仅小成。誓将云外隐，不向世间行。’湛真的诗为：‘绰约离尘界，从容上太清。云衣无绽日，鹤驾没遥程。’修真的诗为：‘华岳无三尺，东瀛仅一杯。入云骑彩凤，歌舞上蓬莱。’守真的诗为：‘共作云山侣，俱辞世界尘。静思前日事，抛却几年身。’敬真也作诗为：‘人世徒纷扰，其生似蕣华。谁言今夕里，俯首视云霞。’接着用雕有花纹的盘子端上来珍异的果实，名字也叫不上来。美妙的音乐洪亮，其声在山谷间回响。不一会儿，持符节的人请我们，说：‘应该前往蓬莱参拜大仙伯。’五个人问：‘大仙伯是谁？’回答说：‘是茅君。’于是妓乐鸾鹤又次第在前引路向东而去。转眼间，已经到了蓬莱。那里的宫殿全是金银造的，花木楼台都不是人间所有的。大仙伯住在金阙玉堂中，侍卫很严格。见到我们五个人，大仙伯高兴地说：‘来得怎么这么晚啊？’让我们用玉杯饮酒，赏赐我们金质的简册、绘有凤凰之纹的衣服、美玉制作的冠帽，安排我们住在蓬莱华院。那四个女子出去了，敬真独自上前说：‘王清的父亲年事已高，没有人侍养，请让我回去侍奉他的晚年。等他去世以后，我再听从您的吩咐，我实在不忍心自己得到欢乐而忘记王清的父亲。请仙伯能够同情他。’仙伯说：‘敬真，你们村子一千年才出一个仙人，你正赶上这个机会，不要自我坠入世俗之中。’于是仙伯令四个女子把我送到家里，所以我就回来了。”李邯问她以前修习什么，她说：“我一个村妇知道什么啊，只是性格本来喜欢恬淡寂静，闲着的时候就是凝神而坐，不再有俗念能入心中而已。这是我的本性，不是学来的。”李邯又问她，如果再去，能否办到。她说："我本来没有道术，靠什么能离去？仙鹤来迎接就能去，不来我也没有法术把它招来。"从此，她就婉辞了丈夫的亲近，穿戴上了黄色的道袍和道冠。

邯以状闻州，州闻廉使①。时崔尚书从按察陕辅②，延之舍于陕州紫极宫，请王父于别室，人不得升其阶，惟廉使从事及夫人之瞻拜者，才及阶而已，亦不得升。廉使以闻，上召见，舍于内殿，虔诚访道，而无以对，罢之。今见在陕州，终岁不食，时啖果实，或饮酒三两杯，绝无所食，但容色转芳嫩耳③。

【注释】

①廉使：按察使的通称，掌刑名按劾之事。

②从：参与其事。《老子》："故从事于道者。"按察：巡察，稽查。唐陈子昂《上蜀川安危事》："乃命御史一人，专在按察。"辅：古代指京城附近地区。

③容色：容貌神色。东晋干宝《搜神记》："秦始皇时，有王道平，长安人也。少时与同村人唐叔偕女，小名父喻，容色俱美，誓为夫妇。"

【译文】

李邯把这些情况报告给了州郡，州郡又报告给按察使。当时崔尚书参与巡查陕州附近的地区，请杨敬真入住陕州紫极宫，请王清之父住在其他房间，别人不得登上她住处的台阶，只有廉使从事和他的夫人能够瞻仰拜见，不过到台阶而已，也不能登堂入室。按察使把这件事奏闻皇上，皇上召见了杨敬真，让她住在内殿。皇上虔诚地与她论道，而杨敬真不知如何回答，于是把她放回去了。如今她还在陕州，常年不吃饭,偶尔吃点果实,或饮二三杯酒,断绝饭食,但是容貌反而变得娇嫩年轻了。

辛公平

洪州高安县尉辛公平[1],吉州庐陵县尉成士廉[2],同居泗州下邳县[3],于元和末偕赴调集[4],乘雨入洛西榆林店[5]。掌店人甚贫,待宾之具,莫不尘秽,独一床似洁,而有一步客先憩于上矣。主人率皆重车马而轻徒步,辛、成之来也,乃逐步客于他床。客倦起于床而回顾,公平谓主人曰:"客之贤不肖[6],不在车徒,安知步客非长者,以吾有一仆一马而烦动乎?"因谓步客曰:"请公不起,仆就此憩矣。"客曰:"不敢[7]。"遂复就寝。深夜,二人饮酒食肉,私曰:"我钦之之言,彼固德我,今或召之,未恶也。"公平高声曰:"有少酒肉,能相从否?"一召而来,乃绿衣吏也。问其姓名,曰:"王臻。"言辞亮达,辩不可及。二人益狎之[8]。酒阑[9],公平曰:"人皆曰:'天生万物,唯我最灵。'儒书亦谓人为生灵。来日所食,便不能知,此安得为灵乎?"臻曰:"步走能知之。夫人生一言一憩之会,无非前定。来日必食于磁涧王氏,致饭蔬而多品[10]。宿于新安赵氏,得肝美耳。臻以徒步不可昼随,而夜可会耳。君或不弃,敢附末光[11]。"未明,步客前去。二人及磁涧逆旅[12],问其姓,曰:"王。"中堂方馔僧[13],得僧之余悉奉客,故蔬而多品。

【注释】

①洪州:隋开皇年间由豫章郡改置,治南昌县(今江西南昌)。大业

三年(607)改为豫章郡。唐武德五年(622)复改洪州。唐辖境相当今江西修水、锦江流域和南昌、丰城、进贤等地。高安县:汉置建城县,唐改高安县,在江西省西北部、赣江支流锦江中游。

②吉州:隋开皇十年(590)置州。唐治庐陵(今江西吉安)。辖境相当今江西新干、泰和间的赣江流域及安福、永新等地。

③泗州:北周末改安州置,治宿预(今江苏宿迁)。唐开元时移治临淮(今泗洪东南,盱眙对岸)。辖境相当今江苏泗洪、泗阳、宿迁、涟水、灌南、邳州、睢宁及安徽泗县等地。下邳:秦置,治所在今江苏睢宁西北。

④调集:调选迁转。

⑤乘:冒着。

⑥不肖:不贤,无才能。《礼记·中庸》:"贤者过之,不肖者不及也。"

⑦不敢:谦虚之辞。

⑧狎(xiá):亲近而不庄重。唐柳宗元《黔之驴》:"稍近,益狎。"

⑨阑:残尽。宋陆游《十一月四日风雨大作》:"夜阑卧听风吹雨,铁马冰河入梦来。"

⑩品:事物的种类。宋司马光《训俭示康》:"果肴非远方珍异,食非多品。"

⑪敢:谦辞。有冒昧的意思。末光:余威。

⑫逆旅:客舍,旅店。南朝梁萧统《陶渊明集序》:"倏忽比之白驹,寄寓谓之逆旅。"

⑬中堂:堂屋,正房居中的一间。

【译文】

洪州高安县尉辛公平和吉州庐陵县尉成士廉,一同居住在泗州下邳县,在元和末年一起奔赴调选迁转,冒着雨进入了洛阳西边的榆林旅店。店铺主人十分贫穷,接待宾客的器具,没有不沾染尘土污秽的,只有一张床似乎较为干净，但有一位步行的旅客先在上面休息了。店主大都看重乘车马的人而轻视徒步的旅客，看到辛、成二人到来，就驱赶步行客去其他床铺。步行客疲惫地从床上起来，回头看他们，辛公平对店主说：“旅客是否贤德，不在于乘车或徒步，你怎么知道徒步行走的旅客不是德高望重的人呢，因为我有一个仆人和一匹马就烦劳他人挪动吗？”于是辛公平对步行客说：“您不用起来了，我就在这里休息。”步行客说：“不敢当。”于是就回去上床睡觉了。深夜的时候，他们二人喝酒吃肉，悄悄地说：“我敬重他的言语，会让他感激我，现在如果叫他来，也不坏。”公平高声地说：“有少量酒肉，能一起来吃吗？”这一叫步行客就来了，是个穿绿衣服的小吏。问他的姓名，说：“王臻。”他言谈深刻，不能辩驳。辛、成二人越发亲近他了。酒要喝完了，公平说：“人们都说：‘天生万物，唯人最灵。’儒家经典也说人最有灵气。但人们连第二天要吃什么都不知道，这怎么能叫有灵气呢？”王臻说：“我能知道。人生的每一次说话、一次休息，无一不是前定。你们明天一定会在磁涧王家吃饭，给的是饭和素菜，但种类很多。你们会住在新安赵家，会吃到美味的肝。我因为步行，白天无法跟随你们，但在夜里可以相会。如果你们不嫌弃，就冒昧依附你们的余威。”天未亮时，步行客离去了。二人到磁涧的旅店，问店主人的姓，说：“姓王。”堂屋正在款待僧人，拿僧人剩下的饭菜给了客人，所以是素菜而种类很多。

到新安，店叟召之者十数[①]，意皆不往，试入一家，问其姓，曰：“赵。”将食，果有肝美。二人相顾方笑，而臻适入，执其手曰：“圣人矣！”礼钦甚笃[②]。宵会晨分[③]，期将来之事，莫不中的。行次阌乡，臻曰：“二君固明智之士，识臻何为者？”曰：“博文多艺，隐遁之客也。”曰：“非也。固不识我，乃阴吏之迎驾者[④]。”曰：“天子上仙[⑤]，可单使迎乎？”曰：“是何言欤？

甲马五百[⑥]，将军一人，臻乃军之籍吏耳[⑦]”曰：“其徒安在？”曰：“左右前后。今臻何所以奉白者[⑧]，来日金天置宴[⑨]，谋少酒肉奉遗，请华阴相待。”黄昏，臻乘马引仆，携羊豕各半[⑩]，酒数斗来，曰：“此人间之物，幸无疑也[⑪]。”言讫而去。其酒肉肥浓之极，过于华阴。聚散如初，宿灞上[⑫]，臻曰：“此行乃人世不测者也，辛君能一观。”成公曰：“何独弃我？”曰：“神祇尚侮人之衰也[⑬]，君命稍薄，故不可耳，非敢不均其分也。入城当舍于开化坊西门北壁上第二板门王家，可直造焉。辛君于初更立灞西古槐下[⑭]。”及期，辛步往灞西，见旋风卷尘，迤逦而去。到古槐，立未定，忽有风来扑林，转盼间[⑮]，一旗甲马立于其前。王臻者乘且牵，呼辛速登。既乘，观马前后，戈甲塞路。臻引辛谒大将军。将军者长丈余，貌甚伟，揖公平曰：“闻君有广钦之心，诚推此心于天下，鬼神者且不敢侮，况人乎？”谓臻曰：“君既召来，宜尽主人之分。”

【注释】

①叟：古代对老年男人的称呼。《列子·汤问》：“河曲智叟笑而止之。”

②笃：忠诚，厚道。

③会：会合，见面。

④迎驾：迎接天子车驾。宋赵升《朝野类要·故事》：“车驾出幸，经由在京去处，凡百司局务官吏僧道，在百步之内，并迎驾往回起居。”

⑤上仙：帝、后之死的婉称。宋洪迈《容斋五笔·丙午丁未》：“淳熙丁未，高宗上仙。”

⑥甲马：披甲的战马。

⑦籍吏：负责登记的小吏。

⑧奉白：奉告。宋苏轼《与人书》："知君疾苦，故详以奉白。"

⑨金天：秋天。东汉张衡《思玄赋》："顾金天而叹息兮，吾欲往乎西嬉。"唐杜甫《赠虞十五司马》："爽气金天豁，清谈玉露繁。"这里应指黄昏。

⑩豕（shǐ）：猪。

⑪幸：希望。《古诗为焦仲卿妻作》："幸可广问讯，不得便相许。"

⑫灞：水名。渭水支流，在陕西境内。

⑬神祇（qí）：指天神和地神。亦泛指神明。

⑭初更：晚上七时至九时。

⑮转盼：一转眼，比喻极短的时间。宋陆游《九月十六日夜梦驻军河外遣使招降诸城觉而有作》："朔风卷地吹急雪，转盼玉花深一丈。"

【译文】

到了新安，招呼他们入住的店主就有十几个，他们都不想去，试着进入了一家店，问店主姓什么，说："姓赵。"要吃饭了，果然有美味的肝。二人相互看了一眼，正要笑，这时王臻恰好进来，二人握着他的手，说："圣人啊！"以更加虔敬的礼节对待他。他们在晚上相会，早晨分开，王臻预言将来要发生的事，没有说不中的。到达阌乡，王臻说："二位本是明智之人，知道我是干什么的吗？"他们两人说："博才多学，应当是隐居之士。"王臻："不对。你们确实不认识我，我是来迎接皇帝的阴间之吏。"他们两人问："皇帝驾崩，只有你一个人来迎驾吗？"王臻说："这是什么话呢？与我同来的另有披甲的五百名骑兵和一名大将军，我只是军中负责登记的小吏而已。"他们两人问："那些人在哪儿？"王臻说："我的左右前后都是。现在我之所以要告诉你们，是因为要在明天黄昏的时候设宴，我会要少许的酒肉赠送给你们，请到华阴县等待。"黄昏的时候，王臻骑着马率领着仆从，携带着羊肉、猪肉各一半以及几斗酒来了，说："这是人世间的食物，希望不要疑虑。"王臻说完就走了。他带来的肉很肥，酒也非常甘醇，超过华阴县当地的酒肉。此后相聚离散又像以前一样，这天他们住在灞上的馆驿，王臻说："此行是人世间所不能预料的场景，辛先生可以看一下。"成士廉说："为什么丢下我一人呢？"王臻说："神明尚且会欺负衰弱的人，您的命比较薄，所以不能去，并非厚此薄彼。入城以后，成县尉可住在开化坊西门北墙上第二板门的王家，可以直接到那里。辛先生在初更的时候站在灞西古槐树下。"到了约定的时间，辛公平步行去了灞桥之西，看见有一股旋风卷起尘土，一路行去。到了古槐树下还未站定，忽然有一股阴风扑向树林中，转眼间，一队举有旗帜的人马站在了他面前。王臻骑着一匹马并牵着一匹，叫辛公平快点上马。辛公平骑上马后，看到马的前后，手拿兵器、穿着铠甲的士兵堵塞了整条道路。王臻带辛公平拜见了大将军。大将军身高一丈多，相貌堂堂，向辛公平作揖说："听说您多有恭敬之心，如果天下的人都像您一样，鬼神都不敢欺负，何况是人呢？"对王臻说："您既然邀请他来，就应该尽地主之谊。"

遂同行入通化门，及诸街铺，各有吏士迎拜。次天门街，有紫吏若供顿者[①]，曰："人多并下不得，请逐近配分。"将军许之。于是分兵五处，独将军与亲卫馆于颜鲁公庙[②]。既入坊[③]，颜氏之先簪裾而来若迎者[④]，遂入舍。臻与公平止西廊幕次[⑤]，肴馔馨香，味穷海陆，其有令公平食之者，有令不食者。臻曰："阳司授官，皆禀阴命。臻感二君，已检选事据籍[⑥]，诚当驳放[⑦]，君仅得一官耳。臻求名加等，吏曹见许矣。"居数日，将军曰："时限向尽，在于道场，万神护跸[⑧]，无计奉迎，如何？"臻曰："牒府请夜宴，宴时腥膻，众神自远，即可矣。”遂行牒。牒去,逡巡得报[9],曰:“已敕备夜宴。”于是部管兵马,戌时齐进入光范及诸门[10],门吏皆立拜宣政殿下,马兵三百,余人步,将军金甲仗钺来[11],立于所宴殿下,五十人从卒环殿露兵,若备非常者。殿上歌舞方欢,俳优赞咏[12],灯烛荧煌,丝竹并作。俄而三更四点[13],有一人多髯而长,碧衫皂裤,以红为褾[14];又以紫縠画虹霓为帔[15],结于两肩右腋之间,垂两端于背;冠皮冠,非虎非豹,饰以红罽[16],其状可畏,忽不知其所来,执金匕首,长尺余,拱于将军之前,延声曰:“时到矣!”

【注释】

①供顿:供应食宿及行旅所需之物。《魏书·崔光传》:“供顿候迎,公私扰费。”

②颜鲁公:即颜真卿,字清臣,京兆万年(今陕西西安)人。开元进士,任殿中侍御史。因被杨国忠排斥,出为平原太守。安禄山叛乱,他联络从兄常山太守颜杲卿起兵抵抗,附近十七郡响应,被推为盟主,合兵二十万,使安禄山不敢急攻潼关。长安陷落后始弃郡脱走。历官至吏部尚书、太子太师,封鲁郡公,人称“颜鲁公”。

③坊:古代把一个城邑划分为若干区,通称为坊。《唐六典》:“两京及州县之郭内分为坊,郊外为村。”

④簪裾(jū):古代显贵者的服饰,借指显贵。《南史·张裕传》:“而茂陵之彦,望冠盖而长怀;渭川之甿,伫簪裾而竦叹。”

⑤幕:帐篷。唐杜甫《西山》:“风动将军幕,天寒使者裘。”

⑥检:查看,查验。选事:考选举士,铨选职官之事。

⑦驳放:科举时代否定已发榜公布的中式者而贬黜之。

⑧护跸(bì):护卫帝王的车驾。跸,泛指帝王出行的车驾。

⑨逡巡(qūn xún):迅速,片刻。

⑩戌时:晚上七点到九点。

⑪金甲:金饰的铠甲。唐岑参《走马川行奉送出师西征》:"将军金甲夜不脱,半夜军行戈相拨。"仗钺(yuè):手持黄钺,表示将帅的权威。

⑫俳(pái)优:古代演滑稽戏杂耍的艺人。《韩非子·难三》:"俳优侏儒,固人主之所与燕也。"

⑬三更四点:三更指晚上十一点至凌晨一点。一更又分五个点,三更四点应为凌晨12:36。

⑭褾(biǎo):袖口。

⑮縠(hú):有绉纹的纱。帔(pèi):古代披在肩背上的服饰。

⑯罽(jì):毛织物。

【译文】

于是一起进入了通化门,路过各个街铺,都各有吏士迎接拜见。到了天门街,有一位穿紫色衣服的官吏像是供给行旅宴饮所需之物的人,说:"人太多,排列不开,请就近分散一下。"大将军答应了。于是把士兵分为五处,只有大将军带着亲近卫队入驻颜鲁公庙。进入街坊后,颜氏的先人穿着华丽的衣服来了,像是来迎接的,于是他们就进入了住宿的地方。王臻与辛公平住在西廊下的帐篷里,菜肴美味,海里和陆地的美味应有尽有,其中有让公平吃的,有不让他吃的。王臻说:"阳间任命官职,都是受阴间的命令。我感激二位先生,已经查验了考选举士名册,根据名册应当贬黜,先生只得一官而已。我请求为您提升名次,阴间的官吏答应我了。"在这里住了几天后,大将军说:"时间快到了,但在道场有众神护卫帝王,我们没有办法迎接他,怎么办呢?"王臻说:"可以下公文让在宫里举办一次夜宴,到时候满是荤腥,众神就离得远了,咱们就能够行动了。"于是就行移公文。公文送走后,片刻就给了答复,说:"夜宴已经布置妥当。"于是统帅指挥管理兵马,戌时一起进入光范门和其他各门,守门之吏都在宣政殿下参拜,骑马的兵士三百人,其他人步行,大将军身穿金色铠甲手持黄钺而来,站在设宴的大殿之下,五十名士兵环绕大殿,露出兵器,像是在防备非常之事。殿上歌舞方欢,艺人赞咏歌颂,灯火烛光辉煌,丝竹之乐一起演奏。不久就到了三更四点,有一个满脸胡子且高个子的人,身着绿衫黑裤,袖口为红色;又身披画着彩虹的紫色有绉纹的纱做成的披风,搭在两肩与右腋,打了结,两端垂在后背上;戴着不像虎皮也不像豹皮的皮冠帽,上面装饰着红色毛毡,样子很吓人,不知道他从什么地方突然来的,手持一尺多长的金色匕首,在将军前面拱手,拉长声音喊道:"时辰已到!"

将军凭几揖之,唯而走,自西厢历阶而上,当御座后,跪以献上。既而左右纷纭,上头眩,音乐骤散,扶入西阁,久之未出。将军曰:"升云之期[1],难违顷刻。上既命驾,何不遂行?"对曰:"上澡身,不然,可即路。"遽闻具浴之声。三更,上御碧玉舆[2],青衣士六,衣上皆画龙凤,肩舁下殿[3]。将军揖曰:"介胄之士无拜。"因慰问以:"人间纷拿[4],万机劳苦,淫声荡耳,妖色惑心,清真之怀,得复存否"?上曰:"心非金石,见之能无少乱。今已舍离,固亦释然。"将军笑之,遂步从环殿,引翼而出[5]。自内阁及诸门吏,莫不呜咽。群辞,或收血捧舆[6],不忍去者。过宣政殿,二百骑引,三百骑从,如风如雷,飒然东去[7],出望仙门。将军乃敕臻送公平,遂勒马离队,不觉足已到一板门前。臻曰:"此开化王家宅,成君所止也。仙驭已远[8],不能从容[9],为臻多谢成君。"牵辔扬鞭,忽不复见。公平扣门一声,有人应者,果成君也。秘不敢泄。更数月,方有攀髯之泣[10]。来年,公平授扬州江都县簿,士廉授兖州瑕丘县丞[11]，皆如其言。

【注释】

①升云：犹升遐。帝王死去的婉辞。

②舆：轿子。厢形，内可坐人，架上竹杆，可使人以肩抬着行走，为古时陆上的一种交通工具。唐白居易《东归》："翩翩平肩舆，中有醉老夫。"

③舁（yú）：共同抬东西。

④纷拿：混乱的样子。

⑤引翼：引导扶持。语本《诗经·大雅·行苇》："黄耇台背，以引以翼。"汉郑玄笺："以礼引之，以礼翼之，在前曰引，在旁曰翼。"

⑥收血：止血。

⑦飒然：爽利的样子。

⑧仙驭：婉辞。古谓人死为驾鹤仙游，因称仙驭。唐韩愈《大行皇太后挽歌词》："云随仙驭远，风助圣情哀。"

⑨从容：休息。

⑩攀髯之泣：典出《史记·封禅书》，黄帝乘龙而登仙，小臣不得上，攀龙髯而泣。此喻皇帝驾崩。

⑪县丞：官名。秦汉于诸县置丞辅佐县令，历代沿袭。

【译文】

将军靠着几案作揖，这个人只是向前走，从西厢一步一步登上台阶，来到御座旁，跪下献上匕首。不久场面混乱起来，皇帝觉得一阵晕眩，音乐骤停，把皇帝扶入西阁，许久都没出来。大将军说："皇帝驾崩的时刻，一点都不能耽误。皇帝既然命人驾车马，何不现在就走？"回答说："皇帝正在洗澡，不然就可以上路了。"突然就听到沐浴的声音。三更天，皇帝登上青色玉轿子，有六个青衣士，衣服上都画着龙凤，用肩膀抬着轿子走下大殿。大将军向皇帝作揖说："穿铠甲戴头盔的军士不行跪拜之礼。”于是慰问皇帝说：“人间混乱，日理万机，非常劳苦，靡靡之音在耳边回荡，女色迷惑内心，你那清洁纯真之心，还存在吗？”皇帝说：“心又不是金石，看到诱惑怎么会没有少许的混乱？但现在已舍弃离开人世，所以也就释然了。”将军对他笑了笑，于是就引导扶着他从环殿走出来了。从内阁官员到各位守门之吏，没有不伤心哭泣的。众人告别，有的帮着止血，有的两手托车厢，不忍离去。穿过宣政殿，二百骑兵在前面引导，三百骑兵在后边跟随，如疾风迅雷，迅速向东而去，出望仙门。大将军就命令王臻去送辛公平，王臻于是勒住马离开队伍，不知不觉已经到了一扇板门的前面。王臻说：“这是开化坊王家的住宅，成君就住在这里。皇帝的车驾已经走远，我不能休息了，替我多谢成君。”说完王臻牵辔扬鞭离去，忽然就再也看不见了。辛公平敲了一下门，有人应答，果然是成士廉。辛公平不敢泄露所见到的秘密。几个月后，才有皇帝驾崩的消息。第二年，辛公平被任命为扬州江都县簿，成士廉被任命为兖州瑕丘县丞，都应了王臻的话。

元和初，李生畴昔宰彭城[①]，而公平之子参徐州军事[②]，得以详闻，故书其实，以警道途之傲者。

【注释】

①畴昔：往昔，日前，以前。西晋左思《咏史》：“虽非甲胄士，畴昔览穰苴。”

②参……军事：东汉末始有“参某某军事”的名义，谓参谋军事，简称参军。晋以后军府和王国始置为官员，沿至隋唐，兼为郡官。

【译文】

元和初年，李生曾经是彭城县的县宰，而辛公平的儿子在徐州担任参军，因此得以知道其中的详情，所以写下当时发生的事，以警示在路途中傲慢的人。

凉国武公李愬

凉武公以殊勋之子[①]，将元和之兵，擒蔡破郓，数年攻战，收城下壁[②]，皆以仁恕为先[③]，未尝枉杀一人，诚信遇物[④]，发于深恳。长庆元年秋[⑤]，自魏博节度使、左仆射、平章事诏征还京师[⑥]。将入洛，其衙门将石季武先在洛，梦凉公自北登天津桥，季武为导，以宰相行，呵叱动地。有道士八人，乘马持绛节幡幢[⑦]，从南欲上。导骑呵之[⑧]，对曰："我迎仙公，安知宰相？"招季武与语，季武骤马而前。持节道士曰："可记我言，闻于相公。"其言曰："耸辔排金阙，乘轩上汉槎。浮名何足恋，高举入烟霞。"季武元不识字[⑨]，记性又少，及随道士言之，再闻已得。道士曰："已记得，可先白相公[⑩]。"乃惊觉，汗流被体，喜以为相国由当上仙[⑪]，况俗官乎。后三日，凉公果自北登天津桥，季武为导，因入憩天宫寺，月余而薨。时人以仁恕端悫之心固合于道[⑫]，安知非谪仙数满而去乎？材行官业著于国史[⑬]，故不书。

【注释】

①凉武公：即李愬（773—821），洮州临潭（今属甘肃）人。富谋略，善骑射。以父李晟荫入仕，曾任坊、晋二州刺史。元和十一年（816），任唐随邓节度使，率兵讨伐吴元济叛乱。他安抚士卒，优待降将，于次年冬，雪夜攻克蔡州，生擒吴元济，进授山南东道节度使，封凉国公。殊勋：特出的功勋。《三国志·魏书·荀彧传》："董昭等谓太祖宜进爵国公，九锡备物，以彰殊勋。"

②壁：军营，军营的围墙。汉班固《汉书·高帝纪》："晨驰入韩信、

张耳壁,而夺之军。”

③仁恕:有爱心而能推己及人。《汉书·叙传》:“盖在高祖,其兴也有五:……四曰宽明而仁恕。”

④遇物:待人接物。唐韩愈《荐樊宗师状》:“谨洁和敏,持身甚苦,遇物仁恕,有材有识,可任以事。”

⑤长庆:唐穆宗李恒的年号(821—824)。

⑥魏博:唐方镇之一,治魏州(今河北大名东北)。节度使:唐初沿北周及隋旧制,于重要地区设总管,后改称都督,总揽数州军事。唐睿宗景云二年(711),贺拔延嗣为凉州都督,充河西节度使,自此始有节度使之号。其初,仅于边地有之,安史之乱后遍设于国内。节度使统管一州或数州,总揽军、民、财政。左仆射:官名。秦始置,汉以后因之。汉成帝建始四年(前29),初置尚书五人,一人为仆射,位仅次尚书令,职权渐重。汉献帝建安四年(199),置左右仆射。唐宋左右仆射为宰相之职。平章事:即同中书门下平章事,初用于唐太宗时,自高宗永淳元年(682)始,实际担任宰相职。

⑦幡幢(fān chuáng):原指支撑帐幕、伞盖、旌旗的木竿,后借指帐幕、伞盖、旌旗。

⑧导骑:骑马的引导、向导。《后汉书·范式传》:“式行部到新野,而县选嵩为导骑迎式。”唐李贤注:“导引之骑。”

⑨元:本来,向来,原来。三国魏嵇康《琴赋·序》:“推其所由,似元不解音声。”

⑩相公:对宰相的敬称。汉王粲《从军诗》:“相公征关右,赫怒震天威。”唐李善注:“曹操为丞相,故曰相公也。”

⑪上仙:道家将仙人分为九个等级,第一等仙人称为“上仙”。

⑫端悫(què):正直诚谨。《淮南子·主术训》:“其民朴重端悫,不忿争而财足,不劳形而功成。”汉高诱注:“端,直也;悫,诚也。”

⑬材行：才质行为。宋曾巩《送丁琰序》："推考其材行，能堪其举者，卒亦未见焉。"官业：为官的业绩。《旧唐书·宪宗纪》："诸州府五品以上官替后，委本道长官量其才行、官业、资历，每年冬季一度闻荐。"

【译文】

凉国公李愬是功臣的后代，率领着唐宪宗的军队拿下蔡州攻破郓州，征战好几年，收复好多城池，但他为人治军都以宽容仁义为第一，从来没有错杀一人，待人接物十分讲究诚信，且都发自内心。长庆元年秋天，他以魏博节度使、左仆射、平章事的官职，被皇帝召回京城。刚要进洛阳时，他手下一个已在洛阳的衙门将石季武，梦见凉国公从北面登上天津桥，自己担任仪仗前导，因为是宰相经过这里，呵斥之声惊天动地。有八个道士骑着马，持着绛色的节符、仪仗从南面要上桥。在前面骑马的引导大声呵斥，道士说："我们是来迎接仙公的，不知道什么宰相不宰相！"道士招呼石季武，要与他说话，石季武就赶紧驱马上前。持节符的道士说："你可以记住我几句话，然后转告宰相。"道士说："华辔排金阙，乘轩上汉槎。浮名何足恋，高举入烟霞。"石季武不识字，记忆力又很差，但跟着道士念了一遍，再听一遍便记住了。道士说："你已经记住了，可以先转告宰相了。"说到这里，石季武便从梦中惊醒了，汗流浃背。他高兴的是宰相要做上仙了，俗官自然不值得留恋。三天之后，凉国公果然从北面登上天津桥，石季武为前导，并在天宫寺休息。一个多月后，李愬就去世了。人们都知道他为人宽厚、正直，合乎天道，怎知他不是被天上贬到人间的神仙，在人间期满了，自然要返回天界去了呢？李愬的才行、功绩已经写进了国史，这里就不再写了。

薛中丞存诚

御史中丞薛存诚[①]，元和末由台丞入给事中[②]。未期，复亚台长[③]，宪阁清严，俗尘罕到。再入之日，浩然有闲旷之思，及厅，吟曰："卷帘疑客到，入户似僧归。"后数月，阍吏因昼寝未熟[4]，仿佛间见僧童数十人，持香花幢盖[5]，作梵唱[6]，次第入台。阍吏呵之曰："此御史台，是何法事，高声入来？"其一僧自称识达，曰："识达是中丞弟子，来迎本师。师在台，可入省迎乎[7]？"阍吏曰："此中丞官亚台，本非僧侣，奈何妖僧，敢入台门！"即欲擒之。识达曰："中丞元是须弥山东峰静居院罗汉大德[8]，缘误与天人言，意涉近俗，谪来俗界五十年，年足合归，故来迎耳。非汝辈所知也。"阍吏将驰报，遂惊觉。后数日，薛公自台中遇疾而薨[9]。潜问其年，正五十矣。

【注释】

①御史中丞：官名。秦始置。汉朝为御史大夫的次官，唐、五代、宋时期，大夫与中丞并置，但大夫极少除授，多以中丞为长官。

②台：指御史台。给事中：官职名。唐、宋以来，居门下省之要职，掌侍从规谏。

③亚台：唐代御史大夫的别称。宋洪迈《容斋四笔·官称别名》："唐人好以它名标榜官称……御史大夫为亚台、为亚相、为司宪。"

④阍（hūn）：守门人。

⑤幢盖：旌旗和曲柄的蓬盖。

⑥梵：古印度书面语。佛经原用梵文写成，故凡与佛教有关的事物，常称梵。

⑦省：中央官署名。

⑧元：原来。须弥山：山名。古印度宇宙观中，此山位居世界中央。山由东面白银，北面黄金，南面吠琉璃，西面颇胝迦四宝构成。山高八万四千由旬，山顶为帝释天居所。大德：德行高尚的人。

此处指高僧。

⑨薨：古代称诸侯之死。后世有封爵的大官之死也称薨。

【译文】

御史中丞薛存诚，在元和末年，由御史台丞转任给事中。任期未满，又回到御史台任中丞，御史台府第整洁肃穆，远离闹市。他再次进入御史台的时候，觉得心旷神怡，来到厅中，吟诗曰："卷帘疑客到，入户似僧归。"几个月后，一个看门的小吏白天睡觉但未睡熟，他恍然间看见几十个僧童，手持香花和幡旗，用梵语唱着经文，按顺序走进来。看门小吏呵斥道："这是御史台，你们这是做什么法事，高声念经就进来了？"其中一个和尚自称叫识达，说："我是中丞薛存诚的弟子，来迎接我师傅。师傅在御史台，我可以进去迎接吗？"看门小吏说："这是中丞大人的官署，本不是寺院，你们这些妖僧，怎么就敢随随便便进来呢？"当即就要去捉拿这些僧人。识达说："中丞原来是须弥山东峰静居院的罗汉高僧，因为他错误地与天人说想涉足凡尘，被贬到人间五十年。现在已满五十年，所以来迎接他回去。这样的事不是你们所能知道的。"看门小吏急忙要跑去报告，一下子从梦中惊醒了。数天之后，薛公在公署患病而死。这个看门小吏偷偷地问了一下他的年龄，整好五十岁。

麒麟客

麒麟客者[①]，南阳张茂实家佣仆也。茂实家于华山下，大中初偶游洛中[②]，假仆于南市[③]，得一人焉，其名曰王夐，年可四十余，佣作之直月五百[④]，勤干无私，出于深诚[⑤]，苟有可为，不待指使。茂实器之，易其名曰大历，将倍其直，固辞。其家益怜之。居五年，计酬直尽[⑥]，一旦辞茂实曰："夐本居山，家业不薄，适与厄会[⑦]，须佣作以禳之[⑧]，固非无资而卖力者。今厄尽矣，请从此辞。"茂实不测其言，不敢留，听之。

曰："今暮当去。"迨暮[9]，入白茂实曰："感君恩宥[10]，深以奉报。叟家去此甚近，其中景趣亦甚可观[11]，能相逐一游乎？"茂实喜曰："何幸！然不欲令家中知，潜一游可乎？"叟曰："甚易。"于是截竹杖长数尺，其上书符，授茂实曰："君杖此入室，称腹痛，左右人悉令取药，去后，潜置竹于衾中，抽身出来可也。"茂实从之。叟喜曰："君真可游吾居者也。"相与南行一里余，有黄头执青麒麟一[12]，赤文虎二，俟于道左[13]。茂实惊欲回避，叟曰："无苦[14]，但前行。"既到前，叟乘麟，茂实与黄头各乘一虎。茂实惧不敢近，叟曰："相随，请不复畏。且此物人间之极俊者，但试乘之。"遂凭而上，稳不可言。于是从之，上仙掌峰，越壑凌山，举意而过[15]，殊不觉峻险。如到三更[16]，计数百里矣。

【注释】

①麒麟：一种传说中罕见的神兽。形似鹿，但体积较大；牛尾、马蹄，头上有独角。背上有五彩毛纹，腹部有黄色毛，雄者称为麟，雌者称为麒，统称为麒麟。性情温和，不伤人畜，不践踏花草，故称为仁兽。

②大中：唐宣宗李忱的年号(847—860)。

③假：租赁，雇佣。

④直：工钱。唐柳宗元《送薛存义之任序》："受若直，怠若事。"

⑤深诚：异常忠诚。

⑥计酬直尽：计算着酬劳相抵已尽。

⑦厄会：众灾会合。犹言厄运。

⑧禳(ráng)：祈祷消除灾殃、去邪除恶之祭。《左传·昭公二十六年》："齐有彗星，齐侯使禳之。"

⑨追:及,到,等到。西晋陆云《牛责季友》:“追良期于风柔,竟悲飙于叶落。”

⑩恩宥:降恩宽宥。《旧唐书·裴莪传》:“但自朕登极已来,屡施恩宥,肆诸朝市,所未忍为。”

⑪景趣:由景色而生的情趣。宋石孝友《减字木兰花·赠何藻》:“小小新荷,点破清光景趣多。”

⑫黄头:童仆。这里指仙童。执:拿,持。这里是牵着的意思。

⑬道左:本指道路左侧,后泛指路旁。唐李朝威《柳毅传》:“至六七里,鸟起马惊,疾逸道左。”

⑭无苦:不要担惊受怕,没关系。

⑮举意:随时,随意。南宋孟元老《东京梦华录·诸色杂卖》:“夏月则有洗毡淘井者,举意皆在目前。”

⑯如:好像,如同。

【译文】

麟麒客是南阳张茂实家雇来的仆人。茂实的家住在华山脚下,唐宣宗大中初年,偶然出游到洛中,在南市雇佣仆人,找到一个人,他叫王夐,年龄大概四十多岁,佣作的工钱每月五百,这个人勤劳干练没有什么私心,非常忠诚,如果有可做的事,不等主人差遣自己就干了。茂实很器重他,给他改名叫大历,打算给他的工钱加倍,而王夐却坚决推辞。因此茂实家更加怜惜他。住了五年,计算他的酬劳与他的卖身价格相抵将尽,有一天早晨,王夐向茂实告辞说:“我原本住在山里,家业殷实,但遭到厄运,必须靠佣作来消灾解难,本来不是没钱出卖力气的人。现在厄运已经消尽了,请允许我从此告辞。”茂实猜不透他的话,不敢挽留他,便听从他的决定。王夐说:“今天傍晚我就会离去。”到了傍晚,王夐又去告诉茂实说:“我感谢您降恩宽宥,非常想报答您。我家离这里很近,那里的风景也非常值得一看,能跟我去游玩一次吗?”茂实高兴地说:“多么幸运啊!然而我不想让家里人知道,悄悄地游玩一趟,可以吗?”王夐说:“十分容易。”于是王夐截了一支几尺长的竹杖,在竹杖上画了符,交给茂实说:“您拄着它走进屋内,假称肚子疼,让身边的人全都去拿药,他们离开后,您悄悄地把竹杖放在被子里,脱身出来就可以了。”茂实听从了他的话。王夐高兴地说:“您真的是可以游览我住处的人啊。”两个人一同向南走了一里多路,有个仙童牵着一只青色麒麟,两只红色斑纹的老虎,在道旁等候。茂实受到惊吓想要躲开,王夐说:“不要害怕,只管向前走。”到了跟前,王夐骑上麒麟,茂实与仙童各自骑一只老虎。茂实害怕不敢靠近,王夐说:“跟着我,请不要再害怕。而且这东西在人间是极其出众的,您只管尝试着骑它。”于是茂实才靠着老虎跨上去,说不出的稳当。茂实于是跟随着王夐,上了仙掌峰,穿越沟壑高山,随着心意过去,一点也不觉得险峻。好像到了三更天,算起来走了几百里。

下一山,物象鲜媚①,松石可爱,楼台宫观,非世间所有。将及门,引者扬鞭曰:“阿郎来!”紫衣吏数百人,罗拜道侧②。既入,青衣数十人,容色皆殊,衣服鲜华,不可名状,各执乐器引拜。遂入中堂③,宴食毕,且命茂实坐。夐入更衣返坐,衣裳冠冕,仪貌堂堂然,实真仙之风度也。其窗户阶闼④,屏帏床榻茵褥之盛,固非人世之所有。歌鸾舞凤,及诸声乐,皆所未闻。情意高逸,不复思人寰之事,欢极。主人曰:“此乃仙居,非世人之所到。君宿缘合一到此,故有逃厄之遇。仙俗路殊,尘静难杂,君宜归修其心,三五劫后当复相见。夐比者尘缘将尽⑤,上界有名,得遇太清真人,召入小有洞中,示以九天之乐⑥,复令下指生死海波,且曰:‘乐虽难求,苦亦易遣。如为山者,掬土增高,不掬则止,穿则陷。夫升高者,不上难而下易乎?’自是修习经六七劫，乃证此身[⑦]。回视委骸，积如山岳，四大海水，半是吾宿世父母妻子别泣之泪。然念念修之，倏已一世，形骸虽远[⑧]，此不忘修致，其功即亦非远。亦时有心远气清，一言而悟者。勉之！”

【注释】

①物象：景物，风景。唐杜牧《题吴兴消暑楼十二韵》：“晴日登攀好，危楼物象饶。”

②罗拜：环绕下拜。唐白居易《祭崔相公文》：“平生亲友，罗拜柩前。”

③中堂：正中的厅堂。

④闼(tà)：小门。宋王安石《书湖阴先生壁》：“一水护田将绿绕，两山排闼送青来。”

⑤比：近来。《吕氏春秋·先识》：“臣比在晋也，不敢直言。”

⑥九天：天之极高处。唐李白《望庐山瀑布》：“飞流直下三千尺，疑是银河落九天。”

⑦证：佛教用语。参悟，修行。唐张鷟《朝野佥载》：“禅师后证果，居于林虑山。”

⑧形骸：身体。唐白居易《与元微之书》：“仆自到九江，已涉三载，形骸且健，方寸甚安。”

【译文】

走下一座山，风景鲜明妩媚，松树石头令人喜爱，楼台宫观，不是人世间所有的。快要到大门的时候，引路的人挥鞭说道：“主人回来啦！”有几百穿紫色衣服的小吏，在道路两边环绕下拜。进门以后，又有几十个丫鬟，容貌姿态都很出众，衣服鲜艳华贵，无法用言语来形容，各自拿乐器来拜见。进入中堂，吃完饭，暂且让茂实坐着。王夐进到内室换完衣服又回来坐着，他此时衣裳冠冕整齐，仪表堂堂，实在是有真仙人的风度。那里的门窗台阶，屏帏床榻茵褥的华美，不是人世间所有的。歌鸾舞凤，以及各种声乐，都从未听闻过。这时，茂实内心高雅脱俗，不再想人世间的事，欢乐至极。主人说："这是仙人居住的地方，不是凡人所能到的。您因前世的因缘，应该到这里一次，因此才有我躲避厄运，与您相遇的事。但是仙俗道路不同，尘世之人和静修之人难以混杂，您应当回去修心，经历三五劫之后我们会再相见。我近来尘缘将尽，天界有我的名字，得以遇见太清真人，召唤我进入小有洞中，以九天之乐指示我，又令我到人世间指定生死波澜，并且告诉我说：'欢乐虽然难以寻求，痛苦却容易遣散。像堆山似的，捧土就能使之增高，不捧土就停止增高，挖掘它就沉陷。登高的人，不是上山难下山容易吗？'从此我修行经历了六七次劫难，于是参悟此身正果。回头去看看丢弃的形骸，堆积如山，四大海水，有一半是我前世父母妻子儿女离别悲泣流下的眼泪。然而我一心一意修道，转眼已经一世，离开肉身已经很久了，但依然不忘精心修道，这样离成功也就不会太远。我也时常有心远气清之感，一句话就悟出道义。你要努力！"

遗金百镒[①]，为修身之助。复乘麒麟，令黄头执之。夐步送到家，家人方环泣。茂实投金于井中。夐取去竹杖，令茂实潜卧衾中。夐曰："我当至蓬莱谒大仙伯。明旦于莲花峰上，有彩云东去，我之乘也。"遂揖而去。茂实忽呻吟，众惊而问之，茂实绐之曰[②]："初腹痛，忽若有人见召，遂奄然耳[③]。不知其多时日也。"家人曰："取药即回，呼之不应，已七日矣。唯心头尚暖，故未殓也。"明日望之，莲花峰上果有彩云去。遂弃官游名山。后归，出井中金与眷属，再出游山，终不知所在也。

【注释】

①镒(yì):古代重量单位,合二十两(一说二十四两)。

②绐(dài):欺骗。《史记·项羽本纪》:“项王至阴陵,迷失道,问一田父,田父绐曰:‘左。’”

③奄然:气息微弱的样子。《旧唐书·秦彦传》:“死者十六七,纵存者鬼形鸟面,气息奄然。”

【译文】

王夐送给茂实金子百镒,作为修身的资助。又叫茂实乘着麒麟,让仙童牵引着。王夐步行送他回家,家里人正环绕他哭泣。茂实把金子投到井中。王夐拿去竹杖,让茂实悄悄地躺进被子中。王夐说:“我应当去蓬莱拜见大仙伯。明天早晨莲花峰上有彩云向东而去,就是我乘的。”于是作揖后离去。茂实忽然呻吟,大家惊异地问他,茂实骗他们说:“开始肚子疼时,忽然好像有人召唤我,气息就微弱了。不知道过了多长时间。”家人告诉他说:“我们取药回来以后,叫你也不答应,已经七天了。只因为心头还有些温暖,所以没有装殓。”第二天,茂实去观望莲花峰,果然有彩云离开。茂实于是弃官游历名山。后来回到家中,取出井中的金子给了眷属,又出去游山了,最后不知道他去哪里了。

卷二

【题解】

本卷共六篇。《卢仆射从史》讲述了李湘通过女巫，实现与鬼进行隔空对话，鬼预知并告诉了李湘今后的仕途以及做官的地点。《李岳州》写李俊多年科举不第，在阴间小吏的帮助下贿赂了阴间文书吏，并通过朋友国子祭酒向主考官极力推荐，最后金榜题名。此故事反映了唐代科举考试存在的严重的人情影响考试成绩的舞弊现象。《张质》讲述了新任亳州县尉张质被阴司抓去，经与原告对质得知他并不是原告要状告的临涣县尉张质，二人只是重名，官职相同。《韦令公皋》讲的是年轻时的韦皋，娶了西川节度使张延赏的女儿，因寄居在丈人家，受到丈人张延赏的极度蔑视。而巫婆却看出韦皋将来一定是大富大贵之人，不可小觑，后来韦皋果然如巫婆所言，成为高官，这令张延赏羞愧难当。此故事讽刺了那些傲慢、看不起人的人。《郑虢州驹夫人》讲述了弘农县令嫁女的曲折故事。弘农县令将女儿许配给了卢生，然而女巫说从相貌上看这个卢生并不是他女儿的丈夫。果然在成婚之时，卢生突然不明原因地受到惊吓而逃走，当时在场的郑驹最终娶了弘农县令的女儿，而郑驹的相貌正好与女巫所言一致。此故事宣扬了当时的婚姻观念：婚姻是命中注定，无法抗拒的。《薛伟》讲述了青城县主簿薛伟在病重之后，魂魄变成了一条鱼，并以鱼的视角讲述了它在湖泊中自由地畅游，后来被渔夫钓住，最后又被厨子杀死的过程。这则故事意在让人们体会被杀死时的痛苦，从而心生怜悯，进而戒杀。

卢仆射从史

卢公元和初以左仆射节制泽潞[1]，因镇阳拒命，迹涉不臣[2]，为中官骠骑将军吐突承璀所绐[3]，缚送京师。以反状未明，左迁驩州司马[4]。既而逆迹尽露，赐死于康州[5]。宝历元年[6]，蒙州刺史李湘去郡归阙[7]，自以海隅郡守，无台阁之亲，一旦造上国[8]，若扁舟泛沧海者。闻端溪县女巫者，知未来之事，维舟召焉[9]。巫到，曰："某能知未来之事，乃见鬼者也。呼之皆可召。然鬼有二等，有福德之鬼，有贫贱之鬼。福德者精神俊爽，往往自与人言。贫贱者气劣神悴[10]，假某以言事。尽在所遇，非某能知也。"湘曰："安得福德之鬼而问之？"曰："厅前楸林下有一人，衣紫佩金者，自称泽潞卢仆射，可拜而请之。"湘乃公服执简[11]，向林而拜。女巫曰："仆射已答拜。"湘遂揖上阶，空中曰："从史死于此厅[12]，为弓弦所遣，今尚恶之。使君床上弓[13]，幸除之[14]。"湘遽命去焉。时驿厅副阶上，只有一榻。湘偶忘其贵，将坐问之。女巫曰："使君无礼，仆射官高，何不延坐[15]，乃将吏视之，仆射大怒去也。急随拜谢，或肯却来。"湘匍匐下阶，问其所向，一步一拜，凡数十步，空中曰："大错！公之官未敌吾军一裨将[16]，奈何对我而自坐。"湘再三辞谢，方肯却回[17]。

【注释】

①泽潞：唐方镇名。至德元载(756)置泽潞沁节度使，治潞州(今山

西长治)。

②不臣:不守臣节,不合臣道。《左传·昭公三十一年》:“若召季孙而不来,则信不臣矣。然后伐之,若何?”

③中官:宦官。《汉书·高后纪》:“诸中官、宦者令丞,皆赐爵关内侯,食邑。”唐颜师古注:“诸中官,凡阉人给事于中者皆是也。”骠骑:古代将军的名号。《史记·卫将军骠骑列传》:“元狩二年春,以冠军侯去病为骠骑将军。”吐突承璀(?—820):字仁贞,闽人。宦官。初在太子李纯东宫,后由于性情聪敏,被提拔为掖廷局博士。唐宪宗即位后,对他倍加宠信,先后加官进爵,封为蓟国公,在当时宦官中颇有权势。

④左迁:降职,贬官。古人尊右而卑左,故称官吏被贬降职为左迁。唐白居易《琵琶行·序》:“元和十年,予左迁九江郡司马。”驩(huān)州:南朝梁置德州,隋改名驩州,在今越南北部。司马:古代官名。古代中央政府中掌管军政和军赋的长官。汉大将军、将军、校尉之属官都有司马,专掌兵事。隋唐州府佐吏有司马一人,位在别驾、长史之下,掌兵事,或安置贬谪及闲散官员。

⑤康州:唐武德四年(621)置,治所在端溪县(今广东德庆)。武德九年(626)废,贞观十二年(638)又置;天宝元年(742)改为晋康郡,乾元元年(758)复改为康州。

⑥宝历:唐敬宗李湛的年号(825—826)。

⑦蒙州:贞观八年(634)改南恭州置,治立山县(今广西蒙山东南古湄)。取州东蒙山为名。辖境相当今广西蒙山地。天宝元年(742)改为蒙山郡。乾元元年(758)复为蒙州。刺史:原为朝廷所派督察地方之官,后又成为地方官职名称。汉武帝时,分全国为十三部“州”,置刺史。成帝改称州牧,哀帝时复称刺史。魏晋州置都督兼领刺史,职权益重。隋炀帝、唐玄宗两度改州为郡,改称刺史为太守,后又改郡为州,称刺史,此后太守与刺史互名。

阙:朝廷,京城。

⑧上国:京师。《资治通鉴·唐德宗建中二年》:"今海内无事,自上国来者,皆言天子聪明英武,志欲致太平。"

⑨维舟:系船停泊。南朝梁何逊《与胡兴安夜别》:"居人行转轼,客子暂维舟。"

⑩悴(cuì):憔悴,疲萎。《史记·屈原贾生列传》:"屈原……颜色憔悴,形容枯槁。"

⑪简:古代用来写字的竹板。

⑫从史:官名。汉代高级官僚的从属官,类似随从之类。或称"从吏"。《史记·袁盎晁错列传》:"有从史尝盗爱盎侍儿。"《汉书·兒宽传》:"除为从史。"注:"从史者,但只随官僚,不主文书。"

⑬使君:对官吏、长官的尊称。《三国志·蜀书·先主传》:"曹公从容谓先主曰:'今天下英雄,惟使君与操耳。'"

⑭幸:希望。《古诗为焦仲卿妻作》:"幸可广问讯,不得便相许。"

⑮延坐:请坐。《晏子春秋·内篇谏下》:"晏子至,已复事,公延坐。"

⑯裨(pí)将:副将。《汉书·项籍传》:"梁为会稽将,籍为裨将。"唐颜师古注:"裨,助也,相副助也。"

⑰却回:回转。唐杜甫《自京窜至凤翔喜达行在所》:"西忆岐阳信,无人遂却回。"

【译文】

元和初年,卢公以左仆射的身份管辖泽潞,因为镇阳之事抗拒皇帝的意旨,被认为有不守臣节的嫌疑,被宦官骠骑将军吐突承璀所欺骗,被押送京城。因为造反的证据不足,被贬为驩州司马。不久造反的行迹暴露了,被赐死在康州。宝历元年,蒙州刺史李湘,离蒙州返回京城,自己认为是边远的郡守,台阁中没有亲近的人,一旦回到京都,就会像大海里漂流的小舟。他听说端溪县有个女巫,能预知未来的事,就停下船派人把她请来。女巫到了后说："我能预知未来之事，是因为我能看到鬼。招呼一下都能把他们请到。可是鬼有两等，有福德之鬼，有贫贱之鬼。福德之鬼精神俊爽，往往自己与人说话。贫贱之鬼精神萎靡，需要借助我说事情。这全在于遇到什么鬼，这不是我能预知的。"李湘说："怎么才能遇到福德之鬼而咨询他呢？"女巫说："厅前的楸树下有一个人，穿紫色衣服佩带金饰，自称泽潞卢仆射，可以去向他施礼请求他。"李湘就穿着公服手持简板，面向大树而行礼。女巫说："仆射已经回礼了。"李湘于是作揖上了台阶，空中有声音说道："从史死在这厅里，被弓箭所害，现在还厌恶它。您床上的弓，希望能拿掉它。"李湘便马上让人拿掉。当时驿站厅堂前的副阶上，只有一张坐榻。李湘忘记了那是一位尊贵的人，要坐下问他。女巫说："您真是不礼貌啊！仆射是高官，为什么不请他坐下，而把他视为小吏对待呢？仆射大怒，走了。您抓紧跟上去，向他真诚地道歉，或许他会回来。"李湘匍匐下了台阶，问他去的方向，一步一礼拜，走了几十步，空中传来声音，说："您大错特错了！您的官职赶不上我军中的一个副将，怎么面对我而自己坐下。"李湘再三道歉，卢公才肯回来。

女巫曰："仆射却回矣。"于是拱揖而行，及阶，女巫曰："仆射上矣。"别置榻而设裀褥以延之[①]。巫曰："坐矣。"湘乃坐，空中曰："使君何所问？"对曰："湘远官归朝，忧疑日极。伏知仆射神通造化，识达未然，伏乞略赐一言[②]，示其荣悴[③]。"空中曰："大有人援引[④]，到城一月，当刺梧州。"湘又问，终更不言。湘因问曰："仆射去人寰久矣，何不还生人中，而久处冥寞[⑤]？"曰："吁，是何言哉！人世劳苦，万愁缠心，尽如灯蛾，争扑名利，愁胜而发白，神败而形羸，方寸之间，波澜万丈，相妒相贼，猛于豪兽。故佛以世界为火宅[⑥]，道以人身为大患。吾已免离，下视汤火，岂复低身而卧其间乎？且夫据其生死，明晦未殊[7]，学仙成败，则无所异。吾已得炼形之术也。其术自无形而炼成三尺之形，则上天入地，乘云驾鹤，千变万化，无不可也。吾之形所未圆者三寸耳，飞行自在，出幽入明亦可也。万乘之君不及吾，况平民乎？”湘曰：“炼形之道，可得闻乎？”曰：“非使君所宜闻也。”复问梧州之后，终而不言，乃去。湘到辇下[8]，以奇货求助[9]，助者数人。未一月，拜梧州刺史，皆如其言。竟终于梧州，卢所以不复言其后事也。

【注释】

①裀(yīn)褥：坐卧的垫具。《晋书·刘寔传》：“尝诣石崇家，如厕，见有绛纹帐，裀褥甚丽。”裀，通“茵”，指褥垫、毯子之类。

②伏乞：向尊者恳求。伏，敬辞。

③荣悴(cuì)：荣枯，喻人世的盛衰。《后汉书·邓禹传论》：“荣悴交而下无二色，进退用而上无猜情。”

④援引：提拔，引荐。汉王充《论衡·效力》：“文章滂沛，不遭有力之将援引荐举，亦将弃遗于衡门之下。”

⑤冥寞：指阴间。《旧唐书·刘邺传》：“(李德裕)倾以微累，窜于遐荒，既迫衰残，竟归冥寞。”

⑥火宅：佛教用语。比喻炽燃着烦恼火焰的轮回世界。

⑦明晦：人世与阴间。

⑧辇下：“辇毂下”的省称。犹言在皇帝车舆之下，代指京城。唐韩愈《凤翔陇州节度使李公墓志铭》：“臣幸得宿卫二十余年，今年老，许外任，不胜慕恋，愿得死辇下。”

⑨奇货：珍奇少见的物品或货物。

【译文】

女巫说："仆射回来了。"于是李湘作揖而走，到了台阶，女巫说："仆射上来了。"李湘又找来一张坐榻，放上坐垫，请他坐下。女巫说："他坐下了。"李湘这才坐下。空中传来声音，说："您有什么要问的？"李湘回答说："我是边远地方的官吏回京城，非常忧虑。我知道仆射神通广大，能预知未来，请求您略赐一言，以示我仕途的荣辱。"空中有声音说："帮助您的人大有人在，到京城一个月，就能被任命为梧州刺史。"李湘又问，卢仆射不再回答了。接着李湘问："仆射离开人间很久了，为什么不还生人间来，而长久处在阴间？"空中的声音说道："唉，这是什么话！人世间非常辛苦，有数不尽的愁事缠绕着你，都像飞蛾扑灯，争名夺利，愁到极点而头发变白，精神颓废而身体羸弱，内心之间，波澜起伏，互相嫉妒和仇视，凶猛得像巨大的野兽。所以，佛教认为人世间是燃烧着烦恼火焰的世界，道教认为人有了身体是最大的祸患。我已经脱离向下看视如汤似火的人间，难道再低身生活在那里吗？再说根据那生与死，阴间阳间没有什么不同，学仙成败，就没有什么差别。我已学到炼形之术。那法术从无形而炼成三尺之形，可以上天入地，乘云驾鹤，千变万化，没有不可以做的。我炼形只差三寸就可以圆满了，但可以自由自在地飞行，离开阴间到阳间也可以。皇帝都赶不上我，何况平民呢？"李湘问："炼形的方法，我可以听一听吗？"回答说："不是您所适宜听的。"又问任梧州刺史之后会怎样，卢仆射最终也没有说，就离去了。李湘到了京城，以珍奇的物品作为礼物请求帮助，帮助他的有几个人。不到一个月，被任命为梧州刺史，都如卢仆射所言。李湘最后死在了梧州，这就是卢仆射不愿说后事的原因。

李岳州

岳州刺史李公俊[①]，兴元中举进士[②]，连不中第。次年，有故人国子祭酒通春官包结者援成之[③]。榜前一日[④]，例以名闻执政[5]。初五更，俊将候祭酒，里门未开[6]，立马门侧，傍有鬻糕者，其气爞爞[7]。有一吏若外郡之邮檄者[8]，小囊毡帽，坐于其侧，欲糕之色盈面。俊顾曰："此甚贱，何不以钱易之？"客曰："囊中无钱耳。"俊曰："俊有钱，愿献一饱，多少唯意。"客甚喜，啖数片。俄而里门开，众竞出，客独附俊马曰："少故，愿请少间[9]。"俊下路听之，曰："某乃冥吏之送进士名者，君非其徒耶？"俊曰："然。"曰："送堂之榜在此，可自寻之。"因出视，俊无名，垂泣曰："苦心笔砚二十余年，计偕而历试者亦仅十年[10]，心破魂断，以望斯举。今复无名，岂不终无成乎？"曰："君之成名在十年之外，禄位甚盛[11]。今欲求之亦非难，但于本禄耗半，且多屯剥[12]，才获一郡，如何？"俊曰："所求者名，名得足矣。"客曰："能行少赂于冥吏，即于此取其同姓者，去其名而自书其名，可乎？"俊曰："几何可？"曰："阴钱三万贯[13]。某感恩而以诚告，其钱非某敢取，将遗牍吏[14]。来日午时送可也。"复授笔使俊自注。从上有故太子少师李公夷简名[15]，俊欲揩之，客遽曰："不可。此人禄重，未易动也。"又其下有李温名，客曰："可矣。"俊乃揩去"温"字，注"俊"字。客遽卷而行，曰："无违约。"

【注释】

①岳州：今湖南岳阳。

②兴元：唐德宗李适的年号(784年正月至十二月)，共计一年。

③故人：老友。《后汉书·严光传》："朕故人严子陵共卧耳。"国子：即国子监，古代教育管理机关和最高学府。祭酒：汉代有博士祭酒，为博士之首。西晋改设国子祭酒，隋唐以后称国子监祭酒，

为国子监的主管官。春官：唐光宅年间曾改礼部为春官，后遂为礼部的别称。唐杜甫《奉留赠集贤院崔于二学士》："天老书题目，春官验讨论。"

④榜：告示应试取录的名单。宋汪洙《喜》："洞房花烛夜，金榜题名时。"

⑤执政：主管某一事务的人。

⑥里门：乡里之门。古制，聚族里居，比户相连，里中有门，称为里门。《史记·万石张叔列传》："庆及诸子弟入里门，趋至家。"

⑦爞(chóng)：热气腾腾的样子。

⑧檄：古代官府用以征召或声讨的文书。也泛指信函。

⑨少间：一会儿，隔不多时。

⑩计偕：汉时被征召的士人皆与计吏相偕同上京城，故称为计偕。后世指举人入京会试。《汉书·武帝纪》："征吏民有明当时之务、习先圣之术者，县次续食，令与计偕。"仅(jìn)：几乎，接近。

⑪禄位：俸禄和爵位。借指官职。

⑫屯(zhūn)剥：比喻险难衰败。屯，《易》六十四卦之一，代表险难始生。剥，《易》六十四卦之一，代表小人势长，君子道消。

⑬阴钱：死后在阴间用的钱，就是民间用纸做的祭奠用币。

⑭遗(wèi)：给予，馈赠。《汉书·李广苏建传》："置币遗单于。"牍吏：文书官。

⑮太子少师：官名。西晋始置，南朝不置，北魏复置，秩第三品。北齐沿置，秩同，掌奉皇太子，以观三师(太子太师、太傅、太保)之德。隋、唐沿置，隋为正三品，唐为从二品。宋太子三少，至仁宗为太子时始置，常以大臣兼任。

【译文】

岳州刺史李俊，兴元年间考进士，已是连续多次没有考中。第二年，他有一个旧交是国子监祭酒，与礼部官员包结相熟，要帮助他成就功名。发榜前一天，按例应当把名字通报给主考官。刚五更天，李俊就等候祭酒。里门没开，李俊停马在门旁，旁边有个卖糕的，那糕热气腾腾。有一个小吏好像是外地来投递文书的，拿着小袋子，头戴毡帽，坐在他的旁边，想要吃糕的神色挂在了脸上。李俊回头对他说："这个糕很便宜，为什么不用钱买呢？"他说："我口袋里没有钱。"李俊说："我有钱，我请你吃一顿饱饭，吃多少随意。"这个人很高兴，吃了几片糕。一会儿里门打开，众人都争着走出去，这个人独自靠着李俊的马说："有点事，请稍等一会儿。"李俊就与他走到路边听他说，这人说："我是冥府送进士榜的小吏，您也是考进士的人吧？"李俊说："是的。"这人说："送堂上的榜单在这里，您可自己寻找。"于是拿出来让李俊看，没有李俊的名字，李俊流泪道："苦心读书做文章二十多年，参加会试也近十年了，极其煎熬，这次抱了很大的期望。然而仍没有名字，是不是一辈子都不能成功了呢？"小吏说："您的成名在十年之后，官位很高。现在要得到它也并不难，只是您的官运将耗费一半，且宦途艰难，仅仅只能在一个郡任刺史，如何？"李俊说："我所要追求的是功名，功名得到就满足了。"小吏说："可以向冥吏稍稍贿赂一下，就在这上面找同姓的人，去掉他的名字而写上自己的名字，可以吗？"李俊问："多少钱？"小吏说："阴钱三万贯。我感谢您的恩惠而诚心告诉您，那钱不是我敢要的，将送给文书吏。明天午时送钱就可以。"小吏又给他笔让李俊自己修改。上边有原太子少师李夷简的名字，李俊要擦去，小吏急忙说："不可以。这个人官禄重，不能轻易改动。"又在他的下面有李温的名字，小吏说："可以。"李俊便擦去"温"字，写上"俊"字。小吏就急忙卷起榜单走了，说："不要失约。"

既而俊诣祭酒，祭酒未冠，闻俊来，怒目延坐①，徐出曰："吾与主司分深②，一言姓名，状头可致③。公何躁甚相疑，频频见问④，吾岂轻语者耶？"俊再拜对曰："俊恳于名者，若思决此一朝。今当呈榜之晨,冒责奉谒[5]。”祭酒曰:“唯! 唯!”其声甚不平。俊见其责,忧疑愈极,乃变服伺祭酒出,随之到子城东北隅[6],逢春官怀其榜,将赴中书[7]。祭酒揖问曰:“前言遂否?”春官曰:“诚知获罪,负荆不足以谢[8]。然迫于大权,难副高命[9]。”祭酒自以交春官深,意谓无阻,待俊之怒色甚峻。今乃不成,何面相见,因曰:“季布所以名重天下者[10],能立然诺。今君不副然诺,移妄于某,盖以某官闲也。平生交契[11],今日绝矣。”不揖而行。春官遽追之,曰:“迫于豪权,留之不得。窃恃深顾,外于形骸[12],见责如此,宁得罪于权右耳[13]。请同寻榜,揩名填之。”祭酒开榜,见李公夷简,欲揩,春官急曰:“此人宰相处分[14],不可去。”指其下李温曰:“可矣。”遂揩去“温”字,注“俊”字。乃榜出,俊名果在已前所揩处。其日午时,随众参谢,不及即糕客之约。迨暮将归[15],道逢糕客,泣示之背曰:“为君所误,得杖矣。牍吏将举勘[16],某更他祈,共止之。”其背实有重杖者。俊惊谢之,且曰:“当如何?”客曰:“既尔,勿复道也。来日午时送五万缗,亦可无追勘之厄[17]。”俊曰:“诺。”及到时焚之,遂不复见。然俊筮仕之后[18],追勍贬降,不歇于道,才得岳州刺史,未几而终。

人生之穷达,皆自阴骘[19],岂虚乎哉!

【注释】

①延坐:请坐。《晏子春秋·内篇谏下》:“晏子至,已复事,公延坐。”

②主司:科举的主试官。《新唐书·选举志》:“举人既及第,缀行通

名，诣主司第谢。”分深：情分深，交情厚。

③状头：状元。《资治通鉴·后周世宗显德六年》：“凡群臣有才能及进士状头或僧道可与谈者，皆先下蚕室，然后得进。”元胡三省注：“进士第一人，谓之状头。”

④见：表示被动，相当于“被”。《史记·廉颇蔺相如列传》：“臣诚恐见欺于王而负赵。”

⑤奉谒（yè）：拜见。《后汉书·赵壹传》：“陟明旦大从车骑奉谒造壹。”

⑥子城：大城所属的小城，即内城及附郭的瓮城或月城。《资治通鉴·唐宪宗元和十四年》：“比至，子城已洞开，惟牙城拒守。”元胡三省注：“凡大城谓之罗城，小城谓之子城。”

⑦中书：“中书省”的简称，唐为参议朝事、总佐大政的中枢机构。

⑧负荆：指背负鞭杖，请求责罚，表示认错赔礼。荆，荆条，古代用作刑杖。《史记·廉颇蔺相如列传》：“廉颇闻之，肉袒负荆，因宾客至蔺相如门，谢罪。”

⑨高命：尊贵的命令。南朝宋刘义庆《世说新语·方正》：“绍虽官卑，职备常伯。操丝比竹，盖乐官之事，不可以先王法服，为伶人之业。今逼高命，不敢苟辞，当释冠冕，袭私服，此绍之心也。”

⑩季布：楚人。楚汉相争，初为项羽部将，数围刘邦。及项羽灭，被刘邦追捕，后由朱家通过汝阴侯帮忙，得到赦免，并官郎中、中郎将及河东守等。其人为气任侠，重然诺，当时人称“得黄金百斤，不如得季布一诺”。

⑪交契：交情，情谊。唐王勃《与契苾将军书》：“仆与此公，早投交契，夷险之际，终始如一。”

⑫形骸：外貌，容貌。晋葛洪《抱朴子·清鉴》：“尼父远得崇替于未兆，近失澹台于形骸。”

⑬权右：权门右族。指显贵。汉荀悦《申鉴·政体》：“嘉守节而轻

狭陋,疾威福而尊权右。”

⑭处分:吩咐。南朝宋刘义庆《世说新语·尤悔》:“(谢安)曾送兄征西葬,还,日莫雨驶,小人皆醉,不可处分,公乃于车中手取车柱撞驭人,声色甚厉。”

⑮逮(dài):等到。西晋陆云《牛责季友》:“逮良期于风柔,竞悲飙于叶落。”

⑯举勘:检举追查。

⑰追勘:追究查问。

⑱筮仕:古人将做官时必先占卜问吉凶,故后来称刚做官为筮仕。《左传·闵公元年》:“初毕万筮仕于晋。”

⑲阴骘(zhì):语出《尚书·洪范》:“惟天阴骘下民,相协厥居。”原指上苍默默地使安定下民,后引申为默默行善的德行。

【译文】

不久李俊求见祭酒,祭酒还没戴帽子,听说李俊来了,生气地请他先坐下,慢慢悠悠地出来说:“我和主考官交情深,一说我的名字,状元都可以得到。您为什么这么急躁,频频来问,似乎怀疑我,我是说话轻率的人吗?”李俊拜了两拜说:“我渴望功名,想在今天早晨就得以满足。今天早晨当呈送榜文,所以我冒着被责怪的风险来拜见您。”祭酒说:“好吧,好吧!”其答应的声音很是不耐烦。李俊见其责怪,更加忧虑怀疑,于是就换了衣服,偷偷观察祭酒出去,跟随他到了内城东北角,遇到礼部官员怀揣那张榜单将要到中书省。祭酒作揖问道:“以前与您说的事,成没成?”礼部官说:“确实对不起您,负荆也不足以谢罪。可是我被掌有大权的人逼迫,难以满足您的要求。”祭酒自以为与礼部官员交情深厚,心想不会有难度,对待李俊一脸怒色,态度严峻。现在却不能成功,还有什么脸面再相见,因此说:“季布所以在天下闻名,是因为说话算数。现在您说话不算数,也让我戴这顶说话不算数的帽子,大概是因为我是一个闲官。平生的交情,今天断绝了!”祭酒不作揖就走。礼部官员忙追上他，说："受豪门权贵所迫，不能把李俊留在榜单。我私下认为我们的情谊发自内心，而不是外表情感能比的，您如此责备我，那我宁愿得罪显贵了。请共同看榜单，擦去其他人的名字而写上他的名字。"祭酒打开榜单，看见李夷简，要擦去，礼部官员急忙说："此人是宰相吩咐的，不能擦去。"指着下边的李温说："这个可以。"遂擦"温"字，写上"俊"字。等到榜单发出，李俊的名字果然在以前擦过的地方。那天午时，李俊随着大家参拜谢恩，没能按照那个小吏的要求去办阴钱之事。将近傍晚才回去，在路上遇见那个小吏，他哭泣着让看他的背，并说道："由于您的过错，让我挨杖打了。文书吏将要进行举报调查，我又祈求别人，共同劝阻了他。"那个小吏的背上确实有被重重杖打的痕迹。李俊惊恐谢罪，并且说："该怎么办呢？"小吏说："既然这样，什么也别说了。明天午时送五万缗钱，也可以避免被追查的灾难。"李俊说："一定照办。"等到焚烧了纸钱，就再没见过那个人。可是李俊自做官以后，追查、弹劾、贬谪、降职，在他的仕途中不断发生，刚任职岳州刺史，不久就死了。

人生命运的困顿与显达，皆源于阴德，这怎么可能是虚假的呢！

张质

张质者，猗氏人[①]，贞元中明经[②]，授亳州临涣尉[③]。到任月余日，初暮，见数人执符来追，其仆亦持马俟于阶下，遂乘马随之出县门。初黄昏，县吏犹列坐门下，略无起者。质怒曰："州司暂追[④]，官不遽废，人吏敢无礼如此！"人亦不顾，出数十里，到一柏林，使者曰："到此宜下马。"遂去马步行，约百余步，入城郭，直北有大府门[⑤]，门额题曰"地府"。入府，径西有门，题曰"推院"。吏士甚众，门人曰："临涣尉张质。"遂入。见一美须髯衣绯人[⑥]，据案而坐，责曰："为官本合理人[7]，因何曲推事[8]，遣人枉死?”质被捽抢地[9]，叫曰:“质本任解褐到官月余[10]，未尝推事。”又曰:“案牍分明，诉人不远。府命追勘，仍敢诋欺!”取枷枷之。质又曰:“诉人既近，请与相见。”曰:“召冤人来。”有一老人，眇目，自西房出，疾视质曰:“此人年少，非推某者[11]。”乃刺录库检到报，猗氏张质，贞元十七年四月二十一日上临涣尉。又检诉状被屈抑事，又牒阴道亳州，其年三月临涣见任尉年名，如已受替，替人年名，并受上月日。得牒，其年三月，见任尉江陵张质[12]，年五十一，贞元十一年四月十一日上任，十七年四月二十一日受替。替人猗氏张质，年四十七。检状过，判官曰:“名姓偶同，遂不审勘。错行文牒，追扰平人，闻于上司，岂斯容易。本典决十下[13]，改追正身，其张尉任归。”

【注释】

①猗氏:古地名。在今山西临猗南。

②贞元:唐德宗李适的年号(785—805)。明经:唐时以经义所取之士。《新唐书·选举志》:“而明经之别，有五经，有三经，有二经，有学究一经，有三礼，有三传，有史科。此岁举之常选也。”

③授:任命。亳州:州名。北周末改南兖州置，治小黄(隋改谯县，今安徽亳州)，唐辖境相当今安徽亳州、涡阳、蒙城及河南鹿邑、永城等地。临涣:县名。唐代临涣县初属北谯郡，贞观十七年(643)，谯州废，临涣县改属亳州所辖。尉:古代官名。一般是武官。县尉掌一县之治安。

④州司:犹州官。晋李密《陈情表》:“郡县逼迫，催臣上道;州司临门，急于星火。”

⑤直北:正北。《史记·封禅书》:“文帝出长门,若见五人于道北,遂因其直北立五帝坛,祠以五牢具。”

⑥绯(fēi):红色。

⑦理人:治理百姓。唐张九龄《郡内闲斋》:“理人无异绩,为郡但经时。”

⑧曲:不公正,不合理。推事:勘断案件。

⑨捽(zuó):揪持头发。

⑩解褐(hè):解去平民所穿的衣服,换上官服,指入仕。唐陈子昂《麈尾赋·序》:“甲子岁,天子在洛阳,时余始解褐。”

⑪推:审问。

⑫见:“现”的古字。

⑬本典:根本的法典。

【译文】

张质是猗氏人,在唐德宗贞元年间科举考试中考中明经科,授予亳州临涣县尉。到任一个多月,一天傍晚,看见很多人拿着符来追他,他的仆人也牵马在阶下等着他,他便骑马跟随着出了县门。这时刚刚到黄昏,县里的小吏们都坐在门前,没有人起来。张质生气地说:“州官刚刚追捕我,我的官职还没有马上被免,你们这些小吏怎么敢这样无礼?”人们仍然无动于衷,走出数十里到了柏树林,使者说:“到这儿应该下马。”于是下马步行,约百余步,进了城,正北面有大府第,门额题曰“地府”。进入府衙,直接往西有一个门,题名曰“推院”。吏士很多,守门人叫道:“临涣县尉张质。”他便进去了。见一个穿红衣的美髯公,靠着案桌坐着,斥责道:“为官本是治理百姓,为什么不能公正处理事情,以致使人冤枉而死?”张质被揪住头发推倒在地,张质呼叫道:“我从入仕到现在才一个多月,未曾处理过案件。”红衣人又说:“案牍上写得很清楚,告状的人离这儿又不远。地府下令追查,你还敢欺骗本官!”命衙役取枷将他枷上。张质又说:“告状的人既然离这里不远,请让我与他对质。"红衣人说:"把喊冤人叫来。"有一位盲了一只眼的老人,从西房走出来,很快地看了张质一眼,说:"这个人年轻,不是那个审理我的人。"红衣人便让录库检阅案卷中到职日期,猗氏张质是贞元十七年四月二十一日任临涣县尉。又查看诉状中被冤屈的事实,又下文书去阴府中的亳州查阅下列信息:那年三月,到临涣任县尉者的年龄、姓名,如果已更替,更替人的年龄、姓名,以及替任的日期。文书回来了,那年三月,任县尉的是江陵的张质,年龄五十一,贞元十一年四月十一日上任,十七年四月二十一日被代替。代替的人是猗氏的张质,年龄四十七。检查核实后,判官说:"因为姓名偶然相同,便不再审查了。错误地发布文牒,使平民受到骚扰,让上司知道了非同小可。根据法典要杖十下,改捕正犯,将张质县尉放回。"

执符者复引而回,若行高山,坠于岩下,遂如梦觉,乃在柏林中,伏于马项上,两肋皆痛,不能自起,且不知何处。隐隐闻樵歌之声,知其有人,遂大呼救命。樵人来视之,惊曰:"县失官人并马,此莫是乎?"竞来问,质不能对。扶正其身,策以送县。其柏林在县北三十里,官吏大喜,迎焉。质之马为鬼所取,仆人不知。及乘马出门,门吏虽环坐,为鬼所隐,人亦不见。有顷,家童求质不得,问于邻厅,并云不来。入厩视马亦不在,而仆夫不觉。访于门吏,吏不见出。其宰惑之,且疑质之初临也,严于吏,吏怨而杀之。是夜坐门者及门人当宿之吏①,莫不禁锢,寻求不得者已七日矣。质归憩数日,方能言,然神识遂阙②。

【注释】

①宿:值宿守卫,守夜。《史记·齐悼惠王世家》:"哀王三年,其弟

章入宿卫于汉，吕太后封为朱虚侯。”

②神识：神志，精神意识。《北齐书·高伏护传》：“性嗜酒，每多醉失，末路逾剧，乃至连日不食，专事酣酒，神识恍惚，遂以卒。”阙：毁伤，欠缺。

【译文】

执符的人又领张质回去，好像走在高山上，掉在山下，如梦初醒，原来在柏树林中，趴在马脖子上，两肋都很疼痛，直不起身来，而且不知身在何处。隐隐约约听到砍柴人的歌声，知道这里有人，便大声呼喊救命。砍柴人过来看，吃惊地说：“县衙里丢失了当官的和马匹，这不是吗？”砍柴人争着都来问，张质不能回答。大家把他身子扶正，赶着马送回县衙。柏树林在县衙北三十里，县里的官吏非常高兴，迎接张质回来。张质的马被鬼牵走，仆人不知道。张质骑马出县衙门，门吏虽然在门口坐着，由于张质被鬼所隐藏，他们也看不到。过了一段时间，家童找不到张质，向毗邻的衙门询问，都说他不曾来。到马厩里，他的马也不在了，而马夫没有觉察到。向门吏询问，门吏说不见县尉外出。县宰知道后，感到很疑惑，怀疑张质初到任上，对下属太严，他们很怨恨而把他杀了。那夜坐在门前的人及守门值宿的小吏，都被监禁起来，寻找张质已经七天了，还没找到。张质回来后休息了数日，才能说话，然而神志已经有所损伤。

元和六年，质尉彭城，李生者为之宰，讶其神荡[①]，说奇以导之，质因具言也。

【注释】

①神荡：心神不定。

【译文】

元和六年，张质到彭城任县尉，李生是县宰，对张质的心神不定感到很奇怪，于是以谈论奇事来引导他，张质便把这件事一五一十地说了出来。

韦令公皋①

公初无官，薄游剑外②，西川节度使、兵部尚书、平章事张延赏以女妻之③。既而恶焉，厌薄之情日露④。公郁郁不得志，时入幕府⑤，与宾朋从游，且摅其愤⑥。张公愈恶，乘间谓公曰⑦："幕僚无非时彦⑧，延赏尚敬惮之。韦郎无事，不必数到。"其见轻也如此。他日，其妻尤甚悯之，曰："男儿固有四方志，大丈夫何处不安，今厌贱如此而不知，欢然度日，奇哉！推鼓舞人，岂公之乐。妾辞家事君子，荒隅一间茅屋，亦君之居；炊菽羹藜⑨，箪食瓢饮⑩，亦君之食。何必忍愧强安，为有血气者所笑。"时公之道未行，自疑其命，尝希乘张之权于仕。一旦悟此身茫然，于是入告张行意，张公遗帛五束⑪，夫人薄之⑫，揣知深意，不敢言，乃私遗二十束。

【注释】

①韦皋(745—805)：字城武，京兆万年(今陕西西安)人。初任监察御史、知陇州行营留后事，因平定朱泚叛乱有功，迁陇州刺史、奉义军节度使。贞元元年(785)，转剑南西川节度使、成都尹，联络南诏，屡破吐蕃，收复巂州。王叔文当政，他要求兼领剑南三川，不成，上表请太子(宪宗)监国，不久病死。令公：对中书令的尊称，中唐以后，节度使多加中书令，使用渐滥。

②薄游：为薄禄而宦游于外。南朝齐谢朓《休沐重还道中》："薄游第从告，思闲愿罢归。"唐李周翰注："薄游，薄宦也。"剑外：指四

川剑阁以南地区。唐杜甫《闻官军收河南河北》:“剑外忽传收蓟北,初闻涕泪满衣裳。”

③西川:即剑南西川,唐方镇名。至德二载(757)分剑南节度使西部地置,治成都府(今四川成都)。辖境屡有变动,长期领有成都府及彭、蜀、汉、眉、嘉、邛、简、资、茂、黎、雅以西诸州。

④厌薄:厌恶鄙视。

⑤幕府:本指将帅在外的营帐,后亦泛指军政大吏的府署。《魏书·崔休传》:“幕府多事,辞讼盈几。”

⑥摅(shū):抒发,表达。《旧唐书·李绛传》:“三公正秩,品数甚崇,式表异恩,以摅沉痛。”

⑦乘间(jiàn):趁着机会。《晋书·舆服志》:“樊哙常持铁楯,闻急,乃裂裳苞楯,戴以为冠,排入羽营,因数羽罪,汉王乘间得出。”

⑧时彦:当时的俊杰,时贤。

⑨炊菽羹藜:指粗茶淡饭。菽(shū):豆的总称。藜(lí):一年生草本植物,茎直立,嫩叶可吃。

⑩箪食瓢饮:形容安于贫穷的清高生活。《论语·雍也》:“一箪食,一瓢饮,在陋巷,人不堪其忧,回也不改其乐。贤哉回也!”

⑪帛:丝织品的总称。束:量词,用于能够捆在一起的东西。《诗经·小雅·白驹》:“生刍一束,其人如玉。”

⑫薄(bó):轻微,小。《韩非子·五蠹》:“事力劳而供养薄。”

【译文】

当年韦皋还没有官职,为了微薄的俸禄在剑门关外做事,西川节度使、兵部尚书、平章事张延赏把女儿嫁给了他。但没过多久就看不上他了,而且厌恶之情表现得越来越明显。韦皋郁郁寡欢,觉得自己很不得志,经常在幕府与宾客朋友交游,并表达了自己的不满情绪。这使得张延赏更加厌恶他,找了个机会对韦皋说:“幕僚无不是当今的俊杰,连我都尚且敬畏他们。你没事就不要老到幕府里去了。”韦皋受到的轻视由此可见一斑。有一天，他的妻子特别同情他，对他说："男儿志在四方，大丈夫在哪里不能安身。现在被厌恶到如此程度而不自知，还欢快地度日，我真是感到奇怪！歌舞之乐，难道就是您想要的快乐吗？我离开相府，随您而去，哪怕在荒野里住一间茅草房，也是您自己的住所；粗茶淡饭、箪食瓢饮，也是您自己的食物。何必像现在这样忍气吞声，故作镇定，被有血性的男儿耻笑。"当时韦皋的人生之路还没有打通，他对自己的命运还有所怀疑，曾希望借岳丈的权力走向仕途。现在一下子醒悟自己依靠岳丈是非常渺茫的，于是就告诉了张延赏自己要走的意思。张公就给了他五束绸缎作为送别的礼物，夫人觉得礼物太少，但她深知张延赏的意思，不敢说话，便偷偷地给了他二十束绸缎。

公将别而行也，自中堂归院，益州女巫适到，见之，问夫人曰："向之绿衣入西院者为谁？"曰："韦郎。"曰："此人极贵，位过丞相远矣。其禄将发，不久亦镇此①，宜殊待之。"问其所以，曰："贵人之行，必有阴吏。相国之侍一二十人耳，如绿衣郎者，乃百余人。"夫人既悯韦之是行也，其女且嫁之，闻是大喜，遽言于相国。相国怒曰："闺闱中人，无端乃如是②。且延赏女已嫁此人，怜其贫而赠薄，请益则加，奈何假托妖巫以相罔乎③？"拗怒④，与之帛五束。是日韦行，月余日到岐⑤，岐帅以西川之贵婿，延置幕中，奏大理评事⑥。寻以鞫狱平允⑦，加监察⑧。以陇州刺史卒，出知州事。俄而朱泚窥神器⑨，驾幸奉天⑩，兵戈乱起，征镇路绝⑪，辇下军士衣食将阙⑫，独陇州贡献不绝于道，天子忠之，乃除御史中丞、行在军粮使⑬。既而妖氛廓清，驾还宫阙，乃授兵部尚书、西川节度使。辞相国岁余，代居其位。相国闻之，拔剑将自抉其目⑭，以惩不知人之过。左右执之，久而方解，闻知韦异路入朝，盖以轻忽之极，无面目复见。

噫！夫人未遇，其必然乎？非张相之忽悔，不足以戒天下之傲者。

【注释】

①镇：镇守，驻守。

②无端：无知。五代孙光宪《北梦琐言》："我少年无端，致其父子死生永隔。"

③罔：欺骗，蒙蔽。

④拗怒：愤怒不平。《旧唐书·郑畋传》："殊不知五侯拗怒，期分项羽之尸；四冢既成，待葬蚩尤之骨。"

⑤岐：古邑名。在今陕西岐山东北。

⑥大理：即大理寺，掌管刑狱的官署。评事：职官名。汉置廷尉平，与廷尉正、廷尉监同掌决断疑狱。魏晋改称评，隋改为评事，属大理寺。《隋书·百官志》："大理寺丞改为勾检官，增正员为六人，分判狱事。置司直十六人，降为从六品，后加至二十人。又置评事四十八人，掌颇同司直，正九品。"

⑦寻：顷刻，不久。晋陶渊明《桃花源记》："未果，寻病终。"鞠狱：审理案件。《汉书·刑法志》："今遣廷史与郡鞠狱，任轻禄薄。"平允：公平允当。《后汉书·虞诩传》："祖父经，为郡县狱吏，案法平允。"

⑧监察：负有监督察看之责的官吏。

⑨朱泚(742—784)：幽州昌平(今北京昌平)人。初为幽州节度使朱希彩部将。大历七年(772)，被任为卢龙节度使。建中三年(782)，因弟朱滔叛唐，罢兵权，留居长安。次年，被在京师哗变的泾原兵推为皇帝，定国号秦，后改国号汉，不久被李晟击败，逃

至彭原，为部将所杀。神器：帝王的印玺，借指帝位。唐魏徵《谏太宗十思疏》：“人君当神器之重，居域中之大。”

⑩奉天：今陕西乾县。

⑪征镇：魏晋以来，将军、大将军的称号，有征东、征西、镇东、镇西之类，监临军事，守卫地方，总称征镇。亦指征镇统辖的地区或人民。

⑫辇下：天子车驾附近。引申为皇帝直接统治下的地方。阙：空缺。

⑬除：任命官职。行在：帝王巡幸所居之地。《旧唐书·吕諲传》：“肃宗即位于灵武，諲驰赴行在。”

⑭抉(jué)：挑出，挖出。

【译文】

韦皋将要告别而离开相府，从中堂回到西院，恰巧益州的巫婆刚到，见到了韦皋，就问张延赏的夫人，说：“刚才到西院去的那位穿绿色衣服的人是谁?”老夫人说：“是我女婿韦郎。”巫婆说：“这个人极尊贵，官位比张丞相还高很多呢！他的官运马上就要来了，而且不久就会掌管此地，你们应该好好对待他。”夫人问何以见得，巫婆说：“贵人行走的时候，必有阴间的官员护从。相国随从的阴间官员不过一二十人，而那个穿绿衣服的人跟随的有一百多人。”夫人本来就同情韦皋的离开，而且女儿又嫁给了他，听到巫婆之言后大喜，赶快跑去告诉张延赏。张延赏大怒说：“你一个女人，竟然无知到这种程度。我的女儿已经嫁给了这个人，因为可怜他贫穷，才送给他一些薄礼，如果想多给就多给，为什么假托巫婆之言来欺骗我?”张延赏怒不可遏，最终还是给了韦皋五束绸缎。这一天韦皋终于带着妻子离开相府，经过一个多月到达了岐地。岐地的统帅因为韦皋是西川节度使张延赏的女婿，请他到幕府任职，又上书任命他为大理寺评事。不久由于他审理案件公正，又让他任职监察。后来，陇州刺史死了，他又补任了刺史，主管此地。不久朱泚造反，皇帝离京到了奉天。此时兵荒马乱，通往征镇之地的路也断绝了，皇帝身边的军士即将缺衣少粮，唯独陇州的赋税源源不断地送过去。皇帝认为韦皋非常忠诚，任命他为御史中丞、行在军粮使。不久，叛军被平定了，皇帝回到京城，韦皋被任命为兵部尚书、西川节度使。辞别相国张延赏一年多，现在韦皋回来代替了他的职位。张相国听说这件事，拔剑要挖去自己的眼睛，以惩罚自己不能识人的罪过。旁边的人抱住他，很久才阻止了他。张延赏听说韦皋走了其他道路入朝，大概因为轻视他太厉害了，没有脸面再见他。

噫！人没有得到机会，就会一直这样吗？假若不是相国张延赏的骤然后悔，就不足以告诫那些傲慢的人。

郑虢州騊夫人

弘农令女既笄[①]，将适卢氏。卜吉之日[②]，女巫有来者，李氏之母问曰："小女今夕适人，卢郎常来，巫当熟见，其人官禄厚薄？"巫曰："卢郎非长而髯者乎？"曰："然。""然则非夫人之子婿也[③]。夫人子婿，中形且无髯。"夫人大惊曰："吾女今夕适人，何以非卢生？"曰："不知其他，卢非子婿之貌。"俄而卢纳采[④]，夫人怒，援巫视之。巫曰："事在今夕，安敢妄乎？即卢纳其身，非夫人之子婿也。"其家大怒，共逐焉。及夕，卢乘轩车来[⑤]，展亲迎之礼[⑥]，宾主礼具，解佩约花，卢若惊奔而出，乘马而遁。众宾追之不及，掌人素有气丈夫[⑦]，不胜其愤，且恃其女之容也，邀客皆坐，呼女出拜，其貌之丽，天下罕敌。指曰："此女岂惊人乎？今若不出，人以为兽形也。"众莫不嗟愤[⑧]，掌人曰："此女已奉见，众宾中有能聘者[⑨]，愿赴今夕。"时有郑騊，为卢之傧[⑩]，在坐，起曰："愿事门馆[11]。"于是奉书择相,登车成礼,巫言之貌宛然,乃知巫之有知也。后数年,郑仕于京,逢卢,问其走状。卢曰:"两眼赤且大如盏,牙长数寸,出于口两角,得无惊奔乎?"郑素与卢善,乃出其妻以示之,卢大惭而退。乃知结缡之亲[12],命固前定,不可苟求,乃验巫言有征矣[13]。

【注释】

①弘农:郡县名。豫秦晋三省交界处,治所在今河南灵宝。

②卜吉:谓占问选择吉利的婚期或风水好的葬地等。

③子婿:女婿。《史记·张耳陈馀列传》:"高祖从平城过赵,赵王朝夕袒韝蔽,自上食,礼甚卑,有子婿礼。"

④纳采:古代婚礼六礼(纳采、问名、纳吉、纳征、请期、亲迎)之一。男方遣派媒人携带一定的礼物,向女家正式求婚。

⑤轩车:有帷幕的马车。

⑥亲迎:古代婚礼六礼之一。夫婿亲至女家迎新娘入室,行交拜合卺之礼。

⑦掌人:主人。这里指弘农令。

⑧嗟愤:嗟叹愤恨。梁武帝《移檄京邑》:"人神怨结,行路嗟愤。"

⑨聘:迎娶之礼。《礼记·内则》:"聘则为妻。"

⑩傧(bīn):旧指婚礼中陪伴新郎的男子和陪伴新娘的女子。

⑪门馆:女子的居处或内寝。

⑫结缡(lí):代指结婚。缡,古代女子出嫁时所系的佩巾。女子临嫁,母为之系结佩巾,以示至男家后奉事舅姑,操持家务。《后汉书·马援列传》:"施衿结缡,申父母之戒,欲使汝曹不忘之耳。"

⑬有征:比喻很灵验。

【译文】

弘农县令的女儿长大成人了，许配给了卢生。卜吉的这一天，来了一个女巫，李氏的母亲问女巫："我女儿今天晚上要嫁人，卢生经常来，你应当见过多次，你看他的官运怎么样？"女巫说："是不是高高的个子，有胡子？"李氏的母亲回答说："对。"女巫说："可是他不是夫人的女婿。夫人的女婿中等身材，并没有胡子。"李氏的母亲吃惊地说："我女儿今天晚上就要嫁人，怎么能不是卢生呢？"女巫说："我不知道其他的，卢生的长相并不是您女婿的相貌。"不一会儿，卢生来送求亲聘礼，李氏的母亲生气地将卢生指给女巫看。女巫说："婚礼就在今天晚上，我怎么敢胡说呢？即使卢生露面现身，他也不是夫人的女婿。"李氏的全家都非常生气，一起将女巫赶走了。到了晚上，卢生坐着有帷幕的马车前来，举行迎亲仪式，宾主双方礼毕，解佩约花的时候，卢生好像受到惊吓跑出去，骑上一匹马就逃走了。宾客们追赶也来不及了。主人是一个有志气的大丈夫，对此非常生气，仗着女儿的容貌，将客人们都请进屋里坐下，然后将女儿叫出来，拜见大家，李氏长得非常美丽，天下少有。主人指着女儿说："我的女儿长得吓人吗？如果今天不让她出来，大家还以为她长得像个怪兽呢。"大家莫不愤恨，主人说："我的女儿大家都看见了，客人中如果有愿意求婚的，今天晚上就可以成婚。"当时有一个叫郑驹的在座，他是卢生的伴郎，站起来说："我愿意娶您的女儿。"于是写聘书，选傧相，将李氏接上车去完成了婚礼。郑驹的长相与女巫说得一样，这时候才知道女巫有先见之明。几年后，郑驹在京城做官，遇到卢生，询问当时逃跑的情景。卢生说："她的两只眼睛通红，大得像两盏灯笼，牙长数寸，从两边的嘴角伸出，能不害怕逃跑吗？"郑驹向来和卢生的关系很好，便将妻子叫出来让卢生看一看，卢生非常羞愧地走了。这才知道，结婚的对象，都是命中注定的，不可任意求得，这也验证了女巫所说的很灵验。

薛伟

薛伟者，乾元元年任蜀州青城县主簿[①]，与丞邹滂、尉雷济、裴寮同时[②]。其秋，伟病七日，忽奄然若往者[③]，连呼不应，而心头微暖。家人不忍即殓，环而伺之[④]。经二十日，忽长吁起坐，谓其人曰："吾不知人间几日矣。"曰："二十日矣。"曰："即与我觇群官，方食鲙否？言吾已苏矣，甚有奇事，请诸公罢箸来听也。"仆人走视群官，实欲食鲙，遂以告，皆停餐而来。伟曰："诸公敕司户仆张弼求鱼乎[⑤]？"曰："然。"又问弼曰："渔人赵幹藏巨鲤，以小者应命，汝于苇间得藏者携之而来。方入县也，司户吏某坐门东，纠曹吏某坐门西[⑥]，方弈棋。入及阶，邹、雷方博[⑦]，裴啖桃实[⑧]。弼言幹之藏巨鱼也，曰：'五鞭之。'既付食工王士良者，喜而杀之，皆然乎？"递相问，诚然。众曰："子何以知之？"曰："向杀之鲤，我也。"众骇曰："愿闻其说。"

【注释】

①乾元：唐肃宗李亨的年号（758—760）。青城县：在今四川都江堰。主簿：官职名。在县中主管簿书。

②尉：指县尉。官职名。秦汉县令下设置县尉，负责一县治安。历代沿袭。

③往：死亡。《管子·权修》："无以蓄之则往而不可止也。"

④伺（sì）：守候，等待。

⑤司户：官职名。主管户籍。

⑥纠曹：官职名。主管督察。

⑦博：古代的一种棋戏。后泛指赌博财物。

⑧桃实：桃子。

【译文】

薛伟在乾元元年担任蜀州青城县的主簿，与县丞邹滂和县尉雷济、裴寮同时在县里任职。这一年的秋天，薛伟病了七天，忽然气息微弱仿佛要死了，连连呼叫他也不答应，而心头还有一点暖气。家里人不忍心马上入殓，围绕在他身旁观察他。过了二十天，薛伟忽然长叹一口气坐了起来，对家里的人说："我不知道人间已经过了多少日子了。"家里人说："二十天了。"他又说："立即替我去看看各位官员，是不是正在吃切碎的鱼肉？告诉他们我已经醒过来了，有一件很奇怪的事，请他们放下筷子来听我说。"仆人跑去找那些官员，见他们正要吃切碎的鱼肉，就告诉他们薛伟请他们过去，他们全都停下吃饭就过来了。薛伟说："你们让司户的仆人张弼去找鱼了吗？"回答说："是。"他又问张弼："渔夫赵幹藏起大鲤鱼，用小鱼来应付你，你在芦苇丛中找到了藏起来的大鱼，就带着它回来了。你正要进入县城的时候，司户吏某坐在门东，纠曹吏某坐在门西，正在下棋。进门走上台阶，看见邹滂、雷济二人正在玩博戏，裴寮在吃桃子。张弼说赵幹藏起大鱼的事，裴寮说：'打他五鞭子。'你把鱼交给厨子王士良，他高兴地杀了鱼，我说的对吗？"他逐一地问，都说是这样。大家说："您是怎么知道的？"薛伟说："你们刚杀的那条鲤鱼，就是我。"大家吃惊地说："愿意听您详细地说说。"

曰："吾初疾困，为热所逼，殆不可堪①。忽闷，忘其疾，恶热求凉，策杖而去，不知其梦也。既出郭②，其心欣欣然若笼禽槛兽之得逸，莫我如也③。渐入山，山行益闷，遂下游于江畔，见江潭深净，秋色可爱，轻涟不动，镜涵远空，忽有思浴意，遂脱衣于岸，跳身便入。自幼狎水，成人已来，绝不复戏,遇此纵适,实契宿心[4]。且曰:'人浮不如鱼快也,安得摄鱼而健游乎[5]?'傍有一鱼曰:'顾足下不愿耳[6],正授亦易[7],何况求摄。当为足下图之。'快然而去。未顷,有鱼头人长数尺,骑鲵来导,从数十鱼,宣河伯诏曰[8]:'城居水游,浮沉异道,苟非其好,则昧通波。薛掌意尚浮深,迹思怡旷。乐浩汗之域,放怀清江;厌巉崿之情[9],投簪幻世[10]。暂从鳞化[11],非遽成身。可权充东潭赤鲤。呜呼!恃长波而倾舟,得罪于晦;昧纤钩而贪饵,见伤于明。无或失身[12],以羞其党,尔其勉之!'听而自顾,即已鱼服矣。于是放身而游,意往斯到,波上潭底,莫不从容。三江五湖[13],腾跃将遍。然配留东潭,每暮必复。

【注释】

①殆:表推测,相当于大概、几乎。堪:能承受。

②郭:内城叫城,外城叫郭。亦泛指城市。

③莫:没有谁,没有什么(指处所或事物)。《墨子·公输》:"杀臣,宋莫能守。"

④宿心:本来的心意,向来的心愿。

⑤摄:代替,代理。《周礼·春官·大宗伯》:"若王不与祭祀,则摄位。"此处指暂时做鱼。

⑥顾:表示轻微的转折,相当于而、不过。汉司马迁《报任安书》:"顾自以为身残处秽。"

⑦正授:任命,授予实职。唐元稹《处分幽州德音》:"管内州县官吏肃存古等二百余人,悉是刘总选任材能,久令假摄,并与正授,用奖勤劳。"

⑧河伯:古代神话传说中的黄河水神。《庄子·秋水》:"河伯欣然

自喜，以天下之美为尽在己。”

⑨厌：满足。宋苏洵《六国论》：“暴秦之欲无厌。”巘崿（yǎn è）：山崖，峰峦。

⑩投簪：投下固定头冠用的簪子。比喻弃官。

⑪鳞化：变成鱼。

⑫无或：不要。《吕氏春秋·贵公》：“故《鸿范》曰：‘……无或作好，遵王之道；无或作恶，遵王之路。’”

⑬三江五湖：泛指许多江湖。三、五无定指。

【译文】

薛伟说：“我刚得病时，浑身发热，简直有点受不了。我忽然非常心烦，忘了自己的病，这时非常讨厌热，希望能凉爽一下，于是拄着拐杖离开了家，我并不知道这是在梦中。走出县城以后，心里很舒坦，就像笼子里的飞禽和槛栏里的野兽得到自由一样，高兴得不知道怎么样好了。我渐渐地走进山里，在山路上行走更加烦闷，于是下山游玩于江边，看见江水又深又净，秋天的景色十分可爱，水面上一点波纹也没有，江面就像一面镜子，映出浩瀚的天空。我忽然有了洗澡的想法，就把衣服脱在岸边，纵身跳入水里。我从小就喜欢游泳，长大成人以后，再也没有游过，现在能这样快意地游泳，正合夙愿。并且说：‘人浮在水里不如鱼游得快，怎么才能暂时做一条鱼随心所欲地游呢？’我的身边有一条鱼说：‘只怕您不愿意，让您正式变成一条鱼都很容易，何况暂时做鱼呢？我将为您去谋划这件事。’说完就急忙离开了。不久，有一个身高数尺、长着鱼头的人，骑着鲵作为引导，后面有几十条鱼跟随着，他宣读了河伯的诏书，说：‘在城市里生活，与在水里生活，一浮一沉是不同的。如果不是他自己的爱好，就一定不会游泳。薛主簿真心喜欢游泳，心里也想过清闲旷达的生活。向往漫无边际的江湖王国，想尽情地在清江里遨游；满足于山野生活，想把身外之物扔在虚幻的人世间。暂时变成长鳞鱼类，不是完全变鱼。那么，你可以暂且化作东潭里的红鲤鱼。唉！

这条红鲤鱼依仗着千里碧波而撞翻舟船，在阴司里犯了过错；又为纤钩上的鱼饵迷惑，在阳世间被人伤害。你可不要丧失操守，给同类带来羞耻，你要努力啊！'我听完后再看自己，已经变成了鱼身。于是我纵身水中而游，心里想到哪里就到哪里，水波之上和深潭之底，没有什么地方不能从容游玩的。三江五湖，任我飞腾跳跃，几乎游遍。可是河伯让我住在东潭，每到晚上一定要游回到东潭。

"俄而饥甚，求食不得，循舟而行，忽见赵幹垂钩，其饵芳香，心亦知戒，不觉近口。曰：'我人也，暂时为鱼，不能求食，乃吞其钩乎！'舍之而去。有顷，饥益甚，思曰：'我是官人，戏而鱼服，纵吞其钩，赵幹岂杀我，固当送我归县耳。'遂吞之。赵幹收纶以出[①]。幹手之将及也，伟连呼之，幹不听，而以绳贯我腮，乃系于苇间。既而张弼来，曰：'裴少府买鱼[②]，须大者。'幹曰：'未得大鱼，有小者十余斤。'弼曰：'奉命取大鱼，安用小者！'乃自于苇间寻得伟而提之。又谓弼曰：'我是汝县主簿，化形为鱼游江，何得不拜我？'弼不听，提之而行，骂之不已，幹终不顾。入县门，见县吏坐者弈棋，皆大声呼之，略无应者，唯笑曰：'可畏鱼，直三四斤余[③]。'既而入阶，邹、雷方博，裴啖桃实，皆喜鱼大，促命付厨。弼言幹之藏巨鱼，以小者应命，裴怒鞭之。我叫诸公曰：'我是公同官，今而见擒，竟不相舍，促杀之，仁乎哉！'大叫而泣，三君不顾而付鲙手。王士良者，方持刃，喜而投我于机上[④]，我又叫曰：'王士良，汝是我之常使鲙手也，因何杀我，何不执我白于官人[⑤]？'士良若不闻者，按吾颈于砧上而斩之。彼头适落，此亦醒悟，遂奉召尔[⑥]。"诸公莫不大惊，心生爱忍。然赵幹之获，张弼之提，县司之弈吏，三君之临阶，王士良之将杀，皆见其口动，实无闻焉。于是三君并投鲙，终身不食。伟自此平愈，后累迁华阳丞乃卒[7]。

【注释】

①纶：钓鱼用的线。

②少府：县尉的别称。

③直：简直。《庄子·秋水》："是直用管窥天，用锥指地也。"

④机：通"几"，几案，小桌子。《庄子·秋水》："公子牟隐机大息，仰天而笑。"

⑤官人：有官位的人。唐韩愈《试大理评事王君墓志铭》："必嫁官人，不以与凡子。"

⑥奉：敬辞。用于自己的举动涉及对方时，例如奉告、奉陪、奉劝等。

⑦累迁：几次迁升官职。《新唐书·李适之传》："神龙初，擢左卫郎将。开元中，迁累通州刺史。"

【译文】

"不久我觉得很饿，找不到吃的，顺着船游走，忽然看见赵幹在垂钓钓鱼，鱼饵很芳香，心里也知道要戒备，却不知不觉把嘴巴靠近了鱼饵。我自己说：'我是人，暂时变成了鱼，因为找不到吃的就吞那个钓钩吗！'我舍弃鱼饵就走了。过了一会儿，饿得更厉害了，心想：'我是个当官的，因为戏耍变成了鱼，纵使吞了他的钓钩，赵幹岂能杀我，一定会送我回县里去的。'于是就吞下了鱼饵。赵幹收起钓鱼线，我就露出了水面。就在赵幹的手将要抓住我的时候，我连连呼喊他，赵幹不听，却用绳子穿过我的腮，把我拴在芦苇丛中。不久张弼来了，说：'裴少府要买鱼，需要个大的。'赵幹说：'没有钓到大鱼，有小鱼十多斤。'张弼说：'我是奉命取大鱼的，怎么能拿小鱼呢！'他在芦苇丛中找到了我变成的那条红鲤鱼。我又对张弼说:‘我是你们县的主簿,变成鱼在江里游玩,为什么不对我行礼?’张弼不听,提着我就走,还不停地骂,赵幹始终不理会。进入县城大门时,看见县吏坐着下棋,我向他们大声喊叫,没有一个答应的,只是笑着说:“好可怕的大鱼,简直有三四斤多。”他不一会儿就走上台阶,邹滂、雷济正在玩博戏,裴寮在吃桃子,都高兴这条鱼大,急忙让交给厨子。张弼说了赵幹藏起大鱼,用小鱼应付的事,裴寮很生气,吩咐用鞭子打赵幹。我对各位说:‘我是你们的同僚,今天被擒住了,竟然不放了我,反而催促杀了我,你们的仁爱之心呢!’我叫着大哭,三位也不看我,却把我交给厨子王士良。王士良正在拿刀,非常高兴地把我扔在案板上,我又叫喊说:‘王士良,你是我常常使用的厨子,为什么要杀我,为什么不拿着我去向当官的人说清楚?’王士良像是没有听见,在案板上按住我的头颈把我斩了。那边鱼头才掉下来,这边我也醒了,于是召唤大家过来。”各位同僚莫不大惊失色,心生慈爱不忍之心。可是钓到他的赵幹,提着他的张弼,下棋的县吏,在台阶旁边的三位同僚,准备杀死他的王士良,全都看见他的口动,实在是没听到他说话。于是三位同僚一起扔下鱼肉,并且终身不再吃鱼。薛伟从此病也好了,后来经过多次升迁,直做到华阳县的县丞才死。

卷三

【题解】

本卷共五篇。《苏州客》讲在苏州流浪的刘贯词为龙王传递家书，得到一个黄铜碗，刘贯词将这个黄铜碗高价卖给了一个胡人，胡人告诉了他这个黄铜碗的来历和龙王求他送信的原委，后来也证实了胡人所说果然不虚。《张庚》中举子张庚，独处荒郊一处院落，月圆之夜，院子里来了一些年轻貌美的女子，并邀请他一起娱乐，但他不为所动，最后还果断赶跑了这些不明身份的人。《窦玉妻》中王胜和盖夷在郡功曹王翥的府上借宿，遇到一个奇异的处士窦玉。窦玉向他们讲述了他在阴间娶妻的经历。窦玉返回阳间后，只要他在晚上想念他的妻子时，他的妻子就会出现，并且可以带来侍女及其他生活用品。《房杜二相国》中房玄龄与杜如晦在年轻未发迹时，二人晚上在一起喝酒，忽然灯影中伸出一双手向他们索要食物，他们便给了他一些烤肉和酒。原来这是一个鬼。半夜时分，另一个鬼邀请这个鬼去一个地方吃饭，他推辞说自己正在轮值护卫两位相国。后来房、杜二人果然都做了相国，成了一代名相。《钱方义》讲的是钱方义晚上去厕所遇到郭登，郭登是唐人认为的厕神，碰到他就会死。然而钱方义福禄大、正气足，因此对他的负面影响并不很大。郭登请求钱方义为其抄写一卷《金刚经》，并回向给他，以积累福报。钱方义为其抄写了三卷，并为他做了其他善事，郭登因此在阴间获得了越级升职。

苏州客

洛阳刘贯词，大历中求丐于苏州[①]，逢蔡霞秀才者[②]，精彩俊爽之极[③]，一相见意颇勤勤[④]，以兄见呼贯词。既而携羊酒来宴，酒阑[⑤]，曰："兄今泛浮江湖间[⑥]，何为乎？"曰："求丐耳。"霞曰："有所抵耶？泛行郡国耶？"曰："蓬行耳[⑦]。"霞曰："然则几获而止？"曰："十万。"霞曰："蓬行而望十万，乃无翼而思飞者也。设令必得，亦废数月。霞居洛中，左右亦不贫，以他故避地，音问久绝，意有所托，祈兄为回，途中之费，蓬游之望，不掷日月而得[⑧]，如何？"曰："固所愿耳。"霞于是遗钱十万，授书一缄[⑨]，白曰："逆旅中遽蒙周念[⑩]，既无形迹，辄露心诚。霞家长鳞虫[⑪]，宅渭桥下，合眼叩桥柱，当有应者，必邀入宅。娘奉见时，必请与霞小妹相见。既为兄弟，情不合疏，书中亦令渠出拜。渠虽年幼，性颇聪慧，使渠助为掌人，百缗之赠，渠当必诺。"贯词遂归。

【注释】

①大历：唐代宗李豫的年号(766—779)。求丐：乞求，乞讨。

②秀才：汉时开始与孝廉并为举士的科名，东汉时避光武帝讳改称茂才。唐初曾与明经、进士并设为举士科目，旋停废。后唐宋间凡应举者皆称秀才，明清则称入府州县学生员为秀才。

③精彩：精神，神彩。俊爽：英俊清朗。

④勤勤：恳切至诚。《汉书·司马迁传》："曩者辱赐书，教以慎于接物，推贤进士为务，意气勤勤恳恳。"

⑤酒阑(lán):酒席将要结束。阑,将尽,将完。《史记·高祖本纪》:“酒阑,吕公因目固留高祖。”南朝宋裴骃《集解》引汉文颖曰:“阑,言希也。谓饮酒者半罢半在,谓之阑。”

⑥泛浮:亦作“浮泛”。在水上或空中飘浮。这里有漂泊的意思。

⑦蓬行:形容像随风飘转的蓬草一样,居无定所。

⑧掷:耗费。日月:时光。

⑨缄(jiān):量词。用于信件等装封套的东西,犹件、封。

⑩逆旅:客栈,旅馆。遽(jù):一下子。

⑪鳞虫:体表长有鳞甲的鱼类或爬行类动物。这里指龙。

【译文】

洛阳人刘贯词,唐代宗大历年间在苏州乞讨,遇上一位叫蔡霞的秀才。秀才风采绝伦,一见刘贯词态度却很殷勤,称他为兄长。接着,又带来羊肉和美酒宴请刘贯词。酒宴快要结束的时候,蔡霞说:“兄长您在江湖上漂泊,图个什么呢?”贯词回答:“讨饭罢了。”蔡霞又问:“有目的地吗?还是漫无目的地游走天下呢?”贯词又答道:“像蓬草那样,随便飘到哪里就算哪里吧。”蔡霞再问:“可是您准备讨多少才会罢手呢?”贯词说:“十万。”蔡霞道:“像蓬草那样飘到哪里算哪里,还指望讨到十万,这跟没有翅膀却想高飞没什么两样。即使一定会要到,也得好几个月。我家在洛阳,身边人也不怎么穷,由于某种原因躲到这里,跟家里早就断了音讯。我有件事情想托付给兄长您,就是希望兄长能替我回一趟洛阳,路上的花费,以及希望讨得的十万钱,用不了多久就都能得到,您看怎么样?”刘贯词说:“这当然是我乐意做的事。”蔡霞于是就送给刘贯词十万钱,又交给他一封信,对他说:“我在旅途中突然得到您的同情帮助,既然已经不拘形迹,那我就向兄长表露心迹吧。我的一家都是龙,住在渭桥下边。您闭上眼睛敲打桥柱,就会有人应答,他们一定会邀请您进屋。我娘见您的时候,您一定要请求与我小妹见上一面。我俩既然已经情同兄弟,与她的关系也不应该疏远,我在信中也让她出来拜见您。她虽然年纪小,但是特别聪慧;假如请她帮助,作为主人,赠您一百缗钱,她一定会答应的。”刘贯词于是就返回洛阳。

到渭桥下,一潭泓澄[1],何计自达。久之,以为龙神不当我欺[2],试合眼叩之,忽有一人应。因视之,则失桥及潭矣。有朱门甲第[3],楼阁参差,有紫衣仆拱立于前而问其意。贯词曰:“来自吴郡,郎君有书[4]。”问者执书以入,顷而复出,曰:“太夫人奉屈[5]。”遂入厅中,见太夫人者,年四十余,衣服皆紫,容貌可爱。贯词拜之,太夫人答拜,且谢曰:“儿子远游,久绝音耗[6],劳君惠顾,数千里达书。渠少失意上官,其恨未减,一从遁去,三岁寂然。非君特来,愁绪犹积。”言讫,命坐。贯词曰:“郎君约为兄弟,小娘子即贯词妹也,亦当相见。”夫人曰:“儿子书中亦言。渠略梳头,即出奉见。”俄有青衣曰:“小娘子来。”年可十五六[7],容色绝代,辩慧过人。既拜,坐于母下,遂命饮馔[8],亦甚精洁。方对食,太夫人忽眼赤,直视贯词,女急曰:“哥哥凭来,宜且礼待,况令消患,不可动摇。”因曰:“书中以兄处分,令以百缗奉赠,既难独举,须使轻赍[9]。今奉一器,其价相当,可乎?”贯词曰:“已为兄弟,寄一书札,岂宜受其赐。”太夫人曰:“郎君贫游,儿子备述。今副其诺,不可推辞。”贯词谢之。因命取镇国碗来。又进食,未几,太夫人复瞪视,眼赤,口两角涎下。女急掩其口,曰:“哥哥深诚托人,不宜如此。”乃曰:“娘年高,风疾发动[10],祇对不得[11],兄宜且出。”女若惧者,遣青衣持碗,自随而授贯词,曰:“此罽宾国碗[12],其国以镇灾疠[13]。唐人得之,固无所用,得钱十万即货之[14],其下勿鬻。某缘娘疾,须侍左右,不遂从容。”再拜而入。

【注释】

①泓澄:水深而清。

②龙神:指龙王。唐韩愈《贺雨表》:“龙神效职,雷雨应期。”

③甲第:旧时豪门贵族的宅第。

④郎君:通称贵家子弟为郎君。唐杜甫《题柏大兄弟山居》:“叔父朱门贵,郎君玉树高。”

⑤奉屈:敬辞。犹言屈驾。

⑥音耗:音讯,消息。

⑦可:大约。唐柳宗元《至小丘西小石潭记》:“潭中鱼可百许头,皆若空游无所依。”

⑧饮馔:饮食。

⑨赍(jī):拿东西给人,送给。《古诗为焦仲卿妻作》:“赍钱三百万。”

⑩风疾:指半身不遂、风痹等病症。

⑪祇(zhī):敬。《诗经·商颂·长发》:“昭假迟迟,上帝是祇。”

⑫罽(jì)宾:唐代西域国名。唐玄奘《大唐西域记》作“迦毕试”。约今卡菲里斯坦地方至喀布尔河中下游之间。

⑬灾疠:灾疫,病灾。

⑭货:卖,出售。

【译文】

刘贯词来到渭桥下,看到一方又深又清的潭水,不知道用什么办法才能到里面去。过了很久,认为龙王不应该欺骗自己,就试着闭上眼敲击桥柱,忽然就听到有一个人应答。睁眼再看时,桥和潭水都不见了。有富贵人家的朱门府邸,楼阁高低错落,有位身穿紫色衣服的家仆拱手站在面前询问来由。贯词回答道:“我从苏州来,贵府上公子有书信捎来。”家仆拿着书信进去,很快又出来了,对贯词说道:“太夫人请您进去。”刘贯词于是就进到客厅里。贯词见到的这位太夫人，年纪有四十多岁，全身上下都是紫色的衣服，容颜相貌俊美可爱。贯词向这位太夫人施礼，太夫人回礼，并且向贯词致谢道：“我儿子远游，很久了也没个音信，辛苦您来到这里，走几千里远的路为我们传递家书。我儿子他年轻，跟上司有点儿矛盾，怨恨不能消释。自从他离家出走，三年来没有一点儿消息。不是您特地赶来送信，我的愁绪还得与日俱增。”说罢，就请贯词坐下。贯词说：“令郎与我约为兄弟，小娘子也就是我的妹妹了，我也应该见一见她。”夫人说：“儿子信里也是这样说的。她简单地梳理梳理头发，马上就会出来见您。”不一会儿，一位婢女说：“小娘子出来了。”只见小娘子十五六岁的年纪，容貌俊美，是一位绝世的美女；巧言善辩，聪慧过人。彼此施礼之后，就坐在了母亲下首。接着就命人准备酒食，酒食都十分精美、干净。正一起进餐，太夫人忽然眼珠子发红，直勾勾地盯着贯词，小娘子赶忙说：“哥哥请托他来的，应该好好地以礼相待；况且还指望他帮我们消除祸患呢，心里不能有别的想法。”于是又对贯词说：“哥哥在信中嘱咐我要以兄长之礼待您，命我敬赠您一百缗钱。一百缗钱很重，您一个人难以携带，须得换个轻便好带的东西。现在送您一件器物，也值一百缗钱，可以吗？”贯词说：“既然已成兄弟，为兄弟递送一封家信，难道还应该接受赏赐吗？”太夫人说：“公子您四海漂泊、穷困潦倒，我儿子信中写得很详细。现在这样做也符合儿子的承诺，您就不要再推辞了。”贯词道了谢。于是命人取出镇国碗来。大家又继续吃饭，过了一会儿，太夫人又瞪起眼来，眼珠子发红，口水顺着两个嘴角流下。女儿急忙捂住她的嘴巴，说：“哥哥诚心实意地托付人家来送信，您不应该这样。”接着又对贯词说：“我娘上了年纪，风疾发作，不能奉陪了，兄长可以先出去。”这女儿好像很害怕的样子，派一个婢女拿着镇国碗，自己也跟出来把碗交给刘贯词，说：“这是一只罽宾国的碗，他们国家用它镇压灾难鬼疠。唐朝人得到它，本来就派不上用场，能卖上十万钱的话，就可以把它卖掉；如果不到十万钱，就不要卖。因为我娘生病，所以我必须在她身边服侍,不能从容送别了。”她向刘贯词行了再拜礼,就进去了。

贯词持碗而行,数步,回顾碧溜危桥①,宛似初到,而身若适下。视手中器,乃一黄色铜碗也,其价只三五镮耳②,大以为龙妹之妄也。执鬻于市,有酬七百八百者③,亦有酬五百者。念龙神贵信,不当欺人,日日持行于市。及岁余,西市店忽有胡客周视之,大喜,问其价。贯词曰:“二百缗。”客曰:“物宜所直④,何止二百缗,但非中国之宝,有之何益。百缗可乎?”贯词以初约只尔,不复广求,遂许之。交受,客曰:“此乃罽宾国镇国碗也。在其国大穰⑤,人民忠孝;此碗失来,其国大荒,兵戈乱起。吾闻龙子所窃,已仅四年。其君方以国中半年之赋召赎,君何以致之?”贯词具告其实,客曰:“罽宾守龙上诉,当追寻次,此霞所以避地也。阴冥吏严,不得陈首⑥,藉君为邮送之耳。殷勤见妹者,非固亲也,虑老龙之馋,或欲相啖⑦,以其妹卫君耳。此碗既去,渠亦当来,亦销患之道也。五十日后,漕洛波腾,瀺灂竟日⑧,是霞归之候也⑨。”曰:“何以五十日然后归?”客曰:“吾携过岭,方敢来复。”贯词记之,及期往视,诚然矣。

【注释】

①碧溜:清澈的水流。唐武平一《奉和幸新丰温泉宫应制》:“绝壁苍苔古,灵泉碧溜温。”

②镮(huán):铜钱,多用作钱币量词。

③酬:酬报。犹言出价。

④直:价值。《战国策·齐策》:“象床之直千金。”

⑤穰(ráng):庄稼丰收。《史记·天官书》:"所居野大穰。"唐张守节《正义》:"穰,丰熟也。"

⑥陈首:自己供认所犯罪行。《明史·陈彦回传》:"以祖母存,恐陈首获罪,隐忍二十年。"

⑦啖(dàn):吃。《墨子·鲁问》:"楚之南有啖人之国者桥。"

⑧瀺灂(chán zhuó):水流的声音。

⑨候:证候。《北齐书·马嗣明传》:"为人诊候,一年前知其生死。"

【译文】

刘贯词手里拿着那只罽宾国碗往前走,走出几步,回头一看,碧绿的流水、高陡的长桥,就跟刚到时看到的一样,觉得自己的身子像刚刚从那里下来似的。贯词瞧瞧手中这个器物,不过就是一个黄色的铜碗,售价也就三五镮罢了,认为龙妹实在是太能胡说了。他拿到市场上去卖,有出价七百八百的,也有出价五百的。贯词考虑到龙王以信誉为重,不应该骗人,就天天拿着这个碗到市场里往来叫卖。过了一年多,西市店里忽然来了一位胡客,这人仔细地端详了这个碗,非常高兴,问贯词售价。贯词说:"二百缗钱。"胡客说:"这东西的实际价值,何止二百缗钱。可是它不是中原的宝物,拥有它有什么好处呢?一百缗能卖吗?"贯词因为当初约定的就是卖一百缗钱,就没再多要,答应了胡客卖给他。交易完成后,胡客说:"这是罽宾国的镇国碗。这个碗在罽宾国时,全国庄稼丰收、百姓忠孝;自打这只碗丢失之后,罽宾国就闹起饥荒,战火四起。我听说是龙子把它盗走的,至今已快四年了。罽宾国国君正用国家半年的赋税收入赎买它,先生您是怎么得到这个碗的?"贯词把事情的来龙去脉都据实告诉了胡客,胡客说:"罽宾国的守龙上诉,上边应该正在追查处理,这正是为什么蔡霞要远逃苏州的原因。阴间的官吏严厉,他不敢前往自首,于是借助您的手把它送走罢了。他所以殷勤地让您见他的妹妹,并不是他本来就亲近您,而是担心老龙嘴馋,可能会吃掉您,就让他妹妹出面保护您罢了。这个碗既然已经送出,他也就该回来了，这也是消解祸患的一条路子。五十天之后，洛河将波涛飞腾，一整天水声大作，这正是蔡霞回来的证候。”贯词问：“为什么非得过五十天他才回来呢？”胡客回答道：“我把碗带过山岭，他才敢回来。”贯词记着胡客的话，五十天后到洛河一看，跟胡客说的果然一样。

张庾

张庾举进士，元和十二年，居长安升道里南街。十一月八日夜，仆夫他宿，独庾在月下，忽闻异香氛馥，惊惶之次，俄闻行步之声渐近。庾屣履听之[①]，数青衣年十八九，艳美无敌，推开庾门，曰：“步月逐胜，不必乐游原[②]，只此院小台藤架，可以乐矣。”遂引少女七八人，容色皆艳，绝代莫比，衣服华丽，首饰珍光，宛若公王节制家[③]。庾侧身走入堂前，垂帘望之。诸女徐行，直诣藤下。须臾，陈设华丽，床榻并列[④]，雕盘玉樽[⑤]，杯杓皆奇物[⑥]。八人环坐，青衣执乐者十人，执拍板立者二人，左右侍立者十人。丝管方动[⑦]，坐上一人曰：“不告掌人，遂欲张乐[⑧]，得无慢易耳[⑨]。既是衣冠[⑩]，且非异类，邀来同欢，亦甚不恶。”因命一青衣传语曰：“姊妹步月，偶入贵院，酒肉丝竹，辄以自随。秀才能暂出作掌人否？夜深计已脱冠，纱巾而来，可称疏野[⑪]。”庾闻青衣受命，畏其来也，乃闭门拒之。

【注释】

①屣(xǐ)履：鞋子还来不及穿好就举步行路。形容匆忙的样子。《后汉书·王符传》：“衣不及带，屣履出迎。”

②乐游原：地名。位于陕西西安，其地高起，有庙宇亭台，是汉宣帝

所喜欢去的地方。因可眺望长安城，所以成为汉、唐士女登赏之处。

③节制：指节度使。唐元稹《故中书令赠太尉沂国公墓志铭》："近世勋将，尤贵富者言李、郭，然而汾阳、西平犹不得父子并世为节制。"

④床榻：一种狭长的床，可坐可躺。

⑤雕盘：刻绘花纹的盘子，精美的盘子。玉樽：玉制酒杯。亦泛指精美贵重的酒杯。唐李白《献从叔当涂宰阳冰》："顾惭青云器，谬奉玉樽倾。"

⑥杯杓(sháo)：酒杯和杓子。亦借指饮酒。《史记·项羽本纪》："张良入谢，曰：'沛公不胜杯杓，不能辞。'"杓，同"勺"。

⑦丝管：弦乐器与管乐器。泛指乐器，亦借指音乐。北魏杨衒之《洛阳伽蓝记·高阳王寺》："入则歌姬舞女，击筑吹笙，丝管迭奏，连宵尽日。"

⑧张乐：置乐，奏乐。汉司马相如《上林赋》："置酒乎颢天之台，张乐乎胶葛之宇。"

⑨慢易：怠忽，轻慢。《史记·张耳陈馀列传》："高祖箕踞詈，甚慢易之。"

⑩衣冠：衣和冠。古代士以上戴冠，因用以指士以上的服装，引申代称缙绅、士大夫。《汉书·杜钦传》："茂陵杜邺与钦同姓字，俱以材能称京师，故衣冠谓钦为'盲杜子夏'以相别。"唐颜师古注："衣冠谓士大夫也。"

⑪疏野：放纵不拘。唐白居易《答裴相公乞鹤》："不知疏野性，解爱凤池无？"

【译文】

唐宪宗元和十二年，张庾要考进士，住在了长安升道里南街。十一月八日夜间，仆人在其他地方住宿，张庾独自在月光下，忽然闻到满院特异的香味，惊惶之间，一会儿听到有脚步声渐渐走近。张庾匆忙倾听，几个年龄十八九岁的婢女，娇艳美丽无比，推开张庾住所的门，说："踏着月光追逐胜景，不一定要去乐游原，这个院子的小台藤架，就够我们娱乐的了。"于是带领七八个少女进来，容貌十分艳丽，无与伦比，服装华丽，首饰闪闪发光，好像王公节度使的家人一样。张庾侧着身子跑到堂屋中，垂下帘子看她们。这些女子慢慢走来，直接到藤架下。一会儿，陈设好华贵的东西，摆好床榻，雕刻花纹的盘子、玉制的酒杯、勺子，都是珍奇的物品。八人围坐，婢女拿着乐器的有十人，拿着拍板站着的有两人，左右侍候站立的有十人。音乐刚刚开始，座上一人说："不告诉院子的主人，就要奏乐，莫不是太轻慢无礼了。既然他是士绅，并非异类，邀请过来一起娱乐，也很不错。"于是让一婢女与张庾传话说："姐妹们踏着月光，偶然进入贵院，酒食乐器是自己带来的，在这里自行取乐，秀才能否暂且出来做个主人呢？夜已深了，想来已经脱掉帽子，戴上纱巾而来，正称得上疏放不拘。"张庾听到婢女接受指令，怕她进来，就关上门拒绝她。

传词者叩门而呼，庾不应，推门，门复闭，遂走复命。一女曰："吾辈同欢，人不敢望。既入其家门，不召亦合来谒。闭门塞户，羞见吾徒[①]，呼既不应，何须更召。"于是一人执樽，一人纠司[②]。酒既巡行，丝竹合奏，肴馔芳珍，音曲清亮，权贵之极，不可名言[③]。庾自度此坊南街，尽是墟墓，绝无人往。谓是坊中出来，则坊门已闭。若非妖狐，乃是鬼物。今吾尚未惑，可以逐之；少顷见迷，何能自悟。于是潜取措床石[④]，徐开门突出[⑤]，望席而击，正中台盘。众起纷纭，各执而去。庾趁及夺得一盏[⑥]，遽以衣系之。及明解视，乃一白角盏，盏中之奇，不是过也。院中香气，数日不歇。其盏锁于柜中，亲朋来者，莫不传视，竟不能辨其所自。后十余日，转观之次，忽堕地，遂不复见。庾明年春进士上第焉。

【注释】

①吾徒：我辈。汉班固《答宾戏》："孔终篇于西狩，声盈塞于天渊，真吾徒之师表也。"

②纠司：督察。

③不可名言：不能用语言描述。唐郑綮《开天传信记》："力士再拜贺曰：'非常之事也，愿陛下为臣一奏之。'其声寥寥然，不可名言也。"

④搘(zhī)：支撑。唐李贺《春昼》："越妇搘机，吴蚕作茧。"

⑤突出：冲出。《韩非子·外储说右下》："王子於期齐辔策而进之，彘突出于沟中，马惊驾败。"

⑥趁：追逐。盏(zhǎn)：浅而小的杯子。

【译文】

传话的婢女扣门并呼喊，张庾不作回应；婢女推门，门又被关上了，便跑回去报告。一个女子说："跟我们在一起娱乐，是人们不敢希求的。已经进了他家门，不招呼也应该来见。关门堵窗，羞于见我们，叫他既然不来，就不必再招呼他。"于是一人拿酒杯，一人监督，开始喝酒。几巡后，丝竹音乐一起奏响，山珍海味摆满，音乐曲调响亮，场面之华贵，不能用语言描述。张庾自忖这个坊的南街，都是废墟坟墓，并没有人居住。如果说从住宅区出来的，可是坊门已经关闭了。那么她们不是妖狐，就是鬼怪。趁着现在我还没有被迷惑住，可以赶跑她们；一会儿被她们迷惑了，怎能自己醒悟呢！于是悄悄地取出支床的石头，慢慢开门，突然冲出，照着宴席便扔了过去，正好打中台盘。她们一下子乱了起来，各自拿着自己的东西逃跑了。张庾追赶她们，夺得一个盏，马上用衣服包上系住了它。到天亮，解开衣服查看，原来是一个白角盏，盏中的珍品,没有超过它的。院子里留下的香气,多日没有散去。张庚把盏锁在柜子中,来的亲朋好友,没有不传着看的,但终究不能辨别出它来自何方。又过了十多天,在传递观赏时,忽然间掉在地上,就消失不见了。张庚在第二年的春天考中了进士。

窦玉妻

进士王胜、盖夷,元和中求荐于同州①。其时客多,宾馆颇溢②,二人闻郡功曹王翥私第空闲③,借其西廊,以俟郡试。既而他室皆有人,唯正堂以小绳系门。自牖而窥其厢④,独床上有褐衾⑤,床北有被笼,此外空然,更无他有。问其邻,曰:"处士窦三郎玉居也⑥。"二客以西厢为窄,思与同居,甚喜其无姬仆也。迨暮,窦处士者,一驴一仆,乘醉而来。夷、胜前谒,且曰:"胜求解于此⑦,所得西廊亦甚窄。君子既无姬仆,又是方外之人⑧,愿略同此堂,以俟郡试。"玉固辞,接对之色甚傲。夷、胜衔之⑨。夜深将寝,忽闻异香。惊起寻之,则见堂中垂帘帷,喧然语笑。于是夷、胜突入其堂中,屏帷四合,奇香扑人,雕盘珍膳,不可名状。有一女,年可十八九,妖丽无比,与窦三对食,侍婢十余人,亦皆端妙⑩。银炉煮茗方熟。坐者起,入西厢帷中,侍婢悉入,曰:"是何儿郎?突冲人家!"窦三者面色如土,端坐不语。夷、胜无以致辞,啜茗而出。既下阶,闻其闭户之声,乃复听之,闻曰:"风狂儿郎,因何共止,古人所以卜邻者,岂虚言哉!致相突乃如此,岂非君率易也⑪?"窦辞以非己之居,难拒异客,必虑轻侮,岂无他宅,因复欢笑。

【注释】

①求荐：求人荐举。同州：西魏废帝三年(554)改华州置州。治武乡(隋改名冯翊，今陕西大荔)。唐辖境相当今陕西大荔、合阳、韩城、澄城、白水等地。

②颇：很，相当地。溢：过多，超过。

③功曹：官名。汉代郡守有功曹史，简称功曹。除掌人事外，也参预一郡政务。唐时，在府的称为功曹参军，在州的称为司功。私第：指旧时官员私人所置的住所。

④牖(yǒu)：窗户。

⑤衾(qīn)：被子。

⑥处(chǔ)士：本指有才德但隐居不仕的人，后泛指没有做过官的读书人。

⑦解：唐宋时举进士者由地方推荐发送入京的称为解。《宋史·选举志》："天下之士屏处山林……止令监司、守臣解送。"

⑧方外：世外。指仙境或僧、道的生活环境。《楚辞·远游》："览方外之荒忽兮，沛罔象而自浮。"

⑨衔：怀恨。《汉书·义纵传》："上怒曰：'纵以我为不行此道乎?'衔之。"

⑩端妙：美好。

⑪率易：轻率，随便。宋苏轼《与萧朝奉书》："少事辄冒闻，幸恕率易。"

【译文】

进士王胜和盖夷，唐宪宗元和年间到同州求人荐举。当时客人多，宾馆都已人满为患，二人听说郡功曹王翥的私第空闲，就借宿在他家的西厢房，等着参加郡试。很快其他的屋子都住满了客人，只有正堂用细绳子拴着门。从窗户往里看，只有床上放着褐色的被子，床的北面有一个放置被物的竹箱，除此之外空荡荡的，再也没有其他东西了。向邻居打听,邻居说:“这是处士窦三郎窦玉的居室。”他二位觉得西厢房狭窄,就想和窦玉同住一屋,令他们感到高兴的是窦玉没有姬妾。傍晚,窦处士骑着一头驴,跟着一个仆人,喝得醉醺醺的回来了。盖夷、王胜二人忙上前拜见,说:“敝人王胜来这里求取功名,我们被安排在西厢房,可是那里太狭窄。先生您既没有姬妾,又是位世外高人,我们想跟您同住一屋,等着参加郡试。”窦玉坚决不答应,对待他们的神情非常傲慢。盖夷和王胜因此怀恨在心。夜深时分,二人将要睡觉,忽然闻到一种奇异的香味。他们感到很惊奇,就起来寻找香味的来源,只见窦玉居住的堂屋悬挂着帘子帷帐,里面有说有笑,声音嘈杂。于是盖夷、王胜就突然闯进堂屋里头,那堂屋里,用屏帷遮住四周,奇异的香气扑面而来,精美的盘子盛着奇珍异膳,富丽奢华无法形容。一名女子,年龄大约十八九岁,美艳无比,与窦玉面对面吃饭;十多位侍女,个个也都美丽动人。白银香炉上的茶刚刚煮好。坐着的女子起来走进西厢帷帐中,侍婢也都跟进来,女子说:“这是些什么人啊?唐突地就冲进人家里来!”那窦玉面如土色,直挺挺地坐着,一句话也说不出来。盖夷、王胜什么话也没说,喝口茶水就出去了。刚下了台阶,二人听到关门的声音,于是又侧耳倾听,只听到里面有人说道:“疯癫狂浪的家伙!为什么跟他们住在一起?古人所以要挑人做邻居,这难道是假话吗?致使他们到家里横冲直撞,这难道不是因为你轻率、随便吗?”窦玉解释说房子不是自己家的,不好拒绝不速之客,一定想不受别人的欺侮,难道还找不到别处的房子住吗?于是二人又有说有笑了。

及明,往觇之[①],尽复其故。窦三者独偃于褐衾中,拭目方起。夷、胜召诘之[②],不对。夷、胜曰:“君昼为布衣,夜会公族[③],非习妖幻[④],何以致丽人?不言其实,当即告郡。”窦曰:“此固秘事,言亦无妨。比者玉薄游太原[⑤],晚发冷泉,将宿于孝义县，阴晦失道[⑥]。夜投人庄，问其掌，庄仆曰：'汾州崔司马田也。'令入告焉。出曰：'延入。'崔司马年可五十余，衣绯[⑦]，仪貌可爱。问窦之先及伯叔昆弟，诘其中外[⑧]，自言其族，乃玉亲重表丈也。玉自幼亦尝闻此丈人[⑨]，恨不知其官。慰问殷勤，情礼优重。因令报其妻曰：'窦秀才乃是右卫将军七兄之子也，是吾之重表侄，夫人亦是丈母，可见之。从宦异方，亲戚离阻，不因行李[⑩]，岂得相逢。请即梳头相见。'少顷，一青衣曰：'屈三郎子入[⑪]。'其中堂陈设之盛晔[⑫]，若王侯之居。盘馔珍华，味穷海陆。既食，丈人曰：'君今此游，将何所求？'曰：'求举资耳。'曰：'家在何郡？"曰：'海内无家，萍蓬之士也[⑬]。'丈人曰：'君生涯如此，身事落然[⑭]，蓬游无抵，徒劳往复。丈人有女，年近长成，今便令奉事，衣食之给，不求于人，可乎？'玉起拜曰：'孤客无家，才能素薄，忽蒙采顾，何副眷怜。但虑庸虚[⑮]，敢不承命。'夫人喜曰：'今夕甚佳，又有牢馔[⑯]。亲戚中配属，何必广召宾客。吉礼既具[⑰]，便取今夕。'于是言谢讫，复坐，又进食。食毕，揖玉退于西厅。具浴，浴讫，授衣一袭，巾栉一幞[⑱]。引相者三人来，皆聪明之士。一人姓王，称郡法曹；一人姓裴，称户曹；一人姓韦，称郡都邮。相揖而坐。俄而礼舆、香车皆具[⑲]，华烛前引，自西厅至中门，展亲御之礼[⑳]。因又绕庄一周，自南门入，及中堂，堂中帷帐已满。成礼讫，初三更，其妻告玉曰：'此非人间，乃神道也[㉑]。所言汾州，阴道汾州[㉒]，非人间也。相者数子[㉓]，无非冥官。妾与君宿缘合为夫妇，故得相遇。人神路殊[㉔]，不可久住，君宜即去。'玉曰：'人神既殊，安得配属。已为夫妇，便合相从。信誓之诚，言犹在耳，一夕而别，何太惊人。'妻曰：'妾身奉君，固无远迩。但君生人[25]，不合久居于此。君速命驾[26]，入辞而行。常令君箧中有绢百匹，用尽复满，数万减焉。所到必求静室独居，少以存想，随念即至。千里之外，可以同行，今且昼别宵会尔。'玉入辞。丈人曰：'明晦虽殊[27]，人神无二。小女子得奉巾栉，盖是宿缘。勿谓异类，遂猜薄之，亦不可唱言于人[28]。公法讯问，言亦无妨。'言讫，得绢百匹而别。自是每夜独宿，思之则来，供帐馔具，悉其携也。若此者五年矣。"

【注释】

①觇(chān)：偷偷地观看。

②诘(jié)：质问，追问。

③公族：诸侯或者君上的同族。此泛指达官贵胄。

④妖幻：怪异的幻术。

⑤比者：近来。薄游：为微薄的俸禄而宦游于外，有时用作谦辞。

⑥阴晦：(天空)昏暗，阴暗。

⑦绯：红色。《旧唐书·舆服志》："文武三品已上服紫，金玉带；四品服深绯；五品服浅绯，并金带。"

⑧中外：中表之亲。汉蔡琰《悲愤诗》："既至家人尽，又复无中外。"

⑨丈人：对亲戚长辈的通称。

⑩行李：行旅。唐杜甫《赠苏四徯》："别离已五年，尚在行李中。"

⑪屈：邀请。《周秦行纪》："(太后)呼左右曰：'屈两个娘子出见秀才。'"

⑫盛晔：盛美，华美。

⑬萍蓬：浮萍与飘蓬。比喻行踪转徙无定、居无定所。唐杜甫《将

别巫峡赠南卿兄瀼西果园四十亩》："苔竹素所好，萍蓬无定居。"

⑭身事：指人的经历和遭遇。落然：凄凉，冷落。

⑮庸虚：才能平庸，学识浅薄。

⑯牢馔（zhuàn）：酒食。宋王谠《唐语林》："于是四人对坐，牢馔毕陈。"

⑰吉礼：婚礼。这里指举办婚礼所需要的各种东西。

⑱巾栉（zhì）：毛巾和梳篦。泛指盥洗用品。《礼记·曲礼》："男女不杂坐，不同椸枷，不同巾栉。"幞（fú）：包袱。

⑲俄而：短暂的时间，不久，突然间。《庄子·大宗师》："俄而子舆有病，子祀往问之。"

⑳亲御之礼：唐时婚礼中的一个程序亲迎，所谓六礼之末，即男子将女子迎娶入门，在此环节夫婿要为新妇亲自驾车。

㉑神道：神明之道。犹言阴间。

㉒阴道：犹言阴间。

㉓相者：傧相。婚礼上替主人接引宾客和赞礼的人。

㉔神：所崇拜的人死后的精灵。

㉕生人：活着的人。

㉖命驾：命人驾车马。犹言马上离开此处。

㉗明晦：光明和阴暗。喻指人间和阴间。

㉘唱言：宣扬，扬言。《魏书·穆崇传》："崇乃唱言曰：'梁眷不顾恩义，奖显为逆，今我掠得其妻马，足以雪忿。'"

【译文】

到了天明，再去察看，一切又都恢复了原来的样子。窦玉一个人躺卧在他那褐色的大被子中，揉着眼睛刚刚起床。盖夷和王胜二人质问他，窦玉一个字也不回答。盖夷、王胜二人说："你白天是普通百姓，夜间却跟达官贵人聚会，假如不是习了怪异的幻术，怎么能招来漂亮女子？如果你不说出实情，就立马把你告到官府去。"窦玉说："这本来是件私密的事，说说也无所谓。近来我为了求得微薄的俸禄宦游到太原，晚上从冷泉出发，准备到孝义县过夜，天昏地暗地迷了路。夜间投奔一个村庄，问庄主是谁，庄上的奴仆道：‘这是汾州崔司马的田庄。’我就请这个人进去通报一声。庄仆出来说：‘请进。’崔司马有五十多岁，穿着红色的官服，仪表容貌令人尊敬。司马问了我的先祖以及伯叔兄弟，还问了我中外表亲，并告诉我他自己的亲族，原来崔司马是我的亲重表丈人。我小时候也曾听说过这位亲戚中的长辈，遗憾的是不知道他做什么官。崔司马殷勤地招待了我，感情深挚、礼遇优厚。他还命人向妻子通报说：‘窦秀才是右卫将军七哥的儿子，是我的重表侄，夫人也就是丈母了，可以见见这位亲戚。在他乡做官，亲戚们都分离阻隔，不是因为出游在外，哪能相见呢？请立刻梳妆打扮一番来与他见个面。’过了一会儿，一位婢女对我说：‘请三郎进去。’那中堂陈设之华美，跟君王诸侯的宫殿没什么两样。盘中盛放着珍奇精美的食物，山珍海味无所不有。吃完饭，丈人说：‘公子现在到此漫游，究竟要做什么？’我回答说：‘寻求赠送荐主的资金。’丈人说：‘家在哪个州郡？’我说：‘天下都没个家，我像浮萍飘蓬一样居无定所。’丈人说：‘公子过着这样的日子，经历这样凄凉，一个人四处飘零也没有目的，到哪里都是白费力气。我有个女儿，也算长大成人了，今天你们就成亲，吃穿用度我来供给，不用求别人，怎么样？’我起身拜谢道：‘我窦玉孤身一人没有家室，一直也没有什么才能，一下子受到您的眷顾，我怎么当得起您的垂爱呢！只是顾忌自己一无本事二无资财，我又怎么敢不听从您的吩咐呢！’夫人听后高兴地说：‘今天晚上就很好，又有酒食。在亲戚中匹配婚姻，何必大范围地邀请宾客。婚礼上所需的用品都已准备齐全，婚礼就在今天晚上办。’我拜谢完丈人和夫人就又坐下，这时又端上食物。吃完，就把我让到西厅休息。为我准备洗浴，洗完，给了我一身衣服和一包袚盥洗用品。这时来了三位做傧相的人，都是聪慧之人。一个姓王的，是位郡法曹；一个姓裴的，是位户曹；一个姓韦的，是位郡邮督。大家彼此行过礼后都坐了下来。不一会儿，华美的车子和轿子都准备好了，光彩映照的蜡烛在前面导引，从西厅到中门，新郎为新娘亲自驾车完成亲迎之礼。接着又绕庄子一周，从南门进到中堂，堂中帷帐已经布满。婚礼完成，刚到三更天，新娘对我说：‘这里不是人间，是阴间。所谓汾州，是阴间的汾州，不是阳间的汾州。做傧相的那几位先生，无一例外都是阴曹地府的官员。我跟您前生有缘，就该结为夫妇，所以咱们能相遇。人与鬼不同路，您不能长时间地在这里待着，郎君最好即刻离开。’我说：‘人和鬼既然不一样，又怎么能婚配呢？既然已经结为夫妇，就应该彼此相随。真诚的誓言，还没在耳边散去；仅仅过一个晚上就分别，这也太令人惊异了。’妻子说：‘我服侍您，根本就无所谓远近。只是您是活人，不宜在此久住。您请尽快命人准备车马，到里面辞别二老后就离开吧。我会让您的箱子里总是有一百匹绢，用完了又会有满满的一百匹，有几万匹可以用。您到一个地方，一定找间安静的屋子一个人住，只要您稍微一动念想，我一眨眼的功夫就会出现。即使远在千里之外，我也可以与您在一起，现在就只好白天分别，夜晚一聚了。’我进去向二老告辞。司马丈人说：‘阴间和阳间虽然不一样，人鬼之间却没有什么不同。小女能侍奉贤婿，这大概是前定的缘分。不要认为她不是活人，就猜疑轻薄她，也不要将这件事向众人宣扬。如果官府讯问，说出来倒也没什么。’说完话，我得了一百匹绢就告辞了。自那之后，我每夜独自住宿，想娘子了，她就会来，帷帐、食物及餐具，都是她带来的。像这样已经过了五年了。”

夷、胜开其箧，果有绢百匹。因各赠三十匹，求其秘之。言讫遁去，不知所在焉。

【译文】

盖夷、王胜打开窦玉的箱子查看，果然有绢一百匹。于是窦玉分别赠给二人三十匹绢，央求他们不要将这事说出去。窦玉说完就逃走了，谁也不知道他逃到哪里去了。

房杜二相国

房相国玄龄、杜相国如晦微时①，尝自周偕之秦，宿敷水店，适有酒肉，夜深对食。忽见两黑毛手出于灯下，若有所请②，乃各以一炙置手中③。有顷复出若掬④，又各斟酒与之，遂不复见。食讫，背灯就寝。至二更⑤，闻街中有高声呼王文聂者，连呼不已。忽闻一人应于灯下，呼者乃曰："正东二十里村人有筵神者，酒食甚丰，汝能去否？"对曰："吾已醉饱于酒肉，有公事去不得。劳君相召。"呼者曰："汝终日饥困，何有酒肉？本非吏人，安得公事，何妄语也！"对曰："吾被界吏差直二相⑥，蒙赐酒肉，故不得去。若常时闻命，即子行，吾走矣。"呼者谢而去。二君共喜，识之⑦，竟同入凤城⑧，诏为名相焉。

【注释】

①房相国玄龄、杜相国如晦：二人均曾担任唐太宗时期的相国，因房玄龄擅长谋略，而杜如晦处事果断，因此人称"房谋杜断"，后世以房玄龄和杜如晦为良相的典范。

②请：请求，要求。

③炙：烤熟的肉。

④掬：两手相合捧物。《礼记·曲礼》："受珠玉者以掬。"

⑤二更：二十一点至二十三点。更，旧时夜间计时单位，一夜分为五更，每更两个小时。

⑥直：当值，轮值。《晋书·庾珉传》："珉为侍中，直于省内。"

⑦识：通"志"，记住。《礼记·檀弓》："小子识之，苛政猛于虎也。"

⑧凤城：京都的美称。

【译文】

相国房玄龄、杜如晦未显贵之时，曾经一起从周地到秦地去。晚上住宿在敷水的旅店，正好有酒肉，深夜对坐而食。忽然看见两只长着黑毛的手从灯光下伸出来，好像有什么请求，就各自拿一块烤肉放在这两只手里。过了一会儿，手又伸出来，像要双手捧着东西的样子，房、杜二人又各自斟了一杯酒给他，于是就消失不见了。吃完饭，二人背对着灯就睡觉了。到了二更的时候，听到街道上有高声呼唤王文最的声音，呼声连续不断。忽然听见一个人在灯下回应，呼喊的人就说："正东二十里有村人祭神的筵席，酒菜很丰盛，你能不能去？"回答说："我已酒足饭饱了，还有公事去不了。有劳你告诉我。"喊的人说："你整天被饥饿所困，哪来的酒肉？你本来不是官吏，怎么会有公差，为什么要说谎呢？"回答说："我受阴间官吏差遣来给二位相国轮值，承蒙他们赐我酒肉，所以不能去了。若平时听到呼喊，假如你去，我就跟你跑去了。"喊的人告辞而去。两人都很高兴，记住了这件事，最后他们同入京城，做了宰相，成就了一世英名。

钱方义

殿中侍御史钱方义[①]，故华州刺史、礼部尚书徽之子[②]。宝历初[③]，独居常乐第[④]。夜如厕，僮仆无从者。忽见蓬头青衣者，长数尺，来逼。方义初惧，欲走，又以鬼神之来，走亦何益，乃强谓曰："君非郭登耶[⑤]？"曰："然。"曰："与君殊路，何必相见。常闻人若见君，莫不致死，岂方义命当死而见耶？将以君故相害耶[⑥]？方义家居华州，女兄依佛者亦在此[7]，一旦溘死君手[8]，命不敢惜，顾人弟之情不足[9]，能相容面辞乎？”蓬头者复曰：“登非害人，出亦有限，人之见者正气不胜，自致夭横[10]，非登杀之。然有心曲[11]，欲以托人，以此久不敢出。惟贵人福禄无疆，正气充溢，见亦无患，故敢出相求耳。”方义曰：“何求？”对曰：“登久任此职，积效当迁[12]，但以福薄，须得人助。贵人能为写金字《金刚经》一卷[13]，一心表白，回付与登，即登之职，遂乃小转，必有后报，不敢虚言。”方义曰：“诺。”蓬头者又曰：“登以阴气侵阳，贵人虽福力正强，不成疾病，亦当有少不安。宜急服生犀角、生玳瑁[14]，麝香塞鼻，则无苦矣。”方义到中堂，闷绝欲倒，遽服麝香等并塞鼻。尚书门人王直温者，居同里[15]，久于江岭从事[16]，飞书求得生犀角，又服之，良久方定。明旦召经工[17]，令写金字《金刚经》三卷，贵酬其直[18]，令早毕功。功毕，饭僧赞叹[19]，回付郭登。

【注释】

①殿中侍御史：自魏晋之后的监察官之一。唐代时属殿院，执掌殿廷仪卫以及京城纠察。

②钱徽(755—829)：字蔚章，吴兴(今浙江湖州)人。贞元进士，元和初入朝。长庆元年(821)典选进士舞弊，为段文昌等弹劾，由礼部侍郎贬江州刺史。后迁华州刺史。大和元年(827)任尚书右丞，以吏部尚书致仕。

③宝历：唐敬宗李湛的年号(825—827)。

④常乐：唐都长安城内一个区。第：本指古代按一定品级为王侯功臣建造的大宅院，后也通称上等房舍为第。

⑤郭登:唐代厕神之一。郭登信仰可上溯到中唐时期,晚唐时流传甚广,流行地域包括长安和江南一带。

⑥将:或。唐孟郊《上常州卢使君书》:“将有人主张之乎? 将无人主张之乎?”

⑦女兄:姐姐。

⑧溘(kè)死:忽然死亡。战国屈原《离骚》:“宁溘死以流亡兮,余不忍为此态也。”

⑨顾:但是。人弟之情:这里指弟弟对于姐姐的情分。

⑩夭横:意外夭亡。

⑪心曲:心事。南朝梁刘勰《文心雕龙·章表》:“原夫章表之为用也,所以对扬王庭,昭明心曲。”

⑫积效:过往积攒的业绩。

⑬金字:用金粉书写的文字。

⑭玳瑁(dài mào):一种海洋脊椎动物,其甲片可入药。宋范成大《桂海虞衡志》:“玳瑁生海洋深处,状如龟鼋而壳稍长,背有甲十三片,黑白斑文相错而成。”

⑮里:里弄,街巷。

⑯从事:任职。唐韩愈《张中丞传后序》:“愈尝从事于汴、徐二府,屡道于两州间。”

⑰经工:抄经的写手。

⑱直:工钱。唐柳宗元《送薛存义之任序》:“受若直,怠若事。”

⑲饭僧:向和尚布施斋饭。信仰佛教的人通过布施僧侣修善祈福的行为。

【译文】

殿中侍御史钱方义,是以前华州刺史、礼部尚书钱徽的儿子。唐敬宗宝历初年,他一个人在长安常乐坊居住。一天晚上去厕所,没有童仆跟着。他忽然看到一个蓬头黑衣人,有好几尺高,向他一步步逼近。钱方义开始时感到很害怕，就想跑，转念一想鬼神来了，跑又有什么用，于是就强作镇定地说：“您不是厕神郭登吗？”对方回答说：“是的。”钱方义说：“我们分属阴阳两界，为什么要见面。我常听人说只要有人看见您，没有不死的，难道是我命本该死才看见您的？还是因为您本来就想害死我呢？我家在华州，姐姐也在这里皈依佛门，我一旦突然死在您的手里，我的命本不足惜，但做弟弟的情分还没尽到，能容许我向姐姐当面辞别吗？”蓬头人又说：“我郭登不害人，出来的次数也很有限，那些看见我的人活不了，是因为他们阳气不足，致使夭亡，不是我郭登杀的。可是我有件心事，想要托付于人，因此好久不敢出来。考虑到您是贵人福大命大，正气充盈，即使看见我也不会有祸患，所以才敢出来向您求助。”钱方义说：“求助什么？”郭登答道：“我担任现在这个职务很久了，根据业绩应该升迁，但因为我的福气很少，所以必须得有人帮忙才行。贵人您要是能为我用金字抄写《金刚经》一卷，并且诚心表白，回向给我，那么我的职位就能稍有升迁，以后一定报答您，我不敢说谎。”钱方义说：“好的。”蓬头人又说：“我的阴气侵夺了您的阳气，您虽然福分很盛，不至于得病，但也会有稍微的不舒服。您需要马上服用生犀角、生玳瑁，用麝香堵塞鼻子，这样就没有痛苦了。”钱方义来到厅堂中，就感到极端憋闷，几乎站不住，于是就立刻服用了麝香等药物并堵塞鼻子。他父亲的门人有位叫王直温的，与钱方义同住在一个街巷，曾长时间在江岭任职，飞书向他求得生犀角，又服用了，很久才安定下来。第二天一早钱方义就找来抄写佛经的人，命他们抄写了三卷金字《金刚经》，并且给他们比平时高得多的报酬，让他们早点抄完。完工后，还向和尚布施了斋饭，赞扬歌叹，然后回向给郭登。

后月余，归同州别墅。下马方憩，丈人有姓裴者[①]，家寄鄂渚[②]，别已十年，忽自门入，径到阶下。方义遽拜之，丈人曰：“有客，且出门。”遂前行，方义从之。及门，失丈人矣。

见一紫袍牙笏，导从绯紫吏数十人俟于门外[③]，俯视其貌，乃郭登也。敛笏前拜曰："弊职当迁，只销《金刚经》一卷[④]；贵人仁念，特致三卷。今功德极多，超转数等，职位崇重，爵为贵豪，无非贵人之力。虽职已骤迁，其厨仍旧，顷者当任实如鲍肆之人[⑤]。今既别司，复求就食，方知前苦，殆不可堪。贵人慈察，更为转《金刚经》七遍[⑥]，即改厨矣。终身铭德，何时敢忘！"方义曰："诺。"因问丈人安在。曰："贤丈江夏寝疾[⑦]，今夕方困，神道可求人，非其亲人，不可自诣，适已先归耳。"又曰："厕神每月六日、十六、二十六日例当出巡[⑧]。此日人逢必致灾难，人见即死，见人即病。前者八座抱疾三旬[⑨]，盖缘登巡毕将归，瞥见半面耳。亲戚之中，须宜相避。"方义又问。曰："幽冥吏人，薄福者众，无所得食，率常受饿。必能推食泛祭一切鬼神[⑩]，此心不忘。咸见斯众，暗中陈力，必救灾厄。"方义曰："晦明路殊，偶得相遇。每一奉见，数日不平[⑪]。意欲所言，幸于梦寐。转经之请，天晓为期。"唯唯而去[⑫]。及明，因召所敬僧念《金刚经》四十九遍，又明祝付与郭登。功毕，梦曰："本请一七，数又六之[⑬]。累计其功，食天厨矣。贵人有难，当先奉白。不尔，不敢来黩也[⑭]。泛祭之请，记无忘焉。"

【注释】

①丈人：古时对老年男子的尊称。《论语·微子》："子路从而后，遇丈人，以杖荷蓧。"何晏《集解》引包咸曰："丈人，老人也。"

②鄂渚：即鄂州，治所在今湖北武昌。

③导从：古时帝王、贵族、官僚出行时，前驱者称导，后随者称从，因

谓之导从。唐薛用弱《集异记·裴珙》:"有贵人,导从甚盛。"

④销:需要。五代冯延巳《金错刀》:"只销几觉懵腾睡,身外功名任有无。"

⑤顷者:从前,往昔。《汉书·元帝纪》:"顷者有司缘臣子之义,奏徙郡国民以奉园陵,令百姓远弃先祖坟墓,破业失产,亲戚别离,人怀思慕之心,家有不安之意。"

⑥转(zhuǎn):诵,读。唐段成式《酉阳杂俎》:"素公不出院,转《法华经》三万七千部。"

⑦江夏:古地名。唐时治所在今湖北。寝疾:卧病。

⑧厕神:司厕之神。

⑨八座:古代中央政府的八种高级官员。历朝制度不一,所指不同。唐代以六部尚书、左右仆射为八座。后世文学作品中多以指称尚书之类高官。

⑩推食:把自己正吃的食物让给别人吃。形容对他人的热情关怀。泛祭:古人祭食之礼,祭品各置其处。如果不按规定分置,而是远散祭品,即谓泛祭。《左传·襄公二十八年》:"叔孙穆子食庆封,庆封泛祭,穆子弗说,使工为之诵《茅鸱》。"晋杜预注:"礼,食有祭,示有所先也。泛祭,远散所祭,不共。"唐孔颖达疏:"祭食之礼,各有其处……故知泛祭为远散所祭,言其不共也。"

⑪不平:这里指身体不适。

⑫唯唯:恭敬的应答声。《汉书·司马相如传》:"齐王曰:'虽然,略以子之所闻见言之。'仆对曰:'唯唯。'"唐颜师古注:"唯唯,恭应之辞也。"

⑬六之:增加六倍。

⑭黩(dú):多次,频繁。

【译文】

后来又过了一个多月,钱方义回到了同州别墅。下马后正要休息,有位姓裴的老人,家居鄂州,有十年没有见过面了,忽然从大门外进来,直接来到阶下。方义赶忙给老人行礼,老人说:“有客人,暂且跟我出门来。”于是老人就向前走,钱方义跟在后边。等到了大门口,老人就不见了。只看到一位身穿紫袍拿着象牙笏的人,穿红紫衣服的随从有几十人,在门外等候,低头看那人的长相,原来是郭登。郭登收起笏板上前拜谢道:“卑职待要升迁,只需《金刚经》一卷;贵人您心地仁厚,特别抄来三卷。现在我的功德极多,越级升迁了几等,职位尊崇,爵位高贵,这些都仰仗贵人您的帮助。我的职位虽然已经迅速升迁,但厨师还是原来那一个,先前那位厨师,实在就像是开臭鱼铺子的。现在一旦脱离原职,再去吃他做的饭,才明白以前的生活是很痛苦的,几乎不堪忍受。贵人您能体量明察,再为我诵读七遍《金刚经》,我就能换个厨师了。我将终身铭记您的恩德,什么时候都不敢忘记!”钱方义说:“好。”又问那位老人在哪里。郭登说:“那老人在江夏病倒了,今天晚上正处于病危状态,神道求人,不是他亲近的人,不能自己前来,刚才已经先回去了。”又说:“厕神每月六日、十六日、二十六日依例要出去巡查。这一天谁要是遇见厕神,就一定会有灾难;人要是看见他,就会死掉;厕神看见人,人就要生病。上次的一个八座已经病了三十天,大概是因为我巡查完将要回去的时候,见过一面。亲戚之间,也应该回避。”钱方义接着又问了一些问题。郭登说:“阴间的差役,大都福报薄,没有地方搞到吃的,常常挨饿。您若真心关怀他们,连同他们一块祭祀,您的善心我们不会忘记的。所见的全部差役,他们都会暗中帮助您,一定能让您避免灾祸。”钱方义说:“阴阳两界不同路,相遇一次都是偶然的。但每一次与您相见,我都会不舒服好几天。您有什么想跟我说的,希望您能托梦给我。关于让我为您诵经的请求,天亮为期。”郭登便恭敬地答应着离开了。等到天亮时,钱方义就召集来自己所礼敬的和尚念了四十九遍《金刚经》,又明确把美好愿望回向给郭登。念完经,钱方义梦见郭登说:“本来请您仅念七遍,您却将数量增加了六倍。这功德累积起来,可以享用天厨了。您要有难，一定先告诉我。不然的话，我不敢频繁地来找您。泛祭的请求，不要遗忘了。”

复言顷亦闻之，未详其实。大和二年秋[①]，与方义从兄及河南兄不旬求岐州之荐[②]，道途授馆[③]，旦夕同之，宵话奇言，故及斯事，故得以备书焉。

【注释】

①大和：唐文宗李昂的年号(827—835)。

②岐州：北魏太和十一年(487)置。治雍县(今陕西凤翔南，隋移今凤翔)。辖境在今陕西周至、麟游、陇县、宝鸡、太白等地。

③授馆：为宾客安排行馆。《周礼·秋官·环人》：“掌送逆邦国之通宾客……舍则授馆。”

【译文】

我李复言先前也听到过这件事，但不清楚详情。大和二年秋天，我跟方义的堂兄和河南兄不旬到岐州请求推荐，在路上为他们安排住宿，一天到晚在一起，夜里谈起一些稀奇古怪的事，说到了这件事，因此我才能把它完完整整地写出来。

寻山泉，到一山院，共谈释教[4]，不觉移时[5]。”掌人曰：“今旦侧近有虎食福州郑录事，求余不得。山林故多猛兽，不易独行。郎之未回，忧负亦极，且喜平安无他。”逢遂行。

【注释】

①盍：何不。

②衣(yì)衣(yī)：穿上衣服。

③复时：地支相重之时。古人以十二地支计时，每一支为二小时。一复时即一昼夜，今为二十四小时。唐白居易《钱唐湖石记》："凡放水溉田，每减一寸，可溉十五余顷；每一复时，可溉五十余顷。"

④释教：释迦牟尼创立之佛教。《梁书·庾诜传》："晚年以后，尤遵释教，宅内立道场，环绕礼忏，六时不辍。"

⑤移时：历一段时间。《后汉书·吴祐传》："祐越坛共小史雍丘黄真欢语移时，与结友而别。"

【译文】

当时天还没亮，人们没有敢追赶，这样张逢就从容地把他吃了，只剩下头发和肠子。然后张逢行走在山林之中，孑然一身，没有一个伙伴，于是他忽然想到："我本来是个人，做老虎有什么快乐的，自己把自己囚禁在深山里。何不找到当初我变成老虎的那个地方，再变回去呢？"他便就到处寻找，天要黑的时候才找到那个地方，衣服依然挂在树枝上，拐杖也靠在树上，碧绿的细草还是那样子，他躺到草地上翻来翻去，心满意足了才起来，果然又变回了人。于是他穿上衣服拿起拐杖回来了。昨天这时候去的，今天这时候回来，正好整整一天。起初他的仆人发现他不见了，很是吃惊，向邻居打听，有人说看到他拿着拐杖登山去了。仆人便分几路去找，杳无踪迹。等到张逢回来，仆人们又惊又喜，问他是怎么回事，他骗他们说："我偶然去寻找山泉，到了一座寺院，就与和尚谈论佛理,不知不觉过去这么长时间。”店主说:“今天早晨这附近有一只老虎,吃了福州的郑录事,连残骸都没有找到。山林里因为猛兽很多,很难单独行路。您没回来的时候,让人担心死了,幸亏没出什么事。”张逢于是上路继续前行。

元和六年,旅次淮阳[①],舍于公馆[②]。馆吏宴客,坐客有为令者曰[③]:“巡若到,各言己之奇事。事不奇者罚。”巡到逢,逢言横山之事。末坐有进士郑遐者[④],乃郑纠之子也,怒目而起,持刀将杀逢,言复父仇。众共隔之,遐怒不已,遂白郡将[⑤]。于是送遐淮南,敕津吏勿复渡[⑥]。逢西迈[⑦],具改姓名以避遐。议曰:“闻父之仇,不可以不报。然此仇非故杀,必使杀逢,遐亦当坐[⑧]。”遂遁去而不复其仇也。

吁,亦可谓异矣!

【注释】

①旅次:游客暂时居住的地方。唐杜甫《毒热寄简崔评事十六弟》:“老夫转不乐,旅次兼百忧。”淮阳:郡名。治所在今河南淮阳。

②公馆:泛指仕宦寓所或公家所造的馆舍。《礼记·曾子问》:“《礼》曰:公馆复,私馆不复。”汉郑玄注:“公馆,若今县官宫也。”

③令:酒令,饮酒时做的可分输赢的游戏。

④末坐:分座位时,座次最后的位子。

⑤郡将:郡守。郡守兼领武事,故称。《后汉书·皇甫规传》:“臣穷居孤危之中,坐观郡将,已数十年矣。”唐李贤注:“郡将,郡守也。”

⑥津吏:管理渡船津梁的官吏。《晋书·元帝纪》:“帝既至河阳,为津吏所止。”

⑦迈：远行。

⑧坐：定罪，由……而获罪。

【译文】

元和六年，张逢来到淮阳，住在公馆里。馆吏设宴招待客人，座间有行酒令的人说："酒令行到谁那里，谁就应该讲自己的奇事。事不奇的要挨罚。"敬酒轮到张逢，他就讲了横山的事。末座有一个叫郑遐的进士，他就是郑纠的儿子，他怒目而起，拿起刀就要杀张逢，说是报杀父之仇。众人一起把他们隔开，郑遐怒气一直未消，于是就告到了郡守那里。郡守送郑遐往淮南去，嘱咐渡口的官吏不准把他再渡回来。张逢往西远行，改名隐姓以躲避郑遐。有人议论说："听到杀父之仇，不可以不报。但是张逢并不是故意杀人，如果一定要杀了张逢，那么郑遐也应获罪。"张逢逃走之后，郑遐再没去复仇。

唉，这也真是奇事了！

定婚店

杜陵韦固[①]，少孤[②]，思早娶妇，多歧求婚[③]，必无成而罢。元和二年，将游清河[④]，旅次宋城南店[⑤]，客有以前清河司马潘昉女见议者。来日先明，期于店西龙兴寺门。固以求之意切，旦往焉。斜月尚明，有老人倚布囊坐于阶上，向月检书。固步觇之，不识其字，既非虫篆八分科斗之势[⑥]，又非梵书，因问曰："老父所寻者何书？固少小苦学，世间之字，自谓无不识者。西国梵字，亦能读之。唯此书目所未觌[⑦]，如何？"老人笑曰："此非世间书，君因何得见？"固曰："非世间书，则何也？"曰："幽冥之书。"固曰："幽冥之人，何以到此？"曰："君行自早，非某不当来也。凡幽吏皆掌人生之事，掌人可不行冥中乎？今道途之行，人鬼各半，自不辨尔。”固曰：“然则君又何掌？”曰：“天下之婚牍耳。”固喜曰：“固少孤，尝愿早娶以广胤嗣[8]。尔来十年[9]，多方求之，竟不遂意。今者，人有期此，与议潘司马女，可以成乎？”曰：“未也。命苟未合，虽降衣缨而求屠博[10]，尚不可得，况郡佐乎[11]？君之妇适三岁矣，年十七当入君门。”因问：“囊中何物？”曰：“赤绳子耳，以系夫妻之足。及其生则潜用相系，虽仇敌之家，贵贱悬隔，天涯从宦[12]，吴楚异乡[13]，此绳一系，终不可逭[14]。君之脚已系于彼矣，他求何益。”曰：“固妻安在？其家何为？”曰：“此店北卖菜陈婆女耳。”固曰：“可见乎？”曰：“陈尝抱来鬻菜于市[15]，能随我行，当即示君。”

【注释】

①杜陵：古地名。在今陕西西安东南。

②孤：幼年丧父。

③歧：指正式或正当途径以外的其他途径。

④清河：古县名。治今河北清河。

⑤宋城：古县名。故治在今河南商丘睢阳区西南。西周初因宋国封地而得宋城之名，秦朝时始置县。

⑥虫篆：汉字书体名。秦书八体之一，是在篆书结构的基础上，装饰蜿蜒回绕的笔画，使字体像虫形盘旋弯曲的样子，因而得名。八分：汉字书体名。字体似隶而体势多波磔。科斗：古代字体之一。篆字手写体的俗称，因以笔蘸墨或漆作书，笔道起笔处粗，收笔处细，状如蝌蚪，故名。

⑦觌(dí)：相见。三国魏曹植《洛神赋》：“尔有觌于彼者乎？”

⑧胤嗣：后代。《后汉书·刘瑜传》：“皆竞立胤嗣，继体传爵。”

⑨尔来：自那时以来。三国蜀诸葛亮《出师表》：“尔来二十有一

年矣。”

⑩衣缨：衣冠簪缨，古代仕宦的服装。五代谭峭《化书·食化·王者》：“王者衣缨之费、盘肴之直，岁不过乎百万。”比喻仕宦的身份。屠博：屠者和博徒。旧用以指地位低下者。《梁书·张充传》：“觅知己，造时人，骋游说，蓬转于屠博之间，其欢甚矣。”

⑪郡佐：郡丞，郡守的佐贰。唐常建《潭州留别》：“宿帆谒郡佐，怅别依禅林。”本文指潘司马。

⑫从宦：做官。南朝梁刘勰《文心雕龙·时序》：“伟长从宦于青土。”

⑬吴楚：指吴地和楚地。比喻不同地域。

⑭逭（huàn）：逃避。

⑮鬻（yù）：卖。《韩非子·外储说左上》：“此可谓善卖椟矣，未可谓善鬻珠也。”

【译文】

杜陵的韦固，从小父亲就去世了，想着要早点儿结婚，通过多种渠道求亲，最后都没有成功。元和二年，他去清河游历，暂住在宋城县县城南面的旅店。旅客中有一个人为他提亲，女方是以前清河司马潘昉的女儿。约定明早在店西龙兴寺门口与之相见。韦固心中急切，第二天天一亮就赶去了。到了庙门前，西斜的月亮还很明亮，他看见一个老人倚着一个布袋，坐在台阶上，借着月光查阅书。韦固走过去，在旁边偷看，却不认识书上的字，既不是虫篆字、八分字、科斗字，也不是梵文，便问老人说：“老人家看的是什么书啊？我从小苦学，自己认为没有不认识的字，就是西方的梵文，我也能看懂，只是这本书上的字从来没见过，这是怎么回事？”老人笑着说：“这不是人间的书，您怎么会见过。”韦固又问：“不是人间的书，是哪里的书啊？”老人说：“阴间的书。”韦固问：“阴间的人，怎么到了这里？”老人说：“您来得太早，不是我不应该来。凡是阴间的官员都管人世间的事，掌管的人怎么能不在夜间行走呢？

现在道路上行走的人，人鬼各有一半，只是您不能辨别罢了。”韦固问：“那么，您掌管什么事啊？”老人说：“天下所有人的婚姻文书。”韦固大喜，说：“我从小父亲就去世了，想早一点结婚，以便多生子嗣。这十多年来，我多方求亲，最后都不能如愿。今天有人给我提亲，是潘司马的女儿，这件婚事能够成功吗？”老人回答：“不能成功。命中注定不能结合，即使婚配对象从仕宦之家降到低贱之家的女儿，也不能成功，况且是司马家的女儿呢？您的妻子刚刚三岁，等到十七岁才能进您家的门。”韦固问：“您口袋里装的是什么东西？”老人回答：“红绳子，用来系夫妻两人的脚。等到他们一出生，就偷偷地用红绳子系在他们的脚上，不管这两家是仇敌，还是贫富相差悬殊，或者相隔千山万水，只要红绳子一系，再也更改不了。您的脚已经和她的脚系在一起了，您再找别的人有什么用呢？”韦固问：“我的妻子现在哪里，她家里是干什么的？”老人回答：“这家旅店北面卖菜那个陈婆婆家的女儿。”韦固问：“能去看一看吗？”老人说：“陈婆婆经常抱着她卖菜，您跟着我走，我指给您看。”

及明，所期不至。老人卷书揭囊而行，固逐之入菜市，有眇妪抱三岁女来①，弊陋亦甚。老人指曰：“此君之妻也。”固怒曰：“杀之可乎？”老人曰：“此人命当食天禄②，因子而食邑③，庸可杀乎④？”老人遂隐。固骂曰：“老鬼妖妄如此！吾士大夫之家，娶妇必敌。苟不能娶，即声妓之美者⑤，或援立之，奈何婚眇妪之陋女。”磨一小刀子，付其奴曰：“汝素干事，能为我杀彼女，赐予万钱。”奴曰：“诺。”明日，袖刀入菜行中，于众中刺之而走。一市纷扰，固与奴奔走获免。问奴曰：“所刺中否？”曰：“初刺其心，不幸才中眉间尔。”后固屡求婚，终无所遂。

【注释】

①眇(miǎo):一目失明。后亦指两眼俱盲。宋苏轼《日喻》:“生而眇者不识日。”

②天禄:俸禄。《孟子·万章》:“弗与共天位也,弗与治天职也,弗与食天禄也。”

③食邑:唐宋时一种赐予宗室和高级官员的荣誉性加衔。

④庸:怎么。表示反问。

⑤声妓:旧时宫廷及贵族家中的歌姬舞女。晋袁宏《后汉纪·孝顺帝纪》:“融外戚家,虽好儒术,而服饰甚丽。坐绛纱帐,侍婢数十,声妓不乏于前。”

【译文】

等到天亮了,韦固等的人没有来。老人卷起书,背着布袋就走,韦固跟着他来到菜市场,看见一个盲了一只眼的老婆婆抱着一个三岁的小女孩过来,小女孩看起来非常肮脏丑陋。老人指着女孩说:“那就是您的妻子。”韦固生气地说:“我杀了她可以吗?”老人说:“这女孩命中能够享受到俸禄,还因为她的儿子而获得封号,怎么能杀呢?”说完老人就不见了。韦固大骂说:“这个老鬼如此妖妄!我出身士大夫之家,娶妻一定门当户对。即使不能娶到门当户对的,漂亮的歌姬舞女,立刻就能得到,为什么要娶盲了一只眼睛的老婆婆的丑陋女儿。”韦固回去后磨了一把小刀,交给仆人说:“你历来很能干,如果为我杀了那个女孩,我给你一万钱。”仆人说:“好。”第二天,仆人将刀藏到袖子里来到菜市场,趁着人多的时候,刺了女孩一刀就跑了。此时市场大乱,韦固与仆人得以逃脱。韦固问仆人:“刺没刺中?”仆人说:“一开始我想刺她的心脏,可是没刺准,刺到了眉间。”后来韦固屡次求婚,一直没有成功。

又十四年,以父荫参相州军①。刺史王泰俾摄司户掾②,专鞫词狱③。以为能,因妻以其女,可年十六七,容色华丽,固称惬之极。然其眉间常贴一花子，虽沐浴间处，未尝暂去。岁余，固讶之[4]，忽忆昔日奴刀中眉间之说，因逼问之。妻潸然曰[5]："妾郡守之犹子也[6]，非其女也。畴昔父曾宰宋城[7]，终其官时，妾在襁褓[8]，母兄次没[9]，唯一庄在宋城南，与乳母陈氏居，去店近，鬻蔬以给朝夕。陈氏怜小，不忍暂弃。三岁时，抱行市中[10]，为狂贼所刺，刀痕尚在，故以花子覆之。七八年前，叔从事卢龙，遂得在左右，仁念以为女嫁君耳。"固曰："陈氏眇乎？"曰："然。何以知之？"固曰："所刺者固也。"乃曰："奇也！命也！"因尽言之，相敬愈极。后生男鲲，为雁门太守，封太原郡太夫人。乃知阴骘之定，不可变也。宋城宰闻之，题其店曰"定婚店"。

【注释】

①父荫：因父辈之官爵而得官职。荫，庇荫。相州：古州名。唐辖今河北成安、广平和魏县西南部，河南安阳、林州、汤阴、内黄及濮阳西南部地。

②俾（bǐ）：使。掾（yuàn）：原为佐助的意思，后为副官佐或官署属员的通称。

③鞫（jū）：审问犯人。

④讶（yà）：惊奇，奇怪。

⑤潸（shān）然：流泪的样子。《汉书·中山靖王刘胜传》："纷惊逢罗，潸然出涕。"

⑥犹子：侄子、侄女。

⑦畴昔：昔日，从前。

⑧襁褓（qiǎng bǎo）：背负婴儿用的宽带和包裹婴儿的被子。后亦指婴儿包。

⑨没(mò):死。《墨子·明鬼》:“逮至昔三代圣王既没。”

⑩市:做买卖的地方。

【译文】

又过了十四年,他以父荫到相州做参军。刺史王泰让他代理司户掾的职务,专门负责审讯囚犯。王泰因为他能干,将女儿许配给他,妻子大约十六七岁,容貌十分漂亮,韦固非常满意。但他发现妻子的眉间总是贴着一个花子,即使洗澡独处时,也片刻不拿下去。过了一年多,韦固感到非常惊讶,忽然想起当年他的奴仆曾经持刀刺中那个女孩的眉间,因此逼问妻子。妻子潸然泪下说:“我是郡守的侄女,不是他的亲生女儿。以前我的父亲做宋城县的县宰,死在了任上,当时我还在襁褓之中,母亲和哥哥也相继死了。家里剩下的唯一宅院在宋城县县城南,乳母陈氏带着我居住,那里离卖菜市场很近,通过卖菜以供日常生活。陈氏怜惜我太小,不忍心片刻离开我。三岁的时候,陈氏抱着我行走在菜市场里,被一个狂徒用刀刺中眉心,留下了伤疤,所以用花子盖上。七八年前,叔叔来到卢龙任职,我便跟着叔叔生活了,叔父仁慈,把我当作女儿嫁给了您。”韦固问:“陈氏是不是盲了一只眼?”妻子说:“对,您怎么知道的?”韦固说:“刺你的人就是我韦固。”韦固于是说:“这真是奇事!这也是命运!”便将事情的经过都跟妻子说了,从此夫妻更加互敬互爱。后来生了一个儿子叫韦鲲,最终当了雁门太守,母亲被封为太原郡太夫人。现在才知道命中注定的事,是不会因人力而改变的。宋城县的县宰听说了这件事,为那家旅店题名为“定婚店”。

叶令女

汝州叶县令卢造者①,有幼女,大历中②,许邑客郑楚曰③:“及长,以嫁君之子元方。”楚拜之。俄而楚录潭州军事,造亦辞满寓叶④。后楚卒,元方护丧居江陵⑤。数年间,音问两绝[⑥]。县令韦计为子娶焉。其吉晨,元方适到。会武昌戍边兵亦止其县,县隘[⑦],天雨甚,元方无所容,径往县东十二里佛舍。舍西北隅有若小兽号鸣者,出火视之,乃三虎子,目犹未开。以其小,未能害人,且不忍杀,闭门坚拒而已。约三更初,虎来触其门,不得入,其西有窗,亦甚坚,虎怒搏之,棂拆陷头于中[⑧],为左右所辖,进退不得。元方取佛塔砖击之,虎吼怒拿攫[⑨],终莫能去。连击之,俄顷而毙。

【注释】

①汝州:隋大业二年(606)改伊州置。以州境有汝水得名。次年废。唐贞观时又改伊州(武德复置)为汝州,治梁县(今河南汝州)。辖境相当今河南北汝河、沙河流域各地。叶县:今属河南。

②大历:唐代宗李豫的年号(766—779)。

③邑客:居住在城镇里的人。

④辞满:旧指官吏任期届满,自求解退。南朝宋谢灵运《还旧园作见颜范二中书》:"辞满岂多秩,谢病不待年。"寓:原指寄居,后泛指居住。

⑤护丧:护送灵柩归葬。唐薛调《无双传》:"仙客护丧,归葬襄邓。"江陵:唐上元元年(760)升荆州为江陵府,治江陵(今湖北荆州)。辖境相当今湖北枝江以东,潜江以西,荆门、当阳以南地区。

⑥音问:音信。

⑦隘(ài):狭窄,狭小。《古诗十九首·相逢行》:"相逢狭路间,道隘不容车。"

⑧棂(líng):旧式房屋的窗格。

⑨拿攫(jué):搏斗。汉扬雄《羽猎赋》:"犀兕之抵触,熊罴之拿攫。"

【译文】

汝州叶县县令卢造，有一个小女儿，唐代宗大历年间，答应同县的郑楚说："等到我的女儿长大了，就嫁给您的儿子元方。"郑楚拜谢。不久，郑楚被录为潭州军事，卢造也因任期届满辞官居住在叶县。后来郑楚去世，元方护送灵柩，居住在江陵。几年里互相没有音信。县令韦计为儿子娶卢造的小女儿。正要成亲的时候，郑元方恰巧也到了。正赶上武昌戍边的兵卒驻扎在此县，县城里特别拥挤，雨下得很大，元方无处容身，就直接到县城东十二里的寺舍里来过夜。寺舍西北角发出一种像小野兽叫唤的声音，他举着火烛出去一看，是三只虎崽，眼睛还没有睁开。因为它们小，不能伤害人，没有忍心杀死它们，只是把门关得紧紧的。大约刚刚三更天，一只老虎来碰击门，不能进入。屋子的西边有个窗户，窗户也很坚固。老虎非常愤怒，扑打窗子，窗棂断折。老虎往里钻，被卡住了脖子，进退不得。郑元方拿起佛塔上的砖打它，老虎被打得怒吼挣扎，但到底还是没有挣脱出去。郑元方连续猛击，不一会儿就把老虎打死了。

既而闻门外若女人呻吟，气甚困劣[①]，徐问曰："门外呻吟者，人耶？鬼耶？"曰："人也。"曰："何以到此？"曰："妾前卢令女也，今夕将适韦氏，亲迎，方登车，为虎所执，负荷而来投此[②]。今既无损，而甚畏其复来，能相救乎？"元方奇之，执烛出视，真衣缨也，年十七八，礼服俨然[③]，泥水皆澈。既扶入，复固其门，拾佛塔毁像，以继其明。女曰："此何处也？"曰："县东僧舍耳。"元方言姓名，且话旧诺。女亦前记之，曰："妾父曾许妻君，一旦以君之绝耗也[④]，将嫁韦氏。天命难改，虎送归君。庄去此甚近，君能送归，请绝韦氏而奉巾栉[⑤]。"及明而送归其家，其家以虎攫而去，方坐且制服礼⑥。见其来,喜若天降。元方致虎于县,具言其事。县宰异之⑦,以卢氏归于郑焉⑧。当时闻者,莫不叹异之。

【注释】

①困劣:虚弱。《后汉书·东海恭王彊传》:“臣彊困劣,言不能尽意。”

②负荷:背负肩担。汉桓宽《盐铁论·复古》:“负荷之商,不知猗顿之富。”

③俨然:形容整齐。晋陶渊明《桃花源记》:“土地平旷,屋舍俨然。”

④一旦:不确定的时间。《战国策·赵策》:“一旦山陵崩,长安居何以自托于赵?”

⑤奉巾栉(zhì):委婉指成为妻子。

⑥制服礼:照丧礼规定穿上丧服哀悼死者。制服,丧服。《后汉书·刘般传》:“诏书所以为制服之科者,盖崇化厉俗,以弘孝道也。”

⑦县宰:职官名。负责管理一县的长官。

⑧归:女子出嫁。

【译文】

然后他听到门外好像有女人在呻吟,呼吸非常虚弱。郑元方慢慢问道:“在门外呻吟的,是人,还是鬼?”回答说:“是人。”他又问:“你是怎么到这个地方来的?”回答说:“我是前任卢县令的女儿,今晚将嫁给姓韦的男子,迎亲的时候我刚上车,就被老虎捉住了,把我背到了这里。现在还没受伤,但是特别怕它再来,你能救我吗?”郑元方觉得奇怪,拿着火烛出去一看,确实是官宦人家女子,年纪十七八岁,礼服整齐,身上的泥水还很透亮。郑元方便把她扶入门内,又把门关牢,用佛塔里已经毁坏的木质佛像燃起来照明。女子说:“这是什么地方?”郑元方说:“这是县城东部的寺院。”郑元方说出了自己的姓名,并说到旧时的婚约。

这女子也还记得之前的事，说："我父亲曾经把我许配给您，因为您走后没了消息，就要把我嫁给韦家。天命难改，老虎把我送还给您。庄子离这里很近，您能送我回去，我就回绝韦家而与您成婚。"等到天明，郑元方把她送回家中，她家里因为她被老虎叼走，正要做丧服。看到她回来，感到喜从天降。郑元方把死老虎送到县里，详细说明了事情的始末。县令很惊奇，便让卢氏女嫁给了郑元方。当时听到的人，没有不惊讶感叹的。

驴言

长安张高者，转货于市[①]，资累巨万[②]。有一驴，育之久矣。元和十二年秋八月，高死。死十三日，妻命其子张和乘往近郊，营饭僧之具[③]。出里门[④]，驴不复行，击之即卧，乘而鞭之。驴忽顾和曰："汝何击我？"和曰："吾家用钱二万以致汝，汝不行，安得不击也。"然甚惊。驴又曰："钱二万！不说父骑我二十年？吾今告汝，人道兽道之倚伏[⑤]，若车轮然，未始有定。吾前生负汝父力，故为驴酬之。无何，汝饲吾丰。昨夜汝父就吾算，侵汝钱一缗半矣。汝父当骑我，我固不辞。吾不负汝，汝不当骑我。汝强骑我，我亦骑汝，汝我交骑，何劫能止？以吾之肌肤，不啻值万钱也[⑥]。只负汝一缗半，出门货之，人酬亦尔。然而无的取者[⑦]，以他人不负吾钱也。麸行王胡子负吾二缗[⑧]，吾不负其力，取其缗半还汝，半缗充口食，以终驴限耳[⑨]。"和牵归以告其母。母泣曰："郎骑汝年深，固甚劳苦。缗半钱何足惜，将舍债丰秣而长生乎[⑩]？"驴摆头。又曰："卖而取钱乎？"乃点头。遂令货之，人酬不过缗半，且无敢取者。牵入西市麸行，逢一人长而胡者,乃与缗半易之。问其姓,曰:“王。”自是连雨数日乃晴,和往觇之,驴已死矣,王竟不得骑,又不负之验也。

【注释】

①转货:谓做买卖。《史记·仲尼弟子列传》:“子贡好废举,与时转货赀。”

②巨万:极言数目之多。《史记·平准书》:“京师之钱累巨万,贯朽而不可校。”南朝宋裴骃《集解》引三国吴韦昭曰:“巨万,今万万。”

③营:置办。

④里门:乡里之门。古制,聚族里居,比户相连,里中有门,称为里门。

⑤倚伏:互相依存,互相影响。语本《老子》:“祸兮福之所倚,福兮祸之所伏。”倚,依托。伏,隐藏。

⑥不啻(chì):不止,何止。《后汉书·冯衍传》:“四垂之人,肝脑涂地,死亡之数,不啻太半。”

⑦的(dí):真实,确实。唐白居易《百日假满》:“但拂衣行莫回顾,的无官职趁人来。”

⑧麸行(fū háng):麸皮店铺。麸,小麦磨面过筛后剩下的皮。

⑨限:寿命,死期。唐吕岩《沁园春》:“限到头来,不论贫富,着甚干忙日夜忧。”

⑩秣(mò):牲口的饲料。

【译文】

长安有个叫张高的人,在市场上做买卖,积累了亿万家产。他有一头驴,饲养了很长时间。元和十二年秋天八月,张高去世。死后十三天,他的妻子让儿子张和骑驴到近郊,置办给和尚斋饭的器皿。出了里门,驴就不再走了,敲打它就卧倒,张和便骑着它鞭打它。驴忽然回头对张和说:“你为什么打我?”张和说:“我家花了二万钱买的你,你不走,怎么可能不打你。”张和甚为震惊。驴又说:“二万钱!怎么不说你父亲骑了我二十年？我今天告诉你，人道、兽道互相依存转化，就像车的轮子，没有开始，却有结束。我前生欠你父亲劳役，所以今生变成驴来偿还他。这段时间，你饲养我很丰厚。昨晚，你的父亲找我算账，欠你家的钱只剩下一缗半了。你父亲骑我，我不能推辞。我不欠你的，你不应骑我。你一定要骑我，我以后也要骑你，你我交替互骑，什么时候才能终止？以我的身体，价格不止万钱。我只欠你一缗半，出门卖了我，人们也不过付这些钱。然而不会真的有人能够得到我，因为他们不欠我的钱。麸行王胡子欠我二缗钱，我不欠他的劳役，取他一缗半还给你，半缗作为我的口粮，最后结束我作为驴的寿命。"张和把驴牵回家，告诉了母亲。母亲对驴哭诉道："我的丈夫骑你很多年，你确实非常辛苦啊！半缗钱算得了什么，我们放弃你的债务，喂你好的粮草，让你长久地活着，怎么样？"驴摇头。她又说："一定卖了你取欠款吗？"驴点点头。于是便要卖掉驴，人们给的价格不过一缗半，还没有人敢买。把驴牵到西市麸行，遇到一个胡须浓密的高个子，以一缗半买了驴。问他姓什么，答说："王。"接着连续多日下雨，刚放晴，张和便偷偷地去看那头驴，驴已经死了。王胡子终究没有骑过一次，这样不欠驴的钱也得到了验证。

和东邻有右金吾郎将张达①，其妻，李之出也②，余尝造焉③。云见驴言之夕，遂闻其事，且以戒欺暗者④，故备书之⑤。

【注释】

①金吾郎将：唐代掌管皇帝禁卫、扈从等事的亲军，分左右金吾卫，郎将为其官职。

②出：姐妹出嫁所生，外甥或外甥女。《左传·庄公二十二年》："陈厉公，蔡出也。"晋杜预注："姊妹之子曰出。"唐孔颖达疏："《释

亲》云：男子谓姊妹之子为出，言姊妹出嫁而生子也。”

③造：拜访。《世说新语·言语》：“庾公造周伯仁。”

④欺暗：在无人看见的地方，做昧心事。

⑤备：完备，完整。宋范仲淹《岳阳楼记》：“前人之述备矣。”

【译文】

张和家东面的邻居右金吾郎将张达，他的妻子是李家女儿所生，我曾经拜访过她。她说那天傍晚见到了驴说话，因此我知道了此事，为了警戒那些背地里做昧心事的人，所以完整地把这件事记录了下来。

木工蔡荣

中牟县三异乡木工蔡荣者[①]，自幼信神祇，每食必分置于地，潜祝土地[②]。自总角至于不惑[③]，未尝暂忘也。元和二年春，卧疾六七日，方暮，有武吏走来，谓其母曰：“蔡荣衣服器物速藏之，勿使人见，仍速作妇人装梳，覆以妇人之服，有人来问，必绐之曰出矣。求其处，则亦意对，勿令知所在也。”言讫，走去。妻母不测其故，遽藏器物，装梳才毕，有将军乘马，从十余人，执弓矢，直入堂中，曰：“蔡荣在否？”其母惊惶曰：“不在。”曰：“何往？”对曰：“荣醉归，怠于其业，老妇怒而笞之，荣或潜去，不知何在，月余日矣。”将军遣吏入搜，搜者出曰：“房中无丈夫，亦无器物。”将军连呼地界，教藏者出曰：“诺。”责曰：“蔡荣出行，岂不知处？”对曰：“怒而去，不告所由[④]。”将军曰：“王后殿倾，须此巧匠，期限向尽，何人堪替？”对曰：“梁城乡叶干者，巧于蔡荣，计其年限，正当追役。”将军者走马而去。有顷，教藏者亦复来，曰：“某地界所由也，以蔡荣每食必相召，故报恩耳。”然莫不惊之。计即平愈，遂去。母视荣，即汗洽矣[5]，自此疾愈。俄闻梁城乡叶幹者暴卒，幹妻乃荣母之犹子也。审其死者，正当荣服雌服之时。

【注释】

①中牟县：西汉置，属河南郡，治所在今河南中牟东。隋开皇初改为内牟县，开皇十八年(598)改为圃田县，唐武德三年(620)复改中牟县。

②祝：祷告，向鬼神求福。《战国策·赵策》："祭祀必祝之。"

③总角：比喻童年。旧时未成年男女，编扎头发形如两角，称为总角。不惑：孔子自称四十不惑，后人因称四十岁为不惑。

④所由："所由官"的省称。犹言有关官吏。由事必经由其手，故称。这里是土地神的自称。

⑤洽(qià)：沾湿，浸润。

【译文】

中牟县三异乡有个叫蔡荣的木匠，从小就相信鬼神是存在的，每次吃饭时总往地上放一些食物祭祀土地神。从小至四十岁，没有一次是忘记的。元和二年春天，蔡荣因病卧床六七天，有一天傍晚，有个武官跑到家里，对蔡荣的母亲说："把蔡荣的衣服、用具赶快藏起来，不要让人看见，赶快把他打扮成女人的样子，穿上女人的服饰。如果有人来问，你就骗他说出去了。问到哪里去了，你也就说个大概，不要让他们知道具体的地方。"武官说完，就跑出去了。蔡荣的母亲和妻子不能猜测其中的原因，便快速把蔡荣的衣物、用具藏起来，把他化妆成女人的样子。刚结束，就有一个骑马的将军，随从有十余人，都佩带弓箭，直接闯入正屋，说："蔡荣在吗？"蔡荣的母亲惊慌地说："蔡荣不在家。"将军问："到哪儿去了？"母亲说："蔡荣喝醉了酒回来，不好好干木工活，我一气之下打了他一顿，他可能偷偷地跑了，不知跑哪里去了，已经一个多月了。"将军叫人在屋里搜，搜查的人出来说："屋里没有男人，也没有男人用的东西。"将军连声呼喊土地神，叫藏起衣物的那个人出来说："在。"将军斥责说："蔡荣到哪里去，你难道不知道吗？"土地神回答说："他是一怒之下出去的，没有告诉我。"将军说："大王的神殿后墙倾斜了，须要找蔡荣这样的巧匠去修，期限快到了，谁能替他去？"土地神回答说："梁城乡有个叫叶幹的木匠，工艺比蔡荣还好，我算他的阳寿也到了，正应该赶快让他去做这件事。"将军一听就乘马跑出去了。过了一会儿，那个叫藏衣物的人又回来了，对蔡母说："我就是管理这里的官员，因为蔡荣每顿饭都请我来同吃，所以我要报答他。"蔡家的人都非常惊奇。那个武官猜想蔡荣的病就要好了，于是就走了。母亲去看蔡荣，见他出了一身汗，浸透了衣服，从此病就好了。不久就听说梁城乡的叶幹突然死了。叶幹的妻子是蔡荣母亲的侄女。推算叶幹死的时间，正好是蔡荣穿着女人衣服的那个时辰。

有李复言者，从母夫杨曙为中牟团户于三异乡[①]，遍闻其说，召荣母问之，回以相告。泛祭之见德者[②]，岂其然乎？

【注释】

①从母：称母亲的姊妹。团户：乡间召集民户选点团兵的小吏。

②见德：受到恩德，感恩。《左传·僖公二十三年》："民不见德而惟戮是闻，其何后之有？"

【译文】

有个叫李复言的人，其姨夫杨曙当时在中牟县三异乡当团户，多次听说这个事情，就找来蔡荣的母亲询问，回来就把蔡荣母亲所说的情况告诉了李复言。泛祭也能被感恩戴德，难道不是这样吗？

梁革

金吾骑曹梁革[①]，得和扁之术者也[②]，大和初为宛陵巡官[③]。按察使于公敖[④]，有青衣美色而艳者，曰莲子，念之甚厚[⑤]。一日以笑语获罪，斥出货焉。市吏定直曰七百缗[⑥]。从事御史崔公者[⑦]，闻而召焉，命革诊其脉。革诊其臂，曰："二十春无疾佳人也[⑧]。"公喜留之，送其直于于公。公以常深念也，偶怒而逐之，售于不识者斯已矣，闻崔公宠之也，不悦之意，形于颜色。然业已去之[⑨]，难复召矣，常贮于怀。

【注释】

①骑曹：指骑曹参军之类的小官。

②和扁：古代良医和与扁鹊的合称。《汉书·艺文志》："太古有岐伯、俞拊，中世有扁鹊、秦和。"唐颜师古注："和，秦医名也。"

③宛陵：古县名。在今安徽宣城。

④按察使：唐朝初年仿汉刺史制设立，职责是赴各道巡察、考核吏治。

⑤念：怜悯，怜爱。

⑥直：价值，价钱。《史记·平准书》："为皮币，直四十万。"

⑦从事御史：即唐代的监察御史。

⑧春：泛指一年。唐李白《古风五十九首》："我志在删述，垂辉映千春。"

⑨业：既，已经。《史记·留侯世家》："良业为取履，因长跪履之。"

【译文】

金吾骑曹梁革，学得了和与扁鹊的高超医术，唐文宗大和初年任宛陵巡官。按察使于敖，有个婢女长得既漂亮又艳丽，名唤莲子，于敖非常喜欢她。有一天，莲子因为说了句笑话而被治罪，又被赶出府邸卖掉。市吏定价七百缗钱。从事御史崔公听说了，就把莲子召来，让梁革给她诊脉。梁革在她手臂上号脉，说："二十年不会生病的美人。"崔公高兴地把她留下来，把她的身价钱送给了于公。于敖平时非常喜欢莲子，因为偶然发怒把她赶走，卖给不认识的人也就罢了，听说崔公十分宠爱莲子，于公不高兴的神态，就挂在了脸上。然而人已经走了，难再招回来，只好常在心中思念了。

未一年，莲子暴死，革方有外邮之事[①]，回及城门，逢柩车，崔人有执绋者[②]，问其所葬，曰："莲子也。"呼载归而奔告崔曰："莲子非死，盖尸蹷耳[③]。向者革入郭，遇其柩[④]，载归而请往苏之。"崔怒革之初言，悲莲子之遽夭，勃然曰："匹夫也[⑤]！妄惑诸侯[⑥]，遂齿簪裾之列[⑦]。汝谓二十春无疾者，一年而死。今既葬矣，召其柩而归，脱不能生[⑧]，何以相见？阶前数步之内，知公何有！"革曰："此固非死而尸蹷耳。千年而一，苟不能生之，是革术不神于天下，何如就死以谢过言[⑨]。"乃辞往崔第，破棺出之，遂刺其心及脐下各数处，凿去一齿，以药一刀圭于口中[⑩]，衣以单衣，卧空床上，以练素缚其手足[⑪]，有微火于床下，曰："此火衰，莲子生矣。"且戒其徒："煮葱粥伺焉，其气通若狂者，慎勿令起，逡巡自定。定而困，困即解其缚，以葱粥灌之，遂活矣。正狂令起，非吾之所知也。"言竟，复入府谓崔曰："莲子即生矣。"崔大释其怒，留坐厅事。俄而莲子起坐言笑。界吏报于公，公飞牍于崔[⑫]："莲子复生，乃何术也？"与革偕归，入门则莲子来迎矣。于公大奇之。且夫莲子事崔也，非素意，因劝以与革。崔亦恶其无齿，又重于公，遂与革。革得之，以神药傅齿，未逾月而齿生如故。大和壬子岁⑬，调授金吾骑曹，与莲子偕在辇下。

【注释】

①外邮：城外的驿站。唐李绅《过吴门》："候火分通陌，前旌驻外邮。"

②执绋(fú)：送葬时手执绳索以牵引灵柩，后泛指送葬。《礼记·曲礼》："适墓不登垄，助葬必执绋。"

③尸蹶：亦作"尸厥"。症状为突然昏倒，不省人事。

④柩：装有尸体的棺材。《礼记·曲礼》："在床曰尸，在棺曰柩。"

⑤匹夫：贱称对方，多用于责骂之词。

⑥诸侯：喻指掌握军政大权的地方长官。三国蜀诸葛亮《出师表》："臣本布衣，躬耕于南阳，苟全性命于乱世，不求闻达于诸侯。"

⑦齿：并列，次列。《庄子·天下》："百官以此相齿。"

⑧脱：表示假设。犹言倘若。唐李朝威《柳毅传》："脱获回耗，虽死必谢。"

⑨何如：用反问的语气，表示胜过或不如。谢：向人认错、道歉。《史记·项羽本纪》："旦日不可不蚤自来谢项王。"过言：过分夸大的言辞。

⑩刀圭：量药的器具，形如刀，尾端尖锐，中间下洼。

⑪练素：白绢。汉王充《论衡·累害》："清受尘，白取垢，青蝇所污，常在练素。"

⑫飞牍：即飞书，紧急的文书。《后汉书·五行志》："光武崩，山阳王荆哭不哀，作飞书与东海王，劝使作乱。"

⑬大和壬子岁：唐文宗大和六年(832)。

【译文】

不到一年，莲子突然死去，这时梁革到外面传递书信去了，回来时走到城门，遇见灵车从那里经过，见有崔家送葬的人，梁革问他们要葬的是谁，他们说："莲子。"梁革听说后，就让他们把灵车拉回崔公府邸，自己则跑去告诉崔公，说："莲子没死，只是尸蹶而已。方才我进城，遇见她的灵车，我让人把她拉回来了，现在让我使她苏醒过来。"崔公非常恼怒梁革当初说的话，又伤心莲子的突然死去，激动地说："你这个东西！迷惑我等长官，好趁机与富贵显达的人结交。你说她二十年不会生病，结果一年就死了。如今就要下葬，你让人把她的灵车拉回来，倘若不能复生，你还有什么脸面见我？你在阶前，离我只有几步的距离，我看你有什么办法！"梁革说："莲子不是真死，而是尸蹶。这样的事一千年遇不上一次，如果我不能让她复活，我梁革的医术就不能再称神于天下，不如以死来为我说的大话向您谢罪。"梁革于是辞别崔公，回到崔公府邸，打开棺材，抬出莲子，在莲子的心、脐下几处穴位行针，又凿掉一颗牙齿，把一刀圭的药灌进口中，让莲子只穿着单衣，躺在空床上，用白色的绢绑住她的四肢，在床下生上小火，说："这火快要灭时，莲子就活过来了。"又告诫他的徒弟，说："煮好葱粥守候着，她的气息通畅了，像是发狂似的，千万不要让她起来，过一小会儿自己就安定了。之后她会感到很疲乏，就给她解开绑绳，给她灌葱粥，她就活了。在她正发狂时，让她起来，我可就不知该怎么办了。"梁革说完，又进府对崔公说："莲子一会儿就要活了。"崔公的怒气全消，留梁革在客厅里坐下。一会儿莲子坐起来有说有笑了。界吏把这件事禀告给了于公，于公给崔公送去紧急文书，问："莲子复活了，究竟是什么医术？"崔公与梁革一同回来，进门时莲子出门迎接。于公很奇怪。让莲子侍奉崔公，并不是于公的本意，所以他劝崔公把莲子送给梁革。这时崔公因为莲子缺了一颗牙齿也不喜欢她，加之又看重于公，于是把莲子送给了梁革。梁革得到莲子，用神药敷在莲子的缺齿处，不到一个月就长出了和原来一样的牙齿。大和壬子年，梁革调任金吾骑曹，与莲子一起都到了京城。

其年秋，友人高损之，以其元舅为天官郎[①]，日与相闻，故熟其事而言之，命余纂录耳。

【注释】

①元舅：长舅。《诗经·大雅·崧高》："不显申伯，王之元舅，文武是宪。"汉班固《封燕然山铭》："有汉元舅，曰车骑将军窦宪。"天官郎：职官名。吏部员外郎。武则天时曾改吏部为天官。

【译文】

那年秋天，我的朋友高损之，因为他的长舅是吏部郎，每日与梁革相见，所以对这件事很了解而说了出来，并让我把它写下来。

李卫公靖

卫国公李靖[①]，微时尝射猎霍山中[②]，寓食山村。村翁奇其为人，每丰馈焉，岁久益厚。忽遇群鹿，乃逐之。会暮[③]，欲舍之不能。俄而阴晦迷路，茫然不知所归，怅怅而行[④]，困闷益极。乃极目有灯火光[⑤]，因驰赴焉。既至，乃朱门大第[⑥]，墙宇甚峻。扣门久之，一人出问。公告其迷，且请寓宿。人曰："郎君皆已出，惟太夫人在，宿应不可。"公曰："试为咨白[⑦]。"乃入告而出，曰："夫人初欲不许，且以阴黑，客又言迷，不可不作主人[⑧]。"邀入厅中。有顷，一青衣出曰："夫人来。"年可五十余，青裙素襦[⑨]，神气清雅，宛若士大夫家。公前拜之，夫人答拜，曰："儿子皆不在，不合奉留。今天色阴晦，归路又迷，此若不容，遣将何适。然此山野之居，儿子往还，或夜到而喧，勿以为惧。"公曰："不敢。"既而命食[⑩]，食颇鲜美，然多鱼。食毕，夫人入宅，二青衣送床席裀褥，衾被香洁，皆极铺陈[⑪]，闭户系之而去。公独念山野之外，夜到而闹者何物也,惧不敢寝,端坐听之。

【注释】

①李靖(571—649):字药师。隋末唐初人,著名军事家,为唐王朝的建立立下了赫赫战功,后封卫国公,世称"李卫公"。

②霍山:山名。在今山西霍州。

③会:恰好,正好。《史记·陈涉世家》:"会天大雨。"

④怅怅:失意的样子。

⑤极目:尽目力,眺望远方。汉王粲《登楼赋》:"平原远而极目兮,蔽荆山之高岑。"

⑥朱门:古代王侯贵族的府第大门漆成红色,以示尊贵,后泛指富贵人家。

⑦咨:商议,询问。白:禀告。唐柳宗元《童区寄传》:"墟吏白州,州白大府。"

⑧主人:接待宾客的人。唐白居易《琵琶行》:"主人下马客在船。"

⑨青裙:青布裙子,平民妇女的服装。《新五代史·楚世家·周行逢》:"(严氏)至则营居以老,岁时衣青裙押佃户送租入城。"素襦:普通的短衣。

⑩既而:时间连词。用在全句或下半句的句头,表示上文所发生的情况或动作后不久。

⑪铺陈:铺张,讲排场。

【译文】

卫国公李靖,地位低微时曾经到霍山打猎,吃住都在山村。山村里的老人认为他是一个奇人,每每送给他丰厚的馈赠,年头越久馈赠越多。有一天他忽然遇上一群鹿,就去追赶。恰好天黑了,要舍弃又不甘心。不久便在天气阴沉昏暗中迷失了道路,茫茫然不知何处是归路,失意地走着,困乏郁闷到了极点。眺望远方发现有灯光,于是就急忙骑马过去。到了那里，竟是富家大院，墙宇高峻。敲门敲了很长时间，有一人出来问他干什么。李靖便说迷失了道路，想借住一宿。那人说："我家男主人都出去了，只有太夫人在家，留宿应该说是不行的。"李靖说："请不妨禀报一下。"那人便进去禀报又出来说："夫人起先不想答应，但是因为天气阴沉昏暗，你又说迷了路，就不能不做接待宾客的东道主了。"于是请李靖进了客厅。过了一会儿，一位婢女出来说："夫人来了。"这位夫人年纪大约五十多岁，青裙素袄，神气清雅，犹如士大夫夫人。李靖上前施礼，夫人答礼，说："儿子们都不在家，本不该留宿。但现在天色阴沉昏暗，你又迷失归路，这里不留你，还让你去哪里。这里是山野人家，儿子们回来时，也许是晚上，而且声音很大，你不要害怕。"李靖说："不会的。"很快就命上饭，饭菜都很鲜美，但是多半是鱼。吃完饭，夫人进内宅，两个婢女送来坐卧用具及被褥，被褥干净，香气扑鼻，极其奢华，婢女关上门系上绳子就走了。李靖想，在这山野里，夜里会有吵闹声，究竟是什么东西呢？害怕得不敢入睡，端坐着倾听外面的动静。

夜将半，闻扣门声甚急，又闻一人应之，曰："天符[①]，大郎子报当行雨，周此山七百里，五更须足。无慢滞，无暴伤。"应者受符入呈。闻夫人曰："儿子二人未归，行雨次到，固辞不可，违时见责。纵使报之，亦已晚矣。僮仆无任专之理，当如之何？"一小青衣曰："适观厅中客，非常人也，盍请乎？"夫人喜，因自扣厅门曰："郎觉否？请暂出相见。"公曰："诺。"遂下阶见之。夫人曰："此非人宅，乃龙宫也。妾长男赴东海婚礼，小男送妹。适奉天符，次当行雨。计两处云程，合逾万里，报之不及，求代又难，辄欲奉烦顷刻间[②]，如何？"公曰："靖俗客，非乘云者，奈何能行雨？有方可教，即唯命耳。"夫人曰："苟从吾言，无有不可也。"遂敕黄头："鞴青骢马来[③]。”又命取雨器，乃一小瓶子。系于鞍前，诫曰：“郎乘马，无勒衔勒，信其行，马躩地嘶鸣[④]，即取瓶中水一滴滴马鬃上。慎勿多也。”于是上马腾腾而行，其足渐高，但讶其稳疾，不自知其云上也。风急如箭，雷霆起于步下。于是随所躩，辄滴之，既而电掣云开，下见所憩村，思曰：“吾扰此村多矣，方德其人，计无以报。今久旱，苗稼将悴，而雨在我手，宁复惜之！”顾一滴不足濡[⑤]，乃连下二十滴。

【注释】

①天符：上天的文书和命令。

②奉烦：烦劳，相烦。唐白居易《和微之诗二十三首》序：“又题云：‘奉烦只此一度，乞不见辞。’”

③鞴(bèi)：把鞍辔等套在马身上。

④躩(jué)：疾行，跑。

⑤濡(rú)：沾湿。《礼记·祭义》：“春雨露既濡，君子履之，必有怵惕之心。”

【译文】

将近半夜的时候，听到急促的敲门声，又听一个人答应，说：“上天的符命，命令大公子降雨，此山周围七百里，五更时要降足。不要迟缓，也不要有雨灾。”应者接过天符进屋呈报。李靖听见夫人说：“两个儿子都没有回来，降雨的符命到了，绝对不能推辞，不按时刻降雨就要被责罚。即使去报告儿子，也已经晚了。僮仆没有担当专职的道理，该怎么办呢？”一个小婢女说：“刚才观察客厅里的那个客人，觉得他不是一般人，何不去求他呢？”夫人挺高兴，亲自来敲门说：“您醒了吗？请暂且出来相见。”李靖回答说：“好的。”于是从阶上走下来见她。夫人对他说：“这不是人的住宅，是龙宫。我大儿子到东海去参加一个婚礼，小儿子送他妹妹去了。恰好接到天符,轮到我们去降雨。总计两处的云程,合起来超过一万里,去报告儿子来不及,求别人代替又很难求到,就想要麻烦您一小会儿,怎样呢?”李靖说:“我是一个凡人,不是能腾云驾雾的人,怎么才能降雨呢?有办法可以教给我,我一定唯命是从。”夫人说:“如果能按我的话做,没有不可以的。”于是就命童仆:“给青骢马套好鞍辔。”又命人取来雨器,原来雨器就是一个小瓶子。夫人把这小瓶子系在马鞍前,告诫说:“您骑在马上,不要勒马的缰绳,任凭马自己行走,马奔跑嘶鸣时,您就从瓶中取出一滴水,滴到马鬃上,千万不要滴多了。”于是李靖上马腾空而行,越跑越高,只非常惊讶它的快速和平稳,不知不觉已来到云层之上了。风急如箭,雷鸣就在脚下。于是他就随着马的奔跑,开始滴水,很快就电闪雷鸣,乌云拨开,他望见了他住的那个山村,心想:“我打扰这个村子太多了,正感激他们的恩德,无法报答。现在很久没下雨了,庄稼苗快要枯萎了,而雨就在我手里,难道还怜惜它!”他担心一滴不足以使土地得到灌溉,就连下了二十滴。

俄顷雨毕,骑马复归。夫人者泣于厅曰:“何相误之甚!本约一滴,何私感而二十之!天此一滴,乃地上一尺雨也。此村夜半平地水深二丈,岂复有人。妾已受谴,杖八十矣。”袒视其背,血痕满焉。“儿子亦并连坐[①],如何?”公惭怖,不知所对。夫人复曰:“郎君世间人,不识云雨之变,诚不敢恨。即恐龙师来寻,有所惊恐,宜速去此。然而劳烦,未有以报,山居无物,有二奴奉赠。总取亦可,取一亦可,唯意所择。”于是命二奴出来。一奴从东廊出,仪貌和悦,怡怡然。一奴从西廊出,愤气勃然,拗怒而立。公曰:“我猎徒,以斗猛为事[②]。一旦取奴而取悦者,人以我为怯乎?”因曰:“两人皆取则不敢,夫人既赐,欲取怒者。”夫人微笑曰:“郎之所欲乃尔。”遂揖与别，奴亦随去。出门数步，回望失宅，顾问其奴，亦不见矣。独寻路而归。及明望其村，水已极目，大树或露梢而已，不复有人。

【注释】

①连坐：一人犯罪而使其亲属、朋友、邻居等遭牵连而受罚。《史记·商君列传》：“令民为什伍，而相牧司连坐。”

②事：职业。《史记·樊郦滕灌列传》：“舞阳侯樊哙者，沛人也。以屠狗为事。”

【译文】

不一会儿就下完了雨，他便骑马回来了。夫人在客厅里哭泣，说：“您怎么能误事误得这么厉害呢？我本来与您约好只滴一滴，为什么私自滴了二十滴？天上一滴，就是地上的一尺雨。这个村半夜的时候，平地水深已经二丈了，哪还有人能生存啊！我已经受到惩罚，挨了八十大板了！”袒露她的背部，满是血痕。又说：“我儿子也被连坐，如何是好？”李靖又惭愧又害怕，不知如何回答。夫人又说：“您是人世间的凡人，不懂得云雨的变化，实在不能怨恨您。只怕龙的军队来找，吓着您，您应该马上离开这里。但是如此麻烦您，没有什么报答您的，山里没有贵重的东西，有两个奴仆送给您。一块儿领走也可以，单领一个也可以，由您自己选择吧。”于是让两个奴仆出来。一个从东廊下走出来，和颜悦色，安适自在。一个从西廊下走出来，怒容满面，恶狠狠地站着。李靖心想：“我是一个打猎的，以斗狠为职业。要是领那个和颜悦色的奴仆，人家就会以为我胆小。”于是他说：“两个都领取却不敢，夫人既然相赠，我想领那个怒容满面的。”夫人微笑着说：“您的志向也就这样了。”于是就作揖告别，那奴仆也跟着他走出来。出门才几步，回头看宅院已经没有了，又回头去问他的那个奴仆，奴仆也不见了。李靖独自寻路回来。等到天明，远望那个小山村，大水漫延，望不到尽头，有的大树只露出树梢，不再有人。

其后竟以兵权靖寇难[①]，功盖天下，而终不及于相，岂非悦奴之不得乎？世言：关东出相[②]，关西出将[③]。岂东西而喻耶？所以言奴者，亦臣下之象。向使二奴皆取，位极将相矣。

【注释】

①靖难：平定变乱。《后汉书·孔融传》："融负其高气，志在靖难。"

②关东：指函谷关或潼关以东的地区。

③关西：指函谷关或潼关以西的地区。

【译文】

后来李靖终于掌握兵权，指挥军队平定了贼寇的叛乱，立下了盖世大功，但始终没有当上相国，这岂不是因为他没有领到那个和颜悦色的奴仆吗？人们常说：关东出相，关西出将。难道那两个奴仆一个从东廊出，一个从西廊出，是暗喻将和相吗？之所以叫做奴，也是臣子的象征。假如把两个奴仆都领走，他的官位就可以兼及将和相了。

补遗

【题解】

“补遗”部分共六篇。《李绅》讲述了李绅被一老人带到仙境罗浮山游览，并与众仙人交谈。李绅原本在仙籍登记在册，然而李绅把仕途看得很重，不愿成仙，于是回来继续他的科举及仕宦生涯。《韦氏子》讲的是一个姓韦的人，崇尚儒家，反对佛教，死后，在地狱中受到严酷的折磨。唐代社会存在儒家与佛教的思想斗争。此则故事实质是站在佛教的角度宣扬佛教思想。《延州妇人》讲述了一位看似淫荡的妇女，死后其尸骸的形状像锁一样，一位僧人说她心慈悲、喜施舍，是能够满足世俗愿望的锁骨菩萨。这则故事十分新奇，与佛教思想颇为悖离。《琴台子》讲述了李希仲年仅九岁的女儿，忽然有一天一个妇女对她说，她将来会成为这个妇女丈夫的继室，请她日后好好照顾她的儿子——琴台子。数年后，一切都如这个妇女所预言的那样发生了。《唐俭》讲述了唐俭亲眼所见的两则形成鲜明对比的故事。第一则故事讲一位地位卑微的女子，在死去多年后依然对丈夫忠贞不渝；第二则故事则讲两个距离相近的墓穴，分别埋葬的是县令的儿子与县尉的爱妾，结果在迁坟时发现两人有了奸情。作者意在歌颂平民夫妻间坚贞不渝的爱情，鞭挞纨绔子弟的淫乱行为。《马震》讲的是马震死去多年的母亲以一个正常人的形象偷偷回到了家中，但马震真正见到他母亲时，他的母亲瞬间又变成了一堆白骨,白骨上还有像血管一样的红线。后发掘开他母亲的墓穴,其内空空如也,谁也无法解释其中的原因。

李绅

故淮海节度使李绅[①],少时与二友同止华阴西山舍。一夕,林叟有赛神者来邀[②],适有头痃之疾[③],不往,二友赴焉。夜分雷雨甚[④],绅入止深室[⑤],忽闻堂前有人祈恳之声,徐起窥帘,乃见一老叟,眉须皓然[⑥],坐东床上。青童一人[⑦],执香炉拱立于后。绅讶之,心知其异人也,具衫履出拜之。父曰[⑧]:"年小识我乎?"曰:"小子未尝拜睹[⑨]。"老父曰:"我是唐若山也[⑩],亦闻吾名乎?"曰:"尝于仙籍见之。"老父曰:"吾处北海久矣[⑪],今夕南海群仙会罗浮山[⑫],将往焉。及此,遇华山龙斗[⑬],散雨满空。吾服药者,不欲令霑服,故憩此耳。子非李绅乎?"对曰:"某姓李,不名绅。"叟曰:"子合名绅,字公垂,在籍矣,能随我一游罗浮乎?"绅曰:"平生之愿也。"老父喜。

【注释】

①李绅(772—846):字公垂,祖籍亳州谯县(今安徽亳州),后迁居无锡(今属江苏)。元和年间进士,历任校书郎、翰林学士,因事遭贬谪,后拜相,又出为淮南节度使。为新乐府运动参与者,其诗《悯农》二首最有名。

②林叟:居住在山林中的老人。赛神:设祭酬神。

③头痃(xuán):头晕。痃,用同"眩"。

④夜分:半夜的时候。三国魏曹植《上责躬应诏诗表》:"昼分而食,

夜分而寝。”

⑤深室:幽深的居室。唐韩愈《忆昨行和张十一》:“宿酲未解旧痁作,深室静卧闻风雷。”

⑥皓然:洁白的样子。

⑦青童:指少年。亦指古代神话传说中的仙童。

⑧父:对老年男子的尊称。《史记·项羽本纪》:“纵江东父兄怜而王我,我何面目见之?”

⑨小子:自称的谦辞。《尚书·顾命》:“眇眇予末小子,其能而乱四方,以敬忌天威。”

⑩唐若山:玄宗先天年间,任尚书郎。开元年间,出为润州刺史,颇有惠政,远近称赞。好长生之道,曾被诏入内殿,不久恳求归山,诏许之。唐若山好方术,所至之处,必会炼丹之人,虽其术无所取,但皆礼而接之。

⑪北海:神话、小说中想像的北方大海。

⑫罗浮山:位于广东广州增城东,其山瑰奇灵秀,为粤中名山。相传东晋葛洪得仙术于此。

⑬龙斗:两龙相斗。《左传·昭公十九年》:“郑大水,龙斗于时门之外洧渊。”

【译文】

前淮海节度使李绅,年轻的时候与两个朋友一起居住在华阴西山的客舍里。一天晚上,山林中有祭祀神灵的老人来邀请他们,李绅当时得了头痃之症,没有去,他的两个朋友去了。半夜时分,电闪雷鸣,雨下得很大,李绅就搬进里面的卧室。忽然听见正屋前面有人发出恳求的声音,李绅慢慢起来,从帘子的空隙往外看,看见一个老人,眉须雪白,坐在东面的床上。一个道童,手里拿着香炉,拱手立在老人后面。李绅很惊奇,心里知道他不是一般人,于是穿好了衣服和鞋,出来拜见他。那个老人说:“年轻人,认识我吗?”李绅说:“鄙人未曾拜见过您。”老人说："我是唐若山，您听说过我的名字吗？"李绅说："曾经在神仙的名册中见过您的名字。"老人说："我在北海居住很长时间了，今天晚上，南海的众神仙在罗浮山聚会，我将要到那里去。走到这里，遇到华山的两龙争斗，满天都是雨。我是个服药的人，不想让雨水浸湿了我的衣服，所以在这休息休息。您不是李绅吗？"李绅说："我姓李，但是名不叫绅。"老人说："您应当名叫绅，字公垂，已经在仙籍名册上了，能跟随我到罗浮山一游吗？"李绅说："这是我平生的愿望。"老人很高兴。

有顷，风雨霁，青童告可行。叟乃袖出一简，若笏形，纵拽之，长丈余，横拽之，阔数尺，缘卷底坳[①]，宛若舟形。父登居其前，令绅居其中，青童坐其后。叟戒绅曰："速闭目，慎勿偷视。"绅则闭目，但觉风涛汹涌，似泛江海。逡巡舟止，叟曰："开视可也。"已在一山前，楼殿参差，蔼若天外[②]，箫管之声，寥亮云中。端雅士十余人喜迎叟[③]，指绅曰："何人也？"叟曰："李绅耳。"群士曰："异哉！公垂果能来。人世凡浊，苦海非浅，自非名系仙录，何路得来。"叟令绅遍拜之。群士曰："子能我从乎[④]？"绅曰："绅未立家，不获辞，恐若黄初平贻忧于兄弟[⑤]。"未言间，群士已知："子念归，不当入此居也。子虽仙录有名，而俗尘尚重，此生犹沉幻界耳。美名崇官，外皆得之。守正修静，来生既冠[⑥]，遂居此矣。勉之勉之！"绅复遍拜叟归。辞讫，遂合目，有一物若驴状近身，乘之，又觉走于风涛之上。顷之，闷甚思见。其才开目，已堕地而失所乘者。仰视星汉[⑦]，近五更矣，似在华山北。徐行数里，逢旅舍，乃罗浮店也。去所止二十余里[⑧]，缓步而归。明日，二友与仆夫方奔访觅之。相逢大喜，问所往，诈云：

“夜独居，偶为妖狐所惑，随造其居⑨。将曙，悟而归耳。”自是改名绅，字公垂，果登甲科翰苑⑩，历任郡守，兼将相之重。

【注释】

①坳（ào）：低凹的地方。

②蔼（ǎi）：通“霭”，云气。

③端雅：端庄文雅。

④从：随行，跟随。

⑤黄初平：姓或作皇。晋丹溪人。年十五牧羊时，遇一道士，见初平善良谨厚，便引至金华山石室中修炼。相传能叱石成羊。贻忧：留下忧患，使受忧患。

⑥既冠：古代男子到了成年时行加冠礼，年龄一般为二十岁。

⑦星汉：天河，银河。汉曹操《步出夏门行·观沧海》：“星汉灿烂，若出其里。”

⑧去：距离。《列子·汤问》：“日始出时去人近。”

⑨造：到，往某地去。

⑩甲科：唐宋进士分甲、乙科，甲科试题最难。唐王建《送薛蔓应举》：“一士登甲科，九族光彩新。”翰苑：翰林院的别称。翰林院从唐朝开始设立，初时为供职具有艺能人士的机构。自唐玄宗后，翰林分为两种，一是翰林学士，供职于翰林学士院；一是翰林供奉，供职于翰林院。翰林学士担当起草诏书的职责，翰林供奉则无甚实权。晚唐以后，翰林学士院演变成了专门起草机密诏制的重要机构，在院任职与曾经任职者，被称为翰林官。宋朝后成为正式官职。明以后被内阁等代替，成为人才储备之所，负责修史、起草诏书等。

【译文】

过了一会儿，风雨停止了，道童告诉老人可以走了。老人就从袖中拿出一个竹筒，形状像笏板，往长拽，长了一丈多；往宽拽，宽了几尺，边缘处卷起，底部下陷，好像船的形状。老人上去坐在前面，让李绅坐在中间，道童坐在后面。老人告诫李绅说："快闭上眼睛，千万不要偷看。"李绅就闭上眼睛，只觉得风声呼啸，波涛汹涌澎湃，好像在江海上一样。不一会儿，船停了，老人说："可以睁开眼睛了。"李绅一看，已经在一座山前了，这里楼殿参差不齐，云气缭绕，犹如天外，箫管的乐声，响彻云中。有十几个端庄文雅的士人，高兴地迎接老人。他们指着李绅说："这位是谁？"老人说："是李绅。"众士人说："真是神奇啊！公垂果然能来这里。人世间凡俗污浊，苦海不浅，假如不是名列仙籍名录，什么途径能到这里来。"老人让李绅向他们逐个行礼。众士人说："您能跟随我们去吗？"李绅说："我没有成家立业，没有与家人告别，恐怕会像黄初平让他的哥哥遭受忧愁那样，让我的家人不舍。"说话间，众士人已经知道了他的意思，对李绅说："您想回去，就没有办法在这里居住。您虽然名登仙录，但凡心还很重，这一生还要陷入幻界。美好的名声和崇高的官位，身外的东西都能得到。您要操守正直，内守安静，来生到了二十岁，再居住在这里，努力努力！"李绅又逐个拜谢了众士人和老人准备回去。告辞完，就闭上眼睛，有一头形状像驴的动物靠近他，李绅骑上它，又觉得像穿越在波涛之上。不一会儿，他感到很烦闷，想睁开眼睛看一看。刚睁开眼睛，就已经掉到了地上，并且他的坐骑也不知所踪。李绅仰视星辰，已接近五更天了，好像是在华山北面。他慢慢地走了几里，遇到一个旅馆，是罗浮店。这里离他居住的地方还有二十多里，李绅迈着缓慢的步子往回走。第二天，他的两个朋友和仆人正在四处寻找他。见面之后很高兴，朋友问他到什么地方去了，李绅骗他们说："夜里独居，偶然被妖狐迷惑，跟随到他们的居所去了。快要天亮了，我醒悟过来，就回来了。"从这以后他改名绅，字公垂，果然荣登进士甲科，任职翰林院，历任州郡刺史，兼将军和宰相的重任。

韦氏子

韦氏子有服儒而任于唐元和朝者[①]，自幼宗儒，非儒不言，故以释氏为胡法[②]，非中国宜兴。有二女，长适相里氏[③]，幼适胡氏。长夫执外舅之论[④]；次夫则反之，常敬佛奉教，攻习其文字，其有不译之字读宜梵音者，则屈舌效之，久而益笃。及韦氏子寝疾，命其子曰："我儒家之人，非先王之教不服[⑤]。吾今死矣，慎勿为俗态铸释饭僧，祈祐于胡神，负吾平生之心。"其子从之。

【注释】

①服：信服，佩服。《史记·平原君虞卿列传》："毛遂比至楚，与十九人议论，十九人皆服。"

②释氏：释迦牟尼佛，姓释迦氏，故称为释氏，后亦指佛教。《晋书·何充传》："于时郗愔及弟昙奉天师道，而充与弟准崇信释氏。"胡：古代称北边的或西域的民族，后泛指外国或外族的。

③相里：复姓。

④外舅：岳父。

⑤先王：上古贤明君王。《孝经·开宗明义》："先王有至德要道，以顺天下，民用和睦。"

【译文】

有个信奉儒家思想的姓韦的人，在唐宪宗元和年间在政府任职，他从小尊崇儒家思想，不符合儒家思想的话不说，所以把佛教看作外国的学说，在中国不应当提倡。他有两个女儿，长女嫁给了一个姓相里的，幼女嫁给了一个姓胡的。他的大女婿秉持岳父的学说，而小女婿就正好相反，坚持信奉佛教，潜心学习佛经文字，如果遇到不能翻译成汉语而应当读梵音的，就卷起舌头模仿着念，后来越来越虔诚地信奉佛教。姓韦的那个人重病卧床，告诫他的儿子说：“我是儒家的人，凡不是先王的教导我都不能服从。我快死了，千万不要为了世俗而铸佛斋僧，请求佛的保佑，这会辜负了我一生的心愿。”他的儿子听从了他的话。

既除服[①]，而胡氏妻死，凶问到相里氏[②]。以其妇卧疾[③]，未果讣之[④]。俄而疾殆，其家泣而环之，且属纩焉[⑤]。欻若鬼神扶持[⑥]，骤能起坐，呼其夫曰：“妾季妹死已数月，何不相告？”因泣下呜咽。其夫绐之曰：“安得此事，贤妹微恙，近闻平复。荒惑之见[⑦]，未可凭也，勿遽惆怅。今疾甚，且须将息[⑧]。”又泣曰：“妾妹在此，自言今年十月死，甚有所见。命吾弟兄来，将传示之。昨到地府西曹之中[⑨]，闻高墉之内冤楚叫悔之声[⑩]，若先君声焉[⑪]。观其上则火光迸出，焰若风雷。求入礼觐，不可。因遥哭呼之，先君随声叫曰：‘吾以平生谤佛，受苦弥切。无晓无夜，略无憩时。此中刑名，言说不及，惟有罄家回向[⑫]，冥资撰福[⑬]，可救万一。轮劫而受，难希降减，但百刻之中[⑭]，一刻暂息，亦可略舒气耳。’妹虽宿罪不轻，以夫家积善，不堕地狱，即当上生天宫也。妾以君心若先君，亦当受数百年之责。然委形之后[⑮]，且当神化为乌，再七饭僧之时[⑯]，可以来此。”其夫泣曰：“洪炉变化[⑰]，物固有之。雀为蛤[⑱]，蛇为雉，雉为鸽，鸠为鹰，田鼠为鴽[⑲]，腐草为萤，人为虎、为猿、为鱼、为鳖之类，史传不绝。为乌之说，岂敢深讶，然乌群之来，数皆数十，何以认君之身而加敬乎？”曰：“尾底毛白者妾也。为妾谢世人[⑳]，为不善者，明则有人诛，暗则有鬼诛，丝毫不差。因其所迷，随迷受化。不见天宝之人多而今人寡乎[21]？盖为善者少，为恶者多。是以一厕之内，虫豸万计[22]；一砖之下，蝼蚁千万；而昔之名城大邑，旷荡无人，美地平原[23]，目断草莽[24]。得非其验乎？多谢世人，勉植善业[25]。”言讫复卧，其夕遂卒。

【注释】

①除服：脱去丧服，谓不再守孝。《史记·刺客列传》：“久之，聂政母死，既已葬，除服。”

②凶问：死讯，噩耗。《三国志·魏书·王基传》：“是岁，基母卒，诏秘其凶问，迎基父豹丧合葬洛阳，追赠豹北海太守。”

③妇：妻子。唐白居易《琵琶行》：“门前冷落鞍马稀，老大嫁作商人妇。”

④讣(fù)：报丧的文字。唐柳宗元《虞鸣鹤诔》：“祸丁舅氏，漂沦海沂，捧讣号呼，匍匐增悲。”

⑤属纩(zhǔ kuàng)：用新绵置于临死者鼻前，察其是否断气。亦指临终。《礼记·丧大记》：“属纩以俟绝气。”

⑥欻(xū)：忽然。

⑦荒惑：恍惚。唐柳宗元《与韩愈论史官书》：“凡鬼神事眇茫荒惑无可准。”

⑧将息：调养休息，保养。宋李清照《声声慢·寻寻觅觅》：“乍暖还寒时候，最难将息。”

⑨西曹：刑部的别称。唐元稹《送复梦赴韦令幕》：“西曹旧事多持法，慎莫吐侘丞相茵。”

⑩墉(yōng)：城墙。

⑪先君：已故的父亲。汉班昭《东征赋》：“先君行止，则有作兮；虽其不敏，敢不法兮。”

⑫回向：佛教语。谓回转自己的功德，趋向众生和佛果。

⑬冥资：谓为死人焚化的纸财宝。

⑭百刻：古时用刻漏计时，一日可分为一百刻。晋陆机《漏刻赋》："度昼夜乎一箭，抱百刻以骏浮。"

⑮委形：谓自然或人为所付与的形体。《庄子·知北游》："舜曰：'吾身非吾有也，孰有之哉？'曰：'是天地之委形也。'"清郭庆藩《集释》引俞樾曰："天地之委形，谓天地所付属之形也。"

⑯再七：即二七，人死后的第二个七天。

⑰洪炉：比喻天地。晋葛洪《抱朴子·勖学》："鼓九阳之洪炉，运大钧乎皇极。"

⑱蛤：一种有介壳的软体动物。

⑲鴽(rú)：古书上指鹌鹑类的小鸟。

⑳谢：告诉，告诫。《古诗为焦仲卿妻作》："多谢后世人，戒之慎勿忘。"

㉑天宝：唐玄宗李隆基的年号(742—756)。

㉒虫豸(zhì)：小虫的通称。

㉓美地：殷富肥饶之地。《列子·说符》："孙叔敖死，王果以美地封其子。"

㉔草莽：指草木丛生的荒原。晋陶渊明《归园田居》："常恐霜霰至，零落同草莽。"

㉕植：培植。善业：佛教用语。佛教把身、口、意三方面的活动称为三业，这些业又分为善、不善、非善非不善三种，能引起善恶等报应。善业指五戒十善等善事之作业。

【译文】

姓韦的那个人去世后，他的儿子脱掉丧服不久，姓胡的妻子就死了，死讯通知到相里氏家里。因相里的妻子卧病在床，就没有把妹妹的死讯告诉她。不久相里的妻子病危，她的家人都围着哭泣，并用新丝绵置于她的鼻子前，察其是否断气。她忽然像被鬼神搀扶着一样，冷不丁地坐了起来，呼喊着她的丈夫说："我的小妹已经死了几个月了，为什么不告诉我?”于是流下眼泪呜咽。她的丈夫骗她说:“怎么会有这样的事,贤妹只是有点小病,最近听说已经好了。你这是恍惚时看见的,没有一点凭证,千万不要悲伤。现在你病得很重,特别需要好好休养才是。”相里氏的妻子又哭泣着说:“我妹妹就在这里,她说是今年十月死的,并且在阴间看见了很多事情。快叫我的弟兄们过来,我要告诉他们。妹妹对我说昨天到了地府的刑部,听见高墙内有鸣冤叫屈悔恨之声,很像先父的声音。看那上面有火光迸出,火焰像风雷似的。妹妹请求进入里面探望,结果不被允许。她只好远远地呼喊父亲,先父随声音喊道:‘我因为一生诽谤佛教,在这里受罪很重。没白天没黑夜,一点儿休息的时间都没有。这里的刑罚名称都说不完,唯有用家中全部的钱财回向给我,念佛修福,才有一点点可能获救。轮回的劫难很难减免,只是一天当中,能略微休息片刻就满足了。’妹妹虽然前世的罪孽深重,但因丈夫积善,不会堕落到地狱去,这就要升到天宫去了。我担心你的思想像我的父亲一样,也应会遭受几百年的罪罚。我死了之后,会变为乌鸦,等二七斋僧时可以来这里。”她的丈夫听后哭着说:“天地的演变,事物本来就有这种变化。鸟雀变为蛤,蛇变为野鸡,野鸡变为鸽子,鸠变为老鹰,田鼠变为鴽,腐草为萤虫,人变为虎、猿猴、鱼、鳖之类,史书上的记载绵延不绝。人变为乌鸦的说法,不会感到诧异,可是乌鸦成群飞来,数量都有几十只,如何才能辨认哪只是你的化身,然后我们加倍尊敬呢?”他妻子回答说:“尾巴下面长着白毛的就是我。替我告诫世上的人,做坏事的人,阳间有人诛杀,阴间有鬼诛杀,丝毫不会错的。根据他迷惑的程度,来决定对他死后的惩罚。你没看到天宝年间的人多,而现在的人少吗?因为做善的人少,做恶的人多。因此一个厕所之内的虫蛆以万来计算,一块砖头下面的蝼蚁以千万来计算,而从前的名城大邑,现在却是空旷无人,肥沃的土地和一望无际的平原,看到的尽是野草,而无人家。难道这不是应验了吗?告诫世人吧,尽力做善事、好事。”说完又躺在床上,那天晚上就死了。

其为妇也，奉上敬，事夫顺，为长慈，处下谦，故合门怜之，悯其芳年而变异物[①]，无幼无长，泣以俟乌。及期，乌来者数十，唯一止于庭树低枝，窥其姑之户，悲鸣屈曲，若有所诉者。少长观之，莫不呜咽。徐验其尾，果有二毛，白如霜雪。姑引其手而祝之曰："吾新妇之将亡也，言当化为乌而尾白。若真吾妇也，飞止吾手。"言毕，其乌飞来，驯狎就食，若素养者[②]。食毕而去。自是日来求食，人皆知之。数月之后，乌亦不来。

【注释】

①异物：指人类以外的生物。汉贾谊《鹏鸟赋》："异物来萃兮，私怪其故。"

②素：平素，往常，旧时。《明史·海瑞传》："宦官黄锦在侧曰：'此人素有痴名。'"

【译文】

她作为妻子，孝顺公婆，对待丈夫温顺，做长辈慈祥，对下人温和，所以全家人都很悲伤，为她这么年轻就变成其他生物而惋惜。家里的人，无论年纪大的还是年纪小的，都哭着等乌鸦的到来。等到了二七那一天，果然飞来几十只乌鸦，其中有一只落在庭院中大树最低的树枝上，看着婆婆的屋门，悲切地叫着，好像在诉说什么。全家老小看着没有不哭的。慢慢地想起来察看它的尾巴，果然有两根白毛，白得像霜雪一样。婆婆伸出她的手来祷告，说："我的媳妇临死时说，她会变成一只尾巴上长着白毛的乌鸦。如果你是我家的媳妇，就飞到我手上来吧。"婆婆说完，那只乌鸦就飞到她婆婆手上，很温驯地吃食，就像平时家养的一样，吃完就飞走了。从这天开始天天来求食，附近的人都知道这件事。几个月之后，乌鸦就不再来了。

延州妇人

昔延州有妇人[①]，白皙，颇有姿貌，年可二十四五，孤行城市，年少之子，悉与之游，狎昵荐枕[②]，一无所却。数年而殁，州人莫不悲惜，共醵丧具为之葬焉[③]。以其无家，瘗于道左[④]。大历中，忽有胡僧自西域来，见墓，遂趺坐具[⑤]，敬礼焚香，围绕赞叹数日。人见谓曰："此一淫纵女子，人尽夫也，以其无属，故瘗于此，和尚何敬耶？"僧曰："非檀越所知[⑥]，斯乃大圣[⑦]，慈悲喜舍，世俗之欲，无不徇焉[⑧]。此即锁骨菩萨。顺缘已尽，圣者云耳[⑨]。不信即启以验之。"众人即开墓，视遍身之骨，钩结皆如锁状，果如僧言。州人异之，为设大斋[⑩]，起塔焉[⑪]。

【注释】

①延州：西魏废帝三年(554)改东夏州置，治广武(今陕西延安东北)。唐治肤施(今延安东北，宋移今延安)。唐时辖境相当今陕西延安、延长、延川、志丹等地。

②狎昵：指过于亲近而态度不庄重。荐枕：女子献身侍寝。唐许尧佐《柳氏传》："柳夫人容色非常，韩秀才文章特异。欲以柳荐枕于韩君，可乎？"

③醵(jù)：本指凑钱饮酒，泛指凑钱、集资。

④瘗(yì)：埋葬。晋潘岳《西征赋》："夭赤子于新安，坎路侧而瘗之。"

⑤趺(fū)坐：两脚盘腿打坐。唐王维《登辨觉寺》："软草承趺坐，长松响梵声。"

⑥檀越：施主。指以财物、饮食供养出家人或寺院的俗家信徒。平

时出家人也用来尊称一般的在家人。

⑦大圣：佛教称佛、菩萨。

⑧徇(xùn)：顺从，依从。《左传·文公十一年》："郕大子朱儒，自安于夫钟，国人弗徇。"晋杜预注："徇，顺也。"

⑨圣者：比一般人更为慈善、耐心、自我克制或有德行的人。

⑩大斋：佛教语。谓在重大节日期间举行法会，设斋食供养僧人。《太平广记·妖妄·双圣灯》："每至大斋日送供，士女仅至千人……大历十四年，四月八日夜，大众合声礼念。"

⑪塔：形高而顶尖的佛教建筑物，多为五层七级，也有高至十三级的，初为藏佛骨(舍利子)的地方，后世也藏经于其中。

【译文】

从前延州有一位妇女，皮肤白净，很有几分美貌，年龄大约二十四五岁，独自一人行走城市中。许多年轻的男子，都与她交游，跟她亲近甚至要她陪睡，她从不拒绝。这位妇女几年后就死了，延州人感到非常悲痛惋惜，大家共同凑钱办丧事埋葬了她。因为她没有家，就埋在了道旁。大历年中，忽然从西域来了一位胡僧，看到这座坟墓，就在旁边盘腿打坐，焚香敬拜，围绕坟墓赞美她好几日。有人对他说："这是一个淫荡放纵的女子，所有的男人都可以是她的丈夫。因她没有家，所以埋在这里，和尚为什么要敬重她呢?"和尚说："这并不是施主所能知道的，她是一位大德，心慈悲、喜施舍，世俗的愿望，她没有不曲意顺从的。这就是锁骨菩萨。顺缘已尽，圣者就是这样。不信打开墓穴验证一下。"众人就掘开墓穴，果然像和尚说的那样，她全身的骨头，钩结得像锁一样。延州人感到奇异，于是举行法会，并为她修建了塔。

琴台子

赵郡李希仲①，天宝初宰偃师②，有女曰闲仪，生九岁，嬉戏于廨署之花栏内③。忽有人遽招闲仪曰："鄙有恳诚，愿托贤淑。幸毕词，勿甚惊骇。”乃曰：“鄙为崔氏妻，有二男一女。男名琴台子，鄙尤钟念，生六十日，鄙则谢去[④]。夫人当为崔之继室，敢以念子为托，实仁愍之。”因悲恸怨咽，俄失所在。闲仪亦沉迷无所觉知矣。家人善养之，旬日无恙。希仲秩满[⑤]，因家洛京[⑥]。天宝末，幽蓟起戎[⑦]，希仲则挈家东迈[⑧]，以避兵乱。行至临淮，谒县尹崔祈。既相见，情款依然[⑨]。各叙祖姻，崔乃内外三从之昆仲也[⑩]。时崔丧妻半岁，中馈无主[⑪]，幼稚零丁[⑫]，因求娶于希仲。希仲家贫时危，方为远适[⑬]，女况成立，遂许成亲。女既有归[⑭]，将谋南度。偃师故事，初不省记[⑮]。一日，忽闻崔氏中堂沉痛大哭，即令询问，乃闲仪耳。希仲遇自询问，则出一年孤孩曰：“此花栏所谓琴台子者也。”因是倍加抚育，名之灵遇。及长，官至陈郡太守。

【注释】

①赵郡：地名。治今河北邯郸。

②宰：管理，主持。偃师：地名。今属河南。

③廨（xiè）署：古代官吏办公的地方。

④谢去：死亡的委婉说法。

⑤秩满：官员任职届满。唐薛调《无双传》：“秩满，闲居于县。”

⑥洛京：洛阳的别名。

⑦幽蓟：幽州和蓟州的并称。唐杜甫《夏日叹》：“浩荡想幽蓟，王师安在哉。”起戎：起兵。

⑧迈：远行。

⑨情款：情谊，交情。《抱朴子·疾谬》：“于是嘲族以叙欢交，极黩以结情款。”

⑩昆仲：兄弟。长曰昆，次曰仲。

⑪中馈：妇女在家中职司饮食的事。

⑫零丁：孤单没有依靠的样子。晋李密《陈情表》："零丁孤苦，至于成立。"

⑬远适：远往，远行。唐杜甫《晓发公安》："舟楫渺然自此去，江湖远适无前期。"

⑭归：女子出嫁。

⑮省（xǐng）记：记忆，回忆。唐韩愈《与崔群书》："又不知无乃都不省记，任其死生寿夭邪！"

【译文】

赵郡的李希仲，在天宝初年当上了偃师县令，他有个女儿叫闲仪，九岁了，有一天在公署的花园中玩耍。忽然有一个人招呼她，对她说："我有一个恳求，想要托付给善良温厚的人。希望你能让我把话说完，不要惊慌害怕。"然后又说："我是崔家的媳妇，有两个男孩，一个女孩。有一个男孩叫琴台子，我尤其挂念他，他刚生下来六十天，我就死了。你以后会成为崔家的续弦，我把这个令我挂念的孩子托付给你，请你以仁慈的心肠好好对待他。"说完悲伤地哽咽着，一转身就消失了。闲仪忽然处于昏迷状态，没了知觉。家人悉心地照顾她，十天以后就好了。李希仲任期满了之后，将家搬到洛阳。天宝末年，幽州和蓟州兴起战事，李希仲带领全家往东迁移，以逃避战乱。走到临淮，拜见县尹崔祈。见面后，情谊融洽。各自叙述了自己祖上的婚姻，原来崔祈还是李希仲远亲的兄弟。这时崔祈丧妻半年，没有妻室在家料理饮食家务，孩子年幼孤单没人照顾，崔祈恳求李希仲将女儿嫁给他。李希仲正赶上家贫且时局危难，全家又要远途跋涉，女儿已经长大，就同意了这门亲事。女儿出嫁后，他们一家准备继续往南走。闲仪幼时在偃师所遇到的事情，已经几乎忘记了。有一天，忽然听到崔祈家里厅堂有人大哭，派人过去一问，原来是闲仪。李希仲赶忙过去询问女儿，闲仪领出来一个丧母的一岁男孩，说："这就是当年花园中我遇到的那个人所说的琴台子。"从这以后，闲仪对琴台子备加爱护，为他起名叫灵遇。灵遇长大以后，官至陈郡太守。

唐俭

唐俭少时乘驴将适吴楚①，过洛城，渴甚，见路傍一小室，有妇人年二十余，向明缝衣，投之乞浆②，则缝袜也。遂问别室取浆："郎渴甚，为求之。"逡巡，持一盂至。俭视其室内无厨灶，及还而问曰："夫人之居，何不置火？"曰："贫无以炊，侧近求食耳。"言既③，复缝袜，意绪甚忙。又曰："何故急速也？"曰："妾之夫薛良，贫贩者也。事之十余年矣，未尝一归侍舅姑④。明早郎来迎，故忙耳。"俭微挑之，拒不答。俭愧谢之，遗饼两轴而去。行十余里，忽记所要书有忘之者，归洛取之。明晨复至此，将出都⑤，为涂刍之阻⑥，问何人，对曰："货师薛良之柩也⑦。"骇其姓名，乃昨妇人之夫也。遂问所往，曰："良婚五年而妻死，葬故城中。又五年而良死，良兄发其柩，将祔先茔耳⑧。"俭随观焉。至其殡所，是求水之处。俄而启殡⑨，棺上有饼两轴，新袜一双。

【注释】

①吴楚：泛指春秋吴楚之故地。即今长江中、下游一带。南朝宋刘义庆《世说新语·言语》："君吴楚之士，亡国之余，有何异才，而应斯举？"

②投：靠近，走向，进入。浆：古代一种微酸的饮料。

③既：完毕，完尽。《春秋公羊传·宣公元年》："既而曰：'若此乎，

古之道不即人心。'”

④舅姑：妇女称丈夫的父母，即公婆。《礼记·内则》：“妇事舅姑，如事父母。”

⑤都：本义是建有宗庙的城邑，引申为城市。《史记·廉颇蔺相如列传》：“召有司案图，指从此以往十五都予赵。”

⑥涂刍：涂车与刍灵，皆古代送葬之物，泛指灵柩。《礼记·檀弓》：“涂车刍灵，自古有之，明器之道也。”

⑦货师：贩夫。

⑧祔(fù)：合葬。先茔(yíng)：祖先的坟墓。

⑨启殡：出殡。《续资治通鉴·宋仁宗至和元年》：“温成皇后启殡，帝不御前后殿，百官进名奉慰。”殡，停放灵柩或把灵柩送到墓地去。

【译文】

唐俭年轻时，骑驴要去江南一带，路过洛城的时候，非常口渴，看见路旁有个小屋子，有个妇女，年纪有二十多岁，对着光线好的地方缝补衣服。唐俭走向她想要点浆水喝，近前一看她正在缝袜子。她一边到别的屋子取水，一边说：“您非常口渴，我为您取水。”不一会儿，她拿着一个盂回来了。唐俭看她屋里没有厨灶，等她回来就问：“夫人的住处，怎么不生火呢？”她回答说：“贫穷没有东西做饭，向附近人家乞食吃。”说完又继续缝袜子，神色看起来很忙。唐俭又问：“为什么这么着急呢？”回答说：“我的丈夫薛良，是个贫穷的小商贩。我伺候他十多年了，不曾回去一次照顾公婆。明天早晨他来接我，所以很忙。”唐俭稍稍挑逗她，妇人拒不作答。唐俭羞愧地辞别她，留下两轴面饼。走了十多里，忽然想起所看的书有忘带的，就回到洛城去取。第二天早晨又到了这个地方，将要出城，被送灵柩的人群挡住了。唐俭问什么人出殡，回答说：“是贩夫薛良的灵柩。”唐俭听到这个名字吃了一惊，这是昨天那个妇人的丈夫。就问要往哪里去下葬，回答说：“薛良结婚五年妻子死了，葬在故城中。又过了五年薛良死了，薛良的哥哥挖了她的墓穴，要把她的灵柩合葬到祖坟去。"唐俭跟着他们前去观看。到了墓地，正是唐俭讨水的那个地方。一会儿打开墓穴，棺材上有两轴面饼，新袜子一双。

俭悲而异之，遂东去。舟次扬州禅智寺东南[①]，有士子二人[②]，各领徒相去百余步发故殡者。一人惊叹久之，其徒往往聚笑。一人执锸[③]，碎其柩而骂之。俭遽造之[④]。叹者曰："璋姓韦，前太湖令。此发者璋之亡子，窆十年矣[⑤]，适开易其棺，棺中丧其履，而有妇人履一只。彼乃裴冀，前江都尉[⑥]，其发者爱姬也，平生宠之。裴到任二年而卒，葬于此一年。今秩满将归，不忍弃去，将还于洛，既开棺，丧其一履，而有丈夫履一只。两处互惊，取合之，彼此成对。盖吾不肖子淫于彼[⑦]，往复无常，遽遗之耳。"俭闻言，登舟静思之曰："货师之妻死五年，犹有事舅姑之心。逾宠之姬，死尚如此，生复何望哉！士君子可溺于此辈而薄其妻也[⑧]？"

【注释】

①舟次：船停泊之所。宋苏轼《与程正辅提刑书》："轼深欲出迎郊外，业已杜门……专令小儿去舟次也。"

②士子：士大夫官僚阶层。《诗经·小雅·北山》："偕偕士子，朝夕从事。"

③锸(chā)：铁锹，掘土的工具。

④造：到某地去，到。

⑤窆(biǎn)：将棺木葬入墓穴。

⑥江都：地名。在今江苏扬州。尉：古代官名。一般是武官，负责

治安。

⑦不肖：不成材，不正派。《礼记·射义》："发而不失正鹄者，其唯贤者乎？若夫不肖之人，则彼将安能以中。"唐孔颖达疏："不肖，谓小人也。"

⑧薄：辜负，轻视。

【译文】

唐俭很伤感，而且对这件事感到很诧异，接着继续东行。船停靠在扬州禅智寺东南，有两个士子，各自带领着一群人干活，相距百余步，在挖掘老坟墓。一人叹息良久，他带领的那些干活的人在一起大笑。一个人拿着铁锹打碎棺材，还不停地骂。唐俭就到那里去看。叹息的那个人说："我叫韦璋，是前任的太湖县令。这个挖开的坟，是我死去的儿子的，已经埋了十年。刚才打开想换个新棺材，棺材里少了一只鞋，却多了一只妇人的鞋。那个人是裴冀，前任江都县尉。他发掘的是他爱姬的墓，她活着的时候，特别宠爱她。裴冀到任二年她就死了，葬在这儿一年了。现在任期已满将要回家，不忍心弃在这里，想把她迁回洛阳。等打开棺材，见丢失了一只鞋，却有一只男人的鞋。双方都很惊异，拿来比对，彼此正好是一双。这是因为我的不肖之子和她淫乱，经常来往，匆忙中把鞋遗留在这里了。"唐俭听到这些话，登上船静静地思考，说："贩夫的妻子死了五年，还有要伺候公婆的心。受到如此宠爱的姬妾，死了尚且淫乱，即使活着也不要有什么指望。士人君子可以沉溺于这样的人而冷淡自己的妻子吗？"

马震

扶风马震[1]，居长安平康坊[2]。正昼，闻扣门。往看，见一赁驴小儿云："适有一夫人，自东市赁某驴[3]，至此入宅，未还赁价。"其家实无人来，且付钱遣之。经数日，又闻扣门，亦又如此。前后数四[4]，疑其有异，乃置人于门左右，日日候之。是日，果有一妇人，从东乘驴来，渐近识之，乃是震母，亡十一年矣，葬于南山，其衣服尚是葬时者。震惊号奔出，已见下驴，被人觉，不暇隐灭[5]。震逐之，环屏而走[6]。既而穷迫，入马厩中，匿身后墙而立。马生连呼，竟不动，遂牵其裾，卒然而倒，乃白骨耳。衣服俨然，而体骨具足。细视之，有赤脉如红线[7]，贯穿骨间。马生号哭，举扶易之。往南山，验其坟域如故。发视，棺中已空矣。马生遂别卜迁窆之，而竟不究其理。

【注释】

①扶风：地名。今属陕西。

②平康坊：唐长安城一个坊，位于东区第三街第五坊，东邻东市，北与崇仁坊隔春明大道相邻，南邻宣阳坊，都是"要闹坊曲"。

③某：自称，代替我或名字。

④数四：再三再四，多次。《东观汉记·张纯传》："每有疑义，辄以访问，以断是非，一日或数四引见。"

⑤不暇：来不及，没有时间。唐杜牧《阿房宫赋》："秦人不暇自哀。"

⑥屏：屏风。室内陈设，用以挡风或遮蔽的器具，上面常有字画。

⑦赤脉：血管。

【译文】

扶风的马震，在长安的平康坊居住。有一天白天，忽然听见有人敲门。去门口一看，原来是个租驴拉脚的小孩儿，他说："刚才有一位夫人，在东市租了我的驴，到了这里就进家门了，还没有给租赁钱。"他家其实没有人来，暂且付钱打发他走了。过了几天，又听到敲门声，也是如此。这样前后多次，马震怀疑这里有特异情况，就安排人在门的左右，天天守候。这一天，果然有一个妇人，从东骑驴来，渐渐走近，认出了她，原来是马震的母亲，死了已经十一年了，葬在南山，她的衣服还是安葬时穿的。马震吃惊地哭着跑出来，已经看见她下了驴子，她被人发觉，没有来得及隐身。马震追逐她，她就绕着屏风跑。不久实在没法，就进到马厩里，藏身在后墙站立着。马生连连呼叫，她始终一动不动，于是拽她的衣襟，她突然倒地，是一堆白骨。衣服依然完好，而尸骨完整无缺。仔细观察尸骨，有血管像是红线，贯穿在骨骼间。马震号啕痛哭，抬扶起来整理好尸骨。到南山查验坟墓的区域，与原来一样。发掘墓穴，棺材里已经空了。马震就又占卜了一个地方，把棺材迁葬到那里，而他最终也不明白其中的奥秘。

中华经典名著
全本全注全译丛书
（已出书目）

周易
尚书
诗经
周礼
仪礼
礼记
左传
春秋公羊传
春秋穀梁传
论语·大学·中庸
尔雅
孟子
春秋繁露
说文解字
释名
国语
晏子春秋
穆天子传
战国策
吴越春秋
越绝书
水经注
洛阳伽蓝记
大唐西域记
史通
贞观政要
东京梦华录
唐才子传
廉吏传
徐霞客游记
读通鉴论
宋论
文史通义
老子
道德经
黄帝四经·关尹子·尸子

孙子兵法

墨子

管子

孔子家语

吴子·司马法

商君书

列子

鬼谷子

庄子

公孙龙子(外三种)

荀子

六韬

吕氏春秋

韩非子

山海经

黄帝内经

新书

淮南子

新序

说苑

列仙传

盐铁论

法言

潜夫论

政论·昌言

风俗通义

申鉴·中论

太平经

周易参同契

人物志

博物志

抱朴子内篇

抱朴子外篇

神仙传

搜神记

拾遗记

世说新语

弘明集

齐民要术

颜氏家训

中说

帝范·臣轨·庭训格言

坛经

大慈恩寺三藏法师传

茶经·续茶经

玄怪录·续玄怪录

酉阳杂俎

化书·无能子

梦溪笔谈

北山酒经(外二种)

近思录

焚书

增广贤文
呻吟语
龙文鞭影
长物志
天工开物
溪山琴况·琴声十六法
温疫论
明夷待访录·破邪论
陶庵梦忆
笠翁对韵
声律启蒙
老老恒言
随园食单
阅微草堂笔记
格言联璧
曾国藩家书
曾国藩家训
劝学篇
楚辞
文心雕龙
文选
玉台新咏
词品
闲情偶寄
古文观止
聊斋志异
浮生六记
三字经·百家姓·千字文·弟子规·千家诗
经史百家杂钞